DAGÁZ

La oscuridad vive en la luz
y la luz en la oscuridad

ᛞ

Irene Arbolí Moreno

Correctores: Manuel Arbolí Gascón y Lurdes Moreno Peña
Diseño de portada y contraportada: Irene Arbolí Moreno

ISBN: 978-607-00-8672-4

AGRADECIMIENTOS

A mis padres, que me han ayudado a corregir esta novela, gracias de todo corazón por su apoyo en este proyecto y en cada aspecto de mi vida. A mi hermana Amalia, por sus consejos para narrar la historia y, sobre todo, por ayudarme a dar forma al primer capítulo. A mi familia, en especial a mis primos y primas, por darme ánimos; en especial, a mi prima Nora Fourzán, quien ha sido mi fuerza para conseguir que este trabajo sea publicado y por ser la fan número uno de esta novela; a mi prima Margarita Carvallo, por no solamente leerse la novela, sino por devorarla y hacerme entender que era una historia que valía la pena compartir. A mis tías Teresita, Verónica y Maribel Moreno, por creer en mí y por inspirarme a volar alto y alcanzar mis metas. Por sus consejos y opiniones para elaborar la portada les agradezco a mi maestro de pintura, Abraham Díaz Romero, y a mis primas Verónica y Nora Fourzán Moreno, Yuri de Leija y a Jéssica y Melissa Moreno Saracho.

A mi amigo José Manuel Cadena, *el chico malo de la radio*, por ser el primero en leer el borrador y darme ánimos para no desistir en mi ambición de contar esta historia. A mi muy querido amigo Alexandru Burian, que no solo ha leído mi novela, sino que ha sido una de las personas que más me han insistido en que la publicara y por, además, ser mi anfitrión y mostrarme Moldavia, una tierra mágica que ha sido la inspiración para muchos pasajes en esta narración. A mi tía, no de sangre, pero sí de alma, Marta Barquín, por hacerme ver que este libro podría gustarles a muchos, aunque no fueran fans de la ciencia ficción. A mis amigos, que son muchos, por su apoyo moral; pero muy, muy en especial, les agradezco sus ánimos y su insistencia en que publicara mi novela: a Janet Espejel, Gabriela Perdomo, Jehane Cruz, Dulce Garcidueñas, Marco Cobos, Priscila Muciño, Alberto Reyes, Agustín Nariñán, Daniela López, Ana Arano, Magi Castillejos, Vanesa Layún, Eduardo Pérez Bolio, Erick Huerta y Bárbara Ramírez.

NOTA DEL AUTOR

El índice de capítulos se encuentra al final de la novela, por otra parte, en este libro sigo las nuevas normas de ortografía, por lo que no van acentuado ni el adverbio 'solo', ni los pronombres demostrativos 'este, ese…, etc.', salvo que se requiera para facilitar la lectura.

La oscuridad vive en la luz
y la luz en la oscuridad

ᛞ

Irene Arbolí Moreno

DAGÁZ, La oscuridad vive en la luz y la luz en la oscuridad. Autora: Irene Arbolí Moreno

CAPÍTULO I.
Collar de Tierra

Frío césped bajo sus pies descalzos, sus rostros reflejan el miedo. Con temblor en las manos, él traza el círculo en la tierra: rápidamente arranca dos trozos largos de hierba y, con extraña agilidad, los junta formando una V invertida que simula un puente. Ellos se sitúan por debajo dentro del círculo. El ruido por doquier se torna ensordecedor.

—Está por suceder... —dice ella con un hilo de voz.

Los ojos de él le responden que lo sabe.

—No lo terminaremos a tiempo —insiste la joven a voz en cuello entrecortada, tratando en vano de disimular su angustia.

El muchacho no se atreve a mirarla: el corazón no le permite más que un sentimiento de zozobra, concentrado como está en su tarea. Ella toma la daga, corta las palmas de sus manos y espera impaciente, sin decir palabra para hundirlas en las de él, quien busca su rostro. Solo necesita un instante para recobrar el valor perdido a causa del pánico. La contempla y al fijar los ojos en ella parece que el tiempo se detiene: un segundo, sí, solo un fragmento de segundo y un trueno lo regresa a la realidad. Las gotas del líquido rojo caen a sus pies y se da cuenta de que ella ya se ha cortado. Con pesar, el apuesto joven empuña la daga: pesar, no por rechazo del dolor propio, sino por sentir el de ella tan adentro, tan injusto. Ni una lágrima ni una gota de sangre debería derramar ella, que ante sus ojos, ¡blasfemia!, es casi una diosa.

La tierra retiembla y el cielo parece unírsele en su demoniaca agitación. Sin dudarlo, el gallardo joven también se corta las palmas: nervioso, abraza las manos de su amada; esas cálidas manos de perla, mientras suaves gotas escarlata les recorren la piel y lentamente tocan la tierra y el césped. Mirándose fijamente a los ojos, debajo del arco de césped, dentro del círculo de tierra, saben que es la hora de recitar el conjuro. Con exacta sincronía y voz segura empiezan:

¡Por el poder más elevado!
Y todas las cosas que son buenas
¡Las fuerzas del bien son invocadas aquí!
Madre Tierra, escucha las voces de los enamorados:
Aunque nuestro destino sea adverso,
Las armas del amor pueden más
Nos abriremos camino a través de la oscuridad,
En este día y en esta hora
El poder del amor nos enlazará
Y a través del tiempo nos encontrará.
¡Collar de Tierra!
Toma estas almas que hablan con ternura,
Únelas inalteradas por la eternidad.

¡Tierra, césped, sangre, aire!
Muevan el tiempo si deben;
Antigua sabiduría trabaja en nosotros,
Por nuestro poder estamos atados
Mano con mano, sangre con sangre, corazón con corazón,
¡Éramos dos: ahora somos uno!
Aun después de la muerte nuestro amor sobrevivirá
¡Collar de Tierra por siempre nos enlazarás!

Repitieron el conjuro dos veces más. Un extraño aire proveniente del suelo donde estaban parados comenzó a elevarse para luego formar un remolino. Pequeñas chispas de colores flotaban en la atmósfera y los dos dieron una larga exhalación, como si una parte de sus almas saliera de sus cuerpos y se mezclara con el pequeño torbellino que los envolvía. Se contemplaron y, por unos instantes, olvidaron el rugido de la tierra: la magia estaba hecha. Aunque sus cuerpos no lograran sobrevivir, sus almas se volverían a encontrar. Él se acercó suavemente para besarla. Temblaba de miedo. Tal vez ese fuera su último beso. Volvieron a mirarse: sus ojos eran puertas que los conducían a otros mundos, a mundos más calmos.

Como las hojas de un árbol que se mueven con el aire, sus pies descalzos se estremecieron con el bramido del subsuelo. El extraño remolino se detuvo, el cruel movimiento debajo de ellos los regresó a la realidad: su nación sería sacrificada y no habría nada que ellos pudieran hacer para evitarlo. El atardecer había llegado a su fin y la oscuridad empezaba su reinado. Se abrazaron y miraron a lo lejos el imponente océano desde la colina en la que se encontraban. El mar parecía alejarse; sin embargo, no era mera ilusión lo que observaban. A gran velocidad, la masa de agua se retiraba de las playas. Le tomó unos instantes comprender lo que sucedía: un escalofrío les recorrió el cuerpo. El momento había llegado…

—¡Corre! —gritó él con todas sus fuerzas, mientras tomaba sus manos para llevala a tierras más altas.

—¿Qué sucede? —preguntó la joven en un suspiro, mientras él tiraba de ella con fuerza.

—¡El mar se retira!

—¡Pero eso es bueno! Tal vez eso signifique que nuestra nación ha sido perdonada y que el presagio del Sabio Navrom no se cumplirá.

—¡No! —increpó, tratando de escalar el monte sin que ella se lastimara—. ¡El mar regresará con toda su fuerza! ¡Tenemos que llegar al Templo de Luz. Es el lugar más alto y tal vez el agua no llegue hasta ahí!

— ¿Pero sabes que está prohibido, que solo los Maestros pueden entrar? ¡No creo que podamos franquear los tres fosos a tiempo! ¡Hay que avisarles a los otros, hay que ir a la aldea! —señaló ella desesperada, intentando hacer fuerza para que él se detuviera un momento.

—No hay tiempo para eso. Todos conocen la profecía y, como nosotros, saben por qué ruge con estruendos la tierra ¡Tendremos que intentarlo! ¡Es nuestra única oportunidad! —le respondió, guiándola por la colina.

Las oscuras nubes cubrían los cielos, vaticinando horribles momentos. El océano continuaba alejándose y la tierra no dejaba de sacudirse. Al llegar a la cima del primer montículo, ella quiso echar un último vistazo al mar que rodeaba la isla, empero no estaba ahí; no se veía ni en el horizonte: el brillante y azul océano, se había retirado por completo; por kilómetros a la redonda solo había arena.

Él continuó tirando de ella: ahora bajaban y ya divisaban la primera aldea. Las casas hechas de plata y cuarzo ya no brillaban. Las densas nubes apenas dejaban pasar una tenue luz, la gente gritaba asustada, el pánico se había extendido. Con gran dificultad lograron sortear a la multitud. Un fuerte terremoto los sacudió y el suelo debajo de ellos comenzó a desquebrajarse. La muchedumbre se estremecía de terror. La tierra no era segura y pensaron en correr hacía el mar: tal vez en el agua estuvieran a salvo.

Ahora, las historias de los monstruos marinos no les importaban. La tierra se los tragaría por sus hendiduras, si no se marchaban. Esa era la realidad: las bestias marinas eran leyendas, mitos. Ella trató de avisarles que no corrieran hacía la playa, pero su voz fue apagada por los chillidos del gentío y el tronar de la tierra. Además, él no dejaba de arrastrarla. Ya faltaba poco para el primer foso y a él solamente le interesaba protegerla; los demás no importaban. Sin embargo, la joven quería que todos estuvieran a salvo, no soportaba ver sufrir a nadie y era una muerte horrible la que les esperaba a aquellos que corrían hacía la costa. Aun si las aguas no regresaran con toda su fuerza, la muchacha sabía que las historias de los seres del mar eran ciertas. Ella, mejor que nadie, los conocía y sabía de qué atrocidades eran capaces.

—¡Tenemos que detenerlos! ¡Van hacia el mar! —chilló ella con la voz desgarrada.

—¡No, míralos! ¡Están invadidos por el pánico! No van a escucharnos y mucho menos van a creernos. ¡Supondrán que es una buena señal, como tú lo hiciste al principio!

—¡Pero van con los niños! —replicaba, mientras las lágrimas recorrían su pálido rostro.

Ya habían alcanzado al primer foso. Él se detuvo por unos instantes, tomándola por los hombros:

—¡Sé que quieres ayudarlos, sé cómo aflige su dolor y, si pudiera evitarlo, con tal de no verte sufrir yo mismo los ayudaría! ¡Pero observa a tu alrededor…!

La joven giró su rostro. Eran cientos de miles los que corrían desesperados hacia la playa. Él continuó hablando en voz alta: "Tal vez con mucho esfuerzo podamos disuadir a algunos, pero cuando lo hagamos será demasiado tarde para ponernos a salvo. Además…. ya no tenemos el *poder*…". Esas últimas palabras las dijo quedamente y con harto pesar.

La muchacha lo comprendía. Ahora era tiempo de pensar en ellos: cada quien debía de enfrentar y luchar con su destino; ya no podía intervenir en las vidas de los demás. Ahora debía pensar en los dos… y en sobrevivir por ella y, sobre todo, por él. El subsuelo continuaba con su estremecimiento: las casas, estatuas, monumentos y templos comenzaban a derrumbarse y el bramido del mar que se alejaba aún podía percibirse.

—¡El puente ya no está! —exclamó ella desconsolada.

—Ese no es nuestro principal problema. ¡Mira! —gritó mientras señalaba hacia adelante.

Una avalancha de gente bajaba de la segunda colina. Venían de Ciudad de Ámbar: clamaban, se estremecían como un ejército descendiendo por la ladera a grito de guerra. Algunos eran aplastados por la muchedumbre en pánico; otros trataban de sobrevivir nadando en el foso, aunque insólitas cosas ocurrían ahí.

Por esa causa, la gente de las tres ciudades tenía escaso trato entre sí. Los fosos circulares que las separaban lo impedían. Aun con la tecnología, eran pocos los grupos de las tres ciudades que se atrevían a cruzarlos. Sabían que los dioses habían encantado los fosos por alguna razón, y ellos no osaban cuestionarlo. Volvieron a intercambiar miradas. Les quedaban dos opciones: esperar ahí a que la furia del mar los alcanzara a su retorno o arriesgarse a cruzar la cenagosa cavidad. Con valor entrelazaron sus manos e ingresaron al cieno y, cuando sus pies ya no pudieron tocar fondo, comenzaron a nadar con gran esfuerzo. Ya estaban cerca del medio, cuando se encontraron algunos de los habitantes de la Ciudad de Ámbar que habían nadado sin contratiempos.

—¡Están locos! ¡Han perdido la razón! ¡Huyan! ¡La ciudad de atrás está derrumbándose! ¡No hay nada ahí para ustedes! —gritó un hombre mayor, quien se alejaba braceando con todo su denuedo.

—¡El mar se ha retirado. Regresen. Estaremos a salvo en los lugares más altos! —les gritó ella, tratando de mantenerse a flote y continuar tras él.

—¡Si el mar se ha retirado, eso quiere decir que hay más tierra firme. Es buen augurio: ¡no necesitaremos de las embarcaciones! ¡Vengan con nosotros! ¡El subsuelo los devorará! —volvió a vociferar el hombre mientras se alejaba.

—¡No, el océano regresará con toda su fuerza! —objetó ella también, alejándose.

—¡El miedo los ha trastornado. Las aguas no pueden regresar: no hay olas que lo empujen. Sin el mar será más fácil llegar a otras tierras! A tierras a las que otros, sensatamente, han huido tres lunas llenas antes que nosotros. Debimos creerle al viejo y sabio Navrom: sus visiones eran verdaderas —dijo el hombre, perdiéndose en lontananza.

La joven comprendió lo que su amado había intentado explicarle antes. Él tenía razón; era inútil tratar de convencerlos. Con gran pesar, por saber que se equivocaban y lo que el terrible destino les deparaba en la costa, continuó nadando cada vez con mayor presteza. De pronto, el desasosiego la invadió: algo no estaba bien; las aguas del foso se encontraban demasiado tranquilas a pesar de los temblores. Eso no podía significar nada bueno. Y antes de que pudiera acercarse a su amado lo suficiente para advertirle, el joven desapareció.

Ella miró asustada en todas direcciones. La oscuridad no le permitía ya distinguir más allá de unos cuantos metros. Gritó su nombre, pero en vano: no respondía. El pánico comenzó a perturbarla. Tomó una bocanada de aire y se hundió para buscarlo. Al principio, sus ojos tardaron en acostumbrarse a la oscuridad de aquellas fangosas aguas, empero su corazón supo guiarla: ahí estaba él, un poco más al fondo, tratando de librarse de algo. También había otros que estaban siendo atraídos. El terror a perderlo pudo más que el miedo a lo desconocido y buceó hasta alcanzarlo. Él la reconoció. Al principio se tranquilizó al verla flotando a su vera, aunque después reaccionó: tenía que salir de ahí o también la atraparían. Quiso decirle que huyera, pero solo burbujas salían de su boca. Olvidaba que ya no tenía su antiguo poder. Ansiaba alejarla; sin embargo, no lo soltaba. La joven se percataba de que él quería que se apartara, que lo dejara, pero no se lo permitiría: su destino sería el mismo, no otro.

Lo haló y logró rescatarlo. Cuando él se percató de que era liberado de sus captores, la llevó hacia la superficie.

—¡Tenemos que salir de aquí ahora! —clamaba el muchacho, mientras tiraba de ella con una mano y se impulsaba con la otra para nadar sin separarse ambos.

—¿Por qué? ¿Qué está pasando? ¿Qué te retenía?

—¡Eran medusas! ¡Son cientos! ¡Tenemos que salir!

—Pero ¿cómo podrían arrastrarte? ¿Acaso tienen manos? —le preguntó, extrañada, procurando de no tragar más fango.

—¡Da por hecho que estas sí, y muy fuertes!

Y antes de que pudiera explicarle, una de ellas salió a la superficie atrapando a un hombre de la Ciudad de Ámbar. La criatura tenía rostro de mujer, aunque en vez de cabello poseía una capucha idéntica al cuerpo de una medusa. Toda la criatura era semitransparente, con algunos tonos rosas y violetas. El cuerpo era delicado y terminaba en una cola de pescado, sus ojos eran grandes, vidriosos y negros como las profundidades, las palmas de sus recias manos eran membranosas y su boca pavorosa, con dos hileras de afilados dientes.

Con dificultad sortearon a la gente que seguía abalanzándose hacia el foso y lograron arribar a la orilla, justo cuando otro apabullante terremoto sacudió la isla, exacerbando el miedo de la gente que corría hacia el agua. Los rayos iluminaban los cielos cual grandes estrellas fugaces, mientras los truenos acallaban los gritos de la multitud. Fuertes vientos comenzaron a azotar los árboles y el mismo cielo parecía que se iba a romper y caerles encima. Empapados, corrieron monte arriba. Eran ya pocos los que descendían por este y la mayoría de la gente de la Ciudad de Ámbar continuaba flotando en el agua, luchando por escapar de las inauditas criaturas que a cientos poblaban las aguas.

Cada vez era más dificultoso subir la colina; los sismos se sucedían unos a otros con tal rapidez que parecían uno solo, como si el suelo ya no dejara, ni por un instante, de trepidar. Al llegar a la cumbre del segundo collado buscaron la hermosa ciudad de Ámbar; empero únicamente hallaron ruinas, pues las gloriosas fuentes, frisos, calles y monumentos, hechos en su mayoría de ámbar, eran ahora un montón de escombros. Nadie habría pensado que ahí se había sido erigida una de las más bellas ciudades de todos los tiempos. Quedaban algunas personas, unas tratando de llevarse consigo algunas de sus más preciadas posesiones; otras lloraban angustiadas, mientras intentaban liberar a los seres queridos que habían quedado atrapados entre los despojos. Los menos estaban paralizados por el miedo y solo estaban sentados, afligidos, contemplando la desolación sin poder creer lo que sucedía, como esperanzados de que todo aquel suplicio que padecían colectivamente fuera una terrible pesadilla de la cual de un momento a otro despertarían.

Los amantes corrían y a trompicones escalaban los escombros. Respiraban jadeantes, llevaban la mitad del camino recorrido y tenían que seguir. Era imposible descansar, pues advertían que el mar regresaba, podían oírlo rabiar. Llegados al segundo foso se sobrecogieron por la tanta gente sumergida en este: eran los habitantes de la Gran Ciudad de Cristal, por suerte no eran tantos, muchos habían hecho caso de las advertencias y presagios por provenir del Sabio *Navrom* y habían huido tres lunas antes. Los pocos que quedaban, luchaban en la ciénaga, arrepentidos de no haber huido a tiempo. Con temor, la pareja se arrojó de nuevo a las pantanosas aguas.

—¡Huyan! —les gritaban las personas que braceaban hacia ellos—. ¡La ciudad ha sido destruida; no hay salvación. El suelo se fragmenta y un denso humo sale de él!

—¡Lo intentaremos! El mar se ha retirado y pronto regresará con toda su fuerza —les explicaba él, sin dejar de sobrenadar.

Las personas se detuvieron un momento; parecían entender lo que él les decía. Recobraron un poco el valor y gritaron:

—¡Preferimos morir ahogados a ser abrasados por el fuego en la tierra! —y continuaron zambullidos, aunque a leguas se notaba que estaban al borde de sus fuerzas.

Los enamorados se contemplaron unos instantes, intuían que ya habían llegado demasiado lejos para detenerse o regresar con aquellos. Intentarían llegar al Templo de Luz. Vislumbraron cómo algunos individuos se hundían. La pareja comprendía quién los estaba reteniendo. Muy a su pesar no se detuvieron paro ayudarlos, sino que continuaron nadando cuan rápido podían, sin separarse. Alcanzaron la orilla. Los sismos ahí ya eran sobrecogedores. Cuando pisaban las faldas de la tercera colina comenzaron a escalar, con la respiración extenuada. Una roca se desprendió, pero él saltó a tiempo y evitó que los aplastara. Rodaron unos metros hacia abajo, sin embargo a corta distancia consiguieron detenerse, levantarse y, aunque tambaleantes, recomenzaron a dirigirse hacia la cima.

El fragor de la tierra, el cielo, el agua y los gemidos de la gente eran tan ensordecedores como escalofriantes; calaban hasta el alma. A poco llegaron a la cumbre. La pradera que seguía, la cual debía de alojar a la fantástica Ciudad de Cristal, mostraba la peor devastación. La urbe estallaba en ruinas y en llamas. Ya nada quedaba en pie de las fantásticas mansiones hechas de cristal. Ni de las fuentes de oro ni de los templos de cuarzo. Un espeso y azufroso humo emergía entre las fracturas que habían ocasionado los terremotos. Del suelo brotaba abrasante calor. Unos pocos habitantes, consumidos por el terror, continuaban sentados en los remanentes de los que habían sido sus hermosos palacios y jardines; ahí lloraban contemplando la nada, esperando que todo terminara pronto. Si se puede, más inciertos y mortificados, la pareja continuo su camino; lo único que importaba es que se tenían el uno al otro. Jadeando llegaron al tercer foso. Este era mucho más estrecho que los anteriores, aunque sabían bien que el tamaño no importaba y que las apariencias siempre engañaban.

—¡Aquí debe de haber criaturas más terribles que en los otros dos! —señaló él, con un dejo de frustración en su voz, procurando retomar resuello.

—¡Cuando me dejaban entrar al Templo siempre lo hice por el puente! ¡Era la única manera como permitían ingresar! —exclamó ella, mirando hacia todas direcciones, en vana búsqueda del acueducto de cristal de cuarzo blanco.

A él se le ocurrió arrojar una piedra en las oscuras aguas, y unas opacas y gigantescas burbujas fueron expulsadas en donde esta cayó. Asustados, se miraron pensando un momento en quedarse ahí y esperar a que el mar no llegara hasta esas tierras, las más altas. Un estridente rugido los sorprendió y, si bien la oscuridad no les permitía atisbar qué sucedía abajo, presentían lo que ocurría: el océano retornaba con toda su cólera y poder, convertido en terrorífica, inmensa y avasallante ola.

—¡Tenemos que cruzar y alcanzar la cúspide del templo! ¡Tal vez ahí las aguas no nos alcancen! —exclamó él, buscando algo que les pudiera ayudar a atravesar el foso sin tener que nadar.

—¡¿Pero cómo?!

Ambos tenían claro que no lo lograrían cruzar nadando, no solo porque se sentían exhaustos, sino porque en este, al igual que en los demás cenagosos canales, violentos seres los habitaban, dejados ahí para alejar a quienes no tenían permiso de ingresar al Templo. De pronto:

—¡Con eso! —respondió el joven mientras señalaba unas cuerdas que yacían por el suelo.

Amarró un extremo de la soga a un palo, subió por una pequeña ladera y ató el otro extremo a una gran roca y, como si fuera una lanza, arrojó el tronco hacia el otro lado. El trozo de madera se atoró entre las ramas de unos de los pocos árboles que quedaban en pie.

—¡Corta un trozo de mi vestido! —Le persuadió ella, intentando rasgar su falda.

—¿Para qué? —inquirió con gesto de extrañeza.

—Para usarlo de polea y deslizarnos por la cuerda; así será más fácil cruzar.

Sin reparo, el muchacho hizo lo que ella le sugirió. Una vez hecho el lazo, él le ofreció la mano para que ella alcanzara la cuerda.

—¿Qué haces? —preguntó ella, abrumada.

—¡Cuélgate ahora y cruza tú primero! —le dijo, apremiante.

—¡No, los dos juntos! —contestó, molesta y apartándose ligeramente de su lado.

—¡La cuerda no resistirá! ¡Debes de hacerlo, yo te seguiré!

—¡No! —respondió ella, contundente— ¡Si nos caemos, lo haremos juntos; si lo logramos lo haremos juntos, pero no vamos a separarnos!

Él jamás la había oído hablar tan imperativa. Al verla se le olvidaba que tras aquel delicado cuerpo se traslapaba un alma fuerte y temeraria. Y mirándola más enamorado que nunca le dijo:

—¡Abrázame por el cuello lo más fuerte que puedas!

La joven obedeció. Él enlazó en sus manos el tramo de tela azul y un agudo temblor volvió a sacudirlos; sin embargo, no temieron: estaban juntos, eso era todo lo que deseaban. El joven caminó algunos pasos hacia atrás, para tomar velocidad y luego corrió, cargándola en la espalda. Comenzaron a recorrer el foso, deslizándose en el aire por la cuerda y gracias al retazo de seda. Los primeros metros los recorrieron rápidamente, aunque poco a poco fueron perdiendo velocidad y cuando no faltaba mucho para alcanzar la otra orilla, un rayó dio en un arbusto cercano al cedro que sostenía la cuerda del otro lado del foso, incendiándolo. Ellos seguían avanzando con lentitud; sin embargo, el fuego pronto alcanzaría al árbol y la cuerda que los mantenía sobre el canal. Gracias a la luz de los rayos que no paraban de caer, vislumbraron la sombra que nadaba en las aguas debajo de ellos

13

—¡Deslízate por mi brazo y alcanzarás a caer en tierra! —gritó el muchacho, desesperado.

—¡No voy a dejarte aquí!

—¡No, lo harás. Voy a balancearte y tú nos impulsarás hacia la orilla!

—¡Lo haré solamente si me juras que te soltarás conmigo! —le replicó la joven en un tono que no admitía negativa por respuesta.

—¡Te lo juro! Nos soltaremos al mismo tiempo, pero balancéate ya.

Ella se desprendió con cuidado de su cuello y, como pudo, se prendió de su brazo y se deslizó, hasta que quedó suspendida, sus manos tomadas por la de él. Ella comenzó a oscilar, cada vez con más velocidad. Lograba avistar la sombra de la siniestra criatura en el agua que la seguía hacia donde ella se columpiara.

—¡A la de tres te soltarás! —confirmó el muchacho, intentando de acercarla más a la orilla en cada vaivén.

—¡Nos soltaremos! ¡Juntos, lo juraste, lo haremos juntos! —gritó la muchacha, temerosa de que él no cumpliera su promesa.

—¡A la una! —dijo él.

—¡A las dos! —siguió ella.

—¡A las tres! —exclamaron de consuno.

Y al mismo tiempo se soltaron, en el momento preciso en que la cuerda se rompía. Dando tumbos golpearon el piso. Les costó unos momentos poder levantarse.

—¿Estás bien? —preguntó preocupado.

—Sí —confirmó la muchacha, mientras se levantaba aliviada al ver que él había cumplido su juramento— ¿Y tú?

—¡También! No podemos detenernos. Todavía nos falta subir la escalinata.

Con aflicción contemplaron el último tramo de camino que todavía quedaba por recorrer. Trescientos sesenta y cinco escalones los esperaban. Sin perder tiempo comenzaron a subir los ahora cuarteados peldaños de cristal. Tenían que detenerse porque las fuertes sacudidas no los dejaban avanzar. El viento comenzó a arreciar, acompañados de rayos y truenos, al mismo tiempo que una intensa lluvia los azotaba como un látigo.

—¡Dame... la... mano! —pidió el muchacho, entrecortadamente por la extenuación ¡y... pisa... con... cuidado... La lluvia... los... hace... más... resbaladizos!

—¡Está... bien! —respondió con la respiración estremecida por el esfuerzo sobrehumano que le suponía la subida— ¡Gracias... por soltarte!

—¡No... tienes... que... agradecerme...Te... lo... prometí!

—¡Lo... sé... pero... por un momento... temí... que... no..., que... no lo harías!

El joven se detuvo de repente. Le tomó el rostro con ambas manos y la contempló intensamente a los ojos, como si sus pupilas, completamente negras, fueran ahora dos soles ardientes, con esa mirada que ella no resistía, que la estremecía, aquellos ojos negros, profundos como el universo.

—¡Jamás vuelvas a hacerlo. Jamás dudes de lo que yo te prometo! —le pidió con voz suave, pero firme—. ¡Siempre voy a cumplirte mis juramentos, siempre! ¡Te amo y lo único que me importa en esta vida es estar contigo y hacerte feliz! ¿Estás consciente de ello?

14

La joven meneó la cabeza asintiendo. Se besaron. Y con renovado ánimo prosiguieron. En algunos escaños parecía que no lo logarían, el suelo vibraba sin parar. Por fin llegaron a las puertas del Templo; esperaban encontrarlo vacío. Pensaban que los Grandes Maestros se habían marchado, como lo habían indicado. Con esfuerzo abrieron las puertas de oro blanco. Y entraron al santuario. No tenían pensado hacerlo; lo hacían para guarecerse de la lluvia. Aquí, los temblores, insólitamente, apenas se percibían y el temible rugido exterior se perdía cual eco lejano en la inmensa sala. Un lánguido resplandor atrajo sus miradas hacia el centro del salón. El Templo se mantenía incólume. Al menos no se había cuarteado. Escucharon voces: eran ellos, los Maestros. No, no querían encontrarse con ellos; así que, procurando no hacer ruido, se dirigieron hacia la salida.

—Pasen. Sabemos que están ahí —dijo una voz de hombre.

Se miraron. Discernían que no tenían más remedio que obedecer y se encaminaron lentamente hacia el centro de la estancia. Justo en el medio de la magnífica sala había una gigantesca esfera de cuarzo blanco que se mantenía suspendida en el aire, gracias a dos pirámides: una en el suelo y otra suspendida en el techo de la gigantesca estancia. Ambas emitían ondas sonaras de una frecuencia apenas perceptible, haciendo que la esfera de cuarzo flotara como si se tratara de algo liviano y no de un enorme peso, y esta era la fuente de la débil luminosidad. Alrededor del globo se encontraban los seis Grandes Maestros de su amada nación.

—Pensamos que ya se habían ido —reconoció la joven, con voz contrita, sin acercarse mucho.

—Estábamos esperándolos. Sabíamos que vendrían... Sabíamos que recapacitarían. Aún pueden venir con nosotros —expresó el hombre más anciano—. Serán perdonados.

—Pero dijeron que no podíamos —interrumpió la muchacha de nuevo, ahora con suspicacia.

—Dijimos que podrían venir, aunque cada uno con su respectivo clan. Las razas no deben mezclarse; saben que su amor está prohibido. Cada uno partirá con la estirpe que le corresponde —le atajó un hombre de edad madura y cabellos largos y rubios.

—¡No! —espetó la muchacha, ahora con un tono más enérgico.

—¿Acaso no venían al templo a buscarnos, a implorarnos que los lleváramos con nosotros, a suplicar que los perdonáramos? —exclamó impaciente un anciano, bajo de estatura y corpulento.

—¡No venimos aquí para eso! —respondió ahora el apuesto joven—. Pensábamos que ustedes ya se habrían marchado. Solo intentamos salvarnos en tierras más altas.

—¡Pero venir con nosotros es la única manera de que sobrevivan. Cuando la esfera caiga... todo... en una inmensa vorágine... sucumbirá! Vengan con nosotros. Tendrán de nuevo sus grandes dones —dijo una mujer de cabellos color violeta y bellamente ataviada—. ¡De esta catástrofe nadie sobrevivirá; solo los que se fueron antes tendrán alguna oportunidad! El destino de esta nación está escrito en los cielos y será recordado en las generaciones por eones. El sacrificio que significará su caída renovará los derroteros de nuestros clanes; así está escrito y así será. Si creían que aquí podrían salvarse se han equivocado fatalmente.

15

—Lo intentaremos. No tenemos miedo de morir. No nos separarán —insistió la muchacha, con irrebatible firmeza.

Si mueren así... como humanos
De igual forma estarán separados.
Si mueren aquí tal vez nunca vuelvan a encontrarse.
Recapacitar es lo que deben hacer y con sus familias reconciliarse
Todos nuestros reinos están ahora salvos
Y regresarán a la Tierra cuando sea apropiado.

Dijo completamente segura una mujer menuda y simpática en su característico y habitual modo rítmico de hablar.

—¿No lo entiendes? —prosiguió la señora de cabellos y ojos violeta—. Aun quedándose aquí morirán y estarán separados, quizás para siempre. ¿Cuál sería la diferencia entre permanecer en esta isla para morir y separarse, o acompañar a sus tribus? De cualquier manera no estarán juntos. ¿No comprenden que su amor no puede ser? ¡Vengan con nosotros: recobrarán sus poderes y todos sus dones!

—No queremos ni lo uno ni lo otro; solo estar juntos ¿Por qué no entienden? —interrumpió el muchacho, con voz trémula.

—En esta tierra no será —confirmó de nuevo el hombre maduro de cabellos largos y rubios, ahora con brusquedad—. Lo suyo está prohibido. Los humanos han decidido su destino y a ustedes no les corresponde.

—¡Ahora somos humanos! —interrumpió la joven—. Nuestro destino ya es como el de los hombres.

—Nunca serán como ellos —resaltó gentilmente la señora, al tiempo que retiraba sus cabellos violetas de sus hombros—. Podrán cambiar pequeñas y simples cosas con pueriles hechizos —y se acercó unos pasos más—, pero jamás su esencia, ni aun si pasaran mil siglos desaparecerá del todo, pues cada uno pertenece a su clan y así será. Ahora está dicho que nosotros no debemos intervenir en la vida de los humanos y también está establecido que nuestras razas no deben mezclarse.

—Esas son reglas basadas en ancestrales prejuicios —interrumpió, osado, el muchacho.

La dama ahora le reprochó con gesto severo antes de continuar:

—El Universo nos hizo a todos de una condición diferente. Las reglas están hechas. A veces veladas a nuestro entendimiento, pero siempre por buenas razones. Tengan por seguro que no se hicieron basadas ni en el miedo ni en la irracionalidad.

—¡El Universo nos dio conciencia y libre voluntad. Nosotros ya elegimos nuestro camino! —exclamó ahora la muchacha, con ojos encendidos.

—¡No deberías hablarle así a tu madre! —interrumpió irritado el hombre rubio—. ¡Y tú, mi único hijo, deberías obedecerme, entrar en razón! Aún no es tiempo de que mueras, y mucho menos ella. ¿Qué no ves que si insistes en esta locura ella sufrirá? ¡Su raza no está hecha para morir!, no de la manera en que lo hacen los humanos o nuestra casta. Si tanto la amas, debes dejarla ir.

El joven reflexionó un momento: era verdad. ¿Quién era él para arrastrarla a semejante hado? ¿No era aquella la criatura más hermosa y delicada en la faz de la

16

Tierra, a la que juró cuidar? No debía arrastrarla a sobrellevar el dolor humano. Sí, sería demasiado para ella un desenlace parecido al de cualquier mortal.

Con gran estremecimiento le dijo:

—Mi padre tiene razón. Tu estirpe no está hecha para morir así. Ve con tu madre —y echó un vistazo por un instante a la señora de cabellos violetas—. Regresa con los tuyos. Prefiero vivir una eternidad sin ti que verte sufrir por un instante —y se apartó ligeramente de ella, bajando la cabeza para no mostrar que sus ojos se nublaban de lágrimas.

La joven se acercó, tomó sus manos, susurrante y, sin embargo, sin titubeos le dijo:

—¡Nadie me dirá cómo puedo morir o no, qué soportaré y qué no, para qué estoy hecha y para qué no! ¡Solo yo elijo mi destino, y yo te elijo a ti sobre todas las cosas! ¡Prefiero morir mil veces, como hacen los humanos, vivir mil vidas desgraciadas, como ellos, que vivir una eternidad sin ti!

A él le conmovía de nuevo constatar que aquella mujer sublime escondiera un alma de tanta templanza y convicción, y le expresó:

Aunque nuestro destino sea oscuro.
Nos abriremos camino a través de la luz.
En este día y en esta hora.
Por nuestro poder estamos atados.

Continuó ella con voz suave:
Éramos dos; ahora somos uno...
Aun después de la muerte nuestro amor sobrevivirá.

Terminaron quedamente fusionados en sus entrañables miradas.

—¡Lo hicieron! —gritó el pequeño y regordete anciano, totalmente exasperado— ¡Hicieron el Ritual del Collar de Tierra! ¡Qué atrevimiento, cuánta osadía! ¡No respetan ni los conjuros más sagrados! ¡Ustedes, deschavetados, han roto todas las Leyes de los Antiguos Maestros. Han traspasado una línea de la que no tenemos poder de revertir! ¡En mala hora han sellado su destino!

Los amantes parecían no escucharlo. Sabían que habían roto las reglas por el simple hecho de enamorarse: varias ordenanzas más al renunciar a sus clanes y a sus poderes intrínsecos; una última, como el ritual del Collar de Tierra, ¡no haría la diferencia! Estaban unidos para siempre. Eso era lo único que ambos deseaban, lo único que les importaba.

—Siendo así las cosas, deberé quitarte un último don, hija mía —dijo con gran pesar y soltando un suspiro la gran señora de ojos violetas—. Desde este momento dejarás de ser la Guardiana del Libro Sagrado.

La muchacha abatió la mirada en señal de resignación. Intuía que eso acontecería, y aunque aquello le causaba honda amargura, hacía tiempo que se había hecho a la idea de que también eso perdería.

—No será así —interrumpió una voz varonil—. Ella es la depositaria y lo será siempre. Esa ha sido su encomienda y hay una buena razón para que lo sea. Aun sin estar en esta tierra o en este tiempo, incluso en su nueva condición. Y esa es mi última palabra.

17

Todos voltearon para avistar a quién hablaba.

—¡Gran Maestro Enoch! —exclamaron todos al unísono, inclinándose en profunda reverencia.

—¡Gran Maestro Ascendido! ¿Cómo puede seguir siendo ella la Custodia después de todo lo que ha hecho? —exclamó la mujer menuda y de rostro caricaturesco, sin poder contener su ofuscación.

Todos en el reciento la contemplaron sorprendidos. Era la primera vez que no escuchaban a la simpática mujer de rasgos indígenas hablar en verso.

—Porque así son los designios para los Elegidos de excelso cargo. Y así será —respondió el Gran Maestro Enoch con semblante imperturbable a todos los presentes—. Y eso deberá bastarles. Ahora, pequeña, ven y sella con tu sangre el nuevo destino de este Libro. Solo tú tendrás acceso a él, por los siglos de los siglos.

La joven se acercó temblorosa hasta quedar a escasos pasos del Gran Maestro, que sostenía el pesado Grimorio. Extendió su mano derecha sobre la dorada cubierta. El Señor Enoch, quien irradiaba apacible luminiscencia, sacó de su cinturón una daga de cuarzo blanco, que la joven rechazó, ya que apretando con su mano derecha a la izquierda, la sangre de inmediato comenzó a brotar. Al principio, los Maestros no comprendieron por qué sangraba así. Sin embargo, pronto se dieron cuenta: si los amantes habían realizado el poderoso y terrenal conjuro, debían tener heridas en las palmas de las manos para sellar la magia con su sangre. El Grimorio absorbió las gotas del líquido rojo y se desvaneció.

—¿A dónde ha ido? —inquirió la joven, atónita.

—Al nuevo santuario, en el que permanecerá pacientemente hasta que vuelva a necesitarse —le replicó el Maestro Enoch en un tono paternal.

—¡Pero si nunca ha sido usado! —exclamó ella, intrigada.

—Se ha usado mientras este planeta se formaba. Ha servido para que pudieran comparecer los clanes. Para enseñar a los Grandes Maestros de Luz los secretos de la magia y el Universo. También para levantar esta nación. Y, por último, para sellar vuestro destino. Empero, siendo tú, pequeña, la legítima guardiana del Libro Sagrado, su historia y su contenido se te ha sido y será velado hasta que el momento sea propicio —respondió el Gran Maestro Enoch, con voz dulce—. Oportunamente conocerás todo su contenido y todo su poder.

La muchacha lo entrevió consternada: ¿de qué estaba hablando?, ¿cuándo sería el momento?, ¿cómo podría encontrar el Grimorio otra vez? Antes de que ella terminara de formularse más preguntas, Enoch, el Gran Maestro Ascendido, volvió a hablar en tono imponente:

—Ha llegado la hora de que cada quien siga la senda que ha elegido continuar.

Y, sin decir más, se desvaneció. Los seis Maestros se miraron resignados y bajaron las cabezas en señal de respeto y obediencia absoluta. Seguidamente, cuatro de ellos también se desvanecieron. En el salón solo permanecían los enamorados y sus respectivos padres. La señora de cabellos violetas contemplaba, tierna y afligida, a su hija.

—A pesar de todo, recuerda que siempre te amaré. Y confío en que tu futuro, unido al de tu amado, sea mejor de lo que auguro. Sabes que en mi corazón tú siempre me acompañarás, mi pequeña princesa. Te esperaré hasta... —ya no consiguió decir más. Solo un frágil suspiro alcanzó a salir de sus labios, mientras sus diáfanos ojos violeta se llenaban de lágrimas, al tiempo que se desvanecía.

—No sé por qué has elegido semejante camino, hijo mío, pero sí sé de dónde sacaste lo testarudo —dijo el hombre, con semblante apesadumbrado—. Cuídala bien.

La voz se le entrecortó, agachó la cabeza con irreversible pesadumbre y no pudo decir más, pues al instante subsiguiente desapareció.

Un furioso estruendo de tierra sacudió todo el Templo. Los arcos comenzaron a desquebrajarse.

—¡Tenemos que salir de aquí o moriremos aplastados! —externó con pánico el joven, tomando su mano.

Los muros del Templo de cristal de cuarzo comenzaban a ceder. La pirámide invertida que estaba en el techo oscilaba vertiginosa, cesando así el flujo de reposadas ondas sonaras que sostenían la gran esfera de cuarzo blanquecino. Esta cayó estrepitosamente sin quebrarse; aunque, una vez estuvo en el suelo, todo el Templo de Luz comenzó a trepidar como una pluma mecida por una brisa aciaga.

Los amantes corrieron hacia la puerta de oro blanco y antes de que pudieran alcanzarla, otro fuerte terremoto los sorprendió y la puerta se vino abajo, pero se cubrieron lo mejor que pudieron y ninguna roca o cristal de gran tamaño los alcanzó. Consiguieron salir justo por una cuasi abertura entre los ripios. Antes de que lograran ponerse en pie, otra onda trepidante terminó por derrumbar toda la estructura. Ahora solo despojos ocupaban el lugar del magnífico Templo que por mil años había campeado desde la más alta cumbre.

Lo que avistaron al emerger era tan inimaginable como desgarrador: el cielo y la tierra atronaban más furiosos que nunca, y hacia las playas se acercaba una gigantesca ola. Los gritos de desesperación se perdían entre tanto desamparo. Exhalaba la tierra denso humo que alcanzaba a mezclarse con los nubarrones más altos. Ya no tenían a donde correr y solo podían esperar... esperar. En un rugido opresor, el muro de agua barrió con todo a su paso. Los alaridos de agonía de la multitud que había logrado alcanzar la costa inundaban el aire. En el cielo, las espesas y macabras nubes se arremolinaban y la tempestad arreciaba a cada cobertura de la mar arrasadora. Grandes grietas se abrieron en la orilla, dejando fracturas gigantescas que se inundaban de personas abatidas por la furia del océano que las sepultaba.

Todo era desgarrado, fragmentando los bosques, las praderas, los jardines, los monumentos, lo que quedaba de las casas y palacios de las tres magníficas metrópolis, como si de una guadaña de agua se tratara. Igualmente, en los tres fosos en forma de anillos concéntricos que rodeaban los límites de cada ciudad, todo, todo era arrasado, desmembrado, abatido o por siempre despedazado. En lo más alto, la pareja permanecía abrazada, esperando su trágico final. Ambos intentaban inútilmente no mirar. De pronto, todos los gritos de angustia y terror se apagaron. Solo quedaban ellos, solo ellos presenciarían los instantes terminales, finitos *per saecula* de su magnificente nación. La isla se desgajaba en grandes trozos. Cada uno se hundía en el mar a gran velocidad. Las tierras más bajas se perdieron primero. Una a una, las colinas cedieron al inmenso poder de los fuegos subterráneos. De aquella tercera isla ahora solo se erguía en pie aquella minúscula cima.

19

Los centellantes rayos no desistían de caer; el cielo no cejaba de rugir. Cada pedazo de la montaña caía con cada nueva sacudida. Les era extremadamente arduo mantenerse en pie. Ahora, abrazados casi de puntillas, se erguían sobre una insignificante porción de tierra, no mayor a dos metros a la redonda. Ese retazo de cúspide de montaña era todo lo que existía.

En menos una noche, su patria se había extinguido. Los amantes se apretaron fuertemente. Debajo de ellos veían cientos de millas de mar bramando, clamando, convulsionado, formando un gigantesco remolino que muy pronto los engulliría.

La tempestad en las alturas los mecía en una sinfonía demoniaca. Se vieron por última vez. De un momento a otro, el fragmento de cumbre bajo ellos colapsaría. Ninguno dijo nada. Solo se escudriñaban, tratando de apaciguar el pánico que los invadía con el dulce fulgor que despedían sus ojos. Un beso más, el último...

Lo que subsistía de la cumbre terminó por desmoronarse en un soplo. Un instante nada más y ya no estaban. Sus cuerpos se perdían en la inmensidad del mar, en la inmensidad del tiempo. Tiempo... solo él dirá... cuántos cientos de años tardará... en volverlos a encontrar el Collar de Tierra.

CAPÍTULO II.
El Oscuro Sacrificio

En una fría noche del 21 de diciembre del 2000, un grupo de personas con radiantes ropajes se dirigían hacia Stonehenge. Para quienes no lo recuerdan, Stonehenge es un monumento ritual prehistórico en Salisbury, Inglaterra. Consiste en unas enormes losas de piedra situadas en forma de círculo, en una planicie del todo desierta; desierta, porque a sus alrededores no se observa un árbol. Solo se puede disfrutar el brillante césped verde esmeralda que contrasta soberbiamente contra el imponente firmamento.

El grupo de sacerdotes druidas, conformado por doce personas, caminaba en fila con solemnidad. No se trataba de alguna hermandad que se hubiera propuesto mantener viva la antigua religión de los pueblos del norte; el grupo estaba conformado por los verdaderos fundadores de la religión celta. Para ellos era una jornada muy especial, porque esa noche se celebraba el solsticio de invierno. Esa noche sería la más larga del año, aunque para uno de los asistentes la noche parecería no solo larga, sino eterna.

A los lados de la dilatada fila de sacerdotes, cuatro unicornios los escoltaban, dos de cada lado. Del lado derecho, dos unicornios macho azules vigilaban los alrededores. Del lado izquierdo trotaban un unicornio hembra, llamada Liv, junto con su bebé, llamado Sody, preparándose para participar en la ceremonia. Un suave viento del este ondulaba las crines rosadas de Liv, quien estaba algo nerviosa por haber salido de los densos bosques, pero sobre todo porque el pequeño Sody, su hijo, la acompañaba. El bebé unicornio era muy travieso y curioso; la cautela, obviamente, aún no era su fuerte. Sin embargo, era preciso que él participara durante el ritual esa noche, porque su cuerno apenas comenzaba a brotar de su frente y ese es el momento en que los unicornios son más sensibles a los mensajes del cosmos. Así pues, el pequeño Sody era la clave para tener una mejor comunicación con los Grandes Maestros Ascendidos del Universo.

—No te separes de mi lado, mi amor —le recalcó amorosamente Liv.

—¿Por qué salimos de los bosques, mami? —curioseó impaciente el potrillo.

—Porque solo durante los equinoccios y solsticios los sacerdotes de la Hermandad deben salir a lugares despejados y hoy vamos a ayudarlos.

—¿Y quiénes son los Sacerdotes, mamá?

—Pues los Elfos y Semielfos. Ya conoces a algunos.

—¿Por qué deben salir durante los equinoccios, mami? ¿Qué tienen de importante?

—Todo, mi cielo. En los equinoccios y los solsticios el Universo envía mensajes; mensajes que solo la Hermandad puede descifrar.

—Hoy va a haber un solsticio, ¿verdad, mami? —le preguntó, sintiéndose muy inteligente, con su voz de bebé.

—Sí, mi amor —le respondió Liv algo impaciente porque quería estar atenta a todo lo que pasara a su alrededor—. Ahora guarda silencio, tesoro.

El infantil unicornio se quedó callado un momento, pero tuvo otra duda y, haciendo caso omiso de lo que le había ordenado su madre, continuó con el interrogatorio.

—¿Qué es un solsticio?

—Hijo, hay que estar alerta —resaltó con severidad, esperando que el bebé ya no hiciera más preguntas.

—Pero, mami, ¿cómo puedo ir a un lugar a hacer algo especial y no saber qué es lo que voy a hacer? —le reclamó, rezongón.

Liv resopló, procurando no perder la paciencia.

—Mira, tesoro. Pon mucha atención porque solo te lo voy a explicar una vez.

Sody afirmó, emocionado, con un movimiento de su cabeza.

—Ya sabes que la Tierra gira sobre su propio eje y alrededor del Sol.

El potro asintió con la cabeza y miró expectante a su madre.

—Cuando la Tierra gira sobre sí misma, se inclina hacia sus lados; cuando se inclina demasiado hacia el sur, en el hemisferio norte se produce el solsticio de invierno y si se inclina demasiado hacia el norte, hay un solsticio de verano y pasa lo opuesto en el hemisferio sur. Y sabemos cuándo se ha inclinado mucho la Tierra, porque cuando hay un solsticio de verano, el día es el más largo de todo el año y cuando hay un solsticio de invierno, como ahora, la noche es más larga que el día y así sabemos que ha cambiado la estación.

Los dos permanecieron en silencio unos minutos. El pequeño intentaba comprender lo que le había explicado su mamá. Liv se sintió más tranquila porque creía que Sody ya no insistiría, puesto que estaría cavilando la explicación que le había dado. Sin embargo, Liv, que aun veía a su hijo como un bebé, no sospechó que el potrillo aprendía más rápido de lo que ella imaginaba, y que en un abrir y cerrar de ojos intuiría todo y le haría más preguntas.

—Mami, ¿por qué no conozco a otros unicornios como yo?

—Porque el mundo en el que vivimos gobiernan los humanos y solo unos pocos de nosotros estamos encargados de proteger a la madre naturaleza. Las personas no deben vernos.

—Pero si estamos acompañando a unos humanos, mamá —objetó murmurando y viendo de reojo a la procesión que iba al lado suyo.

—Mi amor, los Elfos y Semielfos no son seres humanos. Se les parecen un poco; sin embargo, no lo son. Entre ellos solo hay un humano.

—¡Pero si son iguales, mami! ¿Cómo sabes que no son todos humanos? ¿Cómo sabes que entre ellos solo hay un humano? —indagó, intrigado, haciendo graciosos gestos con sus ojos y sus belfos.

—¡Ah! Por eso es muy importante ser más observador, cariño. No son idénticos; hay pequeñas diferencias y, si pones suficiente esmero, tú también las distinguirás.

—¿Como cuáles, mami? —preguntó, abriendo sus enormes ojos grises, porque no se imaginaba cuáles serían.

—Pues... mira, los Elfos, aunque si son algo parecidos a los humanos en la forma de su cara y el cuerpo, si te fijas bien verás que son menos corpulentos, son más altos... y además tienen un rasgo muy obvio: sus orejas son muy largas y puntiagudas y su tez es muy pálida...

—Pero son tan blancos como los humanos que me has enseñado en libros — interrumpió, frunciendo el entrecejo.

—Sí, es verdad, también tienen la piel de los humanos. A veces blanca, a veces morena, a veces negra, pero siempre en un tono más pálido y con cierto brillo especial en el área de los ojos. Un brillo que los humanos no poseen. Además, sus ojos siempre son grandes y almendrados y los humanos pueden tener los ojos pequeños, redondos, saltones, rasgados y de otros modos. Los cabellos y los ojos de los elfos pueden ser de cualquiera de los colores del arco iris.

—¿Solo en eso son diferentes de los humanos?

—No, por supuesto que no. Los Elfos son inmortales, mientras que los humanos únicamente viven entre 70 y 100 años. Los Elfos conocen todos los secretos del universo y la magia, y los humanos, la mayoría, no creen en ella. Además, los Elfos pueden viajar entre dimensiones y son grandes guerreros cuando es necesario.

—¿Por qué los Elfos no están con los humanos, mami?

—Porque los Elfos son criaturas bellas, nobles y compasivas. Los humanos son... generalmente... más crueles y fríos... Durante milenios, los Elfos han procurado alejarse de los hombres y han logrado vivir en secreto, gracias a los bosques y a sus hechizos. Aunque en algunas ocasiones se han acercado a los humanos, en especial cuando tienen habilidades artísticas. A los Elfos les gusta inspirarlos.

—¿Y los Semielfos?

—Los Semielfos... mmm... ¿cómo te puedo explicar…? Ellos son físicamente mucho más parecidos a los humanos.

—Porque uno de sus padres es un humano, ¿verdad, mamá?

—Sí, mi amor. Por eso, los Semielfos no poseen orejas puntiagudas y son un poco más corpulentos que los Elfos. Con más color en la piel y suelen vivir cerca de los humanos.

—Pero, mami, ¿pueden hacer magia como los Elfos?

—Por supuesto que sí, tesoro. Los Semielfos también conservan ese don, además de la belleza, el arte, el amor a la naturaleza y la destreza física de los Elfos y, aunque no viven tantos años como los ellos...

—¿Cómo cuántos, mamá?

—Creo que entre unos 120 y 150 años…

—¿Y por qué hay un humano entre los Elfos y Semielfos, si los humanos son malos y destructores?

—No todos los humanos son así, tesoro. Muchos se preocupan por la Madre Naturaleza y son capaces de condolerse de los demás seres vivos. Cariño, debes de saber que muchos humanos son muy sabios y si se esfuerzan lo suficiente pueden llegar a manejar la magia y ayudar a los Grandes Maestros y también a la evolución del planeta.

—¿Y por eso invitaron hoy aquí a un humano?

—Porque los Elfos enseñan los rituales celtas únicamente a personas de corazón noble y gran entendimiento. Son ellos quienes han instruido a los druidas desde sus inicios.

—Mami, ¿por qué los Elfos nunca salen de los bosques?

—Ya te lo dije, corazón. Nunca salen de los bosques porque no quieren ser vistos, ni por los demás humanos y muchos menos por los Elfos Oscuros y las Criaturas de las Penumbras.

—Entonces, ¿nunca hacen ceremonias fuera del bosque?

—Ellos rara vez hacen ceremonias fuera de la espesura, porque ahí están protegidos y únicamente salen en los solsticios y en los equinoccios.

—¿Por qué? —curioseó, resoplando un mechón de su crin que le tapaba uno de sus dulces ojos.

Liv respiró profundamente. Parecía que Sody jamás dejaría de hablar. Le era muy difícil prestarle atención y, al mismo tiempo, patrullar los alrededores.

—Cada cierto tiempo se pueden hacer y comprender muchas cosas, si se reúnen en el centro energético adecuado.

—En los equinoccios y en los solsticios, ¿verdad, mami? —dijo el potrillo, sintiéndose orgulloso de recordar lo que Liv le explicaba.

—Sí, mi amor, como en los cambios de estación. Estas tareas únicamente son llevadas a cabo en fechas especiales por la *Hermandad de la Luna Plateada*.

—¿Cómo qué cosas pueden hacer en los solsticios? —insistía cada vez, más emocionado.

—Bueno... pues... pueden revisar el estado del campo magnético terrestre... pueden hacer predicciones de eventos futuros y también realizar la iniciación de nuevos Maestros de la Luz. ¡Ah!, se me olvidaba: también pueden hacer concilios con otros grupos espirituales secretos.

—¿Y quiénes están en la Hermandad de la Luna Plateada, mamá?

—La hermandad está formada por gran variedad de seres; entre ellos, Elfos, Semielfos, Unicornios, Hechiceros, Hadas... humanos. A estos seres se les llama Maestros de Luz y conocen los secretos más fantásticos del planeta, los devas y otras dimensiones —respondió Liv, mientras sus ojos rosas brillaban al recordar a algunos de sus amigos.

—¿Y por qué van a hacer la ceremonia aquí?

—Porque Stonehenge, al igual que otros lugares ancestrales, es uno de los centros energéticos mejor enclavado del planeta.

—¿Y para qué es la ceremonia de hoy? —curioseó entusiasmado, porque sabía que él participaría durante todo el rito.

—Es para predecir eventos planetarios futuros, y para realizar la iniciación de tres nuevos miembros de la Hermandad.

—Mami, ¿y quiénes más vienen? —inquirió con mohín de sumo asombro.

—¡Hoy andas muy preguntón, mi pequeño! —exclamó Liv—. El ritual va a ser conducido por la Gran Sacerdotisa Dana de las Pléyades. A ella ya la conoces: es la que lleva túnica blanca, al principio de la fila.

Liv hablaba de una elegante Elfa de 13,780 años de edad, pero tan lucidora como una señora de 50 años, con una larga cabellera plateada, tan hermosa y radiante como la luna y de grandes ojos grises. Su porte reflejaba gran autoridad, tanto como voluntad de hierro.

—Detrás de ella está el Gran Maestro Alejo, el Protector. ¿Lo ves? Él es un Elfo también poseedor de gran sabiduría —afirmó Liv.

Alejo era alto, delgado y de gesto vibrante. Llevaba el pelo largo, con una barba muy fina.

24

—Es el que también va vestido de blanco luminoso, ¿verdad, mami?

—Sí, mi amor. Y si observas bien, tras él caminan siete Semielfos: cuatro mujeres y tres hombres, todos poseedores del don de la premonición.

—Pero llevan capucha, mamá —se quejó—. Así no puedo distinguirlos.

—Tienes razón, cielo. Es que yo ya los conozco; por eso sé quiénes son Elfos y quiénes Semielfos. Luego te los presentaré y vas a ver que muy pronto me podrás decir, a simple vista, quién es un Elfo y quién es un humano, sin que yo te dé pistas.

El césped húmedo hacía resonar su trote; sin embargo, no había nadie en los alrededores que pudiera escucharlos. Sody sonrió y contempló a Liv, esperando que le dijera quiénes más venían en la fila.

—Pero, por ahora, los puedes reconocer por los colores. Son las siete personas con toga dorada. Y los tres últimos que caminan en la fila, los que van de violeta, son los iniciados, los que hoy serán ascendidos a Maestros de Luz Violeta: primero va Nonn. Ella es una Semielfa que, a mi juicio, tiene los ojos dorados más brillantes del mundo. Detrás de ella va Axel; él es un humano.

El pequeño unicornio entrevió con recelo a Axel. Aún seguían sin agradarle los humanos. Era por ellos que siempre se escondían en los bosques, en las cuevas. Percibía que los demás Seres de Luz hablaban de ellos con recelo. Avistaban, como él, peligro: la raza humana no era de confiar.

—No me mires así, mi amor. Ya te dije que hay humanos clementes o, mejor dicho, compasivos y capaces de hacer magia; además, suelen ser los más valientes y astutos de todos los guerreros —Sody sonrió de nuevo y Liv continúo: —Te va a gustar mucho conocer a Axel. Es un humano muy especial. Es persistente, ágil e incansable. Además, creo que es muy alto para ser hombre. Muchas Elfas dicen que es uno de los humanos más guapos que han visto: sus cabellos negros como el ébano y ojos verdes como el jade las enloquecen —resaltó, haciendo un mohín pícaro—. Y al final de la fila viene Enya. Es la muchacha graciosa y delicada de cabellos de oro y ojos azules que te ayudó cuando tropezaste antes de salir del bosque —le explicó con inflexión suave.

—Ella es una Elfa, ¿verdad, mami?

—Sí, cielo. ¿Cómo te diste cuenta?

—Pues porque presté atención, mami. Recordé que ella tiene las orejas muy largas y la piel es casi del color de la luna; además es muy delgada y muy hermosa —y al decir esto, las mejillas del pequeño unicornio comenzaron a sonrojarse.

—Muy bien, mi amor. Ya entendiste. Y ya no hagas más preguntas; debemos permanecer en silencio.

—Y ¿en qué vamos a ayudar nosotros? —interrumpió el bebé unicornio, sin hacer caso a lo de quedarse callado.

—¡Sody! —exclamó Liv, lo más bajo que pudo, lanzándole una mirada impaciente—. Esta es la última pregunta que voy a responderte esta noche —confirmó ahora sin mirarlo—. Nuestros cuernos ayudarán a mejorar la comunicación con el Universo. Y ahora sí, por favor, guarda silencio, mi cielo, para que podamos escuchar la salmodia.

Mientras se encaminaban al centro del círculo de monolitos, la Hermandad de la Luna Plateada entonaba una gloriosa melodía. Era tan relajante que podía tranquilizar y hasta hipnotizar a quien la escuchara. Dana, la Elfa que dirigía la procesión, golpeó con fuerza su báculo de plata y, en un instante, la reja que rodea a Stonehenge desapareció.

Ya muy cercanos al primer círculo de piedras, el aire comenzó a tremolar, como si algo o alguien lo perturbara, aunque el ambiente seguía tranquilo. Ninguno de los asistentes se imaginaba que eran espiados y, mucho menos, por seres viles y horrendos. En el subsuelo, tres seres solapados esperaban el momento adecuado para llevar acabo su macabro plan. Cuando el cántico llegaba a su tono más alto, un agujero se abrió de repente en la tierra húmeda. Enya, la última Elfa en la fila, desaparecía sin que nadie se percatara. Fue arrastrada hacia las profundidades subterráneas por tres asquerosos y bestiales Orcos. Estos rápidamente le colocaron un extraño collar de ónice alrededor del cuello y en su nariz, un trapo bañado en un elixir de mandrágora que la dejó inconsciente.

Enya, aturdida, no comprendía qué había sucedido, y habría sido mejor que nunca lo hiciera. Se encontraba recostada boca arriba sobre una losa de mármol negro, con las manos atadas arriba de su cabeza y los pies ligados juntos, pero amarrados, tirantes, a la losa. El recinto se asemejaba a una cueva, con murales muy rudimentarios, aunque terribles por los horrores que mostraban. En ese estado de semiinconsciencia logró avistar a tres mujeres: una muy anciana, a la que las otras dos llamaban Zaba, con largas uñas negras; otra de nombre Sibila, que parecía una mujer de edad madura, atractiva, pero con un halo de amargura y crueldad muy marcado; y Aitana, ligeramente más joven, de cabellos dorados, pero con pupilas rojas y enormes alas bermejas. Aunque a su alrededor percibía a más seres, le llamó la atención un hombre que permanecía de pie al fondo de la caverna. No podía distinguirlo, porque la intensidad de luz de las velas negras colocadas en el piso no era suficiente. Lánguidamente se acercaba hacia donde se encontraba Enya; y, con una voz muy varonil y acento de caballero inglés, dijo:

—Zaba, bruja de los Sacrificios, ha llegado el momento de comenzar la ceremonia.

—Sí, mi Señor. La luna está en posición y los astros podrán hablarnos por medio de la sangre y órganos del ser puro.

Aunque los Elfos pueden vivir milenios, pueden ser muertos por medio del hierro o la magia, y Enya sabía que si se concentraba lo suficiente podría abrir un portal dimensional para así escapar; sin embargo, no lograba salir de su estado intoxicado. Por tanto, no conseguía enfocarse en encontrar las palabras que podrían ayudarla a escapar y salvar la vida.

Por fin se dio cuenta de que lo que le impedía desaparecer era un collarín de ónice, porque no le permitía hacer la conexión para cambiar de plano: el aro hacía las veces de anillo energético; por tanto, no había manera alguna de que pudiera huir.

Enya no sentía apenas dolor, porque el elixir tenía propiedades analgésicas; no obstante, estaba algo consciente y comprendía lo que sucedía. Ahora se daba nítida cuenta de que estaba a punto de celebrarse un ritual de magia negra, en la que ella sería la ofrenda ¿única…? ¿o solo la principal? La gran bruja Zaba entonó unas palabras mágicas en sánscrito y, dando un estridente alarido, clavó una daga en el terso vientre de la Elfa. Ella no había sentido mucho malestar, aunque el advertir lo que hacían con ella la impactó sobremanera. Asustada, no dejaba de pensar que

26

esa noche dejaría esta vida... además, conocía el significado de las palabras que Zaba había proferido: eran una fórmula mágica que impediría que su espíritu se comunicara con sus Maestros después de morir: una especie de sello mágico de seguridad, hecho explícitamente para que la ceremonia quedara sepultada en inaccesible secreto.

Después se acercó Sibila, una Semielfa de la Oscuridad que poseía el don de la profecía, y entre las dos abrieron el vientre de Kiara y prosiguieron a sacar sus órganos. Enya estaba aterrada, y aunque el dolor se había esfumado, persistía el impacto y la consternación del primer momento. Además, el hecho de que la Hermandad de las Tinieblas se interesara en realizar un ritual tan elaborado y secreto la asustaba aún más. Enya recordaba que ese tipo de ritos eran realizados en la antigüedad con fines adivinatorios. Así que dedujo que Zaba y Sibila ejercían las veces de arúspices o "inspectoras de entrañas", que pretendían predecir el futuro o conocer algún secreto mágico extremadamente velado, analizando las vísceras de su víctima.

Hacía más de 200 años que los Maestros de Luz no realizaban una ceremonia en los sitios más sagrados, y que los Elfos de la Oscuridad hubieran averiguado cuándo la realizarían y en qué lugar, significaba que habían sido espiados y que los Seres de las Tinieblas estaban extremadamente interesados en conocer algún secreto de la magia de tal magnitud que ni los Elfos mismos, siendo grandes conocedores de todo tipo de sortilegios del Universo, podrían descifrar estando vivos. Enya comprendía que se habían infiltrado en la Hermandad de alguna manera e intentaba comprender qué tipo de información pretendían conseguir con ese ritual de magia negra y qué tan peligroso sería para la Hermandad de la Luna Plateada.

El tiempo pasaba, la dulce Elfa se desangraba lentamente, segundo a segundo; a Enya se le iba la vida: podía sentir que sus fuerzas se consumían como la luz de una débil vela. Las dos sacerdotisas aún intentaban descifrar lo que observaban en la sangre y en las entrañas de su víctima. Debían hacerlo con rapidez, pues si ella moría durante el ritual, este ya no serviría. Cuando, de repente, Zaba, la Bruja de los Sacrificios, habló alzando en ristre uno de sus dedos de largas uñas negras ensangrentadas:

—¡En la glándula de las transformaciones fundamentales, equivalente al hígado en los humanos, se ha formado un escarabajo!

Sibila, la de visión premonitoria, entonces interrumpió:

—Eso solo puede significar resurrección. ¡Ya está entre nosotros! Los coágulos de sangre forman dos números... primero un dos... un cinco... hace un poco más de 25 años que la Mujer Celeste está en nuestro mundo.

—Pero ¿dónde?! —preguntó abruptamente el caballero británico acercándose a ellas.

Sibila llamó con la mano a un troll, quien traía en sus manos un antiguo "Hígado de Piacenza", una herramienta de piedra utilizada en el arte de la adivinación desde hacía varias eras; colocó la gelatinosa entraña en esta y observó atentamente todos sus detalles y en qué áreas había más sangre y en cuáles no. De pronto, una ronca voz interrumpió el silencio sepulcral que reinaba en la caverna.

27

—La Mujer Celeste no está en el viejo continente —confirmó Sibila, la de visión premonitoria— América... es ahí donde debe buscarla. Pero una advertencia: tendrá que ir con cuidado, mi señor —continúo la bruja con su predicción—. En la sangre leo que la princesa despertará más fuerte que nunca. Es fundamental que ella no conozca toda la verdad, porque podría transformarse en un temible y poderoso enemigo.

Por fin, Enya, la dulce Elfa, alcanzó a distinguir al caballero británico. Sus hermosos ojos azul cielo no podían creer lo que veían. En ese instante lo comprendía todo. En su mente ahora todo tenía sentido: las piezas encajaban; ya sabía por qué y para qué se había realizado el ritual. Las fuerzas se le iban, la vida abandonaba su cuerpo.

—Aitana, la más vil de las arpías —sentenció el varonil hombre—, tu misión será ir tras la Mujer Celeste. Observa con atención en la sangre de esta víctima en dónde se encuentra y no digas a nadie su paradero. Tráela con engaños. No debe recelar un ápice; recuerda que la discreción es fundamental y date prisa porque se nos acaba el tiempo. Y tú, Donovan, Señor de las Bestias, deshazte de este cuerpo —ordenó el caballero inglés, señalando el cuerpo sin vida de la dulce Enya—. Encárgate de que no quede despojo alguno.

Y con estas palabras finales, el misterioso caballero británico se adentró, con lúgubre distinción, hacia las sombras. Aitana, la arpía de brillantes ojos rojos, salía de la cueva abriendo sus enormes y membranosas alas rojas, para llevar a cabo su siniestra misión. Y, mientras tanto, Donovan, el Rey de los Licántropos, desataba a Enya para cumplir con las órdenes. Los Seres de las Penumbras obtenían preciados frutos de la sangre diáfana de una inmortal. Valía la pena el esfuerzo hecho y, más aún, el oscuro sacrificio.

CAPÍTULO III.
Al Alcance de las Sombras

La procesión siguió su parsimoniosa marcha hacia el prehistórico monumento, ahora Stonehenge lucía soberbio contra la bóveda celeste. El brillo de la luna llena rozaba los grandes megalitos y nadie sospechaba lo que había sucedido con la dulce Elfa.

Axel, que había estado al frente de Enya en la fila, no se había percatado de que ella había desaparecido, porque sentía que alguien más caminaba detrás de él. En el momento en que Enya fue raptada, un Elfo Oscuro conocido como Kaled el Sanguinario había tomado su lugar en la procesión. Cuando se acercaban al emplazamiento sagrado, Kaled se hundió en la tierra. Axel todavía caminó unos metros más, cuando advirtió que no escuchaba pasos de tras de él ni sentía que Enya estuviera ahí. Extrañado, giró para toparse sorpresivamente con la nada: a su alrededor solo alcanzaba a ver el césped, el firmamento y una carretera que pasa cerca de ahí. Siguió buscándola con la mirada y cuando se dio cuenta de que de ella no estaba, gritó para que la procesión se detuviera.

—¡Enya… ha desaparecido!

La expresión de Dana al escuchar tal noticia fue de desconcierto en un inicio, como si en su mente rebuscará una explicación lógica a la ausencia de la dulce Elfa; sin embargo, unos instantes después su gesto cambió de la incertidumbre al terror.

—¡Permanezcan unidos! —ordenó Dana al consternado grupo.

Los unicornios se acercaron a gran velocidad

—¿Que ha sucedido? —preguntó Enzo mientras el viento movía su azulada crin y su cuerno dorado se encendía.

—¡Enya ha desaparecido! —exclamó Axel de nuevo, visiblemente angustiado.

—Eso solo puede significar una cosa… —resaltó Enzo, Señor de los Unicornios y padre de Sody, con gesto solemne y entristecido.

Los tres: Dana la Sacerdotisa, el Maestro Alejo y Enzo cruzaron miradas de aflicción extrema. Comprendían que la única explicación posible era que había sido capturada, y los únicos que podrían hacer algo así eran los terribles Elfos Oscuros y los Orcos. Dana sacó de su túnica un cuerno cubierto con concha nácar y grabado con peculiares símbolos y mensajes rúnicos.

—Toma —le dijo a Axel, entregándole el cuerno—, convoca a todos.

Axel sopló con todas sus fuerzas el tornasolado cuerno nacarado y en un instante cientos de Elfos se reunieron ahí, junto con un grupo numeroso de hadas verdes y gnomos. En seguida, los Elfos, Dana la Sacerdotisa y Alejo, el Protector los dividieron en grupos:

—Yves, tú y todos los Elfos Guerreros la buscaran en los alrededores. Winona, tú guiarás a las Hadas, viajarán hacia los castillos y fortalezas abandonadas y escrutarán en los lugares más oscuros —ordenó el Maestro Alejo, con voz apremiante.

—Rohan tú liderarás a los Gnomos. Deben de escudriñar en las profundidades terrestres —continuó Dana.

29

—Y nosotros, ¿dónde buscaremos? —interrumpió Axel. Sus ojos verdes irradiaban furia y frustración; temía lo peor por su tierna amiga.

—La procesión debe seguir —reconoció Dana, con la mirada perdida en el horizonte.

—¡No! —clamó Axel como réplica— ¡Debemos buscarla!

—Eso haremos —insistió la Sacerdotisa en un tono maternal—. Es indispensable hacer los rituales hoy. Durante ellos pueden ocurrir poderosos fenómenos psíquicos. Tal vez seamos capaces de vislumbrar su paradero y la razón por la cual fue raptada. Axel, cálmate, vociferando y perturbado no lograrás nada. Recuerda todo lo que te hemos enseñado.

Él aún dudaba: era un hombre de acción y le resultaba muy frustrante no ir con los grupos de búsqueda.

—Debes confiar más en las palabras de los Maestros —interrumpió Nonn, la Semielfa de ojos dorados, tocando su hombro—. Cada quien dará su mejor esfuerzo para encontrarla.

—Mami, ¿qué ha pasado con Enya? —preguntó el pequeño Sody, con la voz quebrada por los sollozos.

—No lo sé —respondió Liv en un murmullo; la voz una nota sombría a punto de extinguirse.

Aunque los Maestros Dana y Alejo continuaron en silencio con la procesión y trataron de mantenerse tranquilos y esperanzados mientras los demás buscaban a la Elfa, en los bosques y las profundidades de la tierra el miedo reinaba. Sospechaban la razón por la cual había sido capturada la joven y les sobrecogía que, de comprobarse, su destino podría ser espantoso.

Realizaron la ceremonia de iniciación y prosiguieron con el vaticinio. Ahora estaban seguros de que no la encontrarían y por qué. Al terminar la ceremonia, volvieron a convocar a todos: a los Elfos Guerreros, Gnomos, Hadas y Unicornios para reunirlos dentro del círculo de Stonehenge y les explicaron que Enya había sido capturada por los Seres de las Tinieblas y que lo habían hecho con el único fin de hacer un ritual de sacrificio para poder averiguar si la Mujer Celeste ya había renacido y en qué lugar.

Se hizo un silencio sepulcral y un sentimiento, mezcla de desamparo y melancolía, invadió a todos los presentes. Durante los días subsiguientes, los Maestros de Luz y Sacerdotes Dorados intentaron contactar con el espíritu de Enya, pero fue inútil. Se dieron cuenta de que antes de morir Enya había sido hechizada y no podría comunicarse ni con ellos ni con otros espíritus o Seres de Luz hasta que reencarnara, y eso sería dentro de 150 años. En el bosque de los Elfos de las Pléyades todos estaban apesadumbrados y preocupados. Grandes grupos de criaturas se habían reunido y se preparaban para su siguiente movimiento, con la expectativa de adelantarse a los planes de los Señores de las Tinieblas.

—Mami, ¿qué harán ahora? —preguntaba el pequeño Sody, con los ojos más tristes que alguien jamás habrá visto.

Los Maestros enviaran mensajes de lo sucedido a todos los Espíritus de la Naturaleza del planeta por medio de los cantos de las aves y el eco de los delfines.

—¿Y todas las aves pueden mandar nuestros mensajes a todo el mundo? —curioseó Sody, frunciendo el ceño.

—No, corazón, no todas. Los cuervos y buitres prefieren relacionarse con las Criaturas de las Tinieblas y son los únicos animales de estas especies que no pueden comprender los mensajes de los Maestros de Luz.

—¡Qué bien que no entienden, mami!. Así no les pueden decir a esos malvados lo que estamos haciendo nosotros —exclamó, formando un gesto de repudio con el hocico.

—Sí, mi cielo. No obstante, los buitres y cuervos también hicieron una alianza con los Seres de las Tinieblas. Así que ni las demás aves ni otros seres luminosos podemos entender los mensajes que se mandan entre ellos.

—¡Oh mami! ¿Entonces nunca sabremos lo que están haciendo? ¿Y si capturan a la Mujer Celeste que todos buscan antes que los Maestros la encuentren?

—No te preocupes, tesoro —insistió Liv, en el tono más maternal que pudo, mientras acariciaba con sus belfos la crin blanca de su pequeño—. Los Maestros de Luz sabrán qué hacer para descubrir los planes de los Señores de las Tinieblas; no temas.

—¿Estás segura? —replicaba Sody, acongojado y acercándose al torso de su madre para resguardar la cabeza en su cuello.

—Sí, cariño. Los Maestros son muy listos. Ya verás que encontrarán la manera de llegar a la Mujer Celeste antes que esos Siniestros Seres.

—Pero... ¿y si la atrapan antes de que se les ocurra que hacer? —objetó el pequeño unicornio con un hilo de voz, abriendo desmesuradamente los ojos mientras se separaba de su madre.

—No temas, mi amor. En ese caso encontrarían la manera de rescatarla.

—¿Y si están en otro lugar?

—Todos viajaremos para encontrarla —respondió con ternura—. Ahora mismo, todos los Espíritus de la Naturaleza que se encuentran dispersos por los continentes del planeta, las aguas y el aire sabrán lo que ha sucedido y nos van a ayudar —confirmó jugueteando con la cabeza y tratando de hacerle cosquillas a su pequeño para animarlo—. Todos vendrán.

—¿De verdad todos?

—Sí, cielo —le dijo poniendo un semblante más serio—, y sé que todos ellos harán hasta lo imposible por encontrar a la Princesa que esos villanos llevan buscando desde hace siglos y por quien los Oscuros han sacrificado a nuestra hermosa Enya.

Viendo que Sody no se tranquilizaba, la madre añadió:

—Por eso, mi pequeño, hay que confiar en que la encontraremos antes. Pero si no es así, sé que todos darán su vida por rescatar a la Mujer Celeste; no lo dudes.

El pequeño Sody guardó silencio. Observaba con semblante entristecido la luna a través de las hojas de los árboles y, mientras sus pezuñas hacían crujir las hojas y ramas caídas, recordaba con nostalgia las caricias y cuidados que le había proporcionado Enya. Su corazón se estremecía al recordar lo que le había ocurrido y temía que a aquella mujer a la que no conocía, pero a la que todos amaban y buscaban, la Mujer Celeste, le sucediera lo peor: los Señores de las Tinieblas también la querían encontrar. Suspiró, giró la cabeza para echar un vistazo nuevamente a la luna y, sin saber cómo o por qué, algo en su corazón presentía que aquella legendaria princesa estaba en peligro, al alcance de las sombras.

DAGÁZ, La oscuridad vive en la luz y la luz en la oscuridad. Autora: Irene Arbolí Moreno

CAPÍTULO IV.
Un Sueño

En una habitación de un antiguo castillo, una hermosa joven con un vestido largo y estilizado, de color blanco con piedras preciosas, encajes azules en el corsé y una cauda azul marino, prepara desesperada unas pociones, mientras una hueste de soeces caballeros intentan penetrar al castillo. Ella tiene que terminar los hechizos antes de que ingresen porque, si no, todo lo que ha preparado no servirá de nada. En un oscuro rincón deja algunos objetos escondidos derrama su sangre sobre un extraño libro de cubierta dorada, para que este desaparezca. Está muy ansiosa. Toma su capa de terciopelo azul ultramar y una antorcha, cubre su cabeza con la capucha y toca un objeto que está cerca de la chimenea, y justo detrás de esta se abre una pequeña puerta: es un pasadizo secreto; ingresa en él y la puerta se cierra. Camina por unos recovecos muy oscuros, lúgubres y húmedos. Estar en ese lugar la asusta, pero le aterra más ser capturada, porque torturas, vejaciones y una muerte dolorosa, lenta y cruel serán lo único que le espere a manos de aquellos despreciables villanos.

Después de recorrer un largo trecho por escaleras y demás vericuetos, sale por uno de los muros traseros del castillo e intenta ir hacia el jardín, porque sabe que si logra tomar por ese camino, logrará huir de sus perseguidores. Mas todavía no anochece y piensa que podrían verla con facilidad y capturarla antes de que lograra entrar en él. Decide esperar. Encubierta en las sombras, escucha voces y percibe en la distancia a esos indignos hombres que están cerca del jardín. No sabe a ciencia cierta si la han visto, pero ir hacia el vergel es muy arriesgado y resuelve internarse en el bosque. No obstante, no puede dejar de dar una ojeada a sus espaldas. Lo que vislumbra hace que su respiración se torne agitada y le cueste trabajo enfocarse: el pánico lentamente se apodera de ella; oye pasos, siente que las fuerzas se le van y comienza a llorar. Entonces conjetura que no lo logrará. No puede seguir por donde podría escapar, porque le han interceptado el camino y solo logra llegar al pie de un obscuro barranco. Mira hacia el despeñadero, voltea y los ve: están muy cerca; camina varios pasos hacia atrás con la cabeza agachada, resignada, entregándose a su mala fortuna. Entonces... susurra unas palabras, más parecidas a un ruego, a una última súplica, que a fórmulas mágicas.

Sí, sus perseguidores están muy cerca. Retrocede unos pasos, respira hondo y comienza la corta carrerilla, con renovado ímpetu, hacia el declive; brinca y, justo cuando sus pies están dejando el piso, mira hacia el frente. Al otro lado del despeñadero hay un hombre que trata de impedirle, con señas, que salte, pero no consigue distinguirlo del todo. Está atardeciendo y los últimos rayos del sol la deslumbran al reflejarse en sus ojos. Es un sol amarillo oro y el cielo es rojo fuego. Todo pareciera suceder con lentitud extrema. Ella solo consigue distinguir una silueta que corre hacia ella intentando, con desesperación, detenerla. Lo último que escucha es un grito desgarrador del hombre del otro lado del precipicio. Su mayor deseo era quedarse con él. Ella siente el aire cálido en sus mejillas, el corazón se le llena de una inmensa desolación y angustia: no por miedo a la muerte, sino porque aquel hombre está sufriendo por ella y al que, inexplicablemente, no quiere dejar… Ya es demasiado tarde. Todo lo que puede ver y sentir es la inmensa tenebrosidad de la profunda oquedad.

En ese instante, Aimée despierta convulsa y bañada en lágrimas. Ese sueño la ha perseguido toda su vida y lo peor de todo es el sentimiento de vacío y añoranza que la acompaña al despertar. Incluso pueden pasar varias horas antes de que esa sensación de vacuidad desaparezca. Últimamente, el sueño se ha hecho más claro para ella: en un inicio lo soñaba a pedazos, como si fuera un rompecabezas, pero de unos meses para acá se había dedicado a estudiar técnicas que enseñaban a destrabar los sueños, en especial pavorosas pesadillas. Así que el chocante sueño, si bien nunca ha podido cambiarlo o mejorarlo, al menos había conseguido rearmarlo para visualizarlo lo más completo posible. Lo ha tenido desde muy pequeña y antes pensaba que era como una película que su mente le proyectaba cuando estaba dormida, hasta que llegó a la adolescencia y se dio cuenta de que la joven hostigada y perseguida en el sueño ¡era ella!

Después de aquietarse un poco, tantea para recordar dónde se halla. Mirando en torno pudo notar que viajaba en un avión. Ahora toda su actual realidad se agolpaba en su mente: la de que estaba por aterrizar en París. Su más anhelado deseo, viajar a Europa, está al fin por cumplirse, gracias a que había conseguido una beca completa para continuar con sus estudios de antropología. A pesar de la tristeza que la acompañaba generalmente al despertar de ese sueño, su corazón estalló de vívida emoción cuando salió del aeropuerto y pudo percibir un dulce aroma que invadía sus sentidos. Era a finales de febrero y, aunque todavía hacía frío, Aimée no podía sentirlo: solo abrigaba placidez, pues tenía la impresión de que había llegado a casa, como si su espíritu, por fin, se tranquilizara. Aunque amaba México, el país que la vio nacer, la sensación de estar realmente donde debía era tan reconfortante como enervante.

Arribó sin inconvenientes a la casa de huéspedes, una encantadora casa antigua adaptada como posada. Su habitación tenía la mejor vista, con un minúsculo balcón que daba al río Sena. Dejó el equipaje sin abrir y decidió recorrer un poco la bien llamada Ciudad Luz. Todavía no eran las nueve de la noche y, por más que su viaje había durado doce horas, no se sentía cansada. Pasó por Notre Dame y mientras admiraba el imponente edificio desde el exterior, un suave perfume a gardenias invadió el ambiente. Conocía muy bien ese aroma porque eran sus flores favoritas, al tiempo que claramente sintió que alguien tocaba sus largos cabellos negro azabache. Volteó con urgencia: no había nadie a su espalda, se encontraba sola. Aunque se seguía juzgando observada, solo unas cuantas personas paseaban a las orillas del Sena; unas con prisa, otras con calma y otras acompañadas por alguien más… ninguna de ellas parecía prestarle atención y, sin embargo, en ella persistía la sensación de ser vigilada.

Aimée era una joven de llamar la atención, no solo por bonita, sino por la gracia que destilaba. Además, apenas se la trataba un poco, se notaba lo inteligente y extremadamente perspicaz que era. Resultaba muy atractiva por su belleza tan singular. De facciones muy finas, de cabello ondulado en las puntas, casi hasta la cintura y de un color natural muy excepcional, un negro como ala de cuervo que al contacto con la luz tomaba tintes azulados, tornasolados. La cuestión es que se la notaba fulgurante a simple vista en el día. Y sus ojos eran almendrados con un azul aguamarina que hacía juego excelente con su cabello, destacando –más si se puede– por el tono tan blanco de la piel. Además, su cuerpo era delicado, como el de una bailarina de porcelana de esas de Sèvres. Estudió antropología en su país y en su carrera había aprendido que la intuición y la observación son grandes herramientas, pues con ellas podía descubrir en las excavaciones cosas que nadie advertía o que nadie pensaba que estaban ahí. Y, por esa razón, había tomado muchos cursos y diplomados para aprender a relajarse, concentrarse y escuchar su intuición.

Estaba percibiendo que alguien la observaba. Permaneció inmóvil unos minutos y se le ocurrió que tal vez el viaje sí la había afectado y, aunque no creyera estar cansada, su cuerpo lo estaba. Se encaminó hacia la posada, desempacó sus maletas justo para sacar el pijama y, en cuanto se acurrucó en el lecho, se durmió profundamente. Los siguientes tres días, fin de semana, los pasó recorriendo París. Aimée era una apasionada del arte, la historia, la mitología, y los paisajes. Así que desde muy temprano visitaba todos los lugares que moría de ganas por conocer desde la más tierna infancia. Por las noches daba largos paseos junto al Sena, aunque pensó en dejar de hacerlo porque era cuando tenía la impresión de que alguien la seguía. Ahora bien, una vez llegaba a la casa de huéspedes, le causaba gracia y, además, le intrigaba su peculiar paranoia nocturna.

El lunes se levantó temprano y recorrió algunos lugares turísticos y por la tarde preparó sus cosas para ir a la Soborna, porque tenía que entrevistarse a las ocho de la noche con el profesor que le había autorizado la beca. Se perdió y llegó justo a la hora de la cita. Aimée no podía creer que estaba ahí: algunas personas la empujaban al pasar, porque se había quedado de piedra durante unos segundos, justo en la escalinata de la universidad. Para ella, estar frente al edificio en el que habían impartido clases personajes como Albert Einstein, Paul Ricoeur, María Curi, entre otras grandes mentes de todos los tiempos, era un evento solemne. Unos instantes se sintió pequeña y, a la vez, parte de la historia. Recorrió casi todos los despachos, sin encontrar la oficina del profesor Olaf. Aunque su francés era muy bueno, tanteó de pedir ayuda, pero o no entendía las indicaciones o no se las daban correctamente, y no lograba dar con él. Los nervios empezaron a hacerse presentes y lo que menos quería era dar una mala impresión llegando tarde a la cita.

Por fin encontró un mapa, trató de memorizarlo, como también procuró ir más aprisa, mirando los letreros y números a medida que pasaba delante de ellos. Chocó con alguien, pidió disculpas sin mirar a quién había empujado; sin embargo, cuando oyó el ruido de libros que caían al piso, volteó avergonzada para levantar lo que sin querer había tirado, intentando al mismo tiempo disculparse en todos los idiomas que conocía. Cuando terminó de recoger el último libro a sus pies, alzó la vista al entregarlos, topándose con los ojos más negros y penetrantes que había visto en su vida. El dueño de ellos, un muchacho, en ningún momento habló; solo la contemplaba muy fijamente, como si invadiera su intimidad. Ella tembló, parecía como si sus rodillas no quisieran sostenerla y ya no pudo decir ni una palabra más. Ese joven era el más atractivo que en su vida había visto… y, a la vez, el más inquietante, al punto que su corazón jamás había latido de una manera tan violenta ante la presencia masculina. Un aire fresco empezó a soplar y un dulce aroma flotaba en el aire. El gallardo joven era alto y delgado, pero parecía ser muy fuerte; de cabello castaño claro y ondulado, lo llevaba hasta el hombro. La nariz era fina y recta y su piel apiñonada; sus labios, delineados y carnosos, decían más con el mutismo que con mil palabras.

Aimée se quedó paralizada unos instantes: la forma en que él la miraba y el gesto, en general, le resultaba tan misteriosos como provocativos e insinuantes que no sabía qué hacer y, aunque quería dejar de observarlo, no podía; pareciera como si sus ojos fueran dos imanes. Lánguidamente le dio los libros que había levantado y, cuando sus dedos se tocaron, Aimée sintió como si un escalofrío le recorriera el cuerpo. Su emoción era tal que pensó que iba a llorar. Se contuvo todo lo que pudo ante esta inusitada sensación que la rebasaba y antes de que saliera una lágrima, él acercó su rostro al oído de ella para susurrar un *merci* tan sensual que la piel de Aimée se erizó por completo. Ella bajó la mirada y respiró profundamente, intentando descifrar ese cúmulo de emociones que estaban por desvanecerla. Cuando se alzó, ¡el muchacho había desaparecido!

Deseó ir a buscarlo, no obstante al instante pensó que hacerlo no tenía sentido: ¿qué le diría? Por un momento creyó que lo había soñado, pero en sus manos todavía sostenía uno de los libros. Lo guardó con cuidado en su mochila… debía devolvérselo. Luego recordó la cita con el profesor. ¿Cómo la había olvidado? Ruborizada, miró el reloj: ¡diantre, estaba retrasada veinte minutos! Qué vergüenza sentía de estar volteando para ver al joven escurridizo y no en darse prisa para encontrar el despacho.

Se detuvo ante una maciza puerta: tocó y una apacible voz masculina la invitó a pasar. Aimée, muy apenada, ingresó a la habitación; no era muy grande, aunque el mobiliario estaba atiborrado de tal cantidad de libros que daba la impresión que los libreros, en vez de guardarlos, los vomitaban. Al fondo, un hombre de mediana estatura, de cabellos encanecidos, lentes y ropa desaliñada, revolvía con descuido papeles en un gran escritorio.

—*Bon soir, Monsieur. Je suis Aimée, du Mexique.*

—¿De México? ¡Hola, maja! Habla en castellano; así nos entenderemos mejor —en un tono coloquial y con marcado acento español, añadió: —Yo soy el profesor Olaf. He vivido casi toda mi vida aquí, pero no te puedo negar que soy castizo hasta el tuétano —dijo el hombre, riendo.

Aimée sonrió y se sintió más relajada. Trato de pedir disculpas, pero el profesor, al parecer, no sabía ni en qué planeta vivía y la interrumpió para expresarle que no se preocupara. Le preguntó cómo había sido el viaje y si estaba cómoda en la posada.

—Es preciosa —confirmó la muchacha— y la vista es divina. Todas las mañanas me despierto mirando al Sena y sus brillos. No podría estar en un lugar mejor.

—Me alegra mucho escuchar eso. Un viejo amigo mío me lo recomendó para ti. Bueno, ni tan viejo. En realidad es un muchacho; lo que quiero decir es que estaba preocupado, porque la posada es casi vetusta y sé que a la juventud eso no le apetece mucho. Pero digo yo que será más cómodo que compartir un dormitorio con otra estudiante.

—A mí se me hace un sitio muy acogedor. Muchas gracias.

—Maravilloso, me dejas tranquilo; pero ahora iré al grano porque, como verás, andamos cortos de tiempo y con mucho por hacer. Sé por tus trabajos e investigaciones anteriores que estás muy interesada en los vestigios de las civilizaciones más arcaicas y las conexiones mitológicas entre las diferentes culturas —reconoció el profesor, sin dejar de revolver todos los papeles que tenía sobre su escritorio—. Y, bueno, es por ello que os he escogido para trabajar conmigo y mi equipo. Las investigaciones que estoy realizando son muy profundas y nada ortodoxas. Muchos dirán que hasta polémicas; pero, para mí, es lo más natural del mundo. Yo crecí en la Coruña, Galicia, entre supersticiones, mitos y leyendas que me contaba mi madre y mi abuela, y cuando nos mudamos al sur de Francia, huyendo de la guerra civil, todo lo que oía eran más cuentos y mitos de la gente del pueblo. Todo eso causó una fuerte impresión en mí, y ha hecho que no perdiera de vista la fuerte relación que existe entre las leyendas de cada cultura. Y quiero averiguar la línea o rasgos claros que las une, es decir, si coexiste un origen común o simplemente es un capricho del azar.

—Yo no creo en el azar —afirmó Aimée sin sonar arrogante, mientras observaba cómo el profesor Olaf iba de un lado al otro de la habitación cargando algunos libros, lo que lo hacía ser tan despistado como ella lo supuso en principio.

—Lo sé, sí lo sé; por eso estás aquí. En el fondo, yo tampoco creo en el azar. Siempre he pensado que todo sucede por una razón, aunque no puedo explicarlo. Lo sé, sé que todo tiene una causa, aunque inexpugnable para los pobres mortales como yo. Por eso, para mí las casualidades no existen.

Aimée se relajó, porque la tranquilizaba mucho la paciente voz del hombre mayor y el saber que trabajaría en lo que en verdad le interesaba, pero con alguien que parecía compartir sus ideas.

—¿Exactamente, a dónde vamos a ir y qué vamos a hacer? —inquirió, entusiasmada.

—Me gusta que seas directa —sonrió, consecuente—. Vamos a ir a Turquía. Practicaremos excavaciones cerca de las ruinas de lo que ahora se conoce como la ciudad más famosa y espléndida, según Homero.

—¡A Troya! —exclamó sin contenerse.

—Sí, chiquilla. Todavía no puedo explicarte muy bien cómo y por qué sé que ahí encontraremos muchas pistas que nos revelarán cómo están realmente relacionados los mitos de todas las culturas; pero ten por seguro que nuestros descubrimientos asombrarán al mundo. En mi opinión, que sé que muchos otros antropólogos comparten conmigo, el hombre es un animal connaturalmente religioso y me carcome la duda de saber a qué se debe y cómo tantas culturas tan distantes entre sí llegaron a conclusiones tan parecidas y a ritos tan similares al respecto.

—¿Y qué me dice de las tendencias actuales? Aunque se disfrazan de novedosas, en el fondo están basadas en las cosmovisiones más antiguas. De ahí su auge entre los más jóvenes.

—¡Oh, por Dios, criatura! Has dado en el punto medular de mis más profundos cuestionamientos. ¿No te intriga a ti también por qué ahora las creencias más antiguas resurgen en el mundo moderno occidental y cómo han a la vez evolucionado mezclando doctrinas herméticas, otras dogmáticas con doctrinas más exóticas, no sólo por ser orientales, ya que además incluyen culturas precolombinas que se entreveran con creencias celtas, vikingas, por decirlo de alguna manera?

—Sí, sí —asintió ella—. Hace ya unos años que me hago la misma pregunta: el porqué de que estemos tan necesitados de tanta mescolanza.

—¡Oh, hay tanto de qué hablar! Porque… ¿y qué me dices de lo que últimamente circula, es decir, todo lo que se habla acerca de esta supuesta nueva generación de infantes a los que llaman niños índigo. ¿Te has enterado? —preguntó el profesor Olaf, alzando sus antejos porque habían resbalado por su nariz aguileña, acalorando como estaba con tanto tema que le bullía en la mente.

—Si, en México también está muy en boga esa teoría ¿o concepto? de *niños índigo,* pero creo que muchas veces los llaman así tratando de disfrazar a niños muy mal educados y poco atendidos.

—No te dan confianza los modernos psicólogos, ¿eh?—dijo, soltando una carcajada.

—Bueno, no puedo negar que algunos casos tal cual los presentan los estudios de campo son… muy excepcionales, difíciles de clasificar según los antiguos cánones, pero de ahí a crear casi una nueva religión… Y, sin embargo, mi mejor amiga, quien es terapeuta, me ha comentado de niños que verdaderamente rompen el molde y que generalmente son diagnosticados con déficit de atención e hiperactividad, pero que en realidad no se ajustan a los síntomas de esos trastornos, lo cual suscita que su comportamiento resulte en todo sentido inclasificable, al menos actualmente.

—Sí, sí. Desde luego que me he topado con lo que me cuentas, niños malcriados que sus padres les dejan hacer lo que les venga en gana con tal de no batallar con ellos, y luego andan diciendo que son niños especiales para disimular su completa incompetencia en poner límites. Y, sin embargo… vaya que me he entrevistado con algunos muy singulares.

Aimée se inclinó sobre el escritorio. El profesor era muy simpático y parecía tan vehementemente involucrado en el tema que no pudo más que congratularse del encuentro con persona tan apasionada por la conducta social humana, como ella.

—De esos casos lo que más llamó mi atención es que los púberes parecen distraídos y distantes, cuando en realidad están más atentos de lo que aparentan; a tal punto que contestan sin error de todo cuanto se les pregunta acerca de lo sucedido o sucede en su derredor, aun cuando no hayan participado —explicó, mientras terminaba de acomodar unos papeles en el cajón del escritorio—. Todos ellos se quejan de que se distraen en la escuela porque están aburridos, porque ya entendieron y quieren pasar a otras cosas, y los maestros, a su vez, se desesperan con estos porque el resto del grupo no va a su paso. Total, la pescadilla que se muerde la cola. Y las madres, las madres lo llevan fatal. Tengo una sobrina con un hijo… digamos índigo. El chaval es de buen corazón, aunque no puede seguir órdenes si no le das una buena explicación para cumplirlas, es decir, no exigen una dilucidación de lógica literal, que diría Piaget, ¡sino moral! Totalmente relevante dada su corta edad; por eso no sé qué pensar…

—Creo que es un fenómeno curioso el de estos niños lo cual no obsta para que se los estudie objetivamente y a profundidad. Por eso no creo que sea correcto sacar conclusiones apresuradas ni hacer de esto ni una cuestión del más allá o, peor todavía, ¡cuestión de seres galácticos, como se pretende hoy en día!

—Bien, bien. Veo que opinamos lo mismo. Y, sin embargo, de los llamados niños cristal, ¿qué sabes?

—No mucho, la verdad. He escuchado más sobre algunas características que les atribuyen, pero nunca me he topado con alguien que conozca a uno —respondió en un intento de soslayar el tema *cristal*.

Sin embargo, el profesor estaba tan entusiasmado que no se dio cuenta de esta sutileza de la chica.

—¡Oh!, pero yo sí he leído sobre ellos, y conozco algunos personalmente —comentó del todo emocionado— y resultan aún más precoces que los índigo, pues son niños extremadamente sensibles a todo en su medio ambiente: olores, sonidos, comida, productos químicos, violencia, y deben entrar en comunión con la naturaleza diariamente —los ojos del profesor se abrían al máximo—. Son niños que, bueno, para ponerlo en palabras simples, son altamente conscientes de que todo, fauna y flora, tienen sentimientos. Por tanto, no aceptan la crueldad bajo ninguna justificación. ¡Ah! y tienen una curiosa manera de conectar con todas las criaturas. Es sorprendente todo lo que pueden hacer. Tendré que presentarte a alguno para que lo constates y no creas que son ideas de un viejo loco. Ya verás, quedarás encantada. Son asombrosamente gentiles, conmiserativos, cooperadores, humildes y…, lo mejor, muestran gran capacidad consciente de que practicar el bien es, además de socialmente benéfico, una gran gratificación existencial. Por cierto, un dato aún más curioso: son vegetarianos y se rehúsan categóricamente a probar la carne —agregó.

—Bueno, tal vez eso sea normal; hoy día más gente repudia comer carne.

—Sí, es cierto —asintió, al tiempo que se quitaba los anteojos y comenzaba a contemplarla con más atención, como si ella fuera un libro que él quisiera leer—, pero esto pasa en familias donde todos comen carne…

—Curioso, sí…

—Y tú no eres carnívora…

—No… ¿cómo lo supo?

—Mmm… no lo sé; simplemente se me ocurrió —reconoció el profesor Olaf, restregándose la barbilla mientras la miraba con renovada atención.

Empero, antes de que él pudiera preguntar desde cuándo era vegetariana, Aimée lo interrumpió: no quería que supiera que ese era su eterno pleito con sus padres desde que quisieron hacerla probar la carne.

—Realmente me parece un poco extremoso suponer que estos niños son una nueva y reparada generación de seres humanos. ¿No será que en las familias en las que viven los valores vayan encaminados a hacerlos así? —inquirió, recorriendo con la mirada aquel escritorio lleno de papeles, estatuillas, pisapapeles fuera de lugar, lupas de varios tamaños y cuantiosas fotografías de todo tipo, como restándole importancia al tema.

—Esa podría ser una buena explicación —respondió, recargándose en su sillón y entrelazando las manos sobre el vientre—, aunque ciertamente habría que estudiar más a fondo el asunto, ya conozco a varios de estos niños; se podría decir que tengo ojo para descubrirlos y suerte para topármelos —sonriendo, continuó: —Milagros y magia ocurren alrededor de estos niños; por poner ejemplos, aparece dinero, los animales les buscan, son extremadamente empáticos hasta el punto de saber lo que un desconocido está sintiendo ¡y pueden curar a la gente con el toque de sus manos! Una situación que pasa con *algunos* cristal es que antes de nacer, al parecer, los niños les han dicho en sueños a sus madres el nombre que quieren tener. ¡Qué maravilloso! ¡Ojalá yo hubiera podido hacer lo mismo! Es que no sé por qué asocio mi nombre con las aves. Si alguien lo menciona siempre pienso en una lechuza —y comenzó a reír a carcajadas—. Tal vez sea porque parezco una.

Aimée también sonrió, aunque su mirada reflejaba cierto apuro. Escondió un poco el rostro y se quedó callada. El profesor notó este cambio en ella. Aimée prefirió obviar el tema y le pidió que le dijera cuándo comenzarían a trabajar. El maestro le contestó que en un mes, porque faltaban algunos detalles por arreglar; que aprovechara esos días para conocer París y sus alrededores.

Él seguía intrigado por la reacción de Aimée ante su comentario anterior; así que se le ocurrió pedirle sus documentos para verificar que no faltara ninguna firma y con esto hacer un poco de tiempo para averiguar el porqué de aquel repentino mutismo ante el tema. Ella le entregó los papeles.

—Tus apellidos son poco comunes, más para una mexicana —comentó Olaf.

—Sí, es verdad —confirmó.

—Si no me equivoco, Daran es un apellido vasco y Dómine creo que es francés. Mmmm... también veo que tienes dos nombres, Tania Aimée. Es una combinación muy curiosa que, si no me falla la memoria, literalmente significan: "La princesa amada". ¿Te pusieron ese nombre por su significado o simplemente les gustó la combinación a tus padres?

—No, creo que no sabían qué significaban —reconoció y agachó el rostro. No quería detenerse en el tema, pero odiaba mentir.

El profesor le lanzó una mirada inquisidora, dándole a entender que quería que le explicara mejor el asunto. Aimée no tuvo otra salida más que explicarse.

—Mis padres pensaban llamarme Andrea, como mi abuela materna, pero cambiaron de opinión un mes antes de que yo naciera.

—¿Por qué hicieron algo así? —preguntó con una mirada que denotaba que sospechaba cuál era la respuesta.

—Es una historia algo cursi que contaba mi mamá... decía que cuando estaba en su vientre y ella o mi padre hablaban de mi por el nombre de Andrea, yo siempre pateaba con mucha fuerza, y por las noches mi madre soñaba que yo le decía que yo no me llamaba así, sino Tania Aimée y que no aceptaría otro nombre. A ella siempre le causó gracia el sueño y a los dos les gustó ese nombre, y prefirieron llamarme así. Mi mamá dice que cuando lo hicieron yo deje de patear y no volvió a soñar conmigo.

—Ah, vaya, vaya, es una historia muy bonita —exclamó.

Aimée sabía perfectamente lo que él pretendía insinuarle. Sin embargo, volvió a desviar la conversación, preguntando al profesor si tendría que asistir a la universidad en lo que comenzaban el viaje. Él le explicó que los siguientes tres días tendría que ayudarle, por las tardes, a revisar unos documentos y elaborar el cronograma de la expedición, pero que cuando terminaran ella podría ocupar su tiempo en lo que le resultara más atractivo.

—Bueno... —dijo—. Creo que haremos un muy buen equipo de trabajo.

Sonrió mientras firmaba los documentos que llevaba Aimée, dando por terminada la entrevista.

Le entregó los papeles y le deseó que tuviera una buena noche, no sin antes recordarle que se verían en dos días a la misma hora. Aimée salió bailando de la habitación: todo había sido perfecto. El profesor era amable, hablaba español y todo lo que iban a investigar le interesaba de sobremanera. Decidió dar un paseo al lado del Sena antes de regresar a la posada y, mientras lo hacía, la extraña sensación de que alguien la observaba se volvía cada vez más intensa. Así que caminó a un paso un poco más acelerado. Comenzó a escuchar pasos detrás de ella, pero al voltear no vio a nadie. Comenzó a agitarse: ese asunto ya la tenía nerviosa y le desagradaba pensar que podría tener algún problema nervioso, aunque le asustaba más la idea de que de verdad alguien estuviera ahí espiándola.

A unos metros de su hotel, la sensación se acentuó. Cada vez volteaba más seguido, intentando advertir si había alguien detrás de ella, aunque no había nada fuera de lo común. Otra vez solo había unos cuantos transeúntes que caminaban a lo lejos. Antes de llegar a la esquina donde tenía que doblar para llegar a la casa de huéspedes, claramente percibió como que alguien le acariciaba el cabello. Ella se paralizó un momento y escuchó cómo le susurraban: "Por fin te encontré", con una voz muy familiar. En ese momento, toda su piel se erizó y su corazón palpitó acelerado. Giró rápidamente la cabeza para toparse con la nada nuevamente. Asustada, trotó hacia la esquina para entrar rápido en su hotel y, al ingresar, no pudo hacerlo porque se tropezó con un apuesto muchacho: era alto y delgado, su cabello era negro azabache y le llegaba hasta los hombros. De rostro fuerte, pero con ciertos rasgos delicados, su nariz recta y corta, sus ojos color miel, enmarcados por cejas pobladas. Ella se sintió un poco más segura.

—¿Te encuentras bien? —le preguntó el joven en español y un tono que denotaba sincera preocupación.

—Sí, creo que sí —contestó ahora más nerviosa por el asunto del idioma—. No es nada, gracias.

—Parece que huyeras de alguien… Tu rostro me parece familiar. ¿No nos hemos visto antes? —inquirió el muchacho, acercándose más.

—No lo creo. Hace poco que llegue a París y no soy de aquí —respondió Aimée, aunque también lo miraba de forma curiosa, como si estuviera escudriñando su rostro, porque algo en él se le hacía muy familiar.

—Sí, eso sí se nota —bromeó—. ¿Cómo te llamas y de dónde eres?

—Aimée, y soy de México —respondió, bajando la mirada ligeramente. Sus pálidas mejillas comenzaban a ruborizarse; se sentía atraída por él.

—¡Mira qué curiosidad: una chica mexicana con un nombre francés —y sonrió de nuevo.

Ella le devolvió la sonrisa. Pensaba que si bien el desconocido le resultaba confiable y hasta agradable, era muy curioso que, de primera mano, le hubiese hablado en español.

—Y tú, ¿cómo te llamas? —curioseó Aimée.

—Ian, y tampoco soy de aquí; soy búlgaro. Estoy estudiando una maestría en la Sorbona —guardó silencio un momento y luego dijo: —Disculpa la insistencia,

41

pero te me haces conocida... mmm, ¿no eres la chica que ganó una beca para trabajar en las excavaciones con el profesor Olaf?

—Sí... llegué hace unos días. Ahora vengo de entrevistarme con él. ¿Cómo lo sabes?

—Porque yo soy su asistente, aunque debo decirte... la fotografía curricular no te hace justicia: ¡eres mucho más bella en persona! Casi increíblemente bella. Yo estudié antropología aquí en París y lo tuve de maestro. Me propuso que trabajara en sus investigaciones. Él me había comentado que pronto llegaría una joven extranjera para contribuir en la expedición. Estaba preocupado porque no quería que estuvieras incómoda en un dormitorio de estudiantes, y yo le ofrecí un lugar para que te quedaras.

—¿Fuiste tú?

—¡Oh! Si no te gusta puedes cambiarte. Te conseguiré algo mejor —dijo, interesado.

—No, no. Es perfecto. Me encanta.

—¿De verdad? No estaba muy seguro de que fuera a gustarte. El lugar es de un tío mío. Al profesor y a mí nos parecía mejor que tuvieras un lugar para ti sola.

—De verdad estoy encantada. Además, tiene una vista hermosa del Sena y todo me queda muy cerca. Muchas gracias.

—¿Cómo me reconociste? —inquirió, al tiempo que enredaba uno de sus mechones largos y ondulados entre sus manos.

—Ya te he dicho: el profesor me mostró una foto tuya; venía entre los documentos que enviaste.

—Ah, sí. Ya sé de qué fotografía hablas —comentó, recordando que casi se disfrazó para parecer mayor de edad, y sus mejillas se sonrojaron—. Es una... bueno creo que parezco mayor, pero por la urgencia la tuve que usar.

—Sí, sales con el cabello recogido y una expresión algo... huraña —confirmó Ian, sonriendo.

Aimée se sonrojó un poco más. Después de un rato se despidieron, quedándose de ver en dos días en la oficina del profesor Olaf. Aimée entró a su habitación muy emocionada. La noche había sido maravillosa. Por fin había entrado a la Sorbona, el profesor era increíble, la gira por Turquía prometía ser muy interesante y además tendría un maravilloso compañero para la faena. Mientras pensaba en esto, abrió el bolso para sacar el libro que debía entregar. Pero ¿cómo encontraría al joven en cuestión?... Un aire frío entraba por el balconcillo entreabierto y un aroma a gardenias invadió el ambiente. Sus manos temblorosas acariciaban la tapa de aquel libro, que no era suyo. Su corazón se agitó de solo recordar los ojos negros de aquel muchacho misterioso. Tenía que devolverle el libro... y, sobre todo, deseaba intensamente volver a verlo.

Al día siguiente, Aimée visitó el Louvre otra vez. Pasó todo el día admirando parte de las tan fascinantes como variopintas muestras de aquel museo, y estuvo tan absorta en su actividad que el guardia de seguridad tuvo que avisarle que tenía que retirarse porque ya iban a cerrar. Cuando salió del museo, el aire soplaba frío y húmedo, aire de aguanieve. Se ajustó el abrigo blanco y se encaminó hacia la Torre Eiffel. Marchaba despacio, recordando algunas frases que el profesor había mencionado sobre los niños cristal; específicamente, las observaciones con las que ella misma se identificaba. Muchas de las características que le describió encajaban con su personalidad, con su carácter y, sobre todo, con su modo de sentir.

"Son extremadamente sensibles a todo en su medio ambiente... —recordaba Aimée—... simplemente no entienden la crueldad y pueden sentirse fácilmente abrumados por el dolor de otros.... sienten un amor profundo por los niños y los animales... son vegetarianos espontáneamente... milagros y magia ocurren a su alrededor... los papás de estos niños comentan que, antes de nacer, sus hijos les han dicho en sueños el nombre que quieren tener". Todo ello ya había escuchado antes, aunque lo oído recientemente le calaba con tanto vigor como la primera vez.

Si el profesor supiera que la había descrito a la perfección... lo cierto es que Aimée había pasado gran parte de su vida sintiéndose vulnerable por su manera de ser... tan copia de esos niños llamados "cristal" que temía mostrarse tal cual y prefería pasar por tímida, incluso hosca, disfrazando lo que en realidad era: tan sensible, tan singular. Y siempre pasaban cosas extrañas cuando se compadecía, desde niña, como en aquella ocasión en que sus compañeritos del preescolar la llegaron a llamar bruja porque curó milagrosamente el ala rota de un ave con apenas tocarla. ¿Qué opinaría el profesor si supiera eso? Sumida en esas cavilaciones llegó hasta el gigante de acero. Tenía muchas ganas de disfrutar París desde las alturas, aunque supuso que la hora de visitas también habría llegado a su fin. De pronto escuchó *Bon soir!* a su costado. Al darse cuenta de quién le hablaba, su corazón dio un vuelco. Era un joven al que había visto en la Sorbona. Todo su cuerpo temblaba al ver esos insólitos e hipnóticos ojos negros, donde era imposible distinguir entre pupila e iris. Ella le sonrió tímidamente, en un intento de esconder su turbación.

—La ciudad se ve bien desde aquí —comentó él en español, con leve acento gutural, mientras giraba alrededor de Aimée con los brazos detrás del cuerpo, cruzando su ancha espalda—, aunque, una vez vista desde lo alto de la torre, luce en toda su magnificencia .

—Me imagino que sí, pero no creo que nos dejen subir a esta hora —indicó con un gesto triste y con voz temblorosa. Estaba demasiado emocionada por volverlo a ver, así, tan inesperadamente.

—La esperanza es lo último que muere —resaltó, alzando las cejas de forma picaresca—. Espera aquí. Tal vez pueda hacer algo para hacerte sonreír —dijo alejándose con paso firme y varonil.

En pocos minutos regresó y le indicó que podían subir. Aimée, sorprendida, le preguntó:

—¿Cómo has logrado que nos dejen pasar?

—Le guiñé el ojo al guardia y no pudo resistirse ante mí —expresó sonriendo maliciosamente—. La verdad es que conozco gente influyente y puedo conseguir este tipo de favores fácilmente. Ahora que he logrado sacar una sonrisa de tus labios, ¿puedo saber tu nombre?

—Aimée —respondió tímidamente—. ¿Y el tuyo es?

—Me llamo Anuar. No eres europea, ¿verdad?

—No, soy mexicana. ¿Por qué conoces a gente influyente? —preguntó enrizando sus cabellos con los dedos. Se sentía intimidada ante su mirada escrutadora.

—Bueno, la verdad, no es por fanfarronear, pero... pertenezco a una raza ya casi extinta en Europa.

43

La joven lo miró intrigada, y con los ojos le indicaba que no le comprendía.

—Soy algo así como un duque. No es precisamente el título que se maneja en mi tierra, pero se le acerca mucho en español.

—¿De verdad? —dijo, sonriendo incrédula.

El muchacho la miró fijamente. Por una inexplicable razón, Aimée supo que no mentía. El aire frío los envolvía y parecía mecerse plácidamente en su derredor.

—¿De dónde eres? —inquirió, observándolo furtivamente, porque aunque lo intentara, le era prácticamente imposible sostenerle la mirada escasos segundos.

—De Moldavia, territorialmente un país pequeño, pero históricamente enorme y fantástico, lleno de tradición. Creo que te encantaría —resaltó Anuar, mordiéndose por un momento un labio, mientras la miraba exultante.

—Creo que sí me gustaría —confirmó ella en tímido murmullo.

—¿Vienes a estudiar o a trabajar?

—Conseguí una beca para continuar mis estudios de antropología. Y tú, ¿estudias?

—En realidad el destino me trajo —respondió, con ojos encendidos.

La joven volvió a sonreír. Anuar la miró con ojos traviesos. Sus labios lo reafirmaban con un mohín pícaro que le quedaba muy bien.

—Para serte sincero, un pajarito me dijo que vendrías a París, y no pude resistirlo. Tuve que venir por ti —le dijo casi susurrándole al oído.

—¿Usas esa técnica con todas? —le preguntó burlonamente.

Él se quedó frío un momento. Su rostro se tornó serio y seco. El comentario lo había tomado por sorpresa y no le agradó.

—No, nunca le dicho esto a nadie más —respondió con mucha seriedad, como si lo hubiera ofendido.

—¿Qué estudias? —preguntó rápidamente, sintiéndose un poco incómoda por haber sido considerada sarcástica.

—Ahora estoy retomando mi maestría en medicina forense. Me tomé una especie de sabático para… viajar. Así he conocido a fondo varias ciudades europeas, pero decidí que ya era tiempo de retomar mi vida donde la había dejado —y ladeó ligeramente la cabeza, parecía estudiarla con cada mirada, con cada respiro—. ¿Es la primera vez que vienes a Europa?

—Sí, es la primera vez. Aún me cuesta trabajo creer que estoy aquí. Estoy muy feliz —respondió, al entrar en el ascensor—. Ha sido el sueño de toda mi vida, y por fin se está haciendo realidad.

—¿Por qué tenías tantas ganas de venir a Europa? Por lo que sé, también hay cosas maravillosas en América, sobre todo arqueológicamente hablando, ¿no?

—Sí hay cosas sorprendentes, y aún falta mucho por descubrir; sin embargo,… mi fascinación profesional es la historia antigua europea. No sé explicarlo, cada vez que leo algo acerca los romanos, los vikingos, los godos, la Edad Media, algo dentro de mí vibra de emoción.

—¿Y hasta ahora te ha gustado lo que has visto? —insistió, acercándose un poco.

—Por supuesto, y eso que solo llevo menos de una semana en París —resaltó, abriendo sus enormes ojos aguamarina.

—¿Y qué has visitado?

—Bueno... he visitado tres salas del Louvre completas, he recorrido los Campos Elíseos, el Arco del Triunfo, el Pompidou, Sacre Coeur, Los Inválidos, el Café de la Paix, ah, y también fui a Notre Dame.

—¡Vaya que has estado ocupada! ¿Todo eso en un fin de semana? ¿Y ahora qué harás?

—En unos días visitaré los alrededores de París. Las excavaciones en Turquía no empezarán hasta dentro de un mes, así que tal vez hasta tenga tiempo para recorrer alguna ciudad italiana.

—Hace mucho tiempo que no conozco a alguien como tú y me alegra mucho, porque la gente ahora ya no se interesa tanto en el arte, si no es para tomarse la foto —comentó, mientras la escuchaba como extasiado.

Ante ello, un tibio rubor asomó al rostro de la joven. El ascensor seguía subiendo y ellos conversaban sin detenerse. Él le hacía muchas preguntas acerca de su vida, su infancia, sus metas; parecía como si quisiera saberlo todo de ella en un instante. Mientras Aimée respondía inexplicablemente sin titubeos al insaciable interrogatorio, él parecía absorto observando el brillo en sus hermosos ojos azules, escudriñaba cada detalle de su rostro. Aimée, por otro lado, no podía dejar de sentirse turbada por esos ojos negros ébano, en donde no podía distinguirse la pupila del iris. La forma tan aguda como él la contemplaba la intimidaba y, a la vez, la intrigaba, porque notaba un extraño halo de tristeza que envolvía su sonrisa. Por fin, las puertas se abrieron y un helado aire los sorprendió:

—No se me ocurrió que haría tanto frío aquí —comentó, arrebujándose.

—Perdón. Estoy tan acostumbrado al frío que no pensé que para ti esto sería helado. ¿Quieres mi gabán? —le preguntó Anuar, mientras trataba de quitárselo.

—No, gracias. No te preocupes —exclamó—. Mi abrigo me cubre lo suficiente; además, la vista es tan maravillosa que lo compensa.

Él volvió a colocárselo, mientras los dos admiraban la urbe desde la punta de la torre. La ciudad se veía soberbia desde esa altura. Anuar y Aimée se quedaron en silencio unos instantes. Era extraño para ella estar junto él. Nunca nadie la había hecho sentirse así, tan inquieta, tan emocionada, tan agitada y al mismo tiempo tan protegida, sin temor ante el desconocido. Aimée se acercó al barandal para contemplar la vista a través de la reja que los envolvía, y sin querer miró directamente hacia el suelo. Un tremendo vértigo se apoderó de ella y algunos breves recuerdos del sueño que siempre la había atormentado llenaron su mente. Creyó escuchar aquel espeluznante grito, aquel insufrible "¡Nooooo!" que le quitaba el aliento. En ese instante perdió el sentido y, cuando volvió en sí, lo primero que percibió fue un aroma exquisito, tan atrayente y cautivador que era intoxicante para los sentidos. Luego alcanzó a avistar el rostro de Anuar muy cerca del suyo, queriendo que volviera en sí. Algo en sus ojos le llamaba mucho la atención: no solo su oscuro color, también cierta sensación de profunda tristeza, la sensación de que él guardaba un gran dolor. Aunque lo que más la impactó fue un chispazo de alegría que revelaba su expresión, como si por alguna absurda razón le alegrara aquel desmayo.

—Parece que sufriste un mareo. ¿Estás bien? —preguntó, conservando esa rara expresión en sus labios de sutil regocijo.

—Sí, estoy bien —respondió—. Le temo a las alturas, aunque nunca había tenido tanto vértigo... tal vez es porque nunca he estado en un sitio tan alto.

45

Él le dirigió una leve sonrisa y le dijo que lo mejor era que bajaran. La joven estuvo de acuerdo. Subieron al ascensor y Anuar le insistía en que le hablara más acerca de su infancia.

—¿Cuándo supiste que querías estudiar antropología? —preguntó sin dejar de escudriñar su rostro con su fuerte mirada.

—Mi mamá dice que desde que yo era muy pequeña sabía que me dedicaría a la arqueología.

—¿De verdad? ¿Por qué?

—Bueno, decía que no había manera de quitarme de hurgar en la tierra del jardín de casa o en los cajones de todos los armarios —y sonrió.

Anuar sonrió aún más, se quedó callado y súbitamente preguntó:

—¿Qué cosas te encantan?

Aimée lo observó con curiosidad. La mirada de Anuar se tornaba ahora más fija y penetrante, como si quisiera comprobar que ya conocía la respuesta, como si tuviera la inaudita habilidad de leer su alma.

—La historia, la literatura y la filosofía... mmm.... eso creo que lo heredé de mi papá. Y también me fascina la danza, eso.... creo que lo heredé de mi mamá, aunque también me encan....

Un fuerte ruido la interrumpió. El ascensor se detuvo y la luz se fue. Intrigados, Anuar y Aimée trataron de salir del cajón y con un poco de esfuerzo la puerta se abrió; él salió primero.

—Será mejor que bajemos por las escaleras. Ya estamos cerca; no creo que tardemos mucho.

Mientras descendían, Aimée sintió un fuerte viento por detrás y percibió algo así como un vigoroso empujón por la espalda; perdió el equilibrio y, cuando comenzaba a caer, con reflejos sobrehumanos Anuar se dio la vuelta y la alcanzó. Aimée rápidamente miró hacia atrás, ansiando descubrir quién la había empujado: una gigantesca sombra se escapaba de la torre volando. La joven quería adivinar qué forma tenía aquel animal, que no era parecido a ninguna ave que ella conociera. Mientras la sostenía, Anuar no dejaba de vigilar a su alrededor para asegurarse de que podrían seguir descendiendo sin peligro.

—¿Qué fue eso? ¿Qué animal era ese? —inquirió, desconcertada.

—No lo sé, y no pienso quedarme para averiguarlo —le respondió, tomándole la mano.

Aimée sentía que él la quemaba con el simple hecho de tocarla, aunque la mano de Anuar estaba helada. Fue tal la emoción al contacto que toda su temperatura corporal se elevó. No podía esperar a que la soltara, le daba mucha vergüenza solo pensar que él pudiera darse cuenta de su conmoción. Bajaron velozmente. Un peculiar grito los desconcertó: el animal había vuelto y se dirigía hacia ellos. Se agacharon, mientras la criatura los sobrevolaba.

—Tenemos que bajar más rápido. No creo que se atreva a atacarnos en el suelo.

—Pero ¿por qué nos está siguiendo?

—Tal vez porque tiene el nido cerca y lo está protegiendo. Mañana hablaré con el vigilante para que llame a protección civil... o a ¿la perrera? —comentó, frunciendo el entrecejo.

Momentos antes de que llegaran al pavimento, otro chillido volvió a escucharse. Anuar aceleró el paso y antes de que el animal pudiera atacarlos salieron del

46

edificio de acero. La criatura cambió la dirección y se elevó a gran velocidad, posándose en la punta de la torre. Anuar miró a la alimaña con desprecio. Después giró para comprobar si Aimée se encontraba bien y, al observar su rostro asustado y ella al ver la expresión de enojo que tenía Anuar por el susto que les dio el animal, soltaron ambos una risa nerviosa incontenible y respiraron profundamente para recobrar el aliento. Cuando consiguieron parar de reír, Anuar le dijo que la acompañaría a su posada.

—Aquí es —confirmó.

—Es muy bonita. ¿Estás cómoda aquí?

—Sí, mucho. Es muy acogedor.

—¿Nos vemos mañana? —indagó acercándose a ella, como si supiera que ella temblaba al tenerlo cerca.

—Sí —confirmó quedamente—. ¿Dónde nos vemos?

—Pues... ¿qué te parece en la pirámide del Louvre a las ocho de la noche?

—Mejor a las diez, porque en la tarde tengo que hacer unos itinerarios en la oficina del profesor Olaf...

—Está bien. Ahí te espero. Que descanses —dijo, caminando con lentitud y de espaldas para no dejar de mirarla.

—Tú también —resaltó, recargándose tímidamente en el portal de la casa de huéspedes.

Ya en su habitación, Aimée se preparaba para dormir y cuando quedó frente al espejo notó algo nuevo en ella. Una sonrisa y un brillo en sus ojos que jamás había visto. Se dio cuenta que era la primera vez en su vida que estaba verdaderamente feliz, entusiasmada e ilusionada. Recordó que había estado muy emocionada cuando le dieron la noticia de la beca, aunque estar ahí y haber conocido a Anuar y a Ian había sido mil veces mejor.

Ya acostada, no dejaba de pensar en los ojos de Anuar, en la candente impresión que había dejado el roce de su piel con su mano, en su melancólica sonrisa y su misteriosa voz que se le hacía tan varonil y familiar. Sabía que un cambio súbito se había apoderado de su ser y se preguntó si alguna vez volvería a ser ella. También pensaba en Ian. Recordar sus dulces ojos miel la tranquilizaban, la henchían de paz.

Al cerrar los ojos para dormir, algo la inquietó: aquel extraño gesto de alegría que tenía Anuar al verla desmayada no podía quitárselo de la mente. De súbito, una ventana se abrió y un aire frío comenzó a inundar la habitación. Aimée, medio dormida, se levantó a cerrarla y antes de llegar a la ventana sintió claramente cómo una mano acariciaba suavemente su hombro. Sobreponiéndose a su intenso miedo, giró para ver de quién se trataba y sus ojos se toparon con la nada. Pensó que tal vez lo habría soñado, que su imaginación le jugaba una mala broma. Se apresuró a cerrar la ventana y también la puerta del baño y justo cuando estaba por entrar en la cama, algo la empujó intempestivamente contra la pared. Parecía como si un aire cálido la abrazara.

Aimée no podía moverse y percibió un vaho en su cuello, como si alguien le respirara cerca. Sus dos manos estaban atrapadas, colocadas hacia arriba y un intenso calor acariciaba suavemente su costado izquierdo; primero su pierna, su cadera, luego la cintura, después su cuello y por último su rostro. Aimée no era dueña de sí misma; estaba asustada y, sin embargo, no hacía esfuerzo por moverse, como si disfrutara la sensación. Por un momento volvió en sí, trató de liberarse y, al ver que no lo conseguía, una angustia terrible se posesionó de ella y comenzó a llorar. En ese instante se vio liberada. La ventana se abrió bruscamente y el ambiente dejó de estar enrarecido. La joven corrió para cerrarla y, temblando, se metió en la cama. Por un momento creyó que se lo había imaginado todo, que lo había soñado; sin embargo, tenía miedo e intentó no quedarse dormida para estar alerta, aunque el cansancio la venció. A la mañana siguiente se sintió mejor. Realmente pensaba que tal vez solo lo habría soñado y prefirió no darle importancia. Desayunó y se dirigió al Louvre. Los frescos y las estatuas aquietaban su espíritu. A las seis de la tarde se dirigió a la universidad y al llegar a la oficina del profesor Olaf fue recibida por Ian y sus dulces ojos color miel. Él le explicó que el profesor había salido, pero que les había dejado trabajo pendiente. Llevaban algún rato trabajando, cuando Aimée miró la hora.

—¡Dios mío, son las 9:30! Tengo que irme —expresó angustiada, recogiendo algunos papeles.

—¿Por qué? —curioseó Ian, sin moverse de su asiento.

—Quedé de verme con un amigo en la pirámide del Louvre

—Si quieres yo puedo llevarte —le dijo, con tono algo seco.

—No quiero causarte molestias...

—No es ninguna molestia. Yo también ya debo irme. Además, ya terminamos el trabajo —confirmó sonriente: empero sus ojos se cubrían por una singular sombra.

Ian se levantó, acomodó algunos documentos y tomando el abrigo de Aimée la ayudó a ponérselo. Luego recogió el suyo, apagó la luz y cerró con llave el despacho del viejo profesor. Antes de entrar al coche, Aimée se detuvo un momento; creyó que alguien los observaba. Sin embargo, en esta ocasión la sensación era en realidad molesta. No entendía por qué el miedo la inundaba. Ian le preguntó si pasaba algo y ella le contestó vagamente que no y también subió al auto. Mientras recorrían París, Aimée admiraba la ciudad y su exquisita arquitectura. Cuando llegaron a un semáforo, sus ojos se posaron en una peculiar sombra que los observaba desde la boca de un viejo callejón e intentó distinguir qué forma tenía la silueta. Parecía un hombre muy, muy alto y llevaba, al parecer, un extravagante sombrero; era de brazos largos, desproporcionados.

La joven enfocó lo ojos para apreciarlo mejor, pero el coche continuó su marcha y la singular sombra desapareció misteriosamente. Ella estaba intrigada; sin embargo, al recordar que pronto vería a Anuar, su miedo se disipó al instante y una gran emoción la invadió. Llegaron al Louvre: ahí estaba él esperándola. Al verlo, una indescriptible turbación se apoderó de ella; su corazón latía como si hubiera corrido un maratón, bajaron del automóvil y se encaminaron hacia la controvertida pirámide de cristal que recibe a los visitantes frente al imponente edificio, aquella pirámide que es admirada por muchos y odiada por otros. Ian y Anuar se saludaron con una fingida sonrisa, más parecida a una mueca retorcida.

—¡Vaya, vaya! —le dijo Ian a Aimée, mientras se acercaban a la pirámide—. No sabía que conocieras a semejante... payaso arrogante.

La muchacha se quedó helada. No entendía qué sucedía y su rostro empalideció. Ian y Anuar se contemplaron fijamente; por un momento Aimée creyó ver fuego en los ojos de Anuar, y parecía que en cualquier instante uno de los dos daría el primer golpe. En seguida, ambos empezaron a reír con estrépito; chocaron sus manos saludándose y, acto seguido, se dieron un cordial abrazo. Ahora Aimée entendía menos. Ellos disfrutaron su cara de desconcierto y le explicaron que eran muy buenos amigos desde hacía muchos años y que siempre trataban de molestar el uno al otro. Aimée rio, platicaron y decidieron ir a cenar. Pasaron el resto de la noche paseando y conversando. La velada había sido muy agradable y ya tarde la acompañaron a su posada, quedándose de ver la noche siguiente en el mismo lugar.

Aimée no cabía en su felicidad y ya no estaba muy segura de querer irse a Italia, porque estaba disfrutando demasiado las veladas con sus dos nuevos amigos. Y, aunque antes de acostarse siempre se aseguraba de cerrar bien la ventana, poco a poco fue perdiendo el miedo antes de ir a la cama; ahora, las noches trascurrían con tranquilidad. Una mañana, Aimée finalizó todos los detalles para el viaje a Turquía con el profesor Olaf; también pasó a la agencia a comprar los pasajes: saldrían dentro de tres semanas. Si bien estaba feliz por poder realizar esa investigación, cierta tristeza la embargaba. No se imaginaba alejada de Ian, porque él tendría que quedarse a cubrir los asuntos pendientes del profesor y tampoco se imaginaba lejos de Anuar. Por la noche se reunió con ellos. Jamás habría pensado que le tuvieran una increíble y maravillosa sorpresa: un tío lejano de Anuar daría una fiesta en su palacio de verano en Budapest, y estaban invitados.

—¡Pero yo no tengo qué ponerme para una fiesta así! —reconoció Aimée, apurada.

—No tienes que preocuparte por eso. Nosotros te tendremos algo listo para cuando llegues allá —respondió Ian con gesto amable.

—¿Cómo? ¿No nos iremos juntos?

—No, nosotros tenemos que estar ahí antes. Tu avión sale mañana por la tarde; estarás ahí al anochecer. Te recogeremos en el aeropuerto, marcharemos a la casa de mi prima para que te cambies y nos iremos al baile —le respondió Anuar, sonriendo con cierta picardía.

—Está bien. Así me da tiempo de preparar una pequeña maleta.

—Estaremos ahí varios días, así que ve bien preparada —le comentó Ian, entregándole su pasaje de avión.

Ya entrada la noche, Ian y Anuar la dejaron en la casa de huéspedes. Aimée estaba muy entusiasmada; sentía que el pecho le iba a explotar de tanta emoción. Siempre le había hecho ilusión asistir a un gran baile y ahora, increíblemente, podía hacerlo; jamás se imaginó que su estancia en Europa pudiera guardar para ella tantas alegrías. Ahora le costó más trabajo conciliar el sueño. En la madruga, justo cuando había logrado quedarse dormida, la ventana de su dormitorio volvió a abrirse, aunque esta vez lentamente y el frío viento no logró despertarla; sin embargo, la sensación de ser observada, sí. Asustada, recorrió con la mirada la habitación: no encontraba nada inusual, pero no podía dejar de pensar que alguien estaba ahí. Se recostó de nuevo; sin embargo, solo consiguió conciliar el sueño un poco antes del amanecer.

En esas horas, Aimée volvió a tener aquella angustiosa pesadilla que la perseguía desde la infancia y nuevamente se levantó estremecida, recordando atribulada ese grito desgarrador de aquel hombre que intentaba impedir que cayera al vacío. Y, como en anteriores veces, Aimée se repetía así misma: … "Es solo un sueño, un sueño".

Capítulo V.
El Grupo de los 12

—¿Por qué han tardado tanto en reunirse? —le preguntó Axel con tono irritado a su amiga Kiara, mientras se encaminaban hacia el mar.

—Porque lo Maestros de Luz no pueden dejar, así nada más, sus Reinos. Recuerda que cada uno tiene una tarea importante en el planeta: unos se encargan de las estaciones, otros de la armonía y otros de los elementos. Toma tiempo coordinarse para que nada se vea afectado mientras estén ausentes. Cuando se reúnen deben procurar… no dejar ningún resquicio de su responsabilidad desprotegido, es peligroso.

—¿Por qué han hecho la reunión tan lejos? —insistió Axel, removiendo de su rostro apiñonado un mechón de su cabello.

—Islandia es ideal en su clima para varios de ellos; además, casi todos Maestros de Luz soportan más el frío que el calor.

—¿Solo por eso? —objetó, aunque notaba cierta reticencia en su amiga a responderle.

—No, también porque es la región por la que pueden atravesar más fácilmente las dimensiones. Está apartada y tiene una gran tradición de magia. Si te fijas bien, verás que en esta isla conviven los cinco elementos en perfecta armonía. Islandia simboliza la fuerza de la Hermandad trabajando…, digamos, simbióticamente.

—No entiendo —reconoció, algo apenado, a la par que le ofrecía la mano a Kiara para superar algunas rocas.

—Mira a tu alrededor —le indicó la joven, contemplando extasiada el paisaje con sus brillantes ojos—: aquí conviven los cuatro elementos fundamentales, más el quinto. Tenemos el mar —y señaló el océano azul que los rodeaba—, tenemos la tierra —y echó un vistazo a las praderas y valles que se asomaban a su costado—, tenemos el fuego —y con su pálida mano apuntó hacia el volcán que se erguía detrás de ellos— y tenemos el aire —y Kiara cerró los ojos para sentir la fría brisa que agitaba sus cabellos de miel— y, desde luego, el último elemento está nuestro alrededor, debajo de cada piedra, en el mar, en el aire…

—La Fuerza de Vida… —interrumpió Axel, contemplando con sus exuberantes ojos verde jade el imponente paisaje.

Kiara le sonrió. Notaba que su amigo ahora comprendía por qué aquel era el lugar idóneo para que los Doce Maestros de Luz se reunieran.

—Sí, tienes razón. Es el lugar ideal para el Grupo de los Doce. Además, los humanos aquí respetan más la naturaleza y muchos creen en la magia.

—¿Qué se siente ser un humano? —inquirió Kiara de improviso, sorteando las rocas para llegar a la playa.

Axel la entrevió extrañado, no solo por la pregunta, sino porque él estaba a punto de preguntarle qué se sentía ser una Elfa.

—En realidad, nada. Creo que ahora que estoy rodeado por ustedes, me he dado cuenta de qué es exactamente ser un humano. Sobre todo, por nuestros defectos.

—¿Defectos?

—Sí, defectos y falta de habilidades —respondió con cierto pesar.

—Axel, no deberías hacer eso...

—Hacer ¿qué? —indagó y sus botas se hundieron en la arena.

—Compararnos. Es cierto que nosotros podemos hacer muchas cosas que los humanos no pueden y, aun así, sabes que tienen más poder que nosotros... no me mires así... aunque creas que la magia es un gran don, el amor que puede contener un corazón humano es más poderoso que todos los trucos que yo pueda hacer.

Axel permaneció callado. Quería entender, comprender lo que le decía Kiara; sin embargo, le costaba trabajo aceptarlo. Al lado de ella, él no se sentía poderoso ni fuerte ni hábil.

—Además —continuó—, los humanos tienen algo que nosotros ya no podemos tener...

—¿Qué? —inquirió realmente intrigado, recorriendo con la vista los alrededores para comprobar que nadie los espiaba.

—El pleno derecho de estar en la Tierra. Nosotros ahora solo estamos en pequeños grupos diseminados en el planeta; nuestro trabajo aquí es mínimo. Los humanos tienen la posibilidad de disfrutar plenamente de toda esta maravilla.

Axel volvió a quedar en silencio. Nunca había sopesado las cosas desde esa perspectiva. Los elfos, gnomos, hadas, duendes... todos ellos tenían espacio limitado, es decir, todos ellos tenían que vivir huyendo, escondiéndose y quedarse impávidos ante la destrucción que causaba el hombre. Ellos no tenían derecho a defender a la Tierra; solamente podían apoyarla, mas no intervenir directamente.

—Ya casi hemos llegado —interrumpió Kiara—. Tendremos que nadar un poco; es en aquella cueva.

Axel se quedó absorto admirando el fiordo que tenían delante; tendrían que cruzar el mar para llegar a la cueva.

—Sssssss... ¡Está helada! —silbó y exclamó Axel al meterse en el agua.

—Para mí está fresca —reconoció ella zambulléndose. Se veía tan hermosa como una sirena—. Hay que apurarnos; ya casi es media noche —y se sumergió para acomodar su cabellera.

—¿Cómo lo sabes? —preguntó desconcertado, haciendo un gran esfuerzo por mover las piernas entumecidas por el frío.

—Mira el cielo, ya apareció la Aurora Boreal

—¡Es preciosa!

—¿Estás bien? —inquirió, alarmada al observar a su amigo temblar de frío.

—Sí, sí, ya falta poco, estaré bien.

—No te preocupes. Cuando lleguemos te haré entrar en calor con un poco de magia —le dijo sonriendo dulcemente, al tiempo que se deslizaba impávida en el agua helada.

Axel le regresó la sonrisa, y no podía esperar a llegar a la orilla. El agua estaba tan fría que sentía que le enterraban miles de alfileres por todo el cuerpo.

—Tú ya estas algo habituado al frío, ¿verdad? —le dijo Kiara, nadando más rápido para que llegaran antes a las rocas.

—Un poco. Nací en Argentina, más bien en la Patagonia, relativamente cerca de la Antártida. Viví ahí mis primeros años. Hacía mucho tiempo que no me zambullía en agua helada. Creo que perdí la costumbre —respondió con dificultad, porque los dientes entrechocaban.

52

Cuando alcanzaron los peñascos, fue Kiara quien lo ayudó a subir por estos. Una vez estuvo de pie, ella le pidió que se quedara quieto, pasó sus manos por el contorno del joven, secándolo al instante.

—Gracias —reconoció Axel, se acomodó el abrigo, con el rostro aliviado por recobrar el calor corporal— ¿En dónde los veremos?

—Aquí adentro, no te preocupes —notando la expresión de irritación de Axel al saber que tendrían que meterse al agua de nuevo—. La caverna tiene un manantial dentro, pero también hay un pequeño paso por las rocas… ya no nos tendremos que mojar.

Axel respiró más tranquilo. Mientras entraban a la gruta, Kiara repitió el hechizo para secar ahora su ropa. El muchacho estaba maravillado con el lugar: la cueva era gloriosa, las rocas refulgían y la pequeña laguna que se había formado dentro emitía luz desde su centro, iluminándolo todo. Las aguas eran cristalinas y el sonido del mar chocando contra la entrada de la caverna parecía emitir una dulce canción. Un excepcional ruido proveniente de las profundidades los puso alerta: el agua que había dentro de la cueva ahora burbujeaba y once magníficas sillas de cristal surgieron del manantial y se elevaron a más de un metro del agua, quedando en flote estáticas, hasta que otro insólito sonido se produjo y de las cristalinas aguas emergía lentamente Umiko, la encantadora Princesa de las Ondinas y de las Criaturas Acuáticas. Su belleza impactó a Axel, que casi cae al agua buscando acercarse para admirarla mejor, como si un inusitado embrujo lo atrajera hacia ella. Alargando el brazo, Kiara lo detuvo de inmediato. Él movió la cabeza ansiando despejarse, como si quisiera deshacerse de la ensoñación que le embargaba.

—Ella es la Princesa Umiko—le confirmó Kiara susurrando.

—Es la sirena más atractiva que he visto.

—Lo sé —reconoció sin que Axel se percataba de que se sentía un poco celosa—, pero no te dejes engañar por la delicadeza de su figura y facciones.

—¿Por qué?

—Porque debajo de tanto… primor… se esconde un carácter muy enérgico. Umiko, la hija del mar, puede ser como él, impredecible e indomable —continuó Kiara, y su mirada se quedó perdida, como si recordará viejas batallas a su lado.

Umiko se elevó en el aire hasta sentarse en una de las sillas flotantes y con delicadeza acomodó su larga cola de pez, que brillaba como el oro. Sus facciones eran muy parecidas a las de una atractiva asiática y sus ojos rasgados eran de un color dorado muy intenso. Sus cabellos verdes y azules le llegaban más abajo de la cintura; sus manos tenían membranas.

—La corona que porta es de coral ¿verdad? —preguntó Axel, embelesado.

—Sí, aunque no es cualquier coral. Es el primero que se formó en el planeta. Esa corona ha pasado por generaciones innumerables a través de las eras, hasta llegar a la Princesa Umiko.

—¡Rayos! ¿De verdad?...—exclamó—... Mira, parece que alguien más está surgiendo.

—Es el Príncipe Keanu. Pronto será el Rey de los mares y gobernará, junto a Umiko, los océanos de todo el planeta.

Con lentitud, el apuesto Keanu se acomodó en su silla, al lado de su futura esposa. El príncipe era mitad hombre mitad cetáceo. Sus facciones eran angulosas como la de los asiáticos, con unos extraños y rasgados ojos azul zafiro que hacían contraste con su cabellera verde pardo. Cabellera peculiar que se asemejaba más a las algas que a cabello y que le llegaba hasta los hombros. Su cola era azul grisáceo, como la de los delfines, aunque él no tenía escamas en el cuerpo, pero sus manos tenían membranas.

—Es impactante…—reconoció Axel en un murmullo al mirar al gran tritón que ocupaba su sitio en una de las sillas de cristal.

—Sí… —dijo ahora embelesada— y es uno de los seres más temerarios que podrías conocer.

Un curioso silbido proveniente de las rocas los distrajo de su ensoñación. Poco a poco, el costado de uno de los muros comenzó a desquebrajarse y por la abertura salió una mujer mayor, menuda y pequeña como todos los de su raza.

—¿Es Tonalna? —inquirió Axel impresionado al ver a la pequeña duende.

—Así es, ni más ni menos, la Gran Señora de los Duendes —afirmó con semblante solemne al nombrar a la diminuta mujer que salía de la abertura del muro de la caverna de coral.

—He escuchado tantas historias sobre ella; sé que es una Gran Ser (valga la expresión), una Gran Maestra… no cualquiera puede ser su discípulo.

—Así es, y todo lo que se cuenta acerca de ella es verdad —prosiguió sin dejar de mirar a la mujer menuda que se acercaba con calma al agua para tomar su lugar en una de las sillas.

—¡Rayos! ¡Pero no mide más del metro! —exclamó él en voz baja.

—Pero su valentía, su fuerza y sabiduría son inigualables. Además, recuerda que el tamaño no tiene la menor importancia. Esa es una falsa creencia de tu raza. Los hombres subvaloran mucho a las criaturas pequeñas y son las que a más humanos han exterminado.

Axel hizo un gesto de incredulidad; no entendía a qué criaturas se refería.

—No me mires así —le reclamó sonriendo traviesa—. Me refiero a los microbios y virus.

Axel rio. Nunca se le ocurrió pensar en esos bichos, y era verdad, los seres más pequeños en el planeta son los que más humanos han aniquilado. Tonalna, la Señora de los Duendes, se elevó sin problemas hasta posarse en una majestuosa silla, la cual la hacía verse aún más diminuta de lo que en realidad era.

—Se ve muy simpática ahí sentada; el asiento es demasiado grande para ella — comentó Axel con sorna.

—Así es —reconoció también sonriendo al observar a la menuda criatura con aquella ropa estrafalaria de brillantes colores.

—¡Vaya! Tiene un rostro muy cariñoso; sus orejas son muy parecidas a las tuyas.

—Es verdad, igual de largas y puntiagudas, aunque son más pequeñas que la de muchos de su raza. Los duendes suelen tenerlas más largas y anchas.

—Sus ojos tienen algo muy especial. Resultan magnéticos, aunque no puedo explicar qué es… a simple vista son normales: grandes, castaños…

—Llenos de amor. Tonalna es una criatura sumamente compasiva y amable.

Axel asintió. Reconocía que esas palabras describían muy bien lo que estaba viendo. Cerca del agujero por donde había salido Tonalna, la tierra comenzó a desquebrajarse; sin embargo, esta vez en el suelo. Y otra criatura aún más menuda emergía. Era un hombre extremadamente pequeño de complexión gruesa, pero no media más de 40 cm.

—¿Quién es él? —preguntó Axel, ladeando levemente la cabeza.

—Es Tahit, el Rey de los Gnomos, guardián de los secretos de la Tierra.

—¡Caray! Parece un indio americano... un apache... en miniatura —comentó un tanto consternado, escudriñando con curiosidad y asombro al pequeño Maestro de Luz que flotaba hacia su respectiva silla.

—Vive en América, pero su raza está extendida por casi todo el planeta. Son seres bondadosos y de grandes conocimientos. Me desconcierta que no hayas visto uno antes.

—Solamente he conocido a los gnomos de Noruega e Irlanda y esos son más grandes y de piel blanca. Se dedican a proteger la naturaleza y las profundidades de la tierra. Producen y cuidan de todas las minas también... o ¿no?

—Así es. Los gnomos son los encargados de la protección de la Madre Tierra. A Tahit le ha tocado la época más dura —dijo contemplándolo con pesar.

—¿Por qué?

—Su tátara-tatarabuelo Tassom gobernó a su raza hace más de 10,000 años. Tahit solamente lleva 800 en el trono; sin embargo, le ha tocado la época de la tecnología, la era donde tu raza perdió su conexión con la Tierra.

Axel permaneció pensativo. Experimentaba una gran culpa por lo que la humanidad le había hecho al planeta durante los últimos 500 años y todo lo que las criaturas de la naturaleza habían soportado.

—Ha de ser muy duro estar en su lugar —comentó Axel, triste y con la mirada perdida.

—Sí y muy frustrante, aunque a la vez es un gran reto; él nunca ha de aburrirse —contestó sonriendo modosa, procurando confortar a su amigo.

Axel le regresó el gesto. Un fuerte batir de alas distrajo su atención hacia la entrada de la cueva. Era un hermoso cisne negro el que entraba al recinto. Cuando estuvo cerca de las sillas se transformó en un hermosa mujer alada, de tez añil. Su figura era esbelta y delicada; sin embargo, su rostro, de entre todos los Therántropos, reflejaba un espíritu valiente y aguerrido como ninguno. Una franja naranja cruzaba sus ojos verdes, una orla idéntica a la que poseen los cisnes negros haciendo su mirada todavía más enigmática. Con elegancia se sentó en una silla y se acomodó los largos cabellos color ébano, muy parecidos a plumas de aves.

—¿Es una mujer cisne? —preguntó Axel, acomodándose el cabello y el abrigo para parecer más presentable.

—Sí, es la Emperatriz Naomi. Está encargada de liderar a casi todas las aves en el planeta. Ya quedan pocas de su raza.

—¿A qué te refieres con "a casi todas las aves"?

—Recuerda que los cuervos y buitres hicieron un pacto con los Seres de las Penumbras —respondió murmurando.

—Es verdad, por poco y lo olvidaba —aseveró—. ¿Y qué más puede hacer, además de transformarse en cisne y controlar a las aves?

—Puede volar a gran velocidad. Tiene una gran resistencia física, además de un gran control de la magia y creo que también puede controlar las aguas y el aire... logrando crear los más devastadores huracanes

—¡Rayos! Puede hacer muchas cosas... espera...—resaltó poniéndose en guardia, observando fijamente la pequeña laguna que había dentro de la caverna.

—¿Qué sucede?

—Se cierne una monumental sombra en las aguas...

—No me asustes así —comentó haciendo un gesto de alivio—: es Yúrik, el Señor de los Therántropos Oso y los Bosques.

Sorpresivamente, una gigantesca criatura, mitad hombre mitad oso polar, surgió del agua y con extrema precisión cayó en la silla flotante. Su rostro era insólito: ojos pequeños y azules, facciones toscas, cabellera y barba blancas, manos fuertes. Alto, poseía una curiosa nariz que se asemejaba a la de los osos y usaba extravagante vestimenta.

—¿Cómo supiste de quien se trataba?

—No me di cuenta hasta que emergió del agua, aunque cuando percibí la sombra supe que se trataba de uno de los nuestros —aclaró, echando hacia atrás sus cabellos amielados.

—¿Cómo?

—Porque advierto con anticipación a casi todos los Seres de las Penumbras —confirmó Kiara, haciendo una breve pausa y su gesto se tornó duro— excepto... a los Dökkálfar y a los Nosferatu.

—¿Por qué a esos no puedes percibirlos?

—Porque pueden esconder sus emociones. Son muy hábiles para pasar desapercibidos. Son los más evolucionados y refinados de todos los de su tipo y eso los hace algo así como invisibles a mis sentidos.

Por un instante, Axel se sintió menos culpable. Llevaba dos meses pensando en que si él hubiera estado al final de la fila o tal vez otro Elfo delante de Enya, su amiga estaría todavía con ellos. Sin embargo, ahora entendía por qué Enya no se había percatado de la presencia de los Dökkálfar o Elfos Oscuros, y aunque Non, la Semielfa, hubiera estado delante de Enya en lugar de él, tampoco podría haber detectado al Dökkálfar que se llevó a su amiga.

—Yúrik debe de tener una fuerza descomunal... —comentó Axel, mientras se recargaba en una roca, pretendiendo disimular la intimidación que lo abrumaba.

—No creo que puedas imaginarte lo fuerte que es. Todos saben que es un poderoso enemigo, además puede controlar a las grandes bestias, y tiene profundos conocimientos y dominios en la magia, pero su raza es poco común; abundan más lo licántropos.

—¿Por qué? —curioseó.

—Porque se requiere de gran carácter, temperamento y un espíritu extremadamente fuerte para resistir la transformación física.

—Los Hombres Lobo pueden transformarse a voluntad, ¿no?

—Únicamente los Licántropos Auténticos; los Licántropos Infectados lo hacen cada luna llena; sin embargo, no hay muchos de ellos. Yúrik, el Señor del Bosque, puede transformarse en un humano, aunque no le agrada mucho hacerlo, por lo que generalmente luce así: mitad hombre, mitad oso.

—¿Cómo se crea un Licántropo Infectado? —inquirió.

—Al ser heridos o mordidos por un Licántropo Auténtico. Espera... otro maestro se aproxima...

Axel y Kiara voltearon hacia la entrada y vieron brincando con gran agilidad entre las rocas de la caverna a una hermosa mujer morena de bello y felino rostro que se asemejaba mucho al de un tigre. Su piel morena estaba marcada por enorme rayas anaranjadas, sus ojos eran enormes y amarillos, su cabellera, negra, larga y rizada.

—¡Rayos! Debe de ser Morowa, la Reina de la Selva —exclamó impactado al observarla saltar con semejante agilidad—. He oído muchas historias sobre ella. Sus ancestros fundaron el Reino de las Amazonas.

—Así es. Ella también es un Therántropo. Puede sostener por más tiempo una forma totalmente humana; sin embargo, prefiere esa ambigua apariencia entre tigre y mujer...

Mientras ellos hablaban, un inusitado fuego empezó a brillar en una de las sillas, hasta convertirse en una llamarada.

—¿Qué está pasando? —preguntó, intrigado tocando la empuñadura de su espada.

—Creo que es el Señor del Fuego, Aalok —respondió con una respiración profunda—. Fui una de sus aprendices algunos años. Es un poderoso Maestro de Luz y la historia de sus ancestros es muy interesante.

El fuego fue tomando rápidamente la forma de un apuesto hombre de tez morena clara, pómulos acentuados, nariz perfilada y cabellos rojizos. Toda su figura inspiraba respeto. El fuego se extinguió un instante, empero comenzó a formarse de nuevo, aunque ahora en la espalda del exultante Maestro hasta formar unas grandes alas en llamas. Y sobre su cabeza se formó un majestuoso penacho de grandes plumas de fuego. Ninguna ropa cubría su torso. Llevaba una especie de taparrabo dorado con grecas escarlatas y piedras de jade estilo prehispánico. Iba descalzo y en los tobillos portaba grandes adornos de oro, plumas y jade que le llegaban casi a la rodilla.

—¿Quiénes fueron sus ancestros?

—Es descendiente, ni más ni menos, que del gran Kukulkán, Señor de los Vientos y del Fuego Sagrado —le explicó en un tono solemne, como si hubiera conocido en persona a aquel personaje mitológico.

—¿Por eso el Maestro Aalok lleva ese tatuaje en el pecho?

—Sí, es el escudo de su familia, la Serpiente Emplumada. La serpiente representa la pasión... el fuego, y las alas representan el viento, indispensable para darle vida al fuego. Su raza ha poblado las tierras americanas desde hace eones. Kukulkán obtuvo con gran esfuerzo el conocimiento sobre el Fuego Sagrado y compartió sus conocimientos con los nativos de todo el continente americano. Y ahora su estirpe se encarga de mantener el Fuego Sagrado para equilibrar la energía del planeta.

Kiara viró hacia la entrada de la caverna.

—Aquella luz debe ser la Reina Ágata —expresó admirando la esplendente y tintineante chispa que se incorporaba velozmente a la cueva.

La radiante luminiscencia se posó en una de las sillas de cristal. Entre polvos y luces, la curiosa esfera se convirtió en una preciosa mujer de gigantescas alas de mariposa color indefinido y tornasol. Sus cabellos eran de una tonalidad violeta muy intensa y su piel era blanca, casi transparente, tanto que parecía irradiar un sublime halo de luminiscencia. Llevaba una tiara plateada que rodeaba su frente y tenía engarzado una fluorita simulando ser la luna llena engarzada por dos medias lunas de plata a los costados.

—Ágata lleva milenios siendo la Reina de la Hadas, ¿no es así?

—Así es. Cada mil años regresa al plano astral y vuelve a renacer, quedándose en la Tierra otros mil años. —confirmó Kiara contemplando con cariño a la Reina de las Hadas—. En sus periodos de descanso hay otras dos reinas que la sustituyen y...

—¿Te sientes bien? —preguntó preocupado al ver a Kiara muy pálida colocando las manos a la altura de las sienes.

—Sí estoy bien, pero creo que alguno de los maestros utilizará un portal dimensional para comparecer.

Y era verdad: el Maestro Alejo, el protector, había aparecido sorpresivamente en su respectivo asiento.

—¿Te sientes siempre así cuando alguien aparece sin preámbulo alguno?

—Sí —respondió—. Es mucha la energía que se utiliza para hacerlo. ¿Tú también te sentiste algo mareado verdad?

—Me siento... algo extraño cuando hacen eso, se me eriza un poco la piel. Pero no entiendo. ¿Por qué los Maestros no se sintieron mal, si también son seres muy sensibles como tú?

—Porque son más fuertes que yo, lo perciben; sin embargo, no les afecta.

—¿Cómo adquieren esa fuerza o es que así nacen?

—Nacieron igual a todos los de su respectivo linaje. Lo que los vuelve diferentes a los demás es su ímpetu, su personalidad, sus características esenciales, su temperamento —le explicó, transparentando cierto orgullo—. Eso los hace esforzarse más, estudiar con esmero, entrenarse con más frenesí. Son las actitudes las que hacen que seamos poderosos, que tengamos carácter y lo que hace que nuestro espíritu se vuelva grande, invencible. Los Maestros son una prueba viva de que quien pone su máximo empeño en todo lo que hace, logra la Maestría y la Nobleza de SER.

Axel ansiaba ser como ellos .y sabía que ambos, en el fondo, anhelaban lo mismo: explorar su máximo potencial.

—El Maestro Alejo ha sido lo mejor que pudo haberme pasado. Es por él que estoy aquí —comentó con la mirada perdida recordando su infancia.

—¿Qué edad tenías cuando te encontró?

—Tenía once años cuando él me rescató.

—¿Te rescató? —inquirió intrigada. No conocía la vida de su amigo humano. Nunca había querido entablar una relación muy profunda con él. No le gustaban los seres humanos; sin embargo, ahora todo acerca de él le llamaba la atención.

—Mi padre era biólogo y mi mamá fotógrafa. Estábamos explorando las aguas de un lago en Irlanda.

—¿Qué hacían en Irlanda? —curioseó, recordando que Axel había nacido en Argentina.

—Mi papá conoció a mi mamá en Argentina cuando estudiaba su doctorado y vivimos en la Patagonia casi tres años. Luego mi papá tuvo que regresar a Irlanda. En una de las excursiones, algo nos atacó. Alejo apareció de repente y se enfrentó a la criatura. Mis padres no sobrevivieron, y Alejo como que me "adoptó". Fue una manera muy dura de conocerlo, aunque ahora comprendo que así debía ser y que mis padres están bien en dondequiera que estén. Solo podía verlo en las vacaciones, para que me entrenara, pero debía regresar con mis abuelos cuando llegaba el otoño. Para mí, el Maestro Alejo es como un segundo padre. Gran parte de quien soy ahora es por él.

—Con razón llevan tan buena relación. Hace mucho tiempo que no vivo con los de mis raza y no sabía nada de esto —reconoció sin perder de vista a los Maestros sentados en las sillas flotantes que se encontraban al fondo de la gruta.

—Es por tu entrenamiento, ¿verdad? Eso es lo que te ha mantenido lejos de los Elfos.

—Así es —y sus labios esbozaron una sonrisa nostálgica, de esas que expresan gusto por lo que había aprendido y tristeza por haberse alejado de sus seres queridos—. Me alegra que Alejo haya hallado en ti a un hijo, debe de ser muy duro para él haber perdido al suyo.

—Él nunca me ha contado cómo sucedió. La verdad es que no lo entiendo: ¿es que no se supone que ya debía de haber renacido? Por lo poco que sé, lo perdió hace milenios.

—Sí, hace casi diez mil años. Te imaginas… fue algo muy doloroso para él —confirmó con ojos que revelaban tristeza—. Era su único hijo. Los Maestros han sido muy discretos al respecto. Son escasos los que saben qué ocurrió realmente con él. Aunque todo eso también tiene que ver con la Mujer Celeste y con los Seres de las Tinieblas.

—Sí, lo sé. Y, además, me enteré de que su esposa murió. Desconozco por qué el Maestro Alejo no ha querido volver a casarse. Muchos Elfos lo hacen al perder a sus parejas.

—Es diferente. Es más fácil para muchos de nosotros hacerlo porque sabemos que la persona que más amamos renacerá después de un determinado tiempo; así que compartimos una relación afectiva con otros con esa esperanza. Nadie se ofende por esto, porque saben que, en realidad, son una compañía mientras se reencuentran con sus seres más amados. Siempre sabes que te vas a refundir con tu alma gemela. Pero él sabe que ella nunca regresará. Creo que no ha querido volver a enamorarse.

—Sí, yo también opino lo mismo. Dicen que la amaba sin medida. Ella pereció en la "Era de los Tanek", ¿verdad?, durante la *"Guerra de las Esferas"*…

—Así es, su esposa murió cuando su hijo aún era un niño, en un sacrificio total e irreversible de su Ser. Muchos años después, Alejo también perdió a su hijo y desde entonces toda su personalidad cambió. Dicen que se volvió más frío, callado, distante. No sé explicarlo, pero sospecho que todo lo que está pasando ahora tiene que ver con lo de su hijo.

—¡Caray!, yo también he especulado lo mismo —le comentó, mirándola suspicazmente y bajando aún más el tono de su voz—. Siempre se me ha hecho muy raro que no hablen de lo que le pasó al muchacho ni que hayan aclarado quién es la Mujer Celeste o por qué es tan necesario dar con ella y, peor todavía, para qué Los Oscuros quieren encontrarla a toda costa antes que los Maestros.

Para su sorpresa, Kiara no podía dejar de sonreírle. Parecía estar conteniendo una fuerte carcajada

—¿Qué es tan gracioso? —preguntó un poco a la defensiva.

Kiara tardó unos segundos en responder, porque no quería hacer mucho ruido.

—Es una tontería en realidad —respondió ella entre dientes.

—Dime —exigió él mirándola receloso.

—Es que siempre se me ha hecho muy ridículo que los humanos le dieran tanta importancia a los mitos y que, además, los hayan trastocado como lo hicieron... ya sabes ¿no?... cómo inventaron tantas cosas de muchos de nosotros.

Axel permaneció perplejo, pues seguía sin entender qué le causaba tanta gracia.

—Quiero decir que, en realidad, casi todos los Seres de Luz hemos hecho exactamente lo mismo con el mito de la *Mujer Celeste*. No sabemos quién es, por qué es tan importante ni por qué es tan amada por los Mayores y buscada por los Criaturas de las Penumbras. Solamente tenemos la certidumbre de que renacería y aun así todos hemos hilado cuentos acerca de eso.

—Es cierto... —concordó—. Los duendes, los gnomos, las hadas, todos los Espíritus de la Naturaleza han hecho miríadas de especulaciones sobre ella. Algunas son muy buenas y otras totalmente disparatadas... nunca lo había pensado así... Los seres de los cuentos de hadas... ¡Ja, se han estado contando cuentos!

Una apacible sensación los embargó y casi al mismo tiempo giraron hacia la entrada de la cueva. Al fondo se encontraba Dana, la Justa. La bella y madura Elfa caminaba sobre las aguas suavemente, sin prisa. Toda ella irradiaba encanto inigualable y su rostro denotaba su inmensa sabiduría, como poseedora de todos los secretos del Universo.

—¿Siempre habrá llevado los cabellos plateados? —inquirió, sintiéndose algo tonto con semejante pregunta.

—Creo que sí —respondió Kiara con una sonrisa: el comentario de su amigo había sido muy sorpresivo—. Desde que la conozco lo lleva así; es el Maestro Alejo quien antes lo tenía rubio.

—¿Quién será mayor de los dos? Nunca me he atrevido a preguntar.

—Dana, si bien no muchos años; por eso aparecen en la tierra en idénticos periodos.

—Así que Alejo es su hermanito —comentó sonriendo y sus ojos verdes brillaron.

—Así es —concordó regresándole la sonrisa al mirar a los dos longevos Elfos—. No obstante, el Maestro Alejo es quien permanece más tiempo en la Tierra y pasa periodos menores, que Nuestra Señora Dana en las Pléyades.

Axel se quedó pensativo y luego susurró, como si hablara para sí mismo.

—Es cierto. Él se queda mil quinientos años y descansar solo quinientos en las Pléyades...

—Y Dana se queda aquí mil y allá mil, pero al final están juntos por las mismas fechas. No sé por qué lo harán así.

—Yo creo que él se queda más aquí para proteger...nos.

—Podría ser —reconoció Kiara, pensativa—; no se me había ocurrido.

—Bueno, por algo han de llamarlo el Protector...

Kiara sonrió levemente. Desde luego, sabía que todos los Seres de Luz llevaban un sobrenombre que identificaba su mayor cualidad, habilidad o su rango. Si esa era la mejor cualidad de Alejo, al no haber podido proteger a su esposa y a su hijo, era muy probable que juzgara necesario dar más de sí mismo para proteger a los

Espíritus de la Naturaleza que vivían en la Tierra. Los dos echaron un vistazo hacia donde se encontraban los Maestros, y entonces Axel se dio cuenta de algo.

—¿Por qué hay solo once sillas? ¿Algún Miembro va a faltar?

—No —respondió—. Lo que pasa es que… —y volvió a tocarse la cabeza e hizo un gesto de mareo y molestia.

Entonces un nuevo portal se abrió y por él apareció Ashtar, el Sultán de los Centauros. Y se colocó en su lugar correspondiente en el círculo de sillas.

—Eso explica por qué hay solo once sillas —comentó, juguetón, el joven haciendo un mohín—. ¿Te sientes bien? —y se acercó para sostenerla.

—Sí, no es nada. Se pasa rápido; no te preocupes. Solo necesito reposar un momento —reveló, buscando una roca cercana para sentarse—. Movió demasiada energía al abrir así el portal…

—¡Qué rara sensación produce verlo! —soltó, notando cómo se le iba la voz mientras ayudaba a su amiga a sentarse.

—Entre respeto y un miedo que lo postra a uno, que lo somete, ¿verdad?

—¿Por qué lleva todos esos tatuajes?

—Representan un momento especial en su existencia, como grandes batallas o aventuras.

—¿De dónde vendrá? —preguntó algo apenado por no saber dónde residía el Reino de los Centauros.

—De sus dominios en Medio Oriente. Suele ir a otros lados, especialmente a África, aunque no creo que venga de ahí. Me imagino que tendría muchas cosas que arreglar en sus tierras antes de asistir a esta reunión.

La criatura que se había aparecido era mitad humano mitad pura sangre. Su piel era cetrina, su cuerpo de caballo matiz canela y sus facciones, duras y angulosas. Parecía un príncipe sacado de un cuento de las mil y una noches. Portaba brazaletes de oro en cada muñeca y llevaba su cabellera negra recogida en una media cola. Los doce Maestros estaban reunidos: Dana, la sacerdotisa de los Elfos; el Maestro Alejo, el Protector y rey de los Elfos de las Pléyades; Ágata, Reina de las Hadas; la Princesa Umiko, futura reina de las Ondinas; el Príncipe Keanu, Señor de los Mares; Morowa, Soberana de la Selva; Yúrik, Señor de los Bosques y los Therántropos-Oso; Tahit, Rey de los Gnomos y las Profundidades; la sabia Tonalna, Señora de los Duendes; Ashtar, Sultán y Sumo Sacerdote de los Centauros; Naomi, Emperatriz de las Mujeres Cisnes, y el Gran Aalok, Señor del Fuego Sagrado y la Serpiente Emplumada. Los Maestros de Luz, el sagrado Grupo de los doce estaba por fin completo.

—Ha llegado la hora de que comience esta reunión —observó la sacerdotisa Dana, con voz solemne y alzando su báculo—. Hace más de dos lunas que nuestra querida Enya fue arrancada de nuestro lado por los Seres de las Tinieblas. Sabemos que la Princesa Celeste ha renacido y son ellos quienes pueden saber su paradero.

Axel tenía la mirada perdida: Enya había sido su amiga y no podía creer que ya hubieran pasado dos meses de aquella infame noche en que los endemoniados seres de la más umbría parte del inframundo la habían ofrecido en sacrificio.

—Todos los Seres de Luz en el planeta han buscado a la Princesa Celeste. Todos fueron avisados. No obstante, ninguno nos ha podido dar pistas que nos lleven a encontrarla —continuó Dana, alicaída.

—Ha sido muy difícil. Nadie sabe hace cuánto tiempo renació… en qué país —interrumpió Umiko, agitando su larga cola de pescado, denotando nerviosismo y desazón.

—He indagado en los cielos y las estrellas. Sé que debe de estar cerca de cumplir 25 años —indicó Ashtar, el Sultán y Sumo Sacerdote de los Centauros—. Sin embargo, me es imposible saber en dónde nació —y cruzó los brazos, denotando su frustración.

—Por lo tanto, ahora debemos investigar qué es lo que descubrieron con la muerte de la dulce Enya —dijo Dana, retirando algunos cabellos plateados del contorno de su cara.

—Yo opino que ya es tiempo de que todos los Seres de Luz sepan quién es la Princesa Celeste y por qué los Seres de las Tinieblas la buscan con tanto ahínco. La verdad debe conocerse, porque la verdad proporciona poder —indicó Yúrik, el Señor de los Bosques, alzando una de sus grandes garras blancas.

—Aconsejo lo mismo. Ya no es necesario ocultar su historia. Debemos revelar la verdad para que todos puedan ayudarnos de forma más oportuna —confirmó Naomi, la Mujer Cisne, y la franja naranja en sus ojos pareció oscurecerse, muestra de cuán abrumada se sentía ante la situación.

—También juzgo que es lo más adecuado —comentó Morowa, sin denotar emoción, dándole la razón a la Emperatriz de la Aves—. Sin embargo, todos deben estar de acuerdo en esto. El voto debe ser unánime —resaltó reacomodando en su silla su cuerpo mitad tigre.

Casi todos los Maestros de Luz asintieron con un movimiento de cabeza, mirándose con seriedad, menos Ágata, la Reina de las Hadas. Todos la observaron expectantes.

Y, sin mover un músculo de su pálido rostro, asintió con la cabeza. Parecía resignada ante la decisión que estaban tomando. Sin embargo, Axel se percató de que ese no era realmente su deseo; notaba que aquellos ojos violetas estaban llenos de abatimiento.

—Creo que la más adecuada para contar la historia es Ágata. Las hadas son las mejores narradoras de historias —expresó Aalok, Señor del Fuego Sagrado, haciendo un gesto caballeroso y encantador.

—Además es algo muy personal para ti. También creo que eres la más apropiada para narrarle la historia a toda la Comunidad de la Luz —externó Umiko tímidamente, sabiendo que hablaba de algo muy delicado.

Ágata volvió a afirmar, y sus cabellos violetas fueron movidos por una suave brisa. Reconocía que era ella la mejor opción para esa tarea; no obstante, le resultaba muy doloroso narrar esa historia. Era por esa razón que había guardado silencio tantos siglos. Todo aquello le afectaba directamente a ella. Llevaba demasiado tiempo ocultando su dolor y le parecía prácticamente imposible tocar el asunto.

—Sé que es muy difícil para ti —comentó Dana que había notado la tristeza de la Reina de las Hadas, en aquellos ojos lívidos—. Yo estuve contigo aquel día, sé lo que sufriste; sin embargo, recuerda que no es bueno guardarse el dolor así. Ya es tiempo de que hables del asunto y lo sueltes.

Axel y Kiara los contemplaban intrigados, por fin conocerían la historia que había detrás de aquellos extraños eventos; por fin, la leyenda de la Princesa Celeste sería revelada, pues encontrarla ya era urgente. Lo que no entendían era por qué la habían ocultado por tanto tiempo.

—Por el momento solamente nos queda decidir cómo vamos a acercarnos a los Seres de las Tinieblas para obtener información —opinó Keanu, acariciándose el mentón con sus membranosas manos.

—Es imposible acercarse al Señor de la Noche. Todos los sabemos; lo hemos intentado por siglos sin éxito —interrumpió con un gesto serio y frío Morowa, Señora de las Selvas y todos podían apreciar la frustración en sus imponentes ojos dorados de gato.

—Ni se diga al Príncipe de las Sombras —expresó deprimido Tahit, Rey de los Gnomos.

Entonces, no es a ellos a quien debemos acercarnos.
Bien sabemos que otros seres tenebrosos podrían, sin saberlo, ayudarnos.
La guerra civil que mantienen las criaturas de la oscuridad
Una gran ventaja nos puede dar.
Con sigilo al Señor de las Bestias debemos espiar
Así, la verdad sin quererlo nos va revelar.

Así habló Tonalna en un tono muy dulce y tranquilo, contemplando a todos con suspicacia con su rostro caricaturesco, mientras recogía sus encanecidas trenzas.

Axel avistó a Kiara extrañado. Para él era muy curioso oír a alguien hablar así, en verso.

—¿Siempre hablará así? —preguntó Axel, esbozando una sonrisa burlona.

—Siempre —le confirmó—. Ese es su habitual modo de hablar

Los Maestros se miraron entre ellos, no comprendiendo muy bien lo que Tonalna les quería decir.

—¿Cómo puede ser eso posible? —prorrumpió intrigado Aalok, moviendo nervioso sus alas de fuego, mientras se inclinaba en su silla para escuchar mejor—. Los Licántropos y los Señores de las Tinieblas han sido enemigos por siglos.

El grupo examinó a Tonalna al mismo tiempo y en silencio. Aquella anciana los tenía expectantes. La expresión de sus rostros reflejaba que no era la primera vez que Tonalna solía tener ideas disparatadas, que al final empero resultaban curiosamente adecuadas y muy efectivas.

—*"Ten a tus amigos cerca y a..."*

—¡A tus enemigos aún más cerca! —expresó Keanu, Príncipe de los Mares, sin percatarse que interrumpía a la sabía Duende.

Tonalna le sonrió complacida, el rostro de rasgos indígenas mostraba toda la calma y serenidad que le faltaba a los demás Maestros. Con gesto serio y seguro, Ashtar Sultán de los Centauros habló:

—Es lógico. Donovan, el gran Señor de las Bestias debe de conocer los movimientos de sus enemigos para estar prevenido. Después de todo, la Profecía de la Princesa Celeste afecta directamente sus planes. Fueron ellos quienes encontraron el Vaticinio, y fueron los Señores de las Tinieblas quienes se lo robaron.

—Exacto —corroboró el Maestro Alejo acomodándose, agitado, en su silla—. Si el Señor de la Noche consiguiera hacer cumplir a su favor la Profecía, sería el fin de Donovan y su raza. Los Oscuros no podrían contra los Seres de las Tinieblas. Esa guerra civil que han mantenido durante siglos terminaría rápidamente. Donovan debe de haber averiguado ya algo de los planes del Señor de la Noche.

—Muy bien. Ya sabemos quién nos puede proporcionar información sobre el paradero de la Princesa. Pero ¿cómo lo obtendremos? No podemos enviar a muchos de nosotros. Nos notarían —dijo preocupada Morowa, moviendo de manera muy curiosa los bigotes de su cara.

"En algo así había pensado
y por esa razón he llamado
a dos estupendos muchachos,
jóvenes guerreros con gran valor
que podrán ayudarnos
Explicó Tonalna, otra vez con su curioso modo de hablar.

Todos observaron atentamente a Kiara y a Axel, el grupo pensaba que ellos solo fungían como guardianes de la reunión. Los jóvenes se sintieron sobrecogidos. No creían que fueran a tener un papel tan principal y relevante. La Gran Sacerdotisa Dana los contempló con orgullo, reconocía que estaban listos y comenzó a darles sus instrucciones.

—Ustedes irán a París, la ciudad del Señor de la Bestias. Tienen que averiguar todo lo que los Licántropos saben acerca de la Princesa y su actual paradero. Tal vez, si tenemos suerte, los Señores de las Tinieblas aún no la haya encontrado. También es importante que descubran en dónde se encuentra ahora el Príncipe de las Sombras y, sobre todo, el Señor de la Noche.

—Gran Señora, no es muy arriesgado que Axel me acompañe, pues no puede viajar entre dimensiones. Si nos descubren, él no podrá huir —interrumpió Kiara, preocupada, mientras se acercaba al agua, para que los maestros la escucharan mejor.

Axel se sintió irritado. Jamás esperó que ella hiciera semejante comentario. Se sentía ofendido. No necesitaba ni que lo protegieran ni que le dijeran qué podía o no podía hacer.

—Eso ya los sabemos —confirmó el Maestro Alejo, reclinándose en su asiento—. Crees que, tal vez, otro Elfo como tú sea la opción más adecuada —y la miró con severidad—. Es tiempo que aprendas que a veces lo más obvio no es lo más sensato —y Alejo guardó silencio un momento, arrellanándose en su asiento—. Dos Elfos no podrían manejarse en una ciudad tan grande como París, mucho menos lograr pasar desapercibidos. Además no podrán usar la magia.

El rostro de seguridad que había mostrado Kiara cambió a un semblante consternado. Sin poder usar la magia Kiara se sentía insegura. En seguida, sin darse cuenta, sus blancas mejillas comenzaron a ruborizarse. Ahora se daba cuenta de que su nuevo amigo debía de haberse ofendido por querer hacerlo a un lado de la misión.

—Los Seres de la Oscuridad y los Seres de las Tinieblas, es decir, ambos bandos de las Criaturas de la Penumbras —continuó Alejo, tocándose el mentón—

64

consiguen detectarnos más fácilmente si utilizamos la magia. Sabes muy bien que ellos pueden percibir los cambios en el flujo de energía en el ambiente, en especial en las personas. Solo podrás utilizar tus poderes en una situación muy desafortunada. Por ello, es imprescindible que Axel te acompañe.

—Además —interrumpió Tahit, el Rey de los Gnomos— no deberías subestimar a las demás criaturas. La soberbia y los prejuicios no son buenos consejeros. Te sorprenderá lo ingeniosas que pueden llegar a ser las criaturas cuando crees que no tienen muchos recursos, ¡eh! —y tomó el cuello de su chaqueta sintiéndose orgulloso, como si recordara viejas aventuras de las que nadie creía que había salido victorioso.

La joven agachó la cabeza avergonzada por dudar así de las capacidades de su amigo. Axel relajó la expresión dura y severa de su rostro. En el fondo entendía la preocupación de su amiga. Sus habilidades, al lado de las de Kiara, eran insignificantes. No obstante, reconocía que los Maestros tenían razón. Su ventaja sobre Kiara, en esas específicas circunstancias, era incuestionable.

—Espero que entiendan la importancia de su misión —comentó con ojos taciturnos Ágata, la bella Reina de las Hadas—. La suerte de todos recaerá en sus manos.

Los muchachos la contemplaron con sobriedad, aunque desconocían la identidad de la Princesa Celeste, sabían que encontrarla era de vital importancia para la supervivencia de todos.

—En esta misión estarán solos —les confirmó con voz fuerte Yúrik, para después mirándolos con gran severidad, mientras su pelaje blanco era movido suavemente por la brisa que entraba a la gruta—. Ningún miembro de la Hermandad podrá ayudarles. Si Donovan descubre que estamos cerca o, peor aún, el Señor de la Noche se da cuenta de qué es lo que tratamos de hacer, podríamos perder nuestra única oportunidad de encontrar a la Princesa. ¿Comprenden? —y su rostro de oso se tornó en extremo apesadumbrado.

—Sí, entendemos —respondieron al unísono.

—Únicamente enviaremos a dos... dos muchachos... es muy arriesgado —dudaba Umiko. Sus ojos rasgados mostraban ansiedad y con sus membranosas manos tocaba su frente en signo de intranquilidad y preocupación por la seguridad de Kiara y de Axel... y de la misión.

—Más de nosotros llamaríamos mucho la atención. Recuerda, mi Princesa, que el Señor de la Noche estará más interesado que nunca en descubrir nuestros movimientos y estará atento a cualquier acción de nuestra parte —le habló Keanu con rostro enamorado, en un intento por tranquilizarla.

—Así como Donovan debe de estar al tanto de los movimientos del Señor de la Noche, él estará al tanto de todo lo que haga Donovan, Señor de las Bestias —interrumpió Yúrik, recargando la cabeza entre sus garras blancas entrelazadas, mirando a todos con suma atención —. Son enemigos desde que recuerdo... —y sus ojos azules se tornaron pensativos.

Todos los Maestros lo miraron apesadumbrados. Ninguno había tomado en cuenta ese punto y reconocían la razón de sus palabras. El Señor de la Noche era demasiado astuto, tanto que desde hacía siglos les llevaba la delantera.

—En ese caso... deberíamos crear una distracción —opinó insegura Naomi, acomodando sus grandes alas negras en el respaldo de la silla.

Los maestros, todos en silencio reflexivo, debían idear algo que fuera lo suficientemente eficiente para engañar al Señor de la Noche.

—¿Y si provocáramos varias distracciones en diversos puntos, mientras Kiara y Axel están en París? —interrumpió Aalok, como si pensara en voz alta, al tiempo que jugueteaba distraído con una flama entre sus dedos.

—Sí, sí —habló emocionada la princesa Umiko, agitando su cola de sirena —podemos hacer movimientos en los bosques, en los valles, en los lagos.

—¿Eso sería suficiente? ¿Realmente se darán cuenta si están concentrados en París y en Europa del Este? Tal vez nuestros movimientos pasen desapercibidos —expresó dubitativa Naomi, acariciando nerviosa una de sus plumas negras.

—Eso es verdad. Están al pendiente de nuestros movimientos en los lugares de su interés, ¿no? —señaló preocupado Aalok, y las llamas en sus cabellos temblaron.

"Al Señor de la Noche nunca debemos subestimar,
Sí lo que queremos es ganar.
Es el ser más cruel y calculador que cualquiera pudiera imaginar,
y esa gran virtud será una gran desventaja
que en su contra todos nosotros podríamos usar.

La caverna quedó en silencio. Todos los Maestros se veían los unos a los otros con miradas significativas. La Gran maestra Tonalna otra vez los ponía a pensar de una manera inesperada. Y todos permanecieron expectantes para que les explicara su plan. Sin embargo, pronto se percataron que a ella no le gustaba dar todas soluciones, solo ponerlos a razonar.

—Es verdad —interrumpió sin darse cuenta Axel, como si hablara consigo mismo, recargándose en una gran roca azulada—. Los Seres de las Tinieblas conocen mucho de nuestros movimientos por los humanos. Nosotros los percibimos más o hacemos más alarde al toparnos con cosas raras. Son las Criaturas de las Tinieblas y los Seres de la Oscuridad los dueños de las ciudades, no las Razas de la Luz. Son ellos quienes no temen estar cerca de la gente ni estar en lugares públicos ni relacionarse ni ser vistos por los humanos... Siempre saben qué hacen ustedes porque los humanos los notamos...

—Entonces —continúo Dana— nuestras actividades deberán enfocarse en que los humanos nos perciban, no en que nos perciban los Seres de las Tinieblas...

—¡Sí! —exclamó Axel emocionado—. Deben hacer algo importante en alguna otra ciudad, algo que llame la atención de mucha gente, que se tomen fotos y videos para que todos lo vean en la tele...

Intrigada con estas últimas frases, Kira lo entrevió alzando las cejas. No entendía esas palabras. Sin embargo, los Maestros de Luz sabían perfectamente a qué se refería. Cuantos más humanos los advirtieran, más pronto podrían llamar la atención del Señor de la Noche hacia otra dirección.

—Muy bien, así se hará —confirmó alzando la mano en gesto solemne la Sacerdotisa Dana—. Ustedes seguirán a Donovan, Señor de las Bestias, y nosotros nos encargaremos de distraer al Señor de la Noche para que no se interponga en su camino. Nos veremos nuevamente en la Ciudad Luz. Ese será ahora nuestro Cuartel General. Estaremos justo debajo de las narices del Señor de la Noche.

Kiara y Axel se miraron emocionados. Los ojos verde jade de Axel brillaban con la expectativa de una nueva aventura. Kiara sonreía en espera de cumplir con su deber a como diera lugar. El Gran Maestro Alejo, el Elfo Protector, alzó el brazo e hizo un gesto con la cabeza para indicarles a los jóvenes guerreros se retiraran para encontrarse con su destino y cumplir con su misión. Ahora, los Maestros de la Hermandad de la Luna Plateada debían planear su siguiente paso. Axel y Kiara emergieron de la cueva, dejando a tras el Grupo de los Doce.

DAGÁZ, La oscuridad vive en la luz y la luz en la oscuridad. Autora: Irene Arbolí Moreno

CAPÍTULO VI.
Los Oscuros Preparativos

En un antiguo y escondido lugar en medio de un tenebroso paisaje, entre sombríos y fríos bosques, en lo alto de un abismo se encontraban las ruinas de un castillo del Medioevo. En su interior extrañas sombras lo recorrían, en una lúgubre habitación cuatro caballeros hablaban.

—Príncipe de las Sombras, ya está todo listo para el sarao, aunque tendremos que resguardar el palacio, pues se ha visto merodear a los… disidentes —confirmó en un tono grave uno de ellos. Un caballero de edad madura, de negros ojos ensombrecidos por tupidas cejas y fino rostro.

—Pensé que ya los teníamos controlados —dijo la varonil voz de un joven que estaba sentado en la oscuridad, alejado de la chimenea—. No son lo suficientemente fuertes ni ágiles para representar una amenaza todavía. Aun así estoy de acuerdo: hay que tomar medidas extraordinarias de seguridad; nada puede estropear la velada.

Un tercero, más viejo y con acento inglés, los interrumpió:

—Recuerden que esta es una gran oportunidad para darle la joya. No nos queda mucho tiempo. Pronto será la alineación; ella tiene que estar lista.

El joven de la voz varonil guardó silencio por un momento. Y luego preguntó, pensativo y en un tono que denotada impaciencia:

—Señor de la Noche, ¿cree que surtirá efecto?, ¿cree que será suficiente con que la tenga colgando en su cuello? —reiteró dubitativo.

—No estoy seguro —reconoció el viejo pero aún apuesto caballero mientras se restregaba la frente—. No obstante, debes de tener presente que tendrás que actuar ya, funcione o no el collar. *Ella tiene que saberlo todo* esa misma noche, tiene que acceder a participar con nosotros; si no, seremos testigos de la extinción de nuestra raza… y del mundo.

—Es muy poco tiempo, no lo entenderá… —objetó indeciso el joven en un tono agitado. Sin embargo, antes de continuar se vio interrumpido por el misterioso británico.

—Hay maneras de hacerla entender pronto… y lo sabes… ella es fuerte… sufrirá una gran impresión al principio, pero la superará…

—¡No! —exclamó secamente el apuesto joven, alzándose de su asiento—. Será a mi manera. Podría odiarme por hacerle algo así y no correré ese riesgo. Ya poseo su confianza… encontraré la mejor manera de decirle la verdad, nadie más —precisó brusca y sobriamente el Príncipe de las Sombras. Por un instante se quedó observando fijamente el antiguo cuadro que colgaba de la chimenea y bajó la mirada—. Lo sabrá todo a su tiempo para que participe en el ritual. De eso me encargo yo. Nunca te he fallado y esta no será la primera vez —y alzó la vista para contemplarlo con gran seguridad en sus palabras— Además, aún no sabemos qué ingredientes deben de llevar las pócimas ni cuáles son los conjuros adecuados. Aquellas viejas brujas, las muy… incapaces, todavía no lo descubren; por lo tanto, no tiene caso apresurar así las cosas.

Sin decir más, se retiró con paso largo y firme y fue seguido por el caballero más joven que había permanecido cerca de la ventana y que también parecía indignado, cerrando con fuerza la puerta detrás de él. El Señor de la Noche y el caballero de edad madura y de finas facciones quedaron en silencio en la habitación, observando pensativos el fuego en la antigua chimenea.

—¡Jamás se atreverá a enfrentarla! —insistió frustrado el Señor de la Noche, tocándose la encanecida barba—. ¡Ha luchado en grandes guerras, enfrentado a los seres más viles y no podrá con ella! ¡A ella no podrá afrontarla! ¡Y no nos queda mucho tiempo! —exclamó el viejo inglés apretando los puños.

—¿Qué piensa hacer, mi señor? —inquirió el elegante y maduro aristócrata que lo acompañaba, frunciendo el ceño como si supiera que seguirían otro camino.

El viejo inglés guardó un momento de silencio y, con la mirada perdida, habló:

—Duncan, llama a Aitana, sí, a la más vil de las Arpías. Nadie mejor que ella para encargarse de este asunto. Adelantaremos la guerra; solo así lograremos hacer que cambie de opinión.

—Sus órdenes se harán cumplir, mi señor. También llamaré al Amo de los Dökkálfar. Los Elfos Oscuros trabajan muy bien con esas arpías —indicó el caballero de edad madura, dibujando una sonrisa sardónica con sus finos labios y disfrutando de aquella nueva orden.

Ambos dejaron ver miradas de maliciosa complicidad. El elegante caballero hizo una breve reverencia ante el anciano inglés y, con paso acelerado, dejó la habitación para cumplir con sus propios y oscuros preparativos.

CAPÍTULO VII.
Una Noche en París

Después de la reunión con el Grupo de los Doce, Axel y Kiara salieron de la caverna y esa misma noche viajaron a Reykjavik, la capital de Islandia. Axel dejó a Kiara en las afueras de la ciudad y se dirigió a la metrópoli para comprar la ropa adecuada. La ciudad europea tenía un sinfín de tiendas para escoger. La tarea le pareció agotadora, aunque sabía que su compañera se veía hermosa con cualquier ropa que se pusiera, tenía que escoger un atuendo cómodo para viajar a París, además de ropa adecuada para pasar unos días en las ciudad y, desde luego, atuendos para salir por las noches.

Escoger el atavío para la noche en París le resultó mucho más difícil. Tendrían que ir a las clubs y bares, porque eran los sitios idóneos para encontrar a los Licántropos; no obstante, había tantos modelos para escoger que él no sabía qué hacer. Por fin se decidió por una blusa negra de encaje escotada, una chamarra de cuero negra forrada en lustroso satén, pulseras, aretes y un collar en blanco y negro. Cuando regresó al bosque encontró a Kiara expectante y emocionada. Nunca había usado ropa de humanos y mucho menos había entrado en sus modernas ciudades.

—¿Qué es esto? —preguntaba Kiara, desconcertada cuando sacó un labial de la maleta que Axel había traído.

—Es un labial. Las mujeres lo usan para pintarse los labios. Creo que ese color es el adecuado para ti —respondió acomodando los boletos de avión en su chaqueta.

—¿Qué guardas?

—Son unos pases que nos permitirán viajar en avión —respondió, sacando los jeans de la maleta.

—¿Por qué vamos a usar un transporte humano si podemos regresar como venimos, con los grifos? —indagó frunciendo el ceño.

—De ahora en adelante no debemos usar la magia. Los espías del Señor de la Noche podrían sentir la turbación y tal vez percibir hacia dónde nos dirigimos.

A pesar de la explicación, la joven mantuvo una expresión reservada. Usaba la magia continuamente y era muy inusual para ella no poder emplearla cuando quisiera.

—Hummm… —murmuró. Tal vez ahora se daba cuenta de cómo era ser una humana—. ¿Tengo que usar eso? —preguntó preocupada mirando los jeans que Axel había sacado de la pequeña maleta.

—Sí —respondió apenado, porque no sabía si había escogido la talla correcta.

—Pero eso lo usan los hombres —le dijo, señalando los jeans que traía él.

—No, las mujeres también los visten. ¿Acaso no lo has notado? Son bastante cómodos y prácticos; pruébatelos y lo apreciarás.

Kiara comenzó a desvestirse. Axel se giró rápidamente para no verla.

—¿Qué te sucede? —preguntó al verlo girar de esa manera.

—Es de mala educación mirar a alguien desnudo.

La muchacha hizo un mohín de extrañeza ante esta actitud pudorosa y, aunque tal le pareció excesiva, siguió quitándose el vaporoso faldón que la cubría del escote a la parte alta de los muslos, para calzarse y vestirse como su amigo le indicaba.

—Ya estoy lista

—Todo te queda muy bien, pero te pusiste la blusa al revés. Esto —y señaló la etiqueta— va para atrás, en la espalda.

Ella comenzó a quitarse la blusa rápidamente y Axel volvió a girarse, provocando en ella una risita al notarlo tan tenso. Axel realmente se encontraba más nervioso de lo que ella creía; el joven comenzaba a sentirse muy atraído hacia ella.

—Listo

Axel la ayudó a colocarse y a abrocharse las botas.

—¿Te incomodan? —inquirió preocupado, mientras terminaba de subir la cremallera.

—No, la verdad que es que se parecen mucho a las mías.

—Sí, lo sé, pero tus botas no tienen tacones. ¿Crees que podrás andar con ellas?

—Por supuesto —confirmó indignada, y comenzó a caminar alrededor de él para demostrárselo. Sin embargo, a los cuatro pasos cómicamente se tambaleó—. ¡Quita esa cara! —le dijo sin mirarlo, sabiendo de antemano que estaría regodeándose al verla bambolearse así—. Con unos minutos de práctica estaré lista y parecerá que nací con ellas.

Axel sonrió, respiró profundo en un intento por calmarse. La verdad, le apuraba este detalle de los tacones y tanto más, pues apenas comenzaban con las peripecias y no era bueno que se preocupara tan pronto. El joven la observó detenidamente con sus ojos de jade.

—Tendrás que deshacerte las trenzas, quitarte las pulseras, los aretes, arracadas y los brazaletes.

—¿Por qué? —inquirió, llevándose las manos hacia el cuello y las orejas. No quería desprenderse de sus cosas.

—Porque no parecen hechas por humanos. Además son joyas, joyas de verdad, de oro, diamante, rubí… llamarás mucho la atención. La gente creerá que tienes mucho dinero.

—¿Dinero?

—Te lo diré en el camino —respondió cerrando la maleta y con un gesto de impaciencia al darse cuenta de todo lo que restaba por explicarle.

Kiara comenzó a quitarse todos los accesorios que llevaba no por mero adorno, sino porque le eran propios de su raza. Por último y con gran pesar desprendió sus brazaletes de sus antebrazos. Axel guardó todo en uno de los cierres de la valija y luego se prestó a desbaratar el trenzado.

—Creo que tendrás que llevar el cabello suelto.

—¿Así lo usan? ¿Nunca se lo recogen?

—Por supuesto que sí. Las mujeres usan muchos peinados y traen diferentes cortes de cabello. Lo que necesitamos es tapar tus orejas.

Ella abrió los ojos desmesuradamente: se le había olvidado ese pequeño detalle y se soltó por completo su larga y rizada cabellera del color de la miel.

—Mmm… no es suficiente; aun así sobresalen…

—¿Podría… achicarlas con magia? —propuso la Elfa en un murmullo.

—Se supone que no debemos usarla... aunque no tenemos otra opción. Igual te descubrirán si no lo haces.

Kiara movió las manos hacia las orejas y, sin tocarlas, cerró los ojos y después pronunció una frase ininteligible. Entre chispas y humo sus orejas largas y puntiagudas cambiaron.

—Te quedaron muy bien —comentó complacido—. Ahora ponte la chamarra

—¿Para qué?

—¡Cómo que para qué! Para nosotros se supone que hace mucho frío; a la gente le parecerá muy raro que no la traigas puesta.

Los ojos de miel de Kiara reflejaban incredulidad. Realmente creía innecesario colocársela.

—Llamarás la atención —continuó ahora en un tono rezongón. Al ver que le obedecía alzó la valija para indicarle que era momento de ponerse en marcha.

Caminaron hacia la ciudad. El día, insólitamente para Islandia, estaba soleado; sin embargo, soplaba un aire muy frío. Cuando ya estaban a punto de llegar a la ciudad de Reykjavik, Axel se detuvo y le dijo:

—Haz todo lo posible por no hablar mucho... tu voz es... es... muy... peculiar para nosotros.

—¿Peculiar? —indagó, llevando la mano hacia su cuello y al mismo tiempo alzando las cejas, disgustada.

—Demasiado melódica... —y comenzó a ponerse nervioso—. No me malinterpretes... es muy bonita, pero ningún humano podría hablar de manera tan… bondadosa constantemente... es demasiado… inusual entre nosotros.

Kiara se sintió halagada y siguieron caminando.

—Otra cosa —dijo él inesperadamente, girándose para mirarla— Procura no preguntarme muchas cosas. Ella le echo un ojo extrañada intentando no tambalearse con los tacones de sus nuevas botas—. Se vería raro que me preguntaras cosas que se supone ya conoces...

La Elfa asintió con la cabeza, aunque pronto Axel se daría cuenta de que sería muy difícil hacer pasar a Kiara por una persona común y corriente. Su amiga no sabía o no podía disimular su asombro al ver los edificios, semáforos, automóviles, teléfonos celulares, tiendas…

Aquella Elfa Guerrera parecía extasiada con ese nuevo mundo. Al subir al taxi, Kiara intentó imitar a su amigo; sin embargo, se dio un fuerte golpe en la cabeza al entrar al automóvil. Ese fue el momento en que el taxista la notó, y ya no pudo dejar de mirarla. Creía que una diosa había subido a su vehículo, y manejaba con dificultad porque no quería dejar de admirarla. Axel se dio cuenta de aquella reacción. Se sentía incómodo al ver a aquel hombre así de embelesado. Hubo un momento en que pensó golpearlo, aunque juntó toda su fuerza de voluntad para intentar tranquilizase y no ser grosero al insistirle al taxista en que se fijara en el camino. Cuando llegaron al aeropuerto, la ansiedad y excitación de Kiara se volvió casi incontrolable. La presencia de humanos siempre la alteraba y ahora estaba rodeada por muchos de ellos.

—No me sueltes la mano por ningún motivo —le ordenó mientras sorteaba a la gente para que Kiara no se entretuviera.

La Elfa obedeció. Empero a cada momento, Axel sentía el tirón del brazo cuando su compañera se detenía para observar alguna tienda, souvenir o algún niño, porque estaba encantada con ellos y los niños parecían sentirse atraídos y fascinados por su compañera.

Explicarle lo del avión fue también algo muy difícil, porque aunque él procuraba hablar en voz baja para que la gente no escuchara sus explicaciones, Kiara no dejaba de hacer gestos y ruidos de asombro a cada momento. El vuelo no tuvo contratiempos y les dio oportunidad para que Axel le revelara más cosas acerca de las ciudades, los bares y las costumbres de la gente.

Llegaron a París al atardecer. El joven tuvo mucho cuidado de que su peculiar amiga no se apartara de su lado. Al recorrer las calles para llegar a su hotel, Axel reconoció para sí mismo que, a pesar de todos sus intentos por hacer que Kiara pasara desapercibida, eran en vano. Su halo angelical no podía cubrirse y la gente se sentía exageradamente atraída por la Elfa.

Una vez en su habitación, Axel le mostró qué ropa debía usar para ir a los bares. Cuando Kiara salió de la ducha, Axel comenzó a darle más instrucciones.

—No debes hablar mucho

—Sí, ya lo sé —refunfuñó dulcemente—. No tienes que recordármelo. ¿Acaso no lo hice en todo el viaje?

—Mmm... sí, no hablaste, pero mirabas todo como si nunca lo hubieras visto...

—¡Porque nunca lo había visto! —reclamó mientras secaba su cabello con la toalla.

—Ahí está el asunto: tienes que disimular que ya lo has visto, que es algo común para ti. ¿No te has dado cuenta de que la gente te observa mucho? y para ellos puede ser "peculiar" o absurdo que hagas tantos gestos de asombro con todo lo que ves —señaló, abrochándose la camisa negra.

Kiara no dijo nada, se conformó con contemplarse al espejo mientras acomodaba su cabello. No quería admitir que estaba apenada. No se había dado cuenta de que podría arruinar la misión.

—Sé que no es fácil —agregó—. Sé que todo te llama la atención. Créeme que te entiendo. Me pasó lo mismo cuando visité tu aldea y cuando fui a la Ciudad Luz y a tantos otros sitios donde habitan los Espíritus de la Naturaleza.

—No entiendo por qué la gente no deja de mirarme. ¿Acaso me veo muy diferente? He hecho todo lo que me has pedido: ponerme esta ropa estrafalaria, soltarme el cabello, achicar las orejas...

—Es que eres muy hermosa —y los ojos de Axel centellearon—. Es por eso que la gente no puede dejar de observarte.

—Gracias —expresó, bajando el rostro y pretendiendo ocultar que se sentía apenada, y con nerviosismo siguió peinándose—. Haré todo lo posible por actuar normal...

—Lo sé —respondió, poniéndose los zapatos.

—¿Por qué iremos a los... bares? —inquirió con un dejo de asombro al ver que labial que le había dado Axel combinaba estupendamente con su tono de piel—. ¿Por qué los buscaremos ahí? —y comenzó a hacer poses delante del espejo al mirar su nuevo look.

—A ellos les encantan esos lugares —respondió estupefacto al verla comportarse tan ¿femenina...?—. Pueden conseguir presas fáciles... y no hay espías...

—¿Como nosotros? —preguntó, haciendo una mueca irónica con sus labios recién pintados.

Axel se le quedó viendo, sonrió y comenzó a peinarse. Permaneció pensativo unos pocos minutos. Inesperadamente algo se le vino a la mente.

—¿Crees poder soportar el volumen tan alto de la música? —le dijo intrigado, recordando que ella jamás había escuchado música a un volumen tan escandaloso ¡y menos "aquella música"!

—Por supuesto que sí. Me fascina la música...

—Ya sé que te encanta, a ti y a todos los Elfos... a todos los Seres de Luz, pero esta es muy diferente de lo que has escuchado alguna vez, y el volumen lo ponen al máximo...

—La música es música y punto. Igual la disfrutaré: no te preocupes —le confirmó la Elfa, mientras terminaba de ponerse sus nuevos aretes— ¿Cómo me veo?

El muchacho había estado tan absorto en acicalar su rebelde y negra cabellera que no se había dado la oportunidad para mirar a su compañera con detenimiento. Se veía diferente, pero muy atractiva. Algo extraño empezó a sucederle. Se puso más nervioso, las manos le sudaban y un escalofrío le recorrió el cuerpo.

—Muy bien, perfecta... —reveló en un tono jovial procurando ocultar su turbación—. Te ves muy bonita y más... humana.

Axel se acercó para cerciorarse de que no se hubiera colocado algo al revés. Por un momento no pudo dejar de contemplarla. Kiara comenzó a sentirse abrumada al estar tan cerca de él. Durante toda su vida siempre había estado tan absorta en sus asuntos que no le había puesto atención al sexo opuesto. Por primera vez se daba cuenta de cuán atractivo podía ser un hombre. Todo en Axel le resultaba exótico: el color de los ojos, el cabello negro, la piel apiñonada, el rostro varonil. Cuando él comenzó a hablar, Kiara salió de su ensimismamiento

—Ya es hora de irnos. Te tomaré de la mano todo el tiempo. No podemos darnos el lujo de separarnos. Esos lugares son muy concurridos —señaló con voz que reflejaba preocupación; además se sentía frustrado por no haber tenido suficiente tiempo para explicarle a Kiara cómo utilizar un celular.

—Oye... los Licántropos lucen igual que los humanos. ¿Cómo los identificaremos?

—A Los Seres de la Oscuridad los advierto con más facilidad a la distancia; además se les puede reconocer por la extraordinaria fuerza que irradian sus ojos. Es como si almacenaran gran cantidad de poder en sus pupilas y se ven así porque reprimen sus emociones, su fuerza y su temperamento y, al parecer, toda su energía fluye hacia sus pupilas; por lo que debe de ser como mirar a los ojos a un Dökkálfar, aunque con menor intensidad. Ellos son más fuertes que los Licántropos y con un carácter más agresivo.

—Entonces, ¿has visto alguna vez a un Elfo Oscuro, a un Ser de las Tinieblas?

—Sí. Muchas veces he peleado contra ellos, en varias misiones, intentando encontrar al Príncipe de las Sombras.

—¿Alguna vez pudiste acercarte a él, al Príncipe de las Sombras? —curioseó estupefacto, al tiempo que se colocaba la chamarra para salir.

—No... nadie de nuestro bando lo ha logrado. Hay demasiadas Criaturas de las Tinieblas que lo rodean —reconoció y extrañamente comenzó a reír, como si recordara algo muy gracioso.

—¿De qué te ríes?

—De una vieja broma que hacíamos entre Elfos y Gnomos cuando nos designaban para encontrar al Príncipe de las Sombras...

El joven la escuchaba atento en lo que le ofrecía la manga de la chamarra para que Kiara se la pusiera.

—¿De qué se trataba? —insistió, terminando de ayudar a Kiara a colocarse la chaqueta.

—A esas misiones las llamábamos "Misiones Chocolate". Como de antemano presentíamos la dificultad de alcanzar el objetivo, era una manera de no perder la esperanza y no tomárnoslas tan a la tremenda cuando nos enviaban a ellas. Las llamábamos así pensando en que serían tan fáciles de realizar como quitarle un dulce a un duende... ya sé, ya sé, es una tontería —recalcó Kiara, sacando su cabellera de debajo de la chamarra de cuero.

Axel sonrió y quedó pensativo unos minutos y después agregó:

—Ojalá esta no sea una de esas misiones.

La Elfa hizo un gesto de resignación, aunque ella también deseaba intensamente lo mismo, que esa no fuera una más de tantas "misiones chocolate", fracasadas por todo lo que estaba en juego. Acomodó de nuevo sus cabellos y salió junto con él de la habitación.

El cielo estaba despejado y sin luna. Por un momento les pareció que la noche los recibía con cierta malignidad, como si estuvieran bajo una constante amenaza. Con nerviosismo Axel tomó la mano de su amiga; no debían separarse. Recorrieron las elegantes y antiguas calles de París con lentitud. Ella caminaba distraída, absorta en la magnificencia de la ciudad. Los frisos decorados con bajorrelieves de los maravillosos edificios, las farolas, los jardines, las pequeñas y encantadoras calles adoquinadas. Axel se detuvo un momento en la esquina de la Avenida Montaigne.

—¿Qué sucede? —preguntó Kiara al verlo detenerse.

—No sé muy bien por dónde comenzar —respondió deteniéndose en seco y taciturno, casi como si hablara para sí mismo—. ¡Hay demasiados clubs y bares en los cuales podríamos buscar! —y su mirada se nubló al ver que la tarea lo sobrepasaba.

—Me dijiste que los humanos van a los... bares a divertirse y olvidarse de sus problemas...

Axel no respondió. Se encontró afirmando lenta e inconscientemente con un movimiento de cabeza. Sin embargo, no se atrevía a proceder.

—Y también me dijiste que a la gente le suelen gustar los sitios de moda... porque resultan además de novedosos, ostentosos.

El muchacho giró la cabeza para verla. Comenzaba a captar adónde quería llegar con esos comentarios

—Si de algo pecan los Seres de la Oscuridad, como los Licántropos, es de soberbia...

—¡Rayos! Tienes razón —exclamó Axel sonriendo—. Los encontraremos en alguno de los sitios más exclusivos de París, pero... nos será muy difícil entrar...

—Tal vez no —expresó sonriendo con picardía, y sus ojos centellaron.

Axel creyó comprender qué significaba aquella mirada. Tal vez, que ella llamara tanto la atención podría volverse una ventaja. Los guardias de seguridad pensarían que se trataba de una famosa modelo.

—Bien, vamos. ¡Ah! recuerda que no debes hablar...

La Elfa le dirigió una mirada de reproche. No le gustaba que él le repitiera lo que ya sabía que no debía de hacer.

—Cuando estemos ahí compórtate lo más altiva que puedas, como si... estuvieras ante un Orco o un Troll.

La joven le regresó un gesto de extrañeza. No comprendía por qué quería que ella actuara así cuando llegaran al lugar.

—Los humanos tienen... tenemos la extraña idea de que cuanto más altiva es una persona, más importante es —respondió Axel encogiéndose de hombros.

Kiara le imitó levantando los suyos con donaire. Detuvieron un taxi y se dirigieron hacia una agencia de renta de automóviles. Axel rentó el más lujoso que tenían disponible. Y esta vez Kiara no hizo aspavientos al ver la ostentosa máquina que les entregaban. El empleado que los atendió no podía dejar de contemplarla. Sin embargo, la Elfa aparentaba no darse cuenta de que el joven la admiraba; es más: hasta aprovechó la ocasión para practicar sus gestos altaneros lo mejor posible.

Con cuidado Axel la ayudó a subir al auto para que no se golpeara, arrancó y condujo tranquilo hasta la entrada del club más exclusivo de Paris. El *valet* los ayudó a bajar del auto. La entrada al lugar estaba atiborrada de gente. Sin problema pasaron entre la multitud que no dejaba de mirar, asombrada, a la pareja. Sin pensarlo dos veces, el guardia quitó la cadena para dejarlos pasar. Nadie les preguntó nada. Kiara lucía tan hermosa y exótica que los dueños del lugar pensaron que era una nueva supermodelo, y su presencia elevaba la exclusividad del lugar.

Una vez dentro, Axel buscó a un mesero para que les asignara mesa. Sin embargo, antes de que pudiera avanzar, se dio cuenta de que Kiara no se movía. Haló su mano para hacerla pasar y aun así ella permaneció inmóvil como estatua. Axel giró para preguntarle qué le ocurría, pero en el instante en que la vislumbró supo que algo andaba mal. Su amiga lucía mareada y débil. Su rostro estaba aún más pálido y por la frente le corrían unas gotas de sudor frío.

—¿Qué te sucede? —preguntó él angustiado y confundido—. ¿Estás bien?

Le tomó un momento a la Elfa responder y, con los ojos algo nublados, musitó:

—El humo... el ruido es ensordecedor... la energía es tan densa...—su semblante se veía descompuesto, enfermizo y opaco.

—Lo sabía, la música es demasiado fuerte —confirmó Axel obligándola caminar hacia donde el mesero a lo lejos les señalaba.

—¿Música? —espetó Kiara en un tono sarcástico—. Esto no es música. ¿Y este humo tan sucio y maloliente? —añadió la joven intentando caminar hacia la mesa.

—Es humo de cigarro— respondió Axel—. La gente lo fuma regularmente. Es como la pipa de la paz que fuman los Gnomos.

Kiara lo miró indignada:

—La pipa de la paz está hecha con deliciosos aromas y el humo es de colores. No es para nada comparable al fétido olor que exhala esta gente —añadió Kiara irritada en un hilillo de voz y con la mirada fija en quienes fumaban.

Axel no se atrevió a decirle nada. Sabía que tenía razón, pero no era momento de explicarle de qué se trataban los vicios a los que la gente se aferraba y por qué las personas hacían cosas así.

—Tienes que sobreponerte —comentó, mientras la apoyaba para que se sentara. Se acercó más a su oído y volvió a darle instrucciones—. Recuerda que la misión depende de esto. Procura distraerte buscando algún Licántropo.

La joven reconocía que Axel llevaba razón. Debía de sobreponerse al dolor que le acusaba estar en aquel sitio. Su sentido del olfato y del oído se habían visto comprometidos por el humo y la música, y también su cuerpo por la energía tan densa que circulaba en el ambiente. Sabía que lo único que podía hacer era concentrarse en lo que observaba y no en cómo se sentía.

El apuesto joven echaba un vistazo en derredor continuamente. Le pidió unas bebidas al mesero; sin embargo, en cuanto éste se las trajo, le explicó a Kiara que no bebiera y que solo simulara que bebía. Que por ningún motivo le diera un trago a la bebida. Intrigada, la Elfa hizo lo que él le pidió y, en cuanto acercó el vaso a su labios, se dio cuenta por qué Axel le había hecho semejante petición. El olor del alcohol era tan fuerte para ella que en un instante comenzó a sentirse mareada y asqueada. Con todas sus fuerzas procuró disimular su desagrado, y fingió que bebía, evitando con mucho cuidado de que el líquido rozara sus labios.

Axel comenzaba a inquietarse y pensaba a qué otro lugar podrían ir; en qué otro club podrían estar los Licántropos. De pronto avistó a un extraño joven seguido por dos tipos más y una señora increíblemente atractiva y altiva.

—¿Sabes quién es él? —murmuró Axel, consternado.

Kiara se acercó a su oído:

—¿Quién? —preguntó girando discretamente el rostro hacia donde miraba Axel.

—Ese tipo… ya lo había visto. Ese que acaba de entrar. El que lleva el cabello más abajo de los hombros, de ojos grises y cejas pobladas.

La Elfa lo observó con detenimiento. El joven al que miraban era muy apuesto, aunque tenía un aire pueril y narcisista. Kiara contempló detenidamente sus ojos, y lo reconoció.

—¡Es un Dökkálfar! —susurró inquieta—. ¿Dónde lo habías visto? —preguntó ella sin dejar de vigilar al petulante muchacho.

—Lo vi hace como dos meses. Unos días antes de que raptaran a Enya. Rondaba cerca de los bosques.

El frívolo muchacho se encaminaba, gallardo y presuntuoso, hacia la barra.

—Es extraño —comentó Kiara por lo bajo—. Los Elfos Oscuros rara vez entran ahí. Adoran demasiado las ciudades y ahora entiendo por qué… tanta podredumbre… seguro que en estos sitios encuentran a sus presas…

Los dos guardaron silencio para más detenidamente escudriñar a quienes acompañaban al soberbio muchacho: una hermosa mujer de unos 40 años, de rubios cabellos y expresión dura, se colgaba de un brazo. Portaba un entallado vestido rojo.

78

—¿Crees que haya sido él quien secuestro a Enya? —preguntó Kiara en un tono triste.

—Sí, debió de haber sido él —respondió Axel secamente, la sangre le hervía, sin embargo procuró dominarse, la misión era más importante que la venganza—. ¿Crees que ella también sea una Elfa Oscura? —inquirió, intrigado al ver a aquella señora tan hermosa y altanera.

—No, no lo es, aunque tampoco es humana. Los dos tipos que los acompañan son vampiros, y unos muy fuertes —confirmó Kiara con voz segura, procurando sobreponerse al malestar que le causaba el volumen tan alto de la música.

—¿Cómo lo sabes?, ¿cómo sabes que son Vampiros y no Elfos Oscuros? —indagó Axel, dejando de mirarlos un momento para disimular (quería aparentar que buscaba a alguien más).

—La diferencia estriba en la mirada. Ya te lo advertí. Es aún más fuerte y pesada. Con un poco de práctica tú también los podrás reconocer. Es, como dijo el Maestro Alejo, como si guardaran una gran cantidad de poder en sus ojos, como si todas sus emociones fueran descargadas en sus pupilas.

El atractivo y soberbio muchacho llegó hasta la barra, con aplomo se dirigió al cantinero, quien pareció atisbarlo con algo de desprecio, aunque también con cierto recelo. El joven acomodó sus largos cabellos castaños y luego se inclinó, al tiempo que musitaba algo breve.

Axel y Kiara estaban demasiado lejos para escuchar; sin embargo, pronto comprendieron de qué hablaban; el cantinero, con desdén, le mostraba una puerta al lado de la barra por la que se podía salir del club.

Él y sus tres acompañantes se dirigieron hacia la portezuela. Salió por ella primero la atractiva señora que iba vestida de rojo; luego los dos jóvenes fornidos y, por último, el engreído muchacho, que antes de salir había echado con sus llamativos ojos grises una rápida ojeada al lugar para asegurarse que nadie los siguiera.

—¿Qué estamos esperando? ¡Hay que seguirlos! —le instó Kiara al oído a Axel con suma impaciencia.

—No podemos ir por ahí —respondió pensativo, sosteniendo su mano con fuerza para indicarle que no se moviera—. El cantinero debe de saber bien quienes son. Si nota que los seguimos podría avisarles y se arruinaría todo. Esa puerta debe de llevar al callejón de atrás donde ha de haber otro edificio. Estoy casi seguro de que es ahí a donde van.

—Entonces, ¿qué hacemos? —insistió, más alterada por haberlos perdido de vista.

—Tranquila. Deben de ir a las bodegas que hay detrás del club —dijo recorriendo con los ojos todo el lugar.

—Y ¿qué? ¿No hacemos nada? —le dijo algo irritada—. Estamos perdiendo tiempo.

—No. Entiende. Estoy tratando de pensar por dónde podemos salir sin que nos vean. El cantinero ya nos ha mirado varias veces. No podemos salir por la entrada principal, porque no hay paso hacia el callejón de atrás. Podemos salir o por la puerta negra al lado de la barra… o por los baños… Están muy cerca de esa puerta. Es posible que las ventanas lleven hacia el callejón. Mira, no tenemos otra opción. Dirígete hacia aquella puerta. ¿La ubicas? Es el baño de mujeres. Entra ahí y cuando tengas oportunidad sal por la ventana hacia el callejón y escóndete. Yo voy a ir hacia la barra a pedir otro trago para distraer al cantinero y luego iré al baño de los hombres. Por ningún motivo te me adelantes. Tenemos que trabajar en equipo.

—Lo sé —le confirmó asintiendo con la cabeza—. Pero procura no tardarte.

Axel le respondió que lo haría. Terminó su bebida y le indicó a Kiara que era momento de levantarse. Ella lo hizo. Con paso seguro y gesto altivo, se dirigió al sanitario. A los pocos minutos, Axel también se levantó de la mesa y se dirigió a la barra. Pidió otra copa, simulando estar molesto y consternado.

—¿Problemas con la novia? —preguntó el cantinero en un tono burlón, con una voz grave y socarrona mientras le servía la copa.

—Ya sabes cómo son las mujeres —respondió Axel, irritado—. Uno no puede mirar a nadie más sin que se ofendan.

—¿Se puso celosa? —inquirió el cantinero, sorprendido.

—Sí —respondió Axel con una expresión de incredulidad—. Explícame tú cómo una mujer tan hermosa como mi novia puede sentirse insegura —y movió la cabeza hacia los lados como si pareciera desconcertado.

—¿De quién se puso celosa? ¿De la rubia? —curioseó el cantinero, alzando las cejas.

—Sí, así es y la verdad es que lleva un poco de razón. No podía quitarle los ojos de encima. Tenía algo especial, algo misterioso y sexy…

—Ni que lo digas —comentó el cantinero, abriendo los ojos—, pero es la reina de las arpías —y sus labios dibujaron una siniestra sonrisa—. Escucha bien lo que te digo. No te metas en problemas y arregla las cosas con tu novia.

Axel afirmó asintiendo lentamente con la cabeza. Terminó su trago, le dio las gracias, puso una propina en la barra y se dirigió hacia los baños. Cuando el cantinero no miraba entró al sanitario de hombres y en cuanto tuvo oportunidad saltó por una ventana, y con sigilo buscó a Kiara, quien ya lo esperaba junto a unos botes de basura.

—¿Crees que el cantinero sospeche algo cuando se dé cuenta que ninguno de los dos estamos ahí?

Axel, sonriendo le dijo que no:

—Estoy seguro que piensa que estamos reconciliándonos.

La Elfa alzó una ceja, intrigada, y Axel le explicó lo que había platicado con el cantinero, ella lo desaprobó con la mirada.

—Creo que el cantinero es un Licántropo, pero no estoy segura, mis sentidos se han visto comprometidos en aquel lugar. El ruido tan fuerte, el humo… —comentó Kiara tocándose la frente. Se sentía algo avergonzada y abrumada.

Axel permaneció pensativo, giró el rostro y se dio cuenta que estaban a unos veinte metros de las puertas principales de la gran bodega. Escucharon ruidos, pero no tenían donde esconderse. Entonces Axel los vio: eran dos tipos fornidos los que se acercaban sin prestarles atención. Axel supo que pronto se darían cuenta de que estaban ahí y, sin decirle nada a Kiara, la tomó rápidamente con una mano por la cintura con fuerza, mientras con la otra mano tocaba su suave rostro. La había tomado totalmente por sorpresa y Kiara no tuvo tiempo de reaccionar. Axel comenzó a besarla apasionadamente; al principio, la Elfa no hizo nada, pues había entrado en una especie de shock. Era la primera vez que la besaban; luego intentó soltarse. No comprendía qué pasaba ni por qué Axel estaba actuando así. Este no hizo caso de sus intentos por zafarse y la tomó con más fuerza hacia él, y entonces comprendió que pasaba.

—¿Quién está ahí? —interrumpió una voz ronca.

—Nada, es una pareja reconciliándose —confirmó una voz grave que Axel reconoció rápidamente: era el cantinero.

—Mmmmm… alguien va a acostarse hoy —comentó el hombre de la voz ronca entre risas.

—Tal vez al rato consigamos algo… —dijo en son de burla el rudo cantinero

—¿Por qué conseguir a alguien más? Tomémosla a ella —interrumpió impaciente el engreído hombre de voz gruesa—. Me encantaría tocarla, olerla, hacerla mía y después… no sé, tal vez comérmela.

—Ahora no, Claude. ¿Qué acaso solo piensas en comer? La reunión va a empezar y no hay que dejar al Señor de las Bestias a solas con aquel Elfo y los Vampiros. No confío en ellos y menos en la Arpía; esa mujer consigue ponerme los pelos de punta.

Los dos hombres se marcharon, sin más comentarios, hacia una de las puertas de las bodegas. Ahora, Axel y Kiara estaban solos. Él la soltó lentamente y la miró fijo a los ojos unos instantes.

—Tenemos que entrar sin que nos vean… y tenías razón, el cantinero es un Licántropo. Tus sentidos no andan tan mal a pesar de las circunstancias —dijo Axel con voz grave.

Kiara estuvo de acuerdo; sin embargo, su cuerpo aún temblaba. Aquel beso había agitado algo en ella, algo nuevo, algo que nunca había sentido antes. Se escondieron primero detrás de unos bultos y luego atrás de unos contenedores medianos. Axel escudriñaba sin cesar todos los lados, pretendiendo encontrar un lugar por donde escabullirse. La Elfa, por otra parte, aún impactada por aquel beso, ansió inútilmente concentrarse en lo que tenían que hacer. Después pensó en respirar más profundamente para relajarse. Alzó el rostro y entonces lo vio: en el segundo piso de la bodega había una baranda y, al fondo, un agujero. Tocó a Axel en el hombro y se lo señaló. Con mucho cuidado, los dos treparon hacia el segundo piso y recorrieron a gatas la pequeña baranda de emergencia. Kiara cruzó sin problemas por el oxidado agujero, aunque Axel lo traspasó con bastante dificultad, sobre todo porque no quería hacer ruido. Una vez dentro no les costó trabajo saber dónde se estaba realizando la junta: aunque la bodega era bastante amplia, la voz de Donovan, el Señor de las Bestias, resonaba por todo el lugar.

—Toma asiento —apuntó Donovan, dirigiéndose al apuesto y engreído joven al que Kiara y Axel habían visto salir por la puerta oculta del club nocturno.

—Gracias —dijo despectivamente el joven, acariciando el cuero negro del sillón que Donovan le ofrecía.

Su acompañante, la rubia de mirada dura, también se sentó, pero lo dos vampiros que iban con ellos permanecieron de pie y alerta.

—¿Gustan algo de beber? —inquirió Donovan con extraña amabilidad mientras señalaba hacia un rincón de la bodega—. La sangre es joven, la piel parece fresca.

—Por el momento, no —confirmó el joven con indiferencia mirando a la muchacha atada y amordazada en un rincón. Aquella joven parecía ser el aperitivo que los sirvientes de Donovan habían conseguido para sus visitas—. Lo que vengo a decirte no tardará mucho tiempo.

—Muy bien. ¿Cuáles son los planes? —espetó Donovan tomando una copa y sentándose detrás de su gran escritorio de caoba—. Deben ser importantes para que los hayan mandado a los dos —sus gruesas y fornidas manos acariciaban la copa.

El hombre de tez añil se veía irritado. Su grueso cuerpo se arrellanó en la silla con pesadez.

—La Princesa ya está aquí. Irá a la fiesta que se celebrará mañana —aclaró el joven en su típico tono pueril.

—Eso ya lo sé. La he vigilado personalmente, es en verdad hermosa —interrumpió Donovan, acariciando su anguloso mentón, al tiempo que atisbaba a sus ayudantes, quienes le devolvieron una mueca torcida de malicia.

—Pero intocable —recalcó el Elfo Oscuro en tono amenazante.

—Eso también ya lo sé —respondió Donovan alzando sus tupidas cejas antes de darle un trago a la copa que contenía un líquido rojo, algo viscoso—. ¿Qué es lo que quieres que mi gente haga?

—Los Licántropos deben interrumpir en el evento; sin embargo, a ella no pueden lastimarla. ¿Está claro?

—Como el agua —confirmó Donovan con gesto despreocupado—. Sé que tiene más valor viva que muerta. Te aseguro que no sufrirá ni un solo rasguño. Sin embargo, estamos claros que eso será una declaración de guerra abierta entre los Vampiros, los Licántropos y tu Raza.

—Eso es exactamente lo que mi amo y yo pretendemos.

—Pero se están adelantando a los planes —expresó Donovan recargándose en el escritorio observando al engreído joven con ojos encendidos— ¿Por qué hacer algo así? ¿Por qué desean acelerar las cosas?

—Eso no es de tu incumbencia —respondió el joven con soberbia.

—¡Oh! sí, si lo es. Muchos de los míos podrían morir por esto; no voy a arriesgar a mi gente así nada más —espetó Donovan con su potente voz levantándose bruscamente—. Los Licántropos no somos como tu Raza o la de los Vampiros, no traicionamos a los nuestros.

Kiara y Axel permanecieron inmóviles desde su posición en el segundo piso; estaban muy cerca de los barandales y podían oír perfectamente la conversación, aunque cuando Donovan había alzado así la voz pudieron darse cuenta de la magnitud de la seguridad en la bodega: había Licántropos en casi todos los rincones de la parte de debajo de la misma. Intentaron mantenerse lo más quietos posible; sin embargo, la mente de ambos estaba trabajando a mil por hora: ambos recordaban que la Profecía de la Mujer Celeste afectaba directamente a los Licántropos, porque podía volver más fuertes a sus odiados enemigos, los Vampiros y, aun así, todo parecía indicar ahora que Donovan, el Señor de las Bestias, único señor de los poderosos hombres lobo no tenía la más mínima intención de deshacerse de ella. Fueron los Licántropos quienes habían encontrado la Profecía, y el Señor de la Noche, amo de los Vampiros, era quien personalmente se la había arrebatado. Las riñas entre ambos bandos había sido encarnizada por siglos; por esa razón Kiara y Axel se preguntaban ansiosos por qué dos Vampiros habían entrado tan tranquilamente en la cueva de un lobo, del lobo más poderoso de todos y, sobre todo, su inquietud más grande era si aquel Elfo de la Oscuridad, ese Dökkálfar tan ladino, sería la mano derecha del Señor de la Noche y qué planes tenían realmente para la Princesa Celeste.

—Muy, muy bien —reconoció moviendo las manos el engreído Elfo, con mal disimulada altanería—. Te lo diré: las Tres Brujas han descubierto cuándo se darán las condiciones estelares. No nos queda mucho tiempo y, sin ella, no lo obtendremos. Solo la Princesa tiene acceso a... bueno tú ya sabes, así que, ¿contamos contigo o no?

—Hablando se entiende la gente —dijo el Señor de las Bestias, sentándose cómodamente y esbozando una cruenta sonrisa—: cuenta con nosotros. La guerra entre las Criaturas de las Penumbras comenzará y... mi gente, por fin, tendrá su ansiada venganza.

Todos los presentes se sonreían los unos a los otros con gestos maliciosos y, sin embargo, el ambiente se percibía enrarecido y tenso. La rubia que acompañaba a los Vampiros y al amo de los Elfos Oscuros miró con dureza al Señor de las Bestias y, luego, con una seca y ronca voz dijo:

—Hay que hacer algo con el profesor con el que ella ha estado trabajando. Cuando él se dé cuenta de que ha desaparecido, alertará a las autoridades —y una suave brisa movió su ensortijada melena.

Por un momento nadie se movió, no parecían comprender por qué aquella poderosa y desalmada mujer estuviera preocupada de que la policía se enterase que alguien había desaparecido. La rubia se dio cuenta de que no se tomaban en serio su preocupación y continuó:

—Si las autoridades se enteran, es muy probable que los Seres de Luz también lo hagan, y les daríamos una pista de quién es la Princesa Celeste y lo que ha pasado con ella.

—Aitana, nunca dejará de sorprenderme la agudeza de tus observaciones —reconoció satisfecho Donovan, mientras indicaba con las manos que le sirvieran otra copa de la sangre de la joven que tenían en el rincón—. Ya veo por qué el Señor de la Noche te tiene a su lado. Yo mismo me encargaré de él: ¿cómo se llama?

—El profesor Olaf es catedrático de Antropología en la Sorbona. Lo encontrarás con facilidad. Es el único con ese... ridículo nombre —respondió Aitana sin apenas mover un músculo del rostro. Solo sus extraños ojos duros y fríos parecieron centellar.

—Mañana mismo me encargo de ese asunto. No le quedará mal a una Arpía como tú —expresó Donovan guiñando un ojo.

—Es mejor que solo lo mantengas prisionero —interrumpió de nuevo Aitana con su rasposa voz—; podría sernos de utilidad en caso de que la Princesa no quisiera cooperar.

—Fría y calculadora como siempre, como todas las de tu raza —expresó Donovan con una carcajada—. Nunca cambiarás. Las Arpías sí que son algo de cuidado; así se hará. Sin embargo, le quitas la diversión a... un momento —los ojos del Licántropo se encendieron mientras se levantaba de su asiento moviendo la cabeza hacia todos lados, como si olfateara el aire— huele a un perfume... un olor muy dulce...

Todos se levantaron de sus asientos. Escondidos, Axel y Kiara se miraron asustados. La Elfa no entendía a que se referían exactamente, aunque comprendía que Donovan había detectado su olor. Con celeridad atisbó la salida. Desde donde estaban nadie los detectaría. Salió rápidamente del escondite y Axel no dudó en seguirla. Se daban cuenta de que en la planta baja se estaba produciendo una gran cantidad de movimiento. No tardarían en subir. Con dificultad, Axel salió por el agujero por el que habían entrado; sin embargo, los dos comprendían que eso no sería suficiente para escapar y resultaría inútil intentar esconderse en otro lado.

Donovan subió al segundo piso en unos segundos. Obsesionado, husmeaba en todas las direcciones ansiando descubrir a los espías. Detrás de él estaba un Licántropo, el que hacía las veces de cantinero en el club, y el Elfo Oscuro, aquel muchacho fútil, también poseía un excelente sentido del olfato. Axel y Kiara comprendieron que si intentaban correr en este punto, serían alcanzados sin dificultad por los Licántropos; así que Kiara hizo lo único que pensó que podría ayudarlos sin comprometer la misión ni la información que habían obtenido, y rompiendo las reglas que los Maestros le habían impuesto, repitió las siguientes palabras lo más quedamente posible: —*Actum Florum*. El hechizo estaba hecho.

—El olor proviene de allá —señaló el engreído joven, señalando groseramente hacia una de las esquinas de la enorme bodega.

En un instante, Donovan movía los contenedores y vio el agujero en la lámina

—¡Son flores! —gritó enfurecido el Licántropo, mientras pateaba con fuerza unos tambos—. Todo por unas flores —espetó burlón mientras regresaba a las escaleras.

El Elfo Oscuro apretó los labios en señal de reproche. Se habían levantado de sus asientos para nada. Solo pensaba que aquel estúpido Licántropo era incapaz de diferenciar entre un perfume y una flor. El cantinero del bar, en cambio, no había quedado tan satisfecho: no recordaba haber visto una enredadera floreada antes de entrar al lugar. Se asomó por una de las ventanas, buscando en la oscuridad; sin embargo, no quería decirle a su amo que había visto a dos muchachos en el patio antes de entrar y que no había hecho nada para sacarlos. Entretanto, Kiara y Axel ya se encontraban en la planta baja, esperando detrás de los contenedores de basura una oportunidad para entrar nuevamente al club y salir de allí.

El cantinero regresó a la reunión; sin embargo, no dejaba de pensar en aquellos muchachos: la mujer era demasiado hermosa y no dejaba de preguntarse si se trataría de una Elfa. En cuanto tuvo oportunidad salió del salón, buscó con la mirada el pequeño patio que estaba entre la bodega y el club, poniendo especial atención a la esquina en la que los había visto besarse. Luego escudriñó el edificio: no había manera de que hubieran entrado en él, y por un momento pensó que se estaba volviendo muy paranoico. Hacía ya demasiado tiempo que trabajaba de guardaespaldas del Señor de las Bestias y procuraba desmedidamente no cometer errores o imprudencias, como la de soslayar a aquella *parejita*. Entró al club por la puerta negra que daba hacia la barra. Entonces los avistó: la pareja se encontraba en la pista de baile, abrazada. Sus sospechas se disiparon por completo: si se tratara de espías habrían huido. Continuó con su trabajo un rato, sin dejar de observarlos y cuando se convenció de que todo estaba bien, volvió a salir por la puerta para regresar a la reunión. Axel y Kiara se sintieron libres, entonces, de hablar.

84

Aunque Kiara estaba muy nerviosa porque Axel seguía abrazándola, la emoción de haber cumplido con la misión la tenía fuera de sí.

—Contradijiste a los Maestros —le dijo Axel, sonriendo—. Sabes bien que no tenías permitido hacer magia.

La Elfa se sonrojó ligeramente y luego, en tono de reproche, le dijo:

—Te acabo de salvar la vida y no veo que lo agradezcas.

Sin dejar de abrazarla y esbozando un alargado gesto con los labios Axel le preguntó:

—¿Cómo pudiste hacer ese hechizo sin que te detectaran?

Kiara le explicó que era algo demasiado simple para que el Elfo Oscuro lo percibiera. Bailaron un rato más para disipar las sospechas sobre ellos que pudiera tener algún otro Licántropo en el lugar. Sin embargo, la Elfa comenzaba a parecer enferma: la música y el humo la mareaban y debilitaban. Axel la tomó por la cintura y la llevó hacia la salida, pidió el auto y, antes de subirse, uno de los guardias de la puerta le hizo un gesto a Axel con la mano, como si le preguntara si ella había bebido de más. Axel no quiso verse grosero y llamar la atención, así que asintió escueto y con frialdad, y el hombre le devolvió una sonrisa perversa.

Entonces supo que se trataba de otro de los Licántropos; estaba seguro que eran dueños del lugar. Una vez en el auto, Kiara se sintió mejor. Decidieron que irían por la mañana a la universidad para buscar al profesor y esconderlo. Además de que él podría decirles quién era la Princesa y dónde se encontraba. La joven estaba extasiada, emocionada y Axel, viéndola tan turbada, le preguntó si se sentía bien.

—¡¿Bien?! —respondió ella haciendo un gesto con todo su rostro— ¡Ha sido un día excitante! Traigo ropa de humanos, entré por primera vez a un club, conocí dos nuevos olores, horrendos, el del alcohol y el cigarro, averiguamos que hay un traidor entre los Elfos y los Vampiros y que están haciendo alianzas con los Licántropos, que ellos quieren capturar a la Mujer Celeste para obtener algo que necesitan y eso significa que el Príncipe de las Sombras ya la encontró y no sabe que ellos intentarán raptarla y, si llegamos antes con el profesor, tal vez nos pueda decir dónde encontrarla.

—Se te olvidó una parte — insinuó mirándola de reojo mientras conducía.

—¿Cuál?

Axel no respondió, se conformó con deslizar sutilmente sus dedos por el labio inferior, Kiara se abochornó y agachó el rostro. No sabía qué decir. Recordar aquello la embargaba de una inquietante sensación, algo que nunca antes había sentido. Axel notó su nerviosismo y, en un intento por hacerla sentir cómoda, le dijo:

—En verdad hoy han pasado muchas cosas, y eso que solo llevas una noche en París…

DAGÁZ, La oscuridad vive en la luz y la luz en la oscuridad. Autora: Irene Arbolí Moreno

CAPÍTULO VIII.
Azul Danubio

Aimée arribó a Budapest a las 7 de la tarde, en el aeropuerto una limosina negra la esperaba, un peculiar chofer la esperaba sosteniendo un letrero con su nombre. Ansiaba preguntarle por qué no la recogían sus amigos, aunque se abstuvo. El hombre era demasiado sombrío para su gusto. En absoluto silencio, el chofer de tez muy blanca y delgada silueta la condujo hasta su destino.

Pronto se estacionó frente una elegante y antigua casa. Ian y Anuar la esperaban impacientes; la hicieron subir a una de las sobrias, pero elegantes habitaciones. Al entrar percibió un tenue perfume de gardenias, colocadas en el tocador: "¿Cómo supieron que son mis flores favoritas?", se preguntó Aimée acariciando al mismo tiempo las flores, tratando de recordar si ya se los había comentado. Con algo de premura fue a bañarse. Sabía que debían llegar al baile temprano. Una mucama la esperaba al salir de la regadera, la ayudó a peinar sus largos rizos azulados y colocó pequeños y bellos prendedores de piedras preciosas blancas y azuladas por toda su cabellera. En seguida sacó de un enorme ropero de cedro un precioso vestido blanco, que tenía bordadas piedras pequeñas y medianas azul celeste que adornaban el torso, los tirantes del vestido caían más allá de sus hombros, largas y anchas mangas, de estilo medieval, le daban un toque muy romántico.

Aimée estaba extasiada con el exquisito vestido; jamás habría imaginado algo más bello. Por detrás, el atavío se abrochaba como corsé y, justo al final de la espalda, una larga cola azul de terciopelo se extendía largamente. Unos sedosos fondos o visos de encaje debajo del vestido lo hacían parecer voluminoso y encantador. Cuando terminó de ponérselo, la joven mucama apretó fuertemente el corsé para delinear aún más su figura. Entretanto, Aimée contemplaba impactada su reflejo en el espejo de cuerpo entero, enmarcado en madera tallada, que estaba en su habitación. Lucía preciosa. El rico atavío hacía que apenas se reconociera. Llevaba unos minutos admirando su reflejo y un leve escalofrío recorrió su cuerpo; algo en la imagen se le hacía familiar y no dejaba de preguntarse qué era. Ian tocó a su puerta; ya era hora de partir. Aimée salió tímidamente de la habitación, mientras Ian se quedaba mudo al verla emerger. Aimée parecía la princesa más hermosa del mundo y sus dulces ojos miel brillaban al ver a esa diosa que caminaba lenta y suavemente hacia él. Con cuidado tomó su mano, la besó con suavidad y mirándola a los ojos le dijo:

—Ahora ya puedo afirmar que los ángeles existen y que se atreven a pisar esta Tierra.

La muchacha se ruborizó y no pudo decir nada. Él, un hombre más parecido a un príncipe azul que a un simple mortal, no dejaba de admirarla y ella no sabía qué hacer. Un fuerte carraspeo de voz, muy similar al de una tos simulada, los interrumpió: era Anuar, que los miraba con recelo. Llamaradas de fuego parecían salir de sus negros ojos.

Ian soltó al instante su mano y Aimée, inquieta, bajó las escaleras, acercándose a Anuar, que no dejaba de contemplarla con esos penetrantes ojos que parecían dominarla. Él no podía verse más elegante. Llevaba un una camisa blanca con cuello Mao y mangas algo bombachas, estilo barroco, un chaleco de seda rojo carmesí y un pantalón negro azabache muy parecido a los que usan los jinetes. El traje que llevaba Ian también era muy similar, pero su chaleco era color dorado y llevaba en el cuello una especie de gazné dorado de seda con un brillante en el centro. Ambos se colocaron sus sacos de terciopelo y después Anuar le ofreció su brazo. Ella lo tomó y subieron a la limusina. Anuar no dijo ni una palabra en el camino; parecía agitado e irritado. Por un momento Aimée pensó que estaba celoso, pero pronto descartó la idea. Ella no creía que él estuviera enamorándose de ella. Le parecía que ella se inquietaba más con él que viceversa, porque Anuar, que tenía un porte casi majestuoso, aparentaba mirarla con impasible sobriedad, contrastando con las dulces miradas con las que Ian la contemplaba.

Además, tampoco creía posible que un hombre de mundo como Anuar pudiera de verdad enamorarse de alguien como ella. Después de un largo recorrido, se acercaron al lugar en el que se celebraba la fiesta, un regio palacio a las afueras de la ciudad. La noche estaba muy oscura porque no había luna; sin embargo, pronto Aimée vislumbró las antorchas y lámparas que iluminaban los costados del camino de piedra antes de llegar a su destino. Exuberantes fuentes de mármol estaban colocadas en el jardín y unas magníficas escaleras decoraban la fachada del palacio de tres pisos. Subieron las escalinatas y cruzaron la monumental puerta, coronada por un arco de medio punto. Al entrar al palacio, un empleado les señaló el salón al que debían dirigirse. El edificio era suntuoso y contenía un *hall* de extraordinarias dimensiones. Aimée estaba impactada por la majestuosidad que irradiaba todo el recinto; para ella, todo aquello era como descubrir un mundo nuevo: las delicadas vajillas, los hermosos candelabros, los finos pisos y los brillantes y suntuosos vestidos que llevaban todas las damas la trasladaron a otra época, una época con la que solo podía recrear mirando postales de museos. Contempló con admiración la serie de grandes vidrieras multicolores que se alineaban a lo largo de los muros. En algunas paredes habían sido abiertos numerosos nichos en los que reposaban bustos de personajes famosos, filósofos griegos, poetas búlgaros, jarrones griegos con escenas mitológicas y candelabros de oro y cristal. El piso del salón de baile había sido recubierto con extenso mosaico ricamente decorado.

La luz de los grandiosos candelabros de cristal en los enormes techos transformaba el ambiente y lo volvían mágico. Sus brillos dejaban ver todos los pequeños y perfectos detalles de mampostería que adornaban los enormes muros y pilares. El detalle de los pisos de mármol en combinaciones del negro al marfil completaba el toque señorial a toda la escena. Los invitados pasaban a su lado observándola descaradamente: Aimée llamaba mucho la atención, parecía una princesa, un ángel como le había dicho Ian. La joven caminó nerviosa ante la mirada escrutadora de quienes la rodeaban.

—Tranquila. Te ves increíble; por eso no pueden dejar de observarte. Estaremos en una mesa con unos amigos —le comentó Anuar, interrumpiendo el largo silencio que había mantenido durante el trayecto.

—¿Dónde nos sentaremos? —indagó algo más relajada al oírlo hablar por fin, aunque un rubor se asomaba en sus mejillas.

—¿Ves aquella mesa al lado de la pista de baile, la que está más hacia centro del hall? —dijo señalando con la mirada.

—Sí —respondió tímidamente.

Ian, que estaba al lado de ellos observando la mesa donde se sentarían, viró súbitamente. Sus labios procuraban aguantar una carcajada.

—¿Qué sucede, de qué te contienes? —curioseó intrigada.

—¿Qué es tan gracioso? —también preguntó Anuar, extrañado.

—¿Ya viste a Dank? —le preguntó Ian a Anuar con mucha dificultad, porque no aguantaba la risa.

Anuar le echo un ojo a la mesa. También giró con brusquedad e igualmente trataba de contener la risa. Sus hombros parecían convulsionarse.

—¿Qué es tan gracioso? ¿De quién hablan?

—De un amigo que está en la mesa —le respondió Ian, calmándose un poco. Es gracioso verlo así vestido.

—¿Quién? —exclamó llena de curiosidad.

—Aquel hombre moreno, el más alto de todos.

Entonces Aimée lo advirtió. El hombre, de raza negra, medía más de dos metros. Era robusto como un toro, estaba rapado y llevaba barba de candado. Vestía un esmoquin un poco chapado a la antigua, con un rodete amarillo que se veía minúsculo en su grueso cuello. Realmente se antojaba un poco ridículo semejante fortachón vestido así. Aimée se cubrió los labios con una mano, en un intento desesperado de disimular sus sonrisas.

—¡Qué suerte que lo viste antes de que nos acercáramos, porque no iba a poder aguantarme la risa al saludarlo! —comentó Anuar, ansiando parar de reír.

—Sí. Hoy estamos de suerte. No me hubiera gustado hacerlo enojar —resaltó Ian, alzando las cejas.

La joven comprendía a qué se referían. Ella tampoco hubiera querido hacer enojar a semejante hombre. Mirando otra vez hacia la mesa, Aimée se sintió ahora ligeramente incómoda. Había ahí tres mujeres muy atractivas: una estaba de pie y las otras dos sentadas juntas. Procurando disimular su inseguridad, preguntó quiénes eran.

—Son unas amigas —respondió Anuar con cierto desdén, como si no le importaran—. Bueno, la que está de pie, la del vestido verde satinado se llama Miroslava. Es una gran amiga, tiene toda nuestra confianza. Nunca he conocido a alguien con semejante lealtad —dijo en un cierto tono de admiración. Una inflexión de voz que puso a Aimée ligeramente recelosa.

Ian del mismo modo hizo un gesto de orgullo, al oír esas palabras. Aimée no podía dejar de contemplar a aquella mujer. Miroslava era tan llamativa que la hacía sentirse intimidada; temía que una vez en la mesa perdería la atención de Ian y de Anuar. Sus largos cabellos rojo encendido contrastaban tanto con la tersa piel pálida que era imposible no mirarla. Además tenía una insondable mirada y sus ojos verde esmeralda escondían un cierto halo de misterio que la hacía aún más interesante y exótica.

—La rubia que lleva el vestido negro y las plumas de cuervo en el cabello es Sirge. No trates de trabar una conversación profunda con ella, porque es imposible —continuó Ian, señalando con la mirada a una de las damas que estaba sentada.

—Es el mejor consejo que le pudiste dar. Hazle caso, Aimée, y no hables mucho con ella —expresó Anuar sonriendo.

La muchacha solamente logró sonreír sutilmente: la rubia a la que observaban parecía encantadora e interesante y, a pesar del comentario, nuevamente se sintió insegura.

—Y la del cabello canela y vestido rojo es Stefca. Ten un poco de cuidado con ella... suele tener una lengua mordaz —afirmó Anuar por lo bajo.

—¿A qué te refieres? —inquirió Aimée, mordiéndose el labio inferior.

—Stefca es una mujer fría, calculadora y muy envidiosa. No hagas caso de ningún comentario. Es tan venenosa que ni ella misma se soporta.

Ian volvió a reír, pero al ver el rostro asustado de Aimée por lo que comentaba Anuar, le pidió que mejor ya no dijera nada.

—Solamente pretendía prevenirla. Ya sabes cómo es Stefca —replicó Anuar, acomodándose el chaleco y mirando despectivo hacia el salón—. Te aseguro que esta noche se guardará de ser grosera —confirmó en un tono seco y seguro.

Ian lo miró cómplice: sabía que Anuar tenía razón. Stefca no se atrevería a desmandarse con Aimée estando ellos presentes. Los tres cruzaron el salón y se acercaron a la mesa. Anuar le presentó primero a Miroslava, quien la observó dura y escrutadoramente a detalle, como si intentara conocerla de un vistazo. Después le presentó a Sirge, quien llamaba mucho la atención con las plumas de cuervo que adornaban su rubia cabellera. Y luego a Stefca, que se veía más hermosa de cerca y quien la saludo con indiferencia, realmente mostrándose como una mujer engreída.

El siguiente en acercarse a saludarla fue Kaled, un hermoso muchacho de largos cabellos castaños, cejas pobladas, ojos grisáceos, que si bien se portó como todo un caballero, provocó en Aimée un fuerte sentimiento de repudio porque le pareció que era una persona pueril, falsa y engreída, y lo saludó con recelo. El siguiente en acercarse a saludarla fue Dank, el alto y corpulento hombre de tez negra, que dejaba de verse menos cómico de cerca. Sus facciones sobrias y el cráneo afeitado lo hacían lucir todavía más imponente.

—Deberían matar a quien inventó semejantes atuendos, que además de incómodos son ridículos —dijo con su gruesa voz, intentando aflojar el lazo amarillo que le apretaba el cuello. Ian, Aimée y Anuar soltaron una carcajada con el inesperado comentario, porque lo hacían sonar como a un niño pequeño quejándose con sus padres por obligarlo a ir a la fiesta.

Dank les lanzó una tediosa mirada, que enseguida cambió al darse cuenta de cómo sonaba su comentario. En seguida se acercó Duncan, un caballero alto de mediana edad, de abundante cabello negro un poco encanecido, con ojos soñadores, tupidas cejas y una sonrisa picaresca encantadora. Duncan se acercó con elegancia y tomó la mano de Aimée para dale un beso, no sin antes exaltar su belleza. Aimée se sentía fascinada. Aquel hombre era el anfitrión de la fiesta y era encantador. Todos charlaron un largo rato durante la cena. La orquesta tocaba *Azul Danubio*, una melodía que envolvía la atmósfera y la hacía deliciosa. Al terminar la melodía la orquesta se detuvo y el violinista comenzó a tocar un fragmento de la pieza favorita de Aimée, el *Concierto para violín Nº 2* de Tchaikovsky. Su corazón se agitó de emoción y secretamente tenía un inmenso deseo de que Ian o Anuar la sacaran a bailar, aunque mejor decidió pensar en otra cosa, porque era una pieza

90

muy lenta y romántica para que alguien se animara a bailarla, y mucho menos cuando la pista de baile estaba vacía. De repente, Anuar se levantó de su asiento y, como si hubiera percibido la emoción de Aimée, le extendió su fuerte mano, mientras ella temblorosa la tomaba.

Durante todos los días que se habían visto, Aimée constantemente evitaba tener contacto físico con él, porque cada vez que su piel se rozaba con la suya ella se estremecía; no sabía exactamente por qué. No obstante, cada vez que lo tocaba todo su ser se turbaba. Realmente, la situación era muy difícil para ella, porque aunque disfrutaba enormemente la compañía de Anuar, la forma en que él la miraba, le hablaba y la tocaba la agitaba de una forma que no podía comprender. Le encantaba sentirse en control de las situaciones; sin embargo, con él, lo perdía completamente y eso la asustaba. Ya en el centro de la pista, Anuar la tomó por la cintura y comenzó a llevarla con gracia y maestría por toda la pista. La pareja se veía espectacular, el fastuoso vestido ondulaba bellamente mientras Anuar la guiaba con firmeza. El corazón de la joven cada vez latía con más fuerza. Para ella, Anuar era un noble, no por el título que llevaba, sino por su esencia; había algo en él que lo hacía sublimemente superior a todos los hombres. Él estuvo en silencio mirándola fijamente a los ojos. Aimée no pudo sostenerle la mirada por más tiempo y le preguntó:

—¿En qué piensas?

—En tus ojos —respondió con voz segura.

—¿En mis ojos? ¿Por qué?

—Porque ahora me doy cuenta de que es lo que tienen de especial, lo que hace que los demás no consigan dejar de contemplarte.

Aimée se sonrojó, y aun avergonzada preguntó:

—¿Y qué es lo que tienen de especial? ¿Qué ves en ellos?

—Dos reflejos de cielo —le contestó súbitamente en un susurro—, porque en tu mirada encierras el paraíso.

Las manos de Aimée comenzaron a temblar y bajó apenada la mirada. No esperaba esa respuesta y menos de él.

—Pensé que no te había gustado cómo me veía. ¿Por qué no me hablaste durante el trayecto? —preguntó ella tímidamente, sin atreverse a alzar la vista.

—Porque me quedé absorto al verte tan hermosa, y... —Anuar hizo una pausa, tomó aire y con voz trémula continuo: —... porque mis labios tiemblan de muerte cuando alguien está acerca a ti.

La joven, estremecida al escucharlo, notaba asustada que sus piernas perdían el equilibrio. Anuar lo advirtió y la apretó con más fuerza hacía él, con semblante de satisfacción al reconocer el efecto que producían en ella sus palabras, y acercando cada vez más su rostro con una voz contenida le dijo:

—¿Aún no lo entiendes verdad? —sosteniéndola cada vez más fuerte y cerca de él—. Para mí eres la criatura más hermosa que existe en la tierra, la más dulce, la más encantadora —por un momento se detuvo, ya no podía esconder más su pasión—. No sabes cómo deseo ser el aire que respiras para que vivas de mí... —dijo entre dientes, conteniendo su emoción— y me vuelvo loco de rabia por no poder tenerte entre mis brazos todo el tiempo...—con la mirada encendida continuó: —… ya estoy cansado de verte y no poder recorrer tu piel con mi aliento...

Aimée se quedó helada. Siempre había pensado que Anuar sentía cierta atracción por ella, pero nada más. Para ella, él era un enorme misterio, nunca sabía que estaba pensado y, por otro lado, consideraba que él sabía todo sobre ella. En ese instante la música se detuvo y los invitados comenzaron a aplaudir al talentoso violinista. Anuar y Aimée se separaron un poco y observaron impactados a su alrededor. Pensaban que despertaban de una ensoñación, porque ninguno de los dos se había percatado de que la pista estaba abarrotada de gente. Aimée aún temblaba y Anuar continuaba abrazándola. El anfitrión de la fiesta, Duncan, el Casanova cuarentón de sonrisa de embrujo, subió al escenario y tomó el micrófono.

—Siento mucho interrumpir a nuestra excelente orquesta —comentó en un tono burlón, mientras se acomodaba su abundante cabellera negra y señalaba hacia los músicos—; sin embargo, creo que sería bueno romper con el protocolo y hacer algo más interesante.

La multitud se mantuvo expectante:

—Haremos un juego —continuó Duncan—. La orquesta cambiará la melodía inesperadamente y todas las parejas tendrán que hacer un intercambio con la persona que tengan al lado. Mientras bailan yo le tocaré el hombro a la pareja que tenga que dejar la pista, dejando así a los mejores bailarines de la noche. ¿Qué les parece? —los invitados aplaudieron emocionados y todos al unísono gritaron que si habría algún premio.

—Chicas, si ganan seré todo suyo —dijo Duncan, pícaro, alzando el cuello de su esmoquin, orgulloso.

Muchos rieron, otros chiflaron y muchas otras suspiraron. El Casanova habló de nuevo. No obstante, ahora con una inflexión sutilmente más seria, aunque jovial.

—La ganadora se llevará la Aguamarina Blau, perteneciente a la hermosa Margarita de Baden, mejor conocida como la Reina Blau por sus enigmáticos ojos azul aguamarina.

La multitud lanzó una enorme ovación y las damas hablaban emocionadas entre ellas. Todas querían poseer la valiosa y original joya. Aimée intrigada preguntó:

—¿Por qué están todos tan emocionados con esa *Aguamarina*?

—Porque la gema Aguamarina de Blau es una exquisita joya; además tiene más de 500 años de antigüedad.

—¿Y qué pasó con la Reina Blau?

—Ella y su marido murieron trágicamente en un complot.

—¿Cómo? —preguntó ella y su expresión se tornó expectante y su mano apretó sin querer la de él.

—Se dirigían a su castillo cuando una emboscada los sorprendió. Parece ser que alguien en la corte los traicionó, proporcionando toda la información de sus movimientos a sus enemigos. Milagrosamente, su única hija logró salvarse.

—Entonces... ¿su hija los vio morir? —inquirió levemente angustiada.

—Me temo que sí. Ella era una princesa muy fuerte y juró vengarse; sin embargo, antes que pudiera hacerlo fue enviada por sus tíos a Moldavia, con su prometido. Él podría protegerla mejor teniéndola consigo y así ella conservaría su reino.

—Es una historia muy triste —comentó, invadida por una repentina nostalgia.

Duncan dio la señal para que develaran la caja de cristal colocada cerca del micrófono que contenía la exquisita joya. La fina Aguamarina Blau estaba ensartada por unos curiosos patrones geométricos en platino. En conjunto, el dije tenía la forma de un ojo, muy parecido al ojo de Horus.

—La leyenda dice que la joya está encantada —le musitó Anuar.

—¿Una leyenda? —y los ojos de Aimée se abrieron—. ¿Qué se supone que hace el collar? —preguntó emocionada.

—Según el mito, habla a la gente de buen corazón y les cuenta todo sobre su pasado.

—Pero, para que quisiera que una joya me hablara de mi pasado; ese ya lo conozco. Sería más impresionante si profetizara el futuro —comentó algo desilusionada de la leyenda.

En el rostro de Anuar se dibujó una expresión irónica:

—No el pasado de esta vida—prosiguió él—, sino el pasado de tu alma, es decir, el de tus vidas pasadas.

Los azulados ojos de Aimée se abrieron desmesuradamente y, por un momento, de corazón deseó intensamente ganar el concurso. Nunca había oído hablar de esa leyenda; sin embargo, Aimée moría de ganas de poseer, aunque fuera unos minutos aquel collar. Anuar había tocado una fibra muy sensible en ella, la curiosidad en torno a las doctrinas reencarnistas.

—Ahora que estás aquí debes saber que en todos los países del este, como Moldavia y Rumania, las leyendas son una parte muy importante de la cultura y del sentir en general —le explicaba Anuar y su expresión se iluminaba al hablar de su patria.

—Me gustaría mucho poder conocer todos esos lugares y enterarme de la propia boca de los lugareños de esos mitos —comentó como una niña ávida de conocer historias nuevas.

—Lo sé y pronto te llevaré. Te aseguro de que te sentirás como en casa. —comentó y su semblante se tornó misterioso.

La orquesta tocó de nuevo. Ahora el vals de la *Bella durmiente* de Tchaikovsky. Anuar se acercó lentamente a ella y la tomó entre sus brazos. Aimée volvió a estremecerse; sin embargo, a los dos minutos el conjunto cambiaba la melodía y ahora se escuchaba el *Bolero* de Ravel. Aimée tuvo que alejarse de él, mientras Kaled con mirada altiva y gesto adusto le ofrecía su brazo para bailar. Aunque, desde luego, él se comportó como un caballero y excelente bailarín, la joven no podía esperar a que la orquesta cambiara de pieza. Se encontraba inmensamente incómoda con la presencia de Kaled. Era como bailar con un pomposo fanfarrón y se alegró cuando el vals cambió de nuevo, y ahora Aimée estaba en brazos de Dank. El corpulento hombre de tez añil parecía bailar con dos pies izquierdos y, a pesar de lo cómico que se movía, la bella muchacha no dejaba de guardarle no poco respeto y algo de miedo. Aquel hombre se asemejaba externamente a un toro de lidia; sin embargo, sus ojos pardos llegaban a mostrar un buen corazón.

Las canciones seguían variando, cada tres o dos minutos y, sin imaginárselo, al siguiente cambio su pareja era Ian. Con él, Aimée se sentía segura, protegida. Sus brazos eran fuertes robles que rodeando su cintura, con cada leve roce le erizaban la piel. Y sus ojos..., dos gotas de miel, provocaban en ella una especie de ensoñación. Quedaban ya pocas parejas en la pista y ellos estaban entre ellas.

93

Al son de la música, los sentimientos de Aimée fluían, y se deba cuenta de que se encontraba muy confundida en sus afectos, por lo que constantemente analizaba qué abrigaba por Anuar y qué sentía por Ian. Para ella, Anuar era seductor, misterioso, sus intensas miradas la intimidaban, la hacían sentirse vulnerable y, a la vez, la llenaban de una inmensa curiosidad. Esos ojos negros como la noche parecían guardar un profundo secreto, al igual que una inmensa tristeza. Todo el tiempo, Anuar quería averiguar todo sobre ella y le hacía mil preguntas. No obstante, él evadía las suyas, pero cuando había averiguado todo lo que quería saber sobre ella, se quedaba en silencio, taciturno. Y cuando pensaba en Ian, su corazón albergaba impresiones de cariño, de una extraña familiaridad. Todo en él la tranquilizaba: su voz, su mirada, su manera de acercarse a ella. Con él se sentía más cómoda, porque estaba menos agitada en comparación de Anuar.

La sensación de ser insistentemente observada la invadió y por un momento recordó sus primeras noches en París, cuando pensó que la seguían y sus ojos buscaron con curiosidad. Ahora, en derredor de ellos no había nadie; parecía que eran la única pareja en la pista, pero al girar la cabeza hacia el lado derecho los advirtió, esos ojos negros que solían atormentarla. Anuar no dejaba de observarlos y, aunque casi imperceptible, Aimée notó ese temblor en los labios de Anuar e instantáneamente recordó sus palabras: "…mis labios tiemblan de muerte cuando alguien se te acerca…"

Solo quedaban ellos: Anuar con Miroslava, la exótica mujer de cabellos rojizos, Aimée e Ian. Al ver a Miroslava tan airosa en los brazos de Anuar, el rostro de Aimée perdió el color y la sensación de no poder respirar la embargaba y asustaba sin entender el porqué. ¿Acaso estaría celosa? ¿Era esa la emoción que la incomodaba? Aimée no lo sabía con seguridad; nunca en su vida se había mortificado de esa manera. Era como si al mirarlos le clavaran una estaca en el corazón. Anuar sonrió levemente y dejó de contemplarla para concentrarse ahora en su pareja de baile... Miroslava.

—¿Habrá notado algo? —se preguntaba Aimée. En su fisonomía se podía advertir incertidumbre.

A ella le parecía que Anuar siempre sabía que estaba sintiendo o pensando, como si sus ojos fueran una puerta abierta a su alma, un libro que solamente él sabía leer. La iluminación del salón se tornó más tenue y ahora solo podían escucharse las melodías que interpretaba la orquesta. Los invitados que habían sido tocados en el hombro esperaban en sus lugares en silencio admirando a las dos parejas que giraban en la pista.

Anuar esperaba pronto el cambio de melodía, pero este no llegaba: ya habían transcurrido más de tres minutos. El excelso vestido blanco de Aimée volaba suavemente con la música y los pequeños prendedores en su azulado cabello daban la impresión de ser estrellas en el firmamento. Los movimientos de Aimée eran delicados, precisos, graciosos. Miroslava no se quedaba atrás, además de ser una atractiva mujer, también era una excelente bailarina, quería ganar el premio, aunque no por la joya en sí misma. Miroslava era una mujer muy fuerte, competitiva y su único vicio era ganar en todo. Anuar y su pareja daban una gran demostración de destreza y técnica. Aun así se veían opacados por la gracia y elegancia que desplegaban Ian y Aimée. Sorpresivamente, Duncan, el anfitrión, levantó la mano y la música cesó. Todas las luces en el salón volvieron a encenderse. Entre tanto, los invitados esperaban expectantes el veredicto, pues algunos ya habían hecho sus apuestas sobre los ganadores.

—Ha llegado el momento de nombrar a la pareja que se llevará el premio —expresó Duncan ya en el escenario—. Los finalistas han demostrado sus talentos y aunque la decisión ha sido difícil, sin miedo a equivocarme debo de reconocer que la donosura con la que han bailado Ian y Aimée ha sido la de más salero que he visto en muchos años. ¡Muchas felicidades!

El público los ovacionó. La mayoría estaba de acuerdo en que ellos merecían el premio. Aimée no lograba salir de su impresión; nunca imaginó que pudiera ganar. Anuar se dirigió al fondo de la pista, cruzó sus brazos y recargó el hombro derecho en una columna.

—Por favor, suban al escenario —pidió el anfitrión.

Una vez hubieron subido, Duncan se acercó a la caja de cristal y con cuidado tomó la exquisita gema, y entonces Aimée logró apreciarla por completo. El dije de oro blanco que contenía la enorme aguamarina tenía la forma de un ojo, donde la gema hacía las veces de iris. Cerca del extremo inferior derecho del óvalo que formaba el ojo salían en una hilera algo desordenada tres círculos de plata que se inclinaban de tal manera que se dirigían al centro de la piedra. El más pequeño sostenía los otros dos y el más grande quedaba exactamente en el centro de la aguamarina, simulando una pupila. Los tres círculos tenían, además, unos detalles geométricos muy singulares. El primero contenía un pentagrama; el segundo parecía simular una espiral, y el tercero una flor de cinco pétalos. Aimée, estudiosa y fascinada de toda la vida con los símbolos, los mitos y la historia, reconocía el significado del simbolismo que encerraba la joya. La muchacha sabía que el hecho que la alhaja estuviera engarzada en oro blanco recalcaba la feminidad del dije.

Ella recordó que los ojos solían simbolizar conocimiento y la estrella de cinco puntas dentro del primer círculo, el microcosmos humano. Por otra parte, pensó que el círculo que contenía la espiral podría representar el desarrollo, la evolución y también recordó que era otro símbolo relacionado con la Luna. "Así reafirmaría la idea de energía femenina... –se dijo a sí misma–. La flor en el centro podría encarnar los cuatro elementos, más la vida o la comprensión de la conciencia... la conexión con uno mismo." Duncan hacía bromas, al tiempo que mostraba orgulloso la joya a todos los invitados, que la contemplaban extasiados, tanto más porque las piedras que llevaba en el collar eran bellos diamantes delicadamente facetados.

A Aimée nunca le habían impresionado mucho las joyas y, en realidad, sabía muy poco de ellas; sin embargo, el simbolismo que encerraba el adorno, la extasiaba. "El azul es un color muy importante —reflexionaba Aimée—. Los antiguos lo relacionaban con el mundo sobrenatural, con el cielo y el agua... entonces, es un símbolo de lo trascendente" —concluyó en su mente, sin dejar de admirar la alhaja. Ian notó el ensimismamiento de Aimée.

—¿Qué sucede? —le preguntó al oído—. No has dejado de observarlo ni un solo instante.

Aimée, apenada, comenzó a explicarle rápidamente lo que había analizado.

—¡Vaya si eres buena en eso! —comentó, murmurando, y sus ojos se tornaron dulces—. Entonces, ¿cuál es significado del dije?

—Representa la feminidad en su máximo esplendor —respondió procurando bajar la voz para que Duncan no juzgara que lo estaba interrumpiendo mientras bromeaba con los comensales. Simboliza la armonía y evolución constante en la energía femenina para lograr trascender y ver más allá de lo que es evidente.

—Es muy probable que tengas razón. Tal vez por eso tenga aquella leyenda: ya te habló Anuar sobre ella, ¿verdad?

—Sí —respondió quedamente.

Duncan, por fin, terminó de bromear con el público y se acercó a Aimée. Ian le ayudó a recogerse un poco el cabello para que Duncan pudiera abrochar el collar. Aimée alcanzó a notar que las manos de Duncan temblaban inexplicablemente.

—En verdad, parece que el collar ha sido hecho especialmente para ti —comentó Duncan dulcemente al terminar de abrocharlo—. La aguamarina es idéntica a la tonalidad de tus ojos —y su rostro reflejaba asombro.

La joven se sonrojó y, mientras, tocaba el dije con la mano. Un inesperado y penetrante escalofrío recorrió todo su cuerpo como si de un rayo se tratase. Un fuerte y punzante mareo la sorprendió y en seguida comenzó a tener la sensación de que le faltaba el aire. Aunar, que tenía los ojos clavados en ella desde una de las columnas que rodeaban la pista de baile, se enderezó expectante; desde luego, había advertido el cambio en ella.

—Ahora es momento de que los ganadores abran pista, para que la fiesta continué —dijo el Casanova, emocionado, en el micrófono.

Ian le ofreció su mano. Aimée la tomó lentamente. En el instante en que soltó la piedra el vértigo cesó, aunque continuaba con una sensación de pasmo y desazón.

—¿Te sientes bien? —indagó, mientras descendían a la pista al notar su debilidad.

—Sí, no es nada. Tal vez me emocioné demasiado: no esperaba ganar —respondió con voz convincente; sin embargo, el escalofrío y el malestar no cesaban.

Los invitados comenzaron a aplaudir y entretanto las luces de los candelabros disminuyeron su intensidad. El momento parecía mágico; la música, los aromas, la luz, los brazos de Ian, todo se combinaba en una gran perfección. Y, por un momento, a Aimée le pareció tener un *déjà vu*, la sensación de ya haber vivido eso antes. Las melodías comenzaron a ser más alegres y los asistentes emprendieron su acercamiento a la pista. La muchacha escudriñó entre los invitados; sin embargo, no encontraba a Anuar. Buscó con insistencia, dirigiendo sus ojos hacia la columna en que lo había visto justo antes de que le colocaran el collar; mas él ya no estaba ahí.

—¿Se habrá ido con Miroslava? —pensaba Aimée, y apenas terminó de decirse estas palabras su sangre parecía hervir.

—¡Felicidades! —comentó Anuar secamente, sorprendiéndola a su espalda.

Ella notó que él la avistaba con cierta frialdad. La música vibrante resonaba en el recinto.

—El collar es verdaderamente muy hermoso —señaló Miroslava.

Aimée le respondió con un movimiento de cabeza, incapaz de comentar nada más.

96

—En verdad, la aguamarina tiene los mismos reflejos del iris de tus ojos — recalcó Ian, intentando conversar con ella.

No obstante, la joven solamente contestaba con monosílabos. Estaba distraída y distante. Antes de que él pudiera preguntarle qué sucedía, un fuerte estrépito llamó la atención de todos los invitados. Aimée salió instantáneamente de su ensimismamiento. No entendía qué sucedía. Por todo el salón, la fina vajilla volaba y cientos de alaridos hacían aquel instante más aterrador. Los ruidos atronadores se apoderaron del salón. Ian la soltó y la colocó a su espalda, queriendo protegerla del mobiliario que invadía sorpresivamente la pista de baile.

Aimée buscaba sin cesar el origen de semejante escándalo y, aunque una multitud de personas corrían por todo el recinto, no pudo dejar de notar que muchos otros parecían expectantes y a la defensiva: no gritaban ni hacían el menor intento por correr para protegerse haciendo un círculo alrededor de ella y de Ian.

Sin embargo, lo más inaudito de todo era que ni Anuar ni Miroslava, que estaban a su lado ni mucho menos Ian, parecían asustados; no decían nada. No obstante, notó entre ellos miradas significativas. Los invitados que estaban más alejados del centro de la pista de baile habían entrado en pánico. Aimée se percató de que intentaban salir por la puerta principal; sin embargo, algo se lo impedía y rápidamente regresaban al *hall*, todavía más aterrados, buscando, histéricos, otras vías de salida.

Lo que ocurrió a continuación sería algo que quedaría clavado en la mente de Aimée como ningún otro recuerdo lo había hecho antes. Una de las puertas del fondo fue arrojada hecha pedazos. Los trozos de la fina madera tallada se estrellaron contra el reluciente mármol que cubría el suelo y cinco criaturas descomunales ingresaron al salón. Las bestias, de más de dos metros de altura, estaban cubiertas de pelo, andaban en dos patas y su fisonomía era más cercana a la de un lobo que a la de un humano.

La joven, congelada, no acertaba a entender qué pasaba y cómo era eso posible. Una de las criaturas se abalanzó sobre Miroslava, quien no se movió ni un centímetro hasta el último momento, retirándose a una velocidad sobrehumana. En un instante, sus tersas manos blancas se convertían en filosas garras, su blanca piel cambiaba a un verde azulado, mientras pequeñas escamas sobresalían en su espalda. Como si le estorbara, rasgó su vestido satinado, dejando ver una enorme cola que ahora sustituía sus pies. La cola se asemejaba a la de las serpientes, con escamas color verde azuladas, con algunos tonos en amarillo y rojo. Ante sus ojos, la joven se convertía en mitad mujer mitad serpiente y le estaba dando una cruenta batalla al descomunal lobo que la atacaba. Las otras cuatro bestias comenzaron a atacar a los invitados que formaban un círculo alrededor de ellos.

—¡Llévensela! —gritó Miroslava, mientras desgarraba a la bestia—. ¡Yo me encargo del perrito! —exclamó sarcásticamente con su ahora larga y bífida lengua rojo carmesí.

Aimée no atinaba a moverse. Ian tomó su mano y la haló hacia una de las puertas laterales. Entre tanto, Anuar cuidaba sus espaldas y Sirge, la graciosa muchacha de rubios cabellos, trotaba delante de ellos. Ian pretendía alcanzar las escaleras que conducían hacía el segundo piso, empujando con gran fuerza a quienes se interpusieran en su camino.

Aimée miraba continuamente hacía atrás, quedándose absorta con la descomunal pelea entre Miroslava y dos bestias más. También alcanzó notar cómo muchos de los invitados que no se habían movido eran atacados por otros gigantescos lobos; no obstante, antes que los descomunales lobos los alcanzaran ellos desaparecían para reaparecer en otro punto del gran salón, como si sus movimientos fueran tan rápidos que fuera imposible detectarlos con la vista. Al contemplar aquello, Aimée solamente ansiaba correr a mayor velocidad, aunque no podía: el miedo comenzaba a dominarla. Ian percibió su terror y le dijo en un tono duro y con mirada severa sin detenerse:

—¡Jamás permitiré que te pase nada. Tú eres más fuerte que esto. ¡Domínate!

Al principio, la muchacha se sintió intimidada, empero él tenía razón: nada ganaba con estar asustada y solamente les hacía más complicado a ellos protegerla. Ella le devolvió una mirada más segura y entonces pudieron correr a más velocidad. Justo cuando los cuatro llegaban a la puerta que los llevaría al salón donde estaban las escaleras principales, una bestia se abalanzó sobre Sirge, pretendiendo sorprenderla por un costado. Sirge dio un brinco en vertical de cuatro metros de altura, esquivando así al furioso animal, descendiendo suavemente en el suelo y ni una sola de las plumas de cuervo que adornaban sus cabellos se movió.

Aimée se paralizó por un momento al advertir cómo los grises ojos de Sirge se tornaban rojo fuego. Sus pupilas eran ahora oblongas como las de los felinos o los reptiles y sus carnosos labios rojos se abrían en un gesto furioso para dejar ver una dentadura totalmente afilada. Aimée apenas pudo observar la escena de la pelea entre la escurridiza Sirge y la bestia, porque Ian ya la conducía hacía el segundo piso por las enormes escaleras de mármol blanco y barandales bruñidos en oro. Cuando subían, la joven se percató de que Anuar se rezagaba.

—¡No veo a Anuar! ¡Hay que regresar por él! —le increpó Aimée a Ian, dándole un fuerte tirón para que se detuviera.

Ian volteó levemente el rostro, sin dejar de avanzar y tirándola con fuerza del brazo.

—¡Él está bien! Viene detrás de nosotros —exclamó Ian, con seguridad.

Aimée giró de nuevo el rostro: ahí estaba él, a mitad de la escalera, detenido, dándoles la espalda. La muchacha le gritó para que avanzara; sin embargo, Anuar no volteaba. Ella insistía en detenerse, pero únicamente lograba que Ian la arrastrara con mayor ímpetu. Casi al final de la escalinata, cuando Ian y Aimée estaban a punto de tomar camino a la derecha para entrar en un amplio pasillo, se escucharon unos muy fuertes rugidos al fondo de la escalera.

Eran cinco gigantescas criaturas de pelaje negro profundo, que trepaban la escalinata. La muchacha miraba aterrada cómo estaban a unos metros de Anuar. Él continuaba sin moverse, y ella pensaba que el pánico lo había paralizado.

Aimée logró soltarse de Ian y corrió llorando aterrada, anhelando alcanzar a Anuar. Nunca había tenido tanto miedo; sin embargo, no era por ella por quien temía: no soportaba pensar que algo le pasará a él o a Ian. Anuar viró un momento para contemplarla: el rostro de Aimée era de angustia total

—¡Corre! —chillaba Aimée con todas fuerzas.

Los monstruos estaban a unos metros de él. Los gritos de los invitados invadían el aire. Anuar lanzó una durísima mirada, aunque no la observaba a ella, sino a Ian.

—¡Llévatela ahora! —ordenó Anuar. Los dientes le brillaban más que nunca.

Ian hizo un gesto de afirmación con la cabeza. La tomó fuertemente del talle y la cargó para llevársela. La joven peleaba por soltarse. Las lágrimas no la dejaban gritar, su voz estaba cortada por el terror, no podía creer que Ian lo abandonara a su suerte sin pizca de misericordia. Doblaron por el pasillo y Aimée solo alcanzó a oír lo que le pareció que era la ropa de Anuar desgarrándose. Ian corrió por todo el pasillo con Aimée en sus brazos, vislumbró otra escalinata y subió por ellas.

—¡Suéltame! —le espetó furiosa—. ¿Por qué lo dejaste solo? ¡Por qué dejaste que lo mataran!

Ian se detuvo un instante, la bajó y la tomó con poderío de los hombros.

—¡Anuar estará bien! Él puede con esto —exclamó Ian con severidad— ¡Tienes que confiar en mí!

Sin dejarla exponer nada, la volvió a tomar del brazo para trotar por los amplios pasillos, Aimée no tuvo tiempo de mirar los exquisitos tapices que los adornaban. La luz que alumbraba los corredores era tenue; por las ventanas no penetraba luz porque la noche era demasiado oscura y no había luna. Por fin, Ian entrevió una regia puerta de madera de roble, la abrió y la encerró en la habitación. Comenzó a tapiar la puerta con el mobiliario que se encontraba en el cuarto, aunque sabía que eso simplemente los detendría unos minutos. De repente volvió a tomarla de los hombros, para decirle con firmeza:

—¡Ahora harás, tal cual, todo lo que yo te pida. No importa que tan descabellado sea! ¿Entendiste? —exclamó impaciente y su rostro se tornó severo.

Aimée solo asintió con la barbilla temblorosa en un gesto de afirmación. Estaba atónita por la dureza con la que él hablaba.

—¡No importa qué me pase a mí! —continuó—. ¡Tú tienes que mantenerte a salvo a toda costa! Sal al balcón y busca dónde esconderte.

Ella volvió a asentir y antes de que pudiera dirigirse a la puerta del balcón. Ian la haló hacia él y, acariciando su rostro, le dijo en un tono ligeramente más dulce.

—Sólo recuerda… —y se detuvo unos segundos, contemplando esos enormes ojos azules que lo miraban angustiados—…que únicamente quiero protegerte, que jamás te haría daño— Eres lo más importante para mí.

Ian se inclinó para besarla y ya estaba a un centímetro de sus labios cuando un ruido lo distrajo. Con rapidez la llevó hacia la terraza, abrió el cancel e hizo que ella saliera de la enorme y lujosa habitación. La galería era muy amplia con muchos altos maceteros, plenos de flores. La puerta del cuarto comenzó a tronar.

—¡Escóndete! —le ordenó Ian, cerrando el mampara.

Fuertes garras destrozaban con fragor y rapidez la regia puerta a sus espaldas. Aimée podía sentir cómo la adrenalina invadía todo su sistema. Quiso abrir la contrapuerta; temía por Ian, pero recordó que le prometió que seguiría sus órdenes al pie de la letra y buscó dónde esconderse, aunque nada en el balcón parecía seguro.

El pánico comenzó a hacerse sentir, su corazón latía tan rápido que por un momento creyó que se le saldría del pecho. El alboroto que escuchaba en la habitación la dejó fría. Trató con todas su fuerzas de concentrarse y localizar un escondite o una salida y se percató de que ahora no solo escuchaba el escándalo en la habitación donde se había encerrado Ian, sino los gritos de terror de los invitados que aún se encontraban en el salón. Mientras intentaba esconderse detrás de los maceteros, por un momento se detuvo a pensar en la situación: "¿Qué clase de criaturas son esas? ¿Son hombres lobo? Pero ¿que no se convierten solo en la luna llena? —se preguntaba mirando al cielo, dándose cuenta de que seguía sin rastro de luna—. "¿Anuar e Ian sabrían que clase de criaturas eran en realidad Miroslava y Sirge? ... no parecieron muy sorprendidos cuando esos monstruos nos atacaron y cuando ellas se transformaron... ¿Por qué parecen enfrentarse sin miedo a semejantes bestias?". Sus pensamientos la llevaron a una pregunta que la llenó de escalofrío: ¿Anuar habrá sobrevivido? ¿Dónde estará? ¿Estará herido?

Los ruidos de destrozos en la habitación la distrajeron y ahora su preocupación se concentraba en Ian: ¿qué está ocurriendo ahí adentro?, ¿cómo puede pensar que se puede enfrentar a esos monstruos?, se preguntaba, sintiendo un nudo en la garganta. Aimée continuó escudriñando el sitio para encontrar dónde esconderse, mas el estrépito de los cristales que se quebraban la detuvieron. En la habitación había dos descomunales y terribles criaturas luchando. Una era muy parecida a las que los había atacado, aunque más grande y peluda, un lobo en verdad descomunal. La otra era igual de inmensa, de casi dos metros de altura, con un hocico chato y un extraño bulto en la espalda. Aimée no lograba distinguir más que las siluetas, y buscaba a Ian con insistencia y no lo encontraba por ningún lado. Los terribles rugidos le congelaban la sangre, pero de repente su atención se vio acaparada con el estruendo de más ventanales que se hacían añicos; eran los que estaban situados a los lados de la terraza donde se encontraba. Dos monstruos salieron de cada una de ellas, dieron un brincó y se colocaron en los barandales del balcón. Se levantó pesadamente y caminó hacia atrás muy lentamente hasta que quedó detenida por la baranda de piedra. Ahora su destino parecía ser solo uno: morir.

Aimée no cabía en su desconcierto y terror. Todo era muy parecido a la pesadilla que la había atormentado toda su vida. Se preguntaba si, en realidad, se había tratado siempre de un sueño premonitorio.

Aimée había leído mucho sobre el significado de los sueños, en ese eterno intento por encontrarle un sentido al suyo. Con ningún autor había quedado satisfecha, ninguna interpretación le parecía adecuada. Sin embargo, ahora, todo tenía más sentido, aunque parecía una cruel broma del destino. No se encontraba precisamente en un castillo, pero sí en un palacete y llevaba un vestido idéntico al de su pesadilla y, pese a que no había escapado por un estrecho y extraño pasadizo, sí lo había hecho recorriendo oscuros pasillos. Y por más que el balcón no era un bosque o jardín, era lo más parecido a uno por la gran cantidad de plantas que lo adornaban. Estaba huyendo, no de hombres, pero si de algo similar: hombres lobo y si bien no estaba en un acantilado, lo que tenía detrás de ella era un vacío que le quitaría la vida. Rugiendo, las dos bestias que se le acercaban, se dirigían hacia ella con lentitud y con cierto desdén, cual si quisieran atormentarla en sus últimos momentos; como si le dieran la opción de quedarse y perder la vida entre sus garras o saltar, y esperaban impacientes su decisión. En el cuarto, los dos monstruos continuaban su lucha y, en un segundo, la criatura de hocico chato y extraño pareció vencer al gigantesco hombre lobo y antes de que terminara de levantarse, otra

100

enorme bestia, muy parecida a la criatura que se erguía, entraba en la habitación. Su rostro era demoniaco, muy semejante al de las gárgolas que protegen Notre Dame, negro, con hocico chato y un bulto en la espalda.

Aimée contempló aterrada al nuevo monstruo que se acercaba a ella a gran velocidad. Decidió que no quería morir desgarrada por aquellas perversas bestias. Se sentó temblorosa en el barandal de piedra y con dificultad logró dirigir sus piernas hacia el otro lado del balcón. Resignada, giró el rostro hacia el vacío: su pesadilla regresó a su memoria y le pareció volver a escuchar aquel grito que le desgarraba el alma, aunque ahora con más fuerza, aquel alarido del hombre que en sus sueños la estremecía hasta el paroxismo.

En ese instante, el vértigo provocó que su cuerpo se precipitara al vacío. Quiso dar una última mirada hacia sus perseguidores, pero un nuevo sobrecogimiento la embargó: mientras caía, el monstruo que parecía una gigantesca gárgola se abalanzó sobre ella con increíble presteza y logró alcanzarla y capturarla, tomándola por el torso, con uno de sus enormes y negros brazos. Antes de que tocaran el pavimento, la bestia desplegó unas enormes y membranosas alas negras, elevándola a gran velocidad.

La criatura enfiló su vertiginoso vuelo hacia el sureste y a los pocos minutos fue alcanzada por otras tres bestias similares, aunque con hocicos todavía más achatados. Los hombres lobo permanecieron en el balcón, llenos de furia y sed de venganza. Aimée se fijó en la enorme y oscura garra que la había apresado. Un sudor frío la embargó por completo. Mareada de terror, giró el rostro hacia abajo y, justo antes de perder el conocimiento, lo último que pudieron ver sus ojos fueron sus pies flotando sobre las aguas calmas del Azul Danubio.

DAGÁZ, La oscuridad vive en la luz y la luz en la oscuridad. Autora: Irene Arbolí Moreno

CAPÍTULO IX.
El Salón de las Tribulaciones

Aimée abría lentamente lo ojos, solamente para darse cuenta que estaba a gran altura. Aterrada, cerró los ojos esperando estar soñando, pero al volverlos a abrir, por más irreal que pudiera parecer, se percató de que volaba a gran velocidad: ahora un frondoso bosque dormía debajo de sus pies. Escrutó con la mirada los alrededores, intentando encontrar alguna ciudad o un pueblo; sin embargo, la noche era tan oscura que únicamente lograba percibir la silueta de inmensas montañas a lo lejos. Intentaba recordar lo que había sucedido: todo había sido tan inverosímil que le resultaba difícil no pensar que tal vez estaba trastornándose, viviendo en un mundo donde no distinguía entre la realidad o la fantasía. Un leve apretón de su captor al dar un giro, el entumecimiento de sus extremidades por el frío y el vértigo que le provocó virar a semejante velocidad, le hizo darse cuenta de que no soñaba ni fantaseaba.

—¿Habrán sobrevivido Ian y Anuar? —se preguntaba, mientras su corazón era embargado por la mortificación. Unos segundos después, un nuevo pero aterrador pensamiento la embargó:… Y si sobrevivieron y los capturaron… Aimée no pudo contener las lágrimas al pensar en las atrocidades que esas criaturas podrían estarles infligiendo a sus dos amigos.

También Dank, Duncan, Sirge, Stefca y Miroslava vinieron a su mente; no obstante, el continuo batir de las alas de la bestia que la había capturado la regresó de sus pensamientos. Entonces alcanzó a divisar hacia dónde se dirigían. En una escarpada colina reposaba un vetusto fuerte o castillo medieval. Estaba rodeado por una gran cordillera, que se extendía hasta donde podía ver; su relieve, pletórico de espesos bosques, estaba teñido al parecer de verde pardo. El recinto estaba amurallado y con varias puertas que daban la impresión de estar defendidas por guardias armados, situados en torres. Las murallas tenían ocho bastiones defensivos, todos en ruinas, como si hubieran vivido cientos de cruentas batallas. No parecía haber pueblos en kilómetros a la redonda. Y por un momento creyó percibir que no había vida en las cercanías. Cuando estaban ya cerca del edificio logró distinguir los detalles de aquel lúgubre lugar. La fortaleza era muy antigua: calculó que habría sido construida en el siglo XIII; el tipo de construcción le recordó sus estudios acerca de Europa del Este. Probablemente se encontraba cerca de los Cárpatos de Rumania, tal vez más lejos. Su captor comenzó a descender, acercándose a una de las torres más altas del castillo. Entonces la joven consiguió entrever el patio central.

—Este es el fin —se dijo a sí misma—. Nadie sabrá dónde estoy. Nadie podrá ayudarme…

La criatura la dejó con delicadeza en el suelo del espacio central. Ella pudo percibir cómo el monstruo se alejaba de ella con rapidez. Se armó de valor y volteó para contemplar frente a frente a la bestia. Nada en el mundo pudo haberla preparado para lo que pasaría a continuación y se arrepintió muy pronto de haber mirado a semejante criatura. Aunque la luz era tenue, consiguió distinguir algunos detalles: el ser medía más de dos metros de altura, tenía la piel color negro azabache, su cuerpo era humanoide, sin pelaje en el torso, aunque sí en piernas y brazos. Era corpulento. Sus orejas eran grandes y puntiagudas, su rostro era más bien parecido al de un murciélago o una gárgola, sus alas eran descomunales y membranosas. No obstante, había un detalle en él que le parecía aún más aterrador e insólito: la criatura llevaba unos pantalones desgarrados.

La impresión la hizo cerrar los ojos; sentía el cuerpo pesado y las rodillas débiles como frágiles ramas. Respiró profundamente para no desmayarse. Un intenso batir de alas le heló la sangre. Detrás de ella aterrizaba otra criatura alada. Se tapó la boca con las manos para no gritar. Este nuevo monstruo era muy parecido al que la había capturado, aunque su rostro era todavía más grotesco. Un extraño ruido, como el del crujir de los huesos al romperse, hizo que Aimée se volviera para mirar a la bestia que la había capturado: el ser había dejado de ser una bestia descomunal. Ella rompió en llanto al instante: el hombre que tenía enfrente era Anuar, sin camisa y con el pantalón desgarrado. Él la contemplaba fijamente, su respiración era agitada, no dijo una palabra. Sin embargo, Aimée pudo leer en su rostro la ansiedad de quien no sabe cómo comenzar a explicar un asunto por demás complejo.

Un segundo crujir de huesos hizo que Aimée buscará aterrada lo que producía semejante sonido. La noche aún no terminaba y parecía que las sorpresas tampoco. Detrás de ella ya no estaba la grotesca criatura que acababa de llegar. Era Ian, con la ropa también arruinada, quien la miraba sumamente compungido. Ella quería correr, pero estaba paralizada; tampoco consiguió articular ni una palabra. Dio, en extremo aturdida y desconcertada, unos pasos hacia atrás. Su mano rozó la fría piedra de que estaba hecha la fuente central y dejó que el peso de cuerpo se recargara en ella. Pero apenas logró tomar aire para intentar tranquilizarse, cuando una ronca y potente voz resonó en aquel pavoroso silencio, Aimée lo reconoció inmediatamente: era Dank, quien agitado comenzó a vociferar.

—¿Qué demonios pasa? ¿Desde cuándo estamos en guerra abierta con el Señor de las Bestias? ¿No los teníamos controlados? —le preguntó encolerizado a Anuar.

—No lo sé —respondió Anuar sin mirarlo. Sus ojos estaban posados en Aimée—. Tendrás que averiguar qué es lo que está sucediendo... nadie debe saber qué es lo que estás haciendo, ¿entendiste?

—Sí —respondió Dank con gran seguridad y con una mirada de gran lealtad.

—No querían enfrentarnos: iban tras ella —interrumpió Ian, observando muy preocupado a Anuar —. ¿Cómo saben que está aquí?

Anuar le confirmó con un gesto que sabía que algo muy absurdo estaba ocurriendo. Se acercó con paso pausado hacia donde se encontraba Aimée, quien lo contemplaba con los ojos vacíos. Ahora no podía leerla cómo siempre lo hacía; estaba demasiado conmocionada. En su interior pasaban cosas que él no podía siquiera imaginar. La muchacha estaba feliz por saber que sus amigos estaban bien y por un momento se sintió a salvo, aunque se preguntaba, por otra parte, ¿qué eran ellos, qué querían de ella?, ¿eran buenos?, ¿por qué la habían engañado así?, ¿por qué no le habían dicho nada?

Anuar se hincó delante de ella y volvió a buscar sus ojos, sin lograr que ella dejara de contemplar a la nada. Ian también se aproximó y, antes de que pudiera decir algo, un fuerte golpeteo de metal y pasos los interrumpió. Unos caballeros, con oscuros y antiguos ropajes se acercaron velozmente. Venían acompañados de un peculiar pelotón de seres algo pequeños y repugnantes. A Aimée le parecieron extrañamente conocidos, y por fin supo en dónde los había visto: eran los mismos que decoraban las hojas de cuentos antiguos. Se trataba de trolls; horribles humanoides. Su piel era un pellejo irregular de color gris con tonos verdes. Sus ojos eran oscuros y hundidos como agujeros negros, rostros irregulares y nariz desproporcionada.

—Amo de las Sombras —dijeron con sobriedad los extravagantes caballeros, dirigiéndose a Anuar—, Morvan, Señor de la Noche, exige inmediatamente su presencia en el Salón de las Tribulaciones.

—Dile que iré en cuanto deje a nuestra visita en un lugar seguro —le respondió Anuar, molesto, sin levantarse y sin siquiera observarlos, procurando buscar los ojos de Aimée.

—Disculpe, amo, pero el Rey Morvan ordena que todos suban de inmediato.

—¿Todos? —inquirió Anuar volviéndose a erguir, exaltado y desconcertado. Sus ojos parecían dos hogueras de furia.

—Así es, mi señor. El Señor de la Noche solicita en seguida la presencia de usted, el príncipe Iancu, la dama…

—¡Eso es imposible! —interrumpió Anuar vociferando—. ¡Ella no entrará en el Salón a menos que yo lo considere indispensable!. Ese es mi deseo. ¡Ahora retírense!

—El Señor de las Bestias ha declarado la guerra a las fuerzas de los Dökkálfar y a los Nosferatu. La Gran Bruja Zaba ha descifrado el último código. Por esa razón, el Rey Morvan exige su presencia —respondió el siniestro caballero en un tono imperativo que no admitía negativa alguna.

En ese instante, otra criatura descendía de los cielos. En segundos y con fuerte tronido de huesos, la bestia dejo ver a Duncan, el anfitrión de la fiesta, quien tenía una herida en el brazo izquierdo y aparentaba desconcierto.

—Los demás no tardarán en llegar. ¿No entiendo que ha ocurrido? ¿Se encuentra ella bien? —inquirió Duncan, preocupado.

Ian le indicó que Aimée estaba a salvo, aunque su semblante mostraba también suspicacia. Dank, hizo un chocante sonido, como un resoplido que indicaba molestia y desconfianza. Ian y Anuar se entrevieron con recelo por unos segundos. Sabían que habían perdido el control de la situación; tenían la sensación de que algo turbio se escondía en esas palabras, algo en todo lo que estaba sucediendo no cuadraba. Anuar volvió a hincarse ante Aimée, guardó un momento de silencio intentando pensar bien lo que iba a decir:

—Vamos a ir a ver a un Rey… Ian es un príncipe… hay una bruja… Anuar es el Señor de las Sombras… ¿qué significa todo esto? —especulaba Aimée asustada.

Anuar tomó su mentón con extrema delicadeza, pero el roce de su piel la estremeció aún más; sin embargo, él no la soltó.

—Mírame a los ojos, Aimée —musitó Anuar en un tono agitado y contenido, sin abrir mucho los labios.

Aimée lo contempló fijamente y temblando escuchó con atención.

—No importa lo que oigas y veas. Nadie te hará daño; aquí estas a salvo —Anuar inhaló profundo para continuar de la manera más dulce e íntima dadas las circunstancias—. Quiero que siempre recuerdes que hay una explicación de todo esto. Prométeme que no creerás todo lo que te digan. Prométeme que cuando sea el momento escucharás mi versión —y sus ojos centellaron.

En silencio hizo un leve gesto afirmativo con el rostro. Sin embargo, eso no fue suficiente para Anuar, quien se irguió acercándose a su rostro mientras la tomaba con las dos manos. Él sabía que ella se estremecía cuando la tocaba y, a pesar de esto, no se separó. Con tono demandante y sin apenas despegar los labios insistió:

—Di que lo prometes, que escucharás mi versión, que serás fuerte sin mostrar temor.

—Lo prometo —confirmó en un susurró casi imperceptible.

—Amo de las Sombras, no hay tiempo, no falta mucho para el amanecer —interrumpió otro de los siniestros caballeros.

Anuar le mostró con la mano el camino a Aimée, quien apenas y podía moverse. Salvaron el ancho patio, adoquinado con cantos rodados y llegaron hasta una monumental puerta coronada por un arco. Estaba provista de dos grades batientes de madera, asegurada a unos postes verticales, susceptibles de girar en cajas de piedra. Al avistarlos, Aimée supuso que de esta manera en momentos de ataque los batientes podían cerrarse, atrancados desde el interior. Franqueando a los soldados que hacían guardia al lado de la puerta, Dank ingresó primero al castillo. El peso de su corpulento cuerpo resonaba en los pisos de la antigua losa de la gran estancia. También su ropa estaba desgarrada. Detrás de él caminaba Aimée; siguiendo sus pasos estaban Ian y Anuar. Por último, en formación de tres hileras los seguían los caballeros de antiguos trajes oscuros, Duncan y los grotescos trolls. Mientras subían las viejas y desgastadas escaleras de piedra negra, Aimée trataba de orientarse, al mismo tiempo que ponía orden en su mente.

"¿El Salón de las Tribulaciones? ¿Por qué lo llamaran así? ¿Será solo un nombre? ¿O en realidad es un salón donde literalmente pasan desgracias y penalidades?", se preguntaba angustiada. "¿La fuerzas de los Dökkálfar? ¿En dónde he escuchado esa palabra? ¿Por qué me es tan familiar? ¿Morvan Rey y Señor de la Noche? ¿Qué significa eso realmente? ¿Son en verdad trolls las criaturas que vienen detrás de nosotros? Y esos extraños caballeros, ¿qué hace que sus rostros se vean tan funestos? Ian es un príncipe, ¿por qué no me había dicho nada antes? No tenía sentido ocultármelo. ¿Realmente vi transformarse al monstruo en Anuar o el monstruo transportó a Anuar?.. Entonces Aimée comenzó a recordar algunas cosas: Dökkálfar... es el nombre que los celtas daban a los ¡Elfos Oscuros! "Entonces... esos seres.... ¿sí existen? Si nos atacaron hombres lobo, si detrás de nosotros hay trolls, si en el salón nos esperan Elfos Oscuros y el Rey de los Nosferatu, ¿cómo es posible estar a salvo, si las criaturas más perversas que alguien jamás haya imaginado están aquí?", cavilaba agitada, sin apenas prestar atención a los fuscos pasillos.

—¿Pero qué diantres está pasando? ¿Por qué nos dirigimos al Salón de las Tribulaciones? ¡Anuar, primero debemos llevar a Aimée a sus aposentos! —exclamó Duncan en un tono indignado y rezongón, mientras apretaba la herida de su brazo, logrando que esta, como por arte de magia, dejara de sangrar, para después cerrar por completo.

—Esos reclamos házselos a Morvan. Son sus órdenes —le respondió Ian, como si estuviera dando un ultimátum.

—Pero… pero… ¿por qué? —insistía Duncan, haciendo gestos de estupefacción.

—En un momento lo averiguaremos —contestó Ian cortante y furibundo.

Dos de los pequeños y desagradables trolls se acercaron con rapidez a Dank, proporcionándole unas prendas de vestir. Este se las puso rápidamente sin dejar de avanzar. Otros trolls se aproximaron igualmente a Ian y Anuar ofreciéndoles prendas. Antes que ella se diera cuenta, los tres estaban perfectamente ataviados, con atuendos muy similares a las que traían en el baile. Prontamente, los dos seres se dirigieron hacia Duncan, quien asimismo se vistió en un parpadeo. El brazo ya lucía ileso.

El aire en los pasillos del castillo se percibía enrarecido por el polvo y la humedad. Algo en el sitio le parecía a Aimée insólitamente familiar. Dank se detuvo ante una enorme puerta de madera prolijamente tallada, custodiada por bestias aún más horribles e impactantes que los trolls; eran simplemente monstruosas: con cuerpos humanoides, de largos brazos y piernas arqueadas, torso giboso que les daba una figura encorvada, con la tez entre grisácea y verde fango, fisonomías achatadas, incisivos afilados, ojos amarillos de mirada como extraviada.

Antes que la puerta se abriera, Ian y Anuar se colocaron a los costados de Aimée, escoltándola.

—Recuerda: con nosotros te encuentras a salvo. No temas —le dijo Ian con tono suave, protector—. Templa el ánimo —y sus ojos centellaron volviendo su mirada aún más intensa.

—Veas lo que veas, escuches lo que escuches, recuerda lo que me prometiste —le susurró Anuar al oído segundos antes que la pesada puerta se abriera. Aimée lo divisó de reojo y meneó levemente la cabeza para indicarle que recordaba la promesa.

Las puertas se separaron con pesadez mostrando un inmenso *hall* de altos techos. Una multitud de insólitos seres la esperaban. Al entrar, el primer detalle que notó del Gran Salón fue un inmenso marco con el lienzo en blanco que medía más de quince por quince metros, el cual se encontraba colocado casi frente la puerta principal. Por su costado derecho, había un ventanal con todos los vidrios pintados de negro, semicubiertos de grandes y anticuados cortinajes color guinda deslavado. El centro del salón se veía despejado y a su alrededor había una multitud con ropajes antiguos. Seis grandes antorchas iluminaban la oscurecida habitación.

Los pisos de piedra negra con extraños y entramadas grecas rojas y doradas daban un aire tan suntuoso como fúnebre al recinto. El techo, que debía estar como mínimo a quince metros de altura, tenía dibujada la bóveda celeste, incluidas todas sus constelaciones.

Dank se ubicó entre la multitud. En el ínterin, Aimée, Ian y Anuar se dirigían con precaución hacia el centro de la habitación. Ella se asombró al reconocer entre la audiencia a Sirge, la pícara rubia cuyas plumas de cuervo decoraban su cabellera, y a Stefca, que habían estado con ella en la fiesta. Un poco más adelante distinguió a Miroslava, la enigmática mujer de cabellos rojos, a quien Aimée había visto convertirse en mujer serpiente durante el ataque de los hombres lobo en el palacete.

107

Entre la multitud también reconoció a Kaled, el antipático muchacho que había departido con ellos en la mesa.

Cuando se situaron en el foco del salón, una grave y varonil voz con acento británico les dio la bienvenida. El caballero que los recibía se levantó de un fino mueble situado el fondo del recinto, junto a una gran chimenea de piedra negra. El fuego ardía trepidante y la luz que emanaba de este le daba al aristócrata inglés un aire majestuoso. Sus ojos azules estaban enmarcados por gruesas cejas ya encanecidas, de rasgos duros y varoniles, que dejaban ver a un hombre atractivo, aunque maduro, que rondaba los 60 años de edad, de cabellera plateada que le llegaba casi a la altura de los hombros. Sin poder explicarlo, algo en él lo hacía chocante para Aimée, aunque no descifraba qué era. Se aproximó con elegancia y seguridad hacia ella, ejecutó una reverencia, tomó la a mano de la joven, la que besó casi furtivo, se alzó pausadamente y la contempló con ojos encendidos e impacientes.

—Eres más hermosa de lo que recordaba —le dijo con una mirada genuinamente sorprendida el señorial caballero—. Disculpa, por favor, la manera tan abrupta en la que se te ha traído hasta aquí. Como podrás comprender, las circunstancias nos han obligado a proceder de esta manera. Y, sin lugar a dudas, puedo asegurarte que, aunque te pudiera parecer todo lo contrario, estás a salvo entre nosotros.

Antes de que Aimée pudiera decir una palabra, él continúo con su perorata, que intentaba hacerla parecer cordial:

—Sé que tienes muchas preguntas y que todo lo que has visto hasta ahora te ha impresionado sobremanera, y lamento mucho que los hechos hayan sucedido así. Sin embargo, todo tiene una explicación y, aunque no debería ser yo quien te la proporcionara, es imperante que sea ahora mismo que conozcas toda la verdad y la situación en la que nos encontramos.

Anuar e Ian lo observaron con recelo y si bien a duras penas contenían su agitación, permanecieron mudos. Ian presentía que algo no andaba bien: las cosas se habían salido de control de una manera misteriosa. Los ojos de Anuar mostraban un tremendo odio y claramente podía notarse en sus apretadas mandíbulas que estaba reprimiendo una profunda frustración porque las cosas no estaban sucediendo como las había planeado.

—Sé que estás recelosa, Aimée, y lo entiendo —dijo el británico con inflexión fría—. En un momento te lo explicaré todo; sin embargo, antes que nada permíteme reiterarte que nada malo ha de acontecerte y cualquiera de los aquí presentes, por más extraño o grotesco que pueda parecerte, daría su vida por cuidar de la tuya. Mi nombre es Morvan y soy conocido como el Rey y Señor de la Noche. Eso significa que soy el Jefe Supremo de los que ustedes los mortales llaman Vampiros.

Aimée abrió desmesuradamente las aguamarinas que tenía por ojos. Su corazón latía con más fuerza, procurando controlarse para no demostrar temor.

—No temas, mi niña —continúo Morvan, con un tono gentil—. Te lo he asegurado. Nadie osará hacerte el más leve daño. Tú eres la criatura más querida y esperada por todos nosotros. Tú eres nuestro más valioso tesoro.

Aimée lo miró extrañada. Morvan prosiguió con entonación segura:

—El Reino de las Penumbras se encuentra en guerra... verás... es algo muy parecido a una guerra civil: el Rey de las Bestias, Donovan, y el Señor de las Tempestades, Amir amo de los Utanor, pretenden romper el equilibrio esencial que mantiene tu mundo y el nuestro en... como decirlo... ¿armonía?, o más bien en tregua. Sé que estás especulando, Aimée: piensas en cómo es posible que criaturas como nosotros conozcamos el significado de semejantes palabras; pues sí, lo conocemos y lo hemos trabajado cientos de años. Los Vampiros, los Elfos Oscuros y los Orcos entre otros hemos mantenido el orden dentro del Reino de las Penumbras, porque sabemos que vivimos en simbiosis con el mundo de los humanos. Sin embargo, Donovan, Rey de los Licántropos, ha decidido que son las penumbras las que deben gobernar el mundo y se ha aliado con los Utanor, dominados por Amir. ¡No podemos permitir que esto suceda, pues nos destruiría a todos! —exclamó—. Por eso nos han declarado la guerra. A nosotros nos es difícil mantenerlos bajo control, pues por más que seamos más poderosos y numerosos...

La joven vislumbró con pánico que el *hall* de extraordinarias dimensiones se encontraba repleto de aciagos personajes, personas verdaderamente terríficas, de miradas perversas, que guardaban absoluto silencio, al punto que ¡ni parecía que respirasen!

—Tenemos... ¿cómo podríamos llamarlo?... una significativa desventaja —continuaba en un dejo misterioso y profundo—. Nosotros no podemos, como es bien sabido, combatir durante el día: no soportamos la luz del sol y ellos sí pueden tolerarla.

—Pero los hombres lobo se transforman por las noches y solo durante la luna llena... —interrumpió Aimée con un susurro.

—Esa es una creencia errónea. Verás: los Licántropos Infectados necesitan el reflejo de la luna llena para transformarse; los Licántropos Auténticos, no; pueden hacerlo a voluntad, tienen absoluto control sobre su cuerpo, logran cambiar de forma cuando lo deseen y no sufren alteraciones con las fases de la luna o la oscuridad. También existen hombres oso, hombres toro y hombres tigre. Algunos se han unido a nuestra causa, pero otros, no —continuó al tiempo que caminaba lentamente describiendo círculos en torno a Aimée.

Aun cuando pensaba que no creía en lo que oía, el corazón de esta latía con tanta fuerza que ya podía escucharlo y forzó su respiración para volverla más pausada, logrando tranquilizarse un poco. Armándose de valor, Aimée se atrevió a interrumpir de nuevo. Ya no podía retener por más tiempo todas las preguntas que rondaban su mente.

—¿Y qué tengo que ver yo en todo esto? ¿Por qué dice que me conoce, si nunca en mi vida lo he visto? ¿Para qué me han traído aquí?

—¡Cuántas preguntas! —exclamó Morvan, sonriendo—. Te las responderé todas y más —y sus penetrantes ojos azul pardo se entrecerraron—.Te hemos traído aquí para mantenerte a salvo, porque los Licántropos ansían deshacerse de ti a toda costa. Y, como han atacado ya tres sitios más, aparte del Palacio en Budapest, este es el único emplazamiento al que no pueden acceder.

Anuar e Ian lo contemplaron intrigados. Desconocían que los Licántropos habían atacado otros territorios, lo cual podría explicar de alguna manera el apuro de Morvan por hablar con Aimée.

—Ya sé que están pensando ustedes dos —señaló Morvan dirigiéndose a los jóvenes—. ¿Qué lugares? ¿Por qué el cambio de planes? Los licántropos han invadido la Meseta del Silencio, la Tierra Negra y el Castillo de Dracul. Además, las sacerdotisas, Zaba, bruja de los Sacrificios y Sibila la Hechicera, han descifrado el último código del conjuro y hoy empezarán los rituales, si no es que ya lo están haciendo. Sino empezamos hoy mismo el hechizo no funcionará y estaremos irreversiblemente perdidos.

Anuar e Ian no salían de su desconcierto. Si eso era verdad, no solo existía cierta lógica en el proceder de Morvan, significaba que el código había sido resuelto después de siglos de espera. Aun sabiendo esto, ambos guardaban en su interior un fuerte sentimiento de pesar por cómo le serían explicadas las cosas a la dulce Aimée. Ian, por su parte, intuía que algo estaba fuera de lugar y juzgaba que todo encajaba de una manera artificial. Decidió ser más precavido y observador: se preciaba de conocer a Morvan, quien destacaba por ser insensible cuando se trataba de procurarse el ciento por ciento de beneficio en cualquier situación.

Lo primordial para él, Ian, era que Aimée estuviera a salvo. A la par, Anuar se encontraba embargado de tanta rabia como para poder pensar y una fuerte angustia lo abrumaba de tal manera que lo paralizaba.

Por un rabillo del ojo, Aimée los entrevió un momento. Se preguntaba qué tenían que ver ellos en todo esto. Notó en los ojos de Ian cierta incredulidad ante lo que Morvan explicaba, y en Anuar volvía a notar un extraño gesto en los labios: algo en ellos era diferente, como cuando la vio bajar del brazo de Ian antes de ir al baile o cuando le gritaba a Ian desde la escalera del palacio que se la llevara antes de que él se enfrentara a los hombres lobo.

—Volviendo contigo —continuó Morvan, reanudando su caminar—. Aún me faltan muchas cosas por explicarte y no tenemos tiempo que perder. Ya te he dicho que te han traído a este castillo por tu seguridad, aunque no te he dicho por qué andan tras de ti. Me preguntabas qué tenías tú que ver con todo esto, y la respuesta es sencilla: ¡TODO! Tú eres la clave para que nuestra raza pueda vivir en la luz. En tu sangre se esconden grandes secretos. Tú crees que no me conoces, que nunca me has visto ni a mí ni a ninguno de nosotros, y no es verdad, no me recuerdas... no nos recuerdas —y el tono de su voz se amortiguó adrede—. Sé qué piensas, Aimée. En cierta forma, tú no me has visto en tu vida y yo no te he visto... en esta vida hasta ahora. Aunque te cueste trabajo creerlo, nos conocemos: si tocas por un momento el collar que llevas puesto y cierras los ojos, sabrás que no te miento.

Instintivamente, tocó el collar que Duncan le había dado en la fiesta. Al principio sintió cómo la tibieza de su piel impregnaba la joya. Se mareó levemente y unos segundos después, en lo más profundo de su ser, supo que todo lo que había visto de alguna manera no le era extraño: el sitio, alguno de los presentes, hasta el tono de voz del caballero británico, quien seguía dando pasos con garbo y lentitud a su alrededor.

—Mi querida Aimée, tu alma ha permanecido dormida por tanto tiempo que dudarás de tu memoria cuando los recuerdos se agolpen del todo en este momento.

Morvan se dirigió hacia la chimenea. Del lado derecho estaban colocadas tres sillas; del lado izquierdo estaba cubierto con un terciopelo rojo un enorme lienzo sobre un caballete de dos o casi los dos metros de largo por un metro de ancho. Al

110

llegar hasta este, Morvan se detuvo y le hizo un gesto con la mano a Aimée para que se aproximara. Nerviosa, avanzó y cuando llegó hasta el cuadro Morvan retiró el retal de tela que lo cubría, dejando ver un antiguo retrato de una doncella con un vestido idéntico al que llevaba puesto. La imagen que contemplaba ahora Aimée la aturdía: era como mirarse en un espejo. Solamente el peinado era diferente, más elaborado quizá, adornado con diamantes y zafiros. En el retrato, la muchacha se mostraba erguida, con la mano izquierda casi tocando la gema de aguamarina. La mano derecha sostenía un cetro de alabastro labrado de más de metro y medio de altura, adornado en la punta por una inmensa esfera de cuarzo blanco.

Por un momento, la muchacha pensó que le habían tomado una fotografía y luego un talentoso artista la había pintado en esa posición con ese vestido. Desde luego, pronto descartó esta opción: había tomado cursos de arte y restauración de obras pictóricas y conseguía identificar obras genuinas. Si sus cálculos no fallaban, la antigüedad del retrato debía de ser de por lo menos 400 años. Lo examinó desde varios perspectivas y se atrevió a inspeccionarlo por la parte de atrás. Todo indicaba que era original y estaba firmado por dos iniciales: IH, 1457.

—Entonces, ¿te decides por encarar la verdad? —preguntó el británico, sonriendo satisfecho y previendo una respuesta afirmativa.

—Sí —respondió Aimée sin titubear.

—De acuerdo, aunque debo advertirte que tendrás que facilitarme unas gotas de tu sangre. No temas: únicamente necesito unas gotas para que puedas entender mejor lo que voy a contarte.

—En este punto ya no tengo nada que perder —pensó para darse valor—. Tengo iguales probabilidades de morir si no coopero... Esta puede ser la única manera de darle sentido... a mi ¿muerte...?

Entre tanto, Morvan levantó una mano e hizo un ademán para que una pequeña criatura peluda le acercara la bandeja que sostenía, la cual contenía una excelsa daga de plata y una copa de cristal que tenía engarzado un dragón de hierro forjado. La criatura se adelantó con la patena.

—Te haré una sutil herida en una de tus manos y dejarás caer unas gotas en la copa. *Tu sangre guarda tu historia y tu sangre te la mostrará*— indicó el Señor de la Noche.

La joven extendió su mano izquierda y, con delicadeza, el viejo caballero arañó su piel, percatándose de la corriente de conmoción que recorrió a todos los presentes al ver y oler la fresca sangre. Anuar se limitó a agachar la cabeza, para así esconder su furia. Ian, por otra parte, estuvo a punto de impedir que Morvan la lastimara, pero no quería preocuparla, y logró contenerse. Ella sintió un fuerte ardor; sin embargo lo soportó sin hacer ningún gesto de dolor. Siete grandes gotas cayeron dentro de la copa. Enseguida Morvan, sacó de su bolsillo un pañuelo, para cubrir con él la herida.

Luego, tomando entre los dedos el astil de la copa, se dirigió hacia la pared izquierda, donde colgaba el gigantesco lienzo en blanco. Tocó una piedra que parecía estar suelta, lo que ocasionó que del muro emergiera una gran gárgola de piedra. Morvan metió el dedo índice en la copa y lo mojó con la sangre. Con cuidado, lo embarró en las fauces de la gárgola de piedra. Después repitió unas palabras en un idioma desconocido para ella y en ese instante el lienzo tomó vida y color.

111

Aimée caminó hacia el centro del salón y se alejó del cuadro para apreciarlo mejor. En él aparecía ella con un vestido idéntico al que también traía puesto en ese momento, y recorría una habitación muy parecida a una gran biblioteca, con una considerable cantidad de libros viejos. En una mesa se podían observar toda clase de instrumentos raros: mecheros, matraces, calderos y recipientes con raros contenidos. También había esparcidas hierbas. Aimée admiró con atención todos los detalles en la escena que se proyectaba, y todo allí, curiosamente, no le resultaba ajeno. En el cuadro ella lucía ansiosa y preocupada. Recitaba palabras que no lograba entender porque las decía en un idioma desconocido para ella.

—Esa eres tú, Aimée. En el año 1457 te hallabas en la biblioteca de este mismo castillo —confirmó Morvan —. Tu sangre nos va a mostrar solo los últimos momentos de tu vida anterior.

Atónita y sin poder quitar la vista del lienzo, que hacía las veces de gran pantalla, intentaba recordar dónde había visto todo aquello antes.

—Eras la princesa Tania María de Baden. Tus padres, para ese entonces, habían sido asesinados en un complot. Tú lograste escapar con la ayuda del vaivoda de Transilvania. Él fue quien te trajo al principado de Moldavia. Y vinieron aquí, por órdenes de tus tíos, porque ese era el reino de tu prometido. En este palacio viviste cinco meses, esperando el día de tu boda. El vaivoda moldavo y tú tenían que esperar más tiempo para casarse porque debían guardar luto por la muerte de tu familia. Estaban muy enamorados, aunque él tuvo que partir para defender al reino de la invasión turca. Para ese entonces, tú ya habías aprendido todo lo referente a la magia, gracias a tu madre y a tu abuela. No sé por qué, en tu familia este conocimiento ha pasado de generación en generación desde hace siglos.

—Pero ¿quién era mi prometido?

—Todo a su tiempo, princesa. Poco a poco lo comprenderás todo. Mientras tu prometido defendía a Europa de la invasión turca, tú te dedicaste en cuerpo y alma a manejar los secretos de la naturaleza. Querías encontrar un hechizo para ayudarlo y, al mismo tiempo, mantenerlo a salvo. No se sabe cómo, algunos turcos supieron que el príncipe caería muerto si algo te sucediera, así que le tendieron una trampa: unos simularon atacar la región por un lado y otro grupo se dispuso a sorprender las defensas del castillo. De alguna forma te enteraste de sus planes y antes de huir del castillo preparaste un hechizo para el caso de que te dieran muerte.

El cuadro seguía mostrando, como en una película, a Aimée muy apurada preparando pócimas. Se le podían escuchar claramente algunas palabras.

—Ese cuadro —señaló Morvan, deteniéndose a mirar las imágenes— funciona como un proyector de los últimos recuerdos que corren por tu sangre. Hacen que podamos ver qué sucedió en los últimos instantes de esa vida, porque son los momentos más traumáticos, ya que estos lienzos reseñan solo las emociones más fuertes que se sienten antes de expirar.

Aimée miraba absorta y aturdida las imágenes. Todo resultaba demasiado familiar. Era su sueño: ese que la importunaba desde pequeña; ese que le desgarraba el alma. En el cuadro, corría de un lado al otro de la habitación, buscando hierbas y colocándolas dentro del caldero de peltre. Recitaba y recitaba y la mezcla comenzaba a expulsar chispas rojas y azules. De cuando en cuando se le veía echar un ojo por la ventana con temor, y luego corría de nuevo a la mesa a terminar los preparados. Repitió unos versos y se tomó una de las pociones, bañó

112

dos anillos de oro blanco en otra fórmula. Uno lo colocó en su dedo anular y el otro lo guardó, junto con una nota que había terminado de escribir, dentro de un pequeño bolso de terciopelo negro.

Escribió rápidamente otro pergamino, el cual guardó junto con tres frascos con pociones, ahora en una bolsa de terciopelo azul. Aimée escondió el bolso negro que contenía el anillo cerca de la chimenea y el bolso azul con los frascos de pociones en un estante, cerca de unos libros de Antares. Aimée cerraba el gran libro del cual había obtenido algunas fórmulas mágicas y recetas. La cubierta de este estaba repujada en oro puro; después repitió más incomprensibles versos, sacó una pequeña daga, se hizo un corte en la palma izquierda y dejó caer unas gotas sobre el libro ¡Este desapareció al instante! La escena no terminaba ahí. Aimée se colocaba una capa negra y, antes de ponerse la capucha, se quitaba el collar de Aguamarina para esconderlo dentro de las fauces de una gárgola de la chimenea y tomaba una vela. Después de la proyección presionaba los ojos de la estatua, que dio paso a un oscuro pasadizo por el que se escabullía. En ese instante se escuchaban unos fuertes golpes en la puerta de la biblioteca. El pasadizo se cerraba justo a tiempo. En la imagen ella caminaba por largos y angostos pasillos, apenas iluminada por la luz tintineante de la maciza vela que portaba en su mano.

A la joven se le erizó la piel. Todo era exactamente como en su sueño. En la sala, el silencio era sepulcral. Hasta Morvan contemplaba absorto el lienzo. Todos los presentes tenían una vaga idea de cómo habían sucedido las cosas, y ahora sabrían qué había ocurrido exactamente. Aimée temblaba: su corazón, henchido de tribulación, le suplicaba: "¡Piensa en otra cosa! —se decía inútilmente—. ¡Mira hacia otro lado! —y, todo lo contrario, sus ojos no podían apartarse del cuadro.

El laberinto por el que Aimée había caminado parecía interminable, frío y lúgubre. Al fin llegaba a un muro y se le veía buscar con impaciencia un mecanismo para encontrar la salida. Una mano tocaba con insistencia y nerviosismo la fría piedra y la otra pretendía torpemente iluminar cada fisura de la pared. Por fin, todos observaron cómo encontraba una laja suelta y la empujaba con gran fuerza. Otro mecanismo se accionaba y la pesada piedra que detenía su salida comenzaba a deslizarse. Aimée apagaba la vela y asomaba primero la cabeza para cerciorarse de que nadie estuviera afuera. Caminaba entre arbustos; al parecer intentaba dirigirse hacia una muralla de piedras y plantas que resguardaba un jardín. Pero divisaba a dos hombres con turbantes muy cerca de este. En la imagen se percibía el miedo que sentía y en sus movimientos inseguridad por dirigirse hacia el jardín amurallado. En la proyección, Aimée se dirigía presurosa hacia el lado opuesto y antes de penetrar en el bosque miraba castillo, en una de cuyas ventanas se asomaba alguien cuyo rostro no se lograba distinguir.

La proyección mostraba a Aimée corriendo, al parecer sin rumbo, y en sus movimientos podía leerse que el pánico hacía presa en ella. Los cascos de los caballos y los pasos de los hombres corriendo tras la princesa se oían cada vez más cercanos. Se distinguía perfectamente que desorientada giraba a su derecha; el bosque comenzaba a abrirse para mostrar un claro… se había equivocado de camino.

La fortaleza, ubicada en una montaña escarpada, tenía muy pocos caminos para ingresar o marcharse de esta y, evidentemente, pretendía bajar por la ladera menos empinada. Pero, al contrario, al girar a la derecha se había salido del bosque para dar con un barranco. A 50 metros de donde se hallaba podía divisarse el puente que la llevaría al otro lado del despeñadero y ¡le sería imposible llegar sin que la atraparan!

Aparentaba resignación y miraba al vacío... El lienzo comenzó a oscurecerse hasta que las imágenes desaparecieron. La fuerte respiración de Aimée era el único sonido en el salón. Ella permanecía tan agitada, literalmente convulsa, tal cual la imagen que había proyectado el cuadro.

Morvan se encaminó hacia la pared opuesta. La multitud se movió sigilosamente para dejarlo pasar. El pequeño y peludo sirviente lo seguía, ahora con dos copas: la copa de cristal con el dragón forjado rodeándola, en la que estaba la sangre de Aimée, y su lado otra de copa, pero ésta era de ónice negro. Morvan untó primero un poco más su índice en el resto de sangre de la copa de cristal y muchos de los presentes se excitaron al olerla: los ojos se les tornaban rojos en algunos y amarillos en otros.

Morvan embadurnó la sangre en otra horrible gárgola de piedra. En seguida metió el índice derecho en la nueva copa, en la de ónice negro, la cual, también contenía unas gotas de sangre, y los presentes se estremecieron nuevamente al percibirla. El Rey de la Noche la embarró con cuidado en el hocico de la espantosa gárgola de piedra. Repitió indescifrables palabras y, como antes, el nuevo lienzo comenzó a tomar vida. Después se dirigió hacia las sillas, le entregó las copas al extraño sirviente, quien las trasladó en la bandeja a través de un pasadizo situado en la pared al lado de la chimenea.

Expectante, la joven observaba la escena que iniciaba con la última que se había desdibujado en la pantalla anterior: se hallaba al borde del abismo, resignada y con paso lento caminaba de espaldas, musitando versos en un idioma extranjero. Parecía que se alejaba del despeñadero. Después de recorrer unos veinte metros, se detenía, cerraba apretadamente los ojos y corría hacia el precipicio, dando un gran salto. Era tal la gracia que desplegaba, que todos creyeron por un momento que volaría hacia el otro lado del profundo barranco, salvando la oquedad. El sol aún no se ponía cuando sus pies se separaron del suelo. Aimée abría los ojos en un intento por dar una última ojeada a la puesta de sol, para luego mostrar un rostro horrorizado. Lo que se proyectaba ahora era esa parte del sueño que más la aterrorizaba: del otro lado del abismo, una silueta corría a toda velocidad hacia ella. Aimée ya no pudo mirar más el cuadro. Ese recuerdo la atribulaba en demasía, hacía que el corazón le latiera desbocado, mientras copiosas lágrimas recorrían sus mejillas, precipitándose por su cuello.

En la proyección todo parecía transcurrir en cámara lenta: al tiempo que Aimée saltaba, la silueta que estaba a contra sol se acercaba y un angustioso grito de dolor resonó con estruendo en toda la habitación. Era un grito de un hombre y era tan lastimero que todos en el recinto se sintieron aturdidos. Aimée temblaba, su piel se erizó, sus piernas ya no pudieron sostenerla más y cayó hincada en la negra losa. Trato inútilmente de taparse los oídos para no escuchar aquel bramido desgarrador. No podía dejar de llorar. "¿Quién es él? ¿Por qué no puedo verlo? ¿Qué fue de él? ¿Ellos le habrán hecho algo?... ¿Estará en el salón?...", se preguntaba angustiada, apretando con fuerza sus oídos para no escucharlo.

—Tania Aimée —dijo Morvan en un tono cortante y exento de emotividad—, sé que esto es muy doloroso para ti, pero ¿no quieres ver el rostro de aquel hombre que clama por ti? Todos estos años has soñado con él, con su infinito dolor y nunca has logrado verlo. ¿No es así?

La muchacha no respondía; seguía hincada con los ojos cerrados, llorando, sujetándose el pecho porque pensaba que el corazón se le saldría en cualquier instante.

—No te des la vuelta, no cedas al dolor, no cierres los ojos ni tu corazón, aún... tienes mucho por saber —añadió Morvan ahora, severamente.

Ella alzó el rostro para mirarlo: se le había acercado para ayudarla a levantarse. Las piernas le temblaban y su respiración se entrecortaba, pretendiendo contener los sollozos.

—En el fondo de tu ser sabes bien de quién se trata. Has pasado tantos años negándolo, negando tu dolor, que lo has sepultado a cal y canto en tu memoria. Y aun así, ya es tiempo de que lo veas, de que te enteres de quien es *él* en realidad.

Aimée aspiró hondamente y, armándose de valor, observó el cuadro: en la escena: ella ya estaba cayendo, el joven que gritaba se hallaba muy cerca del borde el abismo. El eco del grito desgarrador aún resonaba en el gran salón. La luz del sol no le permitía distinguir su rostro; no obstante, la silueta le resultaba muy familiar. Dio dos pasos hacia delante para apreciar mejor la imagen y en seguida volteó para ver a Ian y a Anuar. Uno de los dos, ya no dudaba, uno de los dos era el que gritaba en la proyección: era el hombre que sufría en indeciblemente en sus sueños.

—Respira, dulce niña. En tu interior sabes quién es tu desconsolado enamorado en aquella... encarnación —le instó Morvan con suavidad, apartándose de ella para dejarla pensar.

Cerró por unos segundos los ojos. Con lentitud los volvió a abrir, contemplando fijamente a Ian y Anuar. Sus ojos mostraban intensidad: ya sabía quién había sido su prometido, quién era el hombre que en sus sueños la acongojaba hasta el paroxismo. Posó la vista sobre el cuadro, sabiendo quién llegaba al borde del abismo. La imagen comenzó a hacerse clara: el joven se había hincado al llegar al borde, el sol ya no la deslumbraba, ¡era Anuar quien gritaba y lloraba desesperado!

En lo que la joven contemplaba conmocionada la imagen, Anuar, detrás de ella, bajaba la vista y la cabeza. Profundo dolor lo invadió: para él, que ella descubriera así la verdad solo significaba una cosa... volverla a perder. La conocía mejor que a nadie, y sabía que aborrecía las mentiras y el engaño, también que era muy impresionable. Él pensaba decírselo poco a poco, enamorarla de nuevo para que ella pudiera escucharlo. En todos estos años, todavía no sabía cómo iba a decírselo. Pero mostrárselo así resultaba lo peor que pudo haberle sucedido... el amor de su vida ya no confiaría en él. Y su pesar se hacía más grande a cada segundo porque aún faltaba más por ser revelado. La sangre en la copa de ónice era de él. Ahora Aimée vería todo lo que Anuar había hecho después de su muerte en aquella vida. La muchacha, por otro lado, nunca había estado tan confundida. Por una parte consideraba que la habían engañado y, por otra, se sentía aliviada, al ver que él estaba bien, que estaba ahí con ella y que estaba a salvo. De pronto, su mente se reestructuró con lógica, sobreponiéndose al sentimiento de congoja:

"Si todo esto sucedió en 1457, ¿cómo es posible que él esté vivo?", se preguntaba Aimée. "¿Él también reencarnó? ¿Anuar es un humano o un Elfo

Oscuro o un Vampiro o algo aún peor? ¿Es bueno o es malo? ¿Fui yo una hechicera buena o una malvada?"… y la duda más exasperante: la reencarnación… ¿era… realidad….?

La extraña película seguía proyectándose en el lienzo, mostrando a Anuar abatido al pie del barranco. Con turbación se levantaba, dispuesto a tirarse, aunque rápidamente alguien lo detenía en su intento de seguirla. ¡Era Ian, quien le impedía a Anuar saltar! En seguida aparecían Duncan y Dank, ayudando a Ian a detenerlo. En ese instante, Anuar echaba un vistazo al otro lado del precipicio para distinguir a quienes la habían incitado con su persecución a saltar. Jamás alguien había podido entrever semejante mirada: sus ojos parecían dos hogueras llameantes, llenas de odio y de sed de venganza. Demostrando una fuerza increíble, Anuar lograba librarse de Dank, Ian y Duncan. Corría para alcanzar su caballo, un pura sangre negro azabache. Morvan comenzó a narrarle a Aimée lo que había sucedido.

—Cuando te hallabas en el castillo, Anuar libraba una batalla junto con su ejército a muy poca distancia de donde tú te encontrabas, defendiendo su reino de los turcos. Cuando tú intentabas escapar, Anuar tuvo una especie de… fatal corazonada. Tenía cercado el camino hacia el puente, así que corrió hacia el acantilado, esperando poder cruzarlo con alguna soga. Fue cuando te vio. Después de tu muerte, ansió vengarte.

Las imágenes mostraban a Anuar montando su caballo y acuciándolo para que lo llevara hacia el puente. Al llegar al otro lado, blandía su espada y perseguía con una ira incontenible a la hueste que había obligado a su prometida a suicidarse. Aimée no podía contemplar las escenas: la crueldad con la que los mataba era inhumana. Solo se escuchaba los gritos de terror de sus víctimas. Ahora se veía a Anuar montando de nuevo su rocín, regresando a la refriega. Su furia era tal que daba la impresión de que él solo había exterminado a sus enemigos, no dejando ni un turco vivo. Se le veía regresar a la fortaleza. Ian ya estaba ahí, en la biblioteca ahora destrozada.

—Únicamente encontró la nota en la que le explicabas que habías dejado un anillo mágico para él. Un sortilegio que haría que tú volvieras a nacer y tres botellas con un elixir. Cada fórmula serviría para mantenerlo joven 50 años —le explicaba ahora Morvan—. Él y sus hombres de confianza sabían que tú eras una hechicera, aunque Anuar, Ian y Duncan también habían estado intentando dominar los secretos de la magia, por su parte y durante mucho tiempo antes de conocerte.

Todo era mostrado en el lienzo: Anuar buscando desesperado, junto a leales amigos, el anillo y el conjuro. Recorrieron cada centímetro de la habitación, la chimenea, el pasadizo, el jardín, el bosque.

—Nunca los encontraron, ni el conjuro ni el anillo, Aimée —continuó Morvan con voz sombría—Anuar visitó todos los confines de su reino, buscando a brujas, magos, hechiceros a cualquiera que pudiera ayudarle. Compartió el elixir con Ian y Duncan y por más de 40 años ellos viajaron alrededor del mundo antiguo, buscando quien pudiera hacerte regresar. La única que consiguió darles alguna esperanza fue Zaba, la Bruja de los Sacrificios. Aimée, si quieres entender lo que se plasma en lienzo, debes tocar la aguamarina de tu cuello, ya que te ayudará a devolverte los recuerdos y, lo fundamental, te hará recordar ese idioma que ha quedado insondable en tu memoria.

Inconscientemente, la joven lo palpó y de inmediato una sensación de familiaridad la volvía a embargar. Ahora, la proyección revelaba a la Bruja Zaba, una anciana desaliñada que, sentada ante una mesa ennegrecida, hablaba con voz trémula:

—¡Oh!, gran Rey de Moldavia, su amada ha hecho un hechizo muy poderoso, nadie podrá traerla. Solo el anillo y el conjuro que ella misma elaboró podrían hacerla renacer en este tiempo… Pero no pierda esperanzas, mi gran señor –y movió sus largas uñas negras la mesa—. Sus almas están atadas, atadas por la eternidad. La princesa es suya y usted le pertenece a ella… Las runas me muestran que hizo un último conjuro antes de saltar. Su alma estará dormida y despertará, sin la necesidad ni del anillo ni del encantamiento cuando las condiciones estelares sean las mismas que cuando nació la primera vez.

—¿Eso cuándo será? —interrumpía impaciente Anuar.

La bruja guardaba silencio, movía las runas, sacaba caracoles y cuarzos, los metía en una bandeja con agua y los removía con lentitud. Después mandaba traer un conejo, sacaba una daga de ónice y lo descuartizaba en la mesa, esparcía las vísceras y las removía con sus uñas, tratando de leerlas.

—Renacerá dentro de más de 500 años —afirmaba Zaba en tono apenas audible.

El rostro de Anuar mostraba su desilusión y desesperanza al escuchar estas palabras. La escena mostraba su gran frustración. Ni aunque hubiera guardado los tres frascos de elixir para sí mismo lograría vivir lo suficiente para volver a estar con ella.

—No desespere, mi señor, no todo está perdido. Hay una manera en la que usted lograría vivir 500 años…y más… el príncipe Vlad III, el Empalador, puede decírsela.

—¡Pero mi primo está muerto, asesinado hace casi treinta años en una batalla! —interrumpía Anuar, lleno de confusión.

—Eso es lo que le hizo creer al mundo, mi señor. Él ha descubierto cómo vivir una eternidad; él, junto con el gran Señor de la Noche, tiene el poder para ser inmortales —decía Zaba, acercando su anciano y decrépito rostro, mientras su voz se convertía en un espeso murmullo—. Pueden compartir este conocimiento con usted. Él también perdió a su gran amor.

—Elisabeta…—murmuró Anuar entrecerrando los ojos—.

—Sí, ella también renacerá en otro tiempo. Vlad comprenderá su situación. Él sufre del mismo mal y querrá ayudarlo. Búsquelos a él y al Señor de la Noche en lo profundo de los Cárpatos meridionales.

El lienzo se volvió a enturbiar hasta desvanecer la escena; sin embargo, en unos instantes nuevas imágenes volvían a aparecer, mostrando una habitación muy amplia en la que reaparecía Anuar acompañado por Ian, Duncan y otro hombre, uno no muy alto, aunque corpulento, de apariencia fría que despertaba cierto espanto, de profundos ojos grises sombreados por largas pestañas y enmarcados por cejas negras, por demás pobladas. El rostro era duro y afilado, dividido por una nariz aguileña que le daba un tono macabro, de cabello negro hasta el hombro y anchas espaldas. Aimée reconoció al hombre enseguida, su rostro acaparaba portadas de libros y revistas, era Vlad III, más conocido como Vlad Tepes o el Empalador, personaje que hasta el cine había inmortalizado.

117

—Primo, conozco bien la tristeza que te embarga —le decía Vlad en un tono condescendiente a Anuar—. Debes saber que el precio que tendrás que pagar por la vida inmortal será alto.

—¡Pagaré lo que sea! —exclamaba Anuar, abatido.

—No se trata de oro. Ni siquiera de tu reino.

La expresión de Anuar cambiaba: si no solventaba el costo de la vida inmortal ni con oro ni con su reino, ¿cómo lo haría?

—Será con tu alma con lo que pagarás —prosiguió Vlad con cierta malicia y crueldad—. Nunca más podrás estar en la luz: las tinieblas serán tu hogar. Aprende esto bien: *"Nosotros, los dueños de la oscuridad no estamos ni muertos ni vivos, y la fuente de nuestro poder e inmortalidad viene de la sangre fresca de los mortales".* Tendrás que simular tu muerte. Ya no serás más el vaivoda de Moldavia. Nadie deberá saber en qué te convertirás. Vivirás en secreto y le deberás lealtad al Señor de la Noche.

—¿Quién ese Señor de la Noche?

—Lo conociste hace años. Pertenecía a la orden del Dragón, peleó con valor y destreza junto a nuestros padres y con el padre de tu bella Tania, a la que, enamorado, llamas Aimée.

—¡Maldita sea! ¿Cómo, cómo han podido engañar a la muerte?

—Eso te lo explicaré luego. Ahora él es conocido como Morvan. Te unirás a su hueste. No respondas ahora: tienes un día para pensarlo.

Aimée sentía como una profunda tristeza embargaba su alma. Las lágrimas resbalaban por sus mejillas. Comprendía cómo era posible que Anuar siguiera vivo. La proyección continuaba: ahora él se encontraba en la biblioteca de su castillo, pensativo, al lado del fuego, contemplando fijamente el retrato de su amada princesa. Un fuerte golpe resonaba en la puerta: eran Ian y Duncan. Anuar no se movía.

—Sé lo que decidirás —le decía Ian— y no voy a permitir que lo hagas…

Se podía observar que Anuar se levantaba de un brinco de su asiento.

—¡Quiero ver que te atrevas! —le respondía, tocando a empuñadura de su espada.

—No me has dejado terminar de hablar —continuaba Ian, dando un paso atrás—. No permitiré que lo hagas solo. No pagarás ese precio en la soledad. Iré contigo.

—¡No puedo permitirlo, no te condenaré a esa vida! —contravenía Anuar, visiblemente sorprendido.

—¡Quiero ver que te atrevas! —respondía ahora Ian, también rozando la empuñadura de su espada, esbozando una sonrisa.

—Yo también iré —interrumpía Duncan—. Quiero que sepas que no lo hago por ti. No me mal interpretes Anuar. Aún tendrás mi lealtad. Debo confesarte que mi intención no es únicamente acompañarte como lo hace el vaivoda Iancu: mi deseo es no morir. Quiero ser un inmortal, tener poder sobre las bestias, ser dueño de la noche.

—Si ese es tu deseo, así será —ratificaba Anuar— y aprecio tu sinceridad.

El lienzo ahora proyectaba a los tres dirigiéndose a la Tierra Negra. En el castillo ya los esperaban. El lugar era grande y austero. Los recibían en un gran salón de paredes negras y suelo cubierto por granito rojo. Estaban ahí, no solo

Morvan y Vlad, sino también la bruja Zaba y muchos otros. Los tres estaban en el centro de la habitación, rodeados por la siniestra comunidad. Colocaban a Anuar dentro de una enorme estrella de seis puntas, dibujada en el suelo en tono dorado, rodeada por velas rojas. Morvan se acercaba por su espalda y le clavaba con fuerza los filosos colmillos. El cuerpo de Anuar reflejaba intenso dolor. En seguida, el Señor de la Noche se abría la muñeca con una daga de plata, le indicaba a Anuar que se hincara y que bebiera su sangre. Al terminar de ingerir, su cuerpo se sacudía y convulsionaba por los nuevos y violentos cambios físicos que sufría su fisonomía. Los negros ojos de Anuar se volvieron rojos y sus pupilas se tonaron oblongas como las de las serpientes. Lo mismo ocurrió con Ian y Duncan al ser mordidos y beber la densa sangre. Al terminar, juraban lealtad al Mundo de las Tinieblas. Poco a poco, el cuadro fue perdiendo color y la escena comenzó a desvanecerse. El lienzo volvía a ser blanco. Aimée no podía dejar de llorar: él lo había dejado todo por ella y se preguntaba si ella podría hacer lo mismo por él.

—Sé que tu dolor es muy grande —confirmó Morvan, alzando sutilmente la voz— pero tienes que ser enérgica. Tú eres la única salvación del mundo tal y como lo conocemos.

La muchacha lo contempló incrédula. Por su mente, un sinfín de pensamientos comenzaban a hilarse. El congestionado *hall* permanecía sumido en un tétrico silencio. La tensión era tan ponderable que podría cortarse con un cuchillo. Aimée bajó la vista, respiró profundamente para luego encarar a Morvan con sumo comedimiento:

—Déjeme ver si lo comprendo bien: yo era una princesa y además una hechicera. Mi prometido, al perderme, decidió convertirse en vampiro para estar… vivo… cuando yo reencarnara. Si toda esta historia se trata de "nuestro supuesto gran amor", ahora que nos hemos reencontrado, ¿no se supone que ahí termina la historia? ¿y que ahora debo elegir entre la vida mortal o la inmortal para estar con él? ¿Cómo y por qué puedo ser yo la salvación del mundo?

—Ajá, sigues igual de suspicaz, Aimée. Ojalá la respuesta fuera tan simple de formular como tu cuestionamiento. Te responderé a esa pregunta en dos partes. Primero, tengo que decirte que tú no eres cualquier persona, eras, y aunque no lo creas, eres una mujer muy poderosa. En tu linaje corre una gran tradición de magos y hechiceras. Por su parte, Anuar, antes de convertirse en vampiro, siempre dio muestras de ser un hombre singular, único. Era más fuerte que cualquier hombre, el más ágil con las armas, rápido, valiente, poderoso y sumamente inteligente. Después de su conversión todas sus habilidades se han… incrementado…. de tal manera que es casi invencible… mi igual —su voz se tornó trémula y su mirada se ensombrecía mientras revelaba estas últimas palabras.

—¿Eso que tiene que ver conmigo? —interrumpió Aimée, frunciendo el entrecejo.

—¡Todo! —repuso Morvan fríamente—. Hay algo muy especial en tu sangre y en la de Anuar. Por alguna razón que desconocemos existe algo en ustedes que los hace poderosos. Tanto, que juntos podrían hacer que los Elfos de la Oscuridad y los Vampiros podamos soportar la luz del sol.

—No, no… eso no puede… no puede ser —dijo en un hilillo de voz apenas audible. El valor que parecía haber renacido en ella comenzaba a disiparse.

Morvan caminó hacia la chimenea. Sobre esta se hallaba un cuadro cubierto por un trapo negro y en el suelo había un objeto grande con una cubierta color rojo oscuro encima.

—Como ya te he dicho, Anuar no es solo un vampiro más —indicó, al tiempo que colocaba su mano sobre el paño rojo—. Es uno de los cuatro vampiros más poderosos que existen en la faz de la Tierra. Es el Príncipe de la Sombras y la conexión que tiene contigo también es intensa —contempló fijamente el fuego unos instantes y luego continuó—. Existe una leyenda, una profecía celta —mientras decía esto le quitaba la cubierta a una gigantesca piedra que estaba tallada con unos extraños símbolos.

—¡Runas! —exclamó sorprendida—. ¡Esa piedra debe tener mil años!

—Así es. Su valor histórico es altísimo y seguramente sabes que las runas no son en realidad letras, sino símbolos que expresan conceptos. Las leyendas druidas fueron transmitidas oralmente por generaciones. Algunas de ellas fueron escritas en latín durante las invasiones romanas —y tiró de un cordón, el cual hizo que la tela que cubría el cuadro que estaba arriba de la chimenea se corriera.

La muchacha se acercó para distinguirlo mejor. El cuadro contenía un antiguo pergamino. Aimée entendía alguna de las palabras, aunque no era muy buena con el latín. Morvan comenzó a leerlo en un tono profundo, casi etéreo.

—*"La Mujer Celeste y el rey luminoso*
marcado por Daeg, siendo ambos de alta, pero diferente estirpe
con un poderoso ritual unirán su alma y su mente.
El destino, guerrero oscuro, los separará;
aun con la muerte su amor prevalecerá.
Como el murmullo del álamo, el rey luminoso
se lamentará, la oscuridad encontrará, haciéndola su hogar.
Los cielos conspirarán y la Princesa Amada del abismo por fin emergerá.
Ahora la Santa Batalla dará inicio
un hidromiel; conjuros y ritos a la princesa Celeste
cual mariposa transmutarán.
En un eclipse lunar los enamorados su sangre unirán,
en poderosos seres ahora se convierten.
El sol nuevamente los cobijará y todo a su paso renovarán.
Las tinieblas vivirán en la luz y la luz en la oscuridad"

El Señor de la Noche terminó de traducir el pergamino con una sonrisa torva. La joven permaneció en silencio: en su mente analizaba todo lo que él había leído.

—La Princesa eres tú, Aimée. Tu nombre completo significa *princesa amada* y sabes muy bien que no fue por casualidad que tus padres te llamaran de esta manera —señaló Morvan fríamente— y tampoco eran casualidad las cosas "peculiares" que te ocurrían en la infancia.

Aimée lo entrevió disgustada: ¿cómo sabía eso?, ¿por qué, con tanta arrogancia pretendía creer conocerla tan bien…?

—Anuar no fue solo el rey de Moldavia —continuaba Morvan—. Su nombre literalmente significa *El Luminoso* y en su espalda tiene una marca de nacimiento en forma de *Daeg o Dagáz* una runa muy similar al símbolo del infinito. Antes que él se fuera a la guerra, ustedes realizaron un juramento por el que se unían por la eternidad. Y, aunque el destino los separó, la posición de los astros logró hacer que tu alma renaciera.

El fuego en la chimenea crepitaba sutilmente. Era el único sonido que se escuchaba en el recinto. Morvan colocaba el brazo sobre la chimenea y giraba el rostro para contemplar a Aimée y averiguar qué pensaba. La joven trataba de razonar el simbolismo que ocultaba el pergamino. Desde pequeña se había interesado por los signos y los símbolos universales. Con el tiempo había conseguido ser muy ágil en descifrar los significados ocultos de escritos, dibujos, pinturas, ritos. Tan absorta se encontraba que, sin darse cuenta, comenzó a pensar en voz alta.

"La Santa batalla comienza" no se refiere a una lucha religiosa. Es una especie de guerra entre seres poderosos, una saga o, más bien, una Edda... "un hidromiel, conjuros y ritos a la princesa como mariposa transmutarán". Eso debe de significar que la princesa tiene que realizar rituales que incluyen pócimas para lograr una transformación física que deberá llevarse a cabo en un eclipse lunar... mmm ...no, no solo está hablando de un eclipse... los eclipses eran interpretados por los antiguos como sucesos catastróficos, porque iban en contra de las leyes cósmicas, quebraban la armonía natural... el astro eclipsado era considerado muerto, como tragado por un monstruo... si la luna representa lo femenino, y la Tierra en este caso simbolizaría lo masculino. En un eclipse lunar, la Tierra "devora" a la Luna... la Luna personifica a la princesa; por lo tanto, él tendría que matarla para unir sus sangres —al terminar de hablar un escalofrío recorrió su cuerpo.

—Siempre igual de perspicaz —dijo Morvan, socarrón— y, aun así, debo decirte que estás tomando literalmente el simbolismo —se acercó tocando su hombro—. Ya te he dicho que aquí nadie te lastimaría y es verdad. Sí, tendrás que tomar algunas pócimas y decir algunos conjuros, para que tus recuerdos y tu verdadero "Yo" salga a la luz; además, esto fortalecerá tu cuerpo. El día del eclipse se realizará efectivamente una ceremonia; cuando la Tierra oculte perfectamente a la luna, Anuar deberá convertirte en vampiro. Sentirás dolor por un momento... y a cambio vivirás eternamente. Así le darás a Anuar nueva vida, porque podrá soportar los rayos del sol, él nos compartirá su nueva sangre y podremos ganar la guerra.

—Así que ¿ustedes creen que mi sangre podrá hacer que Anuar sobreviva a los rayos del sol y cuando él los muerda todos ustedes podrán sobrevivir en la luz?

Morvan afirmó displicentemente con la cabeza.

—¿Y todo esto lo basan en una antigua profecía? —señaló Aimée en una inflexión de voz de disgustado y sarcasmo—. ¿Qué pasará si no funciona? ¿Si no quiero? ¿Si no coopero? ¿Si me mato antes? ¿Con qué derecho creen que pueden cambiar así mi vida? ¡Yo no quiero la inmortalidad! —espetó exaltada—. ¡No pertenezco a su mundo, no quiero tener que tomar la vida de otro para vivir; por eso me volví vegetariana... hasta les pido disculpas a los vegetales cuando me los como! ¡No quiero una vida en la que tenga que beber la sangre de gente inocente!

—Entiendo que estés asustada —interrumpió ahora Duncan—, aunque esta guerra está más allá de los intereses personales de cualquiera de nosotros. Si los Licántropos toman el control, los humanos estarán perdidos. Ser vampiro no implica maldad; bebemos sangre sí, pero de corruptos, ladrones, estafadores...

121

eliminamos a los indeseables. Tu vida no cambiará mucho: podrás vivir en la luz, tendrás poderes y estarás con el hombre que más te ha amado. Podrás ser feliz.

Anuar la contemplaba ahora con impaciencia, esperando su respuesta ante aquel último argumento. Sin embargo, Aimée no estaba pensando en él; algo más la preocupaba: algo en la voz de Duncan la hacía desconfiar.

—Una vez que adquieran tanto poder, ¿qué les impedirá tomar el control del mundo?

—Lo que siempre nos lo ha impedido —repuso Morvan en un dejo aparentemente comprometido—: el sentido común. Si hubiéramos querido, tendríamos el control del planeta desde hace siglos. Somos más fuertes, rápidos y poderosos que los mortales y somos simbióticos con los hombres: nos necesitamos.

Aimée lo escuchaba con recelo. Algo lo indicaba que ocultaba algo; intuitivamente notaba que no era del todo sincero.

—¿Y si no quiero participar? —preguntó retadoramente.

—En ese caso, me temo que tendríamos que emplear algunas medidas —comentó por respuesta el británico, visiblemente contrariado.

La joven alzó la ceja de manera inquisitoria y Morvan continuó explayándose:

—Todo depende de cuánto cariño le tengas a tu familia, amigos… al profesor Olaf. No creo que quieras que les pase algo… algo malo… ¿verdad?

Ella no había previsto eso. Pensaba que podría soportar torturas, pero jamás que alguien más sufriera por culpa suya. Ahora estaba a su merced, él tenía el control. Una chispa de rencor se encendió en su corazón: se sentía frustrada. Siempre había luchado por su libertad, su independencia, por tener dominio consciente de sus actos, de sus palabras y ahora estaba atrapada sin salida, sin ningún control sobre su vida. En lo más hondo de su ser, su alma se revolvía pensando que era esclava del destino. Miró furiosa a Anuar, sentía que la había engañado, que solo la quería para usarla y ganar esa guerra. En su cabeza todo le daba vueltas: vampiros, elfos, orcos, hombres lobo, mentiras, engaños, desilusión… todo la ahogaba. Necesitaba desesperadamente aire fresco. Agitada, se echó a correr. No le importó recorrer los sombríos pasillos de la antigua fortaleza, no pensaba en que a otros terribles seres podría encontrarse en los rincones de aquel aciago lugar. Al final del corredor encontró una puerta abierta, entró en la habitación, avistó un balcón y salió. Sosteniendo con fuerza el barandal rompió a llorar plena de abatimiento.

—¡Espera, no es el momento! —le dijo Morvan a Anuar, alzando el brazo para impedir que saliera del Salón tras Aimée—. Ahora no querrá verte ni escucharte. Deja que Ian la calme y la convenza para que tome la pócima. Los preparativos deben comenzar ahora mismo; no podemos perder más tiempo.

—Pero… —intentó decir Anuar.

—No digas nada. Tu presencia la alterará más. Ni tú ni yo queremos forzarla para que coopere. Ya tendrás oportunidad de hablar con ella y volverás a ganar su confianza. Te lo aseguro —volteando a su izquierda ordenó tajante: —Ian, ve con ella. Tranquilízala y persuádela de que tome la pócima y repita el conjuro.

Aitana, la arpía, le entregó un frasco verde oscuro y papel. Ian los tomó y corrió en busca de Aimée. Al cabo de unos minutos la encontró en el balcón envuelta en llanto y, aunque pensó que no lo querría allí, en cuanto lo advirtió se echó a sus

122

brazos. Ian la abrazó tiernamente. No habló y dejó que ella llorara mientras acariciaba suavemente sus rizos, pretendiendo tranquilizarla. Anuar, entre tanto, se quedaba trémulo en medio del hall, con los puños cerrados y los ojos encendidos totalmente apesadumbrado, mientras toda la Comunidad de las Tinieblas salía sin atreverse a mirarlo. Dank y Miroslava intentaron acercársele; sin embargo, al notarlo tan turbado decidieron desistir para después dejarlo solo en aquel terrible recinto de las desgracias, de las penalidades, en aquel bien llamado Salón de las Tribulaciones.

DAGÁZ, La oscuridad vive en la luz y la luz en la oscuridad. Autora: Irene Arbolí Moreno

CAPÍTULO X.
El Alma en las Penumbras

Después de un largo rato de estar sollozando en los brazos de Ian, Aimée se apartó de él con lentitud para decir con la voz entrecortada:

—Te han enviado para que tome la pócima, ¿verdad?

—Sí —contestó—, pero yo también quería venir. Estoy muy preocupado por ti y no me gusta verte llorar.

Ella extendió la mano para que Ian le diera el brebaje. Él se lo entregó, junto con el pergamino.

—Tienes que repetir primero en voz alta las tres primeras oraciones, tomar la pócima y leer las siguientes tres oraciones.

Del frasco afloró una bocanada de humo blanco; el líquido era verde oliva. Aimée lo bebió de un trago. El sabor era fuerte y amargo. La noche parecía calma y el bosque a su alrededor, la neblina se había disipado y, aun así, era difícil avistar el paisaje que rodeaba al derruido castillo.

—Tenemos que entrar, Aimée. Te llevaré a tu habitación.

—¿No podemos quedarnos un rato más? —inquirió con la voz conturbada.

—No, lo siento, en unos minutos comenzará a amanecer.

—¿De qué hablas? Aún está oscuro, creo que más oscuro que cuando llegamos.

Con leve sonrisa Ian le recusó:

—*"El momento más oscuro de la noche es justo antes de que amanezca".*

Ella lo entrevió incrédula. Sin más, él le señaló el camino hacia su habitación. En las sombras, con el estómago revuelto y la sangre hirviendo, Anuar los observaba: Ian y Aimée recorrían con lentitud el castillo y en algunos tramos donde se marchitaban las antorchas la muchacha pudo admirar con más detenimiento la arquitectura del recinto, que era claramente medieval. Las paredes, algunas blancas y otras de piedra, se antojaban rústicas; los vidrios de las ventanas insólitamente estaban pintados de negro o estas quedaban ocultas por pesadas cortinajes de trama tan nutrida que no dejaban traspasar luz alguna. Los pasajes, todos, eran alumbrados o por velas o lámparas de níquel y antorchas.

—¿No cuentan con luz eléctrica? —curioseó Aimée, con la respiración aún agitada por todo lo que había sucedido.

—No, el castillo es muy antiguo y necesitaría demasiados arreglos para hacerlo; además, no queríamos llamar la atención contratando a alguien para colocar la instalación. De todas maneras, nos encontramos muy alejados de la ciudad.

—¿Nadie se ha dado cuenta de que está habitado? —inquirió incrédula.

—Bueno, sí, como últimamente ha habido mucho más movimiento que antes, corrimos el rumor de que un viejo excéntrico millonario vino a habitarlo.

—¿Y la gente se lo creyó?

—Por supuesto que sí: ya nadie cree en nosotros —respondió alzando los hombros y haciendo un leve mohín de indiferencia con los labios.

Él abrió una gran puerta de hoja doble en roble labrada. La habitación era muy grande y se hallaba, para su sorpresa, bellamente decorada y daba a un balcón. En

125

el centro había una cama con dosel, con cortinas de organza blanca; las sábanas eran de seda color perla. La chimenea, con grecas en la piedra, proporcionaba un acogedor fuego. Un gigantesco ropero se encontraba al lado izquierdo, cerca del cuarto de baño, el cual contenía una tina de mármol blanco y recubrimientos de oro. Los muebles y adornos lucían muy antiguos; no obstante, estaban muy bien conservados. En el tocador se encontraban ordenados un peine, un cepillo y peinetas de plata. Collares de perlas, polvos, broches para el cabello con bellos diseños y finos brillantes. Y en los jarrones había azucenas. Al lado de la cama había dos mesitas de noche con lámparas de níquel y finos floreros que contenían gardenias. Cerca de la puerta, que daba al balcón se hallaba un librero igualmente de cedro repleto de libros antiguos. El lugar le producía una inaudita sensación de familiaridad. Aimée tocó el collar que llevaba puesto y por un momento le pareció recordar todas aquellas cosas. Sabía que eran suyas.

—La habitación continúa tal y como la dejaste. Por muchos siglos permaneció oculta y Anuar se encargó de que siempre estuviera limpia, lista para cuando tú regresaras —explicó con un dejo de nostalgia, tentando algunos de los objetos puestos en el tocador.

Aimée enmudecía y observaba a su alrededor con semblante apesadumbrado. La recámara le resultaba ahora como una cápsula de tiempo, y transportaba sus pensamientos hacia recuerdos que no quería realmente ni siquiera rozar.

—Tengo que irme —continuó Ian—. Nos veremos en unas horas, justo después del atardecer.

—¿En dónde dormirás? —preguntó asustada, recordando todas aquellas películas de vampiros que había visto.

—En la habitación de enfrente —le contestó, mientras cerraba las cortinas del balcón—. Recuerda que solo pueden estar abiertas por las noches. No vayas a salir de la habitación durante el día; es muy peligroso, pues algunas criaturas que habitan el castillo aún no saben que estas aquí, ¿entiendes?

Ian se despidió dándole un beso en la frente y se retiró del cuarto. Ella se sentó en la silla del tocador, anhelando digerir todo lo que había ocurrido. Después de meditar un rato decidió que no era momento de dormir, sino de estudiar; así que inspeccionó los libros que encontró en el librero. Se hallaban algunas novelas caballerescas y muchos libros de magia, brujería, alquimia, tratados de astronomía, medicina, herbolaria, todos muy antiguos. Los revisó y decidió estudiar primero el de alfabetos mágicos; después estudiaría los de brujería y hechizos, para continuar con los de rituales celtas y magia ceremonial. Jamás había leído un libro con tanto entusiasmo y, menos, tan rápido. Sentía que solo los estaba repasando. Sin darse cuenta, leyó durante nueve horas para después quedarse dormida. Un golpeteo en la puerta la despertó: era Ian. El atardecer de ese día había comenzado.

—En un momento entrará una mucama a prepararte la tina de baño. Como comprenderás, tampoco hay instalación de gas —explicó Ian detrás de la puerta.

Unos minutos más tarde una muchacha muy alta, extremadamente pálida y delgada, entraba en la habitación. Traía toallas y otros enseres de baño. Tras ella venían varios de los pequeños y peludos seres que había visto en el Salón de la las Tribulaciones, con cubos llenos de agua caliente. En un momento le prepararon la bañera y se retiraron con asombrosa celeridad. Después de refrescarse, Aimée revisó casi perpleja el ropero, que contenía hermosos vestidos. Se probó uno color palo de rosa, peinó sus cabellos azulados y salió de la habitación.

—¿Adónde vamos? —preguntó Aimée, recelosa.

—A cenar, desde luego —respondió Ian, sonriendo.

—¿Y qué vamos a cenar? —indagó con miedo.

—Pues ensalada y espagueti. Tú eres vegetariana, ¿no?

—Sí, pero… ¿tú puedes comer eso?

—Claro, nosotros necesitamos mantener en funcionamiento todos nuestros órganos. Bebemos sangre para tener suficiente energía y vida eterna. Es un proceso complicado que aún no comprendemos muy bien, pero que estamos estudiando —le explicaba, guiándola hacia el comedor.

—¿Para qué lo estudian?

—¡¿Cómo que para qué?! —exclamó riendo—. ¡Qué pregunta!

La joven frunció las cejas y tomó la tela de su atuendo para no tropezarse con el movimiento del largo y almidonado vestido.

—Es como si preguntaras: ¿para qué saber acerca de la vida submarina o sobre otros planetas o sobre la mente? Lo hacemos por las mismas razones que todos los humanos estudian esas cosas: para saber más, para comprender mejor nuestra situación, para tener mayor control… qué sé yo.

Ella se sonrojó. Se había dado cuenta de lo tonta que había sonado su pregunta. Y mientras recorrían los amplios pasillos, admiró extasiada los cuadros y antiguos adornos que decoraban las salas y corredores que contenía aquella fortaleza. Minutos más tarde se armó de valor y se atrevió a decirle:

—Hablas como si no te consideraras humano.

Ian se detuvo un momento. Su rostro revelaba desconcierto: hacía mucho tiempo que no pensaba en eso. Continuó avanzando y le respondió:

—Alguna vez fui uno, aunque después de vivir tantos siglos en la oscuridad y alejado de los hombres… no sé… ha resultado que al tener algún acercamiento con ellos me dé cuenta de cuán diferentes somos. Siglo tras siglo he visto a los hombres matarse el uno al otro por el puro gusto de hacerlo. Los he mirado lastimar a sus semejantes por creer que son diferentes, por vanidad, por propiedades, codicia… o por el simple placer de poder hacerlo. Y ahora los considero salvajes, egoístas… de cierta manera me siento especial… es difícil de explicar.

Ian se detuvo delante de una puerta de roble, la abrió y entraron a un suntuoso y lóbrego salón. Los candelabros de plata que colgaban del alto techo alumbraban con la luz de cientos de velas. En el centro del comedor se encontraba una gran mesa rectangular, con un mantel negro, y un mantel más delgado de color rojo vino encima de este. Había dieciséis sillas alrededor de la mesa: siete a cada lado y una en cada cabecera. Aimée, sorprendida, se dio cuenta de que los cuadros que decoraban las paredes tenían motivos religiosos.

—¿Por qué hay tantos cuadros e iconos religiosos? ¿No se supone que los vampiros los rehúyen, que están en contra de Dios? —curioseó Aimée algo atónita.

—Creo que has visto demasiadas películas —le expresó riendo—. A los vampiros no nos asustan los motivos religiosos… para empezar no creemos en Dios. Para nosotros, solo adquieren significado con la fe de la gente y las palabras correctas. Pronto comprenderás cuán poderosa puede ser una palabra bien dicha.

Gracias a los Elfos Oscuros hemos aprendido mucho acerca de la magia y la manejamos muy bien.

—Pero ¿por qué colocar iconos religiosos?

—¡Somos vampiros; no primitivos! —señaló Ian haciendo un gesto caricaturesco—. Eso es arte y son cuadros muy antiguos. Hasta los vampiros de menor... rango, los que suelen ser más frívolos y vulgares, saben apreciar una obra de arte o un buen libro.

Aimée permaneció pensativa. Se daba cuenta de que era más prejuiciosa de lo que ella creía y eso no le gustaba. Ian abrió una de las sillas que estaban al lado de la cabecera para que se sentara; en seguida, él se situó en la silla de enfrente. Las puertas del fondo del comedor se abrieron y dos criaturas enanas y peludas prorrumpieron por ellas; no medían más de un metro y sus rostros, aunque maliciosos, resultaban algo caricaturescos. Cargaban dos bandejas de plata y con torpeza sirvieron el vino y los canapés. Por la puerta principal surgieron Anuar, Dank y Miroslava. Anuar se sentó en la cabecera, Dank al lado de Aimée y Miroslava al lado de Ian. Anuar no dejaba de observar a Aimée, quien comenzaba a sentirse muy incómoda: no sabía si retarlo o bajar la mirada. Hubo un breve silencio y la varonil voz de Anuar rasgó el aire.

—¿Cómo dormiste? —indagó Anuar con ojos fijos e intensos.

—Bien —mintió Aimée.

—Después de cenar, hay algo importante que debo mostrarte. ¿Quisieras acompañarme? —preguntó Anuar con cautela.

Ella asintió con la cabeza. No estaba muy segura de querer acompañarlo; no obstante, algo en su voz le pareció que no admitiría un *no* por respuesta. Además, uno de sus grandes defectos era su gran curiosidad, y el deseo por conocer qué nuevo secreto le sería revelado la hacía esperanzarse en retomar el control de la situación. La puerta principal volvió a abrirse; ahora se incorporaba al banquete Morvan y su séquito, Duncan, el anfitrión en aquella fiesta inolvidable, Kaled, Sirge, Stefca, Zaba la Bruja, y dos hombres más que no le habían sido presentados a Aimée; se trataba de dos vampiros de alta categoría, Boris y Drazen. Unos minutos más tarde entraron dos extravagantes criaturas que se sumaron al grupo. Medían más de metro y medio, eran de tez oscura, con enormes orejas y dedos largos y huesudos. A la joven le llamó la atención lo delgados que eran y la ropa maltratada y anticuada que portaban. Todos saludaron con caballerosidad y aun así se alcanzaba a percibir la tensión en el aire cuando el grupo se instaló en el comedor. Las trolls volvieron y sirvieron más vino; pronto trajeron las entradas, luego la ensalada y papas asadas. Para Aimée, Ian y Anuar trajeron espagueti; para los demás, carne roja poco cocida.

—Los Utanor atacaron por la mañana el Bastión de Zaragoza. Nuestros *hermanos* nos han informado que no sufrieron muchas bajas, porque fueron advertidos a tiempo y los esperaban —comentó Kaled, dándose importancia.

—Los ataques de los Licántropos —interrumpió Duncan— van a ser continuados. Espero que ya hayas informado a todos los confines del continente —inquirió, dirigiéndose a Sirge.

—Desde luego. He enviado ya a todos los cuervos. A estas horas, todos nuestros hermanos están enterados que la guerra ha comenzado y en cinco días arribarán todos. Lo harán por grupos para no llamar la atención —respondió Sirge, haciendo

128

gesto de soberbia e importancia, mientras se quitaba una de las plumas que adornaban su dorada cabellera.

—¿Has convencido ya a todos los orcos y los trolls? —le preguntó Morvan a Kaled, moviendo lentamente la copa de vino que sostenía.

—No, los de las tierras del Norte no quieren entrometerse. Los muy estúpidos dicen que no es problema de ellos... Ya vendrán cuando los Licántropos los quieran hacer sus esclavos. Nos rogarán para que los lideremos —manifestó Kaled con aires de importancia.

Casi todos los presentes asintieron. Sin embargo, ni Ian ni Anuar hicieron gesto alguno. La forma como se desplegaba la guerra, los ataques, las ofensivas, les parecía inaudita; ciertamente no acertaban a afirmar si tenían la impresión de las cosas se desarrollaban de manera precipitada o artificial o ambas... Y, en general, no estaban de acuerdo en cómo estaban manejando las cosas Morvan y su séquito. Dank y Miroslava tampoco pronunciaron palabra alguna durante la cena. Se limitaban a observar y escuchar atentamente lo que se explicaba y, sobre todo, cómo se decía. Aimée se moría de ganas de hablar, de preguntar más cosas: quería saber cómo protegían los fuertes, cómo y dónde eran las batallas. Tanta era su curiosidad que se le había olvidado que estaba compartiendo la mesa con vampiros y otras insólitas criaturas.

Minutos después de haber terminado el postre, Anuar se levantó, se acercó a la silla de Aimée y la retiró para que ella pudiera levantarse. Le ofreció su brazo y ella lo tomó. Anuar se disculpó con los comensales, dio las buenas noches y se retiró. Entre tanto, Ian consiguió notar cierta desazón en el gesto de Morvan. Le parecía que este entreveía con recelo a la pareja. El Amo de la Noche cambió su gesto en cuanto se sintió observado. Por su parte, Aimée y Anuar recorrían los largos pasillos en silencio. La joven temblaba: estar tan cerca de él la inquietaba como nadie más podía hacerlo.

—Quiero que te fijes bien por dónde andamos. Es importante que conozcas el castillo para que después pueda enseñarte a recorrer los pasadizos secretos —le explicó Anuar, intentando ocultar su nerviosismo.

La muchacha, enmudecida, confirmó haciendo un leve movimiento de cabeza en signo de afirmación. Por fin, llegaron a un cuarto gigantesco. Entraban a la biblioteca, la misma que veía Aimée en sus sueños. La imponente chimenea era de piedra gris, con entalladuras góticas. Todas las paredes estaban cubiertas por grandes libreros. El lugar olía a humedad y a libros viejos. Al observar a su alrededor, una confusa sensación invadió el corazón de Aimée, una extraña mezcla entre felicidad, angustia y melancolía.

—Tuvimos que reconstruir casi toda la habitación —explicó Anuar con los ojos mirando a la nada—. Muchos libros fueron destruidos; desde luego, no los más importantes.

Caminó hacia los libreros pausadamente y con los dedos rozó algunos ejemplares:

—Puedes venir cuando quieras; de preferencia de día para que nadie te moleste. Tienes que tener mucho cuidado al venir aquí. Revisa los rincones de los pasillos mientras los recorres. Hay muchos seres viviendo en el castillo y la mayoría no toleran la luz del sol.

—¿Podrían atacarme? —le preguntó ligeramente asustada, recorriendo con lentitud la enorme biblioteca.

Anuar respiró profundo y afirmó con un sí rotundo. Colocó los brazos detrás de su espalda. La contemplaba con intensidad, al contrario que ella. La muchacha evadía sus ojos en cada oportunidad.

—Muchas criaturas del bajo mundo son torpes, estúpidas. Ahora, todos están avisados de tu presencia y tienen órdenes específicas de no tocarte ni siquiera de mirarte; aun así preferiría que no te les acerques, no los provoques lo más mínimo y prefiero que siempre sepas dónde se encuentran.

—¿Y si intentan hacerme algo? —inquirió Aimée en un tono seco, procurando no mirarlo (aún estaba enojada con él).

—Entonces, toma una antorcha. No soportan luz muy cerca de ellos y mucho menos el calor.

Aimée continuó su lento caminar observando los lomos de los libros. Cuando alguno le interesaba lo hojeaba, aunque eran muy grandes y pesados como para llevarlos a su alcoba. Procuraba no toparse con los ojos de Anuar: estaba confusa acerca de lo que sentía por él; también estaba enfadada porque él le había mentido y porque creía que a Anuar solo le interesaba ganar esa guerra. El joven se acercó a su oído, mientras ella revisaba un libro y, en un susurro, le dijo:

—Comprendo que todavía estés indignada y confusa respecto a mí. Tengo muchas cosas que decirte, pero aquí no puedo hacerlo. Nos están espiando. Cuando encuentre un sitio adecuado te buscaré. Recuerda que prometiste que, a pesar de lo que te comentaran de mí, me dejarías contarte mi versión.

—Sí, lo recuerdo... y siempre cumplo mis promesas —replicó en tono sutilmente más dulce.

Sus rostros estaban a unos centímetros el uno del otro. Anuar la miraba con intensidad y triste añoranza. Aimée tampoco dejaba de observarlo; ahora era ella quien quería leerle el pensamiento. Él se le acercó un tanto más; la joven no atinaba cómo comportarse: una parte de ella quería acercarse, besarlo, abrazarlo... la otra quería correr, huir, olvidarlo... Un portazo los sobresaltó: era Sirge quien ingresaba, como por descuido, a la antigua biblioteca.

—¡Conque aquí andaban! —exclamó burlonamente, jugando con sus dorados rizos—. Anuar, Morvan te está buscando. Dice que es urgente... es algo acerca de la ofensiva de los Utanor en las Tierras Negras.

El Príncipe de las Sombras no le respondió ni desvió sus ojos del rostro de Aimée. Ella entendía en su gesto lo que había intentado decirle: los espiaban, no querían que estuvieran a solas. Anuar volvió a ofrecerle su brazo a Aimée y, con Sirge al frente, caminaron en silencio hacia su habitación. Cuando llegaron a la puerta del cuarto, Sirge interrumpió.

—Anuar, ¿ya le diste el elixir?

—No —respondió secamente—. Ian lo tiene. En un momento vendrá a dárselo.

Antes de irse contempló a Aimée con embeleso. Ella no pudo contenerse y le sonrió tímidamente. Cuando lo hizo, los ojos de Anuar brillaron, besó su mano suavemente y con lentitud se alejó hasta perderse entre las sombras, junto con Sirge. Una hora más tarde, Ian tocó a su puerta. Aimée lo invitó a pasar y fueron al balcón. Aimée repitió el conjuro y tomó la pócima, no sin antes hacer un gesto de asco. Esta vez el brebaje era repulsivamente agrio.

—¿Quién fue el primer vampiro? —preguntó Aimée con curiosidad, en un intento por olvidar el mal sabor de la bebida.

—Nadie lo sabe. Solo sabemos que Morvan es el más antiguo de todos nosotros y de algunos otros Seres de las Tinieblas —respondió Ian, procurando no reírse de los gestos que hacía Aimée, porque ella seguía sintiendo un muy mal sabor de boca—. Ciertamente, gran parte de su poder radica en lo poco que sabemos de él.

Aunque no soplaba el viento, la noche era fría y, sin la luna, el bosque se cernía alrededor de la fortaleza y apenas se distinguía. La joven lo observó incrédula. Todavía le costaba trabajo creer lo que ocurría con su vida y que estaba haciendo semejantes preguntas.

—¿Por qué llaman a unos "Seres de las Tinieblas" y a otros "Seres Oscuros"?

—Solo utilizamos esos términos para diferenciar los bandos: los "Oscuros" son todas aquellas criaturas que están del lado de los Licántropos, los Centauros Rojos y los Utanor; los "Seres de las Tinieblas" son los que nos están apoyando, como los Elfos Oscuros, los Trolls, los Grymull y algunos grupos de Orcos. Pero, en realidad, todos somos… "Criaturas de las Penumbras".

—¿Siempre han tenido problemas con los hombres lobo, con los centauros y los… Utanor? —preguntó mirando al cielo y jugando con sus cabellos.

—No, al principio las razas se llevaban relativamente bien. Eran pocos, en realidad, los disidentes. Pero desde hace casi 500 años hemos tenido muchas disputas con los Seres Oscuros: todo gira en torno a los humanos…

Ella parecía completamente intrigada y estupefacta. Ian, sospechando cuál sería su siguiente pregunta continuó:

—Sabes bien que en siglos pasados el número de humanos en el planeta era mucho menor. Las guerras, las hambrunas, las pestes menguaban su población; además estábamos nosotros. Con el paso del tiempo, sus condiciones de vida mejoraron, obviamente gracias a la ciencia, a la tecnología. Todos las Criaturas de las Penumbras se dieron cuenta de este cambio. Al principio, las razas no externaron queja alguna, porque… —Ian hizo una pausa, sabía que era delicado continuar; sin embargo, al vislumbrar el rostro de Aimée expectante, no pudo resistirse y siguió con su relato— porque la cantidad y calidad del alimento aumentaban…

Aimée se hallaba entre impresionada y consternada, Ian no se extrañó. Sabía que su comentario daba a entender que los humanos solo eran algo así como ganado para los Seres de las Penumbras.

—Lo que al principio se juzgó como algo positivo, pronto mostró su lado negativo: las ciudades se extendieron, los hombres se volvieron arrogantes, se creyeron poderosos y comenzaron a dejar de creer en nosotros, a olvidar que nos tenían miedo. Los Licántropos y los Utanor pretendieron entonces hacerles ver la realidad. Desde luego, los Vampiros no estuvimos de acuerdo. Los hombres nos sobrepasaban en número. Nosotros, sobre todo, teníamos una desventaja…

—El sol…—interrumpió Aimée en un murmullo.

—Sí, la luz solar nos vuelve muy vulnerables. Con todo, si Licántropos y Utanor hubieran logrado su cometido sometiendo a los humanos, no habría sido conveniente pues habrían roto el balance. Querían actuar por la fuerza, y nosotros no; preferimos en todo caso ser más sutiles…

—¿Sutiles? —inquirió, sospechando que en este caso *sutil* era sinónimo de bajeza.

Ian la ojeó con cierto reparo. Lo que estaba a punto de revelarle, era... repugnante.

—Los Vampiros y los Elfos Oscuros se mezclaron con los humanos; vivieron cerca de ellos sin molestarlos mucho, aunque alguno se salían del control... a veces.

—De ahí, las historias de ataques —interrumpió con voz inquisidora.

—Así es —admitió él—. Y los que se controlaron, se acercaron a los políticos, a los gobernantes, a los ambiciosos, a quienes se podía convencer, manipular...

—¿Para qué querían estar en la política?

Ian respiró profundamente, para tomar valor. No sabía cómo reaccionaría Aimée al escuchar su explicación. Temía alejarla de él, de resultarle repugnante.

—Para controlar naciones, para manejar los sucesos, para retrasar la evolución, enlentecerla... ¿De quién crees que fue la idea de la Santa Inquisición, las guerras religiosas, la quema de brujas...?

—¡Ustedes idearon todo eso! —exclamó indignada.

—No lo llevamos a cabo nosotros precisamente, aunque sí lo animamos. Digamos que... le prendimos fuego a la mecha. A los Seres de las Tinieblas les gusta más ostentar el poder, controlar los sucesos a su gusto, demostrar que pueden hacerlo.

—No entiendo qué quieres decirme. ¿Conspiraron todas esas aberraciones o no? —indagó visiblemente alterada.

—Lo incitamos —respondió él taciturnamente—. A las Criaturas de las Tinieblas les gusta mucho manipular, y el hombre, por su extraña condición, es muy fácil de controlar.

—¿De qué hablas?, ¿cuál condición?

—Verás, el corazón humano es todo un misterio para nosotros; su raza es diferente.

—¿El corazón humano es un misterio? ¿Su raza es diferente?... ¿De qué estás hablando? ¡Tú eras un humano!

—Ya te lo dije: hace ya mucho tiempo que no lo soy, no del todo. Soy una extraña mezcla. Es confuso y complicado de explicar. En general, ya no recuerdo lo que es ser un humano... Los vampiros somos... híbridos. Nos parecemos bastante a los hombres, porque sí tenemos sentimientos, pero siempre hay una tendencia a cierto tipo de sentimiento, de pensamiento, de temperamento... es raro que sintamos muchas cosas o tengamos sentimientos variados por una persona. Es como si todo fuera o blanco o negro, sin tantos matices, ¿comprendes? En los Seres de la Noche no cabe la compasión, el ayudar al prójimo, a diferencia del humano. Aun así y paradójicamente, el humano puede, a la vez, ser tan vil y cruel como un Ser de las Tinieblas. Las dos cosas al mismo tiempo y esa es la razón por la cual es más fácil manejarlos que dominarlos por la fuerza física.

El rostro de Aimée mostraba clara mortificación. Ansiaba entender lo que le decía y le costaba mucho trabajo hacerlo; su mente iba a mil por hora. Ian percibía que la joven aún no comprendía, así que se extendió en su explicación.

—Un hombre puede ser amable, cariñoso con su mujer, amar con todo su alma a un hijo, a su hermano, a un amigo, y a la vez portarse cruel y despiadado con un enemigo, hasta con un vecino, lastimar a otro, herir a un ser querido por el simple

132

hecho de estar enojado. Amar y odiar a la vez, amar a unos y odiar a otros, hasta a la misma persona… hasta a sí mismo.

—¿Y ustedes no? ¿Y esa preocupación que muestra Morvan por mi seguridad? ¿Esa complicidad que hay entre ustedes? ¿Esa unión para pelear y dar la vida por mantener un equilibrio entre las fuerzas del mal?

Ian no se atrevió a mirarla. Se quedó en silencio unos segundos, pensando en su respuesta. Quería ser claro y no sabía cómo hacerlo. Jugueteó un momento con una rama de la hiedra que alcanzaba hasta el barandal del balcón, dio un respiro y prosiguió:

—Es pura amabilidad y cortesía. Los Seres de las Tinieblas y los Seres Oscuros saben ser diplomáticos en todo momento. Eso solo refleja la frialdad con la que se pueden manejar las cosas. No importa cuánto odio pueda tenerte un Vampiro o un Elfo Oscuro, mientras le sirvas te tratará bien. Desde luego, eso no quiere decir que tenga sentimientos por ti. La unión no es tal; es simple instinto de supervivencia, si se afecta la cadena alimen… —Ian no se atrevió a decirlo—. Si se perturban las cosas a todos nos iría mal, por conveniencia personal es que quieren proteger el equilibrio.

—¿Por qué no se reprodujeron como los humanos? ¿Por qué no dominarlos y tenerlos como esclavos?

—A las Criaturas de las Penumbras en general les cuesta mucho reproducirse. Por lo pronto hay más machos que hembras; los adultos suelen matar a sus crías para no sentir que alguien más los va a sustituir. Es muy difícil que la gestación llegue a su fin. El caso de los Vampiros es diferente. No somos… naturales… no somos como las demás Criaturas de la Noche… somos más poderosos que cualquier otro… pero… parece que somos… no sé cómo expresarlo, somos algo que nadie sabe de dónde salió…

—¿Por eso me decías que están estudiándose? ¿son… un misterio para ustedes mismos? —preguntó asombrada. Su boca y sus ojos estaban desmesuradamente abiertos.

—Los vampiros no podemos tener hijos, no somos estériles… aunque por alguna extraña razón las Mujeres Vampiro no pueden dar a luz a nuestros hijos, e incluso no importa que no sean Vampiras. Aunque los Vampiros se aparen con las Elfas Oscuras o con las hembras humanas, la gestación nunca llega a su fin; siempre abortan al tercer mes del embarazo.

—Pero pueden convertir a la gente mordiéndola… —interrumpió Aimée.

—No cualquiera puede convertirse en un Nosferatu. Se necesitan tener ciertas cualidades… para empezar, el Vampiro debe poseer gran fuerza y poder para poder convertir a alguien. Luego, la comunidad de Vampiros tiene que estar de acuerdo, porque si no lo aprueban matarán al convertido, así como a quien sin autorización convirtió a un iniciado. La persona a quien se va a infectar debe ser de espíritu fuerte, porque la transformación es muy… —Ian no sabía sin continuar o no. Ciertamente no podía mentirle, ya no, después de que la había engañado haciéndola creer era un humano común y corriente. Así que prosiguió: —la transformación es sumamente dolorosa, física, psicológica y emocionalmente. Muchos no lo resisten y mueren en el proceso. No importa que sea un hombre atlético; si su espíritu es débil, no se transformará.

133

La muchacha se llevó la mano a la boca, ansiando ahogar un grito de angustia. En unos días ella tendría que pasar por aquella prueba.

—¿Cómo saben que lo lograré? —sonsacó en un hilo de voz, llevándose las manos ahora hacia el pecho.

—No te imaginas lo poderosa que puedes llegar a ser. Tu espíritu es más fuerte que el de cincuenta hombres juntos.

—¿Cómo lo saben? —indagó más intrigada que asustada.

—Podemos sentir los espíritus. Es algo muy curioso: sentimos la fuerza interior de la gente, de casi todas las criaturas. Podemos con facilidad escuchar los latidos de tu corazón y, si nos concentramos lo suficiente, percibimos cómo corre la energía por tus venas. Así sabemos qué tan triste o asustada estás y qué tan fuerte es tu alma.

—¿Por eso Anuar me pedía que me calmara antes de entrar en el Salón de las Tribulaciones?

—Sí, precisamente por eso y porque la intensidad de tus emociones revela la intensidad de tu espíritu... cuando eso sucede... todos pueden sentirse tentados a querer poseer esa fuerza...

—¿Y qué hacen cuando quieren tener esa fuerza, ese espíritu?

Ian vaciló antes de continuar, pero reconocía que no había marcha atrás: ella debía saber todo acerca de su raza. Ian juzgaba que el conocimiento puede ser una gran arma y quería proporcionarle a Aimée todas las que tuviera al alcance; sobre todo ahora que desconfiaba de las intenciones y motivos del Señor de la Noche.

—Se alimentan de ella —le respondió con un inusitado gesto de dolor, como si le punzara pronunciar esas palabras.

—¿Cómo pueden hacerlo? ¿Cómo se alimentan de esa fuerza? —indagaba jadeante

—Bebiendo su sangre. En la sangre corre la energía de vida, el espíritu. La sangre no son sólo células, glóbulos rojos alimentando al cuerpo. Son el vehículo del alma, de la fuerza interna de la persona. Los Vampiros bebemos la sangre viva, porque la sangre muerta puede ser un terrible veneno, si lo que uno quiere es alimentar su espíritu.

—¿Ustedes tienen alma... espíritu?

—Quien no la tiene está muerto —resaltó en el tono más serio que Aimée le había escuchado hasta ese momento—. Nos llaman los muertos vivientes porque al alimentarnos así perdemos muchas cualidades humanas. La vida parece abandonar nuestros ojos, porque nuestros sentimientos ya no son tan variados. Ya no necesitamos nutrirnos de carne, vegetales, frutas. Lo hacemos para mantener un mejor funcionamiento, pero no nos es indispensable.

—¿Y qué ganan transformándose así?

—Lo que muchos humanos ambicionan: poder, vida eterna. Mientras haya humanos, nosotros siempre viviremos. También adquirimos ciertos poderes. Podemos manejar la magia, movernos a gran velocidad, tener la fuerza de 50 hombres, saltar de grandes alturas, hacernos invisibles, suspendernos en el aire momentáneamente en caso de que no nos hayamos transformado...

—¿Transformado? —curioseó ella, y en su voz se percibía un poco de miedo.

—Podemos tener dos formas. La humana y la... la otra que tú ya conociste...

—¿La de monstruo? —exclamó haciendo un gesto sutilmente altivo.

—Sí… la de monstruo —reconoció sorprendido con la sinceridad de Aimée.

—Se transforman en una especie de murciélagos humanoides gigantes, ¿verdad?

—Así es… —admitió sonriendo. Le resultaba cómica la descripción de Aimée—. Te confieso que nunca lo había pensado así y, ciertamente, en eso nos convertimos. No podemos mantener esa metamorfosis mucho tiempo; acaso un par de horas, porque requiere mucha energía… y, la verdad, es muy dolorosa. Y, por tanto, hay que ser un Vampiro muy fuerte y no cualquiera puede hacerla.

—¿Las mujeres también se transforman así?

—¡Ya lo creo y con mayor facilidad! —resaltó Ian riendo—. Sobre todo si tienen mal carácter. Aquí no hay divisiones de sexos: las Mujeres Vampiro son tan enjundiosas como los hombres y suelen ser más astutas y valientes, aunque no hay muchas…

—¿Por qué?

—La verdad… es que… a los Vampiros les da desconfianza… que aumenten en número… solo hay las suficientes...

Ella arqueó las cejas.

—Ya te dije que la Criaturas de las Tinieblas pecan de controladores, manipuladores y solo viven para ellos. Nadie quiere que otro grupo se vuelva más poderoso.

—¿Me estás diciendo que no hay más Mujeres Vampiros porque les da miedo que les quiten el poder?

Ian asintió al tiempo que sus mejillas se ruborizaban. Hacía mucho tiempo que no se sentía tan avergonzado. Aimée rio un momento para luego permanecer pensativa unos minutos y así recapitular todo lo que Ian le había explicado, e interrumpió el silencio cuando otra pregunta surgió en su mente.

—¿Por qué no beben sangre de animales? Hay muchos mamíferos. ¿Por qué necesitan a humanos?

—Podemos hacerlo —respondió Ian mirando el cielo—. Nos da bastante fuerza física, en especial si es un animal grande y fuerte, pero no por mucho tiempo. La energía vital que contiene la sangre humana es la que nos proporciona la inmortalidad. No sabemos por qué razón la sangre animal no puede darnos la vida inmortal.

Aimée estaba pasmada, y al mismo tiempo que él giró para ver el oscuro cielo y luego, de soslayo, el bosque que rodeaba la fortaleza. Él volteo para observarla de reojo. Secretamente estaba extasiado: lucía hermosa y diáfana, como un ángel. La joven viró el rostro sorpresivamente y lo contempló fijamente. Le encantaban aquellos dulces ojos color miel. Ahora más que nunca, porque la hacían sentirse tranquila y segura. Después, muy resuelta, quebró quedo el silencio:

—¿Por qué los vampiros beben la sangre de la persona a la que van a transformar? ¿Por qué no simplemente dejan que la otra persona beba de su sangre para transformarse? —inquirió, mientras recordaba la proyección del lienzo, cuando Anuar, Ian y Duncan eran mordidos por Morvan.

—Es una muy buena pregunta y al mismo tiempo, complicada responder —respiró profundo, recargó los brazos en el balcón de piedra y continúo: —Para los Seres de las Penumbras, los lazos son muy importantes. No sé bien por qué. Tal vez para que no se maten entre ellos. Por eso hay rituales especiales. Los

Licántropos también los tienen… bueno, a veces algunos se salen de control y hacen lo que quieren, y surgen… "accidentes" y transforman, a cualquiera que lo resista, en un hombre lobo. Bueno, el caso es que la forma en que un Vampiro transforma a un humano implica un ritual, que en realidad es una alianza mágica entre el Vampiro y la víctí… el aspirante. Una unión muy fuerte, como un contrato de complicidad, de no agresión. Los dos, por lo tanto, deben compartir la sangre. Debe ser así forzosamente: el Vampiro, si va a convertir a alguien, primero debe de ingerir la sangre del aspirante y después compartirle la de él para que este, además, pueda convertirse.

—¿Los Vampiros, entonces, no pueden simplemente darle a beber a alguien de su sangre para cambiarlos?

—Exacto, siempre debe de ser así. Así está mandado; es imprescindible. El Vampiro muerde a su víctí… aspirante a Vampiro para sellar el contrato, y el candidato bebe la sangre del vampiro para conseguir la conversión. Si una persona es mordida por el Vampiro, eso no significa que pueda convertirse en uno…

—O sea que solo si el Vampiro le comparte de su sangre, el humano podrá convertirse en un vampiro —interrumpió para asegurarse de haber entendido.

—Cuando la víctima es mordida pueden pasar dos cosas: que muera desangrada o quedar mentalmente a merced del Vampiro. Este podrá controlar a la persona por completo y hacer con ella lo que quiera.

La joven lo miró francamente aterrorizada. Aun así, nuevas dudas surgieron en su mente y ya no lograba contenerse.

—¿Pero qué sucede cuando la persona a la que van a convertir no quiere beber… la sangre del vampiro?

—¿Quieres saber la verdad? —indagó Ian con cautela.

—Sí, desde luego que sí —respondió ella inequívoca.

—Hay muchas maneras de obligar a una persona a hacerlo. Algunas son por la fuerza, bajo amenazas, tortura… o… durante la misma mordida. Generalmente no se transforma en Vampiro a alguien que no quiere serlo, aunque ha habido excepciones.

—¡No entiendo! ¿Por qué te desdices…? ¿Cómo que durante la misma mordida? ¿No me dijiste que un mordisco no transforma a alguien, a menos que la otra persona pruebe la sangre del vampiro? —preguntó en una inflexión que indicaba total irritación.

—Sí, sí, y así es, pero los vampiros podemos optar por abrir los colmillos —contestó Ian con tal emoción que parecía que presumía.

—¿Abrir los colmillos?—inquirió Aimée y sus ojos casi se desorbitan de la impresión.

—Nuestros colmillos son en realidad huecos, como los de las serpientes. Podemos hacer que la abertura se abra a voluntad e inyectar nuestra sangre en la víctima… perdón… en el aspirante a Vampiro.

A la chica ya le resultara muy dulce que Ian procurara corregirse así, como si quisiera que ella no se asustara con sus palabras, y daba lo mismo, al fin y al cabo el asunto era horroroso. No importaba que vocablos empleara.

—¿Has convertido a alguien en vampiro por la fuerza?

—No, nunca y tampoco Anuar, pero la verdad se siente muy bien cuando se abren los colmillos. Yo lo hago mucho, por juego y, te reitero, nunca le he

136

inyectado sangre a una persona. Algunas veces, cuando estoy muy enojado, comienzan a crecer y abrirse, si la persona que tengo enfrente me desespera mucho. Aunque me ha pasado en muy contadas ocasiones, no como a Anuar, que es su pan de cada día —resaltó riendo, como si recordarse a su amigo en momentos de enojo.

—¿A Anuar le pasa mucho eso?! —preguntó consternada.

—¡Muchísimo! —rio—, Cuando se enfada le es muy difícil ocultarlo: sus colmillos no paran de crecer.

"¿Por eso se queda callado?", caviló incrédula.

Ian no aguantó más y soltó una carcajada a boca jarro. Recordaba a su amigo en todas aquellas ocasiones en las que le sucedía, y sabía que eso a él lo molestaba mucho. Trató en vano de calmarse y dejar de reír para enumerar las ocasiones en las que Anuar apenas si consiguió controlar sus colmillos.

—¡Lo hace cuando está enfurecido, frustrado, impaciente, malhumorado, emocionado y, sobre todo, cuando esta celoso! Jajajajajaj. ¡Total, todo el tiempo!.

La muchacha también rio porque recordaba momentos en los que Anuar parecía molesto o taciturno y no decía una palabra. Se acordó de cuando bajó del brazo de Ian, antes de ir al baile, y Anuar no había podido hablarle. De pronto, un desasosiego se clavó en su corazón. ¿Cómo sabía Ian eso? ¿Acaso había estado celoso Anuar en otras ocasiones… con otras personas… por otras…. mujeres…? y entonces… no pudo contenerse

—¿Anuar ha estado celoso por otras mujeres? —preguntó Aimée, como si estuviera pensando en voz alta.

—¿Qué? —dio por respuesta Ian, parando de reír—. No nunca, solamente contigo, y ha sido tan obvio en todas las ocasiones —y volvió a estallar de risa— como cuando platicabas más conmigo que con él en París, cuando bajaste de mi brazo para ir al baile, cuando te presenté a Kaled, ¡cuando bailaste con Duncan, con Dank, con Kaled, conmigo! —y un nuevo asalto de risa le impidió continuar— … Cuando ganamos el concurso de baile jajajajajaj… hacía mucho que no lo veía tan furioso… ¡jajajajaja los colmillos debieron de crecerle una barbaridad!

Aimée también sonrió: recordaba a Anuar mirándola fijamente en aquellas ocasiones, sin decir una palabra. Luego recordó el momento en que los Licántropos los perseguían y él se había quedado en las escaleras y le gritaba a Ian que se la llevara. Ella había visto algo raro en su boca y ahora sabía qué era: estaba muy lejos para darse cuenta y ahora lo sabía; también recordó cuando la trajeron al castillo y él le hablaba entre dientes, sin apenas despegar los labios. Tampoco en el Salón de las Tribulaciones se atrevió a decir palabra… "No quería asustarme…—pensó la joven—… "por eso no intervino cuando Morvan me mostraba las imágenes… cuando me mostraron la profecía… cuando salí del salón". Todo ese tiempo lo había juzgado mal y otra punzada de zozobra invadió su pensamiento

—Ian, me dijiste que los Vampiros no aman, que no tenían compasión….

—No —replicó al tiempo en que el gesto de su rostro se tornaba serio—, te dije que los Vampiros no somos tan complicados y que no podemos tener una gama muy amplia de sentimientos hacia una persona. Podemos amar como ningún hombre ha amado, aunque sin matices. No hay amor a medias ni tampoco odiamos a medias… ¿comprendes?

—Sí —respondió ella, y antes de que pudiera preguntar otra cosa, Ian agregó:

—Cuando hablo de los Seres de las Penumbras no solo hablo de nosotros, también hablo de los Elfos Oscuros, los Centauros Rojos, los Orcos, los Trolls, los Utanor, los Licántropos, los Duendes Negros, los Therántropos y un sinfín de criaturas más. Cuanto más abajo de la jerarquía, menos sentimientos de compasión, fraternidad, respeto, etcétera, pueden tener.

—¿La jerarquía? —curioseó, haciendo una mueca con sus tersos labios

—Así es, la jerarquía: arriba de todos nos ubicamos nosotros, por nuestro vigor en todo sentido, la forma en que acelerada en que podemos transformarnos, nuestra velocidad, nuestra capacidad para manejar la magia, la inteligencia y variedad de emociones que podemos desplegar. Insisto, no con tantos matices ni grados de intensidad como en los humanos. De ahí nos siguen los Elfos Oscuros, que son menos fuertes que nosotros y menos rápidos. Ellos no pueden transformarse. Desde luego son muy astutos y pueden, con algo de dificultad, viajar entre dimensiones; luego, los Licántropos, los Therántropos, los Utanor, los Centauros Rojos, los Orcos, los Duendes Negros, Trolls… Cuanto más abajo de la cadena, más primitivo y cruel puede ser la criatura y, a la vez, menos ambiciosa e inteligente.

Una ligera brisa comenzó a soplar y, mientras la muchacha lo contemplaba sorprendida, Ian le explicó que pronto amanecería y que debían dormir. Se despidió dándole un beso en la frente. Cuando Ian se retiró, Aimée se quedó muy pensativa: por un lado, había averiguado más cosas que cualquier erudito en historias fantásticas descubriría en toda una vida de estudio. Y, por otro lado, Ian despertaba en ella un inusitado sentimiento: le gustaban sus ojos, su voz y su manera de platicar. Siempre se sentía cómoda y segura a su lado. Le resultaba absurdo abrigar esa atracción por los dos; sin embargo, lo que profesaba por Anuar era más confuso y más intenso a un mismo tiempo, sin lugar a dudas. Con Anuar siempre se hallaba como zarandeada, su mirada la intimidaba y su voz, aunque varonil, no le gustaba mucho porque la hacía estremecerse, la hacía sentirse vulnerable, como si con solo producir un sonido pudiera… controlarla y eso le molestaba; más bien la asustaba. Y de pronto se dio cuenta: ¡sentía terror de abrirle su corazón a Anuar!

—Si me dejo llevar… si me permito… ¡No! ¡No debo quererlo!… si así estoy sin estar enamorada, ¿qué sentiré cuando lo esté?… —pensó y un sudor comenzó a perlarle la frente—… me turbaría más… me podría controlar… no, no debo de pensar en él.

Se echó a la cama y se quedó profundamente dormida. La noche siguiente Ian fue a buscarla y cenaron. Sin embargo, Anuar no los acompañó; tenía una misión.

—¿Las batallas con los hombres lobo son muy peligrosas? —inquirió Aimée, mientras les servían la cena.

—Sí y nunca habíamos tenido una guerra así —reconoció Ian en lo que ordenaba a los sirvientes que se retiraran del comedor.

—¿Por qué han decidido comenzar la guerra ahora?

—Tal vez porque sabían que tú pronto renacerías. La profecía la habían encontrado ellos; nosotros se la robamos.

—Una noche que estuve en la Torre Eiffel con Anuar, una extraña ave nos atacó. No he podido olvidarlo, era un ave muy… singular —comentó Aimée, jugueteando con la copa de vino.

—¿Un ave? —comentó Ian al tiempo que bajaba la copa de sus labios—. Algo intentó comentarme Anuar y no pudo. ¿Cómo era?

138

—Solo pude verla un momento. Era enorme, casi tan grande como una persona. Las alas eran gigantescas y rojas, y el chillido que emitía se parecía más a un grito desgarrador que a un graznido.

—Aitana —reconoció en un susurro y su mirada se perdió en el vacío.

—¿Aitana? ¿Quién es ella?

—Es una *Arpía*. Ella fue la encargada de encontrarte, de traerte a Europa…

—¿Es la mujer que me ofreció la beca?… Ahora recuerdo que la vi aquí el día que me trajeron… en el Salón de las Tribulaciones. ¿Es literalmente una Arpía? —sonsacó impresionada. Recordaba historias fantásticas de criaturas mitad mujeres mitad buitres—.

—Así es. Es literalmente una Arpía y debo decirte que son especialmente malignas y muy agresivas. Trabajan para nuestro bando. Desde luego es muy difícil controlarlas. Tienen un temperamento terrible. Aitana es su Reina. Le fascina atormentar y martirizar a quien se le ponga enfrente.

—¿Cómo sabes que era Aitana la que nos atacó?

—Porque es la única que se atrevería a molestar a Anuar. Además, le es fiel a Morvan. No sé si te has dado cuenta, pero no los han dejado, a ti y a Anuar, permanecer a solas mucho rato —comentó en voz baja en lo que se levantaba de la mesa—. Platicaremos en tu habitación.

Dos trolls entraron al comedor. Al parecer pretendían retirar la vajilla. Aimée comprendió que Ian no se sentía cómodo hablando allí y, sin dudarlo, se levantó. No dijeron nada hasta entrar en su recámara.

—Antes que lo olvide: tienes que tomar la poción y repetir el conjuro —le indicó Ian.

Con rostro resignado, Aimée tomó el frasco y bebió a toda prisa. El sabor era muy desagradable y le costó trabajo no arquearse para vomitar. Desde luego lo soportó, pues le apuraba continuar la conversación:

—¿Por qué no quieren que estemos solos? No lo entiendo. ¿No se supone que nosotros haremos que se gane la guerra? ¿No deberían procurar que estemos más unidos?

—No lo sé —respondió Ian restregándose la frente—. Precisamente, eso es lo que se me hace absurdo. Ahora que lo pienso… tampoco Anuar y yo hemos podido platicar… en cada ocasión nos han interrumpido. ¿Qué más te ha pasado? —preguntó en un intento de hilar cabos.

—Desde la primera noche que llegué a París sentía que me espiaban, que me seguían. Fíjate, momentos antes de conocerte, sentí que me perseguían y cuando iba doblar la esquina acariciaron mi cabello y escuche que me decían: "por fin te encontré"—respondió ella

—¡Ahhh! Ese fue Anuar —le aseguró Ian, sonriendo—. Éramos nosotros, te seguíamos por las noches para cuidarte. Él ya te había visto en la universidad. De todas maneras estaba muy nervioso por volver a verte y muy impaciente.

—¿Cómo pudo ser él, si ahí no había nadie? —apuntó ligeramente irritada. Estaba molesta de que la hubieran espiado y, a la vez, más tranquila porque eso le confirmaba que no se estaba volviendo loca, que no imaginaba cosas.

Adoptando una actitud paternal Ian le respondió:

—Recuerda que podemos movernos tan rápido que el ojo humano no puede detectarnos. Algo muy parecido a lo que hacen los magos con sus trucos de magia. También podemos hacernos invisibles durante un tiempo.

La joven estaba desconcertada. Con todo lo que había visto aún le costaba trabajo creer lo que escuchaba. Permaneció callada y pensativa. Algo abochornada, volvió a hablar:

—Una noche, mientras dormía, la ventana de mi alcoba se abrió —los ojos giraron hacia el firmamento—. Cuando me levanté para cerrarla, una extraña fuerza me empujó hacia la pared... sentía que respiraban en mi cuello... era Anuar, ¿verdad?

—Si era él. Estaba muy impaciente —confirmó con sonrisa maliciosa. Mas al notar la irritación de Aimée, se apresuró a defender a su amigo. —Aimée, piensa: no puedes esperar que un hombre te busque durante 500 años sin que se vuelva loco al volver a verte.

El bosque se divisaba tétrico y el aire soplaba ligero. Aimée se sonrojó de la cabeza a los pies y quiso cambiar el tema de conversación. No quería pensar mucho en Anuar.

—Cuando me llevaste al Louvre para encontrarme con Anuar, en un callejón vi una misteriosa sombra que parecía observarnos. Aquella... cosa... debía de medir más de dos metros... me asustó mucho... después, supongo, quise pensar que era mi imaginación.

—¡Qué raro!... el único que podría seguirnos sin que nos diéramos cuenta era Donovan.

—¿Quién?

—Donovan, ¿recuerdas? El Rey de las Bestias, el Amo y Señor de los Licántropos. Es muy poderoso, tanto que puede permanecer oculto de nosotros. Nos es muy difícil detectarlo y por eso no me di cuenta de que estaba cerca. Pero ¿cómo supo que estábamos ahí? —esas últimas palabras las pronunció casi en un murmullo, como queriendo que nadie escuchara, como si pensara en voz alta.

—Cuéntame más acerca de los Licántropos y los Utanor —pidió Aimée con voz demandante, jugueteando con sus rizos.

—Mira, existen muchas criaturas. Unas son los *Therántropos,* una raza que en general pueden transformarse total o parcialmente en animales, como lobos, toros, tigres y osos. Donovan es el líder de los Licántropos, es decir, los que pueden convertirse en lobos; de las demás especies de *Therántropos* yo solo conozco a dos: a Miroslava, que como ya has visto es una Naga, mitad mujer mitad serpiente, y a Dank, que es un *Therántropo* Toro.

—¡Un *Therántropo* Toro!, ¿Dank es un *Therántropo* Toro? Yo pensaba que también era un vampiro —exclamó abriendo los ojos sorprendida.

—No te atrevas a decir tal cosa delante de él porque se ofendería ¡eh!. Bueno, siguiendo con los hombres lobo: hay tres tipos de Licántropos: *los naturales, los infectados y los artificiales*. Los naturales son los que genéticamente nacieron así y pueden transformarse a voluntad; los infectados son los que se convirtieron al ser mordidos. Obviamente tienen que tener un espíritu fuerte para resistir la transformación; además, solo se convierten cuando hay luna llena y los artificiales son los que consiguen las características de un Licántropo por medios mágicos. Solo los naturales e infectados son inmortales.

—¿Y los Utanor? —interrogó la joven, apremiando porque, a pesar del miedo, ya no podía contener su curiosidad; además, presentía que aquella información podría servirle de mucho…

—Son criaturas depravadas y terribles. Su número ha sido controlado y somos pocos los que nos hemos enfrentado a ellos. Dank y Miroslava, por ejemplo, nunca han visto a uno cara a cara, y mejor así, porque no creo que pudieran salir airosos en un enfrentamiento. Los Utanor miden más de dos metros, sus ojos son pequeños y diabólicos, no tienen piel y su musculatura es tan dura como el acero. Son extremadamente fuertes y solo se puede vencerlos rompiendo su cráneo.

—¿Y los Elfos Oscuros? —inquirió Aimée, ávidamente.

—Ellos son un caso especial. Son las criaturas más raras después de nosotros. Son muy antiguos y tienen un talento especial para la maldad y los sortilegios. Son fuertes, ágiles; pueden a veces viajar entre dimensiones, manejan muy bien la magia y también son inmortales, y como nosotros no resisten la luz del sol.

—Pues son como ustedes entonces ¿no? —interrumpió, alzando las cejas.

—Sí y no —se apresuró a responder, mordiéndose el labio inferior—. Nosotros somos más fuertes. Los Elfos Oscuros no se transforman ni pueden convertir a nadie.

Pronto amanecería y aunque Aimée estaba reacia a que Ian se fuera, se despidió dándole un beso en la frente; sin embargo, ella no tenía sueño, estaba muy agitada, cada vez quería saber más cosas acerca de ese mundo, de esas criaturas. Después de que Ian se marchara, tomó uno de los libros de magia antigua y repasó alguno de los hechizos. Luego tomó un pergamino que hablaba de grandes encantamientos y, sin saber por qué, quiso memorizarlo. "Para no dejar que las fuerzas oscuras lo toquen, el hechicero puede trazar un círculo en la tierra con una rama o con tiza blanca. Dentro del círculo deberá dibujar un pentáculo; en cada punta del mismo recitar el abracadabra once veces, cada vez quitando una letra. Eso bastará para alejar a los Elfos Oscuros, Vampiros y Trolls. Si es un therántropo el que pretende entrar, se deberán repetir tres veces el conjuro *"non plus ultra"* después del abracadabra, y la bestia quedará fuera. Por fin, Aimée sintió sueño, se puso un camisón y se metió en la cama. Ya anochecido tocaron a su puerta. Somnolienta la abrió: era Dank.

—Buenas noches, princesa; ya es hora de cenar.

—Gracias, Dank. Iré a vestirme, en un momento salgo.

—Esperaré fuera. Abrígate bien, porque ha bajado la temperatura

Aimée corrió al ropero de cedro y sacó una capa roja que combinaba con un vestido blanco con detalles rojos que había elegido; luego fue al tocador para terminar de peinarse. Era curioso, cada día opinaba que se veían más azulados y se preguntaba si eso era anormal, si sería el efecto de la pócima y, antes de que siguiera armando conjeturas acerca de esa anormalidad, Dank volvió a tocar a la puerta, sacando a Aimée de su ensimismamiento.

—¿Dónde está Ian? —inquirió ella, al tiempo que amarraba la capa roja al cuello

—Morvan lo ha enviado a una misión. Estará de regreso mañana junto con Anuar.

—¿A qué misión? —continuó Aimée sin hacerse ilusiones de que Dank contestara su pregunta. Aquel hombre corpulento, de tez añil y semblante duro, aun la intimidaba.

—Han ido cerca del castillo de Bran, en Transilvana. Nuestros espías han advertido a algunos Licántropos merodeando por la zona. Anuar e Ian tratarán de cercarlos. Pretenden atrapar a Donovan, el Señor de las Bestias; sin él, los Licántropos estarán perdidos.

Sin decir nada, Aimée le sonrió. Estaba contenta de ver que Dank se portaba tan bien con ella; él le abrió el paso para que fueran hacia el comedor. La cena transcurrió sin contratiempos. Aimée conversó toda la velada con Miroslava y con Dank. Morvan y gran parte de su séquito tampoco habían cenado en el comedor. La joven imaginaba que también habrían ido al castillo de Bran. Al terminar la cena, los tres fueron a la biblioteca por unos libros que Aimée quería llevar a su alcoba. En lo que ella buscaba, le contaron que estaban al tanto de los misteriosos comportamientos de Morvan, Duncan y Kaled.

Desde luego, Aimée les contó lo que había conversado con Ian acerca de Aitana y antes de que pudiera continuar se vieron interrumpidos por Sirge y Stefca. Se percató de que Miroslava las atisbaba con reconcomio. Stefca llamó a Dank para que terminara de preparar las armas y para que Miroslava comenzara su guardia de esa noche. Los dos, molestos, se encaminaron a la puerta. Antes de salir, Miroslava le comentó a Aimée por lo bajo, con sus característico gesto flemático que era preferible que regresara a su alcoba. Ella asintió moviendo disimuladamente la cabeza; de inmediato fue hacia un librero al lado de la gran chimenea de piedra para tomar un grimorio más y llevarlo con ella y retirarse. Cuando estaba a punto de salir, Sirge le habló en un tono despreocupado.

—Aunque he vivido aquí siglos, jamás había entrado en esta habitación. Estaba sellada.

Ese comentario había tocado una sensible cuerda en Aimée: la curiosidad. Sirge lo notó:

—Tú tampoco, ¿verdad Stefca? —preguntó Sirge jugando con la pluma de cuervo en su pálido rostro.

Stefca acarició sus rizos y con lentitud comenzó a recorrer la habitación y a rozar los libros en los estantes con sus largas uñas pintadas de rojo. Por fin contestó:

—La sellaron antes de que yo llegara —se dirigió hacia un sillón y se sentó; desde ahí podía ver un retrato de Anuar— ¡Qué bien que Anuar se quitó el bigote! Lo hacía verse demasiado mayor.

Aimée giró para examinar el retrato. No se había percatado de que estaba ahí. En eso momento Sirge volvió a hablar:

—Pues sí, la verdad, Anuar se ve mejor sin bigote... lo hacía verse más severo—.

Aimée las observó con recelo. Regresó hacia la puerta y antes que la abriera, Stefca comentó:

—Además hacía cosquillas.

Sin poder evitarlo Aimée sintió un vuelco en el corazón. Se paralizó por un momento y quiso creer que no había escuchado bien.

—Mira, Sirge, el libro genealógico de los reyes Moldavos —señaló Stefca hacia la mesa, desenfadada, como si no se hubiera dado cuenta del efecto que había provocado en Aimée su comentario. Sirge se dirigió hacia la mesilla y, en seguida, Stefca se levantó del sillón y se le acercó para también hojear el libro.

—¡Tenía siglos que no lo veía! ¿Qué hace aquí? —preguntó Stefca, sorprendida, mientras retiraba mechones castaños del rostro para examinar mejor el compendio.

Las dos pérfidas hojeaban sosegadamente el enorme libro y se detuvieron en una página que mostraba un antiguo árbol genealógico. Aimée respiró hondo para tomar valor y acercarse también a la mesa. Leyó algunos nombres.

—Se parece al latín —comentó Aimée, aunque no comprendo qué significa *Alexander cel Bun.*

—Es rumano, y sí, se parece mucho al latín —respondió Stefca—. Significa Alejandro el Bueno; era el abuelo de Anuar. ¿Sabes latín?

—Un poco —respondió Aimée tímidamente y siguió leyendo; ahora estaba más entusiasmada, además, quería olvidar el comentario de Sirge acerca del bigote de Anuar—. *Mircea...*—balbuceó tratando de leer.

—Miguel el Viejo —corrigió Sirge, al tiempo que tomaba una de las plumas de cuervo de su cabello para usarla para señalar las líneas y nombres—. Era el abuelo Vlad III Tepes o Vlad III el Empalador. Tú lo conoces por el nombre de Drácula. Su papá pertenecía a la Orden del Dragón. En rumano, dragón se dice *dracul*; de ahí sacó la idea ese escritor inglés, cómo se llamaba...

—Bram Stoker —aclaró Aimée.

—Humm... —fue el sonido que hizo Stefca para confirmar—. Él le dio el nombre de Drácula. Vlad es quien le dijo a Anuar que podía volverse vampiro para ser inmortal y esperar a que renacieras, porque él estaba haciendo lo mismo: esperaba que su esposa también reencarnara. ¿Sabes?, ella también se suicidó tirándose de un acantilado desde una de las torres del castillo de Bran —un hilo de maldad se dibujaba en sus ojos—, al creer que él había muerto en la guerra. Vlad se volvió loco de dolor cuando se enteró de que la había perdido.

—Sí, eso ya lo sé —reconoció Aimée secamente, queriendo cambiar el tema.

—¡Ay! es verdad. Te lo contó Morvan cuando llegaste —recalcó Sirge sin darle importancia al tono frío con el que Aimée hablaba, y siguió jugando con la pluma de cuervo que tenía en la mano.

—Aquí no aparece el nombre de Anuar —comentó Aimée intrigada, buscando cuidadosamente la larga lista que el antiguo y polvoso libro desplegaba.

—No, claro que no. No es un nombre moldavo ni rumano, sino francés. Él se llamaba Stefan, el Iluminado. A su madre le gustaba llamarlo Anuar, que significa el *luminoso,* porque decía que su sola presencia iluminaba el alma de quien lo conociera. A ella le gustaba mucho todo lo que tenía que ver con Francia y por eso se refería a él con un nombre en francés; eran muy unidos, y eso los hacía sentirse cómplices. Con el paso del tiempo, a Anuar le gustó más ese nombre y así lo llamaron sus amigos.

—Tampoco está mi nombre —constató intrigada Aimée después de releer la lista.

—Desde luego que no. No te llamabas Aimée; te bautizaron como Tania María. Anuar es quien te decía "Aimée", en recuerdo del juego que hacía con su madre, y

143

te puso ese sobrenombre porque para él tú eras lo que más amaba en la vida —explicó Sirge con amargura.

—¿Por qué no hay más datos míos? —inquirió Aimée, hojeando todos los documentos.

—Porque después de enterarse de la profecía, Morvan y Anuar decidieron que era mejor que nadie supiera mucho de tu existencia para que cuando renacieras estuvieras a salvo. Algunos detalles de tu vida los cambiaron para que nadie te siguiera la pista; es más, creo recordar que hasta cambiaron el nombre totalmente. No querían darte mucha importancia para no levantar sospechas en el Mundo de las Penumbras —respondió ahora Stefca, pretendiendo estar distraída, revisando algunos papeles.

—¿Y cómo saben todo eso? —indagó Aimée, mirándolas con desconfianza.

—Al principio lo supe por rumores que corrían por el castillo y conocí la verdad después de convertirme en… en vampiro —respondió Stefca, sin prestarle mucha atención.

—¿En todo este tiempo él no hablaba de mí? —interrogó Aimée aún más intrigada.

—No, solo eras una esposa más que había muerto —comentó Sirge con cierto placer, para inmediatamente colocar la negra pluma de cuervo en sus voluptuosos labios rojos—. Corría el rumor de que eras una tal Marushka o algo así, muerta al poco de casarse con él.

Al escuchar esto Aimée sintió que el corazón se le detenía y que la sangre se le volvía hielo. Por un momento le pareció que perdía el equilibrio, la invadía un ahogo abrasador, como si el aire le quemara por dentro... como si su alma se desgarrara en un momento.

—¿Una esposa más? —cuestionó Aimée con voz quebrada

—Pues sí… tú fuiste conocida como la primera esposa; luego se casó cuatro veces más —dijo Sirge con desdén—. Las dos primeras esposas murieron relativamente jóvenes, por enfermedad. Eran épocas terribles; la gente moría casi por cualquier cosa.

Las dos arpías hicieron un gesto de disgusto al recordar aquellas épocas; por otra parte, Aimée no se movió. Sentía que se le doblaban las piernas. Su mente solo repetía cuatro palabras: *estuvo con más mujeres.*

—Después desposó a Stefca. Ella se enteró de que iba a convertirse en vampiro y le suplicó que la dejara hacer lo mismo. Estuvo reacio al principio; obviamente, logró convencerlo y la llevó con su primo Vlad. Anuar la tenía fácil por ser hombre, usaba bigote y luego barba; así podía ocultar que se mantenía joven, gracias a la poción que le preparaste. Sin embargo, cuando comenzó a notarse que Stefca no envejecía y que no se la veía de día, entonces decidieron simular su muerte. Luego, Morvan nos presentó y le contó acerca de mi rara condición: ¿sabes?, soy una mujer cuervo y puedo soportar los rayos del sol, además de que poseo la ventaja de la vida inmortal; así que nos casamos. Cuando Anuar terminó todos los preparativos para dejar el reino, simulamos su muerte y luego la mía.

—¿Y… tuvieron hi… hijos? —preguntó Aimée temblando, procurando disimular su malestar.

—No —le contestó Stefca, mientras, observándola con suspicacia.

144

—Pero… pero… aquí aparece su descendencia —replicó Aimée con cara de no entender nada y señalando el árbol genealógico.

—Nosotras no tuvimos ni queríamos ni podíamos. Las otras dos esposas, sí. En realidad, no eran hijos suyos, pero tenía que dejar una descendencia para su reino —le contestó Stefca, sin darle importancia al asunto.

—¿Cómo que no eran hijos suyos? —interrumpió Aimée, irritada.

—Verás, él no quería tener hijos que luego viera morir o que tuviera que convertir. Así que hacía que unos de los nobles más leales a él las violaran para que quedaran embarazadas y hacía pasar a los hijos como suyos. El rostro de Aimée empalideció. Su corazón le palpitaba impetuoso y un nudo en la garganta no le permitía hablar.

—Claro que eso no impedía que nos divirtiéramos, ¿verdad Sirge? —interrumpió Stefca con gesto pícaro y ladino.

—¡Ya verás, Aimée, te va a encantar! —comentó ahora Sirge—. Espero que no te importe mucho compartirlo porque no me gustaría extrañarlo.

La sangre de Aimée ahora hervía. Las piernas le temblaban e hizo un gran esfuerzo por no mostrar su turbación. Quiso pensar que le mentían… Se acercó nuevamente al libro: era verdad, el árbol genealógico mostraba a las cinco esposas de Anuar y a los hijos; lo revisó lo mejor que pudo. Sirge y Stefca continuaron hablando. No parecían notar la exaltación de Aimée, quien se sentía tan mal que tuvo que salir de la habitación. Se despidió argumentando que debía buscar a Dank para que le diera el elixir y el conjuro. Cuando llegó a su alcoba, cerró las puertas rápidamente, casi azotándolas y, sin lograr contenerse por más tiempo, las lágrimas comenzaron a asomarse en sus brillantes ojos azules. Se tiró en la cama, tomó una almohada y la colocó en la cara, para acallar sus sollozos. Nunca se había sentido así y no entendía lo que le pasaba. Una hora más tarde, Dank tocó a su puerta. Aimée corrió al tocador para enjugarse el rostro y abrió la puerta.

—Aimée, siento mucho haberte dejado sola en la biblioteca. Tenía que terminar de revisar las armas… ¿Qué tienes? ¿Por qué tienes los ojos rojos?

—Nada —respondió, intentando parecer tranquila—. Tal vez estén hinchados porque no he dormido bien. Me está costando trabajo acostumbrarme a este nuevo horario; además, me duele un poco la cabeza… ¿traes la pócima y el conjuro? Porque ya me quiero dormir…

—Sí —contestó él, mostrando un gesto preocupado mientras se los entregaba—. ¿Estás segura de que te encuentras bien? ¿De qué estuviste hablando con esas brujas? Espero que no te hayas quedado mucho rato con ellas…

—Estoy bien; solo estoy algo cansada. No hablamos de nada interesante. Ya sabes las bobadas que suelen decir —le expresó mirando el conjuro en el pergamino. Lo repitió en voz alta y de un trago bebió la pócima. Estaba tan alterada que ni siquiera percibió el acre sabor.

—No sé por qué, pero creo que no me estás diciendo toda la verdad. Piensa en lo que hemos estado hablando durante la cena. Ellas están con Morvan, quien últimamente no parece tener buenas intenciones. No puedes creer lo que te digan —le comentó Dank preocupado.

—Sí, lo sé; no te preocupes —insistió, aunque dirigió sus ojos al piso—. De verdad no me siento muy bien. Creo que quiero recostarme.

—Bien, te dejaré dormir. Recuerda que Anuar e Ian regresan mañana. Piensa, por favor, que es muy importante que estés bien y que, si quieres comentarles algo… bueno… deberías hacerlo si a mí todavía no me tienes confianza.

La joven se sintió un tanto avergonzada al escuchar aquella última frase. No es que no le tuviera confianza a Dank. Lo que ocurría era que sentía que si se ponía a contar lo que le dijeron rompería en llanto; además, realmente no creía que él pudiera decirle nada que la reconfortara. Anuar se había casado no una, ¡sino cuatro veces! Y, aunque no hubiera tenido hijos, le había mentido: no había estado solo y dolido todos estos siglos. Se había hecho acompañar y quién sabe de cuántas otras mujeres más.

—De verdad, estoy bien. Nos vemos mañana —respondió Aimée, procurando dulcificar su tono de voz, pero sin mirarle a los ojos. Dank se alejó con una reverencia. La muchacha no cerró la puerta hasta que vio la alta y musculosa silueta de Dank perderse entre las sombras.

Trató en vano de dormir. Por primera vez en su vida se sentía realmente celosa y no tenía idea de cómo manejar esa emoción. Su estado de ánimo cambiaba cada vez que recordaba la conversación: de tristeza a coraje y de coraje a desolación. En cierto momento recordó las conversaciones con Ian acerca de la vida que llevaban. Pensó en lo que tendría que hacer: beber sangre, vivir con esos asquerosos y pequeños seres como sirvientes; tal vez no poder soportar la luz del sol y, si la convertían y no pasaba lo que esperaban, tal vez la matarían o, peor aún, tendría que vivir con él… él, que la inquietaba, la agitaba y le mentía. Él, que jugaba al eterno enamorado y no era más que un embustero que había querido usarla para obtener más poder. Él… y comenzó a sollozar sin detenerse, en su mente solo podía imaginarlo con esas mujeres y se le desgarraba el alma… Ahora, justo ahora, se daba cuenta de que, al tenerlo en su vida y en su corazón, encerraría inevitablemente su alma en las penumbras.

CAPÍTULO XI.
La vida a través de la muerte

Aunque la mañana ya estaba avanzada, Aimée continuaba llorando. Paulatinamente, la tristeza y la desolación se transformaban en ira, resentimiento e indignación. Se sentía engañada y utilizada; todos aquellos días se había estado torturando pensando en todo lo que él había supuestamente sufrido por ella, y todo eso no era más que un cuento. Cuanto más lo pensaba, más se enfurecía. Prefería pensar en el engaño, que en él besando a otra mujer; sentirse utilizada, calmaba su dolor; tal vez estar tan ofendida era una excusa, porque esa furia que crecía en su alma aliviaba aquel inmenso vacío que sentía en el corazón. Su mente entonces comenzó a jugar con ella: imaginaba las excusas que él le daría: —"Tuve que casarme: así era la época", "Ahora no puedo hablar de eso porque nos están espiando"…—. Y una cólera incontrolable comenzó a dominarla. No podía soportarlo más, tenía que salir de ahí. De solo pensar en volver a verle, la sangre le hervía. Se cambió el vestido por uno negro, en un intento de camuflarse: arrebató una capa negra con capucha del armario y salió de la alcoba. Era de día e intuía que era probable que nadie estuviera fuera de sus habitaciones o donde fuese que se escondieran cuando el sol dominaba el horizonte, y así era. Recorrió los corredores lo más rápido que pudo y con cautela entró a la biblioteca. Buscó cerca de la chimenea el mecanismo que activaba el pasadizo secreto; sin embargo, no lo encontraba. Cerró los ojos para recordar: "cálmate —pensaba—… concéntrate… lo viste en la proyección… qué tocabas…"

Y aun así ningún recuerdo venía a su mente. Estaba demasiado ofuscada; palpó su pecho y sintió el frío del metal: era el collar que había llevado todos aquellos días. Algunas veces tenía la sensación de que aquel collar la hacía desvariar cuando dormía, mostrándole un sinfín de imágenes que no lograba organizar: conjuros, criaturas mágicas, un inmenso mar bramando, un vacío insondable, nada que tuviera realmente sentido. "Tal vez, si me concentro y confío, como dice Ian, tal vez logre recordar". Con cuidado volvió a acariciar la aguamarina; de nuevo sufrió un leve mareo: "Vamos, vamos, muéstramelo… ¿cómo acciono el pasadizo?", y su mente volvió a mostrarle aquella escena que vio en el cuadro. "¡La gárgola!", exclamó en voz alta y rápidamente se llevó las manos a la boca para acallar su emoción. Presionó la figura y una compuerta de dentro de la chimenea se abrió. Lo hizo con mucha lentitud y, mientras esto sucedía, en Aimée se agolparon recuerdos de aquella vez que había intentado huir por ahí en su vida anterior. "Ahora será diferente… tengo que serenarme… es de día y nadie me persigue", se dijo en un intento de calmar el miedo que le provocaba mirar aquella puerta llena de oscuridad.

Tomó una vela. El pánico comenzaba a embargarla, pero al alzar la vista avistó el cuadro de Anuar al lado de la chimenea. Sintió una fuerte punzada en el corazón y la ira nuevamente comenzó a recorrer cada centímetro de su cuerpo, renovándole el valor. Cuando la puerta secreta se cerró tras ella, advirtió en ella misma una inusitada mezcla de miedo, pesar y resentimiento. Avanzó con cuidado. El pasadizo era estrecho, húmedo y frío, las paredes eran de piedra, el lugar estaba lleno de telarañas y creyó escuchar ratones a su alrededor. De pronto se encontró una escalera de caracol muy angosta y con escalones altos y afilados. Con lentitud logró bajarlos. Al pisar el último escalón miró hacia el frente. Sí que ahora estaba en un dilema: tenía delante tres pasillos, pero ¿cuál tomar? Su respiración comenzaba a agitarse; escuchaba extraños ruidos provenientes de alguno de los pasadizos…

"¿Por dónde? —se preguntaba—. ¿Qué otras criaturas viven aquí?" y la adrenalina comenzó a surtir efecto. Ahora el corazón le latía con toda su fuerza y sus piernas comenzaban a flaquear. "Tienes que conocer bien el castillo para que luego te muestre los pasadizos secretos", recordaba irritada las palabras de Anuar, mientras intentaba decidir qué camino tomar. "Respira… toca de nuevo el collar", se decía. Sintió otra vez aquel vahído y esta vez el malestar fue mayor. "Tranquila… debe ser el aire enrarecido".

El sueño regresó a su cabeza con mayor claridad. Ahora parecía un recuerdo muy nítido, como si hubiera sido ayer cuando recorría angustiada ese mismo camino. "¡El de la izquierda!", pensó aliviada. Recorrió el estrecho pasadizo rápidamente y antes de toparse con el final, sintió la presencia de alguien más. Pequeños pasos estaban muy cerca de ella. Su corazón palpitaba con toda su fuerza. No podía ir más rápido, pues la vela se apagaría. "Le temen a la luz y más al calor", recordaba asustada lo dicho por Anuar hacía dos días.

Aquella pequeña vela tal vez podría salvarle la vida. Sin correr llegó al final del pasillo; sin embargo, no lograba mover la losa de piedra caliza que la separaba de la libertad. Un momento temió que por el paso de los años ya no podría moverse o que del otro lado estuviera tapiado con escombros. Los ruidos en el túnel comenzaron a hacerse más cercanos. Tenía que salir de ahí. Por instinto, manoseó la joya… "¡Una piedra del centro del dintel! … ¡tengo que empujarla!". Y, como en la proyección que le habían mostrado en el Salón de las Tribulaciones, Aimée comenzó nerviosa a tentar todas las rocas en la pared y cuando sintió una floja, la empujó con todas sus fuerzas. El mecanismo se accionó y la losa comenzó a moverse lentamente, metiéndose en el muro. Salió. No obstante no pudo avanzar mucho: la intensa luz del sol del mediodía la deslumbró. Había pasado días y noches en el castillo a la luz mortecina de velas y antorchas. Sus ojos tenían que acostumbrarse de nuevo a tanta claridad. También pudo percibir que, quien fuera que la seguía, se había detenido en seco. Nunca había estado tan contenta de estar bajo los rayos del sol.

Y aunque trotó desorientada por un tiempo, se deleitó unos momentos con el silbido el viento y las piedras y maleza bajo sus pies. Cuando ya no pudo correr más, se sentó sobre un tronco caído y el llanto la embargó por completo. Permaneció ahí un rato, procurando no pensar en nada. Retomó nuevas fuerzas y fijó su rumbo hacia el oeste. Tenía que encontrar un valle, un lugar donde esconderse. Sabía que Ian y Anuar regresaban esa misma noche al castillo y cuando se percataran de que ella no estaba ahí, tratarían de encontrarla. Caminó una hora y se topó con un riachuelo. Aliviada, se detuvo a tomar agua. Había huido tan ofuscada que no había planeado bien las cosas: no traía ni víveres ni envases para transportar agua. Tampoco otra muda de ropa y mucho menos un mapa. Pensando en lo tonta que había sido al huir de esa manera, se dio cuenta de que algo muy peculiar pasaba en aquel lugar: no había ruido en el bosque. Consternada echó un vistazo a su alrededor. No escuchaba ni el canto de aves ni a los grillos ni siquiera algo parecido. El bosque era aún peor que un cementerio. Ahora que se había detenido, lo escudriñó con detenimiento: el sitio era siniestro. Un escalofrío le erizó la piel al pensar que pronto oscurecería y estaría ahí sola. "¿Y si regreso? —pensó frustrada— ¡No, no!". ¿Cómo entraría?… "Tengo que ser valiente, ya no hay marcha atrás", se dijo así misma para darse valor.

Cruzó el riachuelo y recorrió un poco más de camino aprovechando los últimos rayos de sol para buscar dónde ocultarse. Unos minutos después de haberse puesto el sol, escuchó relinchos de caballos y luego unos extraños sonidos guturales. Se agazapó entre unos arbustos y a unos metros de ahí pudo divisar a unos trolls que forcejeaban con un caballo o un venado muy grande de un color exótico, muy parecido a un palo de rosa muy claro. Le habían tapado la cabeza con una capucha negra. Los asquerosos seres amarraron al animal a un árbol y se dirigieron a la espesura del bosque; parecía que buscaban algo. Mientras aquellos se alejaban, escrutaba a su alrededor para esconderse mejor y pensar hacia dónde dirigirse. Escuchó ruidos detrás de ella. Con miedo giró lentamente la cara esperando lo peor. Para su sorpresa un pequeño potro de un blanco reluciente estaba detrás de ella temblando.

"Hola, bebé —dijo Aimée muy quedamente—. No tengas miedo, no te haré nada.

El potrillo apenas la miró, se le veía ansioso y buscaba entre los arbustos, expectante. Era la criatura más bella que Aimée había visto. El caballo, que estaba amarrado, volvió a dar un fuerte relincho, intentando zafarse con todas sus fuerzas. El pequeño potro no hacía más que mirar temblando hacia donde estaba amarrado el animal.

—Esa es tu mami, ¿verdad? —le dijo Aimée en un murmullo, sintiéndose algo tonta de hablarle así.

Sin esperarlo, el potro la contempló fijamente y meneó la cabeza. Pareciera que entendía perfectamente lo que ella le decía.

—No te muevas, voy a ayudarla. Permanece atento por si tenemos que correr —ordenó Aimée en un susurro, haciendo un gesto con la mano para que el potro no se moviera.

Se sintió ridícula por darle explicaciones a un corcel, aunque al ver el meneo de la cabeza de la hermosa criatura en señal de afirmación estuvo segura de que el pequeño entendía lo que se le decía. Con cautela, se dirigió hacia el caballo que estaba amarrado y cuando estuvo lo suficientemente cerca intentó, en un hilo de voz, de calmar a la yegua que no paraba de relinchar y de sacudirse con fuerza, intentando liberarse de la soga.

—Shhhhhhh, tranquila… no quiero hacerte daño… quiero ayudarte.

Sorprendentemente, no hicieron falta más palabras. La yegua se quedó completamente quieta. Vigilando que los trolls no regresaran, trató de desatar el nudo del cuello. Sin embargo, estaba demasiado apretado. Luego probó con el nudo que amarraba la yegua al árbol, pero era inútil. Miró al piso y observó todas las cosas que habían dejado los trolls en suelo. Encontró algo muy parecido a un cuchillo. No tenía mucho filo, pero sirvió. Después de cortar la soga, cogió la capucha negra que tapaba la cabeza del animal. Aimée no estaba preparada para lo que vería: estaba cara a cara con uno de las criaturas más hermosas, nobles y mágicas jamás descritas en cuento alguno.

Un unicornio de pelaje rosa pálido y un cuerno plateado la miraba agradecida con los ojos rosas más brillantes que alguien pudiera contemplar. El pequeño potro se acercó a ellas y recargó cariñosamente su cabeza contra el cuello del unicornio rosa. Al hacer este movimiento, la crin de su frente se movió y dejó entrever un pequeño cuerno dorado que comenzaba a brotar de su blanca frente. Un estruendoso ruido rompió la magia y los regresó a la realidad. Los trolls se acercaban.

—¡Corran, escóndanse! —exclamó moviendo los brazos indicando que se alejaran.

El unicornio la miró fijamente e intentó acercarse a Aimée, aunque al sentir a su pequeño al lado, se detuvo, agachó la cabeza en señal de agradecimiento y se dirigió a la espesura del bosque. El potrillo la siguió y, antes de adentrarse entre la maleza, se detuvo un momento y giró para entrever a Aimée con las pupilas nubladas porque las lágrimas comenzaban a asomarse a sus ojos.

—Sody, no te separes de mí. No nos podemos detener —ordenó una dulce voz.

—Sí, mami —respondió el potro con la voz de un niño muy pequeño.

La muchacha se quedó helada. Dudaba de si realmente había escuchado aquellas palabras. Antes de que pudiera digerir lo que había visto y oído tuvo que buscar un escondite. Los trolls estaban ya muy cerca y estarían furiosos al ver que su presa había escapado. La maleza no era suficiente para esconderla y lo único que se le ocurrió fue trepar a un árbol con toda la habilidad que su voluminosa vestimenta le permitió. Desde la copa de aquel lúgubre árbol, Aimée espiaba a los trolls que regresaban a su campamento. Las bestias comenzaron a hacer un gran escándalo. Supuso que se habían dado cuenta de que el unicornio había escapado; la poca luz de la luna creciente no la dejaba percatarse con claridad de lo que ocurría abajo. Desde luego, notaba que las bestias estaban en verdad molestas. Con ramas y otros objetos golpeaban el piso y los troncos de los árboles y era tal la fuerza de los golpes que por un momento pensó que iba a caer. "¡Se darán cuenta, se darán cuenta de que alguien cortó la soga!. ¡No tardarán en buscarme!, pensaba asustada. Sin embargo, Aimée no sabía que los trolls eran criaturas muy estúpidas. Nunca se les ocurriría averiguar cómo había escapado el animal. Simplemente se echaban la culpa los unos a los otros y pronto comenzaron a reñir entre ellos y, cuando la disputa se volvió demasiado violenta, todos huyeron. Ella se quedó nuevamente sola en aquella oscuridad, en aquel silencio antinatural.

Aunque aquel bosque era en verdad fantasmal, la joven quedó vencida por el sueño y se quedó dormida encaramada en el árbol. Un fuerte ruido la despertó de improviso. No tenía idea de cuánto tiempo había dormido y sentía mucho frío. Ansiosamente buscó con los ojos hacia el suelo de dónde provenía el ruido. Sin embargo, aquel sonido no provenía de abajo, sino de arriba. Viró la vista hacia el cielo y logró distinguirlos. Eran tres gigantescas criaturas, aquellas que hacía unos días la habían llevado a aquel castillo. La muchacha se quedó inmóvil, procurando respirar lenta y profundamente para no hacer ruido. Exhaló un profundo suspiro

150

cuando los vio alejarse. Una parte de ella quería encarar a Anuar, la otra no soportaba la idea de estar junto a él. Cuando amaneció bajó del árbol y se puso en marcha. Tenía mucha hambre, pero temía comer cualquier cosa de aquel extravagante bosque. Juzgaba que todo estaba en realidad muerto o algo peor. Y prosiguió su marcha. Debía aprovechar toda la luz del día que le fuera posible. Pronto encontró otro riachuelo de aguas cristalinas y, aunque estaba transida de frío, enjugó rostro y manos y bebió toda el agua que pudo. La frescura le permitió despertar completamente. Caminó todo el día, siempre hacia el oeste. Cuando ya no soportó más el cansancio y el dolor en los pies, decidió buscar un lugar para volver a refugiarse. Comenzaba el atardecer y no quería tener que volver a dormir de nuevo en un árbol, no creía poder soportar otra noche así.

Llegó a un claro y del otro lado divisó una cueva. Sin pensarlo corrió hacia ella. Buscó en los alrededores un poco de leña y trató de encender un fuego. Cuando logró prenderlo tomó un madero encendido y apagó la fogata, la cubrió con hierbas para no dejar rastros. Tomó más trozos de madera y los envolvió en su capa. Con los troncos en una mano y en la otra la madera encendida, con un terrible miedo se internó en el socavón. La oscuridad le resultaba opresiva. Hizo un leve ademán de agacharse, imaginando que pronto saldrían volando cientos de murciélagos al percibir la luz. Para su sorpresa, nada emergió de la caverna. Buscó en cada rincón; sin embargo, no había nada ahí dentro. Tanta quietud le daba miedo. En el aire se percibía un mal presagio, como si aquella aparente calma escondiera una amenaza. Iluminó el techo: ahí solo había estalactitas. A continuación iluminó de nuevo todas las rocas y volvió a toparse con la nada. Aunque el sueño la estaba venciendo, decidió hacerse de una última protección. Dejó en el suelo la capa y los troncos, clavó en la tierra la madera que hacía las veces de antorcha y tomó otra muy larga de un montón que había en el suelo. Dibujó en la tierra un gran círculo alrededor de ella, después trazó un pentáculo dentro del círculo, exactamente como en el libro que había leído la segunda mañana que pasó en el castillo. Luego, en cada esquina del pentáculo repitió:

¡Abracadabra!
¡Abracadabr!
¡Abracadab!
¡Abracada!
¡Abracad!
¡Abraca!
¡Abrac!
¡Abra!
¡Abr!
¡Ab!
¡A!

Para sellar por completo el círculo de protección repitió tres veces: *"Non plus ultra"*. Juntó todos los maderos e hizo una especie de fogata. Sabía que si lo hacía podrían encontrarla. Eso no le importó. Realmente no quería quedarse del todo a oscuras en semejante lugar. El miedo comenzaba a ganarle al sentido común. Se colocó la capa y se recostó. Los pies le dolían terriblemente y ya no podía mantener los párpados del todo abiertos. Aunque tenía miedo, una parte de ella comenzó a

151

confiar en que estaba a salvo con lo que había hecho. Con tantas cosas raras que había visto últimamente ya no podía dudar de que la magia existía. "Con el tiempo comprenderás el poder y la fuerza que tiene una palabra bien dicha", había sentenciado Ian días antes. Aunque tenía claro que él también le había mentido o por lo menos no le había contado toda la verdad, una gran parte de ella confiaba ciegamente en él.

Y así que se quedó un poco más tranquila por haber pronunciado aquel conjuro. Tantas horas caminando y la falta de alimento comenzaban a hacer mella en su delicado cuerpo. El cansancio la vencía y lo último que pudo entrever antes de quedarse profundamente dormida fue cómo la luz fuera de la cueva se desvanecía; la noche había caído.

Aimée despertó entrada la noche, con la fuerte sensación de que alguien la observaba. Hizo un intento de levantarse; sin embargo, no consiguió ponerse en pie. El fuego, aunque débil, permanecía encendido. Recorrió con la mirada la cueva y, por fin, distinguió una silueta escondida en las sombras. Ella comenzó a temblar. El hombre se acercó lentamente y la tenue luz por fin le mostró una dura expresión.

—¿Tienes idea del peligro que corriste huyendo así? ¿Hasta dónde pensabas que podrías llegar? —exclamó entre dientes Anuar con impaciencia e irritación, caminando en círculo alrededor de ella.

—¡Ese no es asunto tuyo! —respondió Aimée retadoramente, sintiendo cómo le hervía la sangre al verlo. La ira le devolvía el valor.

—¿Cómo que no es asunto mío? —replicó ahora más tempestuoso y abriendo un poco más los labios, que dejaban ver dos largos colmillos muy blancos.

Desde luego, Aimée no pudo dejar de notarlos y aunque tenía miedo, al mirarlo a los ojos el coraje y aquellos odiosos celos renacieron con más ímpetu en ella.

—¡Un ser tan ruin y traicionero como tú no tiene derecho a saber nada de mí, mucho menos a cuestionarme así! —objetó molesta y frustrada porque no lograba tener las fuerzas suficientes para alzarse.

—¿Ruin y traicionero? —exclamó todavía más irritado por el tono de voz que empleaba Aimée—¿Unos breves y arteros comentarios de patéticas arpías pueden engañarte tan fácilmente?

—¿Acaso es mentira que te casaste cuatro veces? —espetó furiosa, recordando aquel pergamino—. ¿Es mentira que ellas fueron tus esposas?

—Todo eso tiene una explicación —dijo él, procurando calmarse y no perder los estribos.

No quería asustarla y mucho menos hacerle ver que no podía entrar al círculo que ella había hecho en la tierra.

—¿Por qué habría de escucharte? —reclamó Aimée con mirada retadora.

Anuar se acercó lo más que pudo a la línea del círculo. Se encuclilló. Con una mano en una rodilla y la otra en el piso, mirándola con los ojos encendidos de cólera le respondió:

—¿Por qué? ¿Por qué preguntas? ¡Porque mi alma ha dormido en un lugar oscuro y frío hasta que apareciste de nuevo! ¡Porque viví siglos helado por dentro sin ti, sobreviviendo solo con el recuerdo de tu calor! ¡Y aun así te atreves a marcharte sin escucharme, rompiendo tu promesa!

152

Esa última frese caló en el alma de Aimée, que jamás rompía sus promesas. Eran algo sagrado para ella y comenzó a sentirse muy avergonzada. Ahora recordaba lo que había prometido y, sin siquiera pensarlo, había cometido algo muy parecido a un sacrilegio para ella. Pronto encontró una justificación a sus acciones: él la había traicionado, quería usarla, quería tener más poder a través de ella… y lo más doloroso… había estado con otras mujeres… Una nueva centella de coraje y resentimiento se apoderó de ella.

—¿Cómo te atreves a chantajearme así? ¡Ya no caeré con tus mentiras! ¡No permitiré que sigas jugando conmigo! ¡No quiero escucharte, no quiero verte!... ¡Vete! ¡Tú únicamente me has mentido y engañado! Eso es todo lo que has hecho por mí, ¡traicionarme! —exclamó con palabras discontinuadas por las lágrimas.

—¡Yo te diré lo que he hecho por ti! —exclamaba Anuar sin levantarse y sin dejar de mirarla a los ojos—. ¡Me he desgarrado! —y comenzó a apretar su puño contra su pecho, sin importarle mostrar sus colmillos—. ¡He gritado, sangrado, le he vendido mi alma al mismo diablo y aun así te atreves a negarte a escucharme, a hacerme caso!

—¡Estuviste muy bien acompañado! —reclamó furiosa, sintiendo cómo los celos le dominaban el alma.

—¡Tú no tienes idea de lo que he vivido! ¡No tienes derecho a reprocharme! —y otra vez, aquellos colmillos volvieron a asomarse— ¡Era otra época! Sabes muy bien que no podía permanecer soltero muchos años y que debía de encontrar la manera de dejar un heredero… y, además, yo nunca las toqué!

—¡A las dos primeras, que además sobajabas, permitiendo que un desgraciado las violara para darte los herederos que necesitabas!

—¿De qué me estás hablando? —prorrumpió exasperado—. Ningún desgraciado las violentó. Fue un amigo, un noble bueno y leal… tuve que hacerlo así… no quería tener hijos con otra mujer. No quería estar con otra que no fueras tú… ellas no se dieron cuenta. Yo las sedaba todas las noches. Jamás sufrieron, nunca lo supieron, casi nunca estaba con ellas. Me la vivía en la guerra, consumido por la rabia… buscando cómo hacer para que regresaras....

—¿Y Stefca y Sirge? —recriminó, intentando nuevamente alzarse sin conseguirlo.

Anuar guardó silencio para calmarse y encontrar las palabras para lo que iba decir.

—A Sirge nunca, nunca la toqué… y con Stefca solo estuve una vez… y no sabes cómo me arrepiento —y después de decir esto bajo la cabeza, respirando jadeante.

Un fuego abrasador recorría el cuerpo de Aimée. Abrió los ojos desmesuradamente. No sabía si estaba furiosa o destrozada. Aquellas palabras eran como espinas que se le clavaban en lo más hondo de su ser. Anuar percibió sus sensaciones y antes de que pudiera hablar, Aimée le dijo con la voz entrecortada:

—Te arrepientes porque me enteré…

—¡No! —interrumpió Anuar, mirándola inflexible—. Supieras o no, me arrepentí en el mismo instante en que la besé y la acaricié, apenas eso… luego la alejé. Stefca siempre ha estado resentida por mi rechazo, porque no la dejé continuar. Apartarla así fue la peor ofensa que alguien pudo haberle hecho y veo que consiguió su ansiada venganza…

—¿Por qué, por qué? ¿Cómo te atreviste a estar con ella?

Entonces Anuar lo comprendió. Todo este tiempo Aimée había sufrido. Estaba celosa. No recordaba el amor que se tenían y, aun así, su corazón estallaba de celos. Anuar esbozó una leve sonrisa; muy en el fondo ella seguía amándolo.

—¿Por qué sonríes? —objetó indignada.

—Porque estás celosa.

—¿Y eso te causa gracia?

—No. Me causa alegría, porque eso quiere decir que todavía te importo.

El fuego cerca de ella crepitaba lánguido. La joven se quedó sin voz. No sabía qué responderle. Además no lo había pensado así. Algo en su interior se revolvió...

—Aún no has respondido: ¿por qué lo hiciste?

—Intenté pensar que eras tú y no lo logré. No eran tus besos ni tus abrazos ni tus caricias. Tu recuerdo me atormentaba. El tiempo jamás borró el amor y la pasión que dejaste cuando te fuiste —explicaba Anuar entre dientes para no dejar ver esos afilados colmillos que brotaban cada vez que la pasión recorría su sangre— Estaba tan... tan... tan cansado de estar solo, llevaba 200 años eternamente acorralado por tantos recuerdos. Deseaba tanto sentirte de nuevo y procuré por tanto tiempo decirme que te olvidara, que no pensara en ti, de hacer a un lado mis sentimientos y por un momento creí que podría simular que ella eras tú... pero fue en vano... No sabes lo que es estar así... tú no me recuerdas —y la voz se le quebró—. No recuerdas lo que fuimos... —y se escuchó tremendo suspiro—. Solamente recuerdas unos segundos muy dolorosos... y yo... te llevo clavada en mi piel, sin ti me sobraba el aire, el sueño... No he olvidado ni un solo detalle ni un instante a tu lado —guardó silencio un instante—. Solo mi deseo de estar contigo ha sido la vida a través de la muerte...

La joven bajo la mirada. Ya no podía sostenérsela por más tiempo. Era como si sus ojos la quemaran. Ella sentía su dolor tan adentro... tan profundo.

—Sabes que te estoy diciendo la verdad... lo sabes... muy adentro de ti... lo sabes— recalcó suavizando el gesto de su rostro.

Ambos permanecieron inmóviles. Aimée comenzó a sentirse culpable y, a la vez, un poco tonta. Se había dejado llevar por sus más bajos sentimientos y nunca se detuvo a pensar en el tono malicioso en el que Stefca y Sirge le habían contado las cosas. Ni siquiera había querido reparar en sus voces cargadas de desprecio y en sus palabras arteras. Sus emociones la habían ofuscado tanto que no la dejaron pensar.

Ella se atrevió a alzar el rostro... ambos se miraban con intensidad. Cada uno quería adivinar qué pensaba el otro. Ella renunció a sus intentos por levantarse. Se sentía débil, sus rodillas eran como dos ramas muy delgadas a punto de romperse, tiritaban y, a pesar de sentirse devastada por todo lo que acababa de escuchar, se atrevió a preguntar:

—¿Qué quieres de mí?

Sin pensarlo, Anuar respondió en un hilo de voz:

—Qué regreses a mí... ¿de qué sirve amarte tanto si no estás conmigo?...

Un aire helado sopló y se escuchó un intenso batir de alas

154

—¡Vaya, hasta que por fin la encontraste! —interrumpió Duncan con una inflexión un tanto mordaz—. Por suerte no la encontró uno de los hombres de Donovan.

Se escuchó un fuerte tronar de huesos y Duncan comenzó a transformarse. Su horrible aspecto cambiaba a cada segundo. Primero su rostro dejó de asemejarse al de un murciélago, poco a poco el atractivo rostro del maduro caballero pudo percibirse, sus orejas regresaron a su tamaño natural, su estatura descendió, sus músculos se achicaron y el color de su piel terminó por aclararse.

—Pronto amanecerá. ¿Por qué no nos vamos ya? No es seguro estar aquí —continuó Duncan, acercándose con paso pausado— ¡Ah ya veo! Un círculo de protección. ¿Dónde aprendió a hacer eso?... bueno, no importa, Dank no tardará en llegar. Él la sacará y podremos regresar.

Evidentemente, Aimée apenas escuchó lo que Duncan decía. Presenciar aquella transformación la había paralizado; estaba más pálida que nunca y su respiración se enlentecía. Anuar, por el contrario, estaba irritado por la interrupción; además, hacía ya varios días que desconfiaba de su viejo amigo. En seguida llegaron Dank y Kaled; aunque habían aparecido en un parpadeo, su apariencia física era normal. Se escuchó otro batir de alas: se trataba ahora de Ian. En unos minutos transfiguró su apariencia. Se notaba totalmente agitado y preocupado.

—¡Qué bien que la encontraste a salvo! —exclamaba Ian, aliviado—. ¿Por qué no nos vamos? Pronto amanecerá; además, los Licántropos andan rondando las cercanías. Es muy peligroso seguir aquí con ellos merodeando... debemos irnos...

—Aimée se encerró en un círculo de protección —aclaró Duncan, señalando la figura en la tierra—. Parece que no tienen intenciones de salir —y su sonrisa se retorció, como si el asunto le causara gracia.

Ian lo entrevió despectivamente. Anuar, por su parte, retorcía los dedos y sus manos quedaron como puños; aun así, seguía sin dejar de contemplar a Aimée. Ian se aproximó al círculo y con entonación paternal dijo:

—Aimée, no hay tiempo que perder, tienes que salir de ahí.

Ella quería levantarse; sin embargo, estaba paralizada. Ya no tenía fuerzas. La impresión de presenciar las atroces transformaciones había sido demasiado para la joven.

—Yo entraré por ella. Tal vez los vampiros no puedan ingresar, pero no creo que lo haya hecho contra Elfos —señaló Kaled con arrogancia.

—¡No! —gritó Ian, al tiempo que estiraba el brazo inútilmente para intentar detenerlo.

Pero ya era demasiado tarde. Kaled estaba en el suelo semiinconsciente. En unos segundos regresó en sí. Ian y Duncan lo ayudaron a incorporarse.

—Dentro del círculo de poder dibujó el pentáculo. Ni Vampiros ni Elfos Oscuros lo pueden traspasar.

—Entonces que entre Dank por ella —replicó Kaled, furibundo, sacudiéndose el polvo.

—Es verdad —concordó Anuar como si despertara de un letargo—. Los Therántropos pueden atravesar este tipo de círculos...

Dank no lo pensó dos veces. Estaba preocupado por Aimée y temía un encuentro con los hombres lobo. Se acercó al círculo confiado y su fisonomía fue

155

cambiando: aunque ya era bastante alto y musculoso, su cuerpo se estiró, su morena piel parecía oscurecerse cada vez más, en sus hombros crecía un grueso pelo, sus orejas se alargaban, un anormal y aterrador hocico se formó en su quijada y dos enormes cuernos brotaron de sus sienes. Su rostro se asemejaba al de un toro endemoniado; no obstante, aún conservaba rasgos humanos. Aimée tenía los ojos fijos en él y sentía que perdía el aliento. Anuar percibía todas las sensaciones que la joven experimentaba y, aun sabiéndola aterrada, no podía arriesgarse a que clareara. Que Dank entrara por ella parecía la única manera de sacarla de ahí. Un fuerte golpe resonó en la cueva; el estruendoso ruido lo había producido Dank al caer de bruces al piso. Era como si hubiera intentado atravesar una pared de acero reforzado. Ian corrió a ayudarlo, entre tanto los demás contemplaban incrédulos a Aimée.

—¡No puede ser! ¡No puede ser! —repetía Duncan—. Ni una Hechicera podría hacer eso con un Círculo de Protección —y colocó las manos en la cintura, observando perplejo a Anuar.

—El tiempo apremia... Kaled, ve a la Tierra de la Penumbra y trae a un Orco —ordenó Anuar—Solamente una bestia como esa logrará atravesar el círculo.

Inmediatamente, el artero Elfo obedeció. Un agujero se abrió en la tierra y Kaled desapareció en él. Por su parte, Dank ansiaba reponerse y bufaba furioso, provocando más terror en ella.

—Aimée, tienes que salir de ahí... —insistía Anuar impaciente. Tenía claro que presenciar las transformaciones la habían ofuscado, y ver a un Orco la asustaría más.

Un nuevo socavón se abrió en la tierra y de este surgía Kaled. Unos segundos después, otro agujero apareció y por él una bestia descomunal emergió. Poseía ojos diabólicos y un hocico que mostraba afilados dientes, semejantes a los de los tiburones, de pelo corto y negro, con cuerpo humanoide. Su fisonomía era inmunda, perversa y aplanada.

—¡Aimée, tienes que salir ahora o él entrará por ti! —pidió impaciente Anuar— ¡Los hombres lobo rondan los alrededores y estamos en desventaja!. ¡No podemos pelear cuando está apunto de amanecer!

La muchacha quiso responderle, levantarse... era inútil, su cuerpo no respondía, era presa del pánico. Anuar hizo un gesto de molestia, respiró profundo y con la cabeza le indicó a la criatura que entrara por ella. Con dificultad, el monstruo logró atravesar el dibujo del círculo en la tierra y con terrible dolor traspasó el pentáculo; aquella acción parecía haberlo enfurecido. El instinto de supervivencia, por fin, activó a Aimée, quien solo alcanzó a ponerse en pie y esto agravó las cosas para ella, porque pudo apreciar con mayor nitidez a aquella bestia. La joven no lo soportó más. El cansancio, el pánico y el fétido olor que transpiraba la criatura le quitaron el aliento. Sus piernas no consiguieron sostenerla por más tiempo y perdió el conocimiento.

—¡Tráela con cuidado! —ordenó Anuar con ojos penetrantes y despóticos.

La criatura, que aún parecía irritada por el dolor, se agachó y la tomó con sus enormes garras. Con tremendo dolor atravesó el pentáculo nuevamente y con dificultad salió del círculo. Anuar se acercó y con cuidado la tomó entre los brazos.

156

La contempló preocupado y, a la vez, aliviado al saberla a salvo. Nuevamente se abrió un hueco en la tierra y aquella bestia desapareció en la oscuridad. En un instante, Anuar se transfiguró en un gigantesco murciélago: más bien a su cuerpo se asemejaba más al de una gigantesca gárgola. Abrió sus membranosas alas y salió a toda velocidad de la cueva, seguido por su hueste. Cuando arribaron al castillo, Aimée continuaba inconsciente; no faltaba mucho para el amanecer. Anuar la recostó en su cama, sus gruesos bucles azulados se extendieron en la almohada y lentamente la expresión del rostro se volvía dulce y relajada. Anuar cerró la ventana y la cortina, y se hincó ante la cama. Con suavidad se acercó a ella; con sus dedos recorrió su piel de porcelana, sus tersos y rojos labios, sus cabellos. Quería decirle tantas cosas y no sabía cómo hacerlo.

—No sabes cuánto te amo —dijo él casi imperceptible, como si temiera perturbarla con su voz—Cómo decirte que adoro el brillo en tu sonrisa, tu perfume, tu valor, tu alma… Cómo hacerte saber que no temo lo horrores que se esconden en este mundo y que puedo, sin pensarlo, enfrentarme a las bestias más espantosas y viles, y sentirte, sin embargo, perdida… se me consume el alma de tan solo pensarlo…

Permaneció un rato así, al lado de ella. Después se sentó en un sillón cerca de la cama. Pasó todo ese día observándola y meditando. Tenía que pensar cómo hacer para que entendiera todo lo que él sentía por ella, para que le creyera… "Si tan solo pudiera hacerla recordar… tal vez…, pensaba angustiado. La joven despertó cuando apenas comenzaba la noche y entre la tela blanca que cubría el dosel reconoció a Anuar, que estaba sentado en el sillón rojo al lado de la cama. Se hallaba algo desorientada y le tomó unos momentos recordar lo que había sucedido. A pesar de todo aquello, ahí estaba él, cuidándola, observándola.

—Esperaré fuera mientras te bañas y te vistes. También te traerán algo de comer. En el perchero encontrarás una muda nueva. También toma la capa negra porque daremos un paseo por el bosque —le dijo en un tono un poco frío, al tiempo que se levantaba del sillón.

No pretendía sonar duro; no era ella la razón por la que parecía distante. Estaba pensativo: temía que lo que planeaba para hacerla recordar no resultara. Al cabo de una hora, ella salió de la habitación con un vestido azul marino y se colocó la capa negra. Anuar la esperaba fuera de la recámara. Se encaminaron en silencio hacia la parte baja del castillo. Ambos parecían incómodos, como si no supieran qué decirse. Aimée no había recorrido esa parte de la fortaleza. Todo le parecía nuevo y, a la vez, familiar. Las ventanas, desde luego, permanecían cubiertas por gruesas y pesadas cortinas negras. Aun con la tenue luz de las velas y antorchas, Aimée alcanzaba a distinguir los hermosos detalles en todos los muebles, los frisos, los marcos de los cuadros y, aunque todo aquello estaba polvoso, no perdían ese encanto y esa sensación de grandeza y esplendor. La madera crujía a su paso. Cerca del patio se encontraron a Dank. Anuar se detuvo un momento para hablar con él: Dank asentía con la cabeza de vez en cuando. Aimée lo observó apenada, sentía que lo había ofendido al no contarle lo que Sirge y Stefca le habían dicho en la biblioteca. Estaba avergonzada por haberle mentido para luego huir. Dank notó que la joven se ruborizaba y le sonrió; su gesto indicaba que entendía lo que había sucedido y que no estaba disgustado con ella, y eso la tranquilizó. Anuar terminó de murmurar algunas órdenes. Después, Dank salió con prisa del pasillo por otra puerta.

—¿Qué ha pasado? ¿Qué le has dicho? —preguntó, acomodándose la capa.

—Le he dado una indicación. Más tarde te explicaré de qué se trata. Primero iremos a las caballerizas y buscaremos a Leii, mi caballo para ir al Bosque de los Tormentos.

La joven no dijo nada. Se limitó a seguirle. Quería preguntarle por qué irían a aquel sitio, pero notaba que él tenía prisa. Cuando llegaron a las caballerizas, Aimée reconoció de inmediato a Leii. Ya había visto a aquel corcel negro, imponente y salvaje. Lo recordaba de la noche en que Morvan le había mostrado las proyecciones.

—¿Es el mismo caballo?...

Y antes de que ella continuara con la pregunta, Anuar la interrumpió:

—Es el mismo. Es el caballo que cabalgaba cuando nos conocimos, cuando te perdí y me convertí en esto. No quise perderlo a él también, así que lo... mordí —y en su voz se notó un cierto nerviosismo. Temía asustarla— y gracias a eso logré transformarlo en una Pesadilla.

—Entonces, ¿es inmortal? —preguntó, incrédula y emocionada al tiempo que acariciaba el hocico del imponente animal que parecía reconocerla.

—Sí, ahora lo es —respondió un poco más tranquilo, al tiempo que abría una portezuela y comenzaba a arreglar la silla de montar—. Tú, con tu paciencia infinita, me ayudaste a domarlo.

La muchacha se sonrojó. Se recargó en la puerta y comenzó a acariciar la cabeza del magnífico corcel. Al observar sus ojos negros ella solo deseo poder recordarlo, como él parecía acordarse de ella. Anuar terminó de acomodar la silla, y cuando sacó a Leii de las caballerizas, los ojos de Aimée no creían lo que veían: aquel pura sangre tenía alas, no como las de las aves, sino que eran membranosas, como la de los Vampiros; sin embargo, eso no la asustó; solo la hizo sentirse extrañamente protegida por aquella impresionante criatura.

—¿No tienes miedo?

—No —confirmó ella con la mirada fija en Leii. La criatura obviamente le fascinaba.

Con cuidado la ayudó a montarlo. Aimée estaba muy nerviosa, no por Leii, que parecía impaciente por salir de ahí y llevarla a pasear, sino por sentir los brazos de Anuar abrazando su cintura. Una vez lo montaron, Leii se dirigió casi galopando hacia la salida.

—¡*Sensul!* —gritó Anuar en rumano, para que el caballo aminorara el paso y después espetó: —¡*Deschide!* —para que los enanos y grotescos sirvientes le abrieran los descomunales portones de la fortaleza.

Una vez fuera del castillo, Leii trotó encaminándose hacia el bosque. Aimée permanecía ansiosa. La cercanía de Anuar la hacía temblar. Él, como siempre, notó aquella agitación en ella cuando se aproximaba, conmoción que le encantaba provocar y avivar. Así que sutilmente detuvo el paso acelerado del corcel y se le acercó aún más. La muchacha tiritó unos minutos. Por suerte, la distrajo el lugar: la luna apenas comenzaba vislumbrarse y alcanzó a reconocer un poco el camino. Era el mismo por el que había escapado hacia el valle; sin embargo, ahora Anuar

158

dirigía a Leii hacia la derecha. El imponente pura sangre siguió la instrucción sin vacilar.

El bosque lucía realmente tétrico. Aimée no entendía cómo había podido recorrer aquel sitio ella sola. Los altos pinos aparentaban no tener vida. La tenue luz de la luna creciente iluminaba solo unos metros adelante y la bruma que los envolvía comenzó a hacerse más densa.

Sin que Anuar lo indicara, Leii se detuvo porque por alguna inexplicable razón el animal sabía que ya habían llegado a su destino. Anuar se apeó primero, echando una ojeada a los alrededores. La muchacha no entendía qué pretendía encontrar con aquella bruma. En seguida recordó las conversaciones con Ian: los Vampiros podían ver muy bien en la oscuridad. Una vez hubo revisado el bosque, la ayudó también a que se apeara.

—¿Por qué hemos venido a trote y no volando? —inquirió ella extrañada, al tiempo que acomodaba su vestido.

—Por la misma razón que no traje lámpara: para no llamar la atención —respondió distraído, inspeccionando de nuevo el paraje con sus siete sentidos—. Parece ser que por ahora estamos solos —confirmó relajando el semblante.

—¿Por qué me has traído aquí?

—En las cercanía hay un árbol muy especial que te quiero mostrar.

La joven lo contempló expectante: si se había tomado tantas molestias para enseñarle un árbol, debía de ser uno muy impactante. Anuar acomodó las riendas de Leii sobre su lomo y se encamino hacia un claro.

—¿No lo vas a amarrar? —curioseó sorprendida—. Podrían robárselo o perderse.

—¿Leii, perderse? —sonrió Anuar, al tiempo que el caballo relinchaba y agitaba la cabeza como si también riera.

Aquella reacción del animal la asombró. Comprendía que Leii era más inteligente de lo que ella suponía.

—Leii conoce mejor que nadie estos bosques y pobre de aquel que intente robárselo. La verdad compadezco a quien intente acercársele —recalcó Anuar sin dejar de sonreír.

Continuaron caminado con paso parsimonioso. Ella le devolvió la sonrisa: comenzaba a sentirse como en París, cuando no sabía nada, cuando solo sabía que él la estremecía.

—¿Por qué le llaman el Bosque de los Tormentos? —preguntó ella algo preocupada, inspeccionando los alrededores.

—Porque este bosque está maldito. Es por eso que parece no tener vida. Es por eso que tienes la sensación de peligro, de constante amenaza. Ningún animal que la gente común conozca mora en él.

—¿Entonces que animales lo habitan? —indagó Aimée con miedo, caminando aún con más aprensión.

—Debajo de la tierra hay Orcos; en el bosque y en las cuevas Trolls, Ogros, duendes; en el agua, terribles criaturas. Tuviste mucha suerte de no toparte con ninguno de ellos cuando huías —respondió él alzando la ceja.

Aimée se quedó callada. No sabía si decirle que había ayudado a un Unicornio a escapar de unos Trolls, porque, por una parte, su razón le decía que se lo había imaginado; por otra, él podría molestarse por el riesgo que había tomado.

159

—¿Quién maldijo el Bosque? —preguntó ella súbitamente.

—Las brujas Zaba y Sibila, con ayuda de Morvan y Kaled —respondió, procurando acercársele en cada paso.

—¿Para qué lo hicieron? —insistió entre asustada e indignada.

—Parece ser que los bosques son cuidados o protegidos por Devas o Espíritus de la Naturaleza que cuidan el ecosistema. Morvan maldijo el bosque para que esos Espíritus no pudieran estar aquí por mucho tiempo, para que no lo toleraran y no se acercaran.

—Pero ¿para qué hacen eso?

—La verdad, no lo sé muy bien. Me imagino para que no se entrometan en sus asuntos. Los alrededores de las fortalezas de Vampiros, Elfos Oscuros, Centauros Rojos y otros Seres Oscuros son maldecidos por ellos. Eso también aleja a los humanos. Porque también son sensibles, de alguna manera, a esos sortilegios.

Al oír estas últimas palabras, Aimée recordó por un momento a Ian, porque Anuar también se refería a los humanos como si él no fuera uno.

—¿Es por eso que los castillos y los lugares tétricos parecen embrujados?

—Sí, los humanos los perciben como tenebrosos, sin vida, diabólicos…

—Lugares malditos.

—Pues sí —respondió Anuar, al tiempo que hacía un mohín con los labios—, lugares malditos, porque eso son.

—¿Es muy difícil maldecirlos?

—Muchísimo. Toma meses hacer algo así. Se necesita mucho poder, conocimientos de magia negra, ingredientes difíciles de encontrar…

Solo el ruido de las ramas que pisaban se escuchaba en los alrededores.

—Pero esos Devas o Espíritus, ¿cómo son? ¿Son hadas y duendes? ¿Entonces sí existen? —exclamó Aimée emocionada.

Anuar se detuvo un momento, la miró a los ojos con un velo de tristeza y con cierta seriedad en el semblante:

—Sí existen los monstruos como nosotros. Ten por seguro que existe la contraparte.

Aimée se sintió entristecida. Aquel semblante le revelaba algo que no había visto en Ian cuando platicaban de los Seres de las Penumbras ni de su nueva y peculiar condición. Anuar estaba avergonzado de quien era, no mostraba la emoción con la que Ian platicaba acerca de su mundo. Anuar ya no se sentía humano; sin embargo, eso parecía pesarle. Él caminó un poco más y Aimée se quedó detenida. Aquellas palabras, aunque la afligían, de cierta manera la reconfortaban. El mundo no estaba solo poblado por seres oscuros y perversos. Además, eso le confirmaba que había visto Unicornios la noche anterior.

—¿Has visto alguna vez uno de esos seres? —preguntó retomando el paso.

—No, no que yo recuerde. Sé que existen por lo que dicen los otros y más por lo que hacen: se toman demasiadas molestias para evitarlos. Pero nunca me han dicho precisamente cómo son o qué son ni qué pueden hacer.

—¿Por qué, después de tanto tiempo, no has visto ninguno?

—En realidad, nunca los he buscado —respondió restregándose la frente—; además, siempre he vivido cerca de lugares malditos.

Anuar le indicó con la mirada que lo siguiera, y ella lo hizo. El único ruido en los alrededores era el de su respiración y las piedras y ramas que pisaban.

160

—¿Por qué es tan especial el árbol al que vamos a ver? —curioseó Aimée, cuidando de no tropezarse con las raíces de los árboles que parecían querer capturarla.

—En 1455, antes de que tú llegaras a Moldavia, unas nobles mujeres fueron acusadas de brujería injustamente por la Iglesia y unos pueblerinos envidiosos e ignorantes.

—¿No eran Brujas? —indagó Aimée, recordando a Sibila y a Zaba.

—No, solo eran curanderas y parteras. Algunos las vieron haciendo ritos en el bosque, cánticos y esas cosas. Y las acusaron de haber realizado un pacto con el diablo. La Iglesia las condenó a la hoguera, las amarraron a un gigantesco árbol, junto al que ellas solían bailar en la noche, y les prendieron fuego. El sauce tardó en encenderse y el humo las asfixió. Los inquisidores estaban furiosos, porque las mujeres tuvieron una muerte menos dolorosa. Así que intentaron carbonizar todo el árbol; sin embargo, una extraña llamarada proveniente del centro del sauce los sorprendió y fueron ellos quienes murieron quemados vivos.

—¿Todos murieron?

—Pues, sí… casi todos, incluyendo a los morbosos y a quienes las acusaron. Solo sobrevivió un muchacho que lo vio todo.

—¿Quién era ese joven?

—Dank, él era esclavo de uno de los inquisidores. Luego quedó a mi cargo y yo lo liberé. Muchos años después supimos de su… extraña condición.

—¿Dank? —sonrió—. ¿Y él árbol sigue ahí?

—Sí, y aunque el tronco esta hueco y solo lo sostiene la corteza, sus hojas siempre están verdes y en el interior florecen gardenias. Es el único árbol en la zona que irradia vida. Dank dice que es porque tiene un alma fuerte y por esa razón resistió la fuerza de la maldición.

—¿Dank cree que el árbol tiene alma?

—Sí, aunque no lo creas. Él también sabe que todos los seres vivos la tienen.

La bruma se despejó levemente, el sendero se ensanchó mostrando al enorme y frondoso sauce llorón hueco que coronaba el pequeño montículo.

—¿Por qué has querido mostrarme el árbol?

—Fue idea de Dank. Dice que el árbol es mágico y que podría ayudarte a recordar.

La joven hizo un gesto de incredulidad, que cambió en seguida al observar aquel magnífico sauce más de cerca. A su alrededor, el pasto brillaba en verde esmeralda, contrastando con el opaco color del resto del bosque. El sauce estaba por completo hueco; en efecto, solo lo sostenía la corteza. Los dos se quedaron a unos metros admirando el hermoso espectáculo entre tanta umbría. Un aire helado los sorprendió y Aimée se abrazó a sí misma para darse calor. Anuar se encaminó con lentitud hacia el viejo árbol, mientras ella lo seguía con la mirada. Inesperadamente, él rompió el silencio:

—He pasado noches más heladas y crueles tratando de eliminar los recuerdos que construimos juntos —su voz reflejaba sobriedad y melancolía—. Traté una y otra vez de ser fuerte, siempre con la esperanza de volverte a ver. Todo mi tiempo lo dediqué a buscarte.

A pesar de que podía sentir cómo sus rodillas se debilitaban, Aimée comenzó a seguirlo. Cada frase la había embargado de una sensación de ahogo. Anuar se

161

detuvo, taciturno, frente al sauce. Se quedó callado un momento y luego giró la cabeza para buscar sus ojos que estaban adquiriendo un tono más radiante si se puede.

—Morí dos veces —y la voz le temblaba—. El día que te perdí y el día en que me convertí en esto —sus ojos volvieron a posarse sobre el sauce— y, sin embargo, ahora me doy cuenta de que lo más doloroso ha sido tenerte tan cerca de mí y a la vez tan lejos. Ha sido insufrible ver que no me recuerdes… que no nos recuerdes. A ti te atormenta aquel sueño… y a mí me atormentó durante siglos la incertidumbre de no saber cuándo volvería a tenerte. He vivido todos estos siglos pendiente del recuerdo de tu voz, de tu perfume, de tu sonrisa…

Los ojos de Aimée revelaban un terrible abatimiento, no sabía qué hacer, qué decir…

—¿Qué es lo que quieres de mí? —musitó con un nudo en la garganta.

—¡Ya te lo he dicho! ¡Todo lo que quiero es que regreses a mí! —exclamó Anuar.

—¿Por qué quieres estar conmigo si te he hecho sufrir tanto? —y una lágrima resbaló por su mejilla.

Anuar hizo una leve mueca que se asemejaba a una sonrisa:

—¡Porque te amo, eres parte de mí, eres todo lo que quiero, todo lo que conozco! No estar contigo me desgarra el corazón. A lo único que temo en esta vida eterna es a extrañarte, a estar lejos de ti —luego hizo una pausa, la contempló mientras ella se acercaba para rodear al sauce—. ¡Dime si sientes algo por mí! —preguntó cerrando los puños, frustrado.

Oscuras nubes cubrieron la luna creciente, la neblina se tornaba sutilmente más espesa. Aimée enmudeció. No sabía cómo expresar sus sentimientos para con él, porque no entendía qué sentía exactamente: eran tantas cosas juntas, emoción, culpa, tristeza, miedo, melancolía…

—Dime, ¿qué sientes cuándo me ves, o cuándo me ausento…? —reclamó, trémulo.

Las nubes diáfanas siguieron su camino volviéndole a permitir a la luna iluminarlos tenuemente. Ella ya estaba en la colina muy cerca de él. Con lentitud comenzó a rodearlo, su mirada estaba perdida en el cielo y no encontraba las palabras para expresar lo que sentía.

—Siento tantas cosas que no puedo ni explicármelas a mí misma —externó, por fin, con gran dulzura—. Desde el primer instante en que te vi mi alma tembló, y sigo así, estremecida por ti, tanto en tu ausencia como en tu presencia. ¡Yo también quiero recordar, aclarar lo que siento por ti, y no puedo! —reconoció Aimée, agitando levemente las manos.

Anuar la había seguido todo el tiempo con la mirada. También a él le costaba trabajo moverse, reaccionar. Su alma empezó a iluminarse. Se daba cuenta de que había esperanzas de recuperarla. Ella quería recordar; solo tenía que ayudarla.

—Sabes… piensa que ha sido el viento el que se llevó tus recuerdos y, por lo tanto, solamente él podrá traértelos de nuevo —murmuró Anuar, levantando la vista en lo que se encaminaba para acercarse a ella.

Una suave brisa comenzó a soplar. Aimée se quedó quieta. No esperaba escuchar estas palabras. La voz de Anuar se volvía más dulce, como si recobrara la calma; aun así, ella permaneció de espaldas a él contemplando el cielo.

—Cierra los ojos —continuó Anuar—. No tengas miedo. Haz el esfuerzo de no pensar en nada y los recuerdos vendrán; solo tienes que llamarlos.

La joven le hizo caso: cerró los ojos y respiró profundamente. Un suave aroma de gardenias envolvió su ser. Eran las flores que florecían dentro del sauce, llenándola de tranquilidad, de paz, regresaba a ella la impresión de estar en su hogar.

—Si susurro en tu oído —dijo él suavemente, acercando su rostro—, si respiro así en tu cuello —y Anuar suspiró en ella— es difícil resistir los recuerdos —a continuación tomó su mano y la colocó sobre el árbol.

La impresión de su piel con su piel la abrumó; sin embargo, percibir la rugosa corteza del viejo sauce le permitió disfrutar lo que estaba viviendo, el viento sopló nuevamente y ella comenzó a dejarse llevar.

—Deja que el aire te regrese lo que has olvidado —le susurraba al oído y, al mismo tiempo, la abrazó por detrás—. No importa cuánto tiempo haya pasado, los recuerdos están ahí, en lo profundo de tu piel, de tu ser… Si rozo mis labios con tu piel —y él besó su cuello sutilmente—… si acaricio tu cintura con mi mano… sabes quién soy… deja que el viento te hable. Él te dirá como fuimos… siéntelo, escúchalo, respíralo —se abrazó más a ella, apretando su cintura y con un brazo y con la otra mano acariciando la de ella.

La suave voz de Anuar resonaba en sus oídos. Sus caricias y su respiración en el cuello al principio la ofuscaron unos instantes. El aire arreció. Entonces ella respiró profundamente: el olor a gardenias la embargaba, tranquilizándola, y la sensación del rugoso tronco del sauce en su mano derecha la hicieron sentirse confiada.

El roce de sus manos, el tenerlo tan cerca la llenaba de calor, de emoción. Dejó de atormentarse con pensamientos de angustia, de culpabilidad. Por fin, su mente estaba en blanco. Aimée despegó la mano del árbol y la llevó hacia su pecho. Sin querer, rozó el collar de aguamarina. Esta vez no sintió un mareo, sino una sacudida de bienestar. Una nueva ráfaga de aire volvió a soplar y para ella fue como si un rayo golpeara su corazón de repente. Su mente volvía a estar llena de imágenes y su cuerpo era invadido por un sinfín de sensaciones. Destellos de recuerdos la embriagaron, recuerdos de ellos juntos, de Anuar acariciándole suavemente el rostro, los dos jugueteando en el suave césped, compitiendo a caballo, sentados ante una chimenea leyendo libros de aventuras, compartiendo la comida, ideas, sentimientos, los dos cuidándose el uno al otro; ayudando a la gente, alimentando a los animales, interminables días de placer inundaron su corazón. Todo su ser se estremeció, titilando de amor cual estrella lejana en el vasto firmamento. ¡Por fin comprendía lo que abrigaba por Anuar!. Espontánea, giró suavemente el rostro y abrió los ojos, como si le costara regresar de ese embeleso.

—…Te amaba tanto… —susurró Aimée, mirándolo con ardor y ternura, sintiendo que su corazón rebosaba en el pecho, para luego colocar la mano izquierda sobre la de Anuar, que estaba abrazando su cintura.

—…Te amo tanto…—continuó ella con los ojos llenos de dulces lágrimas que recorrían su piel.

Anuar la sorprendió con un beso largo y apasionado. Sus mejillas estaban húmedas por llorar de alegría, de alivio… Aimée se giró completamente hacia él; no podían dejar de besarse. Él la llevó hacia el interior del tronco hueco. El sauce parecía recibirlos con la misma emoción de regocijo que a ellos embargaba. Cientos de luciérnagas brillaban y bailaban en su interior. El perfume de las gardenias del interior del árbol era ahora más intenso. Había magia en el aire. Las ramas del sauce comenzaron a caer, cubriendo delicadamente la abertura. El viejo sauce llorón parecía ser su cómplice que los protegía de los espías y volvía más cálido aquel bello momento. Él continuaba besándola, como si con cada beso, con cada caricia, se le fuera el alma. Nada parecía ser suficiente para expresar lo que sentían. Ella acariciaba apasionadamente su anguloso y varonil rostro.

—Desde que te vi no he dejado de pensar en ti. Tenía tanto miedo de amarte y ahora tengo que estar contigo para respirar —murmuró ella, y sus dedos se perdían en la cabellera del bien amado.

Él cerró los ojos y la abrazó con fuerza, le acarició la espalda y sus largos rizos azulados. Aimée rozaba su rostro con la punta de su nariz y con sus labios. Ahora se sentía completa, protegida, amada. Aún agitado, Anuar se apartó ligeramente de ella, la contempló con honda pesadumbre, como si se le fuera el alma al pensar en lo que le tenía que decir. La muchacha notó el cambio en él y lo observó desconcertada, queriendo leer lo que pensaba.

—No podemos perder más tiempo, tienes que irte —y sus ojos parecían hundirse en la tristeza, mientras sus fuertes manos apretaban su cintura.

—¡Qué! —exclamó, desconcertada— ¿De qué me estás hablando? ¡Ya estamos juntos! ¿Por qué, por qué me haces esto? —reclamó, apretando el cuello de su camisa.

—Porque no estás segura en este lugar. Tú no perteneces aquí. Tienes que entender, tengo que averiguar qué está sucediendo, tengo que saber qué planea hacer Morvan realmente, y no puedo hacerlo si él te tiene a su alcance.

Las luciérnagas volaban diáfanas alrededor de ellos, ajenas a lo que discutían. La joven no podía creer lo que escuchaba: un gran dolor la invadió. Miraba sin mirar a su alrededor. Como una golondrina que pierde el camino y se ve envuelta en la tempestad, el cuerpo de Aimée se estremecía con cada palabra.

—¿Por qué no me dejaste ir antes, por qué lo haces ahora que siento que se me quema el alma, por qué fuiste por mí a la cueva si ibas a dejarme ir? —le reclamó los ojos inundados de lágrimas y perdiendo la voz, golpeando al mismo tiempo el pecho de él para que la soltara.

—Porque era muy peligroso que huyeras así. Cualquiera podía atraparte. Además, no podía permitir que te fueras sin recordar lo que fuimos. Tenías que saberlo —respondió Anuar, sosteniendo sus manos con delicadeza.

—¡Ahora no quiero irme! —y la voz se le partió, no consiguiendo dejar de sollozar.

—Lo sé, pero tenías que darte cuenta de si me amabas o no, y eso solo podrías saberlo si recordabas lo que fuimos, si me recordabas —le respondió, acariciando su rostro y besando suavemente sus mejillas y su frente—. Ahora pasaremos por pruebas muy difíciles y tienes que estar absolutamente convencida de querer luchar por nosotros. Era necesario para que estuvieras segura de mi amor por ti —le dijo tomando sus hombros con fuerza.

—¡No! ¡No voy a irme, no voy a perderte! —contradijo con voz reacia.

—Mi amor, no tenemos tiempo para esto. Necesito que no noten que vas a escapar.

—¿Escapar a dónde, cómo…? —le preguntó asustada, enjugándose las lágrimas.

—Escucha con atención —y tomó su rostro entre sus manos—. Cerca del castillo hay un jardín que es un laberinto. No había podido llevarte ahí antes, pero sé que por ahí podrás escapar. Era por ahí por donde pretendías huir cuando invadieron el castillo. Ese jardín no pudo ser maldecido. Ahí voy a llevarte ahora y tendrás que ir sola al centro del laberinto. Estoy seguro de que recordarás por dónde puedes escabullirte.

—¿Tú no lo sabes? —y el miedo se reflejó en su ansioso rostro.

—No, terminaste ese jardín cuando yo estaba en plena campaña, en la guerra. No sé por qué querías escapar por ahí, aunque tus pasos, por increíble que te parezca, quedaron marcados durante tu precipitada huida, los recorrí y supe lo que pretendías hacer. Indicaban que tu primera intención era salir por ahí, y comprobé mis sospechas cuando estábamos en el Salón de las Tribulaciones y se proyectó en los cuadros lo último que hiciste. Debes de haber hecho un túnel o algo parecido.

—¿Por qué crees eso? —le preguntó desconcertada, al tiempo que cubría su boca con sus manos.

—Porque te encantaba hacer pasadizos secretos y escabullirte por ellos. Tú me ayudaste a hacer varios escondites en el castillo.

Aimée permaneció pensativa unos segundos, por su mente desfilaban recuerdos de ellos dibujando planos y construyendo escondrijos y pasadizos.

—¿Y si no encuentro la salida? —objetó temerosa.

—Lo harás. Tienes que confiar en ti misma. ¡Tú los diseñaste! —y tomó el collar de su cuello—Esta Aguamarina es mágica, ha estado en tu familia por generaciones, te ha ayudado todo este tiempo a recordar y lo hará otra vez cuando se lo pidas.

—Pero ¿cómo es posible que ese jardín este protegido, y si hay Orcos o Trolls? ¿Estás seguro de que lo preservaron de la maldición? ¿Quién lo protegió?

—Tú, mi amor —contemplándola con admiración—. Solo los grandes hechiceros podrían hacer tan prodigiosos encantamientos y tú eres uno de ellos. Tienes que confiar en ti.

—Si soy tan poderosa, ¿por qué tengo que irme?

—Porque estoy seguro de que Morvan quiere algo más de lo que dice. Ha actuado con mucho hermetismo todo este tiempo… No podemos arriesgarnos, tengo que sacarte de aquí —le respondió, al tiempo que la hacía salir del hueco del árbol.

—¿Por qué no vienes conmigo? ¿Por qué no huimos juntos?

—Porque nos encontrarían. No tienes idea de cómo son las cosas en el mundo de las Tinieblas: les sería muy fácil hallarnos. Tengo que descubrir sus verdaderos planes para poder destruirlo —reveló Anuar, que inmediatamente después emitió un grave y corto chiflido para llamar a Leii.

El imponente corcel apareció en un parpadeo. Sin que Aimée pudiera preguntar nada más, Anuar la subió en el lomo del caballo, luego él lo montó y galoparon a gran velocidad entre el lúgubre bosque. La bruma y las lágrimas en sus ojos no le permitían descubrir hacía dónde se dirigían. Como si aquel caballo pudiera leer los pensamientos, galopó con toda su energía y en unos instantes los llevó exactamente a la entrada del jardín por donde Aimée debía escapar. Antes de desmontar, Anuar le explicó que Miroslava los esperaba escondida entre los arbustos para tomar su lugar y que nadie notara su ausencia. Anuar la tomó de la mano, le pidió que se colocara la capucha de su capa y antes de avanzar dijo: —*¡Invizivilitate! ¡creara de dublu!*—. Dos hologramas idénticos a ellos aparecían en tanto que Aimée y Anuar se volvían invisibles. La joven no cabía en su asombro al ser testigo de semejante poder. Él la tomó de la mano para dirigirla dentro del jardín. Una vez ahí, ellos volvieron a hacerse visibles, aunque sus dobles permanecieron al lado de Leii, que esperaba pacientemente afuera.

—No puedo hacer esto, no puedo dejarte —sonaba suplicante y no soltaba su mano.

—Tienes que hacerlo. Es la única manera en que podremos estar juntos… es la única manera en que puedes salvarme de lo que me he convertido.

—¿Cuándo te veré, cómo te encontraré? —y las lágrimas volvieron a asomarse entre aquellos luminosos ojos azul aguamarina, tan esplendentes por las lágrimas que semejaban dos estrellas fugaces en el firmamento.

—Yo te encontraré. Puedo sentirte a kilómetros, logro percibir lo que sientes. Estás clavada en mi piel —y sus labios dibujaron una sonrisa confiada.

—No hay tiempo, tiene que irse ya —interrumpió Miroslava con su ronca y misteriosa voz emergiendo de entre unos arbustos.

El jardín lucía excelso. Todas las plantas parecían brillar a pesar de la poca luz que los iluminaba. Miroslava se aproximó elegante y segura, Aimée se contrajo de espanto al escucharla; no había notado que había permanecido escondida. Miroslava llevaba un vestido muy parecido al de la joven y una capa negra igual a la suya. Anuar besó tiernamente Aimée.

—Ya no hay tiempo, Anuar. Morvan no tardará en regresar al castillo; podría vernos y sospechar algo. Y Dank y Ian no van a poder distraer por mucho tiempo a Stefca y Sirge —insistió Miroslava con inflexión tensa, colocándose la capucha sobre la cabeza.

—Sí, sí —respondió él con pesar. Luego tomó el rostro de Aimée entre sus manos—. Si escuchas algo raro o ves algo en el cielo permanece quieta y quédate cerca de los arbustos. Tienes que ser fuerte mi amor, y confiar en ti… y en mí… yo te volveré a encontrar, te lo prometo.

—¿Estás seguro? —le reprochó ella, suspicaz y amedrentada.

—Escúchame muy bien —le dijo Anuar con semblante tenso—. ¡Jamás vuelvas a hacerlo, jamás dudes de lo que yo te diga! —su voz era suave y a la vez firme—. ¡Siempre voy a cumplirte mis promesas, siempre! ¡Te amo y lo único que me importa en esta vida es estar contigo y hacerte feliz! ¿Lo entiendes?

Aquellas palabras resonaron con fuerza e ímpetu en el interior de Aimée. Solo bastaron estas frases para que, inexplicablemente, se tranquilizara y, sobre todo, se sintiera confiada. A los pocos segundos, una inusitada sensación la volvió a embargar, como si aquellas palabras ya las hubiera escuchado. Anuar la contempló un instante y notó algo en ella.

—Tus rizos...—murmuró él sin dejar de observarlos.

Miroslava se acercó más para apreciar que tenían de raro.

—Son más azules... ¿Por qué?

—No sé —respondió Aimée—. Ya lo había notado. Pensé que se trataba de un efecto secundario de las pócimas que he tomado.

—Eso no lo puede hacer una pócima como la que te han dado —confirmó Anuar aún pensativo, como si hablara para sí mismo.

—Sí, es muy extraño... pero lo averiguaremos después, Anuar. Tiene que irse —replicó Miroslava con su habitual seco e insensible tono de voz.

La neblina comenzaba a disiparse. El aire frío soplaba con fuerza. Anuar asintió con la cabeza, se acercó a Aimée y le dio un último beso. Acarició su rostro y le indicó con un gesto que debía partir. Ella caminó de espaldas uno o dos pasos antes de adentrarse en el laberinto. No quería dejar de mirarlo.

—Te volveré a encontrar —repitió a Anuar antes de perderla de vista.

Leii comenzó a relinchar. Anuar sabía que les estaba avisando que algo sucedía. Tomó ahora la mano de Miroslava y se volvieron invisibles. Caminaron hacia donde estaban los hologramas que Anuar había creado y tomaron su lugar.

—¡*Dublo rola!* ¡*Vizivilitate!* —exclamó Anuar y, al unísono, los hologramas desaparecieron y ellos se hicieron visibles.

El corcel se tranquilizó. Miroslava respiró profundamente. Por lo pronto, el plan estaba saliendo bien. Anuar simulaba seguir su conversación con ella, cuando los advirtieron en el cielo: eran Morvan y su hueste de vampiros.

—Justo a tiempo —comentó aliviada Miroslava. Los músculos del rostro se relajaron.

—Espero que Aimée se haya ocultado a tiempo.

La hueste de Vampiros ingresaba al castillo. Ellos permanecieron fuera, cerca del jardín. Miroslava le echo un ojo un poco más confiada. Montaron y Leii trotó con lentitud hacia las puertas de la fortaleza. Ian y Dank esperaban impacientes en las caballerizas.

—¿Por qué han tardado tanto? —preguntó Dank, agitado—. Nos ha costado mucho distraer a las vinagrillas

Miroslava e Ian sonrieron. Leii ingresó solo a su caballeriza. Todos se adentraron lo más que pudieron para que nadie los viera.

—Porque me tomó tiempo hacer que recordara y aún más convencerla para que escapara —respondió Anuar, murmurando.

—¿Lo ha recordado todo? —preguntó Ian impresionado.

—Sí —confirmó Anuar. Una sonrisa de sosiego se le formaba en el rostro.

—Aún no has hecho el hechizo —recalcó Ian, al tiempo que señalaba a Miroslava.

—Es verdad —respondió Anuar, volviéndose hacia ella.

Miroslava los entrevió con enfado. No le causaba ninguna gracia lo que iban a hacerle. Anuar se acercó lentamente hacía ella –cualquiera diría que le temía– y con cuidado pasó su mano izquierda mientras repetía palabras inteligibles. En unos segundos, el rostro de Miroslava se transformó, tomando la forma del de Aimée.

—Es idéntica —comentó Dank, sorprendido.

167

—No, no es idéntica; se nota en los ojos, la mirada es... fría, indiferente —recalcó Ian, con gesto preocupado—. No pueden mirarla mucho tiempo o advertirán que no es ella.

Los tres hombres colocaron las manos en la cintura. Lucían pensativos. Miroslava los observó fríamente. Aquel asunto no le causaba ninguna gracia: durante días tendría que simular que era Aimée y estaría constantemente vigilada.

—Es verdad —reconoció Anuar, preocupado—. Además, Morvan o Kaled podrían notarlo al percibir su fuerza. Sabrían que no es la misma esencia que la de Aimée. Podremos fingir esto un día o dos, no más...

—Y a eso súmale que tampoco podremos decir que Miroslava está en una misión por mucho tiempo... —comentó Ian.

Se quedaron en silencio. Habían hecho el plan tan al vapor que no habían pensado en esos detalles.

—¿Y si simulamos que volvió a huir?— dijo Dank como si hablara para sí mismo.

Y todos arquearon las cejas entre extrañados y estupefactos. Precisamente era lo que no querían, que Morvan supiera que Aimée había huido por el jardín. Dank notó el silencio sepulcral que produjeron sus palabras y se apresuró a explicar su plan, porque todos lo contemplaban como si estuviera perdiendo la razón.

—Miren, sé que suena descabellado, pero no es mala idea. Haremos que crean que ha huido otra vez por el bosque; así no buscarán en el jardín y Miroslava entrará en escena nuevamente. Y, en lo que simulamos la búsqueda, los espiamos.

Ian, Anuar e Ian intercambiaron miradas de inquietud. La idea no era tan mala; sin embargo, seguía pareciendo en extremo peligrosa para Aimée... y para todos...

—Ella ya escapó una vez y ustedes la encontraron a los dos días. Eso no nos da mucho tiempo. Además, ¿qué razones tendría para "huir" de nuevo? Ya los vieron juntos en el patio. ¡Ellos ya han de barruntar que ya se reconciliaron! —interrumpió Miroslava, preocupada. Era la primera vez en mucho tiempo que su voz no sonaba ni segura ni indiferente.

—Insisto —replicó Dank—. Para darnos más tiempo y veracidad en la búsqueda podemos simular que Aimée huye montada en Leii. Ellos saben que el caballo la obedece. La pelea entre ustedes podríamos hacer que la provoquen Sirge y Stefca o Kaled, así no sospecharían de nosotros... podríamos orillarlas a que te digan —y le echó un ojo a Miroslava, quien le devolvió una mueca irritada— algo muy hiriente —continuó Dank, tartamudeando porque la Naga era la única que lo hacía sentirse intimidado— algo cómo... cómo a cuanta gente ha matado Anuar o que pensaba matar... no sé... al profesor ese que la recibió en París... no recuerdo cómo se llamaba... bueno, que lo pensaba matar para que ya no la buscaran en la universidad o, no sé, tal vez cómo la encontramos... nunca nos dejaron participar. Estoy casi seguro de que Morvan hizo cosas terribles para descubrir dónde había renacido...

Todos sonrieron. Estaban sorprendidos del empeño de su amigo. El plan podría funcionar y Dank se creyó más aliviado, especialmente al descubrir que Miroslava ya no mostraba repudio a lo que él decía.

—Tal vez podría hacer unos Homúnculos de Ian y mío para simular la falsa búsqueda y así podríamos seguir a Morvan sin que lo note. Dank y Miroslava formarían otro supuesto grupo de búsqueda y espiarían a Kaled y a Duncan. —ideaba Anuar restregándose la barbilla.

—Vas a hacer unos ¿qué? —preguntó Dank confundido, tocando su rapada y añil cabeza.

—Unos Homúnculos —interrumpió Ian—. Anuar tiene la suficiente fuerza para crear unos dobles nuestros. No simples proyecciones, unos seres de carne y hueso que hablen y actúen como nosotros. Y les otorgaría parte de nuestra esencia, nuestros dobles pensarían igual que nosotros. Tendrían los mismos recuerdos, las mismas actitudes.

—¿Algo parecido a unos clones? —inquirió Dank con el rostro extrañado.

—Sí, algo así —respondió ahora Anuar—. El problema es que tendría que darles parte de nuestra energía, de nuestro poder. No podríamos transformarnos en caso de necesitarlo.

—Los Homúnculos esos, o como se llamen, ¿podrían transformarse? —indagó nuevamente Dank, al tiempo que apretaba la mandíbula.

—No, ellos tampoco podrían hacerlo. Solo lograrían hacer cosas muy simples: moverse rápido, mostrar los colmillos, hacerse invisibles... desde luego, no podrían pronunciar conjuros ni tener mucha fuerza —respondió Anuar dubitativo, caminando de un lado a otro del establo.

—¿Y cuando recuperarán ustedes su poderío? porque... si los descubre Morvan, ¿cómo se van a defender? —objetó Miroslava con inquietud, denotando que lo de la *clonación* le parecía demasiado arriesgado.

—Toda nuestra fuerza retornaría en cuanto deshaga el hechizo, aunque tengo que estar como máximo a un metro de ellos para poder hacer eso. Ellos desaparecerían y recuperaríamos nuestro poder —le respondió Anuar, procurando no mirarla porque le resultaba desagradable ver el rostro dulce de Aimée hablar y expresarse tan dura y secamente.

—¿Qué ocurriría si alguien más los mata? ¿O no les pueden hacer nada?

—Sí, sí pueden matarlos —confirmó Anuar—. Si alguien les atraviesa el pecho con una espada o los decapita, morirían y no recobraríamos la mitad de nuestra fuerza.

En la oscuridad del establo, Miroslava comenzó a caminar pausadamente tocándose la frente. Se hallaba nerviosa. Ian afirmó con movimiento de cabeza, aunque jugaban con fuego. Para él era buena idea y la única oportunidad de descubrir los verdaderos planes de Morvan.

—No me gusta nada eso de que puedan perder la mitad de su poder. Tendremos que actuar rápido. En cuanto descubramos sus planes, buscarás a los homúnculos para deshacer el hechizo —dijo Miroslava no muy segura de sus palabras—. Así tendrá que ser; no hay un plan mejor. Tendremos que tomar ese riesgo.

—Ya verás que funcionará —le confirmó Anuar con los ojos brillantes y voz confiada.

Ian los observó también candoroso. Y Dank, que hacía mucho tiempo que no veía a Anuar feliz, no pudo resistirse y darle un abrazo.

—¿Qué sucede? ¿Estás bien? —inquirió Anuar impresionado y con dificultad por la fuerza con la que Dank lo abrazaba.

169

—Nada, nada… es que… hace demasiado tiempo que no sonreías así —le respondió Dank, separándose rápidamente y dándole la espalda para que no lo viera secarse una lágrima.

Miroslava hizo un gesto de desaprobación, como si le asqueara el sentimentalismo que Dank destilaba en aquellos momentos de decisión, y se cruzó de brazos.

—Gracias por tu preocupación —le dijo Anuar, dándole una palmada en el hombro—. Eres como un hermano para mí. Todos ustedes lo son —confirmó, observando también a Ian y a Miroslava—No sé qué habría hecho todos estos años sin su ayuda. Todos estos años me han sobrellevado con paciencia casi humana; han soportado mi horrenda vida sin ella.

—Ha sido un placer acompañarte —comentó Miroslava, contemplándolo orgullosa.

—Es verdad —siguió Dank—. Ha sido un placer y un honor seguirte estos años.

Todos enmudecieron. El lugar se sumió en un profundo silencio, ni siquiera los caballos hicieron algún ruido. Anuar los observó con afecto. Tenía claro que no habría logrado pasar tantos siglos buscando a Aimée sin su apoyo, y mucho menos soportar aquella vida en las penumbras, aquella vida sin ella… aquella vida… la vida a través de la muerte.

CAPÍTULO XII.
Una mirada dulce y maternal

Si bien Aimée albergaba dentro de ella una gran aprensión por separase de Anuar por primera vez en mucho tiempo, algo dentro de ella la hizo sentirse confiada: tenía la certeza de que él la encontraría otra vez y comenzó a adentrarse con paso más seguro en el jardín. Después de algunos minutos en el laberinto, Aimée se dio cuenta de que para llegar al centro lo que tenía que hacer era caminar siguiendo una espiral. Justo antes de que tuviera que volver a tomar otra decisión de cuál camino tomar, escuchó un fuerte batir de alas. Se pegó lo más posible a los arbustos y se quedó inmóvil. En seguida los vio pasar: una hueste de vampiros que se dirigían al castillo.

"¿Anuar estará bien? ¿Me habrán visto? —se preguntaba, mortificada—. Tranquilízate. No puedes pensar en eso: tienes que concentrarte o no sabrás cómo seguir la espiral."

Cuando se aseguró de que entraban a la fortaleza, continuó su camino. En cada vuelta que daba, la mente de Aimée se relajaba cada vez más. Insólitamente comenzó a tranquilizarse y, al mismo tiempo, una descarga de dinamismo le recorría el cuerpo. Marchaba más rápido y vacilaba cada vez menos sobre qué giro tomar en el enorme vergel. No sabía por qué, pero la entusiasmaba saber que pronto llegaría al centro del laberinto. Cuando dio la última vuelta, su corazón se aceleró: se sentía en casa. Ella conocía aquel paraje, lo amaba. El centro del galimatías la recibía con cientos de azucenas y el aroma del lugar era tan sutil como encantador. El jardín era un paraíso en miniatura: todo parecía brillar, exhalar vida. En el centro se alzaba una hermosa, enorme y antigua fuente de mármol blanco. Se notaba que hacía siglos que las aguas no la recorrían y, sin embargo, Aimée podía imaginársela en todo su esplendor. Alrededor de la fuente había sembradas cientos de gardenias, y en el centro de ésta, había hermosas estatuas de tamaño natural colocadas sobre una especie de pilar; las efigies formaban un cuadro sublime y mágico. Hadas, sirenas, duendes, centauros y unicornios componían una hermosa escena en la que todos, de alguna manera, miraban al cielo. Aimée procuró de distraerse de su contemplación, pues debía buscar la salida secreta.

"¿Por qué estará tan bien cuidado este lugar? —se preguntaba con insistencia— …eso no importa ahora, tienes que buscar un pasadizo para salir de aquí."

Recorrió el sitio con la mirada: solamente advertía flores y arbustos a su alrededor: "El secreto se esconde en la fuente, no hay otro lugar", pensó. La muchacha comenzó a buscar alrededor de ella sin encontrar ni palancas ni piedras sueltas y, mucho menos, una indicación que le hiciera creer que habría alguna puerta secreta.

"Tú puedes recordar —se dijo pretendiendo convencerse a sí misma—. Ya lo has hecho antes y lo harás otra vez —respiró profundo y llevó su mano izquierda hacia el collar de Aguamarina y de pronto lo recordó—.Tiene que ver con las estatuas."

171

La luz de la luna iluminaba tenuemente las figuras que se alzaban en el pilar de la fuente. Aimée no lograba recordar otra cosa; tendría que descubrirlo ella misma. Observó con especial atención cada una de las esculturas. No creía que pudieran moverse y unos momentos después notó un común denominador en estas. Todas las figuras miraban en diferentes direcciones hacia el cielo; no obstante algunos de sus pies, patas o aletas se dirigían hacia un mismo punto en la base. Aimée tuvo que meterse dentro de la fuente para conseguir ver qué señalaban, con dificultad trepó la pared exterior, porque su vestido era muy largo y pesado. Una vez dentro del fontanal, consiguió acercarse a la base del pedestal que sostenía las efigies.

Cerca de donde señalaban las extremidades de las fantásticas criaturas había una figura en relieve. Aimée sacudió el polvo con su capa y alcanzó a vislumbrar una figura muy similar al símbolo del infinito, pero delineado de forma angulosa, le pareció recordar que se trataba de la runa dagáz.

"Si no me equivoco, la runa dagáz significa amanecer —pensaba Aimée antes de atreverse a presionar la figura—. No tiene mucho sentido... ¡pero también representaba el recorrido necesario para llegar al punto donde se halla la luz! —recordó emocionada—. Según los vikingos se asociaba al avance, a la transformación..."

Como un gato enmarañado, Aimée alcanzó la parte alta de columna y a continuación presionó la figura sin lograr moverla. Empujó con más fuerza, sin conseguir accionarlo. Algo en ella le decía que tenía que ejercer mucha más fuerza, hundirlo en el mármol. Se apoyó con todo el cuerpo y la pieza cedió. Toda la fuente comenzó a crujir y a moverse. Aimée temió que alguien fuera a escucharla y quiso salir de ahí y no lo consiguió. El pedestal que sostenía las enormes estatuas de mármol y que se hallaba en el centro de la fuente comenzó a moverse del centro hacia la izquierda, dejando visible en el suelo un agujero y unas escaleras.

"¿Entraré? —se preguntaba temerosa por no llevar algo con que iluminar el camino."

En lo que se decidía, escuchó un murmullo proveniente de las escalerillas y quedó paralizada.

—¿Princesa? ¿Eres tú? —preguntó una vocecilla de niño, que también parecía temeroso.

—¿Qu... Qui... Quién eres? ¿Qué... qué quieres? —respondió Aimée en un hilo de voz, imitando al pequeño.

Unos suaves pasos resonaron en la escalinata. Con sigilo, una pequeña y esbelta criatura se asomó. Aimée lo contempló sorprendida. No sintió miedo; sin embargo, no podía adivinar qué clase de Ser emergía del agujero.

—¡Princesa! —exclamó el chiquillo.

—¿Sabes quién soy? —inquirió Aimée, desconcertada.

—Por supuesto que sé quién eres. ¡Hace tanto tiempo que la esperábamos...!

—¿Me esperaban? ¿Quiénes? —indagó realmente intrigada. Según ella, Anuar era quien había estado buscándola durante siglos.

—Usted a mí no me conoce... vaya... es más bonita en persona —dijo la extraña criatura con su infantil vocecita y sus mejillas se volvían rosadas de vergüenza.

—Gracias... —expresó apenada—. No me has dicho qué... digo... quién eres —Aimée contemplaba maravillada al casi caricaturesco crío.

Su tamaño parecía ser el de un niño de unos siete u ocho años. Era extremadamente delgado y pálido, de nariz increíblemente pequeña y respingona. Los ojos se veían desproporcionadamente grandes para estar en un rostro tan afilado, con orejas en extremo alargadas y puntiagudas. Sus brazos y piernas resultaban en exceso largos y finos, al igual que sus dedos, aunque estos lucían rechonchos al final de las falanges y, como toque final, su pelo castaño estaba tan enmarañado que parecía más un nido de aves que cabello.

—¡Ay, perdón!... ¡Qué modales los míos! Yo soy Ziv, un Fingerlys.

—Y eso, cabalmente, ¿qué es? —indagó temerosa de que su pregunta pudiera ofenderlo.

—¡Cómo! ¿No lo sabes? —preguntó Ziv, algo exasperado.

—No... la verdad no —replicó apenada.

—Somos unos seres muy famosos e importantes —aclaró el pequeño Ziv asiendo las solapas del chaleco con ambas manos, sintiéndose orgulloso.

—Pues yo nunca había leído u oído hablar de ustedes. En los cuentos y leyendas mencionan a los gnomos, los enanos, los duendes... ¿no eres tú uno de ellos o pariente de ellos? —curioseó desconcertada, procurando no sonar grosera.

El chiquillo se puso rojo como un tomate y estaba a punto de sermonear a Aimée acerca de su inigualable raza, cuando se quedó completamente quieto. Aimée lo imitó.

—No estamos seguros aquí afuera... —reconoció Ziv, murmurando—. Además no hay tiempo que perder. Tengo que llevarte con la Hermandad de la Luna Plateada.

Aimée tuvo que contenerse para no preguntarle qué Hermandad era esa. Ziv tenía razón: corrían peligro ahí afuera. La criatura regresó a las escaleras de debajo de la fuente y le hizo un ademán para que Aimée lo siguiera. Temblorosa, la muchacha bajó las añejas escalerillas. Ziv se había perdido en la oscuridad del estrecho pasadizo. Cuando descendió un buen trecho se detuvo a la mitad asustada: un fuerte rechinar proveniente de arriba la había asustado. Pronto se percató de que la fuente volvía a su posición original tapando la entrada.

Todo quedó en penumbra y ella comenzó a sentir pánico, no solo porque se hallaba a más de cinco metros bajo tierra, sino porque la salida estaba cubierta. El lugar era pequeño y la oscuridad inundaba sus sentidos. La chillona voz de Ziv le devolvió un poco la calma.

—Vamos, vamos, no hay tiempo que perder, sígueme...

—¡¿Cómo te voy a seguir si no veo nada?! —le reclamó.

—¡Ah, perdón! Se me olvidaba que los humanos no ven en la oscuridad. Ahora lo arreglo; no te aflijas...

Una tenue luz comenzó a resplandecer frente de ella, que a cada segundo lo hacía con mayor intensidad.

—¿Así está mejor?— inquirió Ziv en un tono ligeramente arrogante.

Aimée no salía de su pasmo. ¡Era la criatura la que emitía la luz a través de la punta de sus largos y delgados dedos!

—Debemos descender a la Ciudad Luz y hay que hacerlo con mucho cuidado y en estricto silencio. Los Drow no deben enterarse de que estamos aquí.

173

—¿Quiénes son los Drow? —preguntó Aimée expectante siguiendo con dificultad a Ziv por un estrecho túnel.

El pequeño Fingerlys se acercó a Aimée, abrió desmesuradamente los platos que tenía por ojos, como si recordara algo espantoso y en un susurro le dijo:

—Son unas terribles criaturas que viven en las profundidades. Ellas no tienen compasión y pasaremos por su territorio.

—¿Son como los Orcos o los Trolls? —inquirió casi temblando al recordar a esos retorcidos seres.

—No, no, ¡son peores! Pero qué bien que me recuerdas que también nos tenemos de cuidar de ellos —le respondió Ziv al tiempo que retomaba el paso.

—¿Co... cómo que son peores? ¿Qué son? ¿Puede haber alguien más perverso? —siguió insistente y un escalofrío le recorrió el cuerpo al rememorar al imponente y pestilente Orco que había visto el día anterior.

Ziv se detuvo en seco, giro rápidamente y con gran seriedad le dijo:

—Los Drow son gigantescas bestias mitad hombre mitad araña. Es muy impresionante verlos y aún más peligroso enfrentarse a ellos.

El Fingerlys movió nervioso las manos e hizo un gesto entre asustado y asombrado, como si pretendiera asustarla y, a decir verdad, lo logró: a Aimée se le heló la piel: los orcos le habían parecido capaces de grandes atrocidades y, sin duda, no quería conocer a los Drow.

Ziv se puso en marcha y Aimée los siguió de cerca. Otra vez se toparon con otras escaleras. Cuando bajaron como 20 escalones, el pequeño Ziv se detuvo. Aimée hizo lo mismo.

—¡Oh no! —exclamó Aimée, estupefacta—. Ha habido un derrumbe. Ya no podremos continuar —observando el profundo hoyo que se abría delante de ellos.

—¿De qué hablas?... No ha habido ningún derrumbe. Ese es el camino. Tenemos que descender a la Ciudad de Luz por ahí.

—¡Qué! —volvió a exclamar recordando su miedo a las alturas— ¿Cómo bajaremos?

—Aquí traigo unas cuerdas —señaló Ziv despreocupado, sacándolas de la pequeño morral que traía atado a la cintura.

—Pero son muy delgadas; además, no creo que alcancen... —asomándose con cuidado al agujero—... han de ser como 40 o 50 metros de profundidad.

—Son tan fuertes como el acero, y el pozo mide un kilómetro hasta el fondo; sin embargo, no tienes nada de qué preocuparte porque se van haciendo largas conforme lo vayamos necesitando —respondió con un gesto displicente con su aniñada y aguda voz.

La joven lo contempló desconcertada. Aún no podía creer lo que oía. Comenzó a sentirse mareada a causa de la solidez del aire en aquel estrecho sitio y, desde luego, por su miedo a las alturas. Respiró profundo y todavía incrédula, sobre las cuerdas, le reclamó a Ziv:

—¿Vamos a descender por medio de unas endebles sogas casi un kilómetro por ese oscuro pozo?

—¡Mis cuerdas no son blandengues! —le respondió Ziv con tono soberbio— ¡Son mágicas y no sé de qué te quejas, vamos a bajar! ¡Yo tuve que subir por ahí solo!

174

Aimée no lo había visto desde esa perspectiva. Pidió disculpas. Sabía que quejarse no le serviría de nada y se dispuso a ponerse el frágil, simple y práctico arnés. Ziv encajó un extremo de la cuerda a una especie de estalactita que colgaba justo arriba del pozo.

—¿Por qué la amarras de ahí, si hay más piedras de donde sostenerla al lado de nosotros? —preguntó al presenciar el trabajo que se había tomado para amarrar la soga desde un punto tan incómodo.

—Porque así bajaremos justo por en medio del pozo. Si la amarro en estas piedras —y Ziv tocó una que estaba justo al lado del agujero— descenderíamos pegados a la pared. El pozo es recto y a sus costados tiene una especie de aberturas. Son como huecos de ventilación y están vigilados por los Drow. Por eso no podemos pegarnos a ningún costado, nos olisquearían.

—Pero este pozo no mide más de cinco metros de diámetro; aunque fuéramos por en medio igual nos distinguirían, ¿no?

—No, el único defecto de los Drow es la vista. Solamente pueden ver cuando hay mucha luz o el objeto está a un metro de distancia en una zona poco iluminada. Si vamos por en medio, estaremos seguros. Yo voy a descender primero, pero no debes de separarte mucho y voy a bajar la intensidad de la luz. Si llegara a apagarme por completo es porque los Drow están cerca. Tú tienes que quedarte completamente en silencio y no hacer ningún movimiento.

—O sea, que ellos detectan a sus presas por el sonido y el movimiento.

—Debajo de la tierra sí —respondió Ziv alzando los hombros con gesto despreocupado—, además del olfato.

—Fuera… —comentó titubeante.

—Al aire libre, si la luz es suficiente pueden ver a mayor distancia. No te preocupes: casi nunca suben a la superficie… no está en su naturaleza.

Aimée pensaba que saber eso sería un alivio si estuvieran en el exterior. Sin embargo, estando a punto de descender, aquella información no la ayudaba mucho para tranquilizarse.

Comenzaron el descenso sin contratiempos. La joven, aunque nerviosa, lograba bajar sin sentir mucho vértigo. Lamentaba no poder distraerse preguntándole sus innumerables cuestionamientos porque debían de permanecer en silencio. ¡Tenía tantas dudas! ¿Quiénes eran los miembros de la Hermandad? ¿Cómo sabían de ella y de que intentaría escapar del castillo por la fuente del jardín? ¿Por qué Ziv sabía que había sido una princesa? ¿Por qué la Ciudad Luz estaba en las profundidades, justo debajo del castillo de Anuar? ¿Conocían a Morvan?...

Ziv volvió a apagarse por completo. Aimée se detuvo. Él hacía eso cada vez que se topaba con algún túnel, pero las cuatro veces anteriores no se había tardado tanto en avanzar. Aimée se quedó inmóvil ansiando distinguir algo en aquella oscuridad a la que se estaba acostumbrando. El agujero de ventilación ante el cual se habían detenido era mayor que los anteriores; media cerca de cinco metros de diámetro. La muchacha sospechó que eso no podría ser una buena señal. De pronto, escuchó ruidos provenientes del oscuro túnel. Un repelente olor comenzó a soporizarlos, y el sonido de piedras que tronaban por fuertes pisadas se hacía cada vez más claro. Aimée se imaginó lo peor: debían de ser cuatro o seis criaturas las que vendrían por aquel túnel para cerciorarse de que no había intrusos en el pozo.

175

Una tenue luz proveniente del conducto los iluminó ligeramente y, por fin, Aimée lograba vislumbrar qué producía aquel escándalo. Juntó todo su valor y fuerza de voluntad para no soltar un tremendo grito de terror y no desmayarse al ver el rostro de tan asquerosa bestia. Su cabeza se antojaba humanoide, aunque tenía tres enormes ojos rojos de cada lado de la cara. En vez de boca, poseía una especie de hocico más parecido a gruesas y filosas tenazas. Su pelaje era oscuro. El torso era el de un humano fornido, con un raro tatuaje color rojo bermellón en el pecho y poseía garras en lugar de dedos. Lo más abominable era el resto cuerpo. En lugar de cadera, su fisonomía inferior era idéntica al de una viuda negra, con sus cuatro patas en cada costado. Ahora entendía por qué creía que se aproximaba una multitud. La criatura se acercó al pozo sin conseguir advertirlos. Con lentitud les dio la espalda; sin embargo, justo cuando Aimée y Ziv se sintieron con libertad de volver a respirar, el monstruo giró repentinamente su extraña y deforme cabeza. Al parecer no estaba convencido de que no había nadie por ahí. Aimée y Ziv alcanzaron a quedarse inertes a tiempo: el Drow no logró divisarlos y, receloso, regresó por donde vino. Ziv encendió escasamente sus dedos para indicarle a Aimée que continuarían descendiendo.

Por fin llegaron al fondo del pozo. Ahora el camino se dividía en numerosas galerías. Ziv se dirigió hacia la más estrecha y lúgubre de todas; ella lo siguió asustada. Transcurrieron algunos minutos antes de que Aimée se diera cuenta que el camino volvía a ser el de una espiral, aunque esta vez en lugar de entrar en ella, consideraba que partía del centro hacia fuera. Los giros descendían y eran cada vez más amplios. Las vueltas eran cada vez más largas. Esto provocaba en Aimée un sentimiento de libertad, de amplitud, de crecimiento. Como si de alguna manera abrigara la idea de que este era un paso más en su evolución.

—¿Cómo sabes que fui una princesa? —curioseó y sus mejillas se sonrojaron al escucharse. Era extraño para ella pensar que había sido una princesa.

—Eras, eres y serás siempre una princesa —respondió él, acelerando el paso.

—Pero ¿tú como lo sabes? —insistió, procurando no quedarse atrás.

Porque toda la Comunidad de la Luz te recuerda. Ellos nos lo han contado todo a los más jóvenes. La hermosa Reina Ágata me mostró imágenes tuyas en el Estanque del Aksa

—¿La Reina Ágata...? —balbuceó Aimée sin entender.

—Tú no lo recuerdas, pero pronto lo harás; ellos te explicaran todo. Espero que te lo muestren en el Estanque. ¡Es tan bonito! A los niños y a mí nos gustan mucho cuando nos muestras las historias en el Estanque del Aksa —respondió Ziv y en su voz se percibía que recordaba cuentos agradables.

—¿Por qué? ¿Qué tiene de especial el Estanque?

—Dana y la Reina Ágata pueden proyectar en él imágenes de hechos pasados.

—¿Y se ven en tamaño natural? —preguntó Aimée, recordando la noche en la Sala de las Tribulaciones, cuando Morvan le había mostrado los últimos momentos de su anterior vida.

—Por supuesto, y con dimensión, como nosotros —respondió haciendo chistosas muecas.

—Dices que a los niños y a ti les gusta mucho eso… Entonces, ¿cuántos años tienes?

—Sé que piensas que soy muy joven para haber sido asignado para esta misión. Pero la Hermandad consideró que, a pesar de mi corta edad, yo era apto —respondió Ziv, tratando de defenderse. No le gustaba que le dijeran que era muy pequeño para hacer las cosas.

—No estoy dudando de tus habilidades ni de tu madurez. Simplemente tengo curiosidad —aclaró al notar el dejo de reproche de su pequeño amigo.

—En ese caso, te lo diré: acabo de cumplir 102 años…

—¡Qué! —exclamó impresionada.

—Sí, sí, ya sé que te sorprende que alguien tan joven haya sido enviado por ti. Tal vez pienses que sigo siendo un niño, pero creo que hasta ahora lo he hecho muy bien, ¿no? —respondió Ziv caminando muy orgulloso, cerrando los puños e irguiéndose más.

—Es que eso no es joven para mí —replicó Aimée, alzando las cejas.

—No… mmmm… ¿cuántos años tienes tú?

—Veinticinco años…

Ziv se detuvo de sopetón para entreverla como si no pudiera creer lo que le decía. Tenía en el rostro la misma expresión y la misma mueca en la quijada que Aimée al oír la edad de él.

—Pero… mmmm… ¿cómo es posible eso? —y Ziv se sobó la barbilla para después alborotar aún más la maraña que tenía por cabello.

—La misma pregunta me hago yo sobre tu edad —replicó Aimée.

Ziv guardó silencio y permaneció dubitativo, continúo rascándose la sesera revolviendo aún más su pelo.

—¡Ah, ya sé por qué! —expresando con sus luminosos dedos que había recordado algo.

—¿Por qué? —preguntó ella, ansiosa.

—¡Qué tonto soy! Se me había olvidado que ahora eres humana y los humanos viven mucho menos que otras razas… sigamos, ya es tarde y nos están esperando, no falta mucho…

La joven lo seguía pensativa y ensimismada. No sabía si había escuchado bien… "¿Cómo que ahora soy humana? —se preguntaba—. Tal vez escuche mal o tal vez él no se dio cuenta de que no se expresó bien".

El túnel comenzaba a ensancharse a cada paso. La muchacha se percataba de que las paredes que la rodeaban tenían ahora una singular belleza: cientos de diamantes, rubíes y cuarzos adornaban cada metro cuadrado que ella y su pequeño amigo recorrían. El aire se tornó menos denso, hasta parecía fresco y revitalizante. Un extraño resplandor proveniente del final del corredor la deslumbró, y cuando sus ojos se acostumbraron otra vez a la claridad, se dio cuenta de que habían llegado al lugar más fantástico que cualquier humano hubiera visto jamás.

La caverna a la que habían entrado era gigantesca, tanto por su anchura como por su altura: más de 10 estadios de futbol podrían caber perfectamente en ese maravilloso sitio. Todas las rocas estaban cubiertas de un lechoso cristal blanco y todas las estalactitas que colgaban del alto techo estaban cubiertas de diamantes y zafiros. Un gran lago abarcaba casi toda la cámara. Era un lago tan vasto que Aimée

177

podría jurar que estaba frente al mar. Los reflejos de la laguna en las piedras blancas hacían que todo irradiara un tono azulado. Era mágico. En la otra orilla se alcanzaba a divisar una colina de tamaño mediano, coronada por un excelso palacio de cuarzo rosa.

Aimée enmudeció. No creía que existiera ningún vocablo que pudiera expresar lo que sentía o lo que veía. Ziv alcanzó con dificultad su mano y la encaminó hacía una especie de barca, ella estaba tan estupefacta que caminaba con torpeza, como si estuviera embriagada por tanta perfección. Apenas si notó que la lancha se asemejaba más a una gigantesca concha marina que a un bote. La muchacha apenas conseguía moverse. La gigantesca barca avanzó con lentitud al principio. A la joven le tomó unos minutos percatarse de que nadie remaba, y cuando observó con más atención se dio cuenta de que al frente de la imponente valva había unas cuerdas que eran haladas ¿por debajo del agua? Aimée se acercó a la proa. Sus ojos se abrieron desmesuradamente cuando descubrió que dos enormes caballos de mar color amarillo guiaban la curiosa embarcación. Cuando escudriñó las aguas a su alrededor se percató de que más seres la acompañaban. No había ni antorchas ni velas en los muros. La luz parecía provenir del lago mismo y del lejano palacio. El estanque era tan claro y cristalino que divisaba a los traviesos y juguetones delfines y peces de colores que la acompañaban en su travesía.

De pronto, potentes chorros de agua brotaron del lago y entonces Aimée se percató de que también la acompañaban ballenas beluga y narvales. Los chorros de agua, formaban, junto con la iridiscente luz del lago cientos de arcos iris por todo el lugar. En lo alto de la caverna, decenas de cisnes negros y blancos cerca de ellos se dirigían al palacio. A lo lejos, cientos de enormes luciérnagas venían hacia ellos. Cuando las tuvo más cerca, su corazón dio un vuelco: no eran luciérnagas volando y bailando a su alrededor. ¡En realidad eran pequeñas, bellas y tintineantes hadas que brillan en todos los colores!

Aimée sudaba frío, no podía moverse. Jamás había sonreído tanto en toda su vida, nunca imaginó que tanta belleza pudiera existir y cuando pensó que lo había visto todo, un fuerte golpe de agua la sacó de su error: eran divinas sirenas las que brincaban a gran altura. Las colas de unas eran de un amarillo dorado muy intenso; las de otras, violetas y rosas. Sus cabellos parecían multitornasol y entonaban una dulce melodía.

Cuando la embarcación alcanzó la orilla, Ziv se acercó a ella para ayudarla a bajar, Aimée apenas y consiguió agradecer el apoyo, sus pasos eran premiosos y atolondrados; su capa y su vestido se mojaban con las olas. Con lentitud subió las amplias escaleras de cuarzo rosa. En el último escalón se dio cuenta que aún le faltaban más maravillas por contemplar: frente a ella había una gran explanada que precedía al Palacio de Cuarzo. Ahí la esperaban cientos de criaturas y seres fantásticos que se acercaban con parsimonia.

Primero vio venir a los centauros, algunos con torsos de exóticas mujeres, y otros gallardos varones. Luego distinguió a los enanos y los gnomos. Después, las hadas que revolotearon alrededor de ella, para luego acercarse a la multitud y frente a ella, entre luces y polvos multicolores cambiaron su tamaño al de un humano.

178

Ahora su belleza se apreciaba en todo su magnificencia: unas tenían las alas y la piel en colores; en otras, solo las alas tenían color. Unas eran hermosas mujeres; otras, bellas niñas. Algunos duendes se allegaron. A Aimée le parecieron muy graciosos con sus curiosos gorros y sus delgadas piernas. Eran igual de delgados que Ziv, aunque mucho más bajos de estatura. Sus rostros, la mar de simpáticos, con ojos y nariz muy grandes y con bocas angulosas, vistiendo ropa estrafalaria. Advirtió que más seres se acercaban, y entonces los distinguió: eran los unicornios que había rescatado en el bosque de las manos de los trolls. Su belleza era aún más magnífica gracias a la luminosidad.

El pelaje de la mamá unicornio era de un rosado muy pálido, casi blanco, y con una crin de tonalidad rosa pardo que resaltaba su cuerno plateado; el pequeño era completamente blanco y parecía irradiar cierta luminiscencia. Sus grandes ojos gris azuloso la miraban expectantes. Al lado había más unicornios; parecían ser machos, porque eran más grandes, de miradas reservadas y piel blanca azulada, y su crin era de un azul muy intenso con cuernos dorados. También había unicornios blancos con cuernos plateados o de colores. Algunas diminutas hadas que seguían revoloteando a su alrededor comenzaron a descender delante de ella y, justo antes de tocar el piso, un titilante brillo las envolvió, transformándose en hadas de tamaño humano. Todas eran muy diferentes: unas eran altas y delgadas, otras más pequeñas y más esbeltas. Sus rostros poseían características de diferentes grupos humanos: las había orientales, hindúes, anglosajonas, africanas y latinoamericanas. Todas llevaban los cabellos en diferentes colores y sus alas eran tan grandes y hermosas como el de miles de mariposas.

Cada una de ellas le hizo una reverencia, y con lentitud caminaron de espaldas mezclándose entre la multitud. Del cielo descendieron los cisnes, unos eran blancos y otros negros, y antes de aterrizar, una espesa bruma los envolvió, dejando ver a atractivas mujeres aladas: unas de tez añil y cabellos rojos y naranja, con una extraña marca horizontal que cubría parte de la nariz, sienes y ojos. Los cisnes blancos se transformaron en mujeres caucásicas, con cabellos dorados. Ellas también llevaban una orla alargada que cubría sus ojos y sienes, aunque de color negro, como la que tienen los cisnes. Todas ellas también se integraron a la aglomeración.

En el lago, cientos de sirenas y tritones se aproximaron a la orilla y contemplaban a Aimée con ojos plenos de esperanza y cordial bienvenida. Las magníficas puertas del palacio de cuarzo empezaron a abrirse. Siete personas prorrumpieron de estas. En medio de ellos venía una deslumbrante mujer que se asemejaba más a una diosa, tanto por su belleza como por su resplandor. Sus cabellos eran violetas y sus hermosas alas como de mariposa eran de nítido color tornasol. Ostentaba una grandiosa corona y un hermoso cetro de cristal. La escena en conjunto era inimaginable: cada poro de la piel de Aimée se erizaba de emoción, sus piernas temblaban, sentía que le faltaba aire para respirar para gozar tanta perfección y gentil pompa.

A la joven le tomó algún tiempo digerir todo lo que estaba ante sus ojos: unicornios, centauros, duendes, gnomos, pegasos, mujeres cisnes, sirenas, tritones, hadas, elfos, delfines… Todos ellos la habían dejado tan atónita como maravillada.

179

DAGÁZ, La oscuridad vive en la luz y la luz en la oscuridad. Autora: Irene Arbolí Moreno

Con pasos firmes, la dama de cabellos violetas y alas tornasol se acercó a Aimée. Cuando estuvo frente a ella se detuvo, la contempló gozosa con sus increíbles ojos violetas...

—Por fin has regresado, mi pequeña princesa —le dijo Ágata, Reina de las Hadas, con mirada dulce y maternal.

CAPÍTULO XIII.
"Dagáz"
El libro de la Luz y la Oscuridad

Anuar y Miroslava salieron juntos del establo y simularon conversar. Dank e Ian esperaron algunos minutos, hicieron un hechizo de invisibilidad y se dirigieron sigilosamente a sus habitaciones. Nadie se dio cuenta de que habían estado largo rato en las caballerizas. En el pasillo del segundo piso, Miroslava y Anuar se toparon con Duncan y Kaled.

—Vaya, parece que el malentendido ya se ha aclarado, qué gusto me da —dijo Duncan gentilmente al ver a la pareja.

—Un mal... "entendido" que nunca debió de haber ocurrido, ¿no crees? — respondió Anuar en un tono que mostraba impaciencia e irritación.

La tensión en el aire era tan nítida que un cuchillo podría haberla segado. Miroslava permaneció callada y agachó el rostro simulando estar apenada. Temía que alguno de ellos se diera cuenta de que no era Aimée.

—Sí, sí, por supuesto —agregó Duncan, avergonzado.

—Lo importante es que la verdad siempre sale a relucir y su historia de amor podrá continuar por toda la eternidad —interrumpió Kaled en inflexión sarcástica.

Un tono que Anuar le conocía muy bien; para nadie era un secreto lo mucho que se desagradaban mutuamente.

—Ya, ya, Kaled —dijo Duncan secamente, en un intento por evitar una confrontación. Conocía bien el temperamento de Anuar y tenía perfectamente claro que él no toleraría insubordinaciones, aunque Aimée estuviera presente—. Es mejor que los dejemos a solas; después de todo aún les queda mucho que hablar. Nosotros debemos retirarnos a descansar.

No obstante, antes de que pudiera hacer una reverencia para despedirse de Aimée, Anuar le hizo una pregunta inesperada.

—¿Qué te ha ocurrido en la mano?

—Nada grave —respondió Duncan, fingiendo indiferencia—. Ya sabes: esos malditos Licántropos... por poco capturamos al estúpido de Donovan, ¡ahh! El muy suertudo se nos volvió a escapar. Pronto restañará la herida. Debo... —y entrevió a Aimée un tanto nervioso, porque no quería que entendiera lo que iba a decir— ...recuperar mis fuerzas —y le hizo un gesto a Anuar.

Él le devolvió el mohín como señal de que entendía lo que le quería expresar.

—Espero que ya hayamos recuperado territorios —comentó Anuar, intrigado porque no le habían asignado esa misión; sobre todo porque Morvan también había asistido.

—Sí, sí, hemos avanzado un poco. Desde luego, el territorio no es lo importante, lo realmente urgente es encontrar a Donovan y a Amir. Así, tal vez podamos detener la guerra sin necesidad de recurrir a... bueno... ya sabes... —y le echó un vistazo a quien creía que era Aimée, que continuaba esquivando las miradas de ambos.

181

—Es curioso, pero viéndola bien… tu lesión parece estar curada… en vez de una herida más bien tiene aspecto de cicatriz.

—¿Cicatriz? —exclamó Kaled, sorprendido—. Creo que el amor te tiene trastornado. Sabes bien que los Nosferatu no pueden tener cicatrices.

Anuar frunció el ceño concentrado. Le desagradaba bastante la forma antipática con la que hablaba Kaled y, sobre todo, que le explicara algo que él sabía perfectamente. Duncan lo notó y de inmediato interrumpió; la diplomacia era lo suyo.

—Lo que Kaled no vio es que me atacaron con una espada de ónice; por eso la herida no ha terminado de desvanecerse.

—¿Un espada de ónice? —inquirió Anuar, interesado—. ¿De dónde pudieron sacar los hombres de Donovan un arma así? ¿Desde cuándo los Licántropos pelean con otra cosa que no sean sus garras?

—Ya ves… parece que se han dado cuenta de que tienen una oportunidad de vencernos de esa manera. No quiero entretenerles más —resaltó Duncan nerviosamente, haciendo una reverencia para retirarse—. Mi bella dama es un alivio para mí saber que ya se encuentra sana y salva y, sobre todo, que las cosas se hayan aclarado —indicó ahora dirigiéndose a quien pensaba era Aimée.

Miroslava solo le dirigió una leve y tímida sonrisa, sin atreverse a mirarle a los ojos, asintiendo con el mentón. En un murmullo agradeció el comentario y volvió el rostro al piso.

—Tienes razón, Duncan. Tenemos mucho de que hablar. Te agradezco tu consideración hacia nosotros —confirmó Anuar haciendo un gesto caballeresco. Había averiguado muchas cosas con ese pequeño encuentro. Ofreció el brazo a la supuesta Aimée y continuaron su recorrido. Una vez los vio doblar el corredor, Duncan se sintió aliviado y cuando pensó que ya no los escuchaban, reprendió a Kaled.

—No sé de qué te enojas tanto. Si me hubiera portado cortésmente, Anuar habría sospechado de mi "nueva y mejorada actitud"; habría sido completamente anormal —expresó Kaled sombríamente, mientras sus venenosos ojos le dirigían un gesto de desagrado.

—Mmm… tal vez tengas razón, ¡ahh! —suspiró—. Verdaderamente, nos entretuvimos de más. Espero que se haya tragado el cuento de la espada de ónice —señaló Duncan, contemplando su lesión.

—Tenemos que hacer algo con esa cicatriz. Buscaré algún hechizo para hacerla invisible todo el tiempo; si no, se dará cuenta de que no te atacaron con una espada… y que no peleamos con Donovan y sus *perritos salvajes*.

—Tienes razón; hay que cubrirla. Vamos a mi habitación. Lo harás tú; yo no soy bueno con los hechizos. Si descubre que es una cicatriz no tardará en averiguar qué bicho me la hizo…

—¡Bicho! —exclamó Kaled, sonriendo— ¡llamas a aquel engendro, bicho!, ¡por poco nos mata a todos! —y continuó caminado y riendo.

—Lo importante es que escapamos y cumplimos la misión —recalcó Duncan, sobándose la mano herida.

—¿Alcanzaste a observar la cara de Morvan cuando estábamos con esa bestia? Por un momento creo que pensó que no lo lograríamos —insistió Kaled, agitándose al rememorar el enfrentamiento.

182

—Desde luego que lo noté… yo también creí que no lo íbamos a lograr —y sus ojos se nublaron—. Ya no hay que pensar en eso. Tenemos que terminar los preparativos… hay tantas cosas por hacer. Lo que me recuerda, debemos encontrar una manera de distraer a Anuar, ahora que se reconciliaron no querrá salir del castillo y observará todos nuestros movimientos, lo cual le hará sospechar.

—Opino que hay que volver a separarlos. Es la única manera.

—Pero ¿cómo? Sirge y Stefca ya no podrán acercarse a Aimée —recalcó Duncan, frotándose la frente y caminando más lentamente.

—Ya pensaré algo. Es tan ingenua e impresionable que morderá cualquier anzuelo. ¿Notaste lo apenada que estaba con nosotros? Ha de creer que estamos molestos con ella por hacer aquel círculo de protección.

—Es verdad, estaba muy callada… ahora que recuerdo no habló… eso no importa, ya casi todo está listo; solo hay que esperar el eclipse lunar. Debes ponerte a maquinar cómo vas hacerla enojar o huir otra vez; así entretendremos a Ian, Anuar y Dank. A Miroslava la enviaremos a alguna misión suicida. Esa mujer es muy peligrosa y debemos deshacernos de ella ya —insistió Duncan, abriendo la puerta de sus aposentos.

—No más poderosa que Aimée; no creo que conozcamos a nadie con tanto poder. Debe ser igual o más poderosa que Morvan o que Anuar —opinó Kaled, cerrando la puerta tras de sí.

—Sin embargo, ella no lo sabe, y Miroslava tiene muy claras sus capacidades; además, esa no tiene un pelo de tonta.

—Dirás una escama —volvió a interrumpir Kaled en su habitual tono sarcástico y burlón.

Al otro lado del castillo, Anuar y Miroslava entraron a la recámara de Aimée, dejando la puerta entreabierta.

—Ya no han de tardar —comentó Anuar agitado. Su mente iba a mil por hora.

—Cálmate o no podremos analizar las cosas. Los mejores planes se hacen con la cabeza bien fría —le dijo la mujer ofidio con sequedad, retirando de sus hombros sus ahora azulados cabellos.

Anuar no quiso mirarla. Le resultaba demasiado perturbador contemplar el rostro de Aimée con un gesto severo. Miroslava se sentó en el taburete del tocador, aunque cambió de asiento en cuanto se contempló en el espejo. No soportaba mirar su nuevo rostro. Decidió sentarse en la silla cerca del librero y de la mesa de trabajo. Anuar repitió inteligibles palabras, mientras caminaba en círculo por la habitación. Un extraño sonido se oyó en el pasillo fuera de la habitación, como el de un animal rastrero que transitara en las sombras. Al escucharlo, Anuar se acercó a la puerta y la abrió un poco más. Se dirigió al sillón y trató de tranquilizarse, Miroslava tenía razón, debía enfriarse para pensar mejor. Volvió el rostro hacia la cama, intentando recordar a Aimée durmiendo. La puerta que acababa de abrir, se cerró lentamente y Dank e Ian se hicieron visibles.

—¿Hiciste el hechizo? —inquirió Ian.

—Sí. Nadie podrá oírnos —respondió Anuar pausadamente con la mirada perdida en el amplio lecho.

—¿Se encontraron con alguien? —volvió a preguntar Ian, al tiempo que tomaba asiento en el taburete del tocador.

—Sí —respondió Miroslava con los ojos encendidos.

Ian y Dank se dieron cuenta de que habían averiguado algo. Dank se sentó al lado de Miroslava, esperando que les contaran lo que había sucedido. Anuar les relató el encuentro con Duncan y Kaled, palabra por palabra. Cuando terminó de hablar, guardaron silencio, cavilando en el significado de todo aquello. El primero en romper el silencio fue Ian:

—¿Estás seguro de que la herida era una cicatriz?

Anuar asintió y se arrellanó en el sillón rojo. Cruzó una pierna y colocó las manos enfrente de su cara. Sus dedos se tocaban, parecía pensativo.

—Definitivamente era una cicatriz —interrumpió Miroslava— y muy profunda. La pregunta es qué clase de arma podría hacerle eso a un Nosferatu... seguramente, Kaled la hará invisible con magia. Ya saben lo bruto que es Duncan con los hechizos. Lo que ahora tenemos claro es que no pelearon con hombres lobo. Eso es seguro y, además, fueron demasiado evasivos con respecto a ese tema. Y lo de la espada de ónice no cuadra: solo los Orcos o los Gnomos Negros pueden hacer un arma así, y jamás se la darían a un Licántropo o a un Therántropo: los desprecian.

Dank carraspeó. No le gustó el comentario siendo ambos Therántropos; él, hombre toro, y ella, una Naga.

—Es la verdad, nos desprecian. Sabes bien que tampoco nos la darían a nosotros —le replicó Miroslava mirándolo fríamente—. Tal vez... a un Centauro Rojo o a un Drow, y aun así lo dudo. Ellos no pueden ir a sus tierras. De todas maneras, un Vampiro logra sanar por completo las heridas causadas por el ónice mágico... a menos que... —y bajó la mirada...

—A menos que nos la claven en el corazón o nos corten la cabeza con ella —prosiguió Ian, terminando la frase—. Con eso nos matarían. Si los Licántropos tuvieran semejante instrumento, Duncan no te lo habría comentado tan tranquilo y, mucho menos, con indiferencia.

—Lo sé —añadió Anuar—. Los Licántropos no tienen esas armas. Pelearon contra otro monstruo y por eso no nos enviaron a nosotros. Es demasiado misterioso que, de pronto, hayan querido dejarnos solos —y le echó un vistazo a Miroslava—. Llevan días procurando que no esté cerca de Aimée. Se traen algo más entre manos; eso lo sabemos y no tiene que ver con esta guerra. Pero ¿cómo espiarlos? ¿Cómo saber a qué o a quién se enfrentaron? Si lo supiéramos, tal vez descubriríamos lo que traman —terminó casi bufando. Sus colmillos empezaban a asomarse, mostrando cuán frustrado se sentía.

—Tal vez... —interrumpió Miroslava, apuntando al librero— Aquí están todos los libros de Aimée, ¿verdad? —y comenzó a leer los títulos—. Debe de tener alguno de criaturas mitológicas.

—¿Eso qué tiene que ver? —preguntó Dank, observando de soslayo los viejos libros.

—Mucho. Podríamos ver qué clase de bestia afrontaron y saber qué están buscando.

—Esos libros describen criaturas mitológicas, criaturas que no existen...

—¿Perdón...? Nosotros también *somos* criaturas mitológicas, ¿recuerdas? —replicó Miroslava, exasperada y con un tono enfáticamente sarcástico, al tiempo que tomaba un viejo libro del estante.

184

Ian y Anuar sonrieron. Miroslava no se dignó a mirarlos y se puso a leer.

—No imagino qué criatura podría herir realmente a un vampiro. Todas las que conocemos, al herirlos los debilitan por un rato, y las lesiones siempre desaparecen, a menos que les hieran en el corazón... —dijo Dank pensativo—. Ni siquiera pueden ser envenenados...

—¡Hey!, eso no es verdad —reclamó Ian—. Si nos dan a beber sangre muerta, sí que nos pueden matar.

—Eso ya lo sé, y es muy difícil que se las den —respondió Dank encrespado—. No es lo que quiero decir. Mi punto es que a Duncan no le dieron a beber sangre de un muerto. Una bestia le atacó y tal vez ese monstruo tenga algún veneno en las garras que no permita que las heridas que infrinja a los inmortales desaparezcan. Lo que digo es que ni siquiera los dragones dorados o blancos ni las medusas tienen esos efectos en ustedes, siendo de las criaturas más venenosas que han existido. Simplemente, no me imagino qué otro monstruo pudo haber sido.

—¡Eso es, Dank! —exclamó Miroslava, pasando excitada las páginas del libro.

Todos la miraron consternados: Anuar se reclinó expectante, Ian se levantó y Dank solo atinó a hacer un gesto de desconcierto.

—Esa herida no desapareció porque el monstruo debía tener un veneno en las garras; porque eso parecía la cicatriz de Duncan, un arañazo —sus ojos de pronto se tornaron verdes y se abrieron inesperadamente—. ¡Una Mantícora! —exclamó Miroslava, alarmada—. ¡Eso fue lo que atacó a Duncan! No las recordaba porque las creía extintas. ¡Ellas tienen ese veneno en las garras y en el aguijón!

Los tres permanecieron en silencio. Ninguno entendía de qué diantres les estaba hablando.

—Una Mantícora —continuó Miroslava a mil por hora— es un ser monstruoso de color rojo con cuerpo de león, alas de murciélago y cabeza humana con barba y densa cabellera negra. ¿No los recuerdan? ¿Nunca han escuchado de ellas?

Ninguno respondió. Miroslava bufó y continúo explicándoles:

—La cola es muy parecida a la del escorpión, con unas púas de hierro que son extremadamente venenosas, igual que las garras. Tienen el tamaño de un caballo. Obviamente, es carnívora y son los únicos seres con veneno tan potente que es capaz de lacerar el cuerpo de cualquier inmortal. Deber ser diez veces más potente que el veneno de un dragón dorado.

Los tres estaban boquiabiertos de asombro. Ian chifló consternado, como si le fuera imposible emitir adjetivo alguno ante semejante cosa.

—No recuerdo haber escuchado nunca nada acerca de esos seres —reconoció Dank, todavía asombrado, frotándose la frente al tratar de imaginar a una criatura así.

—Yo tampoco —confirmó Ian, que volvió a sentarse. Colocó el codo en el tocador y luego recargó el rostro en la palma de su mano— ¡¿Un león rojo con alas, cola de escorpión y rostro de hombre?! No sé; realmente suena insólito... e imponente. Es difícil imaginarlo...

—El nombre me suena familiar, aunque la descripción no —agregó Anuar en una inflexión, ostensiblemente escamado.

—Tienen razón, no han oído de las Mantícoras porque en occidente no se hablaba mucho de ellas. Los persas les temían mucho. Mi padre me contaba historias de ellas. Yo creía que estaban extintas. Muchas de ellas se encargaban de cuidar importantes tesoros.

Los tres hombres alzaron las cejas e intercambiaron miradas significativas. Era la primera vez que escuchaban a Miroslava hablar de su padre. Se contuvieron para no hacerle preguntas o comentarios al respecto; no querían irritarla.

—No creo que Morvan quiera poseer más oro. ¿Cómo para qué...? —interrumpió Dank, tan incrédulo como despectivo al pensar en tesoros como los de los piratas.

—Por supuesto que no quiere poseer más fortunas —respondió Miroslava, haciendo un gesto contrariado con la mano—. ¡No hablo de esos tesoros! Hablo de poderosos instrumentos mágicos, libros sagrados, pócimas potentes, objetos que pueden otorgar gran poder a quien pueda manejar la magia.

—Por la descripción que das debe ser muy difícil enfrentarse a una criatura así. ¿Qué podría ser tan valioso que Morvan quisiera tenerlo a toda costa? Se ha tomado demasiadas molestias... —comentó Anuar y no pudo continuar, porque Miroslava lo interrumpió.

—Debe ser un objeto *muy poderoso*. Enfrentarse a las Mantícoras es extremadamente peligroso: al verte a los ojos pueden detectar tus emociones, y si descubren algo negativo, como odio, rabia, envidia o culpa, te paralizan, como si volvieran tu cuerpo de piedra y únicamente puedes liberarte si eliminas la emoción que la criatura detectó; obviamente, no cualquiera lograría hacerlo. Cuando tienen paralizada a su presa, se agazapan y cuando notan que está entrando en pánico la atacan. Estas bestias prefieren arremeter así porque les gusta el sabor de la carne cuando está cargada de adrenalina. Un ser de las tinieblas no podría luchar contra ella mirándola directamente, porque descubrirían todos sus sentimientos más viles y los inmovilizarían en seguida. Además, las Mantícoras nunca están solas, las acompañan entre diez y doce hembras de casi dos metros, leonas rojas con caras de mujer, alas de murciélago y colas de escorpión. Su veneno es letal para casi todos los seres conocidos: a los vampiros puede dejarlos sin la habilidad para hacerse invisibles o disminuir su fuerza; es casi imposible matarlas. Se las puede inmovilizar algún tiempo si descifras alguno de sus enigmas.

—¿De qué enigmas hablas? —curioseó Ian, frunciendo la frente.

—Las Mantícoras son guardianas de objetos o de entradas a sepulcros donde se guardan importantes tesoros. Cuando intentas obtenerlo, aparecen de la nada, te ordenan que bajes la mirada y te hacen una pregunta —generalmente una adivinanza—. Si respondes correctamente, te dejan obtener el objeto; si no, te piden que abras los ojos. Probablemente, Morvan obtuvo lo que sea que deseaba y de alguna manera ofendieron a la Mantícora y por eso Duncan salió lastimado. Quizá no vuelva a mover la mano de la misma manera.

—También pudo haber pasado tratando de obtener lo que fuera que estuvieran buscando, ¿no? O tal vez no lo lograron.

—Lo dudo. No hubieran sobrevivido... un ataque de once o trece Mantícoras...mmm... no... no estarían vivitos y, aunque hubiera sido así, todos estarían lastimados... No, eso debió de pasar al final del encuentro; probablemente cuando se dirigían a la salida.... —opinó Miroslava con la mirada perdida, como si estuviera analizando todas las posibilidades igual que se arma un rompecabezas.

186

—Creo lo mismo: debieron de haber obtenido la cosa, la joya o lo que sea que hayan ido a buscar; si no, Morvan estaría furioso, pero Duncan y Kaled estaban demasiado tranquilos. Aún hay algo que no cuadra: si son tan peligrosas, ¿por qué Morvan se arriesgaría a ir él mismo? —inquirió Anuar con semblante pensativo—. Podría haber mandado a cualquiera de sus pelagatos. ¿Por qué arriesgarse él mismo?

—Si lo deduces con lógica, sí tiene sentido. Alguien como Morvan, que exclusivamente piensa en el poder, no se arriesgaría a que otro quisiera quitárselo —dijo Ian, meditabundo.

Miroslava y Dank asintieron en señal de que estaban de acuerdo con Ian.

—No tenemos tiempo que perder. Si Morvan es ya dueño de algún ente o conocimiento muy poderoso, tenemos que descubrir qué es y arrebatárselo —expresó Anuar levantándose del sillón de terciopelo rojo, con el semblante serio y taciturno, y comenzó a caminar por la habitación con las manos en la espalda.

—Tenemos que armar un plan para que "Aimée" se fugue lo más pronto posible. Es la única manera como podremos espiarlos a nuestras anchas. Deben creer que estamos interesados en otro asunto —insistió Ian, acariciándose el mentón y observando a Miroslava.

—Sirge y Stefca no nos podrán servir. Se cuidaran mucho de hacer enojar a Anuar y a Morvan —opinó Miroslava, mirando pensativa la ventana.

—Es a Kaled a quien debemos incitar. Será muy fácil provocarlo —indicó Anuar, recordando el cinismo con que le habló en el pasillo—. Lo humillaré delante de Morvan; no podrá resistir el querer vengarse. El problema es cómo hacer que le diga algo muy hiriente o terrible a Aimée, algo tan vil que Aimée solo pensará en huir otra vez y crean que estamos ocupados en otras cosas...

—Yo tengo un plan y no puede fallar —aseguró Miroslava en un tono grave y frío, sin dejar de contemplar la luna creciente—. La idea me la dio Dank.

Los tres la contemplaron expectantes. Dank, desde luego, se irguió en su asiento, sintiéndose importante e inteligente. Ella volteó para avistarlos por un momento, regresó su vista a la ventana y comenzó a explicarles sus planes. Los pondrían en práctica la noche siguiente. Ian y Dank se hicieron invisibles y salieron al mismo tiempo que Anuar. Al salir se dieron cuenta que uno de los enanos negros había estado en el pasillo intentando espirarlos; sin embargo, no les preocupó, porque sabían que la vil criatura no había podido percibir que también habían estado en la recámara Ian y Dank. El sirviente tampoco alcanzó a oír nada por el hechizo protector que había realizado Anuar. En las sombras se retiró para avisarle a su amo los movimientos del Príncipe de las Sombras y su amada Princesa.

La noche siguiente, Anuar se dirigió con paso seguro al salón principal, donde le esperaban Morvan, Duncan, Kaled, otros Vampiros y Elfos Oscuros. La oportunidad para humillar a Kaled era perfecta, porque varios de sus subordinados del mundo de los Elfos estarían ahí, junto con algunos Orcos. Morvan lo esperaba sonriente, sentado en la cabecera de la gran mesa rectangular. Juzgó que se encontraba de buen humor. Anuar tomó asiento al costado derecho de Morvan; los demás tomaron sus respectivos lugares en cuanto el Príncipe de las Sombras se asentó en el suyo.

187

—No entiendo por qué te sientes tan contento esta noche, mi señor —exclamó Anuar en tono seco y con su habitual profunda y dura mirada, recargando los codos sobre la mesa—. Supe que ayer se enfrentaron a Donovan y que volvió a escapar.

—Él escapó; no obstante, perdió a muchos hombres en el enfrentamiento y salió herido; además, ya falta poco para el eclipse de luna y no me cabe la menor duda de que, una vez concretado el ritual, podremos destruirlo por completo —respondió Morvan tranquilamente, recargándose en su asiento y colocando las manos entrelazadas en su regazo.

—¿Cómo es posible que hayan vencido a tantos, si los Licántropos tenían espadas de ónice forjadas por los Gnomos Negros de las Tierras de Tanek?

—Únicamente tenían algunas, y sí… fue algo muy preocupante, pero nos dio una ventaja inesperada: no saben pelear con ellas y fue más fácil vencerlos así —respondió el Señor de la Noche en su reposado acento inglés, al tiempo que le echaba un vistazo furtivamente a Duncan y a Kaled.

—¿Cómo obtuvieron esas armas? ¿Cómo supieron si quiera de su existencia?

—Debieron de ser avisados por los Centauros Rojos. Sandro es muy diestro en la magia y se habrá percatado de que sería un arma poderosa —prorrumpió ahora Boris, un maduro y fuerte vampiro.

—Eso no explica cómo las obtuvieron. Ni los Centauros Rojos ni los Utanor pueden ir a esas tierras y, mucho menos, los Licántropos. Son enemigos naturales de los Gnomos Negros y los Orcos —señaló Anuar con semblante inexpresivo.

—Pero los Driders, no. Recuerda que muchos se han aliado con los Licántropos. Debieron invadir esas tierras; los Gnomos Negros no tendrían ninguna oportunidad contra ellos —interpeló ahora Duncan recargando el rostro sobre su puño, pretendiendo mostrar con disimulo que la herida que había notado Anuar la noche anterior había sanado por completo.

—Bien pudieron ser los Driders —murmuró Anuar, seco, y avistó de reojo la mano de Duncan, notando en ella un leve resplandor en la piel, confirmándole que Kaled la había hechizado para que la cicatriz no se percibiera—. ¿Por qué no se me avisó que saldrían? Si los hubiera acompañado, tal vez el señor de las Bestias no habría escapado —indagó Anuar, contemplando inquisitivamente a Morvan.

—No lo consideré pertinente —contestó Morvan con una mirada retadora—. Después del malentendido que tuviste con Aimée, lo más conveniente era que arreglaran las cosas; además, ya habías ido a otras misiones y no habías podido estar con ella a solas. Sé lo frustrante que debía de ser para ti esa situación. Ese asunto me tenía algo preocupado: ella pasará por una dura prueba y tienen que estar más unidos que nunca —y su voz se tornó paternal.

—Si eso es así, ¿por qué no se me permitió estar con ella desde el principio? —inquirió Anuar, con ojos encendidos.

—Tampoco lo consideré oportuno —confesó Morvan, relajando su gesto; aguardó unos segundos de silencio y continuó: —Ella tenía que digerir todo lo que se le había revelado; de lo contrario, no estaría abierta a que tú te le acercaras. Además, necesitaba que capitanearas la primera ofensiva. Contigo al frente logramos muchas bajas en el ejército de Donovan. Fuiste indispensable para presionar al Señor de las Bestias y orillarlo a hacer algo estúpido, como presentarse al enfrentamiento que tuvimos ayer.

Anuar no quiso abundar en ese tema. Debía de encontrar la manera de provocar a Kaled. Tenía que pensar rápido qué hacer. Observó a Morvan un instante y fue entonces cuando reparó en ella: detrás de su asiento se encontraba Aitana, la Arpía, recargada sobre el muro, como si quisiera no ser notada. Sus rubios cabellos se veían desaliñados y mantenía una sonrisa sigilosa, como si tuviera un secreto que le causara un tremendo placer.

—¿Qué harás con Sirge y Stefca? —preguntó Anuar, haciendo una mueca que se asemejaba a una sonrisa, porque sabía que Kaled las defendería a toda costa.

—Es una buena pregunta —respondió Morvan, mostrando un semblante serio—. Aún no lo decido. Su castigo debe ser...

—Severo —prosiguió Anuar en una inflexión soberbia para completar la frase, pues ese tipo de castigos solían ser extremadamente crueles y tormentosos.

—Señor de la Noche, si me permite, opino que semejante correctivo sería exagerado, Sirge y Stefca han demostrado su lealtad durante siglos —enjuició Kaled, observando a Anuar con un profundo odio— y ayer en batalla demostraron su utilidad como poderosas guerreras. Que jugando hayan provocado un "berrinche de la princesita" no es para aplicarles castigos.

—¿Jugando? —exclamó Anuar, exasperado, alzando la voz y levantándose de su asiento. Sus colmillos eran completamente visibles y sus pupilas e iris se tornaron completamente rojos, como dos hogueras imposibles de apagar—. ¡Un berrinche! —gritó, golpeando la mesa—. ¡Esas arpías estúpidas y celosas por poco arruinan todos nuestros planes! ¡Los Licántropos pudieron haberla encontrado primero! ¡Cómo te atreves a defender semejante estupidez y a semejantes brujas! ¡Deberías saber que ninguna de las dos va a fijarse en ti, aunque las defiendas! ¡Las muy estúpidas siguen obsesionadas porque no les hice caso, porque no me interesaron! —su voz se tornó imperiosa y su gesto en extremo altivo, recargó sus puños en la mesa y en seguida alzó su mano derecha señalándole amenazante—. ¡Y, te advierto, esta es la última vez en que te refieras a Aimée en ese tono delante de mí, porque será la última vez que hables!

—¡Anuar tranquilízate por favor! —pidió Morvan, alzándose de su asiento al tiempo que hacía un gesto con la mano para solicitarle a Anuar que se sentará—. Yo me encargaré de que el castigo sea el apropiado —continuó Morvan con un semblante decidido—. Tomaré en cuenta la gravedad de la falta y también —y ahora le echó un vistazo a Kaled— consideraré los aciertos que han tenido en el pasado. Serán castigadas —confirmó ahora entreviendo a Anuar—; de eso puedes estar seguro. Por favor aquiétate: no me cabe duda de que esta será la última vez que Kaled se refiera a Aimée en un dejo sarcástico o despreciativo —de inmediato tornó la vista hacia Kaled, fija, mientras volvía a sentarse—. Ahora debemos pasar a otros asuntos: Boris nos expondrá los últimos movimientos de Donovan y su séquito, y necesito que todos —recalcó hacia Kaled y a Anuar— analicen esta información para organizar la ofensiva.

Boris comenzó a explicar lo que supuestamente había averiguado junto con sus espías. Kaled no cabía en su furia; no escuchó nada de lo que se dijo durante la reunión. Su antes atractivo rostro ahora lucía deformado por el odio. Había sido humillado frente al clan de los Nosferatu y, peor aún, frente a su raza, los Dökkálfar. Los Elfos Oscuros nunca olvidarían aquella humillación. Kaled sabía

189

que nunca más lo volverían a ver igual. Había perdido el respeto de sus subordinados, un respeto que difícilmente podría recuperar. En su mente sólo había una palabra... venganza. Anuar, por su parte, fingió hallarse rabioso y distraído. Habló poco durante la junta; sin embargo, prestó mucha atención a los movimientos y planes que se llevarían a cabo. Dentro de sí se burlaba, notaba el odio con que lo entreveía Kaled, una animadversión que al fin manejaría a su conveniencia.

Al terminar la junta, Anuar se levantó rápidamente de su asiento. Simuló estar ansioso por ir a encontrarse con Aimée y se retiró del recinto sin detenerse a hablar con nadie. Poco a poco, la sala se fue vaciando. Kaled se quedó rezagado: no quería trabar conversación con nadie después de lo que había sucedido. Se sentía demasiado humillado y ofendido. Cuando notó que estaba solo, salió de la habitación distraído, ansiando maquinar su venganza. Dobló un oscuro pasillo y, de pronto, los escuchó hablar. Reconocería esas voces en cualquier parte: eran Ian y Dank quienes conversaban murmurando en las sombras.

—¿Crees que debimos entrar a la junta? —preguntaba Dank.

—No, no... de verdad dudo que hayan advertido nuestra ausencia. Aunque no encontré a Aitana, la busque por todo el castillo... a menos que esté en una misión o que haya asistido a la reunión... —respondía Ian susurrando. Lucía nervioso.

—No podremos evadir por siempre las preguntas de Aimée. Creo que ya empieza a sospechar algo. Hemos sido demasiado evasivos con ese tema y ella ya se dio cuenta. Sin Aitana, ¿cómo sabremos que rituales hicieron para encontrar a Aimée? —preguntaba Dank, observando alternada y constantemente a sus costados.

—Tal vez si pudiéramos engañar a Sibila, la hechicera... —mascullaba Ian, como si hablara para sí mismo.

—O a Zaba... —agregaba Dank con dejo inquisitivo—. Esa vieja bruja llevaría a cabo todo el ritual.

—No, esa anciana es muy perspicaz y poderosa para caer ante el efecto de la Planta de la Traición. Debemos ponerle la poción a Aitana o a Sibila; son relativamente jóvenes en comparación con la anciana adivinadora y caerán ante los efectos de la pócima.

—Aún no entiendo: ¿por qué no le inventamos algo a Aimée? De todas formas, ¿qué sacaríamos averiguando como la encontraron? Si fue algo muy espantoso, de todas maneras no se lo contaríamos. —Porque combinaríamos los hechos reales con "verdades suavizadas". Así Aimée no se sentiría muy impresionada. Si le contamos mentiras, ella podría averiguar la verdad y volver a desconfiar de nosotros, quizás hasta intentaría escaparse de nuevo.

—¿Tú crees que se atreva a hacer lo mismo? —tanteaba Dank, desconfiado.

—Sí, es demasiado impulsiva; tal vez lo planearía mejor. No dudo de que podría intentar hacer algo así otra vez —explicaba Ian.

—¡Anuar se volvería loco! No quiero ni pensarlo. ¿Viste cómo se puso la última vez? Parecía que le habían arrancado un trozo del alma.

—Lo sé, lo sé... por eso tenemos que averiguar bien qué clase de rituales realizaron para encontrar a Aimée, explicárselos primero de manera amañada y, de esta forma, si alguien más se lo refiere, no le creerá —explicaba Ian, aparentando preocupación y ansiedad.

—Pero ¿cómo podría averiguarlo si no es por nosotros? ¿Y por qué tendría que hablar con ellos otra vez? No creo que nadie se atreva, luego de lo que hicieron Sirge y Stefca. Tal vez si nos inventamos algo, ella nunca lo averigüe —insistía Dank, bajando más la voz.

—No podemos correr riesgos. Con lo perspicaz que es Aimée, no dudo que busque en algún libro o algo parecido. La confianza que tiene en Anuar aún es débil. Todavía no sabe qué siente por él ni recuerda el gran amor que se tuvieron. No permitamos que su confianza se tambalee otra vez —mentía Ian, a sabiendas de que Kaled escuchaba escondido en un rincón.

—Perfecto. Entonces tendremos que hallar a alguna de las brujas —prosiguió Dank—. Aitana debe de estar con Morvan; últimamente no se le separa. Pero creo que sé dónde podemos encontrar a Sibila... va a ser muy difícil ponerle la poción en su bebida.

—Tú la distraerás mientras yo lo hago. ¿Escuchaste algo?

—No —mintió Dank volteando hacia todas direcciones. Sabía que Kaled los escuchaba—. Vámonos. Creo que encontraremos a Sibila en los sótanos.

En un rincón, agazapado, Kaled sonreía en las sombras. Ahora todo lo que tenía que hacer era pedirle alguno de sus libros a Zaba, la Bruja de los Sacrificios, y dejarlo accidentalmente cerca de Aimée. Aunque ella no quisiera escapar, pelearía con Anuar, le perdería la confianza y querría alejarse de él. Ver a Anuar sufrir por el amor de su amada princesa sería la mejor manera de quedar satisfecho y matar dos pájaros de un tiro. El Señor de la Noche estaría agradecido con él por distraer al Príncipe de las Sombras y a su grupo.

Dank e Ian tuvieron que disimular que llevarían a cabo su plan. Kaled los había escuchado y seguiría cada uno de sus movimientos. Con sigilo fueron a los sótanos, encontraron a Sibila sola y la saludaron sin darle mayor importancia; aparentaron estar interesados en otras cosas, buscaron polvos, brebajes y delante de la hechicera prepararon un poción que según ellos proporcionaría mayor fortaleza a quien la bebiera.

—¿Para qué quieren una poción así? —curioseó Sibila, interrumpiendo el silencio en el que trabajaban, y acarició la mesa con sus largas y afiladas uñas verde olivo—. Ustedes ya son muy fuertes, casi tanto como Anuar y Kaled.

—No debemos arriesgarnos —respondió Ian sin mirarla, al tiempo que vertía más polvos e ingredientes al brebaje—. Queremos atrapar a Donovan. Esta vez no se nos puede escapar.

—Mmmm ya veo... ese sí que es un enemigo poderoso —y comenzó a acercarse a Ian despacio, mirándolo fijamente, arañando la madera lentamente con sus afiladas uñas.

El aire en la habitación resultaba un tanto pesado. Aquel cuarto no contaba con ventilación y los hedores y humos de las pociones por siglos ahí preparados impregnaban el ambiente haciéndolo casi irrespirable. Ian no lo sabía, pero Sibila albergaba por él una fuerte atracción; jamás se había atrevido a acercársele en demasía; sin embargo, la soledad en la que se encontraban terminó por darle valor. Que Dank también se hallara en el sótano no le importaba. Pensaba que si los ayudaba, Ian le debería el favor y tendría que hacer algo para recompensarla.

—Tal vez yo pueda ayudarlos —declaró Sibila, con cautela y mirada inocente.

191

Ian volteó con rapidez, sorprendido. Se había dado cuenta de la manera seductora como la bruja lo examinaba, obviamente se le revolvió el estómago, a pesar de eso, junto toda su fuerza de voluntad para responderle el desagradable coqueteo.

—Serías de gran ayuda. Hay ingredientes que no sé en qué cantidades echar en los calderos —reconoció Ian, acercando la mano al libro que leía, para rozar su brazo con el de ella.

Dank lo entrevió, intrigado. Al cabo de unos segundos se percató de que Ian pretendía seducir a Sibila. Se giró un momento para tomar unos vasos y aprovechó para hacer un gesto de asco. Después de un rato, la pócima quedó lista. Dank sería el encargado de distraer a Sibila. No obstante, esta no le quitaba los ojos de encima a Ian.

—¿En cuánto tiempo surtiría efecto después de ingerirla? —preguntó Dank olisqueando con repugnancia el brebaje que estaba en la mesa.

—En media hora —respondió Sibila, mordiéndose el labio para flirtear con Ian—. No es necesario que la beban ahora; pueden probarla, comprobar sus efectos y guardarla para cuando realmente la necesiten…— a continuación colocó los brazos sobre la mesa para después recargar ahí la cabeza, pretendiendo hacer un gesto pícaro y seductor.

Los mecheros a su alrededor humeaban, la madera en el piso crujía con cada paso que daban y las llamas de las velas bailaban lánguidamente. Dank la observó entusiasmado y comenzó a servir las copas. Ian se daba cuenta de que era ahora cuando debía distraerla.

—¿Por qué vas a servir tres? —inquirió Sibila extrañada—. Yo no la necesito.

—Para que brindes con nosotros —respondió Ian, acercándose más. Sus brillantes ojos color miel la contemplaban vehementemente—. Además... nunca se sabe cuándo podrías necesitar fuerzas extras... —sus varoniles labios hicieron un mueca picaresca para resaltar la última frase.

Dank comenzó a sentir una curiosa mezcla entre risa y nauseas, pero se aguantó. Aprovechando la distracción de Sibila, arrojó en su copa la Planta de los Traidores. En unos instantes, Sibila la Hechicera comenzaría a responder a todas las preguntas que se le hicieran, para luego olvidar todo cuanto había dicho o hecho. Los tres brindaron y bebieron. Ella no dejaba de observar a Ian al empinar la copa. Después de beber el humeante brebaje, Dank se excusó y se retiró de la habitación dejándolos solos. Se había quitado un peso de encima al saber que era Ian y no él quien estaría con esa bruja. Sibila se sentía feliz de que Dank se hubiera marchado; por fin podía estar a solas con Ian.

—¿Desde hace cuánto tiempo te gusto? —preguntó Ian descaradamente para verificar que la poción comenzará a surtir efecto.

—Desde que te conocí —confesó Sibila sin reparos aunque algo perpleja.

Sin embargo, la poción que le habían preparado era tan fuerte que ella no podría resistir responder a todas sus preguntas: sus ojos, como vacíos, comenzaba a perder toda su voluntad.

Ian advirtió que ella por fin se encontraba a su merced y prosiguió a hacer el interrogatorio. Sibila le contó cada detalle de la noche del solsticio de invierno, donde hacía ya un poco más de dos meses que habían raptado y sacrificado a una hermosa Elfa de la Luz llamada Enya. Y cómo habían cubierto todos sus rastros

192

para que la Hermandad de la Luna Plateada no la encontrara de ninguna manera. Ian no sabía que tal comunidad existiera y no podía salir de su asombro al verificar que todas esas criaturas vivían de verdad en la Tierra y que también habían estado intentado encontrar a Aimée o la Princesa Celeste como ellos la llamaban. Le preguntó por qué Anuar desconocía la existencia de esos seres; sin embargo, Sibila únicamente alcanzó a responderle que Morvan nunca permitió que tuvieran contacto con ellos de ninguna manera, aunque ignoraba las razones. Cuando Ian averiguó todo lo que pudo y empezó a notar que el efecto de la poción disminuía, se excusó para retirarse. En pocos minutos, Sibila olvidaría todas las preguntas que él le había hecho y acaso recordaría la despedida y nada más. Cuando estuvo en las escaleras para ir al segundo piso, Ian se encontró con Dank. Le hizo un ademán indicándole que Kaled se escondía entre las sombras.

—¿Lo lograste? —indagó Dank, simulando ansiedad.

—Sí, lo sé todo —respondió Ian haciendo un gesto preocupado, procurando esconder que había averiguado más de lo que esperaban—: realizaron un sacrificio... fue terrible... tendremos que encontrar la manera de suavizar este hecho. No le digamos nada hoy a Aimée. Al rato que hablemos con Anuar planearemos lo que vamos a contarle... tal vez a Miroslava se le ocurra algo...

—Miroslava no está en el castillo —mintió Dank, guiñando un ojo—. Salió a una misión que le encargó Anuar y no sé cuándo va regresar —intentando alzar la voz para que Kaled lo escuchara con claridad.

—Pues... tendremos que arreglárnoslas nosotros —señaló Ian en un falso tono, entre preocupado y sorprendido.

Kaled sonrió. Tendría tiempo suficiente para pedirle el libro a Zaba y colocarlo en uno de los libreros de la habitación de Aimée. Se escondió y esperó a que Ian y Dank se dirigieran hacia el tercer piso. Después retrocedió hacia el lado contrario, a la habitación de Zaba, la Bruja de los Sacrificios.

—¿Cómo les ha ido? —escudriñó Anuar, levantándose del sillón, cuando vio entrar a Ian y a Dank en el cuarto.

—Kaled mordió el anzuelo: se fue directo a buscar a la vieja Zaba —respondió Dank, sentándose cerca de la ventana—. Ha de estar pidiéndole alguno de sus malditos libros. Al rato hay que salir de la alcoba para que él pueda entrar.

El aire soplaba a través del cancel del balcón. Miroslava se levantó de su asiento y comenzó a sacar unos libros de la estantería para colocarlos sobre la mesa.

—¿Qué haces? —preguntó Dank, rascándose la rapada cabeza.

—Estoy esparciendo algunos libros para que Kaled crea que Aimée está investigando cómo Morvan y Anuar lograron dar con su paradero.

—Hablando de eso, ¿lograron averiguar algo sobre el asunto? —curioseó Anuar.

—Tuvimos que ir con Sibila; a Aitana no la encontramos —comentó Dank, colocando sus fuertes brazos detrás de su cabeza, mientras se recargaba relajadamente en su asiento.

—Entró a la junta con Morvan y no se ha apartado de su lado —interrumpió Anuar—. Cuando estuve en París con Aimée, nos espiaba. Aquella arpía es muy estúpida: intentó atacarnos para que no platicáramos y se delató. En ese instante comencé a sospechar que algo no andaba bien y que Morvan se traía algo entre manos. Bueno, ¿qué fue lo que les contó Sibila?

193

—Logramos darle la poción, pero yo no hablé con ella; resulta que está enamorada de Ian —dijo Dank carcajeándose—. A él le soltó toda la sopa.

Miroslava y Anuar sonrieron algo incrédulos. Ian, por su parte, ni se inmutó. Permaneció callado con la mirada perdida, como si estuviera sumido en profundas reflexiones.

—Y bien, ¿qué te reveló tu enamorada? —sondeó Miroslava, al tiempo que se sentaba junto a Dank.

Esperaron unos segundos a que Ian hablara; sin embargo, no respondió. Continuaba de pie absorto en sus propios pensamientos, recargado sobre la puerta.

—¿Ian? —insistió Miroslava, con rostro severo.

—Perdón, ¿me hablabas? —respondió distraído.

—¿Qué te sucede? ¿Pasa algo malo? ¿Por qué has estado tan callado? —replicó Miroslava.

—No, no nada malo. Solo que averigüé más de lo que esperábamos, y aún lo estoy digiriendo —confesó Ian visiblemente desconcertado, agitando ligeramente las manos.

—¿Qué? —preguntaron los demás al unísono, inclinándose para escuchar mejor.

Ian comenzó a contarles cómo Morvan y su séquito raptaron y sacrificaron a una Elfa de la Luz, para así encontrar a Aimée. También les narró lo que había sobre la Hermandad de la Luna Plateada, y que ellos también la buscaban.

—¿Una Elfa de la Luz? —murmuró Anuar haciendo un gesto incrédulo, mientras sus ojos centelleaban, algo en él comenzaba a agitarse.

—Sí —respondió Ian—. Una Elfa llamada Enya. No pensé que esas criaturas existieran…

—Yo sí —reconoció Anuar acariciando su mentón mientras contemplaba la nada pensativo.

—Yo también —continuó Dank—. Nunca he dudado de la presencia de muchos de esos seres, aunque jamás los he visto.

—Yo sí —terció Miroslava—. Hace mucho que no sé de ellos. Morvan maldijo muy bien los alrededores.

—¿Por qué nunca nos lo habías contado? —inquirieron al unísono los tres al tiempo que la contemplaban estupefactos.

—Nunca antes me lo habían preguntado.

En ese momento, Anuar, Ian y Dank se dieron cuenta de que sabían muy poco en realidad acerca de su leal amiga. Su carácter frío y ese halo de misterio que la rodeaba hacían que guardaran su distancia y no se atrevieran a hacerle preguntas personales.

—¿Y cómo son? ¿Cuándo fue la última vez que los viste? —indagó Anuar expectante, temiendo que ella no se lo explicaría.

—Después de conocer a Morvan, un poco antes de conocerlos a ustedes... mmmm.... Como un año antes de que los convirtieran —respondió Miroslava, entreviendo a Ian y Anuar— solo conocí a unos pocos. Mi padre no tenía buenas relaciones con ellos; más bien, con casi nadie que no fuera de nuestra raza.

—¿Los conocías? ¿Hablaste con ellos? —insistía Anuar. La piel se le erizaba.

—Sí conocí a varios Elfos de la Luz. Son muy poderosos, muy similares a los humanos físicamente, aunque desde luego tienen sus diferencias. Los Elfos son

194

más altos, con las orejas puntiagudas y muy alargadas. Son grandes guerreros y manejan la magia con singular destreza. No les gusta tener tratos con los humanos y son muy pocos ya los que quedan en la Tierra. Las Hadas son muy hermosas y también inmensamente poderosas, aunque solo me presentaron a unas cuantas, a las que podían cambiar de estatura a voluntad... porque no todas pueden hacerlo. Nunca vi a los Unicornios ni a los Gnomos ni a los Duendes. Pero sí conocí a un Centauro llamado Ashtar, que ya debe de ser el Gran Sacerdote de su raza.

—¿Son como los Centauros Rojos? —indagó Dank, emocionado, recordando a aquellas criaturas fuertes y salvajes a las que se había enfrentado algunas veces.

—Sí, con otros colores... creo que son aún más fuertes y mucho más civilizados, aunque poco amigables. No sé, distantes... no eran cálidos como las Hadas o los Elfos —respondió Miroslava entrecerrando los ojos como para poder recordarlos mejor.

—¿Por qué los conociste, si tu padre no tenía tratos con ellos? —resaltó Anuar aún consternado. Su corazón brincaba.

—Se mantenía distante. Su bisabuelo peleó junto a ellos en la Era de Tanek. Sé que fueron tiempos muy difíciles para todos. Aunque quien me los presentó, en realidad, fue Aalok, descendiente del gran Kukulcán. Para estas fechas ya debe ser también un Maestro de Luz —respondió Miroslava, dirigiendo ahora su rostro hacia la ventana. Parecía distraída.

—¿Kukulcán?... ¿Un Maestro de Luz? —curiosearon Ian y Anuar.

—Kukulcán fue un poderoso sabio y guerrero. Se volvió Señor del Fuego Sagrado y luego Señor de la Serpiente Emplumada; vienen a ser como unos parientes míos. Aalok es su descendiente —y su vista se nubló por un momento—. Por eso los conocí. Maestro de Luz es el grado más alto dentro de la Hermandad, que siempre está formada por 12 Grandes Maestros de diferentes razas. Así es como se coordinan.

—¿Por qué no nos los hemos topado? —inquirió Ian, desconcertado.

—Porque siempre hemos vivido en lugares malditos —manifestó Anuar sin dudar.

—Bueno... ahora sabemos por qué Morvan se ha tomado tantas molestias para que no se nos acerquen: ¡porque la Hermandad también ha estado buscando a Aimée! —exclamó Miroslava, levantándose sorpresivamente de su asiento— pero... ¿por qué la Hermandad la busca? ¿Será por la profecía? ¿Qué tanto saben de nosotros?

Todos guardaron silencio un largo rato. Miroslava no dejaba de dar vueltas en la habitación. Anuar permaneció en el sillón pensativo, recargado sobre sus manos. Ian seguía recargado sobre la puerta con los brazos cruzados y Dank miraba, ausente, por la ventana.

—Pensaremos en esto después —intervino Dank, rompiendo el silencio sepulcral al tiempo que se levantaba de su silla—; debemos salir para que Kaled pueda entrar a dejar el libro de Zaba.

El grupo estuvo de acuerdo. Anuar y Miroslava salieron de la habitación tomados del brazo, aparentando ser una feliz pareja, Ian y Dank se volvieron invisibles y marcharon detrás de ellos. Kaled, que había estado esperando que dejaran la alcoba, aprovechó para entrar.

—¡¡¡Aggg!!! —prorrumpió Kaled, haciendo un gesto de asco y cerrando la puerta tras de sí— ¡Flores! —exclamó en voz alta enervando los ojos con desagrado al advertir las gardenias en las mesitas de noche— mmmm... así que ya has estado investigando querida Aimée —pensó Kaled, hojeando los libros sobre la mesa—. Esto será más fácil de lo que pensé —y su boca mostró una sensación de placer.

Dejó el viejo grimorio de la perversa Bruja Zaba encima del montón que creía había estado revisando Aimée. Y cuidó de colocar el listón cerca de la página que hablaba de los *"Sacrificios para encontrar almas perdidas"*. Salió a hurtadillas de la alcoba, cuidando que nadie lo espiara. Dos horas después, Miroslava, disfrazada de Aimée, regresaba a la habitación, junto con Anuar. Sin que nadie se diera cuenta, Ian y Dank entraban detrás. Anuar realizó el conjuro para que nadie pudiera escucharlos, y Dank e Ian se hicieron visibles una vez la puerta estuvo perfectamente cerrada.

—No perdió el tiempo, ¿eh? —señaló Dank, haciendo un gesto de deleite al ver el libro de la vieja Bruja sobre la mesa.

—No sabe qué arma nos acaba de proporcionar —confirmó Miroslava, excitada, examinando el grimorio—. Trae un sinfín de conjuros y contraconjuros —y su lengua acarició los labios, como si pretendiera saborear todo el contenido del libro.

Anuar, que se había sentado en su respectivo sillón rojo, permaneció callado, con la mirada perdida.

—Estoy seguro que Aimée está bien —apuntó Ian al tiempo que se echaba en la cama.

Anuar se giró, quiso hablar, aunque Ian le ganó la palabra.

—Y estoy convencido de que está con ellos. Aquel jardín debe de llevar al mundo de los Gnomos o algo así. Presiento que ella está a salvo y sé que tú también puedes sentirlo, así que deja de preocuparte. Debemos concentrarnos en otras cosas. Tienes que preparar las pócimas para hacer a los Homúnculos que deberán sustituirnos en la falsa búsqueda.

—Lo sé —dijo Anuar—. Eso será algo tardado de hacer, pero fácil. ¿Por qué estás tan seguro de que ella está bien?

—No lo sé; lo presiento, pero no lo puedo explicar... ¿Te acuerdas que cuando hizo el jardín estaba muy feliz? Aquel proyecto ocupaba casi todo su tiempo y después de terminarlo se volvió más poderosa... ¿No recuerdas que los sirvientes no paraban de cotillear entre los corredores de cómo la "princesa se comportaba muy extrañamente" y que "parecía que tenía amigos imaginarios", "que la pérdida de su familia había sido demasiado para ella"...?

—Sí... lo había olvidado. Creo que decían que la habían visto tejer ropa muy pequeña.

—Sí, sí, sospecho que conoció a los Gnomos, por eso sabía construir tan buenos pasadizos.

Anuar no dejaba de mover la cabeza, señalando que estaba de acuerdo. Dank también recordaba algo de eso. Miroslava aparentemente no loes escuchaba, se hallaba enfrascada revisando aquel viejo y poderoso grimorio. No cualquiera tenía acceso a semejante conocimiento.

—¿Tú qué piensas? —le preguntó Anuar a Miroslava, como intentando hacer que lo convenciera de que Aimée estaba a salvo.

196

—Pienso que Kaled es más estúpido de lo que había imaginado —respondió sin mirarlo, sosteniendo el libro abierto y con los ojos casi desorbitados de placer.

Los tres fruncieron el entrecejo, desconcertados; no habían notado que Miroslava no les había prestado nada de atención.

—¿De qué hablas? —preguntó Anuar, con semblante cansino. Suponía que Miroslava estaba descubriendo poderosos hechizos y potentes pociones.

—De que ya sé qué buscaba Morvan al ir a enfrentar a la Manticora.

Ian, que había estado recostado en la cama, se sentó de golpe; Anuar se levantó del sillón y Dank golpeó la mesa, sintiéndose orgulloso.

—Dagáz... —dijo Miroslava acariciando una hoja del grimorio que sostenía, mientras su lengua de serpiente parecía asomarse entre sus dientes, como si no pudiera contener su emoción al pronunciar esa palabra.

—¿Qué significa? —preguntaron los tres reclinándose hacia adelante.

—*Dagáz* es el libro más antiguo de la civilización. Contiene los archivos donde se conserva todo el proceso evolutivo del planeta... *"Es el Libro de la Transformación, del Día y de la Noche, de la Luz y la Oscuridad".*

—¿Para que querría Morvan algo así? —inquirió Dank, decepcionado, mientras volvía a recargarse en el respaldo de su silla, sin dar importancia a lo que Miroslava acababa de decir.

Esta permaneció callada. Estaba tratando de traducir lo mejor posible el alfabeto mágico en el que estaba escrito el libro que sostenía, rozando la página que hablaba sobre *Dagáz*. Anuar e Ian esperaron impacientes por su respuesta. Sabían que era más importante de lo que entendían. Miroslava alzó la mirada, y comenzó a explicarles.

—Dagáz no contiene únicamente los archivos del planeta; trae las más poderosas fórmulas mágicas, secretos del universo y sus criaturas y, lo más importante: en él vienen todas las indicaciones y fórmulas mágicas para abrir portales dimensionales.

—¿Y? —volvió a preguntar Dank, alzando un momento la mano en señal de desdén.

—¿Qué crees que sucedería si Morvan pudiera hacer que los Elfos Oscuros volvieran a poblar la Tierra o los Dragones Blancos o los Verdes o las Medusas Gigantes o los Orcos, los Trolls, los Driders, los Utanor, los Drow? ¿Qué tal si Morvan pudiera con las fórmulas que contiene el libro controlar a todas esas criaturas? —le espetó Miroslava, irritada. Su lengua comenzó a verse como la de las serpientes.

Anuar e Ian prefirieron no observarla. No les gustaba verla hacer eso ahora que su rostro era idéntico al de Aimée. Dank, por su parte, giró lentamente su afeitada cabeza. Aquel hombre descomunal reflejaba con su cuerpo que comenzaba a entender la situación y a sentirse pequeño, impotente. Jamás imaginó que alguien pudiera tener semejante poder. Anuar sintió un encogimiento en el corazón. Ian estaba pasmado.

—Controlaría el mundo... —murmuró Anuar apenas abriendo los labios, como si la idea apenas comenzara a hacerse real en su imaginación.

—Exacto... todas esas criaturas, incluyéndonos —continuó Miroslava dirigiéndose a Dank como si supiera que también podrían hacer que más Mujeres Serpiente y más Hombres Toro vinieran a la Tierra nuevamente—. Poblarían el planeta como nunca lo han hecho. Los humanos se volverían sus esclavos... habría gran destrucción y sería lo más parecido a un Armagedón.

—¿Por qué? —indagó ahora Ian.

—Porque hay una buena razón para que esas criaturas ya no habiten el planeta.

—Pero ustedes están aquí...

—Sí, pero ¿cuántos somos? —insistió Miroslava preocupada—. ¿Cuántas Mujeres Serpientes conoces, cuántos Therántropos, cuántos Driders, Trolls...? Somos grupos muy reducidos, casi en extinción. Cada siglo, nuestro número ha sido diezmado, los humanos, los cataclismos, nuestras propias guerras. ¿Qué crees que pasaría si todos volvieran en grandes clanes? ¿Qué tal que los Dragones estuvieran peleando por comida con los Orcos y los Driders? ¿Qué tal si en los mares, además de los depredadores naturales, estuvieran las Medusas Gigantes, el Leviatán, los Krakeres, qué crees que pasaría?

—¿Pero en verdad crees que Morvan sería tan tonto para hacer algo así? —indagó Dank incrédulo— ¿Traer a todas esas criaturas para tener poder y luego perderlo porque ya no queda alimento para todos?

—No —contestó Miroslava con inflexión solemne—. Si yo fuera él, traería a todos esos monstruos para deshacerme de mis enemigos: Donovan, los Utanor y los Centauros Rojos ya no serían una amenaza y así podría tomar control en el mundo de los humanos sin peligro. Una vez que lo obtuviera, tendría la manera de regresar a esas bestias a sus dimensiones.

—Pero habría mucha destrucción —reclamó Ian—. ¡Mucha gente moriría!

—*El fin...* —dijo Miroslava sin poder terminar la frase.

—*Justifica los medios...* —terminó la frase Anuar restregándose la frente.

Miroslava asintió consternada. Ian se dirigió a una pared y recargó el brazo en el muro y, después, la cabeza. Dank se cruzó de brazos y se volvió a recargar en el dorso de su asiento.

—Los Seres de Luz también serían destruidos ¿verdad? —reconoció Anuar, en demasía entristecido.

—Sí, creo que serían a los primeros que atacaría. Se ha esforzado demasiado en mantenerlos alejados; tal vez piense o sepa que pueden detenerlo de alguna manera.

—¿Qué podemos hacer? —preguntó Anuar al aire, pensando que no había solución posible.

—Por lo que entiendo aquí, para abrir los portales necesitan varias cosas; además, no los pueden abrir en cualquier lugar. Aquí veo varias fórmulas mágicas, escritos; se ve que llevan siglos indagando dónde puedan hacerlo. Tendremos que averiguar cuándo y en qué sitios abrirán los portales y si ya lo tienen todo preparado.

—¿Y si no logramos evitar que abran los portales? —objetó Dank, preocupado, acariciando nervioso su rapada cabeza.

—Aquí hicieron anotaciones sobre una Piedra Mágica que sirve para cerrar los portales. Morvan la necesitará porque sabe que no puede dejarlos abiertos y también para regresar a muchas de las criaturas cuando terminen el trabajo que les asignará. Pero aquí no dice más.

198

—Tenemos que investigar qué Piedra es y encontrarla primero. Estoy casi seguro que ya debe tener todo listo para abrir los portales —explicó Anuar, levantándose del sillón.

—¿Por qué crees que ya lo tiene todo listo? —preguntó Dank, también poniéndose de pie.

—Hoy, en la junta estaba demasiado tranquilo. Lucía satisfecho. Estoy casi seguro que lo único que le faltaba es el Libro que logró quitarle a la Mantícora… y tal vez la Piedra Mágica para cerrar los portales.

—No entiendo. ¿Se ha tomado tantas molestias para disfrazar todo esto delante de nosotros, en vez de atacarnos? ¿Por qué, si somos muy pocos? —inquirió Ian al vacío, como si llevara un tiempo reflexionando esto.

— No sé… quizás quiera que Anuar transforme a Aimée durante el eclipse, para que luego Anuar les comparta de su nueva sangre —opinó Dank—. Después de todo, creo que si ambiciona obtener tanto poder, seguro espera deshacerse de la debilidad de no tolerar la luz del sol.

Todos estuvieron de acuerdo con Dank. El ambiente se había vuelto tan tenso que podía cortarse el aire con un simple suspiro. Algunos minutos después Miroslava rompió el silencio:

—Sí… es lo más probable… y también creo que necesita a Aimée para algo más. Aquí aparece su nombre varias veces —comentó Miroslava, hojeando el viejo libro de la bruja Zaba.

—¿Su nombre, anotado…? —inquirió Anuar sobresaltado.

—Bueno, habla de la Princesa Celeste, pero sabemos que Morvan cree que es ella por la Profecía y porque la Hermandad de la Luna Plateada también la identifica así.

Anuar les dio la espalda. No quería que notaran su aflicción. Miroslava se acercó y le puso su pálida mano en el hombro:

—Tranquilízate, está a salvo. Si aún necesitaba a Aimée para algo ya no la va a poder usar.

Anuar se giró y le sonrió levemente.

—Eso ya lo sé. Lo que urge es ponerte a ti a salvo.

Ian y Dank corroboraron con la cabeza, pues ahora, disfrazada como Aimée, corría grave peligro. Por primera vez en su vida Miroslava se sonrojó al ver a sus amigos mortificados por ella.

—La "huida" —opinó Ian entreviendo a Miroslava y haciendo un gesto de comillas con las manos— debemos hacerla mañana mismo. No debemos arriesgarnos a que necesiten a "Aimée" en estos días. Y antes de eso ya deberás de tener listos a nuestros dobles —recalcó, ahora mirando a Anuar—. Una vez crean que hemos salido a buscar a Aimée, yo espiaré a Kaled. Tú —dijo Mirando a Dank— espiarás a las Duncan, Miroslava a Aitana y tú, Anuar, irás tras Morvan.

—¿Por qué únicamente harán dobles de ustedes? —preguntó Dank ahora que había pensado mejor las cosas—. ¿Por qué no hacen también un doble mío?

—Porque no es necesario. Morvan sabe que Anuar se llevaría a una comitiva con él y que tú y Miroslava trabajan mejor solos —indicó Ian—. Sería muy extraño que Anuar no quisiera ayuda para encontrarla. Nuestros dobles deben irse con los vampiros que Morvan les asigne a su cargo. Así estaría seguro de que no le estorbamos y podríamos movernos más libremente.

—Además, no podemos exponernos a que tú pierdas la mitad de tu fuerza como ellos ni yo mi poder y mi agilidad —resaltó Miroslava. Se quedó callada unos instantes, a continuación señaló con la mano a Ian y a Anuar—. Y sigue sin gustarme que vayamos a una misión así... sin ustedes en un ciento por ciento.

—No tenemos otra opción... —arremetió Anuar.

—Lo sé... —confirmó Miroslava, girándose a la ventana para correr los cortinajes—. Es hora de descansar; mañana será una noche harto complicada. Anuar, no olvides ir con Leii para que le expliques que me deje montarlo. Aunque me vea como Aimée, él sabe muy bien que no lo soy y también dile que una vez haya volado lo bastante lejos me deje apear y que él se esconda hasta que lo volvamos a necesitar. Regresaré al castillo por el pasadizo de la biblioteca. Te esperaré en la chimenea para que, por fin, pueda volver a ser yo —su voz se volvió grave y orgullosa.

—Bien, después, nos verán a todos reunirnos en el comedor —continuó Anuar— para que se den cuenta de que Miroslava ya regresó de su "misión", para luego venir a la alcoba de Aimée y hacer la actuación de mi vida —y sonrió al pensar en el escándalo que debía armar.

Ian y Dank sonrieron también y luego se volvieron invisibles. Anuar abrió la puerta y dejó espacio suficiente para que ellos salieran primero; luego se despidió de Miroslava dándole un beso en la mano.

—Hasta mañana, mi bella Princesa —comentó Anuar caballerosamente, al tiempo que ejecutaba una reverencia, tratando de no reírse al ver el rostro de ella con aquel gesto de hartazgo y procurando no ver esos ojos flemáticos con los que en realidad Miroslava solía mirarlo cuando comentaba algo que juzgaba ridículo e incómodo.

Aquella actuación la realizó en el pasillo, para que el enano y desagradable espía de Morvan los viera despedirse afectuosamente. El peludo criado se escondió entre las sombras y caminó a hurtadillas por el corredor para ir a informar a su amo lo que había visto. Miroslava cerró la puerta y se dirigió hacia la mesa, tomó el grimorio de la bruja Zaba y lo abrió en la página que mostraba la imagen del antiguo y poderoso *Libro Dagáz*, también conocido como el *Libro Dorado del Día y de la Noche*, el grimorio de la Transformación... acarició la imagen con cuidado, como si imaginara que realmente lo tenía en su poder, que poseía aquel antiguo tesoro de cubierta de oro puro y diamante. Cerró los ojos vislumbrando lo que sería disfrutar de tanto poder en sus manos. Suspiró, abrió los ojos levemente y, murmurando en la oscuridad, sus labios pronunciaron unas palabras llenas de ambición y pasión:
—"*Dagáz... el Libro de la Luz y la Oscuridad*".

CAPÍTULO XIV.
El Llamado de la Sangre

La magia en la inmensa bóveda se antojaba interminable; la atmósfera era insólita... extraordinaria. Aun así, a Aimée le faltaba el aliento: la impresión de conocer a todos esos maravillosos seres la tenía perpleja; no obstante, lo que más la había impactado era aquella hermosa Señora: sus cabellos violetas y sus enormes alas de mariposa la habían hecho sentir un vuelco en el corazón; quería preguntar tantas cosas y, sin embargo, se había quedado sin voz. Aquellas palabras recién escuchadas resonaban en su cabeza como inmensas campanas: "Por fin has regresado, mi pequeña princesa", le había dicho la encantadora Reina con una mirada dulce y maternal. Aimée examinaba a la sublime mujer que tenía frente a ella y absurdamente intuía que se conocían, tal vez de algún sueño... sí, pensaba, la había soñado antes...

—Hace tanto tiempo te esperaba... y pareciera que fue ayer la última vez que nos vimos —insistió Ágata con semblante melancólico, y sus grandes alas tornasoladas descendieron ligeramente, reflejando esa nostalgia.

La Reina la abrazó con cariño, como si la misma alma se le fuera en aquel gesto. Aimée percibió un penetrante perfume de azucenas. Los brazos de aquella mujer eran cálidos y suaves. No sabía por qué, pero sentía muchas ganas de llorar. La Reina Ágata se retiró un poco, la sostuvo por los hombros y no dejó de contemplarla con ternura: sus grandes ojos violetas resplandecían y una tierna lágrima rozó su pálida mejilla.

—¿Usss... usted me... conoce? —balbuceó Aimée, intentando con todas sus fuerzas de armar una frase coherente.

—Sé que debe ser muy confuso para ti, mi pequeña princesa. Sé que aún no me recuerdas, pero sí nos conocemos —respondió la Reina con ternura—. Nos conoces a todos —e hizo un ademán con las manos señalando a todas las criaturas que los acompañaban.

—¿Peee... pee... pero ¿cómo, cuándo? —siguió Aimée, musitando.

—Te lo aclararé todo —ratificó la Reina, dirigiéndose al lago—. La sangre que corre por tus venas te ha traído aquí y es tu sangre la que puede explicártelo.

Al terminar de bajar las escalinatas, Aimée ofreció su brazo. Sospechaba que pasaría algo similar a cuando estuvo con Morvan en el Salón de las Tribulaciones, aquella primera noche que la llevaron al lúgubre castillo. Ágata la observó sorprendida de que la joven comprendiera tan rápido. Tomó su mano para escudriñarla con detenimiento y se percató de la incisión que Morvan le había hecho recientemente.

—¿Quién te hizo esto? —inquirió la Ágata, preocupada.

—Morvan, ¿lo conocen? —contestó Aimée, tímidamente.

La Reina de las Hadas asintió y lanzó una ojeada rápida a Tonalna, Señora de los Duendes, que se encontraba a su costado. Las dos parecían alarmadas.

—¿Por qué lo hizo? —indagó Ágata, acariciando suavemente su herida.

—Para poder mostrarme mi historia en unos lienzos mágicos —respondió apenada—. Pude presenciar los últimos momentos de mi vida anterior, como prometida de Anuar. ¿Es eso lo que va a mostrarme? —masculló, cohibida.

—No —respondió tranquilamente la Reina, mientras la brisa hacía bailar su larga cabellera violeta—. Te mostraré quién eres realmente y de dónde vienes —su mirada se tornó más profunda y se encaminó hacia las orillas de la vasta laguna, llevándola consigo.

Aimée abrió los ojos a más no poder. Su corazón palpitaba con tanta fuerza que creía que todos ahí podían escuchar sus latidos. Cuando estuvieron en el borde del estanque, Ágata volvió a pedirle su brazo y tomó de su brillante vestido una concha nácar y, con cuidado y rapidez, le hizo una incisión en la mano, estiró su brazo sobre el agua y dejó caer unas gotas del líquido escarlata, después le cubrió la herida con una fina tela. El agua comenzó a agitarse y todos los presentes se aproximaron a la orilla. Axel y Kiara estaban allí y se arrimaron a los barandales para tener una mejor vista. Los dos estaban emocionados y, al ver cómo vibraba el agua, abrieron desorbitadamente los ojos.

—¡Por fin sabremos su historia! —exclamó Kiara, emocionada.

—¡Cómo! ¿todavía no la conocen? —interrumpió Ziv en un tono algo sorprendido, y a la vez burlón. En lo que trepaba por la baranda.

—¿Tú ya la sabes? —curioseó Axel, haciendo un gesto que revelaba escepticismo.

—Todos la conocemos. Ágata nos la proyectó en el lago hace unos días. ¿Dónde estaban ustedes? Yo creía que toda la comunidad lo había presenciado, pues convocaron a todos. Ha venido muchos seres de tierras muy lejanas —dijo Ziv, revolviendo con su mano su enmarañado cabello. Estaba visiblemente entusiasmado y nervioso.

—En una misión —respondió Axel con inflexión orgullosa.

—Pues qué suerte que la Reina Ágata la va a volver a narrar. Me muero de ganas de escucharla y verla otra vez.

—¿Verla? —preguntó Axel, extrañado—. ¿No estamos muy lejos para que podamos ver una proyección de una Hada? —objetó, recordando cuando algunas de ellas le contaban historias y las mostraban en el aire.

—No —respondió el pequeño Fingerlys—. La Reina es muy poderosa y la proyectará sobre en el lago Aksa. ¡Es maravilloso! ¡Las imágenes recubren casi toda el agua!

Los tres permanecieron expectantes. Las sirenas y tritones nadaron hacia las orillas y, con un movimiento de sus manos, elevaron un poco de agua para encumbrarse con ella y sentarse en las rocas. Los unicornios y los pegasos se acercaron al barandal y dejaron que sus amigos los duendes, gnomos y enanos subieran a sus lomos. Todos los centauros también se acercaron, las mujeres cisnes volaron hacia las blancas y brillantes rocas para ver todo desde una buena altura y no estorbar a los demás. Las hadas hicieron lo mismo.

—Hay muchas cosas que debes comprender antes que te explique quién eres —dijo la Reina, haciéndose una cortada en su mano y alzándola para que las gotas del preciado líquido rojo también cayeran en la cristalina agua.

Aimée afirmó varias veces con la cabeza sin poder dejar de observarla como embelesada, casi hipnotizada.

—Existen muchos tipos de vida en el Universo. Todos vienen de una sola fuente y a ella regresarán cuando sus experiencias de aprendizaje concluyan —explicó Ágata, alzando su mano, y entonces el agua del estanque vibró de nuevo, pero con mayor intensidad.

La sacudida continuó hasta elevarse, formando sobre el lago unas figuras tridimensionales: se veía al universo, sus planetas; en seguida, comenzaron a parecer curiosas criaturas, unas casi sin forma, otras parecían completamente alienígenas, otras aparentaban ser energía pura en movimiento y otras ya muy conocidas, como dragones, centauros, hadas, gnomos…

—A esa energía universal los humanos le llaman *Dios*. Y, como los humanos, todos tenemos ciertas creencias acerca de quién o qué es *Ello*. A todos los seres se nos ha sido vedada esa información, de alguna u otra manera. Todos en su nivel conocen un poco más o menos de la existencia de "Dios" o "sus designios", dependiendo de su nivel de evolución. Lo que todos tenemos claro aquí —reiteró Ágata señalando a su alrededor—, y lo sabemos cómo una gran verdad, es que *Ello*… Dios, es Amor Puro que siempre ha sido y que siempre será. También tenemos por seguro que todos formamos parte de él, que en realidad somos uno con él, que estamos en periodo de aprendizaje y que regresaremos a él. Nosotros lo llamamos Energía Universal y sabemos que crece y transmuta con nuestras experiencias. Hace ya muchas eras, los Grandes Maestros Ascendidos, los Maestros que están más íntimamente relacionados con la Energía Universal y que reciben de esta la guía para que todos los seres del Universo realicen sus planes y experiencias de vida, fueron convocados para crear un planeta que contuviera una grandísima variedad de criaturas. Jamás se había hecho algo así en el Universo.

Las imágenes en el agua comenzaron a cambiar y mostraron numerosas formas de energía de todos los colores que se reunían: se trataba de los Grandes Maestros Ascendidos.

La tarea no era fácil: no solo convivirían un sinfín de plantas y animales de todo tipo. A lo largo del tiempo también lo habitarían seres con diferentes tipos de vibraciones provenientes de otros lugares para apoyar en la creación y manutención de la biología.

—Esos somos nosotros —confirmó la Reina de las Hadas, alzando la mano señalando a todos los presentes—. No solo eso: un nuevo grupo vendría a la tierra; era una mezcla muy singular, pues tendría una biología por completo animal, aunque poseería plena conciencia, emociones y espiritualidad; *los Humanos*. Serían las primeras criaturas en el Universo con todas esas características que vivirían experiencias a veces muy duras y otras muy felices para la evolución de sus almas. Tendrían un completo libre albedrío, a diferencia de otros seres. Era para ellos, en realidad, que se estaba creando este planeta. Los Grandes Maestros Ascendidos tuvieron una gran tarea por delante. Unos se encargaron de encaminar al planeta ya formado para que estuviera a una distancia correcta del Sol. Eso fue cuando chocó con Venus —agregó Ágata murmurando—. Otro ser se encargó de balancear el campo magnético del planeta, creando una rejilla magnética alrededor de la Tierra. Otros se ofrecieron para venir a trabajar como humanos y hacer que sus almas evolucionaran con sus nuevas experiencias de vida. Muchos otros nos ofrecimos para apoyar lo que se trabajaría aquí. Y un espíritu más se ofreció para, quizás, realizar la tarea más importante y difícil de todas: proveer de alma al planeta.

Los ojos de Aimée centellearon: no podía creer lo que oía. No sabía si creer o no.

—Gaia —reconoció Aimée, casi suspirando.

—Sí, Gaia es una Gran Entidad que ha estado trabajando durante eones para que la vida pudiera darse en este planeta.

—¿Pero es un *Ser*? —preguntó Aimée, incrédula.

—Los humanos la ven como una gran roca que viaja a una gran velocidad alrededor del Sol, y no es así. Gaia proporciona la energía suficiente para que la vida pueda producirse y mantenerse. Ya te había dicho que había una gran cantidad de entidades en el Cosmos, cada una es muy diferente. Gaia es –para nosotros– enorme, sin forma definida. No obstante, es una entidad con conciencia; ella también se encuentra en periodo de aprendizaje. Muchos planetas y estrellas son, en realidad, entidades del Universo que trabajan en su misión. Sería muy ilógico que hubiera tantas rocas flotando, así nada más, en el vasto espacio. ¿No crees? —insistió Ágata, haciendo una dulce mueca con sus labios—. Pronto comprenderás que todo tiene un sentido, una finalidad. Una vez que Gaia entró a la Tierra, un sinfín de cosas maravillosas empezaron a suceder: los árboles crecieron y, poco a poco, muchas criaturas la habitaron. Cuando se creyó pertinente, la entidad encargada de equilibrar el campo magnético vino e hizo reacomodos para que otros tipos de vida coexistieran en el planeta. Hubo gran destrucción, pero fue necesaria: la Tierra atrajo un gran meteorito y este acabó con muchas criaturas, las que ustedes llaman dinosaurios. Muchos eones transcurrieron y vino la edad de Hielo, y ahí fue cuando muchos de nosotros venimos para ayudar a Gaia en su proceso de creación de vida inteligente.

>>Las hadas, elfos, gnomos, duendes... en fin, todos nosotros vinimos a la Tierra para auxiliar a la Madre Naturaleza con su infinita tarea. Cada uno de los clanes con sus diferencias muy particulares. Todos, en general, tenemos una forma física similar entre nosotros, porque casi todos somos humanoides de alta vibración. Unos somos más altos que otros o más fuertes o ágiles. Sin embargo, todos nosotros compartimos una biología análoga. Procedemos, en realidad, de una serie de siete estrellas que los hombres llaman las Pléyades. Y nuestro tipo de vibración es muy diferente del de los humanos, aunque podemos manejar nuestra manera de vibrar a voluntad y hacernos visibles a los ojos de los hombres. Aun así, aunque no lo parezca, somos menos densos. Es por esa razón que manejamos muy bien la magia, la comprendemos mejor, nos hacemos unos con ella. Otra clase de seres también vinieron e hicieron su propio camino. Cada uno con sus intereses muy particulares, elfos oscuros, orcos, trolls... También ellos vibran en diferentes niveles y por eso los humanos no pueden verlos.

Sobre el lago se plasmaron las imágenes de los elfos, hadas y otros seres arribando a la Tierra. Todos y cada uno en sus respectivos lugares: las hadas y los elfos en los bosques, los gnomos en las profundidades de la tierra, los duendes en los prados y en los valles.

—Aunque ya existían los simios evolucionados y seguían su propia línea de vida y aprendizaje, se decidió dejarlos continuar con su lenta evolución, y por otra parte se crearon los primeros humanos propiamente dichos. Eran muy avanzados, se veían iguales a los actuales, aunque estos eran mucho más altos. La rejilla magnética no era la adecuada para ellos porque les permitía saber más acerca de los secretos del Universo. Estaban muy abiertos a la alta espiritualidad y las experiencias de aprendizaje eran muy pobres. Kryon, la entidad encargada de modificar a la rejilla magnética, regresó una vez más a la Tierra para hacer ajustes.

—La rejilla… no entiendo... —interrumpió Aimée, tímidamente.

La bella Reina la miró tiernamente, alzó de nuevo una mano y nuevas imágenes volvieron a mostrarse en el lago. Era el Planeta, rodeado de una especie canales de energía. Aimée los reconoció por haberlos visto en los libros del colegio. Las imágenes mostraban los canales por donde corría el campo magnético de la Tierra.

—El campo magnético posee ahora esta forma, que tú y que los humanos conocen porque Kryon la creo así para ellos. La rejilla no solo permite el equilibrio perfecto para que el planeta pueda contener vida, sino que posee la armonía correcta para que muchas entidades podamos habitarla: animales, plantas, humanos, y todos nosotros, los que somos menos densos. Además, la rejilla también hace que los humanos adquieran una serie de bloqueos especiales para que logren vivir sus experiencias de aprendizaje. La sensación de individualidad, la dualidad, la creencia de que todo tiene un principio y un fin, bueno, todo lo que hace que los humanos piensen como piensan acerca de las leyes del Universo, todo eso lo provoca la rejilla.

>>En los tiempos de Mu y Lemuria, la rejilla permaneció muy abierta y el velo entre la espiritualidad y la vida en la Tierra era muy tenue. Los habitantes de esos continentes, ahora perdidos, estaban al tanto de que eran eternos, aunque murieran en esta Tierra. Sabían que reencarnarían; además vivían muchos más años que los humanos actuales, a veces hasta siete veces más. Cuando muchos de ellos estuvieron en periodo de espíritu, lo que ustedes llaman morir, decidieron junto con los Grandes Maestros Ascendidos que era momento de cambiar la rejilla para mejorar sus experiencias de aprendizaje en el planeta. Kryon regresó para hacer los ajustes pertinentes, y los dos continentes desaparecieron. Aunque parezca cruel, era lo apropiado, y ellos estuvieron de acuerdo. Por eso no se tienen registros físicos de esos primeros humanos.

—¿Cómo es eso posible? ¿Cómo es posible que estuvieran de acuerdo en morir, en desaparecer? —interrumpió Aimée, sorprendida y angustiada.

—La muerte no es el fin, como los hombres creen. La muerte siempre es regeneración. Recuerda que, en realidad, nada se destruye y nada se crea. La energía de la que estamos formados todos, incluyendo lo objetos inanimados, no puede ser destruida, sino únicamente transmutada. La muerte es solo una experiencia más de aprendizaje. Los seres que vienen a trabajar en la Tierra como humanos tienen una maravillosa oportunidad de obtener experiencias nuevas y evolucionar. El planeta Tierra es solo una escuela más de las muchas que hay en el Universo. Los humanos vienen a experimentar varias vidas de diferentes maneras y a nutrirse de esas experiencias para seguir su camino de evolución en el Universo. Suben de esfera, lo que ustedes llaman dimensión. Cuantas más esferas o dimensiones crucen, más cerca estarán de la Energía Universal... del Amor

205

Universal. La muerte no es el final porque eso no existe; no existe ni el principio ni el fin. Los bloqueos que hay en ti no te permiten comprender completamente esto, porque así debe ser. Tampoco permiten tener acceso a ese conocimiento cuando están en la Tierra, únicamente cuando mueren y abandonan el cuerpo físico se dan cuenta de que son eternos, de que están en periodo de aprendizaje y que deben planear su siguiente vida.

En el lago se materializaron en forma de hologramas los dos pequeños continentes ubicados en el océano Pacífico. Después Aimée presenció su destrucción a causa de fenómenos naturales y cómo el acontecimiento no dejó rastro alguno. Observó a las almas de los habitantes de Mu y Lemuria abandonando su cuerpo para viajar hacia el centro de la Tierra.

—¿Por qué se dirigen hacia el centro de la Tierra? —indagó Aimée, frunciendo el ceño.

—Porque muy cerca del centro de la Tierra se encuentra la Cueva de la Creación. Es una Cueva Astral; por ahí ingresan todas las almas que van a nacer y todas las que regresan de su periodo de vida, las que se marchan del planeta. Ahí descansan para planear su próxima vida. Es inaccesible a los humanos cuando están "vivos". Es imposible que la detecten de alguna manera. La energía de esa cueva es la que nos permite permanecer en el planeta. Sin ella, tendríamos que marcharnos definitivamente. Y los nuevos humanos no tendrían cómo entrar a sus cuerpos al nacer o no tendrían a dónde ir después de morir.

—Entonces, ¿qué ocurrió cuando se ajustó la rejilla?

—Se crearon nuevos humanos. Un poco más bajos de estatura que los de Mu y Lemuria. Vivían en un continente llamado Atlántida; sin embargo, el sistema magnético de la época concedía todavía demasiada tolerancia para la iluminación. Estaban por alcanzar una vibración de comunicación muy alta con sus entidades del alma, pero sin poseer el conocimiento de todo lo que eso significaba. Eso no servía para su periodo de aprendizaje porque se asimilaba muy poco. Parecía como si todo les fuera dado, como si lo absorbieran de un velo muy débil, porque este no se hallaba en el lugar correcto, y la mayoría de los humanos o atlantes encontraban respuestas automáticas a las pruebas, en lugar de tener que aprenderlas y ponerlas en práctica. Los Grandes Maestros Ascendidos permitieron que eso se mantuviera así durante mucho tiempo, esperando que se produjera una autocorrección, para no tener que volver a reacomodar la rejilla magnética y destruir el continente y no crear el karma adicional que más tarde iría asociado con la terminación. Se temía que si se volvía a reajustar el magnetismo terrestre y el continente era destruido, muchos humanos, al venir de nuevo a la Tierra, tendrían la sensación o creencia de que la *iluminación espiritual* conducía a la extinción. Sin embargo, la autocorrección nunca se dio. Y ahí entras tú.

—¿Yo? —preguntó Aimée con semblante escéptico.

—Tú, mi pequeña princesa, viniste por primera vez a la Tierra cuando se formó la Atlántida. Y no eras lo que eres ahora.

—¿No soy un humano en periodo de aprendizaje? —replicó Aimée, confundida—. ¿No he venido al planeta viviendo varias vidas desde hace mucho tiempo, como todos los humanos?

—No —confirmó Ágata con el rostro serio—. No eras un humano, no naciste aquí así.

El silencio en la inmensa caverna era absoluto. Cada uno de los presentes permanecía inmóvil. Por su parte, Aimée contempló inquieta a la Reina de las Hadas. No podía comprender qué es lo que le querían decir. Sus palabras resonaban en su cabeza como un gigantesco Wong: *no eras un humano, no naciste aquí así*, recordaba y cada palabra le taladraba el alma. En el Estanque de Aksa se alzaron imágenes que, si bien no eran totalmente sólidas, luc muy reales. Ahora, todo el lago lucía como un continente. Uno con una gran montaña al centro. A Aimée le pareció familiar; le recordaba a alguna imagen que había visto en un libro.

>>El continente estaba rodeado completamente por el mar y tenía una gran ciudad en la costa. La ciudad estaba construida casi por completo de Cuarzo Rosa y estaba limitada hacia adentro por un gran foso. Después del foso había una colina y encima de esta se alzaba otra exuberante ciudad, donde casi todas las casas, palacios y monumentos se habían edificado con ámbar puro. Donde terminaba la ciudad había otro foso, un poco más pequeño; después de este se erguía otra montaña y encima de ella una ciudad translúcida. La metrópoli estaba repleta de exquisitos palacios de cristal, con bellos jardines y parques. Esa urbe limitaba con un foso más, menos ancho que los dos anteriores. No obstante, tenía un puente de cristal que conducía a un cerro. Poseía una gran escalinata de cristal y llevaba hasta la punta de la montaña, la cual estaba coronada por un imponente templo con puertas de oro y muchos vitrales de colores.

—La Atlántida... —susurró Aimée, sintiendo que se le iba el resuello.

—Sí —respondió la bella Ágata con un gesto melancólico—. En la Atlántida había tres excelsas metrópolis: la ciudad de Cuarzo Rosa, la de Ámbar y la de Cristal. Nosotras vivíamos con los humanos a las afueras de la ciudad más alta, la Ciudad de Cristal.

—¿Nosotras? —curioseó Aimée, girando rápidamente la cabeza para entrever a la Reina.

Ágata afirmó con ojos llenos de lágrimas y señaló de nuevo el lago para que Aimée observara las imágenes que se estaban formando. Eran ellas viviendo en los bosques cerca de la urbe. Aimée se veía diferente en la imagen. Su color de piel era aún más pálido. Sus largos cabellos eran de un color azul celeste muy brillante y, entonces, vio algo a su espalda. Al principio le pareció un bulto que llevaba cargando; no obstante, cuando observó con detenimiento la imagen y el holograma, le dio la espalda por completo. Aimée abrió los ojos a su máxima capacidad. Era incapaz de mover cualquier parte de su cuerpo.

—Eras, eres y siempre serás mi hija —confirmó Ágata y sus brillantes ojos violetas no dejaban de contemplarla con un profundo amor—.Tú perteneces al clan de las Hadas y aunque ahora eres humana siempre serás una entre nosotras.

La joven temblaba. Se veía volando en los bosques con unas enormes alas azules. Todas las Hadas dentro de la cueva se emocionaron. Todas querían bajar de sus lugares y abrazarla; todas ellas tenían los ojos arrasados en dulces lágrimas.

—¿Pe...pee... pero? —balbuceó Aimée, sin lograr armar una oración. Las piernas apenas y conseguían sostenerla, y sintió que por un momento dejaba de respirar.

—¿Por qué ahora eres una humana? —dijo Ágata terminado la frase que parecía que Aimée intentaba formar.

207

Aimée solo alcanzó a cerrar y abrir los ojos para afirmar que eso intentaba preguntar.

—Durante muchos años vivimos en esas tierras con los humanos y otros seres; con los elfos, los duendes, los unicornios, los centauros, los gnomos. Aún no era el momento de que pobláramos toda la Tierra, así que muchos de nosotros vivimos en aquel continente el suficiente tiempo para amarlo profundamente. Nuestra comunicación con los Grandes Maestros Ascendidos era constante. Después de algún tiempo era evidente que los atlantes no estaban teniendo experiencias reales de aprendizaje. Todo era muy fácil para ellos y muchos de ellos se volvieron soberbios y arrogantes. Los que lograron avanzar más en el plano espiritual, sin comprenderlo en realidad, guardaron esos secretos para manejar a su antojo a la población. Comenzaron a experimentar con la magia y los adelantos tecnológicos que sus súbditos creaban, exacerbando su inconsciencia y su soberbia. Mientras esto sucedía, nosotros —y Ágata señaló al grupo de seis personas que estaban detrás de ella— permanecimos muchos días en el Templo de Luz, tratando de decidir, junto con los Sacerdotes de la Atlántida y los Grandes Maestros Ascendidos, qué tendría que hacerse. Y fue así cuando tú y Anuar aprovecharon para volverse humanos.

—¿Anuar? ¿Él también estaba conmigo? ¿Él es un hada o un hado o lo que sea? —preguntó la joven, sintiendo cómo su corazón palpitaba con ímpetu.

—No, él no pertenece a nuestro clan. Él era, es y siempre será en realidad un Elfo de la Luz. Y el amor entre ustedes estaba prohibido. Los diferentes clanes no tenemos permitido mezclarnos en parejas. Ustedes se enamoraron en los bosques y mantuvieron su amor en secreto.

El silencio en la caverna era apabullante. Aimée giró su pálido rostro para contemplar los hologramas que se creaban en la superficie del agua. Eran ellos hablando a escondidas en el bosque. Anuar se antojaba un poco diferente: en una mitad de su rostro llevaban un tatuaje de extraños símbolos y su cabello era aún más claro.

—Sabían que su amor no podía ser; así que decidieron volverse humanos para estar juntos. Esa fue una decisión que cambiaría el curso de muchas cosas, aunque eso te lo explicaré más adelante —comentó Ágata con inflexión solemne—. Cuando lograron la transformación, perdieron muchos dones (como nosotros le llamamos) o características del clan al que pertenecían. Tú perdiste tus alas, los dos perdieron la capacidad de viajar entre dimensiones, de vibrar en diferente frecuencia para volverse invisibles. Mucha de su fuerza y agilidades físicas también disminuyeron; sin embargo, conservaron el don de la magia, la intuición y los reflejos rápidos. Perder sus dones no les importó. Cuando nos enteramos de lo que habían hecho, no hubo nada que pudiéramos hacer, porque esa era su elección y no podíamos intervenir. Estábamos en el Planeta del Libre Albedrío. Sin embargo, ya no podían vivir entre nosotros, así que se marcharon a la ciudad de Cuarzo, porque era la que estaba más alejada del Templo de Luz y de la Ciudad de Cristal.

Una gran melancolía comenzó a invadir a Aimée y llevó la mano hacia el pecho y rozó el collar de aguamarina que aún llevaba puesto, y logró recordar cómo amaba esa magnífica tierra y los días tan felices que Anuar y ella pasaron juntos.

—Cuando se decidió el destino de nuestra bella nación, uno de los Sacerdotes Atlantes no estuvo de acuerdo —continuo Ágata, mientras su mirada se ensombrecía.

—Pero ¿por qué? ¿No era eso lo mejor? —interrumpió Aimée.

—Desde su punto de vista, no. Se le hacía muy injusto tener que perder su iluminación y empezar de cero nuevamente. Sabía que cuando la rejilla magnética se reacomodara, sus vidas futuras serían muy diferentes y no entendía que sentido tenía pasar por experiencias de sufrimiento, maltrato y carencia, y se negó a aceptar nuestra decisión. Sabía que ahora tendría que reencarnar en aquellos simios semihumanos; no quería tener que pasar por todo eso. El viejo Sabio fue a las tres ciudades y disfrazó toda la información, lo que los Maestros habíamos decidido en forma de Profecía, para que la gente lo escuchara. Algunos le creyeron; otros, no.

—¿Qué ocurrió con los que le creyeron?

—Dejaron el continente dos lunas antes del cataclismo. Unos partieron hacia el oeste y otros hacia el este. Cuando estuvieron en sus nuevas tierras, supieron que la Atlántida había desaparecido y creyeron que habían hecho lo correcto al escuchar al Viejo Navrom; así trasmitirían sus conocimientos cuando las nuevas civilizaciones se formaran.

Aimée se quedó pensativa un momento: aquel nombre se le hacía muy familiar.

—Él fue el que nos ayudó a Anuar y a mí, ¿verdad? Él nos dijo cómo podíamos transformarnos en humanos.

Ágata movió la cabeza en señal de afirmación.

—Y, desde luego, su ayuda tuvo un precio —resaltó la Reina de las Hadas y su voz se tornó profunda—. Navrom le pidió a Anuar que le hiciera un juramente sagrado, un juramento que no podría romper.

—¿Qué le juró? —pronunció Aimée casi sin aliento.

—Que cuando llegara el momento, cuando se reencontraran, Anuar le ayudaría y sería su mano derecha. Si llegado el momento lo traicionaba, Anuar pagaría con su vida.

—Pero ¿qué tiene eso que ver con lo que está ocurriendo ahora?

—Navrom estaba muy reacio a morir. Antes de abandonar la Atlántida hizo en secreto amistad con los Dökkálfar, los Elfos Oscuros. En especial con uno. A cambio de sus conocimientos acerca de la Iluminación y los Maestros de Luz, los Dökkálfar lo ayudarían a volverse inmortal. Antes del cataclismo, el Sabio Navrom, los Elfos Oscuros y otros Seres de las Penumbras se marcharon en dirección noreste. Después de algún tiempo, Navrom descubrió cómo, aun siendo humano, podría ser un inmortal.

El rostro de Aimée reflejaba su incertidumbre. No comprendía qué tenía que ver aquel viejo Sabio con ella o con Anuar actualmente. Ágata notó aquel desconcierto en Aimée, alzó su mano, elaboró un movimiento horizontal e inmediatamente empezaron a revolotear unas chispas de colores en el aire. Las chispas formaron letras y después formaron la palabra: *Navrom.* Con otro leve movimiento de la mano las letras comenzaron a reacomodarse de atrás para adelante.

—¡Morvan! —exclamó Aimée aún incrédula, mirando la palabra que se formaba en el aire.

Ágata cerró los ojos y respiró profundamente. Aimée comenzó a sentirse observada y cuando giró la cabeza lo distinguió. Estaba detrás de ella a unos pocos metros. Un hombre ya maduro, alto y delgado de rostro anguloso y gesto algo severo; los cabellos blancos le llegaban casi a la cintura y no dejaba de contemplarla con tristeza y melancolía.

—¿Qué pasó con Anuar y conmigo? ¿También huimos del continente? —preguntó Aimée, regresando la vista a donde estaba la Reina de las Hadas.

—No —respondió Ágata con la voz entrecortada—. Los dos desconfiaban de Navrom por lo que le había hecho jurar a Anuar para ayudarlos. Así que decidieron quedarse; no creyeron que fuera posible que aquella tierra fuera a desaparecer. Ustedes aún no nacían cuando Mu y Lemuria fueron destruidas y ustedes no conocieron su historia. Cuando la destrucción fue inminente, supieron que morirían con el resto de los humanos, a menos que volvieran a transformarse y venir con sus respectivos clanes y, como se rehusaban separarse, decidieron hacer un pacto de amor que dejaría atadas sus almas por toda la eternidad.

—¿Un pacto? —murmuró Aimée, intentando recordar. En su mente, algunas escenas comenzaron a aparecer. Su corazón le decía que tenía que ver con la tierra y el césped; sin embargo, no podía rememorar más.

En el lago nuevas imágenes comenzaron a formarse: eran ellos en un cerro que se encontraba muy cerca de la playa, con rostros que reflejaban inmenso miedo.

—El ritual del *Collar de Tierra* es un encantamiento muy poderoso que une a las almas enamoradas. Aunque el cuerpo muera, el espíritu seguiría buscando a su gran amor por la eternidad, hasta encontrarse y reencarnar en otra vida juntos. Es un conjuro profundamente intenso que no debe tomarse a la ligera. Las experiencias de aprendizaje pueden volverse muy limitadas porque el alma solo busca reunirse con su ser amado y tener una evolución en pareja.

Aimée podía verse a sí misma y a Anuar realizando el ritual, elaborando un círculo en la tierra y levantando un arco con el césped; luego cortarse las palmas de las manos, unirlas y repetir tres veces un conjuro. Una extraña sensación, entre dicha y angustia, la embargaba.

Los hologramas en el vasto lago los mostraban intentando de llegar a tierras más altas. Aimée observaba aquel caos con gran angustia y recordó aquel desasosiego, el miedo a lo desconocido. Cuando advirtió que llegaban al Templo de Luz, su corazón dio un vuelco. Creía recordar aquella escena. Viró nuevamente para observar a aquel hombre de cabellos blancos, aquel que no dejaba de contemplarla con una profunda tristeza. Sus ojos regresaron a la proyección y lo reconoció. A la sazón llevaba el cabello algo más corto y por completo rubio, su gestó era más duro y ansiando hacerles entrar en razón para que se marcharan con sus respectivos clanes.

—¿Usted? —susurró Aimée al atisbar de nuevo al hombre que tenía detrás de ella—. Usted es el papá de Anuar —confirmó con la voz quebrada, a punto de sollozar.

El hombre bajó la cabeza. Aimée apenas podía moverse y con gran esfuerzo se colocó frente a él.

—¿Hace cuánto tiempo que no lo ve?— indagó Aimée con un hilo de voz. Sus ojos se nublaban entre lágrimas.

—Hace casi 10 mil años— respondió el Maestro Alejo, arrastrando la voz.

Kiara y Axel se quedaron fríos. Anuar, el Príncipe de las Sombras, la mano derecha de Morvan, era aquel hijo perdido del Gran Alejo el Protector, uno de los Elfos más sabios, fuertes y valientes del Universo.

—¿Por qué? —preguntó Aimée, llevando las manos a la boca.

—Porque cuando nos dimos cuenta de que renacieron era demasiado tarde. Morvan lo tenía en su poder. Jamás ha permitido que nos acerquemos a él —respondió Alejo sin alzar la vista. El dolor que guardaba en el corazón parecía ser inmenso.

—No entiendo por qué ustedes no sabían cuando reencarnaríamos —inquirió Aimée observando a Ágata.

—Ustedes murieron como humanos. No obstante, jamás dejaron de pertenecer a nuestros clanes. Su proceso de reencarnación fue totalmente diferente al del resto de los hombres. El ritual del Collar de Tierra hacía que sus almas solo buscaran cómo reencontrarse, y eso era sumamente complicado porque tenían que nacer en familias muy singulares, donde alguno de sus progenitores humanos tuviera alguna ascendencia de uno de nuestros clanes; que fueran descendientes de semielfos o de hadas —respondió Alejo, sintiendo gran frustración.

—¿Pero los clanes no podían combinarse? —replicó Aimée, desconcertada.

—Exacto, pasaron muchos siglos antes de que los clanes se mezclaran con los humanos. Antes de la Atlántida estaba prohibido; después... las generaciones fueron cambiando. A decir verdad, los clanes de las Hadas y los Elfos nunca se han mezclado entre ellos; solo con humanos —reconoció Ágata con voz enfática.

—¿Por qué? —indagó Aimée, sorprendida.

—Por miedo —respondió ahora Alejo, acercándose lentamente a donde ellas estaban.

—¿Miedo? ¿Miedo a qué? —insistió Aimée, más confundida.

—Ignorábamos qué pasaría si un Hada tuviera descendencia con humano o un Elfo una Elfa con un humano; parte de sus poderes se combinarían. Sin embargo, no sabíamos qué podría ocurrir si un Hada y un Elfo tuvieran hijos. Nuestra biología exterior es muy parecida; interiormente es muy diferente. Encerramos gran poder. Otro clan nacería y no sabíamos si sería correcto para la evolución del planeta y de nuestros grupos.

—No pueden evitar que alguien se enamore... —resaltó Aimée, frunciendo el entrecejo.

—No, por eso los clanes rara vez trabajan juntos. Únicamente nos reunimos en ocasiones muy especiales. Así evitamos el contacto entre los jóvenes —continuó Alejo, apenado. Parecía estar en desacuerdo en cómo se hacían las cosas.

Aimée se quedó callada un momento, en un intento por recapitular lo que le habían explicado. Dirigió la mirada al lago: las imágenes los mostraban, a ella y a Anuar, en el Gran Templo de cristal, junto con los seis Maestros de Luz, incluidos sus respectivos padres. Luego Aimée vio aparecer de la nada a un séptimo Maestro, por el que todos mostraban gran respeto.

—¿Quién es él? —curioseó Aimée, sintiendo que el estómago se le revolvía. Aquel hombre se le hacía muy familiar, recordaba tenerle mucho cariño.

—Es un Gran Maestro Ascendido.

—Enoch —reconoció Aimée, al observarlo con más atención—. Yo fui su discípula.

211

—Sí —confirmó la Reina de las Hadas con tenue sonrisa al notar que su hija comenzaba a recordar—. Él te eligió como la guardiana de un Libro en extremo Sagrado, *Dagáz*, un grimorio que encierra gran conocimiento y por ende, poder.

—Creo que sí lo recuerdo —reconoció Aimée, acariciando el collar de aguamarina—. Me recalcó que yo siempre sería la guardiana de Dagáz. Aunque no sé dónde está ese libro. ¿Y para qué lo querría?

—Tal vez tú no, pero...

—Morvan sí —interrumpió Aimée, terminando la frase de su madre—, pero Enoch había dicho... —y Aimée no pudo terminar la frase porque las imágenes la distraían.

Ahora advertía como su madre se despedía de ella y cómo Alejo le decía adiós a Anuar y cómo el Templo de Luz se derrumbaba con ellos aún adentro. Angustiada, se contemplaba a sí misma y a él mientras emergían de entre los escombros. Pudo presenciar todo lo que ocurría en las tres ciudades. Todo aquel dolor regresó a ella en aquel instante, porque volvió a revivir cómo la nación que tanto amaba era completamente destruida y enterrada entre las profundidades del mar. Al verse a sí misma y a Anuar cayendo en aquel océano que bramaba y se arremolinaba con violencia comenzó a llorar. Las piernas apenas lograban sostenerla. Recordaba aquel sufrimiento, aquel miedo, aquella sensación de injusticia, de frustración, de ansiedad.

—Sé que es muy difícil para ti revivir esto —reconoció Ágata, haciendo un movimiento con la mano para que las imágenes se desvanecieran. Después colocó la mano sobre su hombro.

—¿Creen que Morvan tenga ese libro sagrado? —inquirió Aimée, angustiada, procurando contener sus lágrimas.

—Es muy probable y sospechamos qué pretende hacer con todo el conocimiento que *Dagáz* encierra —expresó Alejo. Su gesto se volvía más suave y su voz más clara.

—¿No se supone que solo yo puedo acceder a él? —indagó la joven, recordando las últimas palabras del Maestro Enoch.

—Sí y no —continuó Alejo, al tiempo que la encaminaba hacia las escalinatas—. El Libro está bien protegido en el desierto, custodiado por trece poderosas criaturas. Para que Morvan pudiera recabarlo tendría que resolver un difícil acertijo y para poder tomarlo, derramar sobre él un poco de tu sangre.

—Hija, sé que comprender y aceptar todo lo que se te ha revelado es muy difícil; sin embargo, es imperante que hagas memoria. Cuando estuviste en el castillo, ¿qué hizo Morvan con la sangre que tomó de ti? —insistió la Reina, mientras subían las escaleras.

—La puso en una copa —respondió Aimée, sin titubear—. Luego la incrustó en una especie de gárgola que estaba junto al lienzo que proyectaba imágenes.

—¿Notaste si necesitó toda la sangre para mostrarte tu vida anterior? ¿Le sobró algo? —interrogó ahora Alejo, abrazando su cintura para darle apoyo, pues las piernas le temblaban.

Aimée guardó silencio. Remontaba los escalones con lentitud. A su lado iba su madre procurando esconder su mortificación, temiendo lo peor. Delante de ellos avanzaban los otros cinco Maestros de Luz.

—Creo que si sobró algo...

212

—¿Dónde colocó la copa? —indagó Alejo, temiendo la respuesta.

—En una bandeja que cargaba un Gnomo Negro e hizo que se la llevara del salón —confirmó la joven, mirándolos perpleja. Sentía que las piernas le pesaban aún más.

—Eso nos temíamos —musitó Alejo, restregándose la frente.

—Yo... Yo —balbuceó Aimée, ansiando disculparse.

—Mi pequeña, no es tú culpa. No tenías idea —comentó Ágata, para reconfortarla.

—Pero... pero pude haberme negado. Quería comprender qué estaba ocurriendo, quería entender por qué me habían llevado ahí, debí de sospechar algo...

—Escúchame bien, Aimée. No es tu culpa; no había manera de que supieras algo así. Lo importante es que lleguemos primero al libro, que lo obtengamos antes que él.

—¿Y si ya se hizo con él? Morvan regresaba hoy de una misión y pudo haber ido por él...

—En ese caso tenemos un plan alterno. No te preocupes, mi pequeña, porque sabremos qué hacer —replicó ahora Ágata, acariciando suavemente su rostro para tranquilizarla.

—¿Qué puede hacer con ese libro? ¿Anuar sabe algo de esto?

—Me temo que puede hacer cosas terribles, y no te preocupes: Anuar no sabe nada, no está inmiscuido —confirmó Alejo y en su voz se notó cierto alivio al decir estas últimas palabras.

—¿Cómo pueden saber eso, si no han podido hablar con él? —inquirió Aimée, desconcertada.

—Conocemos a Morvan. Mantiene a Anuar cerca de él para tenerlo vigilado. Sabe que es un enemigo muy poderoso. Anuar es el Príncipe de los Elfos de la Luz. En realidad, nunca dejó de serlo. Está en su esencia y ahora, como Vampiro, es aún más poderoso. Morvan sabe que Anuar es noble —le respondió Ágata, sonriéndole dulcemente.

Los brillos de las rocas rebosantes de diamantes y piedras preciosas rebotaban en los ojos de Aimée, que recordó cuando Anuar le comentó que sospechaba que Morvan se traía algo entre manos y que no confiaba en él.

—¿Cómo supieron que hoy vendría aquí? —curioseó Aimée, al volver a echar un ojeada a su alrededor y observar nuevamente a todas esas criaturas que la contemplaban con interés.

—Nos lo dijo Phat, un Ent. Es el árbol al que te llevó Anuar —contestó la bella Reina.

—¿Un Ent...? —repitió Aimée.

—Todas las criaturas en la Tierra tienen vida y tienen conciencia en ciertos niveles. Los árboles no son la excepción: algunos tienen guardianes, seres que los habitan y se vuelven uno con el árbol para protegerlo y vigilar el bosque. Anuar, sin saberlo, te llevó con uno de los nuestros. Él nos avisó que él quería ponerte a salvo y que huyeras por el jardín.

—¿Cómo? —insistió Aimée entre dientes, temiendo hacer una pregunta tonta.

213

—Por las raíces y la tierra. Descuida, poco a poco recordarás todo lo que ya sabes —le respondió su madre.

Aimée permaneció en silencio unos segundos, organizando en su mente toda la información y, de pronto, recordó algo.

—Si yo no tuve contacto con ustedes en mi anterior vida, ¿por qué construí ese pasadizo? Anuar me dijo que yo lo hice...

—Sí recuerdas: para que Anuar y tú pudieran renacer. Alguno de sus progenitores debía tener ancestros o del clan de las Hadas o de los Elfos. Por lo tanto, provienen de familias que manipulan la magia y trabajan con la naturaleza. Gracias a tu familia conociste tu poder sin saber de dónde provenía. Tu madre biológica en aquella vida, la Reina Blau, era descendiente de las Hadas. Poco a poco conociste a algunos duendes y gnomos, los cuales –sin saber quién eras realmente– te enseñaron muchas cosas y te ayudaron a construir un pasadizo a su mundo. No les temías, porque algo en ti sabía que eran parte de ti, de tu familia, que los conocías...

—¿Cómo? ¿Por qué? —insistió Aimée, al tiempo que subía el último escalón.

—Mi pequeña princesa —insistió Ágata, acariciando sus cabellos. Sus radiantes ojos violetas la contemplaban fijamente—, no te imaginas qué tan fuerte puede ser el llamado de la sangre.

CAPÍTULO XV.
Ejércitos de las Tinieblas

Anuar se apresuró a entrar en su habitación; se sentía en un caos. Un sinfín de ideas recorrían su mente. No imaginaba todo lo que Aimée estaba viviendo y, mucho menos, todo lo que le era revelado. Comenzó a buscar algunas pociones en los estantes, otras las sacó de escondrijos en el suelo y en las paredes. Un chasquido proveniente del pasillo lo distrajo. Dejó algunas cosas sobre su mesa de trabajo, abrió con cuidado la puerta y se dirigió hacia la habitación de Aimée, donde se encontraba Miroslava, y se aseguró que la puerta estuviera bien cerrada y protegida contra cualquier hechizo. Luego regresó a sus aposentos. Cuando entró no le sorprendió ver a Ian revisando los frascos.

—Fuiste a asegurarte de que la puerta estuviera bien resguardada, ¿verdad? —preguntó Ian sin mirarlo.

—Sí —respondió Anuar en lo que tomaba una caja que tenía guardada en un armario y la colocaba sobre la mesa de pulida caoba—. Aquellos pequeños mentecatos sospecharían algo si abría la puerta sin más; además, salimos tan rápido que no recordaba si había hecho el hechizo de protección para que Miroslava esté a salvo, lo que me recuerda *Nici un sunet"*—repitió Anuar para que nadie pudiera escucharlos fuera de la alcoba.

—¡Qué bien que te acordaste de hacer eso! Esos monstruitos podrían oírnos... Esos malditos Gnomos ya me tienen harto. Lo peor de todo es que estoy tan acostumbrado a ellos que ya no me doy cuenta cuándo andan merodeando por ahí.

—Sí, es verdad. Me ocurre lo mismo. Estos días tendremos que estar más alerta, si no nos percatamos de dónde andan nos pueden arruinar todo el plan.

Ian corroboró. Luego estiró el brazo y giró hacia la chimenea sin apenas mirarla. Parecía distraído hojeando un libro. Repitió inteligibles palabras y el fuego se encendió. Trabajaron en silencio un rato. Anuar le daba algunas indicaciones a Ian, y este las seguía al instante. Todo debía seguirse al pie de la letra o los Homúnculos podrían quedar mal.

—Toma más tiempo del que pensé —comentó Ian, interrumpiendo el silencio.

—Ya falta poco. Qué suerte que tenía aquí todos los ingredientes.

—¿Dónde conseguiste uñas de Orco? —le preguntó Ian, observando un frasco con asco.

—Hace poco fui a sus tierras. Cuando no veían las recogí del piso; se les caen mucho —comentó, al tiempo que tomaba unos pequeños ojos de Troll de otro pomo y los ponía en el caldero.

—¡Me siento como una vieja y bruja! —exclamó succionando algunas mandrágoras.

Anuar sonrió y continuó preparando la mezcla. Después de un largo rato de trabajo, le indicó a Ian que habían terminado de poner casi todos los ingredientes y que debían esperar unos minutos para que brebaje hirviera antes de agregarle el ingrediente final. Se lavaron las manos y se sentaron en los sillones y contemplaron el fuego, pensativos.

—¿Podrán disimular bien? ¿Y si les preguntan a los Homúnculos algo del pasado? —inquirió Ian sin apenas moverse, hipnotizado por el fuego.

—Serán iguales a nosotros. No te preocupes, tendrán nuestros recuerdos y seguirán nuestras órdenes al pie de la letra. Lo harán bien. Los Homúnculos son excelentes sirvientes.

—Te espera una noche difícil. Mañana deberás de ser muy convincente.

—Tengo suficientes motivos para estar furioso. Pensaré en todo eso y ya verás que el mismo Morvan temblará. ¡No lo dudes!

Los dos se entrevieron, para después seguir contemplando el fuego. Pasado unos minutos, Anuar se levantó del asiento e Ian lo imitó.

—¿Qué más hace falta? —preguntó Ian con un gesto de desagrado al contemplar la asquerosa forma y color en que se había tornado la pócima. Un leve escalofrío le recorrió el cuerpo al recordar el sabor del brebaje que tuvo que tomar cuando estuvo con Sibila, la bruja, en los sótanos del castillo.

—Un poco de tu sangre y un mechón de tu cabello —y colocó la pócima en dos recipientes.

—¡Por favor, no me digas que tendremos que beberlo!

—Me temo que sí —respondió Anuar, con un gesto de asco—. El Homúnculo saldrá por nuestra espalda.

Ian alzó los ojos en señal de resignación. Estiró con fuerza una de sus manos y sus garras emergieron. Se hizo una herida en la muñeca y dejó caer la sangre en el recipiente que le había dado Anuar, luego cortó un mechón de su cabello y lo arrojó en la pócima, y con la garra revolvió todo. El brebaje comenzó a humear y a burbujear; el olor se tornó realmente repugnante. Anuar hizo lo mismo; sin embargo, el color de su sangre era azul oscuro y no rojo encendido como la de Ian. Sus heridas cerraron instantáneamente. Se dirigieron hacia la chimenea y sostuvieron la copa que cada uno tenía en las manos con enorme asco; luego se vieron a los ojos, brindaron y trataron de beber todo de un solo trago.

Al terminar comenzaron a toser y a revolcarse en el piso. El ardor en la garganta era inmenso y, poco a poco, les iba recorriendo todo el torso; el dolor comenzó a hacerse muy agudo en el corazón. Por un momento, Ian temió lo peor: hacía ya muchos años que no pensaba en la muerte y un estremecimiento le recorrió el cuerpo cuando recordó que no era tan inmortal como pensaba; después de todo, los hechizos y las armas mágicas podrían matarlo. El malestar se detuvo un instante y cuando se sintieron ligeramente aliviados, los espasmos regresaron repentinamente con mayor ímpetu. Ambos se revolcaron en el piso. Sentían un inmenso ardor en la espalda; lentamente, sus costillas se rompieron una a una y luego abrigaron una terrible punzada cuando la piel comenzó a desgarrárseles poco a poco. Unas pequeñas garras brotaron de sus espaldas. El malestar era inmenso. La criatura comenzó a emerger y cayó en el piso envuelta en una extraña y viscosa sustancia gris. Ian logró situarse en cuclillas: el dolor comenzaba a ceder y la herida fue cerrándose. Miró exhausto hacia donde hallaba la criatura que se retorcía en el piso. Era color negro, algo velluda y con el rostro muy feo. Tenía el pergeño de un enorme murciélago tirado en el piso de piedra.

—¿Qué es eso? —examinó Ian, desconcertado, procurando recobrar el aliento.

216

—El Homúnculo. Así se ven al principio, porque muestran nuestra forma más primitiva antes de tomar nuestra apariencia final —respondió Anuar, poniéndose de pie, sin dejar de examinar a las pequeñas criaturas que se retorcían en el empedrado—. En un momento crecerán.

—Pues la tuya de verdad que es extraña. La mía por lo menos sí parece un murciélago.

—Es verdad —y ladeó la cabeza, inspeccionando al monstruo emergido de su espalda.

—Es como una gárgola... azulada... ¿Por qué será?

—No lo sé. Lo importante es que funcione y que, al final, sea idéntico a mí —respondió Anuar, contemplando con desconcierto a la criatura.

A continuación se dirigió hacia el armario y sacó ropa. Ian fue por los zapatos y las espadas. Las criaturas comenzaron a tranquilizarse; lánguidamente, su color y forma fue cambiando hasta volverse del todo humana. Tenían la traza de uno niños que yacieran desmayados en el frío piso. Con lentitud comenzaron a crecer, hasta parecerse a Ian y Anuar.

—Tendremos que esperar a que despierten para hacer que se vistan —opinó Anuar, colocando las prendas en el respaldo de una silla.

—¡Mira, no nos vemos tan mal! —comentó Ian, haciendo una torcida mueca al contemplar a sus dobles desnudos, desmayados en el suelo.

Anuar torció los labios esbozando una sonrisa. Se aproximó hacia unos estantes, tomó unas finas copas de cristal, les sirvió un espeso líquido rojo y volvió a acercarse a Ian.

—¡Por fin! —exclamó Ian, abriendo los ojos—. Moría de hambre y se tomó la copa de un solo trago. ¿Tienes más? —curioseó, lamiéndose los labios.

—Desde luego —confirmó, tomando una gran botella rebosante de sangre fresca y volvió a servir las copas.

—¿De quién era? —preguntó examinando el cáliz.

—De un político que tenían en la mazmorra —respondió Anuar con desgana y luego se sentó en el sillón.

—No te olvides de avisarle a Leii que mañana temprano Miroslava va a montarlo.

—Lo haré después de que los Homúnculos despierten. No te preocupes, no lo he olvidado.

—Muy bien... Por cierto, aún tengo el brebaje que preparé junto con Sibila.

—Excelente —comentó, asombrado, estirando el brazo para agarrar el frasco—. Guárdalo bien, podría servirnos más adelante...

—¿Tú crees? Cuándo lo probé, me sentí raro, pero nada más. ¿Crees que sirva?

—Ya lo creo que sí. No tuviste oportunidad de comprobarlo. Esta pócima aumenta la fuerza física de una manera sorprendente. Sibila es muy buena elaborando pociones y se ve que se esmeró con esta. De verdad quería agradarte —agregó burlonamente.

—Sí —reconoció Ian sonriendo—, jamás lo habría imaginado. Si no lo hubiera escuchado de sus propios labios, nunca lo habría creído.

—¡Quién diría que tenías una devota admiradora! De haberlo sabido antes hubiéramos averiguado más cosas sobre Morvan.

217

—¡Eih! —respondió Ian, arrastrando la voz—. Tal vez hasta nos hubiéramos enterado antes que la Hermandad de la Luna Plateada.

—No tiene caso pensar en eso. Ahora solo hay que enfocarnos en detener a Morvan —y giró el rostro para observar pensativo las llamas que danzaban lentamente en la vieja chimenea.

—¡Mira! —exclamó Ian, emocionado— ¡Ya despiertan!

La noche transcurrió sin pormenores. Temprano en la mañana, Miroslava salía a hurtadillas de la habitación de Aimée. Se había echado una capa negra encima. Con cuidado recorrió el castillo, fue hasta los establos e intentando no alterar a Leii, le abrió la reja. El magnífico animal se agitó al principio, pero como si recordara que aquella mujer debía de montarlo se tranquilizó y, sin resistencia, dejó que le pusiera la montura. Con sigilo se alejaron de las caballerizas. Miroslava salió primero para abrir el gran portón; la indomable criatura la seguía de cerca, como si supiera que debían de ser cautelosos. Una vez fuera, ella se acercó a Leii con sumo cuidado: se sentía muy incómoda, pues era una de las pocas veces en su vida que sentía miedo. Miroslava conocía de antemano lo peligrosas que podían ser las Pesadillas y esta podía convertirse en una de las más terribles.

El animal bufó ligeramente. Durante toda su vida, la mortal y la inmortal, exclusivamente lo habían montado dos personas: Aimée y Anuar. Una vez arriba del hermoso corcel negro, Miroslava no se atrevió a halarle las riendas para que avanzara. Como si leyera sus pensamientos, Leii comenzó a trotar y a adentrarse en el frondoso y tétrico bosque, pronto a galopar y cuando se aproximó a un claro, abrió sus gigantescas y membranosas alas negras y, en un instante, recorría los cielos recién iluminados por el sol. La Naga se sujetó fuertemente al arzón. Era la primera vez en su vida que se encontraba en el aire y la sensación no le agradó mucho al principio, aunque después comenzó a disfrutarlo. Cuando por fin descendieron, Miroslava no quería apearse. Deseaba repetir aquel golpe de adrenalina, quería volver a sentirse invencible, libre, poderosa...

—Gracias Leii —le agradeció Miroslava a una sonrisa—. Realmente lo disfruté.

El corcel relinchó, como si también lo hubiera gozado.

—Me iré antes del atardecer y tú deberás esconderte hasta que Anuar te vuelva a llamar.

Leii golpeó el suelo con sus cascos, pretendiendo expresar que tenía claro lo que debía de hacer. Se adentraron en una cueva, esperando el momento en que ella debía de regresar.

El día transcurrió sin contratiempos y cuando el sol se situaba en el crepúsculo, Miroslava se alejó con sigilo de la cueva, giró para echarle una última mirada a Leii y despedirse, y a sorprendente velocidad corrió por los tétricos valles.

No tardó mucho en llegar a la fortaleza, dijo un conjuro y se volvió invisible. Removió los arbustos de uno de los muros de la torre norte, presionó una roca con fuerza y el murallón comenzó a deslizarse. Ingresó por el pasadizo, recorrió el estrecho y húmedo corredor de piedra, subió unas viejas escaleras de caracol y cuando alcanzó al final, se detuvo. Repitió otro sortilegio y, volviéndose visible de nuevo, dio un leve golpe en la piedra y esperó. De repente la vieja pared comenzó a deslizarse.

—Puedes salir; es seguro —musitó Anuar del otro lado.

—Nadie me siguió —confirmó quedamente Miroslava, cruzando la chimenea y quitándose la capucha de la capa—. ¿Ian y Dank?

—No tardan en entrar.

—Y bien... ¿qué esperas? —le apremió ella colocando las manos sobre su cintura con gesto impaciente y la respiración aún entrecortada por la travesía.

—Ah sí, lo olvidaba. Discúlpame —y en seguida dijo una fórmula mágica y pasó sus manos sobre el rostro.

Miroslava comenzó a sentir que sus músculos faciales se movían y cambiaban; el entumecimiento que había sentido los dos últimos días había desaparecido. Se acercó a un florero para observar su reflejo, externando un gesto de placer al contemplar su rostro: su cabello volvía verse rojo como el fuego, sus ojos eran nuevamente verde esmeralda y sus carnosos labios dibujaron una mueca. Un golpe en la vieja puerta de la biblioteca la distrajo.

—Adelante —indicó Anuar tranquilamente.

Ian y Dank pasaron y se sentaron en los viejos y polvosos sillones.

—Ha habido mucho movimiento en el castillo. Morvan, Duncan y Kaled permanecen enclaustrados en el Salón de las Tribulaciones con algunos otros Elfos, Vampiros y Orcos, algo ofuscados... más bien expectantes —destacó Ian pensativo y recargó los codos sobre las piernas.

—Tal vez ya estén listos el portal dimensional —comentó Miroslava, alzando una de sus angulosas cejas en señal de alarma.

—Por lo menos ha servido para que estén distraídos. No han notado la ausencia de Aimée ni la tuya —remachó Dank, jugueteando con un viejo libro.

Los tres asintieron. Todo aquello les permitiría espiarlos a sus anchas.

—¿Ya estás listo? —le preguntó Ian a Anuar, al tiempo que se reclinaba en el sillón.

Anuar le miró directamente a los ojos. Los cerró por un instante, afirmando que ya estaba preparado. Guardaron silencio unos minutos, como si ansiaran concentrarse en lo que cada uno debía de hacer. Se entrevieron dándose a entender que estaban listos para continuar con el plan y se levantaron al mismo tiempo de sus asientos. Tenían claro que no podían darse el lujo de cometer errores. Debían parecer convincentes, el más mínimo titubeo los descubriría ante la extraordinaria percepción de Morvan. Se entrevieron nuevamente con miradas confiadas y abandonaron la gran biblioteca. Anuar se dirigió a la alcoba de Aimée. Entre tanto, Ian, Dank y Miroslava se encaminaron al comedor. En el Gran Salón de las Tribulaciones, Morvan y su séquito de las Tinieblas organizaban sus oscuros planes.

—En tres días más todo estará dispuesto, mi señor —dijo el ambicioso vampiro Boris, con una reverencia.

—Bien, muy bien. Todo está saliendo conforme a lo planeado.

—¿Qué haremos con Anuar y los demás? —curioseó Kaled en una inflexión antipática.

—Anuar ha estado bastante entretenido con Aimée. Dejémoslo así hasta que el día del eclipse. Después de que la convierta y nos comparta de su nueva sangre nos desharemos de él. Aitana, ¿has averiguado el paradero de la Lanza Blestem? —

219

inquirió Morvan, haciendo un ademán con la mano para que la misteriosa Arpía saliera de las sombras y se le acercara.

—Sí, mi señor —confirmó la extravagante rubia, emergiendo de entre las cortinas negras que había en el salón—. Mañana yo misma iré por la Lanza.

—Perfecto —reconoció Morvan, jugueteando con los dedos—. No debe haber errores, Aitana. Sin la lanza no podré vencerlos —continuó con timbre seco—. En esta misión tus hermanas te acompañarán. Si tú no puedes cumplir, una de ellas lo hará...

—Ellas ya están preparadas, señor. Cumpliremos, se lo aseguro —recalcó Aitana Señora de las Arpías, con voz trémula e hizo una reverencia.

—Previsora, como todas las mujeres —comentó Morvan, sonriendo complacido—. Ojalá todos aquí trabajaran con tanta dedicación —agregó, avistando de reojo y con desprecio a todos los presentes.

Kaled lo observaba fijamente. Aún quería saber qué deberían hacer con los amigos de Anuar. Ellos no estaban distraídos con Aimée.

—Sé bien qué estás pensando —reconoció el Señor de la Noche, observando ahora a Kaled—. Enviaré a Miroslava y a Dank a una misión suicida, solos. Serán presa fácil para Donovan y su gente; sin embargo, todavía no sé qué hacer con el príncipe Iancu. Puede causarnos bastantes problemas mientras esté aquí, y el Príncipe de las Sombras no permitirá que vaya a ninguna batalla sin él.

—¿Por qué no enviarlos a otra misión? —interrumpió Duncan.

—No puedo arriesgarme a que Anuar salga lastimado. Lo necesito fuerte para el día del eclipse. Debe de convertir a Aimée como sea —reafirmó Morvan, acariciando su canosa barba.

Los presentes estuvieron de acuerdo. El que Anuar pudiera compartirles su nueva sangre al transformar a Aimée los haría invencibles. Esa parte del plan era, en realidad, para ellos la más importante. Ninguno sospechaba que para Morvan era un asunto secundario, una gratificación extra dentro de sus verdaderos planes.

—Ya pensaré en alguna manera de distraerlos sin tener que arriesgarlos. Por lo pronto, debemos de organizar la búsqueda de Noirush. Sin esa maldita Piedra no podré controlar los portales y manejar...

Morvan no logró terminar la frase porque las puertas del Salón se abrieron impetuosa y violentamente. Todos los que estaban sentados se levantaron sin titubear y tomaron posiciones defensivas para proteger a toda costa al Amo y Señor de la Noche.

—¿Creíste que no iba a saber que fuiste tú, asquerosa rata? —vociferó Anuar, exasperado, contemplando fijamente a Kaled y avanzando hacia el centro del gran salón—. ¡Si llega a ocurrirle algo, no habrá tortura suficiente que sacie mi furia!

—¡Anuar! ¡¿Qué significa esto?! —exclamó Morvan, levantándose de su asiento.

El séquito de Morvan se replegó en absoluto silencio. El ambiente se tornó inmensamente tenso y más lúgubre que nunca.

—¡No entiendo de qué hablas! —objetó Kaled, haciéndose el desentendido, mientras sonreía en su interior al saber que su plan había funcionado y cruzó los brazos con desdén.

220

—¡No juegues al estúpido, Kaled!, ¡patético gusano! ¡Sabes muy bien de qué estoy hablando! —gritó Anuar con los ojos inyectados de furia y los colmillos totalmente visibles.

—¡Anuar! ¡Kaled! ¡Exijo una explicación! ¡Qué demonios se traen los dos! —prorrumpió Morvan, dando un recio golpe en el piso con su macizo báculo.

Sin embargo, Anuar fue incapaz de responder porque las puertas del recinto volvieron a abrirse violentamente y a través de ellas ingresaban Ian, Miroslava y Dank fingiendo agitación.

—¡Anuar... qué sucede! —inquirió Ian angustiado, como si temiera un desastre.

—¡Aimée se volvió a escapar y todo por culpa de este pedazo de cretino! —increpó Anuar sin apenas controlar la voz, señalando duramente a Kaled. Sus ojos estaban completamente desorbitados, como si ya no hubiera una persona dentro de él, como si su cuerpo hubiera sido poseído por el mismo demonio traído desde los infiernos.

—¡Se fue! ¡¿Cómo?! ¡¿Por qué?! —insistió Ian, robándole la palabra a Morvan—. Eso no tienen ningún sentido... ¿Estás seguro?

—Sí, ya la busque por todos lados. Leii tampoco está. Su rastro indica que partieron al amanecer —respondió Anuar, sin dejar de mirar furioso a Kaled.

—Ian... tiene razón, eso no tiene ningún sentido... no tiene razones para huir... ustedes estaban bien —replicó Morvan dejando ver en su voz su ansiedad.

La acelerada palpitación de las arterias del cuello de Anuar demostraba muy a las claras que su organismo estaba experimentando una impetuosa descarga de adrenalina.

Morvan se sentó nuevamente, recargó su temible báculo en el negro sillón y, con la mirada perdida, como si estuviera sumido en profundas reflexiones, intentó volver a hablar. No obstante, Anuar terriblemente irritado no lo dejó: arrojó a Morvan el viejo libro de la Bruja Zaba. Él lo atrapó y lo miró consternado. Miroslava observó el libro con avidez, como si deseara poseerlo. El Señor de la Noche notó la ambiciosa mirada de la Naga y se tranquilizó al suponer erróneamente que ella no lo había hojeado y que Anuar se hallaba tan enfrascado en la huida de Aimée como para prestarle atención al libro.

—Estaba señalado en la página del ritual que realizaron en diciembre para encontrarla —corroboró Anuar con los ojos encendidos, apuntando hacia el viejo grimorio de cubierta negra y sello bermellón.

Ian y Dank abrieron los ojos desmesuradamente y compartieron miradas significativas.

— "Llevaba días preguntando por ese tema" —comentó Dank para sí mismo.

Y Anuar, fuera de sí, exclamó con voz quebrada por la cogestión:

—Sí, lo sé, y ahí dice que tenían que sacrificar a una Elfa de la Luz para poder encontrarla —continuó Anuar y en su gesto dejó ver angustia y ansiedad.

—¿Una Elfa de la Luz? —indagó Ian, simulando desconcierto— ¿Esos seres existen?

—Pensé que esa raza se había extinguido —interrumpió Miroslava con voz turbia y la mirada perdida, como si pensara lo que significaría que esos seres aún estuvieran en la Tierra.

—¡Qué demonios importa que existan o no! ¡Aimée volvió a escapar y aunque la encuentre será muy difícil volver a hablar con ella y el eclipse es en cuatro días!

—estalló Anuar al ver que le daban más importancia a la existencia de los Elfos de la Luz que a su amada.

Morvan se sintió más tranquilo. Se dio cuenta de que Anuar no averiguaría más del asunto porque solo podía pensar en Aimée; no obstante, le preocupaba Miroslava. Sabía que era mujer fría y calculadora, que analizaría las cosas y podría hacer que Anuar se pusiera a cavilar.

—Después de lo que le inventamos acerca de eso... al ver el libro... supo que le mentimos —comentó Ian, aparentando pesar en la voz.

—Pero ¿cómo obtuvo ella ese libro? —prorrumpió Morvan, agitando el grimorio que aún sostenía en la mano.

—¿Por qué no se lo preguntas a Kaled? —alegó Anuar, exaltado y los colmillos brillantes.

Las palabras de Anuar, rotundas, retumbaron en la sala como un mazazo. Kaled retrocedió dos pasos. Tenía los labios temblorosos y sus ojos aparecían rebosantes de ira. Todos en la sala permanecían en silencio crispados. Ian y Dank simulaban encontrarse furiosos y dispuestos a todo. Morvan giró el rostro hacia donde se encontraba Kaled y lo miró con los ojos inyectados de sangre, Kaled agachó la cara: por una parte por fin encontraba satisfacción al lograr vengarse de Anuar; sin embargo, no sabía si su resarcimiento había arruinado de alguna manera los planes de Morvan y su piel se erizó temiendo su furia. Morvan comprendió en seguida que Kaled, habiendo conseguido el libro lo había dejado al alcance de Aimée, para que al leerlo riñera con Anuar y así vengarse de la humillación sufrida el día anterior.

La tensión en la sala no podía ser más tirante. Anuar se acercó a Morvan, lo miró arrogante con ojos de fuego, las pupilas completamente oblongas, como las de las serpientes.

—No me interesa saber si vas a castigarlo o no como se merece. Cuando yo regrese me encargaré de él a mi manera —le advirtió Anuar entre dientes y con voz tajante.

El Señor de la Noche guardó silencio y lo contempló fijamente. Tenía claro que decir algo en favor de Kaled podría delatarlo. Con elegancia y seguridad se levantó de su asiento, tomó el báculo dio unos pasos hasta encontrarse a unos centímetros de Anuar y, confiado, dijo:

—Yo me encargaré de que esté aquí para tu regreso. Entre ambos nos encargaremos del asunto —y sus ojos se encendieron como una hoguera. Anuar lo observó complacido, volteó hacia donde estaba Kaled y le hizo un gesto altivo y amenazante

—¡Aprenderás que quien ríe al último, ríe mejor. Pronto comprenderás cuál es tu lugar y vas a pagármelas todas! —le aseguró Anuar, mostrando los afilados colmillos.

Ian, Dank y Miroslava contemplaron a todos los presentes en el salón con desconfianza y altivez, y a Kaled con desprecio. Anuar se encaminó con paso firme hacia la puerta. Cuando estaba a punto de retirarse, se detuvo y se giró pesadamente, entrevió a Morvan y le espetó:

—Quiero a diez de tus mejores hombres para que nos acompañen a Ian y a mí.

—Los tendrás —confirmó Morvan sin titubear—. Puedo darte diez más para que acompañen a Dank y a Miroslava.

—No, ellos trabajan mejor solos y son de mi entera confianza —replicó Anuar, desafiante. La rabia volvía a aflorarle.

—Me parece bien. Cuando la encuentres quiero saberlo en seguida.

La contundencia de Anuar fue tal que los Elfos Oscuros que se hallaban presentes dieron un paso atrás y permanecieron inmóviles con la vista clavada en Kaled. Anuar viró el rostro hacia Dank y Miroslava:

—Prepárense para una salida larga. Nos vemos en diez minutos en el patio central —les ordenó con prisas, a lo que ellos asintieron.

Anuar salió violentamente de la habitación, seguido por Ian. Por el contrario, Dank y Miroslava se acercaron al Morvan.

—Necesitaremos algunas armas, señor. Podríamos tener algún encuentro con los hombres de Donovan.

—Desde luego —reconoció el Señor de la Noche con voz sombría—. Boris, proporciónales todo lo que pudieran necesitar.

—En seguida, mi señor —obedeció el altivo vampiro con una reverencia y salía de la habitación seguido de la hermosa pelirroja y el imponente Therántropo.

Cuando abandonaron el Gran Salón, todos en la habitación se atrevieron a respirar. Kaled no conseguía alzar la vista del suelo. Morvan se dirigió hacia su asiento cerca de la vieja chimenea de piedra. Tomó asiento lentamente, le entregó el libro de la vieja Zaba a Aitana y, como si pensara en voz alta, rompió el silencio sepulcral en el que todos se habían sumido.

—Has hecho algo sorprendentemente estúpido —le dijo Morvan, recargándose cómodamente en su sillón negro y acariciando el báculo.

Kaled permaneció mudo. No sabía qué decir para justificarse. Su tonta riña no sería excusa suficiente para calmar la furia del Señor de la Noche.

—Has hecho algo realmente estúpido y, cosa curiosa, nos has dejado el camino por completo libre —continuó Morvan, externando complacencia—. No habría podido haberlo planeado mejor.

Estupefacto, Kaled alzó el rostro. No esperaba semejante reacción y temía preguntar por qué. Morvan notó su desconcierto y prosiguió con su monólogo.

—Anuar e Ian estarán del todo distraídos y vigilados por mis sirvientes. Miroslava y Dank quedarán aislados y fuera del castillo. Así será más fácil deshacernos de ellos y aunque Aimée haya huido, tuvo la brillante idea de llevarse a Leii. Esa terrible bestia será el mejor guardaespaldas que pueda tener y nadie se les acercará. No tengo dudas de que Anuar los encontrará a tiempo para hacer el ritual y convertirla en vampiro el día del eclipse. Esto no podría ser más perfecto.

Kaled lo contempló satisfecho. Su atractivo rostro recobraba su vitalidad y una morbosa mueca comenzó a dibujarse en sus labios. Duncan también estaba complacido y todavía más por no haber tenido que ser él el que se encargara del asunto. Entre tanto, agitado, Anuar entraba en su alcoba seguido por Ian, quien cerró de un portazo.

—Haz el hechizo tú, porque eres mejor con eso —señaló Ian, sentándose.

Anuar lo hizo y la habitación quedó completamente protegida. Después se dirigió hacia uno de los estantes, tomó una botella con sangre fresca y sirvió dos copas.

—¡Estuviste excelso! Deberían darte un Óscar de actuación —comentó Ian, sonriendo y alzó su brazo para tomar la copa.

—Estuvimos —resaltó Anuar orgulloso levantando su copa para brindar—. Morvan lo ha creído todo. Ahora solo hay que mandar a los Homúnculos al patio central.

—Espera unos minutos más. Si salen tan pronto, Morvan podría sospechar al ver que nos "preparamos poco".

Anuar estuvo de acuerdo. Se sentó cómodo y bebió la sangre lánguidamente. Cinco minutos después llamaron a sus dobles, intercambiaron ropa, revisaron que llevaran las armas suficientes y les dieron las últimas instrucciones. Los dos Homúnculos eran como dos perfectos robots. No discutieron ninguna orden y entendían perfectamente todo lo que se les explicaba.

Los clones se dirigieron al patio y se encontraron con la horda de Vampiros que Morvan les asignaba para ayudarlos en la búsqueda. Dank y Miroslava se reunieron con ellos y juntos decidieron qué dirección tomaría cada grupo y partieron.

Dank y Miroslava se dirigirían al sur. Los dobles de Anuar e Ian y el resto de los Vampiros, hacia el al Norte. Dank y Miroslava se adentraron en el Bosque de los Tormentos y en cuanto tuvieron oportunidad se escondieron entre algunos arbustos, y con extremo sigilo regresaron a la fortaleza. Entraron por uno de los pasadizos del muro sureste, que solo Anuar conocía y que hacía unas noches les había mostrado. El pasadizo, aunque era largo y sinuoso, era lo bastante amplio para que el gigantesco y fornido Dank cupiera en él. Al final del oscuro túnel, una mohosa losa de piedra caliza les cortaba el camino. Miroslava se acercó y, con su aguda vista, identificó en la oscuridad la clave que debía de leer para que la piedra se moviera. Leyó los antiguos símbolos tres veces al derecho y tres veces al revés. Al principio no pasó nada; sin embargo, un tronido le indicó que los había recitado bien, porque la losa empezó a deslizarse hacia uno de los lados. La luz de la habitación los deslumbró al principio. Sin embargo, en segundos ambos volvieron a acostumbrase a la claridad.

—Tardaron menos de lo que esperaba —comentó Anuar, complacido, levantándose de su asiento—. Ya me estaba cansando de estar aquí encerrado.

—Fue porque nadie nos siguió —comentó Miroslava, sacudiendo el polvo del entallado vestido.

—¿Estás segura?

La pelirroja no se dignó a responderle. La irritaba que dudaran de sus sentidos y de su capacidad, así que exclusivamente le lanzó una fría y dura mirada con sus ojos de serpiente.

Entre tanto, Dank se adentraba distraído en la habitación. Jugueteó con algunos frascos que estaban en la mesa y luego dijo:

—No sé por qué presiento que en algún punto del camino nos esperarán.

Miroslava reafirmó moviendo lentamente la cabeza: sospechaba lo mismo.

—Es muy probable —comentó Anuar tomando su espada—. Morvan debe de querer quitarlos del camino y ha de creer que esta es su mejor oportunidad. Debió de enviar a alguien a encargarse de ustedes cuando ya estuvieran lo suficientemente alejados del castillo.

—Sí —afirmó Dank, sonriendo—. Pero ¿a qué imbéciles habrá mandado?

—Debió de mandar a muchos. Sabe perfectamente que solo los Licántropos y los Vampiros más fuertes son oponentes dignos de ustedes.

Dank volvió a sonreírse, pero ahora más orgulloso. Dejó los frascos sobre la mesa y se encaminó hacia la chimenea:

— ¿Ahora qué sigue? —curioseó, contemplando algunos de los cuadros en la habitación.

—Ian y yo espiaremos a Kaled y a Morvan. Miroslava se ocupará de vigilar a Aitana. Estoy seguro de que esa arpía conoce los planes de Morvan y le ha encargado algo importante.

—Es verdad. No se le ha separado. Se ha convertido en la sombra del Señor de la Noche. Pero ¿por qué crees que le ha asignada alguna tarea? —indagó Ian, al tiempo que guardaba en su chaleco la poción de fuerza que había preparado junto con Sibila.

—Ayer, cuando fui a darle las instrucciones a Leii, vi llegar a dos de sus hermanas y me pareció que esperaban a las demás, como si pretendieran llegar en grupos reducidos para no ser notadas. Además, ¿por qué no enviarla también a la búsqueda si puede volar?... Morvan sabe que con ella encontraríamos más rápido a Leii y a Aimée.

—Justamente, eso es lo que no quiere, que la encontremos rápido. Muy bien, yo la espiaré —interrumpió Miroslava.

—Tienes que tener mucho cuidado —le advirtió Anuar—. Sé que tienes gran capacidad, pero una Arpía es peligroso rival y mucho más ahora que han llegado sus hermanas.

—Lo sé, y no pretendo enfrentármeles, eso nos delataría —respondió Miroslava.

—¿Y yo a quién, demonios, voy a espiar? —inquirió Dank, ansioso por hacer algo.

—A Duncan —respondió Anuar sin titubear—. Muy bien, hay que empezar. Recuerden estar atentos, en especial a los Gnomos Negros.

—¡Ay, es verdad! —exclamó Dank—. Casi se me olvidan los mentecatos que están por todos lados.

Ian se acercó al muro, repitió algunos sortilegios y pesadamente este comenzó a deslizarse. Todos le siguieron. Ninguno llevaba ningún tipo de luz. No la necesitaban: su vista era casi perfecta en las penumbras. Anuar les indicó que debían detenerse. Ahora era necesario que fueran más cautelosos, porque entrarían en otros corredores donde podrían estar escondidos los desagradables enanos negros. Los pasadizos eran largos y húmedos y era a Dank quien con más dificultades los seguía. Su inmenso tamaño, ahora, comenzaba a convertirse en un problema. Casi al fondo, Anuar se detuvo, giró a la derecha y se topó con un muro. Colocó el oído a la fría pared, tratando de escuchar:

—¿Qué haces?— preguntó Ian—. Morvan debe de haber hecho algún hechizo protector. No podrás oír nada.

Anuar no le respondió, solamente alzó la mano para indicarle que guardara silencio. Unos minutos después, Anuar habló lo más bajo que pudo.

225

—Aún no llegamos al Salón de las Tribulaciones. Este muro lleva hacia los pasadizos más usados por los Gnomos Negros. Dank, cuando la pared se deslice, tú y Miroslava tomarán el corredor de la derecha. En el fondo encontrarán piedras sueltas en el piso; deben de moverlas. Una de ellas abrirá la puerta que los llevará a la habitación de Duncan. Dudo que la tenga protegida; la magia no es lo suyo. Miroslava, el aposento de Aitana se encuentra muy cerca de ahí. Ian, tu vendrás conmigo al Salón de las Tribulaciones. Probablemente, Kaled siga con Morvan. Una vez se vaya, lo seguirás. Recuerden… los pequeños mentecatos usan esos pasadizos para ir de un lado al otro del castillo.

Anuar empujó unas piedras sueltas en la pared y el muro que tenía frente a sí se deslizó con lentitud. Cuando la abertura era lo bastante amplia, asomó la cabeza para entrever el nuevo corredor, se adentró con cautela, seguido por Ian. Doblaron hacia la izquierda. Con dificultad, Dank se abrió paso, para luego seguir el pasadizo de la derecha. Detrás de él caminaba con gran prudencia Miroslava. Habían recorrido ya un largo trecho cuando Anuar se detuvo y miró expectante en la oscuridad. Le indicó a Ian que era momento de volverse invisibles. Era algo que no podían hacer por mucho tiempo porque les quitaría fuerza ahora que compartían su poder con los dos Homúnculos que guiaban a los Vampiros de Morvan en la falsa búsqueda de Aimée. Al principio no sucedió nada, aunque pronto escucharon cómo el muro por el que habían entrado se deslizaba.

—Son muchos y vienen para acá —musitó Ian—. Vamos al techo.

En un momento, los dos dieron un ligero salto y alcanzaron el techo. Permanecieron en cuclillas como dos murciélagos colgados boca abajo. Cuidando de asir bien sus espadas, se pusieron de pie y comenzaron a avanzar de cabeza. Los ruidos de los pequeños pies eran cada vez más claros y, pronto, vieron pasar debajo de ellos a los entrometidos monstruos que recorrían con rapidez el húmedo y oscuro pasaje.

Ian y Anuar sospechaban hacia dónde se dirigían y debían de alcanzarlos. Si pasaban con ellos por el muro que llevaba al Gran Salón de las Tribulaciones, podrían burlar cualquier hechizo de protección que hubiera elaborado Morvan, pues él lo desharía para dejar entrar a sus peludos y entrometidos sirvientes. Ian y Anuar intuyeron que pronto llegarían al final del pasadizo. Así que avanzaron más rápidamente y decidieron colocarse en los costados de la pared para descender a tiempo y entrar por un hueco detrás de los enanos negros, justo antes de que el muro se cerrara nuevamente. El plan funcionó y consiguieron adentrarse al salón pocos segundos antes de que la puerta del pasadizo se cerrara y de que Morvan activara de nuevo el hechizo de resguardo.

Con sigilo treparon la pared como arañas, quedando ambos suspendidos en el alto techo. Anuar estaba totalmente concentrado en la misión: conseguir información acerca de los portales y de la piedra que podría controlarlos. Ian, por otra parte, comenzaba a preocuparse más por el tiempo que deberían permanecer invisibles. Se preguntaba si podrían mantenerse así hasta que todos abandonaran el recinto. Quedamente se acercaron lo más que pudieron hacia donde se hallaba Morvan conversando con Kaled, Duncan, Boris y algunos otros Elfos de la Oscuridad. Debían tener el máximo cuidado, porque podrían detectarlos si producían el más mínimo ruido. Consiguieron situarse lo suficientemente cerca para escuchar lo que decían sin mucho riesgo de ser notados.

Las pesadas y gruesas cortinas del gran salón estaban corridas y la única luz provenía del ardiente fuego de la enorme chimenea de piedra tallada. Ian comenzó a tranquilizarse: se había dado cuenta de que, aunque no pudieran mantener por mucho tiempo su invisibilidad, las opacas y negras losas del suelo ayudarían a que sus cuerpos no reflejaran sombras y pudieran esconderse con mayor facilidad.

—Señor, ¿quién irá por la Piedra Noirush? —preguntó Kaled, ansioso de que le encargaran a él la misión.

—Sabes bien que te enviaré a ti —respondió Morvan—. Te acompañarán Aitana y sus hermanas Stefca, Sirge, Boris, dos Orcos, un Drider y un Utanor.

Desde el alto techo, Ian y Anuar se quedaron consternados: ¿cómo podía Morvan enviar a un Drider y a un Utanor si estaban en guerra con ellos?

—¿Iremos tantos? —reclamó Kaled, desconcertado.

—Los Dragones Blancos son de las bestias más terribles que han pisado este planeta. Jamás debes subestimarlos: son fuertes, ágiles, inteligentes y manejan la magia —continuó Morvan con su elegante acento inglés—. Atacar a uno no es cualquier cosa. Si una sola de sus escamas te llegará a hacer aunque fuera la más mínima herida, morirías en pocas horas. Únicamente los Vampiros y los Unicornios son capaces de soportar su veneno y aun así quedarían las cicatrices en su piel, prueba de la potencia su ponzoña. En eso son muy parecidos a las Mantícoras.

—Pero... entonces, ¿esperaremos a que Aitana y sus asquerosas hermanas regresen de su misión? —interrumpió Kaled algo irritado, al saber que seguiría en el castillo.

—Solo les tomará un día más. Pasado mañana, al caer de la noche, irán por la Piedra.

—Pero... Señor…

—Kaled, la acción puede esperar. ¿Cuándo vas a aprender que las aventuras no lo son todo? —interrumpió Morvan con tono irritado—. No voy a arriesgarme a que no consigan la Piedra Noirush. Una vez que abra los portales, deberé tenerla para poder manejarlos y cerrarlos cuando ya no me sirvan. No comprometeré la misión simplemente porque tú tienes ganas de jugar. La Hermandad ya debe sospechar lo que tramamos, no dudo que también estén buscando la Piedra, igual que como están buscando a Aimée.

—Señor, si me permite —indicó Boris—, solo los Vampiros pueden sobrevivir al veneno de los Dragones Blancos. ¿Por qué no envía a más de nosotros por la Piedra? ¿No es muy arriesgado enviarnos únicamente a Stefca y a mí?

Morvan lo miró pensativo. Su rostro denotaba que llevaba tiempo cavilando sobre ese asunto. Los presentes aguardaban ansiosos. Ian y Anuar contuvieron la respiración para no ser detectados ahora que nadie hacia ningún ruido.

—Mi lord —interrumpió Duncan, haciendo un gesto caballeresco con la mano—, si envía a más vampiros no seremos suficientes para controlar al ejército de Orcos, Driders y Utanor que ya hemos reunido en las Cavernas Oträvitor. Mucho menos para mantener bajo control a todas las criaturas que ingresarán por los portales para enfrentar a la Hermandad y a sus aliados.

—Sí... sí... —balbuceó Morvan absorto, acariciando su báculo.

227

Los Elfos Oscuros se miraron los unos a los otros. Ninguno había deliberado eso y advertían en la expresión que manifestaban Morvan y Duncan que ellos ya habían discutido el asunto. Duncan, por su parte, procuraba mostrarse confiado y serio. En realidad, estaba irritado. Por ningún motivo le interesaba tener que volver a enfrentar otra diabólica criatura. Con la Mantícora había tenido suficiente. La mano todavía le dolía; hacía muchos siglos que no había sentido un dolor y no le interesaba vivir la vida inmortal adolorido, deformado o mutilado. Además, experimentar la gloria de controlar a terribles ejércitos le resultaba más interesante y excitante que ir a enfrentar dragones.

—Además, mi lord —prosiguió Duncan mostrándose participativo y analítico—, si hiciéramos algo así Donovan podría notar que nuestro número ha disminuido y tal vez osaría rebelarse. No confío en la palabra de un Licántropo; no son criaturas confiables.

—Ninguna lo es —reafirmó Morvan saliendo de su ensimismamiento—, aunque tienes razón. He mantenido a Donovan a raya porque teme mi poder y nuestro número. Es verdad... debemos seguir con el plan: Kaled tu guiarás la misión para quitarle la maldita Piedra al Dragón Blanco. Debes recordar en todo momento que ese dragón en particular: es sumamente peligroso. No puedes confiarte: ese demonio blanco es más listo de lo que crees.... te estarás enfrentando a una Pesadilla como Leii, aunque veinte veces más fuerte, rápida y cruel.

Kaled enmudeció. Aquellas palabras comenzaban a hacer mella en él. Aquel odioso caballo negro realmente le imponía. Le recordaba a la cruel Mantícora que habían enfrentado unos días atrás y, aunque el enfrentamiento con la Mantícora había sido un trabajo excitante, fue muy duro y difícil, más de lo que jamás imaginó; por lo tanto, aquella nueva tarea ahora se le antojaba como poco conveniente para él.

Aitana y sus hermanas deberán distraerlo. El Drider, los Orcos y el Utanor podrían atacarlo, si es necesario, Boris, Sirge y Stefca te servirán de guardaespaldas para que tomes la Piedra —interrumpió ahora Duncan, moviendo las manos con gesto señorial.

Kaled únicamente hizo una inclinación con la cabeza mostrando que comprendía las instrucciones. Anuar e Ian aún no salían de su asombro; ahora se percataban de que Morvan había hecho un pacto con Donovan, el señor de las Bestias. Eso significaba que la guerra entre Licántropos y Vampiros probablemente había sido una pantalla para distraerlos y crear confusión entre los miembros de la Hermandad de la Luna Plateada, que quizás no esperaban que los dos bandos, el de las Tinieblas y el de la Oscuridad, en realidad estuvieran confabulados. Anuar no dejaba de preguntarse cómo podría informarles, prevenirles. Ian, por su parte, sospechaba que aún había mucho más por descubrir. Los dos quisieron buscarse con la mirada y, sorprendentemente, se encontraron. Su habilidad para volverse invisibles había disminuido notablemente, ya que ahora se encontraban más débiles; no podrían volver a intentarlo hasta dentro un largo rato. Confiados, se echaron un vistazo. Sabían que estaban bien ocultos en el alto y poco iluminado techo del Gran Salón; mientras mantuvieran controladas sus emociones no podrían detectarlos.

—Mi lord —expresó Duncan haciendo una leve reverencia con las manos— me retiro. Haré los últimos preparativos para marchar a las Tierras Negras y a las Cavernas Oträvitor.

—Excelente —respondió Morvan, levantando sutilmente el báculo negro que sostenía con la mano derecha—. Boris, Mihail, Sergei y su séquito también pueden retirarse.

Cada asistente elaboró una exagerada reverencia y se retiraron expedita y silenciosamente. Solamente permanecieron en la sala Kaled y Morvan. Ambos observaban casi hipnotizados el ardiente fuego.

—Por fin —expresó Kaled, interrumpiendo el silencio en el que se habían sumido—, por fin recobraremos lo que es nuestro. Esa molestia ya no podrá interponerse en nuestro camino.

—Cuida tus palabras Kaled. Aún necesitamos a Aimée. Recuerda que se convirtió "en molestia" —apuntándolo fríamente con uno de sus huesudos y largos dedos— .Cuando se te escapó aquel maldito día. Y hasta esta fecha no entiendo cómo pudo ocurrir semejante cosa.

—Mi señor, recuerde que lo vio en la proyección el día que la trajeron. El día que se me escapó ya estaba prevenida. Sabía que iríamos por ella.

—Es verdad, ¿cómo se habrá enterado? ... fuimos tan cautelosos...

—No lo sé. ¡Me he hecho esa pregunta tantas veces!

—Si no hubiera renacido... si no hubiera elaborado aquel hechizo... no la habríamos podido encontrar, no habría conseguido el Libro de la Luz y la Oscuridad y nada de esto sería posible, no podríamos adueñarnos del mundo, nuestra conquista no sería más que un sueño... Tuviste suerte Kaled, si ella no hubiera renacido, ahora no estarías aquí.

Kaled guardó silencio. Morvan tenía razón, había tenido suerte de que Aimée hubiera realizado aquel sortilegio para poder regresar; de otra manera, la furia del Señor de la Noche habría sido incontenible. Colgados en el techo, Ian y Anuar escuchaban intrigados, ansiaban comprender tantas cosas. No entendían qué tenía que ver Aimée con el Libro Dagáz y por qué solamente si ella renacía podrían obtenerlo. Además, jamás imaginaron que habían sido ellos los que atacaron la fortaleza aquel día que Aimée saltó al precipicio. Anuar comenzó a agitarse; instintivamente, Ian giró para verlo y comprendió lo que su amigo le quería decir: por ningún motivo debía enojarse ni irritarse al escuchar todo lo que esos dos hablaban; si lo hiciera se delatarían. Anuar respiró profundo pensando en los azules y brillantes ojos de Aimée que siempre lo tranquilizaban.

—Bueno... al final las cosas no salieron tan mal —expresó Kaled con una mueca infantil—. Todo pasa por una buena razón. Usted mismo me ha dicho que no existen las casualidades.

Morvan lo miró interesado, esperando que Kaled continuara con su explicación.

—Si hubiera capturado a Aimée aquel día, tal vez sí habríamos obtenido el libro antes, pero Anuar no sería un Vampiro y no podrían hacer el ritual que, al final de cuentas, hará que podamos soportar los rayos del sol.

—Tienes razón, Kaled —ratificó con gesto complacido—. Las cosas pasaron como debían de pasar —. ¿Me pregunto quién nos habrá hecho el favor de esconder el anillo y el conjuro que ella había dejado para Anuar para así hacerla volver en pocos años?

—No lo sé, jamás lo comprendí —resaltó Kaled, pensativo.

—¿Seguro que no tomaste nada aquel día en la biblioteca?

—Se lo habría dicho, mi señor, además de que me habría ahorrado muchos problemas. Todo este tiempo he ayudado a esa asquerosa Bruja para tratar de descubrir dónde renacería.

—Era necesario —prosiguió Morvan con tono paciente.

—Lo sé, pero... no dejó de ser una tarea desagradable —señaló haciendo un gesto de asco—. Y luego tener que capturar a aquella Elfa, con el trabajo que me dio...

—Hubo un momento que pensé que no lo lograrías —confesó Morvan, casi suspirando.

—Yo también —y alzó las cejas de manera infantil—. Aún no puedo creer que logré averiguar cuándo y dónde se reuniría la Hermandad. Lo más difícil fue planear el rapto.

—¡Qué conveniente que se reunieron en el solsticio! Fue todavía más fácil obtener la información así. No sé si Zaba y Sibila habrían conseguido descubrir dónde se encontraba Aimée, si hubiéramos hecho el sacrificio otro día.

—Por lo menos, la Elfa fue útil. Su muerte no fue en vano.

—¿Cómo decidiste que fuera ella?

—Su mejor amigo era un hombre que es miembro de la Hermandad y continuamente salía secretamente de los bosques porque estaba fascinada con el mundo de los humanos. Así fue como la encontré y como pude espiarla.

—Era realmente muy hermosa —interrumpió Morvan con la mirada perdida, recordando aquel fino y bello rostro—. Fue una lástima tener que matarla. ¿Cómo se llamaba?

—Enya, y sí, sí fue una verdadera pena. Era una Elfa muy atractiva, aunque no puedo negar que disfruté viéndola morir así —reconoció Kaled, con la mirada encendida, mientras sus labios dibujaban una perversa sonrisa de satisfacción y excitación.

—Yo también —confirmó Morvan, haciendo un gesto perverso—. La vida se le fue tan lánguidamente... sus ojos asustados, su cuerpo pálido temblando de miedo, la sangre derramándose en el piso... fueron unos minutos tan exquisitos...

Los dos guardaron silencio recordando con gesto impúdico la muerte de la dulce Enya. Sin decir nada, se levantaron de sus asientos y se retiraron a sus respectivas habitaciones. Ninguno de los dos había siquiera sospechado que habían sido espiados.

Anuar e Ian aguardaron un rato más antes de sentirse seguros de poder bajar. Cuando lo hicieron se dirigieron sigilosamente hacia la pared donde estaba el pasadizo por el que habían ingresado; sin embargo, justo antes de que entraran por el escondite, Anuar se detuvo de golpe y, sin decir una palabra, se dirigió de nuevo al centro del salón.

—¡¿Qué diablos haces?! —reclamó Ian, hablando quedamente mientras iba tras él.

—Tengo que ver algo —murmuró sin siquiera esperarlo.

Ian permaneció un momento desconcertado. A Anuar no le importó. Se acercó a una gárgola de piedra que estaba debajo de uno de los gigantescos lienzos y repitió la fórmula mágica y el lienzo lentamente comenzó a cobrar vida.

—¿Por qué quieres volverte a atormentar con eso? Ya sabemos que fue Kaled quien quiso capturarla. Lo dijo él mismo. ¿Qué más pruebas necesitas? Nos estamos arriesgando demasiado. Los Gnomos Negros podrían entrar otra vez.

—No, no quiero observar eso —insistió Anuar, quien contemplaba de nuevo los últimos momentos de la vida pasada de Aimée.

Ian no se atrevió a preguntar más, temiendo que alguien alcanzara a escuchar. Alzó la vista brevemente mostrándose impaciente, resignado. También contempló la proyección con menos atención, porque de continuo giraba el rostro, temiendo que alguno de los desagradables sirvientes de Morvan entrara a en la sala. El cuadro volvía a mostrar a Aimée preparando las pócimas que harían que Anuar viviera por 150 años más. Su amada recorría la biblioteca de un lado al otro, tomando todos los ingredientes que necesitaba.

Mientras revisaban un viejo libro, Anuar repitió otra vez unas palabras y la proyección se detuvo, quedando congelada una imagen. Ian, desconcertado, miró el lienzo con atención. Este mostraba a Aimée haciéndose una herida en la mano para después dejarla caer sobre algo.

¿Por qué la detuviste ahí? —inquirió Ian, murmurando sin dejar de mirar a sus costados para vigilar que nadie los sorprendiera.

—¿Viste el libro que hojeaba Aimée continuamente?

—Sí, era un libro de magia…

—No, no era cualquier libro de magia. Era un libro especial de cubierta de oro

—¿Y…? —resaltó Ian.

—¡De cubierta de oro!… el libro del que Miroslava habla extasiada… el libro por el que Duncan por poco pierde la mano cuando se enfrentaron a las mantícoras.

—¿El Libro de la Luz y la Oscuridad? Dagáz… pero ¿por qué tenía ella ese libro?

—No lo sé… observa bien lo que está haciendo en la proyección. Se abre una herida en la mano, su sangre cae sobre el libro y, si no mal recuerdo, este desaparece…

Ian ahora boquiabierto había dejado de prestar atención a los ruidos del exterior. Anuar volvió a decir unos sortilegios y la "película" continuó. Y, como recordaba él, en cuanto la sangre de Aimée se posaba sobre la dorada cubierta del grimorio, este desaparecía.

—Eso quiere decir que, de alguna manera, está ligada a Dagáz —señaló Ian, tan quedamente que parecía que estaba hablando consigo mismo.

—No solo eso. La única manera de recuperarlo era teniendo la sangre de Aimée. Esa es la razón por la que querían atraparla en aquella ocasión, y también es ese el motivo por el cual cuando la volvimos a encontrar Morvan tenía tanta prisa por proyectarle las cosas en este Salón, para hacerle una herida en la mano y obtener su sangre…

—¿Crees que haya simulado lo de la guerra con Donovan?

—Sí —reveló con el semblante adusto—, porque yo pensaba contarle las cosas a Aimée, ¡no proyectárselas!… Necesitaba un pretexto para actuar tan precipitadamente…

231

—¡De otra forma, él jamás habría obtenido un poco de su sangre!... ahora recuerdo que el Gnomo Negro que se acercó con la copa para que Aimée vertiera ahí su sangre, al terminar la proyección ¡salió por el pasadizo con la bandeja! —interrumpió Ian, recordando la noche en la que habían traído a Aimée al castillo.

Anuar, pensativo y distraído, volvió a mirar el lienzo que mostraba a Aimée emergiendo del pasadizo de la chimenea y dirigiéndose asustada hacia el bosque. Después exclamó: —*"Opri"*, para detener la proyección. La imagen congelada mostraba de espaldas a Aimée en el bosque mirando, hacia la ventana de la biblioteca.

—¿Qué haces? —inquirió Ian, ansioso por retirarse.

—Fíjate quién la observa a través de la ventana de la biblioteca...

—Kaled...

—Va a pagármelas todas... —aseveró Anuar, al tiempo que pasaba su mano sobre la gárgola debajo del lienzo para que este volviera a estar en blanco.

Ian no dijo nada. Sus ojos estaban encendidos por el odio y el coraje, movió la cabeza en señal de estar de acuerdo y con una mano le indicó a Anuar que era hora de que se retiraran. Además, tenían muchas cosas que contarles a Miroslava y Dank, y probablemente ellos también tendrían información interesante que compartirles. Recorrieron más que cautos los pasadizos y, sin contratiempos, llegaron a los aposentos de Anuar, donde Dank y Miroslava aguardaban impacientes.

La alcoba estaba pobremente iluminada porque no querían llamar la atención. Anuar activó el hechizo protector para que nadie les escuchara mientras conversaban. Ian fue el primero en comenzar: les explicó que la guerra con los Licántropos había sido una farsa, una cortina de humo que había levantado Morvan para tener a todo mundo entretenido mientras conseguía el Libro Dagáz y las Piedras para abrir los portales. Dank lo interrumpió, diciendo que era muy probable que ni el mismo Donovan, Señor de las Bestias, conociera a fondo el plan de Morvan, y todos estuvieron de acuerdo. Anuar continuó relatando lo que habían averiguado y Miroslava quedó muy sorprendida al saber que Aimée estaba realmente atada a aquel libro, y se sentía muy frustrada y confundida al no entender por qué tenía acceso a semejante tesoro.

Dank por otra parte se hallaba bastante irritado al saber que había sido Morvan, quien desde hacía siglos perseguía a Aimée, y una fuerte sensación de enfado e ira lo invadió cuando Anuar les relató cómo en la proyección Kaled la atisbaba desde la ventana de la biblioteca cuando pretendía escapar por el bosque. Después, Dank y Miroslava les narraron que la arpía Aitana y sus asquerosas hermanas habían sido enviadas a los montes Cárpatos por una Lanza muy poderosa que podría herir de muerte a cualquier inmortal y que después acompañarían a Kaled, a Stefca, Sirge y a otros hacia el noroeste para robarle la Piedra Noirush a un temible Dragón Blanco llamado Raidon.

—No conseguimos averiguar exactamente dónde habita aquella bestia —reconoció Miroslava con cierto recelo, recordando lo poderosos que podían ser los Dragones Blancos.

—Nosotros tampoco —indicó Anuar, cabizbajo, acariciándose el mentón—. No es suficiente saber que se dirigen hacia el noroeste. Seguir a Kaled y a las Arpías sería muy peligroso… y si llegan primero que nosotros, no me arriesgaría a enfrentarlos para quitarles la Piedra, no sin toda nuestra fuerza —y observó con el rabillo del ojo a Ian, preocupado.

—Entonces, lo que tenemos que hacer es llegar al dragón antes que ellos —interrumpió Dank con voz segura y moviendo las manos en señal de desdén—. Esas bestias son poderosas, pero es solo una y entre los cuatro podremos arreglárnoslas.

—¿Realmente crees eso? —le objetó Ian alzando las cejas—. Morvan ha dicho que son veinte veces más poderosos que las Pesadillas…

—Sí, es verdad. Son temibles. No dudo que entre todos podremos idear un plan; además, es fácil engañarlos, sobre todo arrinconándolos: si algo temen los dragones es quedar atrapados —indicó Dank, colocando los brazos en la cabeza, pretendiendo hacer ver que el asunto del dragón realmente no lo preocupaba.

—¿Sellar la entrada a la cueva bastará…? —preguntó dubitativa Miroslava, mientras se recargaba en la ventana—. Recuerda que los dragones pueden hacer magia…

—Sí, pero únicamente para defenderse. Para atacar, generalmente conocen hechizos paralizantes, desorientadores. Esos bichos no conocen la magia a fondo como para liberarse de un aprieto. Ese es su gran defecto: creen que no necesitan aprender esa clase de hechizos, son muy soberbios —continuó Dank después de bostezar. Estaba hastiado de permanecer escondido; quería entrar en acción lo antes posible. La paciencia no era su fuerte.

—Pero con su fuerza… podría liberarse —intervino ahora Anuar, casi murmurando.

—¿Y?… Para ese entonces ya no estaremos a su alcance. Tal vez hasta tengamos la buena suerte de que Kaled y su séquito lo encuentren y el bicho ese esté tan enojado que nos haga el favor de deshacerse de ellos —opinó Dank, sonriendo.

—No es un mal plan —comentó Anuar, esbozando una leve sonrisa—. Sin embargo, todo eso depende de que lleguemos antes que Kaled y todavía no sabemos cómo averiguar dónde está ese maldito animal.

—Esa información debe de aparecer en el viejo libro de Zaba —corroboró Miroslava pensativa tomando ahora asiento—. Elaboré una copia mágica. La tengo escondida en mi habitación. Tendré que traducir algunos párrafos. Estoy segura de conseguir descifrarlo antes de que Kaled y compañía salgan a buscar la Piedra.

Anuar, Ian y Dank le echaron un vistazo, orgullosos. Miroslava se sentó aún más erguida. Si algo le gustaba era que la admiraran tanto por su belleza como por su astucia.

—También deberíamos averiguar dónde abrirán los portales y en dónde se ocultan los ejércitos que ha creado Morvan, ¿no? Porque una vez que tengamos la Piedra deberemos ir a cerrarlos —juzgó Ian, interrumpiendo el silencio en el que se habían sumido.

—Se me había olvidado esa parte —expresó Anuar, haciendo un gesto de "otra" preocupación más en tanto tallaba su frente.

—Eso no es ningún problema —interrumpió Dank, haciendo con la mano su acostumbrado movimiento de desdén—. Oímos a Duncan hablar con Boris.

Abrirán los portales en el mismo sitio donde están los ejércitos, entre las montañas del Tacere, en lo profundo de la Tierra Negra y de las Cavernas Oträvitor.

Anuar e Ian exhalaron largo suspiro, sintiéndose aliviados al saber que todo estaba resultando mejor de lo que esperaban. Aunque pronto Miroslava los sacó de su error.

—Será sumamente difícil aproximarnos al sitio donde abrirán los portales. Han creado un ejército descomunal; orcos, driders, elfos oscuros, licántropos... no me quiero imaginar las criaturas que pasarán por el vórtice cuando Morvan abra los portales —replicó Miroslava, avistándolos con expresión ansiosa—. Por ningún motivo deberán intentar cerrar los portales sin antes haber deshecho a los Homúnculos. Sería un suicidio intentarlo sin toda su fuerza, mucho menos sabiendo que Morvan tendrá aquella Lanza que puede matarlos...

Ian y Anuar entrevieron a Miroslava un poco incrédulos. Realmente no creían que una lanza pudiera herirlos, pues se sentían suficientemente rápidos.

—¿No creen que la Lanza sea una gran amenaza verdad? —insistió Miroslava, como si les leyera la mente—. A veces me sorprende que puedan ser tan ingenuos y soberbios —y los observó severamente—. No es una Lanza normal con alguna especie de veneno...

Dank, Ian y Anuar comenzaron a prestarle atención, intrigados. Íntimamente se preguntaban de qué otra manera podría ser.

—Esa Lanza está maldita —continuó Miroslava sin quitar aquel semblante severo que la caracterizaba—. Quien la posea, solo puede hacer una cosa con ella... pedirle que mate a su peor enemigo. Y eso hará, no importa qué hechizos usen, no importa qué sean hábiles, fuertes, invisibles o rápidos... la Lanza es imparable una vez que recibe la orden. La única manera de detenerla es cuando atraviesa el pecho de alguien y toca su corazón.

Dank acarició ansioso su añil y rapada cabeza. Ian se recargó en su asiento, pensativo, y Anuar se limitó a cruzarse de brazos.

Miroslava se daba cuenta de lo que estaban pensando... todos deseaban tener más tiempo para evitar que Morvan obtuviera semejante arma; sin embargo, no lo tenían. Únicamente podrían intentar llegar a la Piedra Noirush para tener una oportunidad de cerrar los portales.

En la ahora lúgubre habitación todos se observaron con miradas significativas. Cada uno repasaba en su mente lo que tenían que hacer: Miroslava debía descifrar el libro de la vieja bruja Zaba para encontrar al Dragón Blanco, dirigirse todos hacia allá antes que Kaled, enfrentarse al dragón, arrebatarle la Piedra y, de inmediato, dividirse: Ian y Anuar irían a encontrar a los Homúnculos y cuando estuvieran lo suficientemente cerca, Anuar los podría deshacer y así recobrarían toda su fuerza. Mientras, ella y Dank se dirigirían hacia las Montañas del Tacere, en lo profundo de la Tierra Negra, para averiguar cómo podrían acercarse a los portales sin enfrentarse a los poderosos y terribles Ejércitos de las Tinieblas.

234

CAPÍTULO XVI.
Canciones de Cuna

Aimée fue guiada hacia el interior del majestuoso palacio de cuarzo blanco y diamantes; su madre, la Reina de la Hadas, la abrazaba tiernamente. Las seguían: Tonalna, Señora de los Duendes; Naomi, la elegante emperatriz de las Mujeres Cisne; Alejo, rey de los Elfos de la Luz; Aalok, Señor del Fuego Sagrado; Umiko, Princesa de las Ondinas, quien había convertido su hermosa cola de sirena en unas largas y sensuales piernas; Keanu, Príncipe de las Aguas, quien también había transformado su cola de tritón en un par de musculosas extremidades; Dana, la Gran Sacerdotisa de los Elfos; Ashtar, Sultán de los Centauros; Morowa, Reina de la Selva; Tahit, Rey de los Gnomos; Yúrik, Señor de los Bosques. ¡Los doce Maestros de la Luz estaban con ella!

En el centro del gran y luminoso salón había una excelsa mesa de diamante y alrededor de ella grandiosas sillas de cuarzo transparente con cómodos cojines de seda blancos. Del centro de la mesa brotaban azucenas que despedían un delicioso aroma; el aire se percibía fresco y calmo. Todos tomaron sus respectivos asientos, menos Ashtar, el imponente centauro, que permaneció en pie.

—Hija, todos ellos son los Maestros de la Luz. Cada uno es responsable de todas las razas de las Pléyades —explicó la reina Ágata mientras se acomodaba en su asiento, contemplándola dulcemente.

Aimée solo se limitó a observarlos detenidamente. Para ella, todos ellos parecían irradiar luz y amor. La sensación al estar en su presencia era fascinante y a la vez irreal.

—Sabemos que debes tener aún muchas preguntas por hacer —se apresuró a decir Naomi Emperatriz de las Mujeres Cisnes— y debes tener la confianza de que todo se te será explicado.

Aimée se quedó pensativa unos instantes, intentando organizar sus ideas. No sabía por dónde comenzar. Después de meditarlo unos segundos, decidió cuál sería su primera pregunta.

—Si Morvan logra obtener el Libro Dagáz, ¿qué podría hacer exactamente con él?

—El libro contiene gran información acerca de la creación del planeta y grandes secretos del Universo. Con él puede hacer cosas terribles, como atraer a las poderosas criaturas que alguna vez poblaron la Tierra y así apoderarse de este planeta.

—¿Y solamente necesita el libro para hacerlo?

—Con el libro y una Piedra muy especial, que ya obtuvo; aunque, hasta donde sabemos, aún no posee la Piedra que puede cerrarlos —respondió ahora Umiko, delicadamente.

—¿Por qué querría cerrarlos?

—Morvan sabe que todas esas criaturas no pueden permanecer en la Tierra por mucho tiempo —intervino Alejo—, porque destruirían el planeta. Una vez que lo ayuden a tomar el control de la humanidad, querrá que se vayan y para eso necesita la Piedra Noirush.

—¿Y qué es lo que harán? —interrumpió Aimée en un tono infantil y con gesto preocupado. Sus ojos recorrían cada uno de sus luminosos rostros.

—Lo que haremos, Aimée —la corrigió Alejo sin dejar de contemplarla—. Necesitamos tu ayuda.

—¿Mi ayuda? ¿Qué puedo hacer yo?

—*Un ser poderoso eres tú. No debes temer. Todo lo que necesitas saber, yo te lo enseñaré. Solo tú al libro de la Luz y la Oscuridad puedes acceder. Y en el momento de la batalla con tu fuerza y honestidad vas a vencer...*

Aimée permaneció meditabunda. No comprendía muy bien lo que la pequeña Tonalna trataba de decirle. Su extraña manera de hablar en verso la dejó confusa e intrigada.

—Hija, en tu vida anterior pudiste obtener el libro por medio de un hechizo. Con Dagáz lograste reprogramar tu siguiente reencarnación cuando te diste cuenta de que te perseguían. Lamentablemente, el hechizo para que lo puedas hacer "aparecer" solo podía utilizarse una sola vez; por lo tanto, ahora deberás ir a buscarlo al Desierto Escarlata, donde unas poderosas criaturas lo resguardan —continuó la Reina de las Hadas, observándola con seriedad.

—Pero ¿cómo lo encontraré?

—Nosotros sabemos dónde podrás encontrarlo —respondió Ágata con un tono de voz que expresaba confianza y tranquilidad— y debes saber que habrá peligros. No será una tarea fácil. Deberás enfrentar a Edom, amo de las Mantícoras y a su séquito.

¿Mantícoras?... —balbuceó Aimée, impresionada—, los gigantescos leones con rostro de hombre y aguijón de escorpión... —dijo casi para sí misma, al tiempo que sus ojos se entrecerraban como quien tiene un recuerdo muy vago sobre algo que aprendió hace mucho.

—Exactamente —respondió la Reina de las Hadas, inclinando ligeramente el rostro—. No debes temer. Te ayudaremos a redescubrir tu fuerza y tu poder; además, no irás sola, dado que un pequeño grupo de nuestros mejores guerreros te acompañará.

—¿Por qué no vienen ustedes conmigo?

—No podemos y una de las razones es que debemos organizar a todas las razas. Se avecina una gran batalla —interrumpió Aalok, balanceando una llama de fuego entre sus manos—Tenemos noticias de que Morvan ha organizado un numeroso y poderoso ejército y debemos prepararnos.

—¿Y cuál es el otro motivo por el cual no pueden acompañarme?

—No tenemos manera de saber si Morvan ya tiene en su poder el Libro de la Luz y la Oscuridad —respondió Yúrik con acento ruso—. Si tú logras encontrarlo primero, entonces solo deberemos enfrentarnos al ejército de las Tinieblas y si descubres que Morvan ya se ha apoderado del Libro, entonces sabremos que estará listo para abrir los portales, y convertir a su hueste en un aparato de destrucción nunca antes visto —y su imponente rostro de oso se oscureció tenuemente.

—Si eso es así, ¿qué podremos hacer?

—No debes preocuparte, mi pequeña —dijo ahora Ágata abrazando su mano entre las de ella—, aunque por ahora nuestro número es reducido porque muchos de los miembros de nuestros clanes hace tiempo que se han ido del planeta. Nosotros podemos hacerlos regresar.

—¿Cómo? —inquirió Aimée, con inflexión ansiosa.

—Abriendo portales dimensionales, pero necesitamos la fuerza de los doce para conseguirlo. Por eso no podemos acompañarte. Te aseguro que amigos muy valientes irán contigo —le explicó su madre sin soltar su mano.

—¿Cómo pueden abrir portales sin el Libro Dagáz? —indagó Aimée con la voz temblorosa, sin entender por qué todos aparentaban tranquilidad.

—En comparación con nosotros, Morvan es relativamente joven —intervino ahora el príncipe Keanu, moviendo sus manos cubiertas de escamas verdes y azules, dejando entrever las membranas entre sus dedos—. Nosotros poseemos el conocimiento necesario para abrir portales interdimensionales y traer a nuestros clanes. No obstante necesitamos la fuerza de los doce combinada.

—¿Qué haré si no encuentro el libro? ¿Si descubro que Morvan ya lo tiene en su poder? ¿Quedarme con los brazos cruzados y esperar a que ustedes se enfrenten a sus ejércitos?

—Eres digna hija de tu madre —interrumpió Alejo, reafirmando al mismo tiempo con un movimiento de cabeza— y no debes preocuparte. Si ese fuera el caso, podrás hacer más por ayudarnos: podrías intentar recuperar la Piedra Noirush. Con ella haríamos que todas las criaturas que convocara Morvan se devolvieran por los vórtices antes de que la batalla comience... o termine...

—¿Y dónde está esa Piedra? ¿Por qué no han ido por ella?

—Todavía no sabemos con exactitud dónde encuentra —respondió Naomi, la Emperatriz de la Mujeres Cisnes, haciendo una mueca con sus carnosos labios. Sus facciones negroides se volvían aún más sobrias y elegantes—. Sospechamos que se encuentra en las montañas de Europa del Este, protegida por un poderoso Dragón Blanco. Morvan tendrá muchos problemas para obtener esa Piedra.

—¿Y yo no? —inquirió Aimée, un poco asustada. Recordaba con temor y aprensión a aquel Orco que entró por ella al círculo de protección. ¡No quería imaginarse lo que supondría enfrentarse a un dragón!

—Tú podrás hacerlo —confirmó enseguida Morowa, mirándola fijamente con sus enormes ojos de felino, como si de alguna manera pudiera leer lo que estaba pensando—. Debes tener confianza en ti misma. Ya te hemos dicho que te ayudaremos a que uses tu poder. Aunque ahora seas humana, por tus venas corre sangre sagrada, sangre de Hada. Eso, combinado con la fuerza y valentía de un corazón humano, puede vencer cualquier clase de obstáculo.

—Pe... pe... pero... —intentó decir Aimée, en un tono agudo e infantil.

—No debes subestimar el poder que encierra el clan de las Hadas —sentenció Alejo con inflexión enfática—. Son más poderosas de lo que cualquiera podría imaginar. En el exterior podrán parecer dulces y delicadas, y aunque algunas de ellas no puedan transformar su tamaño en el de un humano, son un enemigo digno de temer.

Aimée bajó la mirada. Estaba algo avergonzada por desconfiar así del poder que podían tener aquellos maravillosos seres. Si algo había aprendido en los últimos días era que no hay que subestimar a las personas por su apariencia. Aimée alzó un poco la vista para observar la sala con más detalle. Todo parecía nuevo y, a la vez, antiguo y mágico. Las velas en los candelabros de cristal emitían una tenue luminiscencia casi blanca, que hacía que el ambiente se percibiera cálido y a acogedor. Leves brisas de aire fresco los envolvían continuamente. Nadie imaginaría que estaban a poco más de un kilómetro en el subsuelo. Los Maestros de Luz continuaron en silencio. Aquel lugar proyectaba una luz especial sobre todos ellos, haciéndolos parecer más sublimes y mágicos.

—¿Y cuándo sabrán dónde podemos encontrar al Dragón Blanco?

—Tonalna se está encargando de eso —confirmó el viejo Yúrik, moviendo su blanca melena. Su rostro con rasgos de oso se mostraba confiado.

—Me parece que faltan cuatro días para el eclipse lunar. ¿No se supone que Anuar debe transformarme? La profecía dice que así tendremos más poder... con el cual... tal vez podamos derrotar a Morvan.

Los Maestros se entrevieron nerviosos los unos a los otros. Al parecer, aquel asunto se les había olvidado por completo. Algunos se movieron incómodos en sus asientos y Ashtar, el Gran Centauro, también alzó, un poco inquieto, sus poderosas patas.

—Debo de reencontrarme con Anuar ese día... tal vez sea la única manera de regresarlo a la normalidad o por lo menos hacer que pueda vivir en la luz... —insistió Aimée agitada, al tiempo que colocaba las manos en la gran mesa de diamante.

Nadie se atrevió a decir una palabra ni siquiera su madre. Todos la observaron preocupados. Aimée notó enseguida el cambio de actitud y se daba cuenta de que hablar de Anuar era un tema delicado, aunque no comprendía la razón. Se escuchó un ruido que provenía del otro extremo de la mesa: era Alejo, quien parecía haber emitido un suspiro. El Señor de los Elfos de la Luz y padre de Anuar recargó los codos sobre la mesa; luego colocó la frente sobre las manos como si fuera a rezar, mientras sus largos cabellos plateados caían a lo largo de sus brazos. Después alzó levemente el rostro y con la mirada triste y melancólica contempló a Aimée.

—Anuar jamás podrá dejar de ser un Vampiro —confirmó Alejo, interrumpiendo el silencio y arrastrando la voz—. Mi hijo no podrá volver a ser un Elfo completamente ni un humano. No hay poder en el universo que pueda hacer eso —Alejo guardó silencio unos segundos, respiró profundamente y después continuó: —Anuar se ha convertido en algo de lo cual no lo podemos salvar; sin embargo, es el único que podría ayudarnos a ganar la guerra porque posee un enorme poder, cuando el llamado de la sangre de su raza se reavive... Cuando sea consciente del poderío de la sangre de los Elfos que corre por sus venas, será invencible... Si él llega a transformarte, tú, Aimée, también adquirirás gran poder, porque por tu sangre no solo correrá el poder de las Hadas, el valor, la fe y la fuerza de voluntad de los humanos, sino también el tremendo poderío de los inmortales, de los Vampiros, aunque no habrá marcha atrás, y no tenemos por seguro que el eclipse en sí mismo logre hacer que los dos consigan, por lo menos, soportar por breves lapsos los rayos del sol.

No me importa —insistió Aimée sin vacilar. Algo en ella comenzaba a agitarse, como si el recuerdo del gran amor que le tenía a Anuar le diera nueva fuerza—. Valdrá la pena intentarlo.

Ágata la entrevió con tristeza. Conocía a su hija y sabía que se enfrentaría a lo que fuera con tal de estar con Anuar, como lo hizo aquella vez en la Atlántida al renunciar a su clan y soportar la vida mortal. No había nada que ella pudiera decir para que Aimée desistiera, y como si Alejo le hubiera leído la mente, la miró e inmediatamente hizo una leve inclinación de cabeza haciéndole notar que comprendía su aprensión.

—Cuándo lo Vampiros hacen el ritual de transformación, primero muerden a sus aspirantes y beben su sangre —explicó Aimée, moviendo continuamente los ojos, procurando observarlos a todos e hizo un leve gesto con sus hombros y su rostro pretendiendo averiguar si la comprendían.

Los Maestros inclinaron la cabeza en señal de afirmación, dándole a entender que sabían de qué les estaba hablando. Entonces Aimée continuó.

—Si Anuar prueba mi sangre también tendrá el poder de la sangre de las Hadas... y si yo pruebo la suya no solo tendré la combinación de la sangre humana, la de las Hadas y la de Vampiro, como dices —expresó dirigiéndose a Alejo—, también tendré la de los Elfos.

Alejo permaneció perturbado. Parecía no haber considerado aquello antes, y no fue el único. Todos los demás Maestros, excepto Ágata, se turbaron de igual manera.

—Hace un rato me explicaron que no permitían los matrimonios entre Elfos y Hadas porque desconocían qué clase de poder podrían tener sus hijos. Si Anuar me transforma en Vampiro, si realizamos el ritual, él me compartirá su sangre élfica y yo a él mi parte de hada... ¿Qué podría pasar?

—No... no lo sabemos... no habíamos pensado en eso... No sé por qué no lo había sopesado —reconoció Alejo con el rostro empalidecido y desencajado—.Tal vez dicha combinación pueda ser más peligroso para ustedes mismos... no sé si sus cuerpos humanos resistirán esa cantidad de poder, de fuerza, de magia...

—Si lo resistirán —opinó Ágata, sin vacilar.

—¡Cómo puedes estar tan segura! —preguntó Alejo, desconcertado— ¿No te ha sorprendido lo que ha dicho Aimée? Ello no lo habíamos discutido, no lo habíamos considerado... Es ilógico que no lo hayamos analizado antes... era obvio... lo sé, pero... no se nos había ocurrido...

—Yo sí, si lo había reflexionado, y tenía tanto miedo a que eso pudiera pasar y que ellos no resistieran tanto poder que temí decírtelo. No quería preocuparte más —explicó la hermosa Ágata, dirigiéndose apenada al ya maduro, pero todavía atractivo, Rey Alejo—. Sin embargo, ahora creo que Morvan sí debe de haberlo considerado. Estoy segura de que él sí quiere que Anuar convierta a Aimée y después le comparta de esta nueva sangre, no solo para lograr soportar los rayos de sol, sino para conseguir aún más poder. Estoy totalmente segura de que Morvan tiene la certidumbre de que los dos lo soportarán.

—¿Cómo podría saberlo y por qué arriesgarse así? ¿Por qué permitiría que Anuar obtuviera tanto poder? Sabe que podría derrotarlo...

—Alejo, recuerda que Morvan no le teme a Anuar —interrumpió Umiko, retirando con elegancia sus cabellos verde jade de sus hombros.

Se hizo un silencio sepulcral en la sala. Por un instante, el recinto pareció oscurecerse sutilmente. Algunos Maestros se reclinaron sobre la mesa, esperando que Umiko les explicara por qué pensaba eso. Aalok apagó la llama con la que había estado jugueteando. Alejo, que tenía el rostro recargado en sus manos, lo alzó y el gran centauro cruzo sus fuertes brazos apiñonados, mientras alzaba levemente sus patas delanteras.

—Lo único que necesita él para vencer a Anuar es que este le *lance un golpe de muerte* —continuó Umiko, mientras su suave voz se tornaba sutilmente grave—. A la que debe realmente de temer es a Aimée y el poder que ella podría obtener con la transformación.

Aimée hizo un gesto de confusión, frunció el ceño y movió los brazos en señal de desconcierto; sin embargo, los Maestros se limitaron a cerrar y abrir los ojos en señal de afirmación, como si comprendieran lo que Umiko había querido decir. Ágata notó la agitación de Aimée y rápidamente comenzó a explicarle:

—Hija, ¿recuerdas que cuando estábamos junto al lago y te expliqué que Morvan había sido el Sacerdote Atlante que los había ayudado a transformarse en humanos y les había revelado cómo realizar el ritual del Collar de Tierra?

—Sí...

—Entonces recordarás que Anuar le hizo un juramento...

La joven entonces recordó que Anuar le había jurado a Morvan lealtad, bajo pena de muerte si este intentaba vencerlo. Aimée sintió que el aire de la habitación hubiera cesado, porque le costaba trabajo respirar. Una terrible angustia comenzaba a embargarla. Su madre percibió en seguida lo que le ocurría y, sin vacilar, tomó firmemente su mano y acarició su rostro para tranquilizarla.

—Pequeña mía, sé bien cuánto lo amas y sé también qué estás pensando y no debes temer. Aunque Anuar obviamente sospecha de Morvan por ahora no va a enfrentársele, te lo aseguro: tendrás tiempo para prevenirlo.

—¿Cómo puedes estar segura de eso?... Anuar realmente desconfía de él. Podría descubrir sus planes... podría intentar impedir que Morvan abriera los portales...

—No, no lo hará. Es un hombre muy inteligente —recalcó Ágata, mientras desviaba la vista para entrever a Alejo—. Anuar no es tan impulsivo como tú crees. Querrá averiguar absolutamente todo y tal vez actuar a las espaldas de Morvan. Créeme, lo verás antes y conseguirás prevenirlo.

Aimée se tranquilizó al sentir la seguridad que emanaba de sus palabras. Los Maestros también la contemplaban, corroborando esta confianza, esa tranquilidad. Entre ellos comenzaron a hablar en susurros. Parecieron estar de acuerdo en algo y, de repente, todos guardaron silencio. Aimée los contempló intrigada. Parecía que aún debían decirle algo y ella no podía imaginarse qué podría ser.

—*En dos días preparada deberás estar, porque el libro habrás de buscar, encontrarlo lo harás, en el Desierto Escarlata, más allá de las murallas que sangran. Pronto comprenderás que un lugar muy peligroso visitarás. Si de Dagáz no te puedes procurar, a las tierras del Viejo Continente te dirigirás y al Dragón enfrentarás* —dijo Tonalna en su peculiar tono de voz melodioso y calmo, alzando las cejas de su pequeño rostro de rastros indígenas, mientras una suave brisa movía sus encanecidos y largos cabellos.

—Pero... —dudó Aimée observándola con los ojos entrecerrados— ¿No se supone que no saben dónde se encuentra el Dragón que protege la Piedra Noirush?

—*Su ubicación exacta pronto la descubriré y, en su momento, mi niña, te la revelaré* —insistió la vieja Tonalna, transmitiendo tranquilidad.

240

—¿Cómo podré iré a lugares tan lejanos? ¿Cuánto tiempo me tomará viajar de aquí a Asia y después volver a Europa del Este? ¿Cómo me dará tiempo de prevenir a Anuar?... Podría llegar demasiado tarde...—Hija —le replicó la bella Ágata acariciando nuevamente su rostro— sé que podrás llegar a todos esos lugares...

—¡¿Cómo?! ¿Volando... viajando entre dimensiones...? —interrumpió Aimée en un tono ligeramente sarcástico.

—No, pequeña —interrumpió Naomi, Emperatriz de las Mujeres Cisne, sonriendo compasivamente y moviendo ligeramente sus hermosas alas negras—, los humanos no pueden viajar entre dimensiones. Su estructura física no lo resiste.

—¿Entonces? —insistió Aimée, visiblemente confundida.

—Un amigo te llevará —prosiguió Naomi tiernamente—. Hace tanto que no se ven que tal vez te cueste trabajo recordarlo. Desde luego, te aseguro que él te ha guardado en su corazón desde hace milenios.

Aimée la entrevió sin comprender. El semblante de tez añil de la Emperatriz le devolvió un gesto dulce. Sin embargo, en su mirada, enmarcada por la franja naranja que le recorría el rostro de lado a lado, Aimée percibía un dejo de misterio y picardía. Los Maestros giraron hacia la puerta principal del gran y luminoso salón. Dana, la Elfa Sacerdotisa, se alzó de su asiento y dio un fuerte golpe en el brillante piso de cuarzo con su bastón de mando y las gigantescas puertas de cristal se abrieron pesadamente. Aimée se quedó muda e inmóvil, su corazón latía con toda su fuerza, sus manos temblaban y sus ojos no podían creer lo que veían. La sala quedó en silencio. Todo parecía haberse detenido. La criatura permaneció orgullosa en la entrada. Instantes después se acercó a la mesa redonda con paso seguro y elegante.

—Él es Kajól. Tal vez te cueste trabajo recordarlo, aunque fue un gran y fiel amigo tuyo cuando vivíamos en la Atlántida —comentó Ágata con voz suave, tocando el hombro de Aimée con delicadeza—. Con gran pesar para él, no le fue permitido acompañarte cuando decidiste convertirte en humana, y no dudó en regresar para ayudarte cuando se lo solicitamos...

El imponente animal continuó estático, esperado una reacción de Aimée. Prefirió no acercársele, temiendo asustarla, pues dudaba mucho que Aimée consiguiera recordarlo. Con parsimonia, Aimée se levantó de su asiento, empujó la silla hacia atrás y se encaminó, algo temerosa, hacia aquella majestuosa criatura. Con temblor en las manos, recorría cada uno de los brillantes respaldos de las sillas de cristal de cuarzo en las que estaban sentados los Maestros. Al terminar de rodear la mesa de diamante. Aimée se paralizó: aquel ser imponía aún más de cerca. Sin embargo, Kajól no se movió, no hizo ni un solo ruido, hasta aparentaba no respirar. Aimée continuó avanzando pausadamente con las rodillas temblando. Sus ojos no creían lo que veían. Con cuidado alzó su pálida mano. Una extraña mezcla de sentimientos encontrados la invadían, miedo, fascinación, familiaridad... cariño. Tiritando, sus dedos alcanzaron a la impresionante criatura. Kajól no movió un músculo, al aparecer apreciaba el temor y la sorpresa de Aimée, quien comenzó a acariciar lentamente la azulada melena del gigantesco león blanco que continuaba inmóvil frente a ella.

Se miraron a los ojos largo rato. La joven, casi inconscientemente, alcanzó con su mano izquierda el collar de Aguamarina que todavía llevaba colgando del cuello. En cuanto sus dedos rozaron la joya, una avalancha de recuerdos invadió su mente instantáneamente: Aimée ahora recordaba que Kajól y ella habían sido inseparables por mucho tiempo. Su corazón se llenó de melancolía y, a la vez, de alegría por saber que volvían a estar juntos. Y, como si una radiante chispa se hubiera encendido dentro de ella, pudo percibir lo que Kajól sentía. Era una peculiar y maravillosa forma de comunicación, donde exclusivamente se podían transmitir sentimientos y bloques de ideas, más que palabras. La joven, sin lograr contenerse, abrazó al gigantesco león con todas sus fuerzas. Sus delgados brazos apenas conseguían abarcar la azulada melena de Kajól, quien simplemente se limitó a cerrar con fuerza los ojos y a emitir una especie de ronroneo. Cuando el enorme león blanco descubrió que Aimée comenzaba a llorar, alzo sus enormes alas de largas plumas blancas para tratar de abrazarla contra él.

Después de un rato, Ágata se acercó hacia donde se encontraban. Acarició ligeramente las blancas alas de Kajól, quién mansamente las retiró para que la encantadora Reina alcanzara aproximarse a su hija. Tomándola por los hombros la acercó hacia ella, se abrazaron las dos llorando. No habían tenido tiempo en realidad de compartir un poco todo lo que sentían.

—Han sido muchas cosas las que te han sucedido el día de hoy, mi pequeña. Debes descansar —reconoció Ágata acariciando el casi azulado cabello de Aimée.

Ella no respondió; sin embargo, con la mirada le dio a entender a su madre que tenía razón, necesitaba descansar. Precisaba un poco de tiempo para digerir todo lo que había vivido. Con cuidado, la Reina de las Hadas dirigió a la joven hacia el otro extremo del salón. Los Maestros de Luz se despidieron de ellas y una vez que se retiraron de la sala, continuaron discutiendo algunos detalles de los próximos planes.

Kajól, el gran león albino, siguió a la Reina y a la Princesa. Caminaron por uno de los anchos corredores del palacio de Cuarzo Rosa. Aimée vislumbraba, encantada, los amplios ventanales por los que se apreciaban magníficos jardines.

El corredor era iluminado por candelabros de cristal que colgaban de los altos techos. Todas las velas emitían una luz totalmente blanca y brillante. A los costados había grandes maceteros recubiertos totalmente de diamantes y en los cuales florecían nardos y azucenas.

Ágata le explico a Aimée que todas las Hadas estaban ligadas a las flores en general y que cada Hada tenía una flor de la cual obtenía gran parte de su esencia, como si fuera su tótem, y con su flor las hadas podían alimentar su espíritu. Lo único que tenían que hacer era respirar el aroma que emitía la flor, porque su perfume les hacía recordar quiénes eran y de dónde provenían. Les permitía sentirse en la seguridad del hogar y adquirir nueva fuerza, concentración y entereza.

—¿Y cuál es tu flor? —curioseó Aimée, sonriendo, sin dejar de contemplar los grandes ojos violeta de su madre.

—Las azucenas —respondió Ágata con dulzura, al tiempo que señalaba las escaleras debían subir.

—¿Y la mía?

—Tus flores favoritas, desde luego...

242

—¿Las gardenias?...

—Así es, cada vez que percibes su aroma recuerdas un poco de ti misma y recuperas fuerza. Su aroma también te ayuda volverte más perceptiva.

Aimée sonrió: recordaba todas aquellas veces que las había olido y luego se sentía tranquila, segura y a la vez extasiada. Antes de que pudiera continuar con su interrogatorio, Ágata le mostró su habitación. La estancia era majestuosa: todas las paredes estaban pintadas de blanco; las cortinas, las sábanas y los cojines de los muebles tenían un color azul celeste muy hermoso. Los grandes ventanales permitían que la luz titilante proveniente de las rocas de la caverna en la que se escondía el Palacio de Cuarzo fulgurara excelsa. En cada rincón estaban colocadas velas que emitían una luz suave, volviendo la habitación aún más acogedora. Las paredes daban la impresión estar vivas, porque se hallaban recubiertas casi en su totalidad por enredaderas y flores. En las macetas y floreros, pequeñas gardenias comenzaban a florecer, perfumando deliciosamente el ambiente. En una esquina, una fuente de mármol dejaba caer con suavidad cristalinas aguas, produciendo un sonido que invitaba a la calma y a la relajación. Kajól, el enorme león blanco de melena celeste, se recostó al pie de la cama.

Momentos más tarde, Ágata guió a su hija hacia el cuarto de baño, donde la esperaba una tina de mármol que tenía la forma de una gigantesca flor rebosante de agua tibia y burbujas de colores. En lo que Aimée se desvestía para bañarse, su madre fue por las toallas y el camisón. Una vez en el agua, la joven comenzó a adormecerse casi al instante. Su madre le restregó la espalda con una suave esponja hecha con pétalos de rosas y vertió sobre sus cabellos un curioso líquido que olía fresas y producía mucha espuma.

—Creo que tiene tu nariz—comentó juguetona una aguda y cantarina vocecilla proveniente de una esquina del baño.

Aimée giró bruscamente, intentando averiguar de dónde provenía la voz; sin embargo, únicamente logró distinguir una luz danzante que paulatinamente se les acercaba.

—Sí, y mis labios también…—confirmó la Reina Ágata, enjugando diligentemente los cabellos de Aimée. La diminuta luminicencia se detuvo justo sobre uno de los pies que Aimée había reposado fuera del agua. Cuando la muchacha enfocó bien la vista, su corazón dio un brinco: una hermosa y pequeña hada jugueteaba en los dedos de su pie. Sus alas eran blancas y su piel completamente negra, de cabellos largos y aperlados, sus ojos grandes y muy azules. Sin ningún recelo, la diminuta hada había utilizado como asiento el dedo gordo del pie de Aimée y apoyando su divino rostro sobre sus pequeñas manitas, comenzó a observar a Aimée con gran detenimiento.

—¿Por qué tiene los ojos azules y tú violetas? ¿No se supone que las madres deben parecerse a sus hijas? —preguntó la pequeña como pensativa.

Aimée, demasiado maravillada admirando a la gentil criatura, permaneció muda y procuró mantenerse inmóvil temiendo que la diminuta criatura resbalara a la tina cubierta de espuma.

—No, Kusuma, las hijas son las que se supone deben parecerse a sus madres —corrigió la Reina, esbozando una tierna sonrisa— y tiene los ojos idénticos a los de su padre; por esa razón son de color azul aguamarina.

—¿Mi padre? —preguntó Aimée, dejando de contemplar a la pequeña hada en su pie— ¿Dónde está? —y su voz se tornó apremiante.

—Tu padre hace mucho tiempo que no está entre nosotros. Murió algunos años después de que nacieras —explicó la Reina y su vibrante mirada violeta pareció oscurecerse.

—Pero... pero no se supone que reencarnamos o que las Hadas viven cientos de años...

Ágata dejó de enjugar la cabellera de Aimée, movió el banco de cristal donde se había sentado y lo colocó justo donde podía mirar a Aimée de frente. Kusuma no quiso sentirse excluida y mucho menos cuando una historia iba a comenzar. Las hadas aman los relatos y nunca pueden resistirse a escuchar uno tan atractivo, aun cuando no sea de su incumbencia, y con cautela y celeridad voló hacia la mano de Aimée. Prontamente caminó lenta por todo su brazo hasta llegar a su hombro y ahí se sentó, como un pirata acostumbrado a llevar en los hombros a su fiel perico, Aimée no la percibió, porque estaba demasiado interesada en lo que le diría su madre como para percatarse que un polizón se instalaba en su hombro derecho.

La reina tomó el brazo izquierdo de Aimée y comenzó a restregarlo suavemente con la esponja de pétalos de rosa que mojaba con el agua y la tornasolada espuma y le explicó cómo era la vida de las Hadas. Aimée se quedó atónita al saber que las Hadas, los Elfos, los Duendes y los Enanos se reproducen de manera muy parecida a los humanos y que al parir las madres no dan a luz al bebé, sino a una especie de huevo cristalino que colocan dentro del botón de una flor y cuando esta florece, el pequeño nace. Y que es ese su primer y verdadero nacimiento.

Ágata también le explicó que los Espíritus de la Naturaleza, como se llaman entre ellos, constituyen una evolución aparte, completamente distinta a la evolución humana, pues como ya le había dicho, en el Universo la vida divina fluye por diversas corrientes. Le recordó que ellos no han sido nunca individuos de una humanidad como a la que Aimée pertenecía ahora y que, sin embargo, la vida en ellos viene del mismo creador y volverá a él de alguna u otra manera, igual que hacen los humanos al terminar de experimentar sus lecciones de vida. Aimée abrió desmesuradamente los ojos al saber que las Hadas reencarnaban de manera diferente a como lo hacen los humanos, pues estos al morir van a una especie de Salón de la Contemplación donde después de descansar del estresante cambio de la vida material a la vida etérea, tienen la oportunidad de contemplar cómo fue su vida, qué lecciones aprendieron y cuáles quedaron para ellos pendientes y se reúnen con los devas, ángeles, maestros y guías para planear la siguiente reencarnación y las lecciones que se requieren asimilar durante el nuevo proceso de vida. Y así renacer de una manera completamente diferente, en un país diferente, con otras características físicas, otra estructura familiar y sin recordar nada de su vida como seres espirituales. Y, en cambio, los Espíritus de la Naturaleza, es decir las Hadas, los Duendes, Gnomos, todos ellos, vivían largos periodos de tiempo, variando mucho entre cada raza, hasta que llegaba el momento en el que se cansaban de este mundo material, como si la energía se les agotara. Entonces su cuerpo se iba volviendo cada vez más diáfano hasta convertirse en una entidad astral, algo así como energía pura.

244

La Reina guardó silencio unos instantes mientras llenaba de agua una vasija de madera para retirar la espuma del cuerpo de Aimée. Para después continuar narrándole qué cuando Hadas y otros seres habían permanecido demasiado tiempo en el mundo astral y estando con sus almas-grupo, la ley cíclica actuaba una vez más en el alma-grupo, despertando en ellos el deseo de separación y era en ese momento cuando decidían reencarnar, conservando su misma forma física anterior, con sus mismos recuerdos; sin embargo, ahora sin la necesidad de padres, como la primera vez. Le explicó que simplemente reaparecen en el mundo material cuando las condiciones estelares eran apropiadas y el entorno el idóneo, como en bosques ocultos, cavernas, mares, lagos, donde la naturaleza se mantiene en todo su esplendor y sin la presencia de humanos, mucho menos Seres de las Penumbras. Entonces Aimée comprendió que el nacimiento y muerte son mucho más sencillos para los Espíritus de la Naturaleza, en comparación con los humanos y su muerte estaba libre de tristeza y temor. No sufrían enfermedades ni luchaban por su existencia. Sin embargo, Ágata le aclaró a Aimée que cuando un Hada llevaba mucho tiempo en la Tierra, tendía a volverse más material, menos etérea y era entonces cuando podía sufrir una muerte diferente, ya sea por el hierro, la magia o los golpes, y que esa experiencia solía ser intensamente traumática para ellas y la reencarnación entonces se tornaba difícil, pues como se habían desprendido de su antiguo cuerpo de una manera dolorosa, las hacía tener miedo de volver a tomar su forma física anterior.

—¿A los Elfos les pasa lo mismo? —curioseó Aimée, enjugando la espuma de su rostro.

—No, porque no para todos los espíritus de la naturaleza la muerte se experimenta de la misma manera. A los Elfos se les considera inmortales porque cuando ya no desean vivir en la Tierra o necesitan retomar sus fuerzas, simplemente cambian de plano dimensional y regresan a su Planeta de origen. Lo hacen por un periodo largo de tiempo, y si lo anhelan, regresan a este planeta en el momento que consideren más pertinente. Aunque también pueden morir sin quererlo, ya sea por las armas, las guerras y la magia.

—Pero… ¿qué le ocurrió a mi padre? Él se fue al mundo astral porque estaba cansado y reencarnará nuevamente como mi padre en un futuro…

—No —recalcó la Reina de las Hadas agachando el rostro— tu padre murió de una manera diferente… en una guerra, al igual que la madre de Anuar, al igual que otros Elfos, Hadas, Duendes, Centauros, al igual que muchos otros que nunca volverán…

—¿En una guerra? ¿En qué guerra? ¿Por qué no pueden reencarnar?

—En la Guerra de las Esferas. Eras muy pequeña cuando sucedió… sucumbió de una manera en la que ya no puede reencarnar… es una historia muy larga, que te contaré luego. Lo único que necesitas saber ahora es que tu padre te amaba mucho y que fue un Rey muy valiente y bondadoso… y que tienes sus ojos.

—Eran así ¿azules? —sondeó Aimée tímidamente, haciendo un mohín que se asemejaba a una sonrisa y preparándose para levantarse de la tina.

Kusuma se puso en pie y comenzó a volar. La habitación estaba impregnada de un delicioso aroma a flores y la luz de las velas hacía que las gemas de los muebles irradiaran sublimes destellos de colores.

—Sí, de ese mismo color, azul aguamarina, y su cabello también era completamente azul, de un azul celeste muy encendido, como el de Kajól —respondió Ágata, mientras ayudaba a Aimée a envolverse entre la suave toalla.

—Pero mi cabello es negro —y tomó uno de sus rizos—; bueno sí, es algo azulado... más bien... se han estado tiñendo de azul...

—Morvan te hizo tomar unas pócimas ¿verdad? —inquirió la Reina Ágata, palpando al mismo tiempo uno de los largos rizos de su hija.

—Sí... durante varios días...

—¿Eso qué tiene que ver? —interrumpió Kusuma con su aguada vocecilla, colocando sus manitas en su delgada cintura.

La madre de Aimée alzó una ceja al escuchar la interrupción de la pequeña. En seguida le sonrió levemente y volvió a mirar a su hija para explicarle.

—Como ahora eres humana, tus cabellos no podían ser tan azules como cuando fuiste hada. Y se están tornando cada día más azulados porque tu verdadera esencia está brotando, tu sangre de Hada está dominando a tú sangre humana.

—¿Por qué está brotando esa esencia y qué tienen que ver las pócimas que me hizo ingerir Morvan?

—El Señor de la Noche sabía que necesitaba que estuvieras más fuerte antes del eclipse lunar para que Anuar pudiera transformarte en Vampiro de manera exitosa y así la profecía de que Anuar pudiera vivir en la luz se volviera realidad, y la mejor manera de que estuvieras más fuerte era haciendo que resurgiera tu verdadera esencia. Es por eso que te dio a beber aquellas pociones, y esa es la razón de porque ahora te resulta más fácil recordarlo todo y...

—¡Y por eso el color de su cabello está cambiando! —exclamó Kusuma emocionada, mientras revoloteaba a su alrededor.

La reina y la princesa sonrieron. Ágata ayudó a su hija a secar su cabello y después le entregó el camisón para dormir. Aimée se deleitó con la suavidad de la tela. Su madre se le acercó para untarle una crema hecha a base de almendras y nueces. La joven disfrutó el olor y la frescura del ungüento en su rostro y en sus brazos, además de las caricias de su madre.

—¿Se volverán más azulados? —preguntó Aimée, al tiempo que colocaba una peineta en sus cabellos—. Es muy probable —respondió Ágata alisando las sábanas de la cama—. Después de que recibas el entrenamiento tu verdadera esencia resurgirá y tu cabello quedará muy parecido a como era antes, casi igual al de tu padre.

La princesa entró en la cama y su madre la arropó con dulzura.

—¿Crees que Anuar se encuentre bien? ¿Crees que sepa que estoy a salvo? —preguntó Aimée, sentándose ansiosa en la cama.

Kusuma no hacía más que revolotear alrededor de Aimée, quien había dejado de prestarle atención al recordar a Anuar. Kajól se limitó a hacer un sutil ronroneo, aunque permaneció recostado a los pies de la cama. La reina Ágata hizo un leve movimiento con las manos y las cortinas azules que cubrían las grandes ventanas se cerraron casi instantáneamente. Con otro movimiento de su mano, la luz de las velas se atenuó, hasta casi volverse imperceptibles.

—Él está bien y tenía claro que podías escapar por el jardín de manera segura. Si no fuera así, nunca te hubiera enviado ahí. Ahora que... no creo que sepa en dónde te encuentras, pero sé que él puede sentir que tú estás a salvo —respondió

Ágata con voz tranquila, procurando que Aimée se recostara, como si fuera una niña pequeña que no quiere ir a dormir.

—¿Cómo puede sentirlo? —insistió Aimée.

—La fuerza del amor es así… —confirmó Ágata, acariciando suavemente el rostro de su hija—. Cuando desarrolles un poco más tu intuición, también podrás sentirlo, podrás saber si él está a salvo o en peligro…

La joven contempló los preciosos ojos violetas de su madre. Todavía no alcanzaba a creer lo que estaba viviendo y, sin embargo, se juzgaba en casa. La embargaba la sensación de que siempre había vivido ahí, y repentinamente se dio cuenta que ellas habían estado separadas por milenios porque se había enamorado de Anuar. Recordaba el dolor que vivió su madre al saber que se había convertido en humana y pudo acordarse de cómo, con gran pesar, la había dejado elegir su camino cuando la mítica Atlántida estaba a punto de ser destruida. Y se imaginó todo lo que la reina debió de haber padecido… había perdido a su esposo y luego a su hija. Entonces los ojos se le llenaron de lágrimas.

—¿Qué sucede? —preguntó Ágata, preocupada.

—¡Podrás perdonarme algún día…! —exclamó sollozando.

—¿Perdonarte qué? Mi pequeña, ¿de qué me estás hablando?

—Podrás perdonarme por enamorarme de Anuar, por romper las reglas, convertirme en humana… por haberte hecho sufrir…

—No tengo nada que perdonarte. Sé muy bien —aclaró la reina, al tiempo que colocaba un dedo en la boca de Aimée para que no la interrumpiera— que en el corazón no se manda y también ten por seguro que las cosas suceden por una razón. No quiero que te preocupes por eso. Cada quien debe vivir lo que debe vivir y así es. No debes culparte y mucho menos angustiarte. Todo está bien y ahora quiero que cierres tus ojos y que descanses.

Aimée la obedeció e intentó dormir, y a los pocos minutos comenzó a escuchar una dulce canción. Era su madre quien le cantaba en un idioma que ella no podía comprender. La pequeña Kusuma se acurrucó muy cerca de su rostro y las dos comenzaron a quedarse dormidas. Ágata hizo un movimiento con sus dedos y suavemente una mecedora voló hasta quedar al lado de la cama. La Reina se sentó y desde ahí siguió cantando. Luego observó de reojo a Kajól, quien aparentó hacerle una mirada de reprobación.

—Ya sé que no es un bebé —le aclaró Ágata con la voz muy queda—, pero hace demasiado tiempo que no la veo, que no estoy con ella.

El inmenso león blanco pareció sonreírle y bajó el rostro como si comprendiera lo que la Reina quería decir. Ágata contemplaba con amor a su princesa, añorando a su amado esposo. Pensaba que al Rey Marduk: le habría encantado estar ahí con ella. Extrañaba tanto su presencia, tanto que a veces creía que no podía respirar; sin embargo, tener a su hija nuevamente a su lado le daba nuevos bríos. Aimée, Kusuma y Kajól se quedaron profundamente dormidos, menos Ágata, quien continuó acariciando el tibio brazo de su hija, sin dejar de tararear canciones de cuna.

DAGÁZ, La oscuridad vive en la luz y la luz en la oscuridad. Autora: Irene Arbolí Moreno

CAPÍTULO XVII.
El Renacimiento de la Luz

Lánguidamente, las cortinas de la recámara de Aimée comenzaron a moverse solas, dejando entrar por los grandes ventanales una luz tenue proveniente de las brillantes rocas que rodeaban su cuarto. Aimée abrió los ojos. Jamás en su vida había dormido con tanta placidez: su cuerpo ya no podía saber si en el exterior era de noche o de día, pues hacía varios días que su vida se había vuelto nocturna. Así que sospechaba que en el exterior, la noche había cubierto todo con su velo, y no se encontraba equivocada. Sin embargo, no imaginaba que Anuar, habiendo averiguado los verdaderos planes de Morvan, intentaba descubrir cómo encontrar el escondite del Dragón Blanco, el monstruo que tenía en su poder la Piedra Noirush, piedra que podría cerrar los portales que el Señor de la Noche intentaría abrir en los próximos días. Kusuma despertó casi al mismo tiempo que la joven y comenzó a revolotear a su alrededor. Kajól, por su parte, seguía recostado al lado de su cama.

—Si me lo preguntas, este nuevo horario no es normal y afecta mis sesiones de acicalamiento. ¿A ti no?

—¿A qué te refieres, Kusuma? —preguntó Aimée, estirándose para despabilarse.

—Pues a la vida nocturna que ahora llevamos. Desde que el Señor de la Noche —e hizo un gesto de susto— se ha movilizado, ahora todos debemos dormir de día y despertar en las noches.

—¡Ah —exclamó Aimée sonriendo—, sí! A mí también me ocurre lo mismo, pero creo que ya me voy acostumbrando.

—Bueno, ¿qué esperamos? Hay que ir a desayunar —señaló revoloteando con mayor nerviosismo alrededor del rostro de Aimée, al tiempo que sus alas blancas emitían brillos.

Aimée se levantó de la cama y, en ese instante, Kajól se despertó. La joven se dirigió a los armarios de roble y sacó un hermoso atuendo que su madre había dejado para ella. Se cambió en el baño y regresó a la habitación. El imponente león lentamente alzó su enorme cuerpo y se dirigió a la puerta labrada, seguido por Aimée y Kusuma. Recorrieron luminosos pasillos repletos de flores, vitrales y columnas de cuarzo. Ingresaron al Salón de las Hadas y Aimée quedó impactada. Aquel lugar, ajeno a las miradas indiscretas, era excelso y amplio. Cientos de Hadas se encontraban jugando por todo el lugar; las había de tamaño humano, y también diminutas como Kusuma.

—¿Por qué algunas son grandes y otras pequeñas?— le murmuró Aimée a Kusuma, que se encontraba sentada en su hombro. El hada se alzó sintiéndose muy importante.

—Pues porque somos de diferentes tipos —le respondió cerrando los ojitos displicentemente, como si la pregunta le pareciera tonta.

249

El antiguo salón era circular y estaba sostenido por enormes columnas cubiertas de joyas y diamantes. Se hallaba atestado de piscinas rectangulares donde las Hadas chapoteaban despreocupadas. De los estanques surgían cada cinco segundos burbujas de diferentes tamaños y colores que se deslizaban por la habitación, la cual quedaba cubierta por enredaderas y flores.

—Después de comer me acompañarás para que iniciemos tu entrenamiento —expresó Ágata, sorprendiéndola por la espalda.

Aimée giró y agradeció la invitación. Su madre colocó su pálida mano en su hombro y en seguida les hizo saber a las demás Hadas, que se encontraban distraídas, que la Princesa Celeste se encontraba entre ellas. Las diminutas criaturas se le acercaron y revolotearon felices a su alrededor, mientras las grandes se acercaban diáfanamente para abrazarla y darle palabras y muestras de amor y bienvenida.

En el convite, las hadas intentaban que Aimée probara todos los suculentos dulces que habían preparado con cariño para ella. Y aunque la princesa se encontraba más que satisfecha, haciendo un gran esfuerzo probó todo lo que le ofrecían. Durante la sobremesa, la Reina respondía todas las preguntas que su hija hacía. Le refirió, por ejemplo, que los Espíritus de la Naturaleza habían ayudado en la creación y mantenimiento de la vida en el planeta y que desde hacía ya varios años habían pasado la antorcha a los humanos. Ahora, el planeta era completamente suyo y en realidad ya no debían habitarlo; no obstante, las circunstancias habían hecho que la mayoría de ellos regresaran y por medio de los portales que los maestros abrirían en unos días, traerían a más Seres de Luz para enfrentar a Morvan y sus huestes.

Una vez Aimée hubo descansado lo suficiente, su madre hizo con ella un corto recorrido por el palacio. Kusuma se topó con su amiga Pyro, un Hada del Fuego, luego Aimée comprendería que se trataba de una Salamandra. Pyro era una encantadora Hada de alas rojas y cafés, la salamandra era hermosa y diminuta, y manejaba el fuego y sus secretos.

Ahora ingresaban en el recinto destinado para que lo habitaran las sirenas y las ondinas. Sus muros eran ondulantes y, al parecer, estaban cubiertos por escamas de cristal. También contenía estanques o piscinas gigantescas, conectadas por enormes túneles con el gran Estanque de Aksa en el interior de la caverna, para que pudieran salir y entrar a su gusto.

Posteriormente pasaron a la habitación de los duendes. Esta constaba de escondites tapiados por plantas de todos los tamaños, en donde jugaban los pequeños seres. Al verla, Ziv el inquieto Fingerlys, se entrometió y brincando de emoción se acercó, junto con una pequeña duendecilla llamada Mikka. Y, rompiendo todo protocolo, los dos pequeños las acompañaron en su recorrido. El palacio era precioso, brillante y vibrante.

—Madre, ¿cómo logró Morvan convertirse en Vampiro? —inquirió Aimée, sorpresivamente.

Al darse cuenta de lo que sucedería con la Atlántida, Morvan sintió pavor. Estaba demasiado aferrado a la vida como para dejarla, así que se acercó a los Dökkálfar, los Elfos Oscuros. El padre de Kaled lo ayudó a encontrar una manera de volverse inmortal, pagando un alto precio: renunciaría a la luz y se alimentaría de los vivos rebajando su espíritu, perdiendo la conexión con la Energía Universal, lo que los humanos llaman "vender su alma al diablo". Aún no sabemos cómo lo logró, aunque sospechamos que fue destruyendo la conexión de sus chakras con la Inteligencia Divina.

—Los chakras… ¿Existen? —curioseó, gratamente sorprendida.

—Por supuesto que existen, cielo. Son los vórtices de energía que sirven de unión entre la conciencia, la biología y la chispa divina. Cada uno está alineado y tiene un propósito determinado. A partir del cuarto, que está en el corazón, comienza la conexión espiritual con la Energía Universal, con lo que los humanos llaman Dios. Morvan debió de cortar su conexión a partir del tercer chakra, el plexo solar.

—¿Cómo lo saben?

—Mmmm… tenemos varias pistas. El plexo solar se alimenta de la energía del sol, es lo que le da vida al cuerpo físico. Por eso creemos que los Vampiros no resisten la luz, y es el chakra que gobierna las emociones. Los Nosferatu no controlan sus emociones realmente, no como ellos quieren creer. Sus odios y amores son exagerados, sufren un fuerte desbalance. El tercer chakra se forma a partir del tercer mes del embarazo, y es cuando las mujeres…

—¡Abortan! Es cuando las vampiras o humanas que fueron embarazadas por uno, pierden al bebé de los Vampiros —interrumpió Aimée, visiblemente exaltada.

—Sí; eso mismo,

—Pero, si necesitan ese chakra para estar vivos… ¿cómo obtienen la inmortalidad? —interrumpió Aimée al bajar la escalinata de cristal y cuarzo.

Por la energía que les proporciona la sangre humana; por eso necesitan por lo menos alimentarse de un humano una vez cada 300 años, o de algún Elfo, que son más parecidos a ellos, y eso no lo logran con la sangre de los animales. Parte del alma de los humanos pasa a ellos; de ahí obtienen tanta fuerza y poder.

Aimée permaneció pensativa. Los pequeños que las acompañaban se lucían asustados y, a la vez, emocionados: estaban aprendiendo muchas cosas. Ya en la terraza, Ágata y Aimée se toparon con la Soberana de los Unicornios, Liv y su pequeño bebé. El potrillo trotaba saleroso de regocijo al verlas acercarse. Sody abrigaba una atracción casi adictiva por Aimée. La princesa había salvado a su madre sin siquiera conocerlos. Sody podía percibir su alma pura y buena. Las vibraciones que emanaban de Aimée eran sumamente agradables y, además, conocía el mundo de los humanos, que a él tanto le intrigaban.

—Buenas noches, Liv —externó la Reina de las Hadas.

—Buenas noches, Ágata —respondió la yegua haciendo brillar su cuerno plateado—. Estoy regocijada viéndote por fin tan feliz. Tus ojos no resplandecían desde hacía siglos.

—Gracias —expresó la Reina, apenada y bajando la mirada tímidamente.

—¿Hacia dónde se dirigen? —inquirió Liv, sin dejar de observar a Aimée. Estaba muy agradecida con ella por haberla rescatado de las garras de los Trolls.

—Vamos a encontrarnos con Dana. Aimée debe comenzar su entrenamiento —respondió la Reina de las Hadas, señalando hacia una de las orillas del vasto lago.

—Mami, ¿puedo ir? —prorrumpió Sody, exaltado, con su voz melosa; su cuerno dorado centelleaba con luz dorada— ¡Porfis, porfis!

—Tesoro, van a hacer cosas muy importantes; no distraigas.

251

—Está bien, Liv. Déjalo ir —convino Ágata con gesto cálido—. A los pequeños les hará bien aprender cosas nuevas. Tal vez solamente así presten algo de atención. No creo que causen problemas.

—Muy bien, cielo, puedes acompañar a la princesa y cuidadito con desobedecer o distraerla, porque no volveré a darte permiso de estar con ella. ¿Entendiste?

—Sí, mami —confirmó el pequeño Sody, corriendo al lado de Aimée.

—Adiós, Liv —dijo Ágata, encaminándose hacia las escalinatas que llevaban al lago.

Aimée sonrió a la Soberana de los Unicornios y alcanzó presurosa a su madre, acariciando el lomo de Sody. Los pequeños saltaban emocionados a su alrededor. Cuando alcanzaron las orillas del lago, Ágata lo bordeó, hasta toparse con Dana. La sabia Maestra los esperaba tranquila, contemplando las aguas calmas. A la princesa le llamaban mucho la atención sus largas y puntiagudas orejas, pues eran más alargadas que las de su madre.

—Te encargo a mi pequeña— comentó Ágata, dándole un abrazo y se retiró.

Dana sonrió, para luego dirigirse a Aimée:

—Hoy aprenderás muchas cosas acerca de cómo manejar la energía y la magia, pero antes...— y se detuvo al divisar a los pequeños que se escondían tras la princesa— ...y a ustedes, ¿quién los invitó?

—Mi madre les dio permiso de venir, porque tal vez sería la única manera de que se estuvieran quietos y le prestaran atención a algo —aclaró Aimée, dejando escapar un mohín cómplice, en un claro intento por abogar por sus nuevos amigos.

La Maestra Dana los intimidaba, pues era menos cálida que las Hadas, así que mejor no dijeron ni pío y la siguieron con la mirada, mientras ella hacía aparecer varios grandes cojines de color violeta. Dana tomó asiento y, acto seguido, los demás hicieron lo mismo.

—Primero hablaremos de los humanos. Algunas cosas ya las sabes, aunque no está de más un repaso.

Aimée se limitó a relajarse. Dana le explicó que los humanos eran en realidad almas en continuo aprendizaje y que sus vidas como seres humanos no eran más que experiencias planeadas para aprender lecciones, pues la vida en la Tierra no era más que una de los cientos de millones de escuelas que poseía el Universo. Sin embargo, su existencia era muy especial y sagrada para todos los entes que moraban los confines del vasto cosmos. Pues los humanos, debían resistir la vida en varias facetas a la vez: la biológica, la mental, la emocional y la espiritual y que esa, en sí misma, era una misión altamente compleja y no menos difícil, ya que encarnaba dolor, sufrimientos y grandes placeres en una sola encarnación.

Además, debían aprender otras lecciones, como el perdón, la humildad, la sabiduría, el juicio crítico hacia sí mismos, honradez entre muchas, muchas otras cosas. Los humanos debían experimentar diferentes vidas, pues solo así podrían aprender sus lecciones y evolucionar.

También le reveló que para poder hacerlo planeaban sus vidas en el astral, como almas, junto con los Maestros Ascendidos, guías, ángeles y otras almas. En cada planeación, ellos mismos podían crear sus puertas de oportunidad, pues nada, nada para ellos, en realidad, estaba predestinado. La Tierra era el único planeta de Libre Elección, así que el espíritu, una vez encarnado en su cuerpo físico, podía cambiar su plan de vida, su contrato.

252

—Pero... —interrumpió Aimée—, si los humanos hacemos el contrato en el astral, ¿cómo pueden ponerse de acuerdo con otras almas que siguen encarnadas en sus cuerpos viviendo en la Tierra? ¿Tienen que esperar a la que persona muera para acordar como vivirán juntas?

—Esa es una muy buena pregunta. Todas las preguntas son buenas —comentó Dana entrelazando sus dedos—. No, las almas no tienen que esperar a que un humano en particular muera para planear una vida con ellos. Verás, a los humanos, aunque les están velados muchos asuntos espirituales, conservan, sin que estén al tanto, una fuerte conexión con el Espíritu Universal. En realidad, no toda su alma habita su cuerpo físico. Una gran parte de ella permanece en el astral, así que pueden planear sus interacciones de vida con otras almas que se encuentran en el plano espiritual y con las almas que están viviendo experiencias de vida humana en ese momento. Todo lo hacen con su porción del alma en el mundo astral. Con los Espíritus de la Naturaleza —y alzó el brazo para señalar a los chiquillos— ocurre algo del todo diferente: el alma está encarnada completamente en el cuerpo, y con los Vampiros sucede lo mismo. Es por eso que pueden manejar la magia, a pesar de tener cuerpos humanos.

—Todo parece muy bonito, pero morir varias veces... suena... horroroso...

Los pequeños se miraron entre ellos, haciendo muecas de complicidad. A ellos también les parecía algo muy feo. Cerca de la orilla del lago, hermosas sirenas se acercaban sigilosas para escucharlos.

La muerte, en realidad, es segura. No existiría si no lo fuera. El Universo ve las vivencias humanas como si fueran una gran obra de teatro: cada humano toma un papel, a veces de villano, a veces de víctima, todos en perfecto acuerdo, y cuando termina la obra, vuelven a ser las mismas almas, ahora evolucionadas, listas para cultivarse con nuevas enseñanzas. Dana, la Sacerdotisa de los Elfos de la Luz, continuó explicándole que los humanos tienen implantadas ciertas limitaciones, y es por esa razón que existía un velo entre el mundo espiritual y la vida en la Tierra. Eso era algo que Aimée ya le había escuchado decir a su madre.

—¿Limitaciones? —curioseó ahora Kusuma, quitándole la palabra a Mikka. Dana frunció el entrecejo y lo modificó al darse cuenta que los pequeños estaban prestando atención. Como había dicho, todas las preguntas eran buenas y respondió.

—Los humanos, por ejemplo, creen que todo tiene un principio y un fin...

—¿Y no es así? —inquirió Aimée, intrigada.

—No, no lo es. Es su mente lineal la que les muestra eso. No pueden comprender que el Universo siempre fue y siempre será. El Universo no tiene límites. ¿Acaso lo tiene una esfera?

—No, si te colocas en el centro no tienes manera de saber dónde empieza y dónde termina —respondió Aimée, entrecerrando los ojos.

—Exacto. Por ejemplo, ¿es Dios masculino o femenino? Las nubes, ¿son masculinas o lo es el aire que respiramos? —intervino ahora Dana.

—No —respondió Aimée, sin vacilar.

—Correcto. Asimismo, podrás comprender que la Energía Divina es espíritu; por lo tanto, es Universal. Es ambas cosas a la vez; por ende, no es ninguna. Hay muchas cosas que te resultará difícil entender y muchas otras que te será complicado creer, pero así son. Ese es el desafío de los humanos, que sin ninguna iluminación logren, a través de muchas experiencias de vida, alcanzar un estado iluminado.

—¿Qué es el karma? —inquirió Aimée inesperadamente. La pregunta había brotado en su mente como un chorro que busca desesperadamente la salida.

—Son las lecciones que quedaron pendientes de aprender en la anterior reencarnación. Son las enseñanzas que deben superarse en la próxima experiencia de vida. No tiene nada que ver con el castigo, como les han querido hacer creer. El karma es el propósito general de la vida que la misma alma humana se propone aprender.

—Tengo entendido que la Tierra también está ligada con nosotros. ¿Cómo es eso? No lo comprendo muy bien —indagó Aimée, acomodándose en su cojín.

—Los humanos son uno con la Tierra, son simbióticos, se necesitan mutuamente.

—Entiendo para qué necesitamos la Tierra. Pero ella, ¿para qué puede necesitarnos?, si únicamente le hemos causado daño —replicó Aimée y sus amigos estuvieron de acuerdo.

—Eso, de cierta manera, es verdad. No obstante, forma parte de su contrato con Gaia. La Madre Tierra también es un ser y sus vibraciones aumentan con la vibración de los humanos. Cuando estos se elevan espiritualmente, ella se alimenta. Ella también se encuentra en periodo de aprendizaje y cuando los humanos elevan su conciencia, Gaia también lo hace.

—Pero los humanos no se han elevado. Pareciera que casi ocurre lo contrario.

—Eso es una falacia. No existe mayor señal de iluminación que el deseo de paz y tolerancia en todas las culturas. Aún no lo logran; sin embargo, la mayoría de los humanos tiene claro que esa es la meta.

—¿Por qué existe el mal? —curioseó ahora Sody resoplando al mismo tiempo un mechón de su crin que le cubría un ojo.

—El mal existe porque tiene el mismo derecho que el *Bien,* de estar aquí. La negatividad se puede manifestar con tanta facilidad como el amor. Los humanos, y muchas otras entidades, tienen como propósito transmutar lo negativo en positivo. El *mal*, como lo llamas, en realidad forma parte del proceso de evolución. Generalmente se aprenden grandes lecciones gracias a las experiencias o seres negativos. Y es el amor, y únicamente el amor, lo que puede traspasar la increíble negrura del odio, el egoísmo, la avaricia… la perversidad.

—¿El amor? —interrumpió Sody, ladeando ligeramente la cabeza—. pero ¿es solo un sentimiento?

—El amor es la fuerza más poderosa en el Universo. Es lo que mueve a muchos a hacer las cosas. El amor puede vencer cualquier obstáculo, y eso —resaltó Dana ahora, girando para observar a Aimée— lo pondrás en práctica más adelante.

La muchacha tragó saliva. Esto apenas era el principio. Era por el amor que le profesaba a Anuar que lucharía para volver a estar con él, era el amor por su madre, los Seres de Luz y los humanos por lo que se enfrentaría a terribles monstruos, por salvar a las almas de lo que Morvan pensaba hacer con ellas.

—Si Morvan tiene acceso a la cueva de la Creación, ¿qué podría pasar exactamente? —preguntó Mikka, quien de reojo entreveía a las sirenas semiescondidas en las rocas.

Dana hizo una pausa, rodó el rostro hacia el lago. Los pequeños se interesaron aún más y, acomodándose en sus asientos, esperaron con las orejas bien alzadas para escuchar la explicación, una explicación que Aimée conocía muy bien. Su rostro, al recordarla, se entristeció. Los tonos azulados de la caverna convertían la atmósfera que se respiraba en un dulce elixir; sin embargo, lo que Dana les revelaría rompería la tranquilidad del lugar.

—Puede hacer que los Espíritus de la Naturaleza nos marchemos de la Tierra definitivamente y para siempre. Podría decidir qué almas humanas entran o salen de la Cueva de la Creación y, por lo tanto, qué almas ingresarían al planeta y cuáles no podrían retirarse; además decidiría en qué condiciones. Podría transportar a las criaturas que quisiera sin necesidad de abrir o cerrar portales; todo quedaría bajo su control.

—¿Para qué querría hacer algo así? —inquirió Pyro, la diminuta salamandra, desconcertada.

—Simplemente, para gozar de más poder. Alguien en su nivel de conciencia únicamente desea poseer control. Control a toda costa y a cualquier precio es lo que lo mantiene vivo. Intervenir los designios es algo así como sentirse Dios y esa es una sensación que alguien tan vil anhela con todo su ser —reconoció la Sacerdotisa de los Elfos con rostro entristecido, levantándose de su asiento—. Ahora, Aimée, te llevaré con Naomi; ella continuará con las enseñanzas. Por lo pronto, tú y yo ya hemos terminado.

Los chiquillos se levantaron con los músculos entumecidos y en seguida las siguieron hacia unas escalinatas que llevaban a una de las partes más elevadas de la Ciudad Luz. A Sody, le resultó difícil subir, aunque rápidamente aprendió cómo trotar en los estrechos peldaños. Aimée, por otro lado, experimentó vértigo: las alturas no eran su fuerte; sin embargo, la suave brisa y el esplendor que se observaban desde ahí hicieron que Aimée se olvidara de su aprensión.

—Tu temor es infundado; es un miedo aprendido— confirmó Dana subiendo tranquilamente las escaleras de cuarzo.

La princesa la observó intrigada:

—¿Perdón? —dijo visiblemente turbada. Le preocupaba que Dana pudiera leerle el pensamiento.

—Tu miedo a las alturas—respondió Dana, virando ligeramente el rostro—. Puedo sentirlo, olerlo… lo vibras. Después de tu entrenamiento podrás hacerlo tú también, percibir lo que sienten los demás, apreciarlo nítidamente. Tu temor a las alturas se creó a partir de tus experiencias de muerte en tus dos últimas vidas pasadas. Es algo que aprendiste. Caer significó para ti el fin; sin embargo, no tienes nada que temer. Tu esencia está en el aire, como digna descendiente de las Hadas. Pronto te darás cuenta de que tu hábitat natural es surcando los cielos.

Kusuma y Pyro volaron orgullosas alrededor del rostro de Aimée, quien les sonrió nerviosa. Le resultaba difícil creer que su miedo a las alturas pudiera realmente desvanecerse.

Cuando terminaron de subir se toparon con una especie de terraza rebosante de flores y plumas flotando en el aire.

—Te dejo a tu aprendiz —le indicó Dana a la Emperatriz Naomi.

La Soberana de las Mujeres Cisnes, abrió sus enormes alas negras en señal de bienvenida.

—¡Ah! y a unos "invitados"—agregó Dana, apuntando con la mano a los pequeños entrometidos que venían detrás de Aimée y, sin más, se retiró.

—Bienvenida, princesa —expresó la Emperatriz de tez añil y ojos verdes.

Sus cabellos que semejaban plumas de cisne negro se movían ligeramente con el viento, y la larga franja naranja que recorría sus ojos la hacían lucir diáfana e interesante. Aimée elaboró torpemente una especie de reverencia y los pequeños permanecieron ocultos detrás de ella. Pretendían pasar inadvertidos. Hasta ahora habían corrido con suerte y les habían permitido acompañar a la princesa; no obstante sabían que cada maestro podría o no admitirlos.

—Te presento a mi segunda al mando, como me gusta llamarla: Anilah, ella nos ayudará.

Aimée saludó gustosa a la joven, que le sonría de manera jovial. Tenía la piel blanca y satinada y unos ojos enormes color gris que resaltaban con la franja negra que recorría su rostro. Le recordaba a los elegantes cisnes que alguna vez observó en un lago.

La rubia cabellera de la muchacha bailaba con la brisa. Quien la hubiera visto pensaría que se trataba de un ángel. Sus alas blancas y su belleza, sin duda, harían pensar a cualquiera que era una criatura celestial. Naomi extendió una mano, para mostrarle a Aimée unos sillones de cristal sin respaldo, donde podría sentarse.

—A ustedes no los esperaba —señaló la Emperatriz con gesto apacible—. Tendrán que buscar un sitio donde tomar asiento —dijo mirando a los pequeños.

—¡Ah, eso no es problema!— exclamó Ziv, que ya estaba subiéndose al balcón de cristal. Kusuma y Pyro volaron hacia él y se sentaron en el barandal. Sody, se colocó al lado de Aimée, mientras Mikka, al ver que no alcanzaba el barandal, caminó despacio esperando encontrar un lugar donde acomodarse. Anilah la siguió y, alzándola, la llevó junto a Ziv. Mikka desde la baranda la miró agradecida. Anilah se dirigió a su asiento, colocándose al lado de Naomi.

—Me gustaría empezar haciéndote una pregunta —señaló la Emperatriz moviendo delicadamente las manos—. De todo lo que platicaste con Dana, ¿te quedó alguna duda? ¿Hay algo más que quieras saber?

—Sí —respondió Aimée, tímidamente.

Ziv se rascó su enmarañada melena. No podía pensar en nada más que preguntar y esperaba ansioso que todo lo que había escuchado no se le olvidara, como solía pasarle.

—¿Por qué me está pasando esto? ¿Por qué a mí? ¿Por qué yo? Toda mi vida parece complicarse más a cada segundo que pasa.

—Tienes que ser consciente de que tu vida, como la de cada ente en el Universo, tiene un propósito y que todo, absolutamente todo, sucede por alguna razón. No hay accidentes ni casualidades. Si tú estás pasando por esta prueba es porque puedes con ella. Siempre es así y funciona de esta manera para todos. Las coincidencias que te han llevado hasta este punto desde tu existencia desde la Atlántida son decisivas para hacerte avanzar hacia tu verdadero destino, sea cual sea este. Y estoy segura de que tu misión afectará de manera maravillosa la de otros seres, aunque ahora te sea difícil creerlo, entenderlo o verlo.

256

—Pero he causado mucho dolor, lastimé a Anuar, a mi madre, al Maestro Alejo…

—No fue tu intención y, en realidad, eso era necesario. Gracias a esto llegarás al punto en el que puedas ayudar a muchos; al final, de cierta manera los has hecho felices: Anuar lucha por tu amor, lo llena; tu madre te reencontró, y Alejo está más cerca que nunca de reencontrarse con su hijo, gracias a ti. Además de que podrás salvar a muchos. Sin ti no lo lograremos; eso debe quedarte claro. Todas las coincidencias que han ocurrido en tu vida tienen una razón de ser; aunque veladas a tu entendimiento, con el tiempo las comprenderás. Tú, como cualquiera, puedes hacer una diferencia en el mundo, gracias a tus talentos y, sobre todo, a que antepones el amor al poder, a las riquezas...

El ir y venir del agua en la orilla del lago sumieron a Aimée en profundas reflexiones. Desde que todo aquello había ocurrido en su vida, todos, Anuar, Ian y los Seres de Luz con los que había hablado no hacían más que expresarle que ella contenía un ostentoso poderío, un poder que vibraba y que podía percibirse. Por un instante se creyó fuerte; tal vez tenían razón y todo lo que había ocurrido, al final, serviría para detener a Morvan. Vacilante, observó a Naomi, la cual percibió su turbación.

—Dime, ¿qué sientes? —inquirió Naomi, contemplándola fijamente con aquel rostro solemne muy distintivo de su raza y retirando de su rostro una de las plumas negras que parecían ser parte de su cabello.

Temiendo aquella pregunta, Aimée no se sintió sorprendida cuando la escuchó. Tragó saliva y cerró los ojos en un intento por descifrar lo que ocurría en su interior. Anhelaba ser lo más clara posible y cuando estuvo segura de sus sensaciones respondió.

—Me siento inquieta, a la expectativa… como si cualquier cosa pudiera pasarme en cualquier momento. No sé qué estoy haciendo y eso me tiene confundida, me hace sentirme indefensa, o no sé, ¿vulnerable… hacia el futuro?

—Eso es normal. En pocos días tu vida ha dado un giro de 180 grados. La misión que tienes delante te atemoriza porque aún no despiertas la potestad que hay dentro de ti, que hay dentro de cada ser. Pero descuida, ese miedo se desvanecerá cuando descubras tu propio poder, que no es otra cosa que AMOR. Las pruebas, entonces, te parecerán superables, en lugar de imposibles. La energía que parece inquieta dentro de ti es la señal que tu cuerpo te da para indicarte que es el momento de que se produzca un cambio en tu interior que provoque una conciencia más profunda, que te dé herramientas para enfrentar cualquier cosa.

—Pero ¿cómo puedo llegar a eso?

—Tu cuerpo te habla a cada instante y vas a aprender a escucharlo. Aquello a lo que le pongas atención se expandirá como una enredadera, ya sea bueno o malo. Si le prestas atención a tu miedo, se hará más grande y exclusivamente conseguirás sentir eso. Si te detienes y colocas tu mente en blanco, escucharás tu cuerpo y él te guiará hacia tus metas.

—No entiendo —dijo Aimée, alzando una ceja. Sus amigos también dudaban.

—Cuando silencias tu monólogo interno y te enfocas en desear satisfacer el destino de tu vida, este se te mostrará porque lograrás escuchar tu voz interna. Esta te encamina y utiliza a tu cuerpo como medio de comunicación. Tu guía interno es tu intuición. Cuando tu mente y tu corazón se encuentran claros y calmos consigues escucharla, comprenderla y eso únicamente te lo dará la intención mental. Tienes que querer escucharte a ti misma. Tonalna te ayudará a calmar tu mente para lograr traducir el lenguaje de tu intuición. Por lo pronto, yo te ayudaré a advertir y percibir la energía.

—¿La energía? ¿Para qué? —inquirió Ziv, anticipándose a Aimée, quien iba a preguntar lo mismo.

Naomi y Anilah se miraron sonrientes. El pequeño estaba interesado, su curiosidad lo delataba y aquello era una muy buena señal. Aquellos pequeñines apenas y se preocupaban por aquellas cuestiones, porque por lo general se interesaban en jugar.

—Responde tú— le indicó Naomi a Anilah y esta sonrío complacida.

—El Universo es Energía Pura. Todo cuanto existe está compuesto de energía y crea todas las formas y sustancias que conocemos. Cuando la comprendes, la sientes, la percibes, entonces puedes manejarla. Primero tienes que aprender a distinguir las energías invisibles alrededor de las plantas y las criaturas, entonces podrás incrementar tu propia energía, viviendo en el presente, en el ahora, dejando el pasado y el futuro a un lado, eso también disolverá tus miedos. Y así, los mensajes del Universo podrán fluir más rápidamente. Hagamos una prueba ¿te parece?

La princesa aceptó entusiasmada. Los chiquillos se pusieron en pie; también querían hacer el experimento. Ziv, desde luego, siendo orgulloso como era, quería ser el primero en superar la prueba. Por supuesto, para poder presumir que él lo había logrado antes que todos. Anilah se sentó derecha en su asiento. Aimée la imitó y luego sus amigos volvieron a tomar asiento. A continuación cerró los ojos y les indicó que respiraran profundamente y se concentraran en su respiración, como si aquello fuera lo único que existiera. Así su mente se calmaría. Debían dejar fluir sus ideas no luchar contra ellas, no intentar callarlas, sino dejarlas pasar, no enfocarse en ningún pensamiento en particular y, concentrándose en su respiración, haciéndolo adrede les permitiría relajar la mente más rápidamente. Después les hizo pensar en que la materia y la energía eran lo mismo. Los objetos materiales no eran más que una gran concentración de energía en un espacio pequeño; por lo tanto, si podían ver la materia, también advertirían la energía. Una vez que tuvieron esa idea clara en su mente, les hizo abrir sus ojos: delante de cada uno de ellos flotaba una flor. Les indicó que la miraran sin mirar, sin detenerse en observar sus detalles. Les pidió que simplemente la contemplaran en su magnitud, para que luego vislumbraran sus contornos. Poco a poco, cada uno de ellos advirtió una línea semitransparente que delineaba la planta. Esa línea era, en realidad, la energía que esta emitía, la que era físicamente visible. Después les pidió que alzaran sus brazos y, sin tocar, la flor las colocaran a un lado de ella, las alejarían de la planta y luego las acercarían lentamente, sin tocarla, haciendo esto varias veces. Percibieron un hormigueo en sus manos.

—Esa sensación es la energía que están percibiendo —comentó Anilah, casi suspirando

—Yo no siento nada —espetó Ziv, decepcionado entreabriendo un ojo.

—Es porque estás más preocupado por ser el primero en lograrlo, que en percibir realmente. Estás concentrado en otra cosa y eso no te permite hacer el

258

ejercicio —explicó Naomi acercándose a él—. Respira, no existe un premio si haces está prueba bien.

Una vez que el pequeño Fingerlys se relajó, percibió la energía de la planta.

—Y ahora, ¿qué?— preguntó Ziv, sin dejar de hacer el ejercicio.

Naomi lo miró pacientemente:

—Ahora has sentido y visto la energía de una planta. Nada te impedirá hacerlo con otras cosas o criaturas.

¡Ah! —exclamó suavemente el pequeño, sin detenerse al alejar y acercar sus dedos a la flor. Rápidamente dirigió sus delgados y flacos deditos hacia Mikka.

—¿Qué haces? —dijo la duendecilla, no muy dispuesta.

Ziv, con los ojos cerrados y moviendo sus manitas alrededor de su amiga, respondió con voz profunda y misteriosa:

—Estoy sintiendo tu energía.

Mikka colocó sus brazos en su cintura:

—Y según tú, ¿qué siento? —sonsacó alzando la vista en señal de molestia.

Ziv permaneció en silencio unos segundos y moviendo sus deditos como todo un gurú, respondió:

—Te sientes… estreñida.

La duendecilla, ofendida, le dio un buen zape y todos rieron.

—¿Acaso me equivoco? —inquirió Ziv, restregándose la cabeza.

Mikka no respondió y cruzando sus brazos rodó el rostro hacia otro lado para que Ziv no viera que se sonrojaba. Su amigo no estaba tan equivocado.

Continuaron haciendo ejercicios un rato más, hasta que Aimée y sus amigos lograron relajarse casi instantáneamente. Percibieron la energía de entre ellos y, una vez fueron claros en sus percepciones, pasaron a la siguiente lección.

La Emperatriz le describió a Aimée la importancia de estar en el *Ahora*. La princesa pronto comprendió que el pasado y el futuro no existían más que en su mente. No eran algo real, pues las dos cosas eran imaginación, el pasado en forma recuerdos y el futuro en visualizaciones, por lo tanto no eran verdaderas ni mucho menos reales. Por lo tanto, no tenía ningún sentido atormentarse con ellas, debía vivir el día a día, cada cuestión en su momento y, así, el miedo al futuro quedaría relegado y el sentimiento de culpa por las cuestiones pasadas, sería eliminado. Una vez Aimée comprendió esto, Naomi dio por terminada la lección:

—Anilah te llevará con el Príncipe de las Aguas, Keanu.

La princesa hizo una reverencia, junto con los pequeños, y se retiraron. Anilah y Aimée platicaron entusiasmadas durante todo el trayecto de bajada. Tan animadas iban que Aimée olvidó por completo su vértigo a las alturas.

Una balsa en forma de concha marina los estaba esperando en la orilla del lago. Cuando subieron la barca comenzó a moverse lánguidamente sobre las cristalinas aguas. Aimée y Mikka se acercaron a la borde de la embarcación para descubrir que era tirada por dos enormes caballos de mar color amarillo. Eran los mismos que habían conducido a Aimée hacia el palacio la primera vez que llegó. El lago irradiaba una luz muy brillante, y gracias a ella todos los diamantes y cuarzos que cubrían la cueva resplandecían, envolviendo el lugar con una atmósfera de indescriptible ensoñación. Una vez estuvieron en el centro del lago, la balsa se detuvo. Del agua surgió el Príncipe Keanu. Su cabellera, similar a las algas, le llegaba a los hombros. Alzó su brazo en señal de bienvenida y sus manos con membranas le llamaron mucho la atención a Aimée. Algunas sirenas comenzaron a nadar alrededor de ellos.

—Princesa— dijo el Maestro con voz varonil y gentil—, espero que hayas tenido una noche interesante. Yo continuaré con tu adiestramiento —encumbró sus brazos, y se elevó hasta sentarse en la orilla del bote, dejando su cola de cetáceo rozando el agua.

—¿Por qué a veces tomas la forma de humano? —curioseó Aimée, bajando el rostro apenada, pensando que tal vez su pregunta era demasiado personal.

—Es más fácil asistir a las reuniones con los Maestros de esa manera. Desde luego, prefiero mi forma natural. Es más cómoda. Bien, cambiando de tema o más bien volviendo al motivo por el que estás conmigo ahora; Es importante que distingas entre los impulsos y la voz de la intuición. Eso te será de gran ayuda durante tus misiones —aclaró el Príncipe de las Aguas, haciendo que sus ojos alargados se entrecerraran todavía más.

—¿Cuál es la diferencia?

—Los impulsos son un sentimiento de urgencia, como si el simple hecho de esperar lo hiciera desaparecer. Te da la sensación de estar presionada a actuar y después de hacerlo te embarga un sentimiento de vacío o culpa y, obviamente, el problema no se resuelve. ¿Lo has sentido?

—Sí —afirmó Aimée sin vacilar, sacando la mano del agua—. Es como algo fuerte que luego desaparece y que generalmente te da más problemas, ¿no? Creo que se siente algo así…

—Precisamente —reveló Keanu—. La intuición, por otra parte, es un sentimiento fuerte, por lo que siempre hay tiempo para reflexionar antes de actuar. ¿Ya has aprendido a entender las señales que te da el cuerpo, ¿no?

—Sí —respondió Aimée, acariciando el agua con sus pálidas manos—. Cuando no hay dolor ni molestia en el cuerpo es cuando el organismo te indica que vas por buen camino.

—Bueno, pues esa es una manera de identificar si te está hablando el impulso o la intuición. Te sentirás bien físicamente cuando sigas lo que tu intuición o tu ser interior te indican y te sentirás incómoda y agitada cuando sea el impulso el que quiere tomar el control de tus decisiones o actos. Los estímulos de la intuición son positivos, no exigen una acción inmediata y son persistentes, ¿te queda claro?

La Princesa movió la cabeza en señal de afirmación y sus amigos se miraron entre ellos dando a entender que también entendían. Se sentían orgullosos de ser tan buenos alumnos.

—Todo está muy bien para los problemas de la vida diaria, pero ¿cómo va a servirme eso cuando me enfrente a la Manticora o al Dragón o al mismísimo Morvan? —insistió Aimée, sintiendo un gran peso en la espalda, como si el mero hecho de recordar a lo que se enfrentaría en dos días representara el cargar con una enorme losa a cuestas.

Sus amigos movieron la cabeza nerviosamente a manera de afirmación. La princesa tenía razón: cómo enfrentarse a aquello únicamente siguiendo su intuición. Una cosa eran las dificultades diarias y otra muy diferente tener a un dragón de carne y hueso frente a frente.

—Todos los temores son iguales, son miedo. El temor paraliza, angustia, te llena de inseguridad y no te permite reaccionar, porque te vuelves incapaz de escuchar tu voz interior. Entonces la batalla la tienes perdida, aun antes de empezarla. Para combatir el miedo, debes tener claro que no hay nada que no puedas superar, reconocer tu propio poder, confiar en ti misma. Después debes racionalizar tu temor, dándote cuenta de que es natural y algo útil que te ayuda a evitar peligros. Una vez que puedas apreciarlo como algo positivo, conseguirás controlar las imágenes negativas que podrían asustarte más. ¿Comprendes?

—Creo que sí. No puedo controlar las situaciones externas, pero sí mi actitud hacia ellas. Si aumento la confianza en mi capacidad, podré afrontar cualquier circunstancia —reconoció.

—Precisamente, a eso me refería. La actitud hacia los problemas es la que hace que tus decisiones sean positivas o negativas. Si algo horrible te sucede o te enfrentas a algo que te causa temor, puedes verlo de dos maneras. Una es la catastrófica, otra es observar el evento como algo natural, como una lección a superar, algo que alimentará tu espíritu. La actitud positiva te hará fluir con tu destino, con la vida, y podrás enfrentarte más alerta a lo que sea que se te presente. Muy bien, por ahora hemos terminado. Debes descansar, mañana continuarás tu entrenamiento —dijo el Príncipe brincando de la embarcación hacia el lago, se despidió alzando la membranosa mano y luego se sumergió en las cristalinas aguas.

La barcaza entonces comenzó a moverse. Una vez arribó a la orilla, todos descendieron. Sody corrió hacia su madre, que lo esperaba en lo alto de la escalinata del palacio; estaba ansioso por contarle todo lo que había aprendido. Ziv, Pyro, Mikka y Kusuma se despidieron. Necesitaban dormir, se sentían exhaustos, pues nunca habían prestado atención por tanto tiempo y querían estar listos para las lecciones del día siguiente. Ágata también se encontraba fuera del palacio, al lado de Kajól, y condujo a su hija y a Anilah hacia el gran comedor. Después de comer y de una amena charla, la joven descendiente de los cisnes se despidió, quedando con Aimée al día siguiente para acompañarla en sus clases. Más tarde madre e hija se retiraron al aposento de Aimée, conversaron un rato hasta que Aimée se desvaneció de sueño.

—Aún no me acostumbro —gimió Kusuma que entraba a la habitación de Aimée-

—¿A qué? —preguntó ella, estirándose sobre la cama, después de haber dormido.

—A este nuevo horario. Me desagrada estar despierta de noche y dormir en el día.

—Solo serán unas jornadas más; ya no te preocupes.

—Eso sí sales airosa de la pelea con la Manticora, el Dragón y Morvan —espetó la pequeña con gesto compungido.

La joven alzó las cejas. Era verdad, tendría que ganar varias batallas antes de que todo regresara a lo que Kusuma llamaba *normalidad*, aunque para ella, esa palabra ya había salido de su vocabulario. Realmente no creía posible poder volver a decirla. Su mente pronto se enfocó en otra cuestión: no dejaba de preguntarse cómo estaría Anuar. Tenía tantas ganas de avisarle que ella se encontraba a salvo, de prevenirlo, de estar con él, de verlo y contarle tantas cosas. No imaginaba que él estaba llevando a cabo una serie de misiones para descubrir los planes de

Morvan. Después de bañarse se encontró con su mamá en el comedor y tuvo que lidiar con todas las Hadas, que no cejaban en ofrecerle suculentos manjares. La princesa no sabía ya cómo decirles que estaba más que satisfecha y que si probaba otro bocado su estómago iba a estallar.

Aimée tuvo suerte: Anilah entró en el salón y le dijo que ya era tiempo de recibir su siguiente lección. Aliviada, Aimée se levantó de su asiento y se retiró con su nueva amiga, seguida, desde luego por Ziv, Mikka, Kusuma y Pyro. Sody los esperaba ansioso en la puerta principal, el pequeño unicornio dejó de prestarle atención a su madre y los acompañó.

Rodearon el palacio hasta llegar al patio trasero. Aimée no entendía cómo ese lugar podía ser tan vasto y contener tanta vida sin la luz solar. Anilah le explicó que gracias a las vibraciones que los Seres de Luz emitían aquellas plantas y árboles podían crecer, y que además los Gnomos se habían encargado, hacía muchas eras, de construir aquel paraíso.

Caminaron entre los arbustos que crecían entre las piedras de diamante, cristal y cuarzo hasta llegar a la entrada de otra cueva. Siguieron un estrecho camino sinuoso, hasta entrar en otra caverna donde varios Gnomos trabajaban sin parar forjando armas para la guerra que se avecinaba. Tahit les cortó el camino y poco faltó para que Aimée y Anilah lo aplastaran, pues su minúscula estatura hacía difícil distinguirlo.

El Rey de los Gnomos los contempló interesado y, acomodando sus trenzas, les dijo:

—¡Vaya, no esperaba tantos alumnos!.

Desde luego, Aimée sonrió y le explicó por qué la acompañaban. El diminuto maestro resultaba ser una persona muy simpática y carismática. Tahit le devolvió la sonrisa y, sin más preámbulo, le lanzó una espada de madera a Aimée.

—Bueno, comencemos —dijo despreocupado el Gnomo.

La muchacha hizo una mueca confusión y antes de poder preguntar algo, tuvo que esquivar los golpes que le lanzaba el pequeño Gnomo con su espada. El Maestro era realmente ágil, saltaba a grandes alturas y girando en el aire atacaba a Aimée a diestra y siniestra.

—¡Sin miedo, son de madera!— gritaba el Tahit, yendo de un lado a otro con gran presteza.

Anilah no atinaba a qué hacer y contemplaba estupefacta a Aimée y al Gnomo combatir. Los pequeños, por otro lado, vitoreaban emocionados a Aimée, tratando de animarla.

—¡Yérguete! No me veas a mí. Tus ojos sobre la espada! ¡Vamos, tú ya sabes hacer esto, sólo tienes que recordarlo!

La joven caminaba hacia atrás, esquivando al escurridizo y energético Gnomo.

—¡Pero ¿de qué está hablando?! —gimió Aimée, sorteando más golpes—. Ya tuviste estas lecciones con mi bisabuelo y decía que eras muy buena —insistió el Rey de los Gnomos secándose el sudor de la frente con la manga de su camisa—. Creo que la mejor de sus alumnas. El pequeño Maestro saltaba de un lado al otro. Su rostro le recordaba a Aimée al de algún viejo indio americano y, por más que intentaba, no recordaba nada de lo que él decía.

—¡El dije, toca el dije! —instintivamente Aimée llevó su mano hacia su pecho y sacó el collar de aguamarina que traía escondido debajo del corsé. Ziv lo miró extasiado, no resistía las ganas de poseer aquella joya. Los Fingerlys eran obsesivos con las alhajas bellamente talladas, especialmente si brillaban. Mikka, Kusuma y Pyro tuvieron que retenerlo con todas sus fuerzas cuando advirtieron que sus largos y huesudos dedos se encendían como lamparitas, pues esta era la señal de qué Ziv se lanzaría en un arrebato de locura por el collar.

Al rozar la fría gema, vinieron a Aimée imágenes de su pasado. Recordaba a un pequeño Gnomo de rasgos indígenas dándole lecciones de esgrima en un amplio bosque, el gran guerrero y constructor Tassom. Algunas de sus indicaciones vinieron a su mente y fue entonces que pudo esquivar con mayor habilidad los estacazos que Tahit no dejaba de asestarle.

—¡Muy bien! —exclamó el Maestro, deteniéndose unos instantes.

—¡Axel! —prorrumpió el Rey, y un muchacho que se encontraba al fondo se acercó presuroso.

—Ahora él contenderá contigo —confirmó el Gnomo.

—Pero, pero…—quiso decir Aimée; sin embargo, el joven ya había tomado un palo y, sin miramientos, la atacó. La princesa se sorprendió mucho al ver a un humano ahí, aunque no tuvo tiempo para preguntar cómo es que estaba en la caverna. Y, sin tiempo para que retomara el aliento, Aimée se defendió.

—¡No temas! —expresó el Maestro que se sentó en un banquillo para verlos enfrentarse—. No importa que se vea más grande que tú, eres tan buena y hábil como él.

Pasmosamente, Aimée logró enfrentarlo sin titubeos. Se daba cuenta de que el Gnomo tenía razón y recordaba las palabras de Keanu: "El miedo es el mismo, no importa a lo que te enfrentes. No dejes que tome control, relájate para que puedas seguir la guía de tu intuición", y eso mismo hizo. La princesa poco a poco racionalizó su miedo, lo vio como algo normal, dejó de darle importancia y, por tanto, este no se expandió, sino todo lo contrario, se desvanecía. Se percataba que podía hacer muchas cosas: retomaba su propio poder, la confianza en sí misma.

En un movimiento hábil y sorpresivo, la muchacha desarmó a Axel. Este hizo una reverencia y permaneció inmóvil, la observó visiblemente admirado y también orgulloso de ella. Los pequeños la aclamaron y por un segundo Ziv se olvidó de su obsesión por el dije de aguamarina, y aplaudió y chifló con todas sus fuerzas.

—Él es Axel. Es un humano y desde hace algunos años se entrena con nosotros. Ha sido una pieza clave para encontrarte. Desde luego, esa historia te la contará más adelante. Ahora vamos a la explanada, el Maestro Ashtar te espera, la noche aún es joven y tenemos poco tiempo; mañana partirás a tu misión.

Aimée se dejó llevar mientras saludaba a Axel, que se levantaba algunos de sus cabellos negro azabache del rostro. El muchacho le sonreía gustoso de poder al fin conocerla, y sus ojos jade resplandecían. Anilah se acercó para saludarlo y los tres charlaron en lo que se encaminaban hacia el estrecho pasillo que los conduciría al patio posterior.

—Me prestas un rato tu collar —dijo Ziv, restregando nervioso sus brillantes deditos.

—Mejor en otro momento. Podría necesitarlo, Ziv —y lo escondió en el escote del corsé.

263

Tahit caminaba delante de ellos, con paso veloz. Sody y los demás discutían emocionados todo acerca de la contienda que acababan de presenciar. Ziv no dejaba de decir que él podría hacer lo mismo. Al llegar a la explanada se encontraron con el gallardo Centauro que los esperaba. Aimée ya lo había conocido en la primera reunión que tuvo con los Maestros y, sin lugar a dudas, tenerlo frente a frente era impactante. Su piel color canela y los tatuajes en el torso la impresionaron mucho. El Centauro la saludó sobriamente. Tenía cara de pocos amigos y un halo de orgullo aparentaba rodear todo su ser. Era impactante contemplarlo con ese gesto tan sobrio que lo caracterizaba.

Detrás de él se encontraba Kiara. La Elfa se acercó para saludarlos, tímidamente distinguió a Axel y alzó el brazo en señal de saludo. El joven hizo una mueca: sus sentimientos por ella aumentaban a cada segundo. Aquel viaje a Islandia y a París lo habían acercado tanto a Kiara que no lograba sacarla de su cabeza y se preguntaba si ella experimentaría lo mismo por él. Ashtar le explicó a la princesa que se encontraban ahí para hacer despertar su instinto. Aimée, francamente, no comprendió, y sus amigos mostraban el mismo gesto de confusión. El centauro leyó en su rostro la incertidumbre y, dando unos pasos, con voz grave le dijo:

—Tengo entendido que no estás aquí para que te aprobemos. Estas aquí para despertar tu esencia, confiar en ti misma para que puedas enfrentar tu destino. ¿Está eso claro?

Sin chistar, la joven respondió con una afirmación sin hacer gesto alguno, y los demás, al parecer, experimentaban la misma sensación, porque apenas si se atrevían a respirar.

—Bien, antes de comenzar haremos un pequeño repaso de lo que has aprendido. Para dominar el miedo a lo desconocido, primero que nada no debes juzgar la situación, sino fluir con ella. De nada te servirá sacar conclusiones apresuradas. Si tu oponente es más grande o poderoso que tú no es de tu interés, tienes que estar concentrada en tus habilidades, no en las de tu enemigo. De lo contrario, tu miedo se expandirá. Las suposiciones, los prejuicios, únicamente se hallan en tu mente y, como el pasado y el futuro, únicamente viven en tu imaginación; por lo tanto, no son parte de ¿qué?

Aimée titubeó un momento, para enseguida responder:

—Del ahora; no son parte del ahora.

—Bien, así es; no son parte del ahora. Esto te traerá calma mental, la cual te permitirá escuchar a tu cuerpo. Por medio de él hablará…

La princesa se irguió cuanto pudo y dijo:

—…mi intuición, mi voz interior, que podrá guiarme hacia una solución.

Ziv no dejaba de rascarse la cabeza. Se preguntaba cómo sabía Aimée las respuestas; no recordaba nada de eso.

—¿A qué hora lo explicaron? —preguntó el pequeño Fingerlys a Mikka, quien solo se limitó al alzar la vista exasperada.

—Bien —siguió el Sultán de los Centauros—, estando atenta a las señales de bienestar y malestar que te dé tu cuerpo al momento de tomar una decisión, podrás estar más segura de qué camino seguir. Si el miedo crece tomará control, la situación te llevará, no tú a ella. Recuerda que siempre tienes opciones y que puedes elegir. Dentro de ti corre sangre sagrada, la magia de las Hadas está ahí, forma parte de ti. Tu poder es grande, siempre debes de confiar en eso. Nadie te enviaría a lo que vas a enfrentarte mañana, si no supiéramos que puedes enfrentarlo.

El silencio en la explanada era abrumador, hasta Ziv permaneció quieto. Aimée, inmóvil, reconocía que el Centauro llevaba razón. Su madre jamás le enviaría a todas esas misiones, si no supiera que saldría airosa.

—Bien —expresó nuevamente el Centauro—. Ya has estado en un combate cuerpo a cuerpo. Ahora lo harás sobre una montura.

Ziv abrió desmesuradamente los ojos. Hasta donde tenía entendido, los Centauros jamás permitían que alguien los montara, salvo en ocasiones de vida o muerte. No podía creer que el mismísimo Sultán de los Centauros consentiría ser montado.

—Kajól —llamó Ashtar.

El león blanco apareció volando. Su melena azul celeste se bandeaba lentamente, mientras descendía.

—Sitara —volvió a llamar el Maestro, y detrás de él apareció su esposa. Aquella criatura mitad mujer mitad yegua era hermosa. Su piel era apiñonada como la de Ashtar, aunque el cuerpo de yegua al contrario de él, era negro como su cabello. Sus ojos grandes y cordiales contemplaron a Aimée con respeto. Desde luego, su semblante lucía sobrio como el del Sultán de los Centauros. Removió sus cabellos color ébano de sus hombros y dio unos pasos al frente. Era idéntica a una reina del medio oriente, como sacada de un cuento de las mil y una noches. Aimée tragó saliva: una cosa era enfrentar en la superficie a un humano y otra muy diferente, a un Centauro. El pequeño Ziv se desanimó cuando se dio cuenta de que Aimée montaría a Kajól y fue hacia una roca cabizbajo para sentarse.

Sody, por su parte, no podría estar más excitado. La lucha en el taller de los Gnomos había sido emocionante.

—Primero te enfrentarás a mi esposa —ordenó el Centauro, retirándose de la explanada—. Recuerda todo lo que te he dicho.

La princesa, asustada, miró de reojo a sus amigos tratando de darse valor. Mikka y Pyro no dejaban de animarla y Kusuma revoloteaba animada sin dejar de aplaudir. Axel, Kiara y Anilah aguardaban expectantes. Aimée montó a Kajól, y Tahit se acercó para darle un arma de madera. Cuando estuvo lista, sin previo aviso, Sitara la atacó y golpeó con tal fuerza la espada de Aimée que esta la soltó. Ashtar arqueó las cejas:

—¡No hay tiempo para titubeos, concéntrate! ¡La Mantícora no te dará otra oportunidad! ¡Vamos, eres mejor que eso!

Ziv se comía las uñas, Sody escondía la cabeza en lo que Kusuma, Pyro y Mikka se tomaban de las manos nerviosas. Aimée tomó la espada nuevamente, Kajól galopó hacia Sitara, y blandieron nuevamente las espadas, está vez la joven logró sostenerla, no obstante, por muy poco libró el estacazo en su mano. Combatieron un rato, poco a poco Aimée fue creyéndose más fuerte, más segura, seguía la espada, no a su contrincante, hasta que llegó el punto en que se enfocó en el arma, su atención estaba en el momento, no en su enemigo, cuando se percató de esto, logró darle instrucciones a Kajól halando suavemente su melena para guiarlo hacia donde ella creía que podría tener alguna oportunidad de desarmar a la criatura. Sitara, la atacaba cada vez con mayor ímpetu, sin embargo, Aimée evadía con suma agilidad cada sablazo.

265

Pyro gritaba entusiasmada. Era tal su emoción, que la pequeña salamandra creaba sin querer pequeñas bolas de fuego que quemaron un mechón de los enmarañados cabellos de Ziv, éste se levantó en el instante y la observó exasperado, a la salamandra parecía no importarle, estaba enfrascada en el duelo. Sody no lo resistió más y cerró los ojos, la pelea ahora era encarnizada, y se dio cuenta que todo había terminado al escuchar los gritos de Kusuma, Pyro y Mikka. La princesa había desarmado a la Reina de los Centauros. Ziv apenas y se inmutó, porque intentaba apagar el fuego en su cabellera. Sitara realizó una reverencia, intercambio miradas con su esposo y éste haciendo un peculiar aspaviento entró en la explanada, observaba fijamente a Kajól. Aimée tuvo miedo, enseguida pensó que ya había desarmado a dos contrincantes, porque no había de hacer lo mismo con éste. Y sujetando con más fuerza la melena de Kajól se lanzó hacia el centauro, en un movimiento inesperado, Kajól se elevó, Aimée apenas y consiguió librar el golpe de la cimitarra del Maestro para sujetarse del animal, su miedo a las alturas no la dejaba pensar. Al león no pareció importarle, cuando había llegado hasta el techo de la caverna descendió precipitadamente, Aimée, al ver que Ashtar la esperaba con el corvo sable, reaccionó, soltó la melena de la criatura y alzó el brazo para dar un sablazo, evadió el estacazo del Maestro, y Kajól volvió a elevarse.

La joven disfrutó brisa en su rostro, y cuando descendieron atacó con mayor arrebato, algo en ella se avivaba, cuando dio el segundo golpe la confianza en ella misma creció y al tercero, algo extraño sucedió, Aimée gritó —¡*Fulmen!* — había recordado un hechizo, de su mano izquierda brotó una luz que se lanzó hacia el Maestro, éste apenas y consiguió soportar el golpe sosteniendo la cimitarra frente a él. La esencia de Aimée había despertado, y como un toro que embiste con toda su furia, la princesa se arrojó nuevamente hacia su oponente. Este hizo un conjuro para atacarla y previniendo aquello. Aimée grito:

—¡*Non plus ultra!* —y bloqueó el hechizo. En un inverosímil movimiento desmontó a Kajól de un brinco, no se percató realmente a qué altura había saltado, no aparentaba atañerle encontrarse en el aire, con un ágil giro desarmó al Centauro y colocó su espada en su cuello. Aún jadeante, la princesa deslizó la espada lentamente, Ashtar la contemplaba satisfecho, estaba muy orgulloso de ella, desde luego, no se lo diría. Los chiquillos le ganaron a Axel, Kiara y Anilah y abrazaron a Aimée primero. Gimoteos de felicidad era todo lo que podía escucharse. Tahit se acercó para felicitarla, Sitara se aproximó a su esposo y colocó un brazo sobre el desnudo hombro de Ashtar:

—Está lista —murmuró.

El Maestro afirmó y luego le solicitó a Kiara que llamara a los Grifos. Los excelsos animales no tardaron en aparecer, criaturas, mitad águila y mitad león. Les ordenó a Kiara y a Axel que los montaran y le indicó a Anilah que se preparara. Aimée se extrañó al ver a todos en sus monturas.

—Ahora, combatirás contra todos nosotros.

—¡Ataquen! —clamó Ashtar.

La princesa apenas tuvo tiempo de montar nuevamente a Kajól. En el aire se enfrentaba a Kiara, Axel y también Anilah que, además, le lanzaba hechizos, y cuando descendía, se enfrentaba a Tahit, Ashtar y su esposa. Hechizos y sablazos era lo único que alcanzaba a observarse. Los pequeños gritaban entusiasmados desde las rocas.

De vez en cuando, Sody abría los ojos, para cerrarlos de inmediato porque estaba tan nervioso que no resistía el presenciar aquella contienda. Dudaba que Aimée lograra vencer cuando se encontraba lidiando contra tantos oponentes; no imaginaba que se equivocaba: la princesa rápidamente se habituó a la situación y resultó victoriosa. Después de un respiro, con voz solemne, el Centauro le indicó que era momento de que se retiraran y que Kiara la guiaría hasta la persona que se encargaría de su próxima lección. Por su parte, era todo. Sitara le ofreció la mano a Aimée en señal de amistad. Ashtar se limitó a cruzar los brazos y a señalarle con el rostro que podía retirarse. Tahit la abrazó y el grupo marchó.

—¡Qué feliz estaba el Maestro Ashtar! —comentó Kiara mientras caminaban.

Aimée giró y alzó las cejas.

—¿Feliz? —preguntó, desconcertada.

Kiara reafirmó y le explicó que hacía mucho tiempo que no le veía así de contento. Aimée no se lo creía y sus amigos tampoco: juzgaban el rostro del Centauro como adusto, sin posibilidades de leer en él qué estaba pasando por su mente. Mientras recorrían el palacio, Aimée le preguntó a Axel de qué manera había ayudado él a que dieran con su paradero. Le explicó que él y Kiara estaban encargados de averiguar en dónde se encontraba, pues los Maestros desconocían si los Seres de la Tinieblas ya la habían apresado. Le relató todo acerca del viaje a Islandia y a Paris. Se detuvieron delante de una puerta bellamente tallada y, antes de abrirla, Axel le dijo:

—Ahora sabrás quién nos dijo que habías asistido a una fiesta en Budapest con Anuar.

Aimée lo miró desconcertada y cuando abrió la puerta, su corazón saltó: era el Profesor Olaf, quien detrás de un escritorio la espera ansioso. La habitación era casi una copia exacta de su oficina en la universidad. El salón estaba tan repleto de libros y papeles que se desbordaban de las estanterías. Aimée corrió hacia él para abrazarlo. El viejo profesor le devolvió el abrazo con mayor fuerza.

—Chavala —dijo en voz baja—, te esperaba con ansias. Me has tenido muy preocupado.

La joven no se atrevió a decir nada, pues en su mente tenía tantas preguntas que no se le ocurría por dónde comenzar. Al notarla alterada, el Profesor le contó cómo Kiara y Axel lo abordaron una mañana en su despacho y, haciéndole bastantes preguntas, quedaron satisfechos al saber que él la conocía y que sabía dónde se encontraba.

—Vale, que cuando les he dicho que Ian y Anuar te habían llevado a Budapest, pues sus rostros se han quedado más que pasmados y, bueno, esto me ha hecho sospechar. Después me relataron todo acerca de la Hermandad de la Luna Plateada y, por supuesto, no les he creído nada, hasta que la maja —y señaló a Kiara— realizó unos hechizos y, bueno, que ha sido una bendición que tenga el corazón tan fuerte porque por poco me da un paro cardíaco —y rió—. Después me han explicado que mi vida corría peligro y que me llevarían a un lugar seguro, lleno de criaturas mágicas y pues… Jamás imaginé tanta maravilla. Tu madre me lo ha explicado todo, y pues, bueno, me han traído varios libros para que os explique lo que vais a enfrentar mañana. Pero toma asiento, criatura, que esto va tardar un ratico.

Moviendo algunos libros de una silla, Aimée se sentó frente al escritorio. El Profesor rodeó el mueble y se colocó frente a ella. Alzó sus lentes y, buscando sobre el escritorio, sacó unos pergaminos. La joven recordaba claramente aquella noche en que se presentó en la oficina del Profesor nerviosa para su entrevista. Era el día en que había visto a Anuar por primera vez. Cómo iba a imaginar que su vida daría semejante giro. Los demás tomaron asiento donde pudieron, pues cada rincón estaba atiborrado de libros y esperaron ansiosos a que aquel hombre despistado comenzara la lección.

—En todos mis años de enseñanza jamás pensé que diría esto, pero os daré una clase acerca de las Mantícoras y los Dragones —dijo casi riendo—. Os debo decir que las Mantícoras son criaturas crueles. Los machos son amos de la manada y son unas bestias endemoniadas.

Sody cerró los ojos y se escondió detrás de Aimée, que quería hacer lo mismo que él. El profesor pareció no notar la tensión en el ambiente y prosiguió:

—Las Mantícoras son leones rojos con melenas negras. Sus garras son filosas como espadas, además de contener un veneno capaz de matar a un elefante con rasguño, y su cola es como el aguijón de un escorpión, pero más letal. No son cualquier bestia —y abrió los ojos desmesuradamente— porque pueden hablar. Son astutos y no permitirán que nada ni nadie se apodere de lo que resguardan, a menos que el legítimo propietario aparezca, y por legítimo me refiero a quien con sangre pruebe que el objeto que atesoran le pertenece —cruzó las manos sobre su regazo y continuó:

—Los machos tienen el poder de paralizar a sus oponentes descubriendo su mayor miedo. Siempre están acompañados de leonas rojas y aladas y no se muestran hasta que él lo indica. Si la Mantícora ha descubierto vuestro miedo, pues ¡hostia, estáis perdidos! —los pequeños gritaron y Aimée se aguantó las ganas de hacer lo mismo—. Mira, no me he explicado bien: estarán perdidos si no vencéis el miedo, si no lográis disipar lo que os aterra —con su dedo índice acomodó de nuevo sus gafas de fondo de botella, pues ya habían recorrido un buen trecho de su nariz aguileña—. A lo que las Mantícoras más temen es a la luz, pero a la luz interior, a la que sale de alma y esa hay que encontrarla en el amor. Y me ha dicho tu madre, que no te preocupes, porque el poder que encierras en tu alma hará que puedas hacerlo.

—Por otra parte —continuó el profesor—, los Dragones son harina de otro costal.

Ziv se encontraba sentado en algunos libros apilados, y aquella explicación provocó que no dejará de tirar de los cabellos. El profesor, despistado como era, no se percató de la angustia general y prosiguió:

—Los Dragones Blancos son de los más peligrosos que existen en este mundo loco. Miden más de treinta metros y de su boca poderosas exhalaciones de hielo pueden congelar hasta el acero. Hay que esquivarlos. Los hechizos solo los aturdirán, pero no más. Las espadas de hierro no pueden atravesar sus escamas que. Os debo decir, son venenosas. El simple roce con una conseguiría que después de un día más o menos, si no es que antes, la vida abandone vuestro cuerpo irremediablemente —y señalando con el dedo índice hacia Aimée dijo: —Solo los

268

Vampiros y los Unicornios resisten este veneno, y como no sois ni vampiro ni unicornio, pues… andaos con cuidado.

Aimée estaba pasmada, pero ¡de qué diantres le estaba hablando el anciano! Cómo iba a acercarse al cuello de un monstruo que con su aliento podría congelarla y que si rozaba sus escamas moriría sin remedio.

—No temas, chavala, que según todos por acá me han dicho que eso será pan comido para vosotros. Recuerda que el conocimiento es poder y ahora sabéis todo lo que hay que saber de esas bestias —se levantó y cogió un libro del librero que había detrás de su asiento:

—Toma, mi niña. Es un libro que me ha dado tu madre. Está lleno de hechizos y cosas raras. Dice que leyéndolo lo recordarás todo. Y ahora tengo entendido que debéis marchar para encontrarse con Tonalna, me parece que así se llama, porque ella os dará las últimas instrucciones.

La princesa entreveía inquieta a Anilah mientras abrazaba al Profesor. Se había quedado mucho más tensa de lo que esperaba y no podía creer que aquello fuera todo lo que el viejo profesor le explicaría. Este le cogió con fuerza el rostro:

—No te preocupes, maja, que vuestro poder es más grande de lo que imaginas —le estampó un beso en la frente y regresó a su sillón para retomar su lectura.

Aimée salió de la habitación con paso lento.

—Todo un personaje —comentó Ziv, caminado detrás de Aimée sin de dejar de enmarañar su melena— ¡Y qué raro habla!

Aimée bajó la mirada hacia su amigo:

—Es porque nació en España —explicó ella al bajar las escaleras.

—Será lo que sea. Insisto en que los humanos son muy raros —replicó Ziv, colocando los huesudos dedos en su cintura. Pyro y Kusuma ahogaron una risita. Kiara le señaló a Aimée en qué habitación se encontraba Tonalna y antes de golpear la puerta, esta se abrió. Al fondo del recinto, con las piernas entrecruzadas, flotaba plácidamente Tonalna, la Dama de los Duendes.

—*Entra, princesa, esperándote estaba. Ahora importantes cosas debo relatarte antes de que la noche acabe* —indicó la diminuta Maestra con los ojos aún cerrados.

Todos avanzaron, temerosos de que los echara del recinto; sin embargo, esto no sucedió. La sabia Tonalna quería que ellos también la escucharan. La Maestra era una señora risueña y regordeta de rasgos indígenas, vestida con colores muy vivos. Se sentaron en el suelo, porque la habitación carecía de muebles. En su centro únicamente había una fuente cuadrada que contenía una esfera de la cual brotaba agua; encima de ella había una curiosa lámpara que producía el efecto de reflejar el agua que escurría de la esfera por las paredes de mármol, simulando una cascada envolvente. Cientos de luciérnagas revoloteaban a su alrededor. El ambiente se percibía calmo y fresco. Resultaba ideal para relajarse y reflexionar. El suelo, recubierto por pequeños cuarzos de todos los colores, estaba frío y parecía vibrar. Una maravillosa sensación los envolvía, como un torrente de nuevas impresiones. Cuando se sentaron, Tonalna alzó los brazos y todos levitaron junto a ella.

—*Aún inquieta te encuentras, a pesar de todas la habilidades que hoy muestras y, sin fe, no llegarás adonde tu destino te lleva* —resaltó Tonalna en su muy peculiar modo de hablar.

Ya acostumbrada a escucharla hablar en verso, Aimée permaneció en silencio. No atinaba qué decirle o qué preguntar. El pequeño unicornio también se encontraba inquieto. Jamás había levitado y flotar era sensación extraordinaria. Kusuma y Pyro lo entrevieron ufanamente. Para ellas, volar era parte del día a día y no comprendían su excitación.

—*Recordar siempre debes que un sistema de guía dentro de ti tienes. Y cuanto mejor te sientas, más alineada estarás con quien realmente eres* —explicó Tonalna sin abrir los ojos.

—¿Y cuánto peor me sienta, menos permitiré la conexión con la fuente?

—*Así es, princesa. Siempre debes de tener presente que no hay nada que no puedas hacer. Cuando tus acciones por amor están motivadas, tu energía se acumula y multiplica. La energía puedes canalizarla para lograr lo que deseas. El amor todo lo puede y todo vence.*

—Pero todo parece tan complicado… enfrentar a una Mantícora, a un Dragón a Morvan… —interrumpió Kusuma, revoloteando cerca de Aimée.

—*"No existe un árbol que el viento no haya sacudido"* —dijo abriendo pesadamente los ojos—. *Todas las respuestas están ya en nosotros. Toda experiencia es divina en el vasto universo para nosotros. Para esto hay que cambiar las perspectivas, no los problemas que se nos presentan, y así vencer lo que nos acecha.*

La sabia Tonalna continuó explicándoles cosas; después la puerta se abrió muy lentamente: eran Dana y Ágata las que ingresaban en silencio en la habitación.

—*Es hora de practicar algunos hechizos, bella princesa. El tiempo corre y nos apremia. Mañana a tu misión partirás y lista deberás estar.*

Dana y Ágata se colocaron a los lados de Aimée y la pequeña Tonalna se acercó también a ella. Le indicó que se agachara. Cuando ella estuvo hincada, la Dama de los Duendes tomó la cadena del collar y sacó la joya de entre sus ropas. Desabrochó el collar y lo colocó sobre la cabeza de Aimée, dejando el dije colgado sobre su frente. La piedra preciosa, casi idéntica a sus ojos, simulaba ser un tercer ojo.

—*Esta piedra una poderosa arma fue hecha. Colocada sobre tu frente a tu ser interior te conecta. Gracias a ella todos lo que ya sabes a tu mente regresará porque para eso fue hecha. Si la dejas más de un par de horas sobre tu cabeza, las fuerzas irremediablemente te abandonaran y desorientada te dejarán.*

Tonalna le indicó con el brazo que se alzara. Una vez erguida, Ágata y Dana colocaron sus manos sobre la cabeza de Aimée y luces y chispas comenzaron a brotar de sus manos. El collar estaba ahora activado para lo que realmente había sido creado. Cuando terminaron, le pidieron a la joven que intentara hacer que crecieran las plantas entre las paredes de la habitación. Sin titubear, Aimée siguió las órdenes, llamó a los Espíritus Elementales de la tierra y con su ayuda hizo brotar una enredadera. Después le solicitaron que amarrara a sus pequeños amigos. Obviamente, estos se resistieron, pero Aimée obedeció y dirigió a la planta hacia ellos, para luego sujetarlos contra la pared. A continuación, le mandó a la enredadera que los soltara. Durante varias horas, las tres Maestras de Luz le indicaron a la joven qué otros hechizos y contrahechizos hacer, conjuros y movimientos.

En cada intento, Aimée podía apreciar cómo la energía en el centro de su cuerpo fluía hacia sus manos, para luego transformarse en lo que ella pedía. Cuando las Maestras lo creyeron conveniente le indicaron a la princesa que la clase había concluido. Elaborando una reverencia le solicitaron a Aimée y a los demás que los acompañaran a la explanada del palacio. Una vez fuera, se le ordenó a la muchacha que se colocara en el centro del patio. Todas las criaturas que habitaban ahora la caverna la rodeaban. Todos estaban emocionados y expectantes. Los Doce Maestros se enfilaron frente a ella, quedando Ashtar en medio.

—Princesa de las Hadas —expresó el Sultán de los Centauros con voz firme y grave—tu entrenamiento ha terminado. Y antes de que partas hacia tu misión, unos te obsequiaremos unos sagrados instrumentos. Con ellos, tu valor y poder combinados, afrontarás tu destino.

Alrededor solo podía percibirse emoción y a la vez calma. Aimée lucía radiante y ansiosa. Todas las velas del palacio se habían apagado, quedando iluminados únicamente por la radiante luz proveniente del lago. La atmósfera era mágica y sobria. Los pequeños estaban muy cerca de ella y Ziv parecía un manojo de nervios, pues creía que Aimée quizás podría prestarle alguno de sus regalos, deseando que fueran brillantes y hermosos. Mikka y Pyro se mantenían a su lado preparadas para sostenerlo en caso de que fuera necesario. Sody se hallaba tan contento y entusiasmado que le costaba trabajo contenerse para correr al lado de su princesa. Pyro, por su parte, no dejaba de secarse las lágrimas. Estaba tan emocionada que pronto comenzó a crear diminutas chispas que por la brisa parecían ser atraídas hacia la enmarañada cabellera de Ziv, quien continuamente se veía distraído tratando de apagarla.

—La Tiara de Aguamarina creada por el poderoso Clan de las Hadas hace tiempo te fue entregada —dijo Ashtar en tono solemne, observando el dije sobre la frente de Aimée—Con ella tu interior estará despierto cuando más fuerza necesites. La joya representa el alma y será tu fuerza interior la que la active. Ahora te hago entrega del Báculo de los Elfos de la Luz, creado para ti por ellos gracias a su magia y a la ayuda de los Espíritus de los Mares. Este representa el Aire y el Agua.

El Sumo Sacerdote de los Centauros se acercó a Aimée y le entregó una pequeña vara de cristal con una punta de cuarzo en uno de sus extremos. Era delicado y diáfano.

—Cuando lo necesites solo deberás desearlo y el báculo se extenderá. El cayado será para ti un potente conducto de tu propia energía. Tu magia se hará más poderosa con él.

Sin quererlo, Aimée deseo ver el báculo en máxima amplitud y, en un instante, se alargó luciendo excelso y poderoso. La joven lo apreció maravillada y antes de que pudiera hacer algo más Ashtar continúo.

—La espada de Diamante, tallada, pulida y montada por los Gnomos de los Volcanes y forjada con el poderoso Fuego Sagrado del Gran Señor de la Serpiente Emplumada —y el Centauro vislumbró por instante a Aalok—; con ella a tus enemigos vencerás sin recelo. La espada representa la Tierra y el Fuego.

Y el Sumo Sacerdote le hizo entrega de la resplandeciente arma. La filosa hoja de la espada estaba fabricada en su totalidad de diamante. La empuñadura, ricamente elaborada, se acoplaba perfectamente a la mano de Aimée. El resplandor del sable por poco vuelve loco a Ziv, que tuvo que ser sostenido por sus amigas y unos cuantos Duendes que se encontraban cerca, pues su pequeño amigo quería poseerla como fuera.

—Estos dos instrumentos —continuo Ashtar, subiendo el tono de su voz— pueden ser unidas en sus extremos para formar una poderosa lanza, que sé que manejarás con excelsa destreza en caso de que sea necesario. Las tres cosas: la tiara, el báculo y la espada conforman los cinco elementos básicos de la vida. La Tierra, el Fuego, el Agua, el Aire y la fuerza del Alma, y unidos te darán el poder suficiente para despertar tu esencia y enfrentar a tus enemigos.

La caverna se sumió en un honroso y solemne silencio. Las dulces olas chocando en las orillas del lago apenas si eran perceptibles. Luminosas luciérnagas revoloteaban. Parecían comprender la extraordinaria ceremonia que estaba llevándose a cabo. La princesa se irguió y aunque disimulaba calma en el exterior, interiormente un remolino de emociones se estaba formando. La magia de los tres objetos fluía hacia dentro y fuera de ella, haciéndola irradiar una portentosa y luminiscente aura. Aimée intentaba en vano definir sus sentimientos. Y es que algo inusual y mágico estaba sucediéndole, algo que pocos podrían entender: su interior estaba experimentando el renacimiento de la luz.

CAPÍTULO XVIII.
El Desierto Escarlata

En el Salón de los Acharia, el recinto donde únicamente podían reunirse los Maestros de la Luz, Aimée esperaba impaciente a que estos aparecieran para proporcionarle las últimas instrucciones para realizar su viaje. Sobre todo quería saber, finalmente, quién la acompañaría para cumplir su misión y, ansiosa, deseaba que Anilah, Kiara y Axel fueran elegidos. Aimée los admiraba profundamente: sus nuevos amigos eran valientes, ágiles y decididos, y deseaba poder igualarlos. Las puertas de cristal del majestuoso salón se abrieron: Dana, la Elfa Sacerdotisa, entró primero sosteniendo su soberbio báculo de plata y ópalo; la seguían Ágata y Alejo. Los tres se sentaron en las sillas de cristal frente a la mesa de diamante.

—En un momento comparecerán los demás —explicó Dana.

Un minuto más tarde, la Emperatriz de las Mujeres Cisnes ingresaba al recinto en un despliegue de elegancia sin igual. La línea anaranjada que cruzaba sus ojos negros la hacía lucir etérea y su piel morena resplandecía. Al tomar su lugar en la mesa, desplegó sus enormes alas negras para acomodarse en su asiento. Yúrik no tardó mucho en presentarse y, con serenidad, acomodó su corpulento cuerpo de pelaje níveo en su silla. La princesa observó cómo Tahit, Rey de los Gnomos, tomaba su lugar dando un elevado brinco. Se divisaba gracioso sentado al lado del Maestro Yúrik, ya que su pequeño cuerpo había sido ensombrecido por el del Hombre Oso. El último en entrar fue Aalok, quien comenzó a entretenerse, como siempre, con una llamarada que había creado de la nada. Aquel hábito era ya como una extensión de él mismo.

Los otros cinco Maestros no podrían asistir a la reunión. Se hallaban desbordados con los preparativos tanto para la apertura de los portales dimensionales para transportar a más Seres de la Luz, como con la organización de las tropas que enfrentarían a Morvan y su hueste. Dana, la Justa, golpeó su báculo contra el piso y las puertas del otro lado del salón se abrieron. Todos los guerreros que aspiraban a acompañar a Aimée al Desierto Escarlata ingresaron y se situaron justo detrás de la princesa, que esperaba de pie frente a los Maestros. El tiempo apremiaba: debían de salir justo al anochecer y para eso faltaba poco menos de una hora.

Los Maestros llevaban tres días cavilando y discutiendo la elección de los guerreros que debían acompañar a la joven. Las opiniones al respecto fueron muy variadas, cada aspirante poseía desde grandes virtudes a pasmosos defectos, por lo cual la elección suponía complicaciones. Lo que los Maestros habían resuelto era que el número de escoltas debía ser reducido para que se desplazaran con facilidad y sin ser advertidos; además, no podía marchar una cantidad elevada de acompañantes, pues necesitaban a todos los guerreros disponibles para enfrentar a los regimientos del Señor de la Noche. La cuestión era quiénes eran los más aptos. Todas las razas se habían presentado: Elfos, Gnomos, Duendes, Hadas, hasta los Centauros deseaban participar.

—Sabemos que todos ustedes poseen grandes cualidades y, sobretodo, desean ayudar —externó Dana de manera condescendiente—; sin embargo, solamente unos pocos serán elegidos —la sala se sumergió en un profundo silencio, nadie quería quedar fuera—. Fue muy difícil tomar la decisión de quiénes participarían en esta misión y, aunque no sean elegidos, saben que podrán ayudarnos en la batalla que se avecina.

Dana se puso de pie con expresión más seria, caminó hacia ellos y se detuvo a mitad de la sala y luego dijo:

—Kiara, Axel y Anilah serán quienes acompañarán a Aimée al Desierto Escarlata.

Los tres sonrieron; sin embargo, los demás asistentes que se encontraban en el salón agacharon el rostro, cabizbajos. Desde luego, aceptaron la elección: no debían contradecir las decisiones de los Maestros en cuestiones tan delicadas. Los candidatos fueron retirándose poco a poco, menos Aimée y quienes habían sido elegidos para escoltarla. Sin embargo, uno de los aspirantes no se movió.

—Laban, ¿sucede algo? —investigó Ágata, viendo al hijo del Rey Yúrik, Señor del Bosque, aún en la sala.

El joven de ojos azules observó a los Maestros con inquietud, Dana se giró sorprendida ya que estaba muy cerca de su silla, divisó a Laban y tuvo nuevamente esa extraña sensación de fascinación y ansiedad cada vez que contemplaba al musculoso muchacho, quien era idéntico a su padre: piel blanca casi albina, cabello de un rubio extremadamente claro y el rostro anguloso con aquella nariz tan extraña que se asemejaba a la de un oso.

—¿Por qué no me eligieron? —replicó Laban en un tono ofendido.

Su padre lo entrevió incómodo. El desafío de su hijo al cuestionar las decisiones de los Maestros cuando el tiempo apremiaba le parecía improcedente e inoportuno.

—Tienen la agilidad y el poder de la magia de los Elfos con Kiara, la astucia, el arrojo y la determinación de los humanos con Axel, la velocidad y sigilo de las Mujeres Cisnes llevando a la mejor guerrera de su raza.

Anilah se sonrojó de inmediato. Aquella delicada joven, aunque podía ser una guerrera magnífica, era muy sensible. Tahit, Alejo, Ágata y el sabio Aalok se inclinaron y recargando sus brazos sobre la mesa de diamante, esperando a que el muchacho continuara.

—Les hace falta la fuerza física —confirmó Laban sin vacilar, procurando no sonar arrogante.

—Es verdad —respondió Dana de una manera casi inexpresiva—. No obstante, olvidas que los acompañaran Kajól, las Kafanari y los Tigres Alados.

Laban observó a Dana, taciturno; por su parte, Aimée no comprendía de qué estaban hablando. No sabía que Kajól pertenecía a la raza de los Leones Blancos Alados Kafanaris y que la mayoría de ellos eran hembras. Las Kafanaris eran excepcionales leonas; no solo eran completamente blancas y tenían gigantescas alas como Kajól, sino que encima de sus ojos tenían alas de mariposas, como si trajeran una especie de antifaz colorido que les permitía hipnotizar a sus enemigos para distraerlos durante la batalla.

—Sé que son muy fuertes. Tal vez más que yo —continuó Laban, que comenzaba a mostrarse irritado—, pero viajarán largas distancias —y rascó un momento su cabeza; el peso de la mirada de los Maestros comenzaba a ponerlo nervioso—. Eso los debilitará. Los Kafanari son mejores en ataques rápidos y sorpresivos; su resistencia es menor. Es ahí donde yo puedo serles de ayuda.

Los Maestros se entrevieron entre sí. Yúrik, padre de Laban, acarició su mentón. Daba la impresión de estar pensativo, como si comenzaba a preguntarse si debería de enviar a su hijo a la misión. Reconocía que era impresionantemente fuerte y resistente, además de poseer un arrojo casi inigualable.

—Conozco a la perfección tus cualidades —señaló Yúrik, entrelazando sus manos frente a él—. Eres fuerte, rápido e incansable y, sin embargo, todo eso se ve ensombrecido por tu impaciencia, arrogancia, irritabilidad y tu falta de capacidad para medir el peligro, lo que te hace demasiado imprudente e impulsivo.

—Sé cuáles son mis debilidades —interrumpió Laban, sin dejar de mirar fijamente a su padre— y ya he estado trabajando en eso. Sé la importancia que tiene esta misión; no cometeré una imprudencia.

El miedo a cometer errores se lee en tu rostro —reafirmó Dana haciendo un gesto con la mano—. El miedo puede ser un enemigo más fuerte que cualquier bestia, ya que lo llevas dentro. Todavía no has trabajado tu miedo.

—¿Y cómo voy a vencerlo si no lo intento? —insistió Laban suavizado su tono de voz.

Los Maestros guardaban silencio. Por una parte, Laban tenía razón: el grupo necesitaba a un miembro fuerte, aguerrido y resistente. Laban merecía una oportunidad para vencer su miedo y trabajar sus aspectos más oscuros; sin embargo, la misión era sumamente importante. ¿Deberían darle oportunidad en un momento así, cuándo había demasiado en juego? ¿Cuándo iban a enfrentarse a una Mantícora? Un ser tan malvado capaz de usar las debilidades como fuente de su poder. Ágata abrió sus descomunales alas color tornasol después de alzarse de su asiento; en seguida se aproximó a Laban:

—Yo también percibo el miedo al fracaso en tus ojos —el muchacho inclinó el rostro y cerró los ojos consternado—. Y aun así —prosiguió la Reina de las Hadas— me doy cuenta de que tu miedo queda velado por la pasión que tienes por ayudar y ser útil, y mi hija necesita a alguien así a su lado.

El Therántropo Oso alzó la vista. En su rostro se notaba que no tenía palabras para agradecerle a la Reina la oportunidad para acompañar a Aimée al Desierto Escarlata.

—¡Caramba!… ¿y qué están esperando? —dijo Aalok, mientras extinguía la llama en su mano y se levantaba de su asiento—. El tiempo apremia.

Kajól, las Kafanari y los Tigres Alados los esperan en el Arco de los Suspiros. Los guerreros se irguieron. Ágata se aproximó a su hija para abrazarla. La muchacha no deseaba soltarla. Esta separación se le hacía sumamente dolorosa. Los Maestros restantes se acercaron al grupo para estrechar las manos.

—Cuídalos a todos y controla tu carácter —sentenció Yúrik, tomando con fuerza el rostro de Laban.

Una de las puertas de cristal se abrió y por ella entró Tonalna. La duendecilla se aproximó a Aimée, quien se inclinó para abrazarla:

—*Al Desierto Escarlata con sigilo deberán adentrarse, vigilantes deberán comportarse. Si el libro a Morvan hubiera sido entregado, a Kajól le he susurrado cómo encontrar al Dragón Blanco, prestos a las montañas del Este se dirigirán y la piedra Noirush podrán hallar* —indicó Tonalna, dándole a la princesa unos golpecitos en la espalda, mostrando su apoyo y confianza. Ella le devolvió una mirada de agradecimiento y se encaminó, muy animada, para reunirse con sus nuevos amigos.

Después de haberse despedido de todos los Maestros, el grupo se dirigió hacia la salida. Las puertas de se abrieron, caminaron por el amplio corredor y alcanzaron el pórtico principal del palacio. Y se asombraron al vislumbrar a todas las razas reunidas para despedirlos. En ese instante Aimée concibió el peso que recaía en ella: todas esas criaturas dependían de su éxito. Ahora, la excitación por poner en práctica todo lo que había aprendido se esfumaba y su corazón comenzaba a abrigar angustia, como si una gran aprensión invadiera cada centímetro de su cuerpo. Como si hubiera podido leerle la mente, Anilah apretó su hombro izquierdo.

—Vamos a lograrlo, no tengo dudas de ello —aseguró la Mujer Cisne entre abriendo sus blancas alas.

Aimée la contempló y entrecerró los ojos en un intento de mostrar seguridad. Se encaminaron hacia la izquierda para marchar hacia salida principal de la enorme gruta. Todos les aplaudían y los vitoreaban con algarabía. Aimée tocó el mango de su espada para darse valor y sentirse confiada, y se preguntaba si realmente podría usar aquella insólita y extraordinaria espada de diamante.

Cerca de uno de los pilares del palacio, Ziv, Kusuma, Pyro, Mikka y el pequeño Sody, esperaban ansiosos a que Aimée desfilara delante de ellos. La princesa les envió varios besos. Los pequeños lloraban. Todavía no se había alejado y ya la extrañaban. A la joven se le hizo un nudo en la garganta cuando ya no pudo avistarlos. Subieron un camino rocoso y alcanzaron la explanada. Kajól ya los esperaba en el Arco de los Suspiros, la salida principal de la caverna. La llamaban así porque desde aquel punto se podía admirar todo el esplendor del lugar y todo el que lo cruzaba suspiraba por la melancolía que le provocaba abandonar la Ciudad de Luz. Aimée acarició la azulada melena de Kajól y el león alado movió la cabeza para indicarle que debía subir a su lomo. Las dos leonas Kafanari se acercaron a Kiara y a Anilah; esta última se sintió muy insegura montando a la imponente leona blanca. Era la primera vez que montaba a otra criatura. Desde luego tenía que hacerlo: no debería volar ella misma porque un viaje tan largo la cansaría en demasía. Dos enormes Tigres Blancos y de rayas azuladas se acercaron a Axel y a Laban. Aquellos animales alados se agacharon para que los guerreros pudieran jinetearlos. Laban temía que su peso molestara o lastimara al tigre que había elegido. No obstante, este no pareció sentirse incómodo y entonces Laban supo que aquellos animales eran más fuertes de lo que él pensaba. Una vez se auparon, todos admiraron por tras su hombro la cueva de cristales blancos y el palacio de cuarzo rosa y, por lo menos, las mujeres, no reprimieron los suspiros.

Kajól, las leonas y los tigres alados llevan una piedra de cristal colgada al cuello, la cual brillaba cuando se necesitaba; así podrían recorrer rápidamente los túneles. Kajól era quien guiaba al grupo. Sabía por cuáles pasadizos girar en los inmensos laberintos subterráneos; debían salir lo más al sur que les fuera posible para evitar ser vistos por los espías de Morvan y acortar camino. Para un Kafanari volar desde Europa del Este hacia Arabia era algo relativamente sencillo, por la rapidez con la que lo hacían, pero aparentemente Kajól estaba al tanto de que el tiempo era oro y debía usar los caminos más cortos. Uno de los túneles que eligió el majestuoso león pareció ser más largo y empinado que los anteriores. Entonces Aimée percibió una ligera brisa y supo que estaban cerca la salida y la embargó una inusitada emoción al saber que pronto se encontraría recorriendo los cielos.

Kajól aceleró el paso y en unos segundos corría a gran velocidad. Aimée, nerviosa, sujetó fuertemente la melena azulada del león. A pocos centímetros de la salida, Kajól extendió sus gigantescas alas blancas, la princesa cerró los ojos unos instantes y cuando los abrió, se encontraba surcando los cielos. Los últimos rayos de sol le acariciaban la piel, el fresco viento ondulaba sus largos cabellos azules. Miró hacia atrás y divisó primero a Kiara, que parecía emocionada con el vuelo montada en su leona. Anilah había extendido los brazos para disfrutar el aire. Axel no dejaba de gritar emocionado, como si estuviera encaramado en una montaña rusa, y Laban tenía el rostro más pálido que nunca y sujetaba fuertemente al tigre alado. Era obvio que para él volar ¡definitivamente no le generaba ni pizca de gracia!

El atardecer llegó a su fin y la oscuridad comenzó su reinado. Aimée no imaginaba que en ese instante Anuar salía del castillo a hurtadillas, junto con Miroslava, Dank e Ian y que se dirigían hacia las montañas del Este para tomar antes que Kaled la Piedra Noirush. Aimée contempló la luna llena y pensó en él. Su corazón se estremeció, sentía una gran angustia, quería verlo, prevenirlo, explicarle qué pasaría si intentaba enfrentarse a Morvan. Su mente vagó un rato con estos pensamientos y luego simplemente dejó de pensar. El majestuoso panorama que tenía delante le provocó una sensación de amplitud y calma. En unos momentos dejó de vislumbrar los bosques, atravesaron el Mediterráneo y, gracias a la luz de la luna, las dunas del desierto se mostraron en todo su esplendor.

Kajól comenzó el descenso, las Kafanari y los Tigres Alados lo imitaron. Aimée y los demás desmontaron: tenían frente a ellos una larga cadena de riscos y cuevas; el color de la arena cambiaba conforme iban acercándose a la cueva más amplia, el tono pálido de la suave tierra se volvió marrón hasta llegar a ser de un rojo intenso.

—El Desierto Escarlata —murmuró Kiara, observando con detenimiento los riscos.

—Dicen que muchos se han vuelto locos aquí —comentó Laban, haciendo un gesto de desdén al tiempo que colocaba sus musculosos brazos en jarras al borde de su cintura.

A los costados de la entrada se erguían enormes columnas y muros de un color rojo brillante. Aimée caminó delante de todos, acompañada a su costado por Kajól, y al acercase notó por qué los muros tenían esa tonalidad: ¡Era sangre lo que los cubría!

—Las Murallas Sangrantes —musitó Aimée, con un estremecimiento.

Los demás observaron las tapias, sintiéndose igualmente aturdidos. Con lentitud se adentraron a la gruta y se sobrecogieron al advertir que ingresaban a un imponente templo de mármol cobrizo. Recorrieron el enorme pasillo sostenido por inusitadas y ondulantes columnas de granito rojo. Las gigantescas antorchas se encendían a su paso. Tan inmensa era la bóveda que no lograban distinguir hasta dónde terminaban las columnas que la sostenían. Cada paso que daban resonaba en la inmensidad del recinto. El silencio era sepulcral y ninguno de ellos se atrevió a romperlo. La luz de las gigantescas antorchas iluminaba la tétrica estancia. Al llegar al final del corredor, se abría una especie de sala rodeada por seis estatuas de leonas rojas con rostros de mujer de cada lado; la cola de las estatuas era un aguijón de escorpión y estaban puestas en pedestales de mediano tamaño. En el centro vislumbraron unas escaleras de granito rojo y después, una puerta. Se detuvieron ante las escaleras sin dejar de observar con desconfianza en todas direcciones. La luz, aunque tenue, permitía contemplar con detalle las portentosas estatuas que parecían seguirlos con la mirada. Laban era quien las observaba con mayor detenimiento, presintiendo que algo no estaba bien: había algo siniestro en ellas, algo oscuro los acechaba en las sombras…

La gran puerta escarlata se abrió con pesadez y todos se colocaron en guardia. Solo Aimée avanzó hacia el frente, sin miedo y sin blandir su espada. Con paso lánguido y pesado, la Gran Mantícora ingresaba al salón. El color de su pelaje, de un rojo tan intenso como la sangre fresca, tomó por sorpresa a todos, especialmente a Laban, que no imaginaba que la criatura mediría tres veces más que un león normal. Moviendo su aguijón de escorpión de un lado a otro, con pereza y desdén avanzó unos pasos contemplándolos con indiferencia. Todo su cuerpo era el de un león, excepto su rostro, que era completamente humano y aciago. Se sentó, observándolos con detenimiento, una brisa tórrida agitó su melena negra y con voz altiva dijo:

—Han entrado a mis dominios sin ser invitados. Espero que tengan una buena razón para venir aquí ¿o acaso, simplemente, han perdido el juicio como todos aquellos que osan adentrarse en este desierto?

—Soy la Princesa Aimée, hija de Marduk, Señor de la Luz, y de la poderosa Reina de las Hadas, Ágata la Virtuosa. Designada por Enoch, Maestro Ascendido, como legítima Protectora de Dagáz, el Libro de la Luz y la Oscuridad. Ha llegado el tiempo de que regrese a mí.

—Ah… Princesa… la propiedad de algo corresponde al que ostenta el objeto en sus manos y, como te darás cuenta… yo no tengo manos —dijo Edom, amo de las Mantícoras, mostrando sus filosas garras rojas como rubíes.

Aimée lo contempló con intensidad y sin miedo directamente a los ojos y entonces comprendió lo que estas palabras significaban: habían llegado demasiado tarde, Morvan, ya tenía el libro en su poder. Ahora deberían sopesar la manera de salir de ahí lo más pronto posible. La joven recordaba bien lo que le había explicado el Profesor Olaf acerca de las Mantícoras. Debía mostrar valor y seguridad. Cualquier flaqueza en su alma podría ser usada en su contra, pues Edom podría paralizarla con una simple mirada. Sin titubear, Aimée añadió:

—En ese caso, no tenemos ya nada que hacer aquí. Nos retiramos en paz.

—¿Retirarse? —curioseó Edom, moviendo su cola de escorpión como si fuera un gatito jugando con su merienda—. No, chiquilla, ¿o qué tan seguido crees que un aperitivo se nos viene a ofrecer tan cómodamente?

—No puedes atacar a la Guardiana del Libro; eso lo sabes tú mejor que yo —espetó Aimée, con los ojos encendidos y brillantes como estrellas.

—A ti, no puedo tocarte… —respondió Edom, entreviendo con ardor a sus amigos—aunque sabes bien que el que quedé paralizado por mi mirada, será mío —y cambió el semblante alargando sus labios para mostrar una mueca siniestra.

278

Aimée abrigaba la sospecha que algo así podría ocurrir; sin embargo, se daba cuenta de que si hubiera entrado sola la Mantícora habría utilizado cualquier otro pretexto para atacarla. Sin titubear Aimée le respondió:

—No permitiré que te quedes con ninguno. Ahórrate problemas y déjanos marchar en paz por donde hemos venido.

Edom comenzó a reír vigorosamente. Sus carcajadas resonaban en toda la gran estancia y la luz de las antorchas brilló por unos momentos con mayor intensidad. El aire comenzaba a percibirse enrarecido, mas Aimée no se movió y sus amigos la imitaron.

—¿Ahorrarme problemas, dices? —espetó Edom, alzado una ceja de su fiero rostro—¿Se te ha olvidado acaso que estás en mis dominios? Por favor, Princesa, me he enfrentado a seres mucho más poderosos y regios que tú. Tú que guardas una gran culpa en el alma por haber hecho sufrir a tu madre y a tu amado.

El rostro de Aimée cambió sutilmente. No esperaba aquel comentario tan artero y recordaba que Edom nunca estaba solo, y con sus demás sentidos intentaba percibir dónde se escondían las leonas aladas que siempre lo acompañaban.

—¿Sorprendida? —rugió Edom, moviendo de un lado a otro su aguijón repleto de púas—. En tus ojos puedo leer lo más oculto de tu alma. La culpa no es un buen sentimiento, Princesa, porque es un sentimiento bastante inútil, pues no te hace correr como lo hace el miedo ni enfrentarte a alguien, como el coraje o la ira; no, no, la culpa simplemente sirve para socavar la fuerza de uno poco a poco, haciendo que se pierda la confianza en uno mismo. Mina la autoestima y, por lo tanto, el ímpetu interior. Aun así, no es un sentimiento lo suficientemente fuerte para que yo pueda utilizarlo y paralizarte. Por otra parte, me has traído a uno al que puedo controlar.

Axel, Kiara, Laban y Anilah lo entrevieron con frialdad e incredulidad. Todos se sentían lo suficientemente fuertes para enfrentársele; ninguno le tenía miedo. Sin embargo, el que Edom atacara o no a sus víctimas no dependía de que tanto valor guardaras en tú alma, sino de qué tanto miedo se ocultaba en ella, miedo a cualquier cosa, no solo a él. Esa era la debilidad de muchos valientes guerreros que habían querido enfrentársele, pues creyendo que, al no sentir miedo ante la presencia de la Mantícora, estarían a salvo de su poder para paralizarlos y caían inevitablemente en su trampa, pues no habían manejado sus otros demonios interiores: miedos, temores, angustias.

—Me has traído a una Elfa de las Estrellas, aguerrida e impaciente, llena de ansias de control y de demostrar su propia valía; por lo tanto, con un gran temor a no poder manipular las situaciones, miedo a que sus esfuerzos no sean suficientes. Tengo aquí un humano. Es gran error venir con ellos: siempre están llenos de temores, rencores, inseguridades, tantos, que hasta me es difícil elegir qué sentimiento utilizar para tomar control de su cuerpo... mmmm... este es especial... no le teme a la muerte, no odia la vida, no está inseguro de sí mismo... ¡ah!... —exclamó contemplando a Axel a los ojos con mayor detenimiento e intensidad—. ¡Ahí está lo que buscaba! Una profunda ira, muy escondida... un tremendo desasosiego por no poder impartir justicia; un rencor oculto y muy profundo por no haber vengado a una amiga, y un gran temor a volver a abrir el corazón, a perder lo más amado...

279

Kiara le echó un vistazo a Axel por un instante. Desconocía que él todavía deseaba vengar a Enya y que había sido tan unido a ella. Una extraña sensación la invadió y supo que se trataba de celos. Respiró profundamente. No quería que la Mantícora detectara esta nueva emoción que la asaltaba porque la tornaba vulnerable.

—Me encanta mirar ojos así de dulces. Convierten mi espera en algo más interesante —siguió Edom, contemplando ahora a Anilah, al tiempo que movía ligeramente su espesa melena negra—. Cualquiera pensaría que una criatura tan delicada, tan frágil como tú, una Mujer Cisne, es más vulnerable que todos los demás y no es así —los ojos de la Mantícora se encendieron centelleando perversidad.

Anilah permaneció recelosa e inexpresiva y alzó sutilmente sus blancas alas en un intento por lucir más grande e imponente.

—Con un cuerpo tan delicado —continuó el Rey de las Mantícoras— has tenido que desarrollar un fuerte interior, tan duro que apenas y consigo observarlo. Tu mayor miedo, si no es el único, es al futuro, a la incertidumbre a no saber qué va a ocurrir. Nunca tomas la iniciativa para enfrentar tu destino; es por eso que siempre navegas con bandera de optimista, mientras mentalmente proyectas todas las desgracias que crees que pueden ocurrir —Edom giró el rostro de repente y observó a Kiara nuevamente, ahora con más detenimiento— …Celos —reconoció en un susurro—. Esa emoción sí que me serviría… —sus tupidas cejas se encumbraron en señal de satisfacción—. ¡Oh!... los celos son un sentimiento tan bajo… vil, de posesión y frustración... ¿A caso te interesa aquel muchacho, preciosa guerrera? ¡Ah… cuántos Elfos se han perdido en brazos de humanos! ¡Un completo desperdicio!

Kiara comenzaba a ruborizarse. Ahora Axel sabría cuáles eran sus verdaderos sentimientos hacia él; por lo pronto tenía claro que ese no era su mayor problema. La Mantícora era más perceptiva de lo que ellos habían imaginado. La soberbia con la que habían pretendido presentarse pronto se esfumaba de sus corazones. La Elfa comprendió que en cualquier momento podrían atacarlos. Así que, lentamente, llevó la mano hacia la cadera, cerca de las bolsas de su ondulante falda verde oliva, para tener a la mano las piedras mágicas que podrían ayudarlos en caso de ser necesario.

—Y, a pesar de ese sentimiento, prevalece aquí un temor más grande —dijo la Mantícora, virando su funesto rostro para vislumbrar a Laban—. Tanta fuerza, tanta valentía, una indomable resistencia y… tanto miedo… el más grande y devastador de todos: el miedo a uno mismo.

Laban lo retó con entereza; sin embargo, había permanecido en una posición tan defensiva que no se daba cuenta de que ya no podía moverse. Aimée observó los profundos ojos de Edom. La Mantícora mostraba un gesto de maliciosa satisfacción:

—Ya te he dicho que me retiraré con todos los que he venido; no puedes quedarte con ninguno —resaltó desafiante la princesa con voz grave, a sabiendas que la Mantícora ya había conseguido paralizar a Laban. Edom formó un mohín con sus delgados labios.

—¡Eso está por verse! —gruñó la cruel criatura. Al terminar de pronunciar estas palabras las antorchas fulguraron con mayor violencia. Inmediatamente, Aimée ordenó a su escolta que rodeara a Laban. Fue en ese punto que él notó su inmovilidad. Jamás había tenido un sentimiento de derrota y frustración tan profundo. Todos se encontraban ahora en peligro por su culpa y no atinaba qué hacer. Reunió todas sus fuerzas, intentando vanamente liberarse, pero no consiguió mover un solo músculo, ni siquiera de su rostro.

Inusitados tronidos resonaron con potencia envolviendo la estancia. Les tomó un momento percatarse de qué causaba aquel ruido. Una a una, las doce esculturas de piedra que los rodeaban se resquebrajaban y, cuando todo el granito que las recubría cayó al suelo, las leonas rojas con rostros de mujer y ojos centellantes emergieron agazapadas, colocando en posición de ataque los aguijones que tenían por colas. Aimée caminó de espaldas lentamente y se situó al lado de Laban, quien se esforzaba con todo su ser por tratar de mover, aunque fuera un solo músculo, mientras Kajól, el gran león, tomaba su lugar al frente para protegerla. Las leonas Kafanari y los tigres alados poco a poco comenzaron a rodearlos, colocándose en posiciones de defensa, esperando el ataque de las Mantícoras. Aimée comenzó a hablarle a Laban al oído. Sabía que la única manera en que podrían sacarlo de ahí era que él venciera su miedo. Axel desenvainó su espada, Kiara también desenfundó su espadín y sacó de su bolsa poderosas piedras y Anilah cogió de su cinturón unas extrañas y afiladas plumas. Las Mantícoras saltaron sorpresivamente sobre ellos; sin embargo, para sorpresa de Aimée, dos de ellas saltaron sobre otras dos mantícoras, atacándose entre ellas encarnizadamente.

—¡No miren a las Kafanari a los ojos! —ordenó Edom, con un grito largo y profundo.

Las mágicas alas de mariposas que recubrían los ojos de las poderosas leonas aladas se movían con vigor, provocando en sus adversarias un extraordinario estado de estupor. Hipnotizadas, dos mantícoras más atacaron a sus hermanas. Ahora, los valientes guerreros debían enfrentar a cuatro criaturas y no a doce, como pareció al principio. Rápidamente, Anilah lanzó con fuerza y precisión las filosas plumas que sostenía en sus manos, y con sus piedras Kiara provocó una espesa neblina, proporcionándoles unos minutos más de ventaja.

—Debes aceptar tus miedos, no arremeterlos porque son naturales. No te hacen débil, sino más fuerte. Tienes que convivir con el miedo —le susurraba Aimée a Laban al oído–, debes de dejar de percibir tu impulsividad y agresividad como un problema, son parte de ti. Debes aceptarlas y podrás manejarlas, pueden ser un fuerte aliado. Cada faceta de tu esencia es maravillosa tal como es, no debes luchar contra ti mismo. Nada de lo que está ocurriendo es culpa tuya. Edom podía utilizar a cualquiera de nosotros. Lo que te disgusta de ti mismo, lo que te da miedo y desconfianza puede ayudarte, debes de darte cuenta de eso.

Una de las Mantícoras consiguió franquear la barrera de humo e intentó saltar sobre Aimée. En ese instante, Kajól emitió un impresionante rugido, asustándola, Axel aprovecho esto y se abalanzó sobre ella en su huida, dándole un golpe mortal sobre su lomo con su espada.

—Tú eres un poderoso ser y te admiro. Eres más fuerte que esto. Mi madre jamás habría permitido que nos acompañaras si no supiera que podrías ayudarnos —insistió Aimé en los oídos de Laban con toda la firmeza de que era capaz.

Laban cerró sus ojos, aceptó que Aimée tenía razón. La poderosa Reina de las Hadas confiaba en él porque veía más allá de sus defectos y comprendió que todo lo que no soportaba de sí mismo era precisamente lo que lo había ayudado en situaciones de peligro. No debía suprimir sus miedos o controlarlos, tenía que dejarlos fluir normalmente. Y comenzó a confiar en su capacidad para afrontar todo lo que se le cruzara en su camino y, sobre todo, él podía aceptarse así mismo tal como era, con sus virtudes y defectos. Y como si saliera de una ensoñación, logró mover sus brazos y sus piernas.

—¡No! —gritó frustrado Edom, al percatarse de lo que sucedía—. ¡Ataquen al Therántropo cara de oso! —les gritó a las tres mantícoras que pretendían atacarlos.

Una de ellas brincó sobre Laban, pretendiendo sorprenderlo por la espalda. Este giró velozmente, arremetiendo con su hacha, partiendo en dos a la imponente criatura.

—¡Corran —vociferó Aimée— y no se detengan!

Sus amigos la obedecieron. No podían contradecir sus órdenes. Con su espada, Axel amenazaba a las mantícoras que intentaban embestirlos. Kajól rugía sin cesar, Laban estaba tan furioso y dispuesto a luchar que, sin pensarlo, comenzó su transformación: su cuerpo comenzó a hacerse más grande y musculoso, los rasgos de su rostro se tornaron toscos, un largo pelaje albino cubrió sus pectorales, brazos y parte de su rostro. Sus ojos se tornaron completamente azules, abarcando todo su glóbulo ocular y su nariz se asemejó aún más a la de un oso. Su fuerza se incrementaba once veces más que la de un oso polar. Una mantícora intentó atacarlo por el costado; él se frenó y tomándola de las orejas con sus garras y con impresionante fuerza giró con ella para luego lanzarla contra otra de las temibles leonas.

Anilah y Kiara se encontraban casi en el umbral de la salida. Kiara viró y sacó una honda colocó uno de sus guijarros mágicos y lo lanzó contra una mantícora que no permitía que avanzara a Axel. El trozo de cristal dio en el blanco y la mantícora se aturdió por la explosión que la piedra causó al golpearla. Axel reanudó la carrera. Detrás de él venían las dos leonas Kafanari, uno de los tigres alados, Kajól y Aimée. Laban no estaba ya muy lejos de ellos. Corría a gran velocidad por la enorme cámara de granito rojo. Las columnas que comenzaron a sangrar copiosamente, como si reflejaran el odio que el terrible Edom abrigaba. Sorpresivamente, la Mantícora que había sido herida por Kiara se levantó y con asombrosa fuerza y rapidez brincó sobre Laban y, antes de que pudiera alcanzarlo, Valvorg, uno de los Tigres Alados, la tumbó y con sus poderosas garras le rasgó el lomo. La Mantícora aulló de dolor y en un desesperado intento por liberarse logró clavarle el aguijón. El tigre se dobló del dolor y antes de que la leona roja pudiera volver a arremeter, Laban tomó su aguijón con fuerza y desesperación, la levantó y comenzó a girar con ella, hasta que la soltó hacia una de las gigantescas columnas. La criatura golpeó con tal fuerza que el granito se resquebrajó, lanzando un potente chorro de sangre.

Edom, rabioso, corrió hacia ellos. Valvorg, el tigre alado permaneció tumbado. El veneno del aguijón de la Mantícora lo había paralizado y le tenía dificultad en respirar. Laban se le acercó y trató de cargarlo; sin embargo, el animal era demasiado grande y pesado y no lograba acomodarse para levantarlo. Edom se acercaba cada vez más; no obstante, por ningún motivo Laban abandonaría al valiente tigre. Aimée, al advertir lo que ocurría regresó y corrió hacia ellos lo más rápido que pudo. Laban logró alzar y colocar a Valvorg sobre su espalda y con un enorme esfuerzo trotó ansiando sacarlo de ahí, empero Edom les pisaba los talones y Laban no lograba alejarse lo suficientemente. Axel, Kiara y Anilah corrieron hacia ellos.

—¡Salgan de aquí! —ordenó Aimée.

Todos se detuvieron y se miraron entre ellos. Sabían que por ningún motivo debían desobedecerla. Con enorme pesar e impotencia, se dirigieron hacia la salida, seguidos por las leonas y el otro tigre alado. Kajól, al contrario, corrió hacia la princesa. Edom abrió sus membranosas alas, elevándose a unos pocos centímetros del piso y, en unos segundos, alcanzaba a Laban y antes de que pudiera atraparlo, Aimée se ubicó delante, desenvainando su espada de Diamante. Al ver la poderosa y excelsa arma, el Rey de las Mantícoras se detuvo de golpe, haciendo un gesto de sorpresa. Sus ojos, por primera vez, reflejaron temor.

—¡¿Quién eres?! —gritó Edom con voz grave, mirándola confundido.

—¡Soy la Luz que no puedes soportar! —respondió ella, enviando toda su fuerza hacia la espada.

Sus brazos temblaban al alzar la magnífica arma. Aimée sintió que algo en su interior se había encendido. Desde su corazón, una impetuosa fuerza y poder recorrió sus brazos hasta llegar a la espada, que comenzó a vibrar con violencia y de inmediato resplandeció con intensidad cegando a Edom. La vibración del arma se volvía cada vez más potente, hasta llegar al punto de emitir un sonido hueco y grave, haciendo que todo a su alrededor temblara con ella. Los muros y columnas comenzaron a cuartearse. Aimée apenas conseguía sostenerse. Colocó un pie detrás del otro para mantener el equilibrio. Sus brazos comenzaron a arderle. Las ondas que enviaba la espada lanzaron a Edom hacia el final de la estancia.

Algunos pedazos del techo comenzaron a caer y entonces supo que debía salir, giró y antes de que pudiera correr para escapar tropezó con Kajól que se hallaba justo detrás de ella, lo montó, y este trotó unos instantes para luego elevarse a escasa distancia del suelo. En unos segundos consiguieron alcanzar la salida. Kajól descendió a un costado de Laban, que corría con todas sus fuerzas cargando en la espalda a Valvorg, el Tigre Alado que permanecía inerte. Todo a su alrededor temblaba y se estremecía. Aimée desmontó y con la mirada le indicó a Laban que colocara al tigre sobre Kajól. Más trozos del techo cayeron a sus espaldas. Con dificultad atravesaron el portal hasta llegar a las resplandecientes arenas color escarlata. Axel, Kiara y Anilah los esperaban angustiados, ayudaron a Laban a bajar a Valvorg, un estrepitoso crujido los distrajo: las columnas y el dintel de la entrada se habían estrellado contra las escalinatas sellando el acceso: ya estaban a salvo.

Valvorg respiraba pausadamente. Kiara y Anilah intentaron curarlo, pero el veneno de la Mantícora era demasiado potente. Sus artes mágicas no conseguían hacer nada por salvarlo. Laban no dejaba de acariciarle, no atinaba qué hacer para apaciguar el dolor que el tigre estaba experimentando. Kajól y las leonas Kafanari se apostaron a su alrededor, para luego recostarse junto a él y, con inmensa delicadeza, comenzaron a lamerle el cuerpo. Haldor, el otro Tigre Alado, se acercó pausadamente para posarse delante del hocico de su hermano rozando su nariz.

Nadie dijo nada. Valvorg levantó levemente el rostro, los contempló melancólico y a la vez agradecido, con lentitud cerró los ojos, aquellos bellos ojos azules que ahora lucían cansados y apagados, una última exhalación y todo había terminado: el magnífico Tigre Alado no volvería a abrir los ojos. Laban estaba desconsolado: aquel hermoso animal había dado su vida, sin pensarlo, para protegerlo. No dejaba de pensar que si él no hubiera insistido, si su terquedad no lo hubiera empujado, no los habría acompañado y les habría ahorrado a todos tantos problemas, y Valvorg no habría muerto.

Kajól se levantó y comenzó a cavar. Haldor y las leonas no tardaron en ayudarlo en su tarea, con grandes esfuerzos. Laban y Axel colocaron a Valvorg en el agujero; aquel imponente desierto sería su tumba. Anilah comenzó a cantar una hermosa canción de despedida, mientras Kiara con sus suaves manos produjo divinos sonidos para acompañar a su amiga.

—Es hora de partir —reconoció Axel en cuanto la canción concluyó—. Todavía debemos intentar recuperar la Piedra Noirush.

La princesa tocó a Laban en el hombro y con la mano le indicó que debía montar a Kajól, junto con ella.

—Yo no iré —replicó Laban sin mirarla. Sus ojos aún estaban humedecidos—. Ya he causado suficientes problemas.

—No digas eso —interrumpió Kiara, un poco exaltada—. Edom utilizaría a cualquiera de nosotros. No es culpa de nadie. Todos conocíamos los riesgos de venir aquí. Te necesitamos.

—No, no me arriesgaré a que alguien más salga lastimado por mi culpa —contravino Laban, dándoles la espalda. Estaba decidido a no acompañarlos.

—Edom tenía razón —reconoció Aimée secamente acercándose a él.

Laban giró para contemplarla con ojos apagados. Su musculoso cuerpo se lucía increíblemente débil.

—La culpa es el sentimiento más inútil de todos. No nos hace actuar en ningún sentido —dijo—; solo nos mantiene aletargados, atormentándonos, minando la confianza en nosotros.

Un profundo rencor hacía sí mismo comenzaba a envolver a Laban como una delicada hiedra que ahoga un fuerte y robusto tronco.

—Es mi deseo que nos acompañes —continuó Aimée, que ahora estaba a un paso de él—. Sin embargo, no puedo obligarte. Sé que nos harás mucha falta, pero el tiempo está corriendo, debemos irnos ya, quiero que medites bien las cosas y espero que te decidas a alcanzarnos...

La princesa giró con pesar y tristeza, montó a Kajól. Axel se acercó a Laban y tomó fuertemente su hombro:

—Yo confío en que cambiarás de opinión; te necesitamos.

A continuación caminó de espaldas alejándose de él, para trepar al dorso de Haldor. El Tigre Alado ya había extendido sus vastas alas níveas. Cuando ya estaban a punto de partir, Laban volteó, aunque permaneció callado con ojos inexpresivos.

—Laban —dijo Aimée mientras se aferraba con fuerza a Kajól—, recuerda: mi madre confía en ti con la misma fe que yo. Valvorg no habría querido que te quedaras aquí, martirizándote por él. Recapacita, porque esta no es la manera de agradecerle a quien te salvó la vida. Él habría querido que hicieras lo imposible por ayudar a los demás.

Inesperadamente, una fuerte brisa sopló, densas nubes comenzaron a invadir el cielo y la luz de la luna se esfumó unos segundos. Laban agachó el rostro. Aimée esperaba ver una reacción de él; empero, Laban no se atrevía a darle la cara, su alma era una madeja de sentimientos encontrados: culpa, vergüenza, frustración, tristeza, todas lo paralizaban con más fuerza que la mirada de Edom. Con gran pesar, Aimée le indicó a Kajól que debían partir. La misión no concluía aún y ya no podían darse el lujo de esperar a que Laban reaccionara. Los imponentes animales remontaron el vuelo. Ahora se dirigían a las heladas montañas de Europa del Este, donde Raidon, el Dragón Blanco, custodiaba la Piedra Noirush.

El aire soplaba cada vez con más furia y entre las ardientes dunas, extrañas y siniestras sombras se movían con parsimonia. A pesar del peligro que lo envolvía, Laban continuó inerte. Observó a sus amigos unos instantes antes de sumirse en un doloroso diálogo interior, donde él mismo sería su más duro juez. Sus ojos de oso estaban extraviados, sin expresión y miraron sin mirar las ardientes y ensangrentadas arenas del Desierto Escarlata.

DAGÁZ, La oscuridad vive en la luz y la luz en la oscuridad. Autora: Irene Arbolí Moreno

CAPÍTULO XIX.
Raidon, el Dragón Blanco

El aire frío dominaba los densos y solitarios bosques. La luna llena brillaba majestuosa dificultando los planes de Anuar y sus amigos, que intentaban salir del castillo sin ser detectados. Al internarse en lo más profundo del bosque, Miroslava comenzó a sesear con fuerza con su singular lengua de serpiente. Tres enormes criaturas acudieron a su llamado: eran los Wyvern, una de las muchas especies de Dragones Pigmeos, que poseían grandes y membranosas alas, hocicos largos con tres hileras de filosos dientes y tres cuernos a los costados de cada lado de su inmensa y diabólico cráneo de reptil.

—Hace ya algunas décadas que no monto a uno —indicó Ian, acercándose a una de las bestias—Será divertido...

—¿Divertido? —interrumpió Dank con sarcasmo—... aggg, prefiero besar a Zaba la Bruja antes que tener que volver a montar en estos bichos.

—Olvidaba que le tienes miedo a las alturas —reconoció Ian riendo—. Será un viaje corto, no te preocupes.

—¡Yo no le tengo miedo a nada! —gruñó Dank exasperado.

—Más vale que vayan cerrando el pico par de zoquetes; por si no lo recuerdan, estamos tratando de no ser notados —resaltó Miroslava con voz severa.

Ian y Dank se callaron; sin embargo, no dejaban de entreverse furtiva y retadoramente. Anuar pronunció unas palabras en una extraña jerga y en unos instantes Leii, la temible Pesadilla, apareció de entre los oscuros y robustos pinos. Todos montaron sus respectivos animales. Miroslava exhibía entusiasmo. Era la segunda vez que cruzaría los cielos, y eso la excitaba sobremanera. Dank, por su parte, se sostuvo torpemente del Wyvern que había elegido, en su semblante irradiaba nerviosismo. Ciertamente odiaba volar, porque solo eso lo hacía sentirse vulnerable. Emprendieron el vuelo. Leii guió al grupo, pronto se encontraron ante las imponentes y nevadas montañas del Este, el territorio de Raidon. El Dragón Blanco se antojaba tétrico y solitario. Atravesaron un inmenso lago congelado, para luego descender cerca de unos riscos.

Al pisar la nieve, Miroslava se estremeció visiblemente. Anuar comprendió en seguida su situación. Al ser una Naga, su sangre era fría como la de los reptiles y los territorios helados podían entorpecer sus movimientos, porque su cuerpo procuraría guardar el calor, que por ahora poseía, el mayor tiempo posible. Debían de obtener la Piedra urgentemente, de lo contrario Miroslava podría sufrir hipotermia.

—Perfecto —dijo Dank, bajándose velozmente del Wyvern—. ¿Ahora qué? ¿Cuál es plan?

—Leí que los dragones tienen una gran debilidad —comentó Miroslava con los labios morados y el semblante aún más pálido. Sus cabellos rojos comenzaban a perder su intensidad y brillo—: las joyas —y sacó de entre sus ropas una enorme esmeralda—. Se la mostraré para distraerlo, mientras ustedes roban la Piedra.

—No —objetó Anuar con firmeza—. Tu fuerza ha disminuido. No voy a permitir que te arriesgues de esa manera.

Dank e Ian los miraron sin comprender de qué estaban hablando. Empero, al observar con mayor detenimiento el semblante de Miroslava, entendieron lo que le sucedía en aquel helado territorio.

Ian y yo seremos la carnada. Tu sangre fría podría ser, en realidad, una ventaja porque los dragones detectan el calor corporal y podrías acercarte a la Piedra sin que te perciba. Dank deberá estar cerca de ti en caso de que lo necesites —insistió Anuar con su típica mirada severa, indicándole con ello que no debería contradecir sus órdenes.

Miroslava les advirtió nuevamente que las escamas del animal contenían un potente veneno que solo Ian y Anuar podrían resistir y, de todas formas, resultar lesionados. Sus cuerpos podrían no regenerar las heridas con la rapidez que caracterizaba a su raza. Anuar entonces le dio a Dank estrictas instrucciones, prohibiéndole que corriera riesgos inútiles, debía de controlar su impulsividad y evitar a toda costa que la menor ofuscación de la batalla lo condujera a cometer una imprudencia. Revisaron sus armas y escalaron con rapidez los helados riscos y, cuando llegaron a la cima, lo divisaron... ¡en el fondo del abismo, el enorme Dragón dormía sobre una cama de gemas preciosas y otros tesoros!

—Debe reposar sobre la Piedra para protegerla —susurró Miroslava.

Optaron por dividirse: Ian y Anuar descenderían por el costado izquierdo, en tanto Dank y Miroslava bajarían por el flanco derecho. Los feroces vientos producían estruendosos ruidos al chocar contra las rocas, amortiguando los crujidos que provocaban al descender.

Ian y Anuar se movían con rapidez; por su parte, la Mujer Serpiente procedía con extremo sigilo. Dank iba bastante más atrás que ella; en caso de que el Dragón lo detectara, por lo menos a ella no la ubicaría. La nieve sobre los riscos y piedras reflejaba la poca luz de la luna que lograba penetrar el cañón. Desde unas fisuras, Anuar e Ian observaban a la bestia, que era mucho más funesta y peligrosa de lo que imaginaron. Raidon bufaba apaciblemente al descansar sobre su tesoro. Cuando Anuar advirtió que Miroslava ya se encontraba lo bastante cerca de la gigantesca criatura, emergió de su escondite gritando y mostrando la enorme esmeralda que ella le había entregado.

El dragón alzó su enorme cabeza. Le tomó unos instantes comprender lo que sucedía; sin embargo, en el preciso momento en que sus vidriosos ojos se posaron sobre la brillante joya, una chispa de indescriptible ambición se gestó en su interior: simplemente debía poseerla y, sin importarle el increíble tesoro que yacía debajo de su vientre, se levantó con cautela. Avanzó lentamente haciendo temblar la tierra con su inmenso peso. Cuando la bestia recorrió un tramo considerable, Anuar comenzó a alejarse con pasos pausados, apenas perceptibles. Su meta era alejar al Dragón lo más posible de la montaña de gemas que le servía de nido.

Entre tanto, Miroslava avanzaba con cautela, escondiéndose entre las rocas más grandes; sin embargo, a unos pasos del tesoro un nuevo problema surgió: entre tantas joyas y otras piedras preciosas, cómo saber cuál sería la Piedra Noirush. En el libro de Zaba, la bruja de los Sacrificios, no había encontrado descripciones de ella. Con su aguda vista recorría sin cesar la montaña de pedrerías que tenía frente a ella. Averiguar cuál era la correcta era prácticamente como tratar de encontrar una aguja en un pajar.

Anuar comenzaba a desesperarse. La terrible criatura ahora se antojaba gigantesca y poderosa. La impotencia de no poder transformarse para enfrentar al dragón con cierta ventaja se volvía insoportable. La bestia percibió el calor de Ian escondido entre las heladas rocas y giró su demoniaca cabeza. El animal era inteligente y se dio cuenta que le tendían una trampa. Miroslava observó con más detenimiento el tesoro y en la cima de este un peculiar fulgor llamó su atención: una joya un poco más grande que un puño cambiaba de color a cada segundo, del negro azabache al rojo intenso; sin embargo, si intentaba trepar la montaña de piedras preciosas, el ruido podría atraer al Dragón hacia ella. Corriendo un grave riesgo y juntando todas sus fuerzas se transformó: en unos instantes, la parte inferior de su cuerpo cambiaba al de una serpiente; sus delgadas y blancas piernas se convirtieron en una poderosa cola de escamas verdes, rojas y amarillas; sus pupilas se tornaron oblicuas y el verde del iris cambió a un tono amarillo intenso. En su nuevo estado se trasladaría con mayor clandestinidad, aunque no podría mantener su transformación por mucho tiempo. Ahora era completamente vulnerable ante el brutal frío.

Con sumo cuidado y rapidez se adentró entre las valiosas joyas, nadando en el incalculable tesoro. Llegó hasta la cima y en el momento en que tomó la piedra Noirush, en un atronador grito el irascible Raidon viró ansiosamente: su ojos, semejantes a dos vidriosas gemas color tornasol, la observaron con una brutal furia y antes que pudiera lanzar su terrible ráfaga de aliento gélido, una inmensa roca le había golpeado una de sus membranosas alas, causándole un considerable daño en la delgada piel. La bestia gimió adolorida, pero se repuso casi inmediatamente, lanzó una terrible ráfaga de hielo, pero Ian la esquivó moviéndose velozmente. El dragón ahora estaba encolerizado, rugía sin cesar y lanzaba borrascas gélidas en todas direcciones. Ian y Anuar se movían de un lugar a otro en un parpadeo. Ninguno de los dos tenía las fuerzas suficientes para levitar, más rocas para arrojárselas. Las ráfagas de hielo eran tan intensas y rápidas que no les permitían dar batalla.

Miroslava descendía gradualmente de la montaña de gemas, sosteniendo con firmeza la Piedra. Se alejó del tesoro, no obstante, antes de que consiguiera esconderse entre las rocas. Una de las heladas ráfagas le tocó la punta de la cola, congelándosela instantáneamente, dejándola inmovilizada. El dragón se le acercó y ella, al verlo venir, gritó:

—¡Anuar atrápala! —y le lanzó la piedra Noirush. El Príncipe de las Sombras logró cacharla. Entonces, Raidon volteó violentamente y su poderosa cola sacudió las rocas, provocando que un enorme pedrusco cayera. Miroslava no conseguía moverse para esquivarla y antes de que la aplastara, Dank brincó sobre ella, alzó su puño y golpeó la roca con tal potencia que la partió en varios trozos. Él ya se había transformado y su musculoso cuerpo ahora era gigantesco. Dos enormes cuernos le habían brotado de su sien y los rasgos de su rostro se volvieron, si se puede, más toscos. Su piel añil se tornó completamente negra. Su nariz y barbilla se asemejaban ahora a la de un toro. Ágilmente, el Therántropo-Toro alzó a Miroslava y la colocó alrededor de su grueso cuello. Raidon ahora perseguía a

Anuar, agitaba sus alas con violencia, intentando elevarse para alcanzarlo, mas una de estas estaba demasiado lastimada como para conseguir elevarse, volviendo al animal loco de cólera. Anuar alcanzó a esconderse entre una de las fisuras del acantilado. Le sorprendía que el dragón fuera tan rápido. Decidió aguardar en las rocas. La bestia bufaba olfateando y, cuando creyó haberlo encontrado, al buscar en el interior de la grieta no lo advirtió.

Corriendo un grave riesgo, Anuar se había vuelto invisible, ocasionado que sus fuerzas disminuyeran. Miroslava tenía razón: crear a sus dobles había resultado extremadamente riesgoso, su poder se debilitaba con cada acción realizada. Esquivar la velocidad del sonido, saltar más de diez metros de altura o volverse invisibles diezmaba sus poderes. Raidon aporreaba las rocas sin cesar, ansiando encontrarlo. Si llegara a lanzar otra ráfaga gélida en la hendedura en la que él se encontraba, podría congelarlo y Anuar no tendría el ímpetu suficiente para liberarse de esa tumba de hielo. El monstruo, aunque no lo veía, sabía que se encontraba ahí. Sus terribles golpes habían abierto peligrosamente la fisura en la roca. Con sus enormes garras pretendió capturarlo o hacerle algún daño. Anuar se movía continuamente, esquivándolo; sin embargo, desconocía por cuánto tiempo más conseguiría mantener su invisibilidad. La bestia había horadado de tal manera el peñón que la grieta se había abierto considerablemente.

El Príncipe de las Sombras permaneció inmóvil pensando qué hacer. Lentamente, el rostro dragón se asomó ante sus penetrantes ojos negros, sus fauces ahora estaban a unos escasos metros de él. Iracundo, el monstruo mordía la estrecha abertura de la roca con increíble fuerza y una parte de su hocico penetró en la abertura. Los chorros de aire helado que brotaban por la nariz apestaban a muerte. La criatura estaba decidida a matarlo. Abrió el hocico en un desesperado intento por congelarlo. Anuar aprovechó la oportunidad: desenvainó la espada que cargaba en la espalda, se lanzó contra él y se la encajó en el paladar, causándole una herida grave; la bestia emitió un rugido y se alejó. El Príncipe de las Sombras surgió de su escondite y corrió hacia los muros de piedra helada, guardó su espada y escaló. Cuando la bestia estaba lista para volver a lanzarle otro viento gélido, Ian, que se hallaba detrás de Raidon, gritó:

—*¡Sagítta ex ignífere!* —cientos de flechas de fuego se encajaron en las membranosas alas del Dragón; por fin, uno de ellos había tenido tiempo para recordar algún hechizo con el que defenderse. La bestia viró bufando frenética. Al menos había dejado de escalar las rocas para alcanzar a quien le había robado su mayor tesoro. Ahora, su furia se concentraba en Ian, quien trepaba con rapidez los helados riscos, la adrenalina no le permitía pensar en ningún otro hechizo para defenderse. Además, el dragón era en extremo resistente a la magia, como para volver a intentar y perder vigor. La bestia rugía coléricamente, mientras se abría camino hacia él, aferrándose con las garras a las irregularidades del abismo en que se encontraban. Cuando el dragón tuvo a su alcance a Ian lanzó su temible arremetida:

— *¡Moros ex vi!* —vociferó Anuar, creando un muro de fuerza que protegió a Ian.

Cerca de los escollos más altos, Dank ascendía cargando a Miroslava sobre su hombro izquierdo. Gracias a que la punta de su cola se había descongelado parcialmente, consiguió volver a transformarse. Sus pálidas piernas se tornaron

290

moradas con celeridad; la hipotermia comenzaba a hacerse sentir y, a pesar de todos sus intentos, Miroslava no dejaba de temblar.

—¡Bájame. No necesito que me cargues yo puedo sola! —le gritaba a Dank con la voz aún más ronca al estar de cabeza y presionada contra la espalda de él.

Sin embargo, Dank hacía caso omiso de todos sus quejidos. Conocía a su amiga desde hacía muchos siglos. Su orgullo nunca le permitiría admitir que necesitaba ayuda.

—¡No tienes por qué sujetarme de ahí! —gruñó, al sentir la mano de Dank en su espalda baja.

Él no hizo más que sonreír. Estaba disfrutando aquello con toda su alma: algo así únicamente podría ocurrir una vez en la vida y no pensaba dejar pasar la oportunidad de fastidiarla. Ian y Anuar sabían que no podrían continuar así por más tiempo. Su velocidad y fuerza decaían considerablemente como para representar una amenaza para el poderoso dragón. En algún momento, Raidon los alcanzaría. Anuar miró a su alrededor; todo parecía desolado. Los fuertes vientos provocaban estruendos sibilantes al chocar contra las heladas rocas. Los feroces rugidos de la bestia que los perseguía se multiplicaban con el eco. Los riscos se llenaban con sonidos que rebotaban ásperos, y aunque el monstruoso dragón ya no podía volar, utilizaba diestramente su ala buena, dándose impulso con ella al batirla con fuerza, avanzaba a grades saltos entre los peñascos. Gruñó, dio un gran salto en su dirección y lanzó una ráfaga de viento helado.

—*¡Quassare!* —bramó Anuar con violencia, alzando sus manos hacia las piedras que estaban justo arriba del demonio blanco y al mismo tiempo esquivó la ráfaga helada.

En ese instante, cientos de rocas comenzaron a desprenderse del cañón. A pesar de que sus enérgicas y gigantescas garras blancas se sujetaban con fuerza a los peñascos, al desprenderse una de la que se sostenía, Raidon no consiguió mantener el equilibrio y cayó, golpeando violentamente el fondo del helado abismo. Las rocas que se desprendían, al hacerse añicos, cubrieron a la bestia que gemía intentando liberarse. Anuar alcanzó la cima e Ian le tendió una mano para ayudarlo a trepar el último peñasco.

—Perfecto, no resultó tan difícil —comentó Dank, colocando las manos en la cintura al divisar satisfecho el fondo del acantilado.

Anuar e Ian lo observaron recelosos. Se hallaban realmente cansados y por un momento creyeron que no iban a lograrlo, Miroslava le lanzaba miradas furiosas, al tiempo que creaba un círculo de fuego alrededor de ella para darse calor. Dank se había atrevido a cargarla y por ningún motivo permitiría que él se vanagloriara con su rescate. A Dank le imaginó advertir en su semblante agradecimiento, aunque solamente por un segundo. Ella jamás admitiría que la había salvado. Anuar sacó la singular Piedra de su bolsillo y esta continuaba cambiando de color del rojo intenso al negro azabache a cada segundo, como un corazón que late con sincronía. Un fuerte rugido los distrajo.

—No estará ahí por mucho tiempo —comentó Miroslava, colocándose unos guantes.

—Por ahora tenemos cierta ventaja: aún debemos decidir a dónde iremos —dijo Anuar guardando nuevamente la Piedra—. Descenderemos para reunirnos con

Leii y los Wyvern; en lo que cruzamos el lago deliberamos cuál será nuestro siguiente movimiento.

Avanzaron rápidamente, bajando de las escarpadas cumbres. Miroslava caminaba con rapidez en un intento de hacer circular su sangre y generar calor. Anuar observaba distraído a distancia. Un inusitado presentimiento invadía su corazón y no le permitía pensar con claridad para elaborar un nuevo plan. Dank no dejaba de señalar que le hubiera encantado golpear al bicho ese con todas sus fuerzas, que si lo hubieran dejado atacar ellos no estarían ahora debilitados, y se quejaba continuamente de que a él no le había tocado ninguna diversión. En su interior se reía recordando cómo se revolvía humillada Miroslava mientras la cargaba.

Ian giraba constantemente al oír los bramidos del demonio blanco que luchaba por liberarse, pero al poco de descender ya no alcanzó a escucharlo. Las fuertes ventiscas en lo alto de la montaña que dejaban atrás amortiguaron los rugidos del poderoso Raidon, el Dragón Blanco.

CAPÍTULO XX.
La muerte recorriendo su sangre

El penetrante aire frío rozaba el rostro de Aimée. La Montaña se erguía majestuosa a distancia. El fulgor de la luna llena podría delatarlos en el aire, así que los Kafanari comenzaron a descender lentamente. El grupo había permanecido en silencio durante todo el trayecto: la pérdida de Valvorg, el Tigre Alado, les había causado un profundo dolor; además, todos estaban preocupados por Laban y no dejaban de preguntarse una y otra vez si habían hecho lo correcto al abandonarlo en el desierto. Aimée especialmente abrigaba un profundo arrepentimiento por no haberlo obligado a acompañarlos. Al desmontar se percataron de lo siniestro que lucía aquel bosque completamente níveo por la nieve.

Cuando estaban ya muy cerca de la montaña, un estruendoso ruido los detuvo en seco y cada uno tomó una posición defensiva; sin embargo, alrededor todo era calma. Con semblante suspicaz, Kiara y Axel observaron minuciosos los alrededores. Al parecer estaban solos; Aimée prefirió que los ojos no la engañaran, así que los cerró, procurando percibir lo que parecía moverse hacia ellos. Unos segundos después abrió desmesuradamente los ojos: lo había sentido... sabía que estaba ahí, cerca. Sin decir una palabra corrió hacia el lago congelado. Sorprendidos, todos partieron detrás de ella. Se preguntaban ansiosos por qué la princesa actuaba de una manera tan imprudente. Aimée se detuvo bruscamente:

—¡Anuar! —exclamó casi suspirando. Él la vio casi con los ojos desorbitados de emoción, aunque su mirada cambió un poco al notar lo diferente que ella se veía. Mientras corría hacia ella, se preguntaba si no trataría de un espejismo; sin embargo, cuando ella lo abrazó con todas su fuerzas, supo que era su amada princesa.

—¿Qué le pasó a tu cabello? —exclamó él con dificultad, porque Aimée no dejaba de besarle el rostro.

—Es mi color natural —respondió Aimée sonriendo—. Tengo tantas cosas que contarte —agregó al advertir el gesto de extrañeza en el semblante de Anuar.

—No tenemos tiempo para esto —interrumpió Miroslava con voz ansiosa y con su típica mirada fría.

—¡Aimée! —gritó Dank, abrazándola— ¿Por qué te teñiste el cabello de azul?

—Es una larga historia, pero ¿de dónde vienen? ¿Qué hacen aquí? —curioseó Aimée, después de abrazar a Dank y a Ian.

—¿Quiénes son ellos? —preguntó Anuar sin preocuparse por responder las preguntas que Aimée hacía.

—Son mis amigos, grandes guerreros de la Hermandad de la Luna Plateada.

Anilah, Axel y Kiara alzaron un poco los brazos en señal de saludo. Ninguno de ellos podía creer que tenían delante al Príncipe de las Sombras. Kajól, las Kafanari y el Tigre Alado también se aproximaron. Anuar, Miroslava Ian y Dank observaron asombrados a las cuatro fantásticas criaturas. El silencio de aquel bosque helado se vio interrumpido por un fuerte estrépito, seguido por una especie de grito ensordecedor.

El Dragón —comentó Miroslava con gesto impasible— debe de estar por liberarse. Tenemos que irnos ya. No descansará hasta recuperarla.

—¿Tienen la Piedra Noirush? —inquirió Aimée, sintiéndose un poco más aliviada.

—¿Cómo sabes de esa Piedra? —preguntaron Anuar e Ian al unísono.

—Los Maestros nos pidieron que viniéramos por ella. La necesitamos para cerrar los portales que abrirá Morvan —explicó Kiara con la voz agitada—. ¿La tienen? ¿De verdad la consiguieron?

—Sí —respondió Anuar, apurado y sorprendido al escuchar que conocían los planes del Señor de la Noche—. Miroslava tiene razón. El dragón no tardará en liberarse... —Anuar se quedó unos instantes en silencio—. Kaled también está cerca... vienen por allá —y señaló hacia la derecha—. No somos suficientes. Por tierra podrán quitárnosla. Tenemos más posibilidades por aire, aunque los acompañan las Arpías.

—Perfecto —dijo Dank torciendo los labios—, y atrás tenemos a un Dragón.

—Debemos asegurar la Piedra —reconoció Anuar, intentado pensar en una solución rápida y adecuada—. Si Raidon se libera... hará lo imposible por recobrarla.

—¿Por qué no se la llevan? ¿Por qué no se transforman y vuelan? —preguntó Aimée con voz trémula mirando a Ian y a Anuar.

—No podemos transformarnos —respondió Anuar—. También es una larga historia.

—Dámela —le pidió Aimée, alargando frente a él su brazo.

Anuar permaneció receloso unos instantes; sin embargo, cuando observó bien sus brillantes ojos aguamarina, no dudó y se la entregó.

—¡Anilah! —llamó Aimée, haciendo un gesto con su brazo para que se acercara.

La Mujer Cisne se aproximó sin titubear y entrecerró sus ojos grises, imaginando cuáles serían sus órdenes. La franja negra que cruzaba su pálido rostro lució, si se puede, más oscura.

—¿Sabes cómo llegar desde aquí a la Ciudad de Luz?

La Mujer Cisne reafirmó con un movimiento de cabeza y en seguida ofreció su brazo. Entendía lo que debía de hacer. Aimée le entregó la Piedra y luego le ordenó a Kajól, a las Kafanari y al Tigre Alado que la acompañaran y protegieran. Anilah colocó la Piedra en la bolsa que traía amarrada a la cadera y antes que abriera sus inmensas alas de cisne.

Anuar la detuvo:

—Leii —señaló al imponente corcel negro— y también los Wyvern te acompañaran. No debes de detenerte por ningún motivo. Hagan todo lo posible por volar en grupo, las Arpías son en realidad muy cobardes, y vuelen lo más alto que puedan... si nada funciona las Arpías tampoco son buenas maniobrando en picada y detestan el agua.

Anilah le dio las gracias, observó al grupo con semblante confiado y tocó el hombro de Aimée para despedirse:

294

—No te fallaré.

La princesa colocó igualmente su mano sobre su hombro y le dijo:

—Lo sé.

Anilah hizo un leve movimiento de cabeza, caminó unos pasos hacia atrás, extendió sus magníficas alas blancas, tomó impulso y comenzó a volar lo más alto y rápido que pudo, Kajól, las leonas Kafanari, Haldor, Leii y los Wyvern la siguieron de cerca, haciendo una formación en V.

—Ustedes impidan que Kaled y su séquito traten de detener a Anilah —indicó Anuar, señalando a Dank, Miroslava, Axel y Kiara—. Nosotros iremos hacia la montaña e intentaremos deshacernos del Dragón. No podemos correr el riesgo de que se libere y vaya por la Piedra. Su amiga ya tendrá suficientes problemas tratando de perder a Aitana y sus hermanas.

Axel, Kiara y Dank hicieron un ademán afirmativo y prepararon sus armas.

—Debemos darnos prisa. Se aproxima un grupo de criaturas —indicó Kiara avistando la espesura del bosque.

—¡Ustedes tres no podrán contra Raidon! —reclamó Miroslava con un tono grave, tocando su sien, mirando atónita a Anuar, Aimée e Ian.

¿Tienes una mejor idea? —interrumpió Anuar agitando sus manos irritado—. Ellos dos solos no podrían contra tantos —insistió señalando a Axel y a Kiara—. No tenemos alternativa, ustedes los deben de acompañar.

—Si… pero ya viste que tus hechizos tienen poco efecto sobre el Dragón, y que las espadas normales apenas y lo rasguñan —insistió Miroslava un poco más agitada, tratando de pensar que otra cosa podrían hacer.

—Las espadas de acero no le harán nada, pero te aseguro que un solo toque de esta lo mata —interrumpió Aimée, observando con los ojos encendidos a Miroslava, al tiempo que desenvainaba la espléndida espada de diamante.

—¡¿De dónde sacaste eso?! —exclamó asombrada. Sus ojos de víbora centellearon.

—Los Gnomos de los Volcanes y el Maestro Aalok la forjaron para mí —respondió Aimée con cierto aire de orgullo sosteniendo el mango de cuarzo con fuerza.

—Perfecto, ¿qué estamos esperando? —insistió Dank con un tono infantil golpeando su puño contra la palma de su mano—. No puedo esperar para destrozar algunos cráneos —y en su rostro se dibujó una sonrisa torcida.

Miroslava se tranquilizó al ver aquella magnífica arma, se acercó al grupo y le dio un fuerte golpe en la espalda a Dank, indicándole que estaba lista para avanzar:

—Nos vemos en un rato —bufó con su típico gesto impávido.

La princesa guardó la espada. Entre tanto Anuar intentaba aparentar serenidad cuando realmente se encontraba angustiado. Tenía claro que sin su fortaleza al cien por ciento no era un oponente digno para el dragón y le inquietaba sobremanera la seguridad de Aimée, aunque prefería tenerla a su lado.

—Iremos por el lago; es más rápido —indicó Anuar, acercándose al hielo.

—Sabes patinar, ¿verdad? —le preguntó Ian a Aimée, colocándose en cuclillas frente a ella para después requerirle uno de los pies.

—Sí —respondió la joven alzando la ceja derecha—, ¿por qué?

Ian no le respondió. Se limitó a decir unas palabras que ella no entendió en tanto pasaba una de sus manos por debajo de un pie de Aimée. En unos segundos una franja de hielo brotó sobre la planta de su bota; se asemejaba a las navajas de los patines de hielo. Aimée sonrió al comprender lo que pretendía hacer y, apoyándose en un árbol, le ofreció el otro pie. En seguida, Ian hizo lo mismo en sus piernas, y Anuar repetía el hechizo para colocarse también unas navajas en las suelas de sus botas.

—Debemos alcanzar esos peñones; ahí emboscaremos al dragón —explicó Anuar, quien guardó silencio enseguida y miró al cielo.

—¿Qué es eso?— preguntó Aimée alzando el rostro y entrecerrando los ojos, mirando lo que parecían ser unas peculiares y enormes aves rojas.

—Arpías —espetó Anuar, observando a Aitana y sus asquerosas hermanas con desprecio—. La que va delante de todas, ya la conoces: es Aitana y es quien las guía. Van tras Anilah. Deben de sospechar que tiene la Piedra.

Las mujeres de alas rojas y patas de buitre volaban raudas para alcanzar a sus presas.

—Kaled y los suyos deben de hallarse ya en las proximidades —comentó Ian, entreviendo a Anuar—. ¿Crees que Dank, Miroslava y los amigos de Aimée puedan con ellos?

Los rugidos del dragón comenzaban a escucharse con mayor fuerza. Anuar no respondió. No quería preocupar a Aimée, pues dudaba de que lo lograran. Continuaron deslizándose sobre el lago congelado, cuando se hallaban cerca de la roca en la que debían esconderse, Anuar le dijo a Aimée tomando su mano:

—No quiero que te me separes ni por un segundo —Aimée quiso responderle, pero alguien más la interrumpió.

—¡Ah, tan lindos como siempre! ¡Qué ternura me dan! ¡Derraman tanta miel… que empalagan! —dijo Kaled en un tono sarcástico, sacando de su funda su delgada espada negra. Una espada de Ónix que había conseguido con los Orcos.

Ian, Anuar y Aimée vislumbraron sorprendidos a Kaled, quien venía acompañado por Boris, líder de los vampiros del oeste, Stefca y Sirge, la Mujer Cuervo. Los cuales también se deslizaban en el hielo gracias a unas navajas mágicas. Ian y Anuar tenían claro que por ningún motivo ellos debían notar que no podían transformarse. Aparentarían desdén y pelearían con las espadas simulando desidia por enfrentárseles. En seguida desenvainaron sus espadas. Aimée permaneció detrás de ellos. Los bufidos de Raidon resonaban en el aire; no tardaría en liberarse.

El bramido de la bestia atrapada en el cañón le recordó a Ian lo que había dicho Dank hacía unos minutos: "Perfecto, pelearemos con ellos y atrás tenemos un Dragón". Giró para avistar a Anuar, quien esbozaba, como él, una sonrisa irónica: pensaban en lo mismo. Stefca y Boris desenfundaron sus espadas. Pese a todo habían tenido suerte: Boris no era un vampiro lo suficientemente fuerte como para transformarse. Sirge tomó una de las plumas de cuervo de su rubia y larga cabellera. Anuar la observó angustiado, temiendo que alguna de esas filosas armas tocara a Aimée.

Por su parte, Kaled se sentía confiado. Anuar lucía agotado y los rugidos de Raidon indicaban que estaba atrapado. Ya no debían enfrentar a la bestia para recuperar la Piedra Noirush. De eso se encargarían Aitana y sus hermanas. Sin embargo, aun cansados, Anuar e Ian eran dignos de temer, pues no desperdiciaría la oportunidad de vengarse. Ahora que habían descubierto los planes de Morvan y que cargaban la Piedra que el Señor de la Noche necesitaba le daban el pretexto perfecto para eliminarlos. Una duda rondaba la cabeza de Kaled: ¿a quién había visto partir con los vampiros designados para encontrar a Aimée, si Ian y Anuar estaban ahí? Y al examinarlos con más atención se dio cuenta de lo que en realidad había ocurrido. Aquel cansancio que parecía casi humano no significaba más que sus poderes habían disminuido. Anuar e Ian se habían atrevido a crear unos dobles, arriesgándose a perder la mitad de su fuerza. La situación, pensaba Kaled con una sonrisa altanera. No podía ser más perfecta.

—¿Qué sucede Anuar? ¿Por qué no se transforman? —curioseó Kaled con ironía— ¿O acaso eres tan arrogante que crees que podrás vencernos así? No pensaba que tu soberbia fuera tan grande... arriesgar así a tu dulce princesa... mmm eso no habla bien de ti.

—¡Cállate y pelea! —gruñó Anuar, mostrando sus afilados colmillos—. Pienso hacerte soportar una muerte lenta y dolorosa. ¿Por qué matarte en seguida si puedo verte sudar y sufrir en el intento de defenderte? Nunca has sido un digno adversario de mí poder no tengo necesidad de malgastar mis fuerzas. Todavía tengo que deshacerme de un dragón, del Ejército de las Tinieblas y, después, del Señor de la Noche...

—¡Uuuyyyy! Tanto trabajo y un solo hombre... con qué fuerzas piensas enfrentarte a todas esas tareas... —replicó Kaled en un tono altanero y mirada suspicaz.

—¡Con la que me de tu sangre! —espetó Anuar, mostrando los colmillos en una torcida sonrisa mientras sus ojos se tornaban rojos y sus pupilas oblongas como las de las víboras.

Aquel desdén con el que Anuar le hablaba encendió la cólera de Kaled y en un arrebato de furia se lanzó contra él. La espada de ónix que cargaba no era cualquier espada: podría herir a Anuar gravemente. Su oscuro filo podría impedir que su cuerpo se regenerase volviéndolo vulnerable. Lo único que Kaled debía lograr era dar un certero golpe en el pecho para matarlo.

Con destreza, Anuar repelió el espadazo de Kaled. Los patines le daban la velocidad que necesitaba, algo que por su debilidad no podría realizar en tierra firme. Aimée se deslizó haciéndose a un lado, entonces Boris atacó a Ian. Ahora tenía frente a ella a Sirge y a Stefca.

—¡Vaya, vaya te dejaron sola! —resaltó Stefca con burla, avanzando en el hielo hacia Aimée—. Entonces, Kaled tiene razón: ni Ian ni Anuar pueden transformarse —y sus labios se curvaron maliciosamente y sus colmillos se asomaron.

—No necesito que me defiendan: puedo cuidarme sola —replicó Aimée, arqueando una ceja e irguiéndose en señal de reto.

—¿Y qué te hace pensar que nos vencerás? —preguntó Sirge, jugueteando con la pluma que había tomado de su cabello—. No eres una digna contrincante.

—Nunca les enseñaron que era peligroso subestimar así a la gente —dijo Aimée, mientras tomaba la vara que llevaba sujeta al cinturón sin dejar de mirarlas fijamente.

—¿Con eso piensas enfrentarnos? —inquirió Stefca, riendo—. Por favor, niña, una sola de las plumas de Sirge es más grand...

297

Y, antes de que pudiera terminar la frase, Aimée había agitado la vara y creció casi dos metros, convirtiéndose en un poderoso báculo con punta de cuarzo.

—¡Se necesita más que unos cuantos trucos de magia para asustarnos, niña estúpida! —espetó Sirge con semblante receloso. Aquel instrumento ostentaba poderío, y al observar con cuidado a Aimée notó el singular color de sus caballos. Toda ella lucía diferente, fuerte, indomable.

—Muy bien —indicó Aimée, desenvainando su espada de diamante. Sus ojos de aguamarina brillaron con intensidad. Estaba lista para enfrentarlas.

Mientras tanto Ian y Anuar luchaban pensando cómo proteger a Aimée; sin embargo, ahora debilitados, zafarse para auxiliarla se volvía una tarea complicada. Cada vez patinaban más lejos de ella. Únicamente esperaban que Aimée recordara cómo manejar la espada. En su otra vida había sido muy hábil con las armas. Kaled logró lastimar a Anuar en el brazo, lo que lo hizo enfurecer. Hacía mucho tiempo que no sentía tanto dolor físico.

—¡Esto lo vas a pagar caro! —gruñó Anuar, mostrando los colmillos. Kaled sonrió:

—Siempre dices lo mismo. ¿No te sabes alguna otra frase?

Sirge, por su lado, le lanzó dos de sus plumas a Aimée, quién alzando su báculo grito:

—¡*Moros ex vi!* —y un escudo protector repelió las filosas armas.

Entonces Stefca intentó acercársele para morderla. En seguida, la princesa blandió a espada con destreza y la alejó. De reojo, Ian y Anuar advirtieron sorprendidos y aliviados que Aimée era capaz de defenderse. Recordaba cómo manejar las armas y podía hacer magia. La hechicera que durante tanto tiempo había dormido en ella se había despertado. Ahora más despejados y confiados, lograron concentrarse en la pelea: patinaban de un lado al otro el lago, demostrando mayor habilidad para afrontar a Kaled y a Boris. Ambos se sintieron intimidados y, en su desesperación por matarlos, sus movimientos se volvieron toscos y torpes. Sin embargo, para Ian y Anuar, combatir así, casi como humanos, les resultaba harto cansino.

En el aire, Anilah, los Wyvern y los Kafanaris no corrían con mejor suerte. Aitana y sus hermanas volaban a gran velocidad y estaban por alcanzarlos. El aire se volvía fétido y el grito que emitían las odiosas Arpías resultaba irritante y a veces ensordecedor. Leii, la terrible bestia de la noche se separó del grupo para enfrentárseles. Anilah solo debía concentrarse en huir. Una de las Arpías intentó esquivar a la poderosa Pesadilla sin éxito. El imponente caballo alado la atacó con sus fuertes patas y, después, con sus filosos dientes le destrozó las alas. Los Wyvern, el Tigre Alado y Kajól, también se dieron vuelta y con sus garras atacaron a las Arpías que intentaban apresar a Anilah. Las roñosas mujeres-buitre les dieron una cruenta batalla. Sin embargo, estaban en desventaja: los Wyvern eran más ágiles en el aire. Kajól y Haldor también las superaban en fuerza y destreza. A pesar de sus arrestos, ocho arpías aún perseguían a Anilah y a las Kafanari, que volaban cada vez a mayor altitud en un inútil intento por impedir que les dieran alcance. Leii, alcanzó a una Arpía y con sus cascos la derribó; Kajól también atacó a una más, venciéndola en unos instantes.

Fue entonces que las Kafanari se separaron de Anilah. Al girar permanecieron flotando en el aire, esperando a las seis Arpías. Las alas de mariposa que envolvían sus enigmáticos ojos de leonas albinas comenzaron a agitarse, hipnotizando con su movimiento a quien las miraba fijamente. En ese estado de trance, dos Arpías atacaron a sus hermanas, hiriéndose gravemente las unas a las otras. Aitana, la más poderosa de todas, escapó a sus embrujos y las sobrepasó. Continuó su persecución, empeñada en recobrar la Piedra Noirush para su amo a como diera lugar. Haldor, el Tigre Alado, persiguió a una de las monstruosas mujeres que había escapado al poder hipnotizador de las leonas Kafanari. La arpía, al verse sola pretendió huir.

Desde luego, el temible animal no pensaba dejarla ir viva. Volando a una increíble velocidad, se colocó justo sobre ella. Después se tiró en picada, arrancándole gran parte de su ala derecha. Después le desgarró el cuello. La mujer buitre cayó al vacío desangrada. A pesar de todos sus intentos, Kajól y Leii no lograban alcanzar a Aitana, quien parecía incansable en su deseo de recobrar la Piedra Noirush y desollar a la Mujer Cisne que había osado llevársela.

Entre tanto, Miroslava, Dank, Kiara y Axel se internaban en el bosque, buscando un sitio idóneo para emboscar Kaled, Stefca y Sirge. Sin embargo, pronto se dieron cuenta de que no se enfrentarían a ellos. Envueltos en un pestilente olor, dos Orcos, un Utanor y un Drider los rodeaban. Axel observaba ofuscado a las odiosas criaturas de la noche.

El Bosque del Silencio, bajo la apariencia de calma y orden, escondía infames monstruos y misterios insondables que serían mejor no revelar. Los bramidos de Raidon se escuchaban a lo lejos, alterando a las bestias que tenían delante. Los Orcos atacaron primero. Axel repelió a uno de ellos con su espada, Kiara sacó rápidamente su honda y lanzó una poderosa piedra que, al estrellarse en su blanco, causó una explosión que desbalanceó a la bestia que se había arrojado sobre ella.

A pesar del intenso frío, Miroslava logró transformarse nuevamente. La agilidad que le daba su poderosa cola de serpiente le daría la velocidad que necesitaba para enfrentarse al Drider que pretendía embestirla. Aquella criatura, mitad araña mitad hombre, se movía a gran velocidad, gracias sus patas de tarántula. Nunca se había enfrentado a una bestia tan poderosa. Su torso era el de un hombre, su diabólico rostro poseía seis ojos con los que podía observar cada uno de sus movimientos. En un instante se fue sobre ella y a duras penas lo esquivó con rapidez. En seguida Miroslava empuñó su látigo, alejando al monstruoso ser.

Aun sabiendo que Miroslava se tornaba vulnerable con el frío, Dank no conseguía ayudarla. Frente a él se erguía una criatura siniestra con una fuerza semejante a la suya, el Utanor. La bestia no poseía piel, sus músculos eran visibles, su hocico abarcaba una tercera parte de su asqueroso rostro y sus garras estaban listas para una lucha cuerpo a cuerpo. El hedor que lo envolvía era nauseabundo y Dank no pudo evitar dar un paso atrás para tomar un poco de aire fresco. A pesar de lo imponente de aquella colosal bestia, Dank brincó sobre ella sin muchos miramientos. El pensar mucho las cosas no era la especialidad del Therántropo-Toro, y con fuerza golpeó al monstruo que apenas y se movió. Aquella criatura era más dura que un muro de roca basáltica. Sorprendido, Dank se alejó cautamente; tenía que valerse de algo más que de su fuerza bruta para vencerlo. El Utanor arremetió contra él. Dank esquivaba los porrazos con destreza, pero dos enérgicos puñetazos lo tiraron al piso. El Drider le lanzaba telarañas a Miroslava, quien se movía continuamente de un lado a otro para escapar. Si una telaraña llegara a apresarla quedaría inmóvil y el frío paralizaría su sangre. Como un ratón escurridizo que escapa a los continuos jugueteos de un gato, trepaba y bajaba de los secos pinos que los rodeaban, esquivando los frenéticos asaltos que le propinaba el Drider.

El Orco poseía gran resistencia a las piedras mágicas que Kiara le lanzaba incansablemente; pronto comprendió que esto no le serviría por mucho tiempo. Desenvainó la espada y se lanzó contra él. La bestia agarró la espada con temible fuerza, sus garras sangraban y, aun así, el Orco esbozaba una cruenta sonrisa de placer. Kiara lo miró asustada; sin embargo, no pensaba morir desgarrada por aquella maldita criatura. Desapareció en un instante, apareciendo de nuevo detrás del monstruo y, con un movimiento rápido, le encajó el arma por la espalda. El Orco gimió de dolor, virando para apresarla. Kiara empuñó con más fuerza el arma y, en un instante, le cercenó la cabeza. La sangre, al brotar, le brincó a los ojos cegándola unos instantes. Cuando logró removerla de su rostro, se dio cuenta que Axel tenía grandes dificultades para eliminar al gigantesco Orco, el cual esquivaba fácilmente cada golpe.

—¡Ve hacia la izquierda! ¡A la izquierda!— gritó Kiara, aproximándose velozmente a ellos. Sin preguntar, Axel obedeció y con dificultad se acercó a un pino.

—¡*Elicere elementum*! ¡*Planta actus*! —exclamó Kiara con todas sus fuerzas, y una poca hierba quemada por la nieve, que todavía era visible, comenzó a brotar de la tierra, creciendo como enredadera.

Kiara había invocado a los Espíritus Elementales para que la auxiliaran. Aquellos enigmáticos entes invisibles que viven en los elementos de la tierra obedecieron sus órdenes. Manipulando la enredadera, Kiara volteó las manos y las plantas se enlazaron contra el grotesco Orco, que furioso y sumamente irritado luchaba por liberarse. Sus gemidos eran insoportables e infundían terror en quien los escuchaba. Axel logró herir a la abominable criatura en el torso y en un brazo, enfureciendo a la bestia, que como lobo enjaulado aullaba y mostraba sus afilados dientes. Kiara se arrimó para herirlo y cuando estuvo a punto de blandir su espada sobre él, el Orco giró y con un fuerte manotazo la proyectó al piso. Un fuego interior se encendió en Axel, dándole nuevos bríos. Ver a aquella criatura divina herida casi lo volvió loco, y con incontenible fuerza se arrojó contra él cercenándole el brazo, para después encajarle el arma en el pecho y luego en el cuello. La sangre oscura y espesa brotó a borbotones al desgarrar la yugular del maldito Orco, que se estrelló con estrépito contra la blanca nieve.

En el lago congelado, las fuerzas de Anuar comenzaban a menguar. Kaled lograba esquivar sus golpes sin problema. Un enérgico ruido lo distrajo: distinguía que a lo lejos cientos de rocas se golpeaban las unas a las otras y un odioso bramido le hizo saber que el dragón ya se había liberado y no tardaría en escalar el cañón para darles caza. Aimée conseguía hacer escudos protectores contra las filosas plumas de cuervo que Sirge le lanzaba sin piedad; sin embargo, le costaba aún más trabajo esquivar a Stefca, la vampira se movía de un lado al otro con una velocidad asombrosa, como si apareciera y desapareciera en un parpadeo, a pesar de que ella alcanzaba a deslizarse en el hielo. La princesa debía actuar ya y, sin pensarlo, gritó:

—*¡Fulmen!* —golpeando el báculo en el duro hielo.

Una potente luz iluminó el centro de cuarzo y un poderoso rayo arrojó a Sirge varios metros por los aires con impetuosa potencia. Sorprendidos, Ian y Anuar lograron vislumbrar cómo recorría los aires, casi desmayada. Aquello les dio nuevos bríos, pero al ver a su querida Sirge lastimada, Kaled enfureció:

—¡Maldita perra! —vociferó, como quien no piensa lo que va a decir. En ese instante, los ojos de Anuar se encendieron, como los de un toro de lidia cuando es retado por un torero, al escuchar a Kaled expresarse así de su amada. Aquellas palabras volvieron al Príncipe de las Sombras ciego de ira y arremetió contra él con tal poder y habilidad que, en un solo movimiento, le cortó ambas manos. La rapidez de la acción fue tal, que las manos de Kaled aún sujetaban con fuerza la espada de ónix que se estrellaba contra el suelo provocando un sonido hueco al golpear el hielo. Con los ojos desorbitados por el dolor, el pánico y la sorpresa, Kaled caía de rodillas. Los ojos de Anuar lo contemplaban intensamente inyectados por la sangre y el odio, el odio de un Ser de las Tinieblas no conocía igual. Aquella parte oscura que ahora formaba parte de Anuar, aquel trozo de su alma que vivía en la oscuridad únicamente tenía sed de venganza y, en un instante, tomó control absoluto y, sin razonarlo, se lanzó contra él:

—¡Te advertí que pagarías caro la osadía de expresarte así de ella! —y abriendo la boca, le encajó los colmillos en el cuello, y no lo soltó hasta beber la última gota de su sangre.

El cuerpo de Kaled se estremecía con la potente succión que ejercía Anuar sobre él y lenta y dolorosamente la vida abandonó su cuerpo. Satisfecho, Anuar giró esbozando una cruenta sonrisa, que rápidamente cambio cuando el carmesí de su iris se posó sobre Aimée, quien lo miraba atónita y a la vez sosegada al verlo a salvo. Esto había hecho que ella bajara la guardia. Stefca aprovechó la ocasión para atacarla y cuando ya estaba sobre ella, un fuerte temblor en el hielo hizo que perdiera el equilibrio. La velocidad con la que se había desplazado fue su perdición, pues sin poder frenarse en el hielo, cayó encajándose en la resplandeciente espada de Aimée, quien giró sorprendida, haciendo un gesto de terror al descubrir que la tenía encajada en el arma, sangrando por la boca, era demasiado tarde para que hiciera algo, el espléndido diamante había atravesado su negro corazón.

Un espantoso alarido los distrajo. Sirge miraba a su compañera, a su única amiga, caer al suelo al zafarse del arma. Dos gigantescas alas con plumas de cuervo brotaron de su espalda y, turbada, emprendió el vuelo sollozando y gritando, al observar también muerto a Kaled.

Ian aprovecho la situación: Boris, Señor de los Vampiros del Oeste, se había distraído contemplando la desolada escena y, de un solo tajo, perdía la cabeza a manos de Ian, quien lo contemplaba sin ni una pizca de piedad. Sin embargo, sus problemas apenas empezaban. El hielo temblaba con cada uno de los movimientos de Raidon: el Dragón se hallaba detrás de ellos. La radiante luz de la luna llena era ensombrecida por diáfanas nubes que por momentos la cubrían; aquellas masas que parecían de algodón eran atravesadas por Anilah, que a cada instante volaba más rápido y más alto. Detrás de ella, un ser diabólico la perseguía con maníaca obsesión. La Arpía luchaba contra su natural y cobarde naturaleza al sentir en sus espaldas a Leii y al imponente león blanco detrás ella. Obtendría la Piedra a como diera lugar y a pesar de lo alto que su presa se elevaba, Aitana no paraba de perseguirla. Al escuchar ese murmullo trémulo tras de ella le hizo saber a Anilah que la Arpía la alcanzaba y que no se detendría. Volar cada vez a mayor altura no le serviría de nada. Hizo un esfuerzo por recordar lo que le había dicho Anuar acerca de las debilidades de las Arpías y bajó la mirada buscando algún manantial, río o lago. Así se percató de que ya estaba cerca de los territorios de las Tierras Negras de Moldavia. Si encontrara uno de los famosos lagos de estas tierras envueltas en magia, podría zambullirse y entrar por alguna de las cavernas que conducían al Estanque de Aksa de la Ciudad Luz.

Aun con el aire helado que nublaba sus ojos grises, Anilah divisó un gigantesco lago rodeado por escarpadas rocas. El Lago de las Tempestades era famoso por sus profundas aguas y la temible criatura que las habitaba, el mítico Leviatán recorría las cavernas que rodeaban la laguna para salir a alimentarse de cualquier ser que se atreviera a penetrar sus dominios. Anilah conocía bien las historias de este ser. Su clan, el de las Mujeres Cisnes, vivían cerca de los lagos y en este estaba prohibido zambullirse. El Leviatán es una bestia cruel, veloz y agresiva que únicamente poseía una debilidad, su vista. Aquella criatura solo percibía a sus presas o cuando estaban en el agua o cuando al producir algún ruido: el eco que resonaba entre las escarpadas rocas regresaba a él para localizar a sus víctimas. Sin pensarlo dos veces, Anilah se lanzó en picada hacia las oscuras aguas. A pesar de su renuencia al agua, Aitana la siguió. La arpía no era muy hábil en este tipo de vuelo y pronto, Anilah la dejó atrás, aun sabiendo que al entrar al lago sería presa fácil del monstruo.

El aire frío comenzaba a adormecer sus músculos. Anilah descendía cada vez a mayor velocidad. Cualquiera que hubiera podido verla sólo se habría percatado de su vertiginosa caída. La diabólica mujer-buitre venía casi a su vera momentos antes de zambullirse. Entre una nube blanca, Anilah se transformó en un cisne, para después de emitir un graznido fuerte, en un veloz y hábil movimiento cambiar de dirección yéndose hacia la izquierda. Leviatán, al escuchar aquel grito, surgió de entre las aguas abriendo sus terribles fauces. Sin saberlo, Aitana caía en una trampa. La Arpía no tuvo tiempo para detenerse y mucho menos para virar y esquivar al temible monstruo y en un instante entraba en las afiladas fauces de la bestia, quien al tenerla adentro no hizo más que lo que mejor sabía hacer: cerrar el filoso hocico para luego sumergirse lenta y plácidamente en la negrura de las profundidades para disfrutar su cena. Anilah, aliviada, se zambulló de prisa en el lago para luego entrar en una de sus innumerables cavernas: la Ciudad Luz, no estaba lejos.

En el Bosque del Silencio Eterno, una encarnizada lucha continuaba gestándose entre poderosas criaturas. Miroslava batía su látigo sin parar, al tiempo que se movía rauda entre la nieve. Su cuerpo necesitaba calor para seguir peleando y continuamente creaba aros de fuego que la calentaban y los enviaba a su oponente, aquella bestia mitad hombre mitad araña. Axel y Kiara trataron de enfrentarse al poderoso Drider que, colérico, lanzaba a cada momento resistentes y enormes telarañas. Kiara intentó en vano dirigir enredaderas contra la criatura, pues esta se escabullía ágilmente entre los árboles.

302

Axel se percató de que atacarlo por el frente no les serviría de nada. Corrió hacia el otro lado en lo que pareció un intentó cobarde de escapar y, cuando ya no estuvo a la vista, emboscó al Drider por la espalda, hiriéndolo en una de sus ocho patas. La bestia bufó iracunda, dándole la oportunidad a Miroslava de irse sobre él y clavarle sus venenosos colmillos. El Drider la aporreó con fuerza, lanzándola hasta unos árboles cercanos. Kiara arremetió arrojándole una de sus piedras mágicas que, al explotar, lo distrajeron. Con un movimiento de las manos, dirigió las enredaderas hacia sus patas, atrapándolo, ventaja que aprovechó Miroslava, quien se levantó rápidamente, para luego deslizarse en la nieve y desde uno de los pinos fustigó su látigo contra el cuello de la bestia, quien ya no alcanzó retirarlo y evitar la sensación de ahogo. El veneno que le había inyectado la Naga comenzaba a hacer efecto, dejándolo inmóvil. Con fuerza, Miroslava lo ahorcó. En pocos segundos el poderoso Drider dejaba de respirar.

Aquel momento de triunfo les duró poco. Dank no era un digno oponente del Utanor, que le proyectaba golpes a diestra y siniestra. En todo momento, aquella bestia pretendía apresarlo con sus largas y filosas garras para luego destazarlo. Axel intentó arremeter con su espada, pero esta al apenas tocó su asqueroso cuerpo carente de piel se rompió. El Utanor aparentaba estar hecho de algo más duro que el acero. Después, como si Axel fuera un simple muñeco de trapo, lo expulsó varios metros, el muchacho golpeó contra un árbol y quedó inconsciente. Miroslava no pensaba quedarse allí sin hacer nada y, a pesar de estar agotada por el calor que había perdido, se deslizó con presteza hacia a ellos. Pretendió sorprender a la criatura y se lanzó contra él para intentar encajarle sus garras. Su intención era prensarlo para luego clavarle los colmillos e inyectarle su poderoso veneno; no obstante, aquel monstruo de colosal fuerza la sacudió de su lomo, como quien se sacude a una mosca que lo irrita. Su furia estaba centrada en el exhausto Dank. Anhelaba destrozarlo. La mujer-serpiente no se rindió, lo acometió con su látigo y, al mismo tiempo, Kiara le arrojaba sin cesar piedras mágicas que, al explotar estrepitosamente, no lograban hacer otra cosa que enfurecerlo más.

Axel recobró el sentido lentamente. Al levantarse, la escena era desesperanzadora: Miroslava fustigaba a la bestia sin éxito, Kiara no logra distraerlo y Dank se veía débil y exhausto: estaba como maniatado con el Utanor y ambos se sostenían de los brazos como dos luchadores grecorromanos. Dank lidiaba con todas sus fuerzas por alejarlo, por impedir que aquella vil criatura le clavara aquella atroz dentadura que ahora, a tan poca distancia de su rostro, se mostraba asquerosa. Axel miró a su alrededor, buscando algún objeto con que golpearlo. Y cuando ya había conseguido un pedazo de un tronco, algo inesperado surgió de las profundidades del lúgubre y silencioso bosque. En un instante, Dank estaba bañado en sangre. Esta brotaba no de él, por fortuna, sino de las enormes garras blancas que habían apretado con tal fuerza y poder el cráneo de la siniestra criatura que lo habían hecho literalmente papilla.

—¡Laban! —chilló Kiara casi sin voz.

—Siento llegar tarde —dijo él al distinguirla, moviendo levemente su nariz de oso.

Dank se limpió como pudo la sangre del monstruo para luego contemplar a quien lo había salvado. Los dos Therántropos se brindaron sendas sonrisas de complicidad, aunque uno al lado del otro lucían antagónicos. Dank, con su tez añil, sus cuernos y su rostro semejante al de un toro y Laban, con su pelaje blanco y sus facciones de oso, no parecían estar destinados a ser… los mejores amigos. Laban extendió el brazo para presentarse, Dank le ofreció su mano, para después darle una especie de abrazo. Miroslava se acercó ya transformada en humana.

—¡Tú y tu estúpida manía de enfrentarte sin armas! —espetó, reprendiendo a Dank para luego mostrarle su agradecimiento al nuevo compañero. A pesar de la frialdad con la que ella lo observaba, Laban se percató que esa misteriosa mujer estaba agradecida. El hielo brillaba con la luz de la luna, aquella noche que se presentaba calma e impávida. Disimulaba bien los terrores que el Bosque del Silencio escondía.

Ian, Aimée y Anuar se erguían frente a frente con el iracundo dragón, que bramaba y avanzaba en el hielo. Ahora no había riscos por donde escapar ni fisuras o rocas en las cuales esconderse. Ian y Anuar se encontraban agotados; aun así, el Príncipe de las Sombras había adquirido nuevo poder. La sangre que había bebido de Kaled comenzaba a mezclarse con su sangre. La magia de los Elfos Oscuros, de la temible raza de los Dökkálfar, le daría nuevos bríos y fuerza a sus hechizos. Repentinamente, Ian recordó que llevaba algo en los bolsillos de la casaca. La pócima de fuerza que había preparado con Sibila, la hechicera, continuaba ahí. Sin pensarlo dos veces, la bebió completa. El sabor era amargo, por no decir asqueroso. Sin embargo, ahora sí que el mal trago valía la pena. Raidon despidió sus poderosas ráfagas glaciares, Anuar e Ian las esquivaron en un parpadeo y, gracias a los patines, Aimée también los alcanzó para colocarse junto a ellos. Los dos Príncipes gritaron al unísono bramidos envueltos de magia. Los hechizos arremetían contra Raidon, alejándolo. Sin embargo, en pocos segundos el mítico animal se reponía y volvía con más bríos.

Aimée se daba cuenta de que no podrían estar así por mucho tiempo. Los hechizos aturdían a la bestia, mas no le causaban daño alguno, como le había asegurado el Profesor Olaf el día anterior. Y, aprovechando la distracción que ellos producían, tomó vuelo y patinó con todas sus fuerzas hacia el monstruo.

—¡Noooooooooo! —aulló Anuar, desesperado al verla saltar. Aimée desplegó sus brazos. En una mano cargaba el báculo que le habían entregado los Maestros y en la otra empuñaba la espada forjada por los gnomos.

—¡*Fulmen!* —bramó la joven, haciendo que el báculo lanzara un poderoso rayo que golpeó al Dragón sorprendiéndolo.

La fuerza de la magia fue tal que Raidon quedó ciego. Todavía en el aire, Aimée blandió la espada de diamante y, con asombrosa rapidez, el brillante filo de la espada rajaba el cuello del imponente demonio blanco.

Sin embargo, antes de caer en el hielo con espléndida gracia, la pierna de Aimée había rozado las escamas de la espalda del dragón, escamas que escondían la muerte. La herida era casi imperceptible, como la del papel que corta la piel en un certero y casi invisible rasguño.

—¡Acaso te has vuelto loca! —le increpó Anuar al verla aterrizar.

Su rostro reflejaba el pánico que había vivido por escasos segundos. Únicamente una vez había sentido sus piernas tan débiles, solo una vez su cuerpo había temblado con tal fuerza: aquella en que la vio lanzarse al vacío.

—¡Pudo haberte matado! —exclamó colérico ahora Ian, sudando frío.

—Lo siento —dijo ella como un gatito meloso, mordiéndose el labio inferior, como un niño que ha cometido una travesura y ahora no sabe cómo zafarse del problema.

—¡No vuelvas a hacer algo así! —le exigió Anuar con aquella típica mirada suya, la mirada con la que la desarmaba.

Inmediatamente, los amantes se abrazaron y besaron con pasión, como si nunca más hubieran de volverse a verse. Les bastaba un solo minuto para perderse en la eternidad, y así siguieron abrazados sin percatarse de que Ian los observaba receloso, para luego girar el rostro en un gesto de dolor, el dolor de un hombre enamorado que ve a la mujer de su vida en brazos de otro. Al separarse, Aimée notó lo distante y ensimismado que lucía Ian.

—¿Qué sucede? —preguntó preocupada—. ¿En qué piensas?

Ian alzó el rostro:

—Estaba cavilando —respondió, volviendo la vista para que no notara su tristeza— que definitivamente tienes que presentarnos a tus Maestros.

Los tres rieron.

—¡Lo lograron! —exclamó Kiara, interrumpiendo sus risas y dirigiéndose hacia ellos.

El hielo estaba cubierto por una sangre negra que manaba del cuello del Dragón Blanco, a la que nadie parecía prestar mucha atención, excepto Miroslava, que recogió un poco del líquido viscoso con un pequeño frasco y también guardó con sumo cuidado algunas escamas, mixtura que podría servirle para elaborar alguna pócima o algún arma. En aquella inhóspita tierra solamente se escuchaban risas, risas nerviosas. Ninguno creía que seguían con vida.

—¡Laban! —exclamó Aimée antes de abrazar con fuerza al Therántropo albino que la envolvía entre sus brazos todavía con más ímpetu.

—¡Sabía que cambiarías de opinión, lo sabía! —expresó Aimée casi llorando.

—Me salvó la vida —interrumpió Dank, dándole al hombre oso un leve golpe en la espalda, demostrándole su orgullo y agradecimiento.

—No lo habría logrado, si tú no le hubieras sostenido las garras. Fue un trabajo en equipo —añadió Laban algo avergonzado.

La princesa lo contempló orgullosa. Entre tanto, Kiara y Axel se sonreían tímidamente sin saber qué decirse. Todos estaban contentos y tranquilos. El aire frío que los abrazaba no parecía importarles mucho. Habían ganado esta batalla y esa satisfacción los envolvía en una mágica hermandad. Ninguno pensaba siquiera que aquella felicidad estaba condenada por una maldición, envuelta en una perversidad que abrazaba al cuerpo de uno de ellos. El letal veneno de Raidon, el Dragón Blanco, subía lentamente por la pierna de Aimée, dirigiéndose a su corazón. Nadie imaginaba que un enemigo invisible habitaba dentro de ella… ese siniestro enemigo, era nada más y nada menos que, la muerte recorriendo su sangre.

DAGÁZ, La oscuridad vive en la luz y la luz en la oscuridad. Autora: Irene Arboli Moreno

CAPÍTULO XXI.
El Cuerno de Ónix

Kajól, Leii y las Kafanari descendieron primero en el lago congelado, les siguieron los Wyvern y Haldor, el tigre alado. El cielo se tornaba cada vez más oscuro y Anuar dio la indicación para que todos montaran. El amanecer se acercaba. Laban trepó al lomo de Kajól casi temblando. Con torpeza sujetó a la magnífica criatura, al igual que Dank. Las alturas no eran su fuerte y en su mente solo deseaba llegar a la Ciudad Luz lo más pronto posible. Por el contrario, Miroslava lucía casi jubilosa. Volar se volvía ahora su pasión, y en unos segundos se encaramó en el Wyvern que había elegido. Anuar y Aimée montaron a Leii. Recorrieron un trecho de las cuevas cabalgando, para luego desmontar cuando los túneles se hacían más estrechos. Aimée no encontró un momento adecuado para explicarle a Anuar quiénes eran realmente, desde cuándo se conocían y hacia dónde iban. El fuerte batir de las alas de Leii y el ruido del viento habían apagado su voz y dentro de las grutas no debían hacer ruido alguno; despertar así la curiosidad de los Orcos y Driders no sería una buena idea. Ian, Anuar, Dank y Miroslava percibieron que el aire era a cada paso más fresco y vibrante, y una tenue luz comenzaba a divisarse en el fondo.

Lo que verían a continuación les conmovería el alma; ninguno estaba preparado para lo que les esperaba. Una vez hubieron traspasado el umbral, su vista se nublaría ante tanta belleza: el lago de aguas cristalinas fulguraba con sumo esplendor, dándoles la bienvenida; la luz que reflejaba las blancas piedras envolvía la atmósfera en bellas tonalidades, y el Palacio de Cuarzo al fondo se erguía diáfano y mágico, como si la misma naturaleza lo hubiera tallado. En aquel momento, Anuar y sus fieles amigos lo habían olvidado todo y les resultaba imposible distinguir sueño y vigilia. Cruzaban el Arco de los Suspiros para entrar en un maravilloso mundo lleno de armonía, vida y color. Aimée y Axel sintieron un vuelco en el corazón al volver a contemplar aquel mágico recinto al que ahora llamaban hogar. Con pasos torpes y pausados por la impresión, recorrieron el camino de piedras blancas rodeando el lago hasta alcanzar el terreno donde se encontraba el palacio. Cuando se acercaron a la explanada de mármol y cuarzo blanco oyeron un murmullo de voces. Una multitud de seres maravillosos se hallaban reunidos alrededor de los Maestros escuchando las instrucciones. Centauros, Hadas, Elfos de la Luz, Enanos, Duendes, Unicornios y un sinfín de seres más escuchaba atentamente lo que se les decía. Cuando se percataron de que alguien había entrado en sus dominios, muchos de ellos lanzaron vivas de júbilo al reconocer a Aimée, Kiara, Axel y el grupo de los Kafanari. De entre la multitud, prorrumpió Anilah brincando de alegría para abrazarlos. No paraba de sonreír y abrazarlos, al darse cuenta que habían cumplido la misión. Entre tanta agitación y regocijo, los Espíritus de la Naturaleza no notaron que Anuar y sus amigos los miraban estupefactos.

307

De pronto, entre las risas uno de los Elfos habló con voz trémula, alzando el brazo para señalar a los invitados que acompañaban a sus valientes guerreros.

—¡El Señor de las Sombras! —y sus palabras resonaron en la caverna como cuando un huracán arrasa las playas.

La multitud giró sobresaltada. El legendario Príncipe se erguía frente a ellos devolviéndoles una mirada fija e intensa. Todos en el lugar habían quedado súbitamente inmóviles y en silencio. Anuar se alzó en toda su estatura y saludó con una leve y cortés reverencia. La emoción de estar en aquel lugar lo embargaba, junto con una curiosa sensación: todo le parecía extrañamente familiar. La adrenalina que ahora recorría cada parte de su cuerpo provocó que sus colmillos comenzaran a alargarse y, temiendo asustar, sonrió apretando los labios hasta dejarlos en una especie de línea angosta. El silencio sepulcral poco a poco se convirtió en murmullo, que pronto se transformaba en exaltación y desorden.

Dana, la sacerdotisa de los Elfos de las Estrellas, movió su báculo de mando provocando que este irradiara una luz que llamó la atención de los presentes y calmó su excitación. La multitud se hizo a un lado para dar paso a los Maestros de Luz. Aimée se les acercó:

—No he tenido tiempo de explicarle nada —dijo susurrando al oído del Maestro Alejo.

Este inclinó la cabeza para hacerle ver que la había escuchado y respiró profundamente para tranquilizarse. Su corazón palpitaba con toda su fuerza. Hacía milenios que no veía a su único hijo. Ambos sostuvieron las miradas por unos inquietantes segundos. Anuar entrecerraba los ojos, en un vano intento por comprender por qué aquel Elfo lo observaba con tanto fervor. Dana posó su mano en el hombro de su hermano, para darle el valor que necesitaba para hablar con su hijo. Pero antes que él pudiera decir palabra alguna, Anuar emitió un grito; un fuerte y punzante dolor en sus muñecas provocó que se agachara tratando de calmar el ardor que sentía. A continuación, Ian también externó un agudo quejido. Ambos jadeaban y la cueva quedó sumergida en el silencio y la expectación. Aimée corrió hacia ellos:

—¿Qué ocurre? —preguntó asustada, con el corazón a punto de salirse de su pecho.

—No lo sé —respondió Ian, nervioso y agitado.

—Los homúnculos —interrumpió Anuar, sujetando sus muñecas y después su cuello— los capturaron…

—Pero ¿de qué están hablando? —indagó Aimée exaltada, acariciando su espalda y tratando de confortarlo.

Los presentes escuchaban asombrados la austera y breve explicación que Miroslava les daba con su característica voz ronca casi sepulcral. Pronto comprendieron que Anuar e Ian habían creado unos dobles para engañar a Morvan, quienes ahora habían sido capturados y estaban siendo torturados y el dolor que sufrían los homúnculos pasaba tal cual inevitablemente a ellos.

—Tenemos que irnos. Puedo percibir en dónde los tienen. No tenemos tiempo que perder —apremió Anuar con la voz rasposa y dolorida.

—¡No! —reclamó Aimée con voz angustiada—. Será muy peligroso. Aún tengo muchas cosas que explicarte.

—Lo siento, mi amor —respondió Anuar intentando ponerse de pie—. Lo hablaremos después. Los capturaron Vampiros normales. Podemos contra ellos: estoy muy fuerte. Si matan a nuestros dobles, Ian y yo perderemos la mitad de nuestra fuerza y poder. No podemos arriesgarnos a que algo así suceda; al menos no ahora que estallará la guerra.

—Pero... pero —en vano trató de retenerlos Aimée.

—Estaremos bien. Miroslava y Dank se quedarán para planear la estrategia. Conocen muy bien a Morvan y saben a la perfección cuáles serán los movimientos de los Seres de las Tinieblas; les serán de más ayuda que a nosotros. Nos veremos pronto, los tienen muy cerca de las Tierras Negras. Desharé el hechizo cuando tenga cerca a los homúnculos, no los enfrentaremos.

Alejo intentó intervenir. Sin embargo, Anuar no lo miraba. Toda su atención se centraba en Aimée y en hacerle comprender que tenía que irse.

—Tengo que decirte algo muy importante —replicó Aimée.

—Tendrá que esperar —dijo Anuar—. ¿Por dónde puedo salir hacia las Tierras Negras? —preguntó entreviendo a Alejo apurado y adolorido, sin dejar de restregarse las muñecas.

—Por el Arco de los Suspiros. Toma todas las rutas hacia la izquierda. Si te sirve para ubicarte, este Palacio se encuentra justo debajo del tuyo —le respondió Alejo con voz tensa y preocupada, señalando con la mano la salida.

Miroslava, Dank, Ian y Anuar formaron un gesto de sorpresa y sobresalto, y entre ellos compartieron miradas significativas. Anuar le dio instrucciones a Leii para que se quedara y comandara a los Wyvern en la batalla. Debían proteger a Aimée a toda costa.

—Lo que preciso decirte es fundamental para la batalla —insistió Aimée con gesto nervioso, mientras lo seguía acelerando el paso para situarse frente a él y evitar que se fuera.

—Mi amor, me lo dirás después. Las Tierras Negras están a medio día de camino y he de llegar anochecido donde están cautivos nuestros dobles, para alcanzarlos en la batalla.

—¡Si no vas a escucharme prométeme algo!, ¡aunque no lo entiendas, aunque te parezca increíble y extraño, confía en mí y hazme un juramento!

—Lo que sea, mi princesa, lo que quieras para que te quedes tranquila.

—¡No es cualquier promesa! —reclamó Aimée, creyendo que Anuar no hablaba en serio y únicamente pretendía calmarla.

—Ya te he dicho que nunca dudes de mi palabra. Por ningún motivo te haría una promesa al aire. Pídeme lo que quieras y yo te cumpliré, confío en ti y siempre lo haré, y eso debes hacer tú también —le dijo, mirándola fijamente sin dejar de avanzar.

—Muy bien. Prométeme que no te enfrentarás a Morvan, pase lo que pase, haga lo que haga, diga lo que diga. No importa que pretenda provocarte, no importa que esté desprevenido o que puedas vencerlo no le lanzarás un golpe de muerte. No intentarás matarlo...

—¿Qué? —replicó Anuar.

Se hallaban a escasos metros del Arco de los Suspiros. Aimée no dejaba de contemplarlo con ansiedad. Anuar se detuvo y Ian también al escuchar la insólita petición.

—¡Solo prométemelo! —reclamó Aimée con voz enérgica y gesto severo.

—Te lo prometo. No lo enfrentaré y, pase lo que pase, no intentaré matarlo. Lo juro por mi vida y por la tuya.

Al terminar de decir esto la besó, le dio un fuerte abrazo y volvió a besarla.

—Confía en mí. Haré lo que me pides —confirmó Anuar con voz segura.

Inmediatamente salió de la Ciudad Luz seguido por Ian, que con una dulce sonrisa se despedía de Aimée. La caverna quedaba en silencio. A lo lejos se oían el replicar del agua que caía en las cascadas y en las fuentes de cristal. La princesa apretó su pecho en un intento inútil de reprimir sus lágrimas. Estaba asustada. Sentía una profunda tristeza por haberse frustrado el reencuentro entre el Maestro Alejo y su hijo. Se sentía cobarde por no querer girar para reconfortar a aquel hombre al que ella estimaba y admiraba. Ágata, la Reina de las Hadas, se acercó a su viejo amigo, apoyó su brazo en su hombro, para después darle un fuerte abrazo. Ella mejor que nadie podía comprender lo que sentía. Todos los presentes bajaron la cabeza en señal de respeto. Sin embargo, Miroslava y Dank quedaron desconcertados. No comprendían la actitud de aquellas criaturas y mucho menos el impacto que provocaba en todos ellos la sola presencia de Anuar en aquel paraíso. Kiara, Axel y Anilah se les acercaron:

—Tenemos mucho que explicar —apuntó en un murmullo Kiara, guiándolos con la vista hasta una terraza.

Laban, por su parte, se retiró con Yúrik, el Señor del Bosque, para tener una larga charla de padre a hijo. La luz de la cristalinas aguas le devolvían a Alejo el reflejo de un hombre apesadumbrado, triste y muy afligido, sus largos cabellos canos parecían perder brillo y su rostro, aún atractivo, aparentaba envejecer a cada segundo, sus largas orejas puntiagudas, tiraban a hacia abajo, impidiéndole ocultar su estado de ánimo.

—No sé qué decirte —murmuró Ágata al recargarse en el balcón junto a él, y suavemente le restregó la espalda.

—Ni yo —prosiguió Aimée, procurando arrimarse a su Maestro—. Tal vez debí insistir más —continuó observándolo dulcemente.

Alejo giró el rostro, tocó su barbilla, le dio un beso en la frente y dijo:

—Lo sé, mi niña. Sé que lo intentaste. Yo tampoco sé qué decirles. No entiendo por qué sucedieron así las cosas, y este imprevisto de último momento...

—Yo sí lo sé —reconoció Dana en un tono que les pareció duro.

Las piedras a su alrededor hacían resplandecer la toga de la Gran Sacerdotisa, que se erguía frente a ellos, fuerte y segura, sosteniendo su báculo.

—Que en un momento así mi sobrino no haya descubierto la verdad de su pasado es lo que por ahora lo mantendrá a salvo. Tú, mi hermano, lo conoces bien y sabes que tengo razón.

Aimée y Ágata se entrevieron mutuamente, intentando averiguar si alguna había comprendido, dándose cuenta de que no era así. Por su parte, Alejo regresó taciturno la vista al lago.

—Tienes razón, hermana —corroboró Alejo en un hilo de voz—. Las cosas suceden como deben de suceder y por más que me duela no haber podido abrazarlo, explicarle... fue mejor así.

—No comprendo... —reconoció Aimée.

Alejo no le respondió y continúo observando taciturno las olas que golpeaban las rocas de diamante y cuarzo. Dana rompió el silencio para explicarse mejor.

—Anuar vive las emociones de manera muy diferente a cualquiera de nosotros. El amor es más profundo... y el rencor también lo es, el odio de los Seres de las Tinieblas es el más vil, bajo y temible de todos.

—Sí, lo sé. Me lo explicó Ian. No hay matices en sus sentimientos.

—¿Te imaginas lo que experimentaría Anuar si descubriera todo el daño que les ha causado Morvan a ustedes y a su familia? ¿Si supiera por cuánto tiempo lo ha engañado y cuánto pensaba utilizarlo? Su resentimiento hacia a él ya debe de ser muy grande. ¿Qué tanto crees que podría distraerlo eso en el momento de la batalla? ¿Realmente piensas que podría enfrentarse a lo que se aproxima con la cabeza fría? ¿Podría ser capaz de seguir algún plan?

—No —respondió Aimée con voz queda con la mano en el pecho—. El odio lo cegaría...

—Por varios siglos, hija, has permanecido dormida... perdida en el limbo... en el mundo astral —dijo ahora Ágata que empezaba a dimensionar la situación—, pero Anuar no. Él ha estado aquí y Morvan no ha permitido que esté con su padre. Los mantuvo separados, lo escondió de él, no consintió que le mostrara otra manera para esperar tu regreso... lo engañó para convertirlo en Vampiro. Fue él quien ordenó tu muerte en aquella vida. Realmente, Anuar perdería los estribos si le decimos la verdad... y...

—Enfrentaría a Morvan... —interrumpió Alejo, girándose para quedar ante ellas—. Hasta que hayamos vencido al Señor de la Noche, Anuar no conocerá la verdad... No sabrá que es mi hijo. Infórmenselo a todos; nadie deberá de decir ni una palabra hasta que todo esto acabe —y caminó hacia la gran puerta de cristal para entrar a palacio. Era momento de prepararse para la crucial contienda.

Ágata abrazó a su hermosa hija y Dana se dirigió hacia la multitud para dar órdenes.

—¡Es horrible, madre! —exclamó Aimée con un nudo en la garganta—. Es horrible lo que está viviendo Alejo.

—Lo sé, mi pequeña, pero él es muy fuerte y puede manejarlo. Ahora debemos concentrarnos en lo que hay que hacer. Vamos, mi niña, hay que prepararnos.

En las profundidades subterráneas, sutiles sombras recorrían velozmente los oscuros túneles. Ian y Anuar avanzaban apresuradamente. Las Tierras Negras se hallaban a tan solo unos kilómetros de distancia. Cuando se aproximaron a terreno seguro, Ian y Anuar comenzaron a hablar. Tenían tanto que decirse y preguntarse... El impacto de haber descubierto la Ciudad Luz aún golpeaba sus corazones.

—Jamás hubiera imaginado que existía un sitio así —comentó Ian, sacudiendo el polvo de su chaleco— y en nuestra narices. Tantos siglos y jamás nos cruzamos con ellos.

—Siempre vivimos en lugares malditos o en las ciudades; te apuesto lo que quieras a que estas criaturas no se acercan a los humanos.

—¿Por qué crees que Aimée te haya pedido algo así?

—No lo sé. No dejo de darle vueltas a ese... asunto —respondió Anuar, restregándose la frente—. Sea cual sea razón, cumpliré mi palabra, debe de haber un buen motivo, estaba muy alterada cuando me lo pidió y tan insistente... pese a que sabía que estamos sufriendo dolor… ¿qué más cosas te imaginas que haya querido explicarnos?

—Tal vez cómo los conoció o sobre lo que planea hacer Morvan. Probablemente sepan por qué Aimée está conectado con aquel Libraco.

—¡Que Miroslava no te escuche hablando así del dichoso grimorio! —exclamó Anuar, sonriendo entre gemidos de dolor.

—Es verdad. No recordaba que lo ama con pasión obsesiva… ¿Por qué se habrán atrevido a atacar a nuestros dobles? ¿Cómo supieron que no éramos nosotros?

—De seguro, por Sirge —respondió Anuar, en tanto le señalaba el camino tomar—. Es la única que logró escapar. Morvan debe de haber enviado a los cuervos para prevenir al resto de los Vampiros.

Cuando entraron al último túnel guardaron silencio. Estaban a punto de atravesar el territorio de los Orcos. A esta hora aquellos seres asquerosos y viles ya debían estar avisados que Anuar y sus amigos les habían traicionado, convirtiéndose en enemigos a los que debían capturar de inmediato. Llegó un punto en que el camino se tornó más sinuoso y empinado.

—Llegamos —confirmó Anuar avanzando en la penumbra muy adolorido—. Solo hay que quitar la tierra y estaremos en el bosque. Están a unos metros de nosotros.

—¿Dónde los tendrán?

—¿Recuerdas que hay una gruta muy cercana al acantilado? —respondió Anuar, acercándose a las rocas y tierra que les cerraban el paso.

—Vagamente. Hace ya algunas décadas no me acerco a esas tierras; desde luego, pienso lo mismo que tú. Han de tenerlos ahí, y deben de sospechar que vamos por ellos.

—Entonces tendrán planeada una emboscada —dijo Anuar, alzando una ceja.

—¿Qué otra…?

Ambos intercambiaron una mirada de complicidad: pelear juntos era lo que mejor sabían hacer. Era algo que en verdad disfrutaban. La oscuridad del túnel no era impedimento para que ellos se observaran claramente. Se sentían fuertes, invencibles. La pócima que había ingerido Ian aún recorría su sangre, dándole extraordinaria fuerza. Y, por su parte, Anuar manejaba mejor la magia, gracias al poder que había obtenido al succionar la sangre del cuello de Kaled. Volvieron a prestar atención al muro de piedra que se interponía entre ellos y el bosque. Sin perder tiempo, Anuar cogió algunas piedras para hacerse camino

—¡Ahh! —exclamó el Príncipe de las Sombras con un grito ahogado. Un rayo solar había rozado su mano. Aquella breve caricia de luz le había carcomido la piel en un instante, como el ácido cuando toca el hierro.

—Aún es de día —comentó Ian, moviendo la cabeza, impaciente.

—Tienes que señalar lo obvio —reclamó Anuar, lanzándole una mirada de reproche, mientras esperaba a que la herida cerrara.

—Si… fue un comentario tonto… bueno, se te pasará pronto.

Esperaron un rato observando el hilo de luz que entraba a la cueva. Eso era lo más cerca que conseguían allegarse de la luz solar. Melancólicos y en una especie de trance observaron bailar las motas de polvo que flotaban en el aire. Después de media hora, cuando el sol ya se había puesto, con cautela Anuar se asomó al boquete procurando atisbar alguna sombra o algún sonido amenazante. Una vez estuvieron fuera del túnel, la luz que irradiaba la luna llena les permitió ubicarse con mayor facilidad. Se hallaban próximos al centro de las Tierras Negras de Moldavia. A pesar de la espesura del bosque, distinguieron a su izquierda el camino hacia la antigua Caverna Murgstro, hacia el lado derecho, el desfiladero no se encontraba muy lejos.

—¿Ves aquello? —preguntó Anuar señalando hacia la quebrada.

Aquel inmenso bosque, terminaba en un acantilado, y después de este, un valle desierto cubría el paisaje. Hacia el lado derecho se encontraban unas montañas, y al lado de estas otro árido páramo donde la tierra parecía escupir fuego, cenizas, polvos y gases.

—Sí... ¿qué es eso que hay ahí? Jamás lo había visto... —curioseó Ian, desconcertado, observando las columnas de humo que se elevaban en el cielo.

—Son los Hornos de Morvan. Ahí se afanan Trolls y Orcos forjando las armas para su ejército. Aquella extraña luz, al fondo de todo, ha de ser la puerta dimensional que el Señor de la Noche ya ha logrado abrir —explicó Anuar colocándose al pie del acantilado para tener una mejor visión del campo de batalla.

—Entonces, los ejércitos de los Seres de Luz aparecerán allá, justo enfrente —comentó Ian apuntando hacia la izquierda.

—Sí. La contienda, me imagino, se desarrollará justo en medio.

—¿Qué son aquellos agujeros en los montes? —preguntó Ian observando confundido la cadena de riscos y cerros que se encontraban muy cerca de los Hornos de Morvan.

—Antiguos escondites. Algunos tallados por la naturaleza, otros por los bandidos. Hace ya algunos años que las Arpías los convirtieron su hogar.

—¡Oíste eso! —exclamó Ian, procurando apagar su voz rápidamente al darse cuenta que había alzado la voz.

—Si... hombres lobo. La jauría de Donovan; deben estarse reuniendo con Morvan. Hay que terminar con esto rápido para alcanzar a los Regimientos de la Luz.

Anuar giró para tomar el camino que llevaba a la vieja gruta; sin embargo, se detuvo cuando oyó comentar a Ian que temía aquel enfrentamiento. No confiaba que los Ejércitos de los Seres de Luz tuvieran la suficiente fortaleza para resistir las atrocidades de los Ejércitos de las Tinieblas.

—¡Por favor, Anuar!... ¿unicornios, duendes, enanos, gnomos, hadas? ¡Contra el Ejército de las Tinieblas!... ¿qué posibilidades tienen?

—¿Tan rápido se te olvidó lo que le vimos a hacer a Aimée cuando enfrentó a Stefca, y derrotó al dragón? Hasta querías que te presentara a sus Maestros...

Ian torció ligeramente la cabeza, parecía sumirse en sus pensamientos, también recordó al Therántropo-Oso que aplastó el cráneo del Utanor, al que Dank no podía vencer. Y un rayo de esperanza iluminó su alma. Tal vez aquellas criaturas eran más fuertes de lo que cualquiera imaginaría o manejaban mejor la magia; por algo Morvan había evitado todo tipo de encuentro con ellos—. Tal vez sabía que estos seres hermosos y dulces no eran tales al defender el planeta, razón para que se sintiera urgido en crear un ejército y formar alianzas.

—Oye… ¿recuerdas al señor de cabellos blancos, el que se nos acercó en la caverna…?

—¿Quién? —inquirió Anuar, distraído porque estaba estudiando los alrededores.

—Aquel Elfo que no dejaba de mirarte. ¿Crees que sea ese el maestro de Aimée, el que le enseñó a hacer tantos hechizos y le recordó cómo usar las armas…?

—Sí… —respondió Anuar, taciturno— no sé… él se me hace conocido… llevo algún rato pensando en él… no logro ubicarlo, aunque su rostro me resulta familiar, como un sueño que no consigo recordar… sus ojos… sus ojos…

—¡Eso! —exclamó Ian exaltado—. Eso es lo que se me hace tan peculiar en él. No sabía qué era y ahora lo tengo claro. Esa mirada… esa mirada solo se la he visto a una persona; a nadie más. Es tan peculiar, tan insólita, tan intensa.

—¿A quién te recuerda? ¿A quién más se la has notado? —preguntó con voz excitada.

El recuerdo de aquel Elfo le producía una extraña sensación en el corazón.

—¡A ti! Me recuerdan mucho a ti, tu manera de mirar… y la voz… no lo sé… —reconoció Ian, entrecerrando los ojos. Ahora caminaba todavía más despacio y pensativo.

—¡Estás loco! —dijo casi riendo—. Deja de hacer conjeturas disparatadas, que tenemos que concentrarnos.

—De verdad, que es muy serio. ¡Realmente me recuerda mucho a ti!

—¿Y por qué habríamos de parecernos? ¡Es absurdo! Déjate de tonterías y ve por aquel lado para rodearlos; yo iré por acá —ordenó Anuar alejándose al mismo tiempo de Ian, no sin antes darle una breve palmada en la espalda.

Anuar comenzó a avanzar con cautela al adentrarse en el lúgubre bosque. La cueva se encontraba a unos metros. Ian caminaba por el lado contrario, casi taciturno. Estaba intrigado. Sabía que no estaba inventando nada: el Elfo se parecía mucho Anuar y la manera de mirar… no había duda, ¡era idéntica a la de su amigo!

Se escucharon voces a lo lejos. La bruma comenzó a disminuir. Los homúnculos y sus captores se encontraban justo afuera de la gruta, atados de brazos, pies y cuello por cadenas con púas de fierro y ónix, que se les encajaban en la piel. Esa era la razón por la que Ian y Anuar se hallaban tan adoloridos. Sus dobles eran incapaces de cerrar sus heridas porque las púas con punta de ónix permanecían encajadas en la piel al rojo vivo.

El doble de Ian parecía adormecido. Esa era la razón por la que a ratos creía que estaba enervado: a su doble lo mantenían en una especie de trance. Sobre su cabeza habían colocado una roca conocida como Quirin o Guijarro de los Traidores y tenía el mismo efecto que un suero de la verdad. La víctima respondía a cualquier cosa que se le preguntara. Sus efectos eran muy similares a los de la pócima que Ian y Dank le habían dado a beber a Sibila, la Hechicera. A lo lejos, Ian se daba cuenta de lo que le hacían a su homúnculo; la piel comenzó a erizársele. Y rápidos flashazos de lo que le había explicado Anuar venían a su mente cual torrente de agua que va a despeñarse desde una escarpada cascada. Si Anuar no estaba lo suficientemente cerca para deshacer al homúnculo con magia, Ian debía matar a su doble él mismo, para recobrar su poder. Sentiría un agudo y profundo dolor; por un momento le parecería que le arrancan el alma. Sin embargo, en pocos minutos se recuperaría con sus fuerzas completas; de otra manera, si alguien más, cualquiera, lo mataba con un arma, perdería la mitad de su poder para siempre.

Ian, no pensaba arriesgarse a que su doble expusiera su más grande y terrible secreto, estando Anuar tan cerca para escucharlo. Sin titubeos decidió actuar por su cuenta, por más traumático que pudiera parecer matarse así mismo, por más doloroso y desgarrador que fuera infligirse aquel dolor, valdría la pena, para que su mejor amigo, su casi hermano, permaneciera sin conocer su más oscura traición. Desenvainó su espada de la funda que tenía atada a la espalda, y en silencio recorrió la espesura del bosque con el único propósito de atravesarle el corazón a una parte de sí mismo. Sorpresivamente, tres Vampiros que habían permanecido escondidos lo atacaron. Se hallaba tan absorto y turbado por la situación que no los percibió entre la neblina.

Desesperado por llevar a cabo su plan, se les enfrentó, pero pronto se sumaron dos Vampiros más al encuentro. Anuar se encontraba ya a unos metros de los homúnculos y, suponiendo que Ian podría manejar la situación, siguió escondido, como un león agazapado vigilando atentamente a sus presas. Tres Vampiros protegían a su doble, mientras otros dos acosaban al homúnculo de Ian con preguntas. Anuar ya estaba lo suficientemente cerca del homúnculo de su amigo como para deshacerlo con un contrahechizo.

—¿Cuál es tu más grande y oscuro secreto? —preguntó un Vampiro del clan del Este, esperando que el doble de Ian le revelara los planes del Príncipe de las Sombras para luego él contárselos a Morvan, su amo.

—Es mi culpa que ella no haya regresado cuando lo planeó —respondió el homúnculo de Ian con los ojos vidriosos.

Anuar se quedó atónito con la respuesta ni en la peor de sus pesadillas habría imaginado algo así. Con gran esfuerzo permaneció en silencio con el corazón agitado, esperaba oír alguna explicación: aquello no tenía sentido. ¿Qué estaba tratando de decir ese pedazo del alma de su amigo? La luna quedó oculta por las nubes y Anuar aprovechó para aproximarse.

—¡Explícate! —espetó apremiante el Vampiro. El ruido de la pelea al fondo se escuchaba cada vez más lejano.

—La amaba tanto... la amaré siempre —respondió el doble de Ian con la voz entrecortada—. Cuando murió me volví loco; tal vez más que él, más que Anuar. El dolor era insoportable. Corrí hacia la biblioteca en lo que él masacraba a todos los que la habían orillado a saltar. Revolví todo, quería encontrar una explicación, una esperanza, un sosiego. Luego los vi. El anillo estaba ahí junto con la fórmula mágica para hacerla volver, pero se lo había dejado a él, la ira me envolvió... los celos... llevaba tanto tiempo celoso... perdí la cordura... los destrocé con mis manos, no quedó nada...

Anuar no daba crédito a lo que escuchaba. Había dejado de respirar; sintió una terrible punzada en el pecho. Por culpa de Ian había tenido que venderle su alma al diablo, por su culpa pasó tantos siglos sin ella y la mentira... durante todo este tiempo estaba creído que su amigo lo acompañaba por amistad, por solidaridad, y no era así: quería quedarse con ella, traicionarlo cuando él menos lo esperara, para tenerla. Un odio terrible comenzó a abrazarlo. Solo una idea vagaba por su cabeza: mataría al homúnculo, y después a Ian.

315

—Ha sido lo más terrible que pude hacer en mi vida —continuó el homúnculo en su letárgico monólogo—. No habido un día que no me arrepienta… si pudiera…

Intentó decir el doble de Ian, cuando alguien lo interrumpió:

—¡Maldita rata traicionera! —gritó Anuar, surgiendo de entre los matorrales.

Desprevenidos, los dos Vampiros no alcanzaron a enfrentarlo. El Príncipe de las Sombras fue demasiado rápido y su arrojo el más terrible. Inmediatamente lo atacaron los Vampiros que vigilaban a su doble; sin embargo, no tuvieran oportunidad contra su insaciable ira. Cuando los liquidó se acercó al homúnculo de Ian. Lo contempló con la mirada más siniestra y encendida que cualquier Criatura de las Tinieblas podría tener. Alzó la espada para cercenarle la garganta; le tomó unos segundos propinar el golpe. Todavía sentía cierto aprecio por aquel ser: a pesar de ser su doble, también era parte del alma de Ian; su rostro, el rostro de un amigo al que él consideraba su hermano. Justo cuando había tenido el valor de asesinarlo, se vio aturdido por un gemido de dolor: de la boca del homúnculo brotaba un líquido negro y espumoso; sus ojos perdieron el color y agachó la cabeza en agonía. Ian, con un terrible dolor en el pecho y ojos desorbitados, le había encajado el arma por la espalda; había matado a su propio doble. Contemplaba a Anuar desorientado. La tristeza ensombreció sus ojos; no obstante, este le devolvió una mirada furiosa. A lo lejos, mil ruidos siniestros se desprendían del silencio. La guerra entre los Seres de Luz y las Penumbras estaba a punto de comenzar. Anuar extendió una mano e hizo el hechizo para deshacer a su doble.

—¡Traicionero! —vociferó Anuar con brusquedad—. ¡Me engañaste! ¡Fue tu culpa que tuviera que convertirme en esto!

—¡No fue mi intención! ¡Es verdad: nunca imaginé que…!

—¡Mientes, querías quedarte con ella!

Ian caminaba de espaldas, pretendiendo evitar el enfrentamiento: quería explicarle, hacerlo entender. A su alrededor, el cuerpo de los Vampiros que habían masacrado convertían la escena en algo más desesperante y cruel.

—¡No! —gritó Ian desesperado—. ¡Sabía que no era para mí!

—¡Por supuesto que no! ¡Me ama a mí! ¡Es mía! ¡Su corazón es mío! —interrumpió, asestándole golpes con la espada.

Ian abrumado no hacía el menor esfuerzo por atacarlo. Únicamente se defendía del acecho de su espada.

—¡Tienes que escucharme! —reclamó Ian, jadeando y repeliendo cada estacazo que Anuar le propinaba—. ¡Todo tiene una explicación! ¡Jamás pretendí alejarte de ella! ¡Fue un error, un arranque de locura por verla morir!

—¡Mentiroso! ¡Querías que te ayudara a que regresara para luego quitarme del camino!

—¡Jamás haría eso! —insistió Ian, evitando el filo del arma de Anuar.

Al reconocer que jamás lograría vencerlo con la espada, Anuar se detuvo y, colérico, guardó el arma en la funda. Ian conocía todos sus movimientos, habían practicado juntos las peleas y podía adivinar cada sablazo.

—¡Esto lo resolveremos combatiendo cuerpo a cuerpo! ¡Y te haré arrepentirte de lo que has hecho! —en seguida sus huesos comenzaron a tronar, su piel se estiró y se volvió negra, su rostro se desfiguró, dando lugar a rasgos toscos y salvajes. Dos enormes alas membranosas brotaron de su espalda y todo él se estiró rebasando la estatura de dos metros.

—¡Esto no tiene que ser así! —replicó Ian, guardando su arma en la funda que colgaba de su espalda—. ¡Tienes que escucharme!

—¡No! ¡Tengo que matarte!

Ian dio tres pasos hacia atrás. Ya estaban muy cerca del acantilado y, bajando el rostro como señal de resignación, comenzó su transformación. Su cuerpo se estiró y su rostro se trasformó en una mezcla de murciélago y hombre. Dos gigantescas alas también nacieron de su espalda y alzando sus brazos levemente esperó a que Anuar se le abalanzara. Del otro lado del cañón, la más terrible de las batallas se estaba gestando. Los Maestros de Luz, al igual que Morvan, habían logrado abrir un portal dimensional, trayendo de los confines del universo a la más diversa variedad de Seres de Luz; pegasos, centauros, dragones dorados, plateados y cobrizos, kafanaris, y antiguos guerreros; las valkirias también habían asistido al llamado, junto con los dioses antiguos, los Aesir.

Las legendarias Elfas Guerreras montaban a cientos de unicornios. Su apariencia frágil, delicada, con sus pieles blancas como el nácar y orejas puntiagudas, escondían a mujeres fuertes, indomables, audaces y ágiles. Los Elfos de la Luz cabalgaban sobre los pegasos, los kafanaris y los grifos, las míticas criaturas mitad león mitad águila. Los Enanos, Gnomos y Duendes eran comandados por Tahit, Rey de los Gnomos y líder de los clanes de los diminutos Espíritus de la Naturaleza. Las filas de las Hadas surgían monumentales: delante se hallaban las Hadas de tamaño humano, y detrás de ellas, las poderosas hadas pequeñas, listas para dar batalla. Las Ninfas, Sílfides y Driadas jineteaban a los dragones plateados con alas de libélula.

Aalok comandaba a los regimientos de la Serpiente Emplumada, valientes guerreros listos para ofrendar la vida por defender a los más pequeños. Yúrik, amo y Señor de los Bosques, dirigía los destacamentos de los Therántropos-Oso, junto con su hijo Laban, el Indomable. Morowa, Soberana de la Selva, lideraba a las Amazonas mitad tigre mitad mujeres, y también a los mitad tigre mitad hombre, mientras Naomi comandaba a las Mujeres Cisnes que combatirían por el aire; a su lado, su segunda al mando Anilah, estaba preparada para enfrentarse a los terrores de la noche. Ashtar, Sumo Sacerdote de la falange de los Centauros encabezaba los regimientos, aguardando la indicación para atacar. La misión de aquel Ejército de la Luz era una: contener a las hordas del Señor de la Noche en tanto el grupo que custodiaba a la Piedra Noirush cerraba el portal abierto por Morvan para enviar a sus Huestes de las Penumbras de regreso a las dimensiones de donde habían venido.

Los demás Maestros de Luz observaban los terrenos desde la planicie más alta. Ágata, la Reina de las Hadas, temía por la seguridad de Aimée, su hija. Jamás había luchado en un enfrentamiento así de descomunal y, aunque estaba acompañada por Kiara, Axel, Dank, Miroslava, Kajól, Leii y los Wyvern, su corazón daba un vuelco cada vez que pensaba que en unos momentos más surcaría los aires combatiendo a los temibles Dragones Negros. El Rey Alejo el Protector, por su parte, no dejaba de pensar en su hijo. Su tardanza al presentarse en la acometida lo tenía nervioso y constantemente se preguntaba cuál sería la causa de su retraso. Jamás habría imaginado que se hallaba a unos cuantos kilómetros, arriba del acantilado, con el alma desgarrada luchando contra su mejor amigo.

Del otro lado de la desértica llanura, las cosas no eran muy diferentes: Morvan recorría de un lado al otro la barbacana de la fortaleza derruida en la que se encontraba. Alzado su báculo mientras su capa se movía con el aire, permanecía muy ocupado dirigiendo y dando órdenes a todas las falanges de su numeroso ejército. Duncan, por su parte, aguardaba rezagado en la antigua y ruinosa fortaleza, junto con el regimiento de Vampiros. Donovan, el Señor de las Bestias, organizaba a los Licántropos, los únicos después de los Nosferatu y los Dökkálfar dentro todos los Seres de las Penumbras que guardaban algún orden. Los Orcos, Trolls y Centauros Rojos lucían desmedidamente inquietos. La excitación por comenzar la contienda provocaba peleas entre ellos, causando algunas veces bajas entre sus miembros, ya que se mataban los unos a los otros en sus constantes riñas. Por el portal, un sinfín de criaturas continuaban pasando. Los más numerosos eran los Drow, las malvadas criaturas descendientes de los Elfos Oscuros que eran dirigidos por su Diosa oscura Loth, Dueña de las Profundidades, extraña mujer de aspecto hosco con cabellos blancos que contrastaban irremediablemente contra su piel negra como el azabache. Loth les daba las órdenes por señas, ya que ese era su medio de comunicación más común.

Los Driders avanzaban detrás de ellos. Eran los engendros provenientes de los Drow, repudiados por su Diosa Loth, que cuando no cumplían las pruebas a los que los sometía, los maldecía transformándoles la parte inferior de su cuerpo en la de una araña gigante. Poco a poco ingresaban igualmente por el portal algunos Utanor, aquellos terribles seres sin piel, poseedores de una musculatura tan dura como el acero y una fuerza casi insuperable. Los Dragones Negros, Cobrizos y Dorados se alineaban en filas, para ser montados por el regimiento de Elfos de la Oscuridad. En el cerro más alto, del lado de los Ejércitos de la Luz, algunos Maestros junto con otros Señores de los Espíritus de la Naturaleza planeaban la estrategia para ganar la guerra. El aire frío comenzaba a arreciar, las grises nubes se dispersaban permitiendo que se filtrarse la luz de la luna llena. En unas horas, la oscuridad sería total cuando el eclipse lunar estuviera en su punto más álgido.

—¿Crees que hicimos lo correcto Tonalna? ¿Mandar a aquellos inocentes en semejante misión? —preguntó Liv, Señora de los Unicornios de las Pléyades, mientras contemplaba aterrada desde la cumbre más alta a los regimientos de los Ejércitos de la Luz.

—*Dudar de las decisiones de los Maestros es algo que no debes de hacer. Dulce Reina, Morvan nunca adivinaría a quiénes hemos enviado a cerrar el portal.*

—Pero son tan pequeños —replicó Liv, moviendo la cabeza para sacudirse la crin que le tapaba uno de sus ojos.

—*El valor nunca será medido por el tamaño de quien lo posee. Bravos, inteligentes y ágiles son aquellos diminutos guerreros y su misión cumplirán sin recelos. Nadie más nos dará la ventaja que nos dan los más pequeños, y si esos diminutos seres en ellos mismos confían, tú también deberás hacerlo.*

Liv guardó silencio: por una parte, la sabia Tonalna tenía razón; sin embargo, aún temía por la seguridad de los queridos amigos de su hijo Sody. Su único alivio era recordar que su pequeño se encontraba a salvo en la Ciudad Luz. Los

318

Regimientos de la Luz esperaban estoicos la señal para atacar. Todas las filas aguardaban silenciosas. Al mismo tiempo, entre unos arbustos un grupo de pequeños y valerosos guerreros decidían qué ruta seguir para cumplir su misión. Nadie esperaba que fueran ellos los elegidos para proteger la valiosa Piedra Noirush, aquel amuleto que cerraría los portales.

—Estense quietos —farfulló Ziv con aguda voz, en tanto se rascaba la cabeza revolviendo, si se puede, todavía más su enmarañada melena—. Hay que esperar. No es el momento.

—Yo no estoy haciendo nada —rebatió Kusuma con su dulce vocecilla—. Son Pyro y Mikka que no dejan de moverse.

—No me importa. Simplemente quédense como estatuas hasta que yo diga —objetó Ziv sin dejar de enmarañar sus cabellos.

—Es que Mikka no deja de empujarme —masculló Pyro, acomodándose su gorrito puntiagudo.

—Yo no soy —refutó Mikka, rechazando la acusación.

—Bueno, pero ¿qué se traen? —insistió Ziv mirándolas molesto—. ¿Qué no entienden lo que quiere decir quietos como estatuas?

—Es que no cabemos —reclamó Mikka con voz irritada.

—¿Cómo no vamos a caber si somos muy pequeños? —investigó Ziv en un tono igualmente encrespado, colocando sus delgados y largos dedos en su estrecha cintura.

—Pues es que Sody está muy grande —recalcó Mikka, rascándose la sien.

—¡Qué! —gritó Ziv exasperado—. ¡Sody! ¿Qué demonios haces aquí?

—No maldigas —reclamó el unicornio—. Mi mamá dice que no debemos maldecir.

—¡Y también dijo que tú no podías venir! —espetó Ziv, moviendo sus manos nerviosamente.

—Me camuflé muy bien. ¡Mira! —expresó el pequeño unicornio, mostrando su cuerpo blanco bañado en lodo.

—¡Pero... pero! ¡Cómo se te ocurre! Esto es muy peligroso —dijo Ziv, sintiendo que se le iba el aliento y sus delgados dedos se encendieron como lamparitas.

—¡Por favor, por favor, no le digas a mi mamá. No me mandes con ella: solo quiero ayudar, ya no soy un bebé! —suplicó Sody, abriendo sus ojos grises de manera desmesurada.

Ziv permaneció pensativo. Recordaba todas las veces que no le habían permitido participar en algunas misiones porque lo consideraban un imberbe, cuando él estaba apto para realizar las tareas. Aquel recuerdo de frustración le ablandó el corazón.

—Está bien. Puedes quedarte... de todas maneras ya no hay tiempo para mandarte de regreso a la Ciudad Luz. ¡Pero no quiero que te me separes por ningún motivo! —resaltó Ziv, señalándolo con su largo, huesudo y brillante dedo.

—¡Te lo juro! —exclamó Sody relinchando de felicidad—. ¡Gracias!

—No me lo agradezcas todavía. Esto es muy peligroso. Tienes que seguir mis órdenes al pie de la letra —recalcó Ziv, frunciendo el ceño.

—Así lo haré. ¿Cuál es el plan?, ¿qué vamos a hacer? —curioseó el unicornio, rebajando la voz para hacer parecer que se sometía gustoso.

Colocándose en círculo alrededor de él, le explicaron, no sin dejar de interrumpirse los unos a los otros, cuáles eran sus planes. Cuando comenzara la batalla buscarían los caminos más seguros para llegar al Portal Dimensional y Ziv sería el encargado de colocar la Piedra Noirush en el lugar correcto para cerrar la puerta que dejaba pasar a los Seres de las Penumbras. En ese momento deberían ponerse a salvo porque, al cerrarse, el Portal succionaría a todas las criaturas que estuvieran cerca de este.

De pronto, mil ruidos fatídicos se desprendieron del silencio. Los Ejércitos de Morvan avanzaban, haciendo temblar la tierra. Por el aire, los Elfos de la Oscuridad guiaban a los Dragones Negros y Cobrizos, junto con las Mujeres Cuervo. En ese instante, Aimée recibió la orden y montó a Kajól, quien tomando vuelo se elevó por los aires, los Elfos de la Luz aupados en los Kafanaris y los Grifos la siguieron. Los antiguos dioses de las tierras del norte volaron tras ellos jineteando a los Dragones Verdes, junto con las Valkirias encaramadas en Pegasos, y el último grupo, el de los Siete Magníficos, igualmente cruzaron los cielos a toda velocidad elaborando una formación en V. Los Siete Magníficos eran una legendaria avanzada de unicornios alados que era la más poderosa de todas las criaturas aéreas por su agilidad en vuelo y la magia tan poderosa que encerraban sus enormes cuernos multicolores. Aimée sacó su báculo y, con increíble destreza, maniobró junto con Kajól para derribar a los poderosos Dragones Negros. De su cayado poderosas vibraciones de energía se desprendían en cada encuentro, arrojando a sus oponentes en todas direcciones. Por tierra, Ashtar, el poderoso Centauro alzó su cimitarra y, dando un fuerte bramido, galopó hacia el campo de batalla, seguido por todos los regimientos que enfrentarían a las criaturas de la oscuridad. La batalla era encarnizada. Los Orcos eran decapitados por las cimitarras de los Centauros que los perseguían sin piedad. Los Licántropos, a las órdenes de Donovan, Señor de las Bestias, dirigieron sus filas hacia las Elfas Guerreras y fueron contenidos rápidamente por Yúrik, Señor de los Bosques. El enfrentamiento entre los Therántropos-Oso y los Licántropos sería legendario y recordado por eones. Los Elfos de la Luz con sus arcos y discos se enfrentaron a los Drow, quienes les daban una cruenta batalla. Los Enanos, Gnomos y Duendes se enfrentaban con espadas y mazos a los Trolls. De ambos lados las bajas serían numerosas.

Tahit, Rey de los Gnomos, había conseguido encajarles su espada en la sien a varios Ogros y Trolls con una agilidad y velocidad sorprendentes. Las filas de la Hadas enfrentaban a quien se les ponía enfrente. Las más pequeñas perdían la vida rápidamente al ser capturadas por las manos de los Orcos que con los dientes les arrancaban las cabezas para luego engullirlas; sin embargo, muchas de ellas lograban crear sus famosos anillos de Hadas, con los cuales envolvían a los crueles seres que intentaban capturarlas para encerrarlos en una ensoñación que podría durar hasta siete años. Por su parte Dank, se enfrentaba junto con Laban, Axel, Miroslava y Kiara a los Utanor. Aquel peculiar grupo tenía una excelente estrategia de batalla trabajando en equipo. Kiara convocaba a los Espíritus Elementales para crear enredaderas que los atrapaban, en tanto Axel y Miroslava los distraían, para que inmediatamente Dank y Laban se acercaran por la espalda y les destrozaran los cráneos con sus manos, ya que era imposible atravesarlos con cualquier arma su dura musculatura carente de piel.

El pequeño grupo de valientes guerreros que resguardaba la poderosa Piedra Noirush avanzaba sin ser advertido en el campo de batalla, esquivando a los Seres de las Penumbras que se cruzaban en su camino. Eran tan pequeños y lucían tan insignificantes que ninguna oscura criatura se preocupaba por enfrentárseles. En varias ocasiones, el pequeño Sody había ahogado un grito cuando algún monstruo caía frente a él atravesado por alguna lanza, flecha o espada de los Ejércitos de la Luz. Entre tanto, por el aire, los antiguos dioses, junto con las Valkirias, derribaban con sus lanzas y hachas de doble filo a los demonios alados que intentaban detenerlos. Los Siete Magníficos dominaban los aires derribando Dragones con sus cuernos mágicos. Alejo, el Protector, combatía en tierra distraído pensando en su hijo, que aún no aparecía. La Reina Ágata y la Sacerdotisa Dana creaban continuamente escudos protectores para proteger las filas de Hadas, Duendes y Gnomos que temerariamente lidiaban contra los más poderosos y viles seres que jamás hayan pisado el planeta. A pesar de que los Seres de Luz diezmaban a sus ejércitos, Morvan permanecía impertérrito, contemplando desde una de las torres de la antigua y derruida fortaleza a la que había convertido en su centro estratégico. El viento frío movía su capa negra de un lado al otro. Detrás de él se encontraba Duncan, esperando su señal para acometer junto con su regimiento de Vampiros listos para dar pelea.

—Señor —intentó decir Duncan, cuando sus palabras fueran interrumpidas por el brazo que había alzado del Señor de la Noche para hacerlo callar.

—Aún no es el momento.

El destacamento de Vampiros persistió imperturbable, empero sumamente irritado. El olor a sangre fresca los excitaba sobremanera. Sus ansias de esta se volvía cada vez más insoportable. Era como si les quemaran la tráquea con aceite hirviendo. En el baluarte, algunos Vampiros apuraban con sus látigos a los Trolls y Ogros que forjaban las armas en los descomunales hornos que Morvan había ordenado construir algunos meses atrás. Por la puerta dimensional, insólitas y crueles criaturas no dejaban de transitar.

Entre tanto, en el acantilado, la pelea entre Ian y Anuar no terminaba. Se lanzaban golpes, rocas y árboles.

Lo único que en realidad pretendía Ian era esquivar todos los proyectiles que Anuar le arrojaba, tratando de hacerlo entrar en razón.

—¡Escúchame! —gritaba Ian inútilmente. Anuar no paraba de abalanzársele para atraparlo. El ruido proveniente de la cruzada que se gestaba detrás de ellos no parecía importarle en lo más mínimo. Harto de la inútil persecución, Anuar se le lanzó velozmente para tener una pelea cuerpo a cuerpo. Ian lo tomó por los brazos y, haciendo palanca con una pierna, lo lanzó hacia unas rocas. Anuar se golpeó fuertemente contra muro de piedra y una roca cayó sobre él.

—¡Cobarde! —vociferó Anuar, al advertir que huía a toda velocidad hacia el centro de la encarnizada batalla, al otro lado del desfiladero.

No obstante, pronto se tragó sus palabras. Ian no huía, volaba desesperado hacia Aimée, que había sido derribada por uno de los feroces Dragones que la acosaban. Ian jamás había volado con tanta urgencia en toda su vida. Sus ojos estaban fijos en el cuerpo de Aimée que caía inconsciente hacia el suelo. Anuar sentía que el alma se le salía del pecho al presenciarla escena. Aimée estaba totalmente indefensa, los Wyverns, Leii y Kajól no podían ayudarla porque estaban luchando contra los Dragones Negros, que les impedían ir en su rescate. Anuar logró salir de su estado de shock y quitarse la roca que le oprimía el cuerpo. Sin embargo, se encontraba demasiado lejos para alcanzarla a tiempo e, irónicamente, lo único que deseaba su corazón en ese momento era que Ian la sujetara entre sus brazos.

Atravesando rayos y conjuros, Ian atrapó Aimée a media caída. Sin esperarlo, cinco Elfos Oscuros que montaban a los Dragones Negros lo atacaron, lanzándole poderosos conjuros que lo debilitaron y, por la espalda, uno de ellos le clavó una espada de ónix, atravesándole el corazón. Ian se retorció de dolor y, aun así, siguió su vuelo, su alma únicamente deseaba proteger a Aimée, que comenzaba a salir de su conmoción. Y tomando fuerzas de lo más profundo de su ser, lanzó un hechizo que derribó al Elfo que lo había atacado y después huyó con dificultad hacia uno de los cerros, metiéndose en una de las numerosas socavones que este albergaba. Ian aterrizó de rodillas, procurando dejar a Aimée delicadamente en el suelo. Ella, todavía confundida y mareada por el hechizo que le habían echado para derribarla, avanzó torpemente sujetándose de las paredes de la pequeña gruta. Cuando el mareo cesó levemente, giró para agradecerle a Ian el rescate. Su rostro cambió de expresión rápidamente, de la conmoción a la angustia total; su piel empalideció aún más y llevó las manos hacia la boca para intentar ahogar un grito. Se acercó a Ian lo más rápido que pudo para sostenerlo por los hombros e impedir que cayera de bruces en el suelo arenoso.

—Ian, ¿qué sucede? —indagó con un nudo en la garganta. Sus ojos se llenaron de lágrimas, al observar el lastimoso estado en el que Ian se encontraba.

—Lo siento tanto… —apuntó Ian en un susurro apenas audible.

—¿De qué me estás hablando? No tienes nada de que disculparte… estarás bien. Tienes que ser fuerte. Los Maestros de Luz te ayudarán. Iré por ellos…

—No —pidió Ian, sosteniendo su mano—. Esto ya no tiene solución. No te vayas: necesito que me escuches.

Aimée guardo silencio sin dejar de llorar. Ian estaba realmente mal y contemplaba aterrado la oscura sangre que brotaba de su pecho. Lentamente transformó su monstruosa apariencia de murciélago, su cuerpo se convulsionó tenuemente y se escuchó un crujido de piel y huesos mientras regresaban a la normalidad. Su respiración se hacía cada vez más lenta y entrecortada y a ratos jadeaba. La poca luz que entraba al pequeño socavón solo le permitía a la joven observar con nitidez los dulces y amielados ojos de Ian, que la contemplaban con fatiga.

—Necesito que me perdones, que los dos me perdonen —solicitó Ian después de tragar un poco de saliva. De sus labios un hilo de sangre comenzaba a asomarse.

—¿Qué te perdonemos? —indagó, sorprendida—. No tenemos nada que perdonarte.

—Sí, sí tienen —respondió respirando a cada instante con más con dificultad— . Fue mi culpa que no pudieras revivir cuando lo planeaste. Yo rompí el anillo que habías dejado… también el hechizo para hacerte regresar.

Antes de que Aimée lograra preguntarle por qué lo había hecho, Ian continuó tomando su mano, reteniéndola con la poca vitalidad que le quedaba.

—No fue mi intención. Verte morir me enloqueció... estaba tan celoso... Te amaba. Te he amado desde el día en que te conocí. Nunca se lo dije nadie...

—Eso ya pasó —dijo Aimée—. No importa...

—Sí importa. Anuar tuvo que transformarse en un monstruo para esperar tu regreso. Fue mi culpa y no habido día que no me arrepienta.

—Ian... siento mucho que hayas sufrido en silencio tantos años —insistió, procurando contener las lágrimas para poder hablar; percibía que se le iba la vida— Todo pasa por una razón.

—Solamente quiero saber una cosa —expresó Ian en un suave murmullo—. ¿Si no lo hubieras conocido?... ¿habrías podido amarme?

—Sin duda —confirmó sin vacilar, mirándolo fijamente.

Ian cerró los ojos, mostrando que algo en su alma se tranquilizaba. Todo a su alrededor parecía oscurecérsele; el dolor en el pecho comenzaba a agudizarse.

—Siento mucho haber intentado besarte —reconoció Ian recordando aquel intento desesperado por tenerla, aunque fuera por unos segundos—. ¿Recuerdas...?

—No te arrepientas —pidió llevando un dedo a sus labios para hacer que guardara silencio. Después se le acercó y lo besó dulcemente.

Cuando Aimée se separó de sus labios, Ian intentó saborear hasta la última gota de dulzura con la que Aimée lo había marcado.

—Jamás pretendí separarte de Anuar. Sé que son el uno para el otro.

Los dos se miraban fijamente, mientras Aimée sostenía su cabeza con una de sus manos, dejando la otra sobre su pecho en un intento por tranquilizarlo. Nadie se dio cuenta de que un leve aire había soplado desde la entrada de la cueva. Sigilosa, una sombra se acercaba a ellos.

—Quisiera que Anuar lo supiera... —insistió Ian con la voz, entrecortada por el dolor y la falta de aire— que supiera que nunca quise separarlos así. Él es para mí como un hermano, y quiero que sea feliz... estoy muy arrepentido. Daría lo que fuera por que las cosas hubieran sido diferentes...

—Lo sé —lo interrumpió Aimée— y él también. Ya no pienses en eso.

—Yo... yo... quisiera que él lo supiera... No quiero morirme sin que él sepa que mi intención nunca fue que ustedes sufrieran...

—Lo sé —confirmó Anuar con voz suave, agachándose para acercarse a su amigo.

Ambos se sorprendieron. No se imaginaban que Anuar había escuchado su conversación. Anuar tomo la mano de su amigo y la apretó suavemente.

—Para mí siempre serás mi hermano y no tengo nada que perdonarte —reafirmó Anuar dejando que por fin las lágrimas recorrieron su rostro.

La atmósfera se sentía pesada. La tristeza que sentían Aimée y Anuar podía percibirse en todos los rincones de aquella estrecha gruta. Ian observó a Anuar, agradecido; su alma descansaba en paz. Su amigo lo había perdonado y haber conseguido confesarle a Aimée sus sentimientos hacia ella le habían quitado de encima un enorme peso que cargaba desde hacía siglos. Ian soltó un último suspiro, giró para contemplar a Aimée, aquella criatura hermosa y suave lo observaba estremecida de tristeza y desolación.

—Sonríe —alcanzó a decir Ian—. Te ves más hermosa cuando sonríes.

Y sus ojos se cerraron para no volverse a abrir. La joven comenzó a sollozar profundamente. Acomodó la cabeza de Ian en el suelo. Anuar se levantó y se pasó junto a ella para abrazarla. Ninguno se atrevía a hablar. El cuerpo de Ian comenzó a cuartearse, como la tierra árida que sufre por la erosión y, en unos segundos, su cuerpo se convirtió en cenizas. Anuar cobijó el rostro de Aimée en su pecho para que no pudiera presenciar lo que sucedía. Los rugidos y gritos en el exterior los distrajeron de su ensimismamiento: la batalla continuaba.

—¿Estás bien? —preguntó Anuar.

—Sí —respondió ella en un susurro.

Los Siete Magníficos se acercaron velozmente hacia los Dragones Negros y Cobrizos, derribándolos con la magia de sus cuernos, Leii, Kajól, los Wyvern y Haldor, el Tigre Alado se vieron libres para continuar peleando. Aimée y Anuar se dirigieron hacia la salida. Kajól ya se encontraba volando afuera junto a Leii. Cada uno montó a su respectivo animal y se dirigieron al centro de la acometida. Alejo observó a su hijo combatiendo en el aire junto a Aimée. Aquel avistamiento pareció regresarlo a la realidad, y con increíble poder hechizó a varios Orcos que intentaban aproximarse a las filas que defendía. El indomable guerrero que dormía en él comenzaba a despertar: con su descomunal espada atravesaba a cuanta criatura se le enfrentaba. Posteriormente remontó a una loma y desde ahí oteó mejor la situación.

Gritando dio las órdenes pertinentes al cuerpo de infantería formado por los Centauros, las Elfas montadas en los Unicornios y los Elfos encaramados en Kafanaris y Grifos, y les indicó que realizaran una formación a manera de cuña. Con esa estrategia, la infantería se abalanzó hacia el centro del Ejército de las Penumbras, aniquilando a todas sus falanges. La batalla por aire también la estaban ganando los Ejércitos de la Luz. Aunque los Seres de las Penumbras continuaban luchando. La balanza de la victoria estaba claramente inclinada a favor de los Espíritus de la Naturaleza que, a pesar del agotamiento, no consentían que ningún monstruo escapara. En la lóbrega ruina donde se hallaba Morvan observando la batalla las cosas lucían calmadas. El Señor de la Noche se mantuvo impávido al contemplar a su ejército destruido. Una cruel mueca de satisfacción se dibujaba en su rostro. Sus ojos enrojecidos se llenaban de un inmenso placer al percibir el hedor que invadía el aire.

—Señor... —dijo Duncan, interrumpiendo los pensamientos de su amo; la situación lo estaba poniendo muy nervioso.

—Están cansados, Duncan, muy cansados —señaló Morvan mirando al horizonte.

Su capa negra se movía ligeramente con el viento frío que se arremolinaba en la alta torre donde se encontraban.

Duncan guardó silencio. No entendía cómo Morvan continuaba tan relajado y pasivo.

—¿No lo comprendes verdad? —inquirió el Señor de la Noche sin dejar de sonreír.

Duncan negó con la cabeza, sintiéndose frustrado con expresión de incertidumbre.

—He vivido millones de guerras —continuó Morvan suavizando la voz. Aquel viejo caballero inglés lucía excelso como siempre—. He asesorado a cientos de líderes a través de las eras... para ganar una guerra. Lo único que hay que hacer es sorprender al enemigo. Él siempre tiene que pensar que conoce tus planes, tus movimientos… tus estrategias.

Duncan entrecerró los ojos intentando comprender las palabras de su amo. La oscuridad comenzaba a hacerse sentir. El eclipse lunar pronto comenzaría y el viento helado le llevó hasta él el olor a sangre y desolación.

—No han conseguido cerrar los portales. Las criaturas de la Penumbras continuarán atravesándolo… ninguno de sus guerreros ha logrado acercarse lo suficiente al portal para cerrarlo. Aún poseo el libro —explicó Morvan, observando de reojo el viejo grimorio que estaba puesto a su lado sobre el balcón de piedra—. Anuar no ha transformado a Aimée y sus ejércitos están agotados…

Duncan le devolvió una mueca torcida. Comprendía los planes del Señor de la Noche. Con paso firme y acelerado, Duncan se dirigió hacia las escaleras, colocándose el caso. Al llegar a la explanada de la fortaleza, alzó un brazo y las puertas se abrieron trabajosamente. Montó su corcel y galopó hacia la contienda, seguido por la Hueste de Inmortales que habían esperado pacientemente la ansiada orden. Desde las colinas, Tonalna observó cómo emergía al regimiento de Vampiros que corrían excitados hacia sus filas. Alzó su báculo y este se iluminó con fuerza, indicándoles a los Maestros de Luz lo que sucedía al otro lado del paraje. Ágata, Alejo y Dana indicaron a sus falanges que retornaran e hicieran una larga formación para enfrentárseles. Los guerreros, consternados, no creían poder seguir contendiendo. Sus fuerzas estaban agotadas.

—¡Ahora, princesa! —gritó Dana hacia los cielos esperando que Aimée la escuchara.

Desde los aires, Aimée asintió con la cabeza. Le ordenó a Kajól que se detuviera y este quedó flotando en el aire en lo que ella se preparaba. Anuar quiso preguntarle qué sucedía, aunque pronto se percató de la situación. Aimée permaneció tranquila y segura, tomó el collar y lo colocó sobre su rostro, sujetando la cadena detrás de su cabeza. El dije ahora caía sobre su frente y aparentaba ser un tercer ojo azul. Puesta de esta forma, la gema le daría a Aimée todo el poder que necesitaba, pues de esta manera estaba conectada con su ser superior y podía accesar fácilmente el conocimiento que necesitaría para este nuevo y, tal vez, último enfrentamiento.

Una vez lista, incitó a Kajól para que descendiera velozmente. Como un torrente de agua Aimée se abalanzó sobre las viles criaturas de la noche. Alzó su báculo y su espada y, formado una X con sus dos armas, produjo una gigantesca burbuja de luz que después explotó. La vibración y la luz centellante que se creó inmovilizó a los Vampiros que se encontraban cerca. La luminosidad era tan resplandeciente como la luz solar, provocando que los Nosferatu cayeran de rodillas cubriendo sus ojos. La infantería de los Ejércitos de Luz aprovecharon estos breves instantes en que los Vampiros se hallaban distraídos para arremeter contra ellos, porque únicamente así tendrían alguna oportunidad para vencerlos.

Anuar, aún en el aire, observó desde qué punto la luz que emitían la espada y el báculo de Aimée no lo afectarían y, una vez localizó el sitio desde donde podría combatir, se apeó de Leii. Durante la caída trasformó su cuerpo hasta asemejarse a una gigantesca gárgola que desplegaba sus alas decido a destazar a todo aquel que se interpusiera en su camino. Descendió frente a su raza como un ser invencible. Su sola presencia provocaba que las Nosferatu corrieran intentado escapar. Sin embargo, era inútil: el Príncipe de las Sombras no los dejaría ir vivos y, como si se tratara de muñecos de felpa, Anuar los alzaba con un brazo y les arrancaba el corazón con sus negras garras. Dank y Laban, por su parte, atacaban con zarpas y dientes; sin embargo, los vampiros eran difíciles de atrapar porque cambiaban de lugar en un parpadeo o brincaban a alturas a las que no podían alcanzarlos.

Las Elfas de la Luz arrojaban continuamente piedras mágicas que distraían o deslumbraban a los Vampiros que las atacaban sin piedad. Los dioses antiguos procuraban contener en pequeños círculos a la Hueste de Inmortales para que los Elfos con sus flechas y lanzas lograran defenderse. Aalok, Señor del Fuego Sagrado, junto con su falange de guerreros, creaban asimismo cercos de llamas para atrapar a los Nosferatu que se hallaban más próximos a ellos. Las Hadas convocaban a los Elementales, los Espíritus de la Naturaleza que controlaban los cuatro elementos. En un intento desesperado por detener a los Vampiros que las acechaban, erigiendo continuas ráfagas de viento, agua, fuego, lograban repelerlos, aunque únicamente por momentos. Los Pegasos, Kafanaris, las Valquirias, las Mujeres Cisne y los Siete Magníficos peleaban en el aire contra los Dragones y los demonios en una encarnizada lucha, donde cada bando perdía a cada momento a un guerrero. Morowa dirigía a las filas de Mujeres Tigre hacia los monstruos que continuaban atravesando el portal. Todo parecía ser regido por un incesante caos y desolación. Ashtar, herido, dejó a cargo de su regimiento a Sitara, su valiente esposa que lo esperaría en tanto él corría hacia Tonalna para que curara sus numerosas heridas y consiguiera seguir combatiendo. La contienda se tornaba cada vez más temeraria y difícil: los Ejércitos de la Luz se encontraban al borde de la extenuación. Comprendían que no estaban ganando, sino conteniendo a los Ejércitos de las Penumbras que, además, continuaban multiplicándose, pese a sus esfuerzos por destruirlos.

En el fragor de la batalla, las Criaturas de la Luz y las Penumbras se esparcían confusamente en la llanura. Se herían con lanzas, hachas, látigos, flechas, garras y dientes; sin embargo, el primero en romper la falange de los Ogros fue Yves, el Elfo dirigente de los arqueros, e hizo renacer un atisbo de esperanza entre sus compañeros. Alejo le partía la frente a cualquier criatura que se le pusiera delante. Las cimitarras de los Centauros se hundían en los huesos de los Vampiros; sin embargo, la recuperación de estos era casi instantánea y volvían a arremeter.

De las entrañas de la tierra ascendían abominables e inmensos Orcos. Miroslava los mataba casi instantáneamente y sin piedad perseguía a quienes intentaban huir. De vez en cuando giraba intentando avistar a Ian, pues solamente advertía a Anuar luchando. ¿Dónde estaría?

Dank, por su parte, se acordaba de él al ver a Anuar solo. Aquello no podía significar nada bueno. ¿Por qué no lo habían visto llegar con Anuar? ¿Por qué Ian no aparecía por ningún lado?, se preguntaba el gigantesco hombre toro, mientras embestía a un Orco.

A pesar de estar concentrado en la pelea, Anuar echaba un vistazo a sus costados buscando a Ian, no logrando hacerse a la idea de que su mejor amigo había muerto y que ya nunca más volverían a combatir juntos. También recordó que tendría que darles la noticia a Dank y a Miroslava, y una insidiosa punzada le ardió en el pecho. Canalizando todo su dolor y su coraje, Anuar desolló vivos a varios Vampiros antes de arrancarles el corazón a manotazos. Con cada segundo que pasa, su lado más oscuro arrebataba cada vez mayor control. Para Anuar, la crueldad y el coraje siempre habían sido difíciles de controlar. Sus sentimientos de odio y dolor no le permitían reprimir su parte más feroz y, sin importarle que Aimée lo observara, continuó destripando y descuartizando a diestra y siniestra, bebiendo sangre de sus enemigos cuando lo consideraba conveniente. Algunas veces, Aimée lo descubrió y se estremecía de miedo; pero, por otra parte, ella también había asesinado a varios. Sus amigos, su madre, los Maestros igualmente estaban matando, ¿cómo podría reclamarle algo? Si estaba salvando a todos a los que ella amaba.

Las Elfas Guerreras arrancaban del pecho de sus oponentes sus largas y blancas lanzas para clavárselas a otros siniestros monstruos. Sin embargo, todos sus esfuerzos eran insuficientes: en cuanto los Ejércitos de las Luz eliminaban a un Criatura de las Penumbras, tres más parecían surgir en su lugar. Desde la parte de atrás de las filas de las Escuadras de Luz, una esperanza comenzaba a vislumbrarse. Umiko y Keanu, los Príncipes de las aguas, que se habían quedado a cargo del portal que habían abierto junto con los Maestros de Luz, con esfuerzos sobrenaturales habían conseguido traer a más criaturas de los confines del universo para que los apoyaran. Una multitud de resplandecientes Guerreros de la Luz apareció en los montes y descendió las colinas para sumarse a la refriega. El esplendor de la plata y el diamante de sus yelmos, sus pulidas corazas y en los escudos deslumbraban los ojos. En un clamor generalizado se desbordaron hacia sus enemigos, enhiestas sus largas y blancas lanzas que se hundían en la sangre de los combatientes. Aquellos valientes guerreros llegaban con nuevos bríos, motivando a los Tropas de la Luz a seguir luchando, a pesar del agotamiento. Esparcieron el terror en los ojos de sus oponentes y clavaron en las sienes de decenas de Orcos, Trolls, Mujeres Cuervo y Elfos Oscuros sus lanzas, flechas de fuego, espadas y hachas.

A pesar de esto, los Maestros consideraban que la ayuda era provisional. No se lograría nada de esta manera, pues se creaba un círculo vicioso sin fin, donde ambos bandos continuarían dejando pasar criaturas eternizando las batallas. La única manera de ganar era que los guerreros que cargaban la Piedra Noirush cerraran el portal dimensional que seguía dejando transitar a todas aquellas viles y malditas criaturas, pero no sabían nada de ellos. El jefe de los Centauros, Ashtar, regresó al campo de batalla después de que Tonalna curara sus heridas. Galopando intrépido y seguro sobre la llanura teñida de sangre, su retorno les dio nuevos fuerzas a sus compañeros, que al advertir su rostro de curtida piel morena y semblante indestructible los llenó con nuevos bríos y así lograron atinar mejor cada uno de sus estacazos.

En un extremo del campo de batalla, Kiara fue lanzada por los aires por un monstruo amorfo de cabeza gigantesca. Ante esto, algo en Axel se inflamó y con furor arremetió contra la bestia blandiendo sus dos espadas. Con sus vísceras al descubierto, la criatura cayó inerte.

—¿Estás bien? —preguntó Axel preocupado, ayudando a Kiara a levantarse.

—Sí, no fue nada —respondió ella recogiendo su lanza.

Quedaron mirándose unos instantes. En seguida voltearon sus rostros para desafiar a quien quisiera combatir contra ellos. Laban y Dank luchaban hundiendo sus garras en los hombres lobo que intentaban escapar y Anuar, con tremenda furia y poder, destrozaba a todos los Vampiros que estaban a su alcance. A su alrededor, cientos de cuerpos yacían inertes.

—¡Permanezcan firmes, Elfos, Centauros, Gnomos y Duendes! —gritó Anuar, desencadenando fuerte clamor en sus guerreros, que alzaron las armas para continuar luchando.

Entre los relinchos doloridos, el golpeteo de los cascos y cientos de horrores, el grupo que dirigía el pequeño Ziv avanzaba tortuosamente en el campo de batalla. El aire les quemaba los pulmones al correr durante tanto rato y, aun así, continuaban su marcha sin descanso, porque sabían que la victoria se lograría solo si cumplían su misión. Sorpresivamente, el pequeño Fingerlys fue alzado por el cuello por un Troll de pestilente hedor que los había descubierto. Kusuma revoloteó alrededor de su cabeza para distraerlo, mientras Pyro encendía sus patas: el Troll soltó a Ziv, y Sody le clavó su afilado cuerno en la entrepierna. La asquerosa criatura salió huyendo y el grupo retomó su camino. Sin embargo unos cuantos metros después dos criaturas más les cerraron el paso

—¡Pyro, Mikka, Kusuma distráiganlos! —ordenó el valiente unicornio—. ¡Ziv, sube a mi lomo!

El Fingerlys lo obedeció y lo montó. Pyro y Kusuma crearon flamas y luces que envolvieron a las criaturas, cegándolos. Entre tanto, Sody galopaba entre los dos monstruos. Con increíble agilidad el pequeño unicornio esquivó a las oscuras bestias que se les atravesaban en el camino.

— ¡NOOOOOOOO! —vociferó Morvan, apretando el barandal de la torre en la que se encontraba observando impotente a las dos criaturas que se acercaban al portal. No obstante, ya era demasiado tarde: el incansable unicornio había dejado a Ziv justo enfrente del portal. El duendecillo alzó la Piedra Noirush y gritó:

¡Antigua y poderosa Noirush, escucha mis palabras ahora!
En esta noche, antigua sabiduría trabaja aquí
Ocultos secretos vengan a mí
La gran obra de la magia actúa en esta hora
Escuchen Seres de las Tinieblas, llegó el momento
¡Ojos malignos miren aquí!
El portal que no debió ser hecho será deshecho
Regresen a la oscuridad donde las sombras rondan
¡Piedra Noirush, escucha mi llamado!
Desvanece los poderes de esta puerta de las penumbras
Y que sea extinta la maldad que ha viajado hasta aquí
¡Noirush, llévate contigo este mal y que la luz gane de nuevo!
En este momento oscuro y de pena
¡Que todo sea arrastrado por esta Piedra!

La extraña joya dejó de titilar, el cambiante color de rojo a negro cesó y una luminiscencia escarlata radiante como la sangre pareció explotar e iluminarlo todo a su alrededor. El pequeño Ziv la sostuvo con fuerza, colocando una de sus huesudas piernas atrás para no caer por la cantidad de energía que la Piedra liberaba. Esperó unos segundos, como le habían indicado los Maestros, y en

328

seguida la soltó y corrió con todas fuerzas alejándose del portal. En el momento en que la Piedra tocó el piso un extraño y enérgico rumor comenzó a invadir el aire. El suelo se sacudió con fuerza. Sody alcanzó a Ziv para que lo montara. Sorteando a las viles criaturas llegaron hasta donde estaban Mikka, Pyro y Kusuma, que también lo montaron.

Al escuchar el estruendo, Morowa, Alejo, Yúrik, Ashtar, Tahit y Aalok corrieron hasta colocarse al frente de los Ejércitos de la Luz. Las reinas Naomi y Ágata volaron hasta ellos, en tanto Tonalna los alcanzaba montada en Liv. Cuando todos estuvieron reunidos al frente de sus guerreros, Alejo giró con el rostro animoso:

—¡Guerreros, detrás de nosotros! —bramó.

Los Maestros se situaron uno al lado del otro y uniendo sus manos formaron una cadena.

—¡Ahora! —ordenó Aalok y en unos instantes comenzaron a irradiar una potente luz. Un escudo protector comenzó a formarse enfrente de ellos.

En la lejanía, Sody había encontrado un escondite donde ponerse a salvo a él mismo y a sus pequeños amigos. La tierra comenzó a rugir y una fuerte turbulencia en el aire empezó a formarse. Por su parte, Aimée, Anuar, Axel, Kiara, Dank, Anilah, Laban y Miroslava, quienes se encontraban muy próximos de donde se había abierto el portal, buscaron inútilmente un lugar donde protegerse. El portal succionaba el aire con una potencia indescriptible.

Anuar corrió hacia Aimée, la tumbó al piso y se colocó sobre ella en un desesperado intento por protegerla. Los Seres de las Penumbras eran arrastrados hacia el vórtice, que era como un hoyo negro que no deja escapar nada. El portal succionaba a toda Criatura de las Tinieblas que se encontrara cerca. Cientos de ellas luchaban desesperadas por escapar de su fuerza. Todo fue en vano: una a una eran devoradas por el oscuro y gigantesco vórtice.

Con increíble ímpetu, Anuar resistía la succión. Axel y Kiara se sostuvieron anclados a una roca, Laban resbaló y cuando estuvo a punto de ser succionado por el remolino, Dank se arrastró hacia él, sosteniéndole con un brazo. Anilah fue rescatada por Miroslava, la bravía mujer serpiente encajó sus garras en sus delicados brazos para no perderla. Algunos Vampiros lograron ponerse a salvo, junto con Duncan. Donovan formó una cadena con algunos de sus hombres y escaparon a la terrible succión.

En unos instantes, todo había acabado: donde había erguido el portal el aire ahora fluía libremente. Cuando todo estuvo en calma, los Maestros separaron sus manos y, junto con los Ejércitos de Luz, rodearon a los pocos Seres de las Penumbras que habían sobrevivido. Más allá de la mitad de la llanura, Anuar se levantó con lentitud, ayudando a Aimée a incorporarse. Los demás se reunieron con ellos. La noche comenzó a cargarse de ruidos, cantos y alegría.

Lo habían conseguido: los Ejércitos de Luz habían triunfado. Sin embargo, la victoria a veces es como un suspiro, algo tan delicado y efímero que apenas si puede disfrutarse. Un zumbido vago rompía la alegría de la noche. Anuar volteó para buscar qué lo provocaba y sus ojos no dieron crédito a lo que vislumbraban: únicamente tuvo un momento para actuar. Se abalanzó sobre Aimée y con todas sus fuerzas intentó detener a la insidiosa Lanza Blestem, que Morvan le había arrojado desde la alta y derruida torre. Con las garras de sus piernas barría la tierra para no ser arrastrado, sus manos temblaban al sostener la lanza que contenía una fuerza y poder inimaginable, pues esta no descansaría hasta atravesar un corazón. Una vez dada la orden por su amo, el arma no se detendría y antes que Laban y Dank pudieran ayudarlo, la Lanza atravesaba su pecho hasta la espalda. La sangre oscura y levemente azulada recorrió su torso y sus piernas.

—Estaré bien —musitó Anuar, temblando e intentando mantenerse en pie.

Todo a su alrededor se convertía en sombras. El dolor lo sobrecogió y lo dejó confundido, casi cegado y sus piernas ya no lograron sostenerlo más. Apenas escuchó los gritos de terror de Aimée al verlo herido. Haciendo un esfuerzo sobrehumano, Anuar la arrancó de su corazón y el arma cayó inerte en el suelo. Ahora que había cumplido su misión, la Lanza podía descansar sosegadamente. Anuar se mantuvo de rodillas unos instantes. En la lejanía, Alejo con aquella intuición que todo padre posee, viró el rostro en su dirección. Percibía que algo terrible había sucedido. Sobrecogido, observó impotente la escena y como un caballo desbocado por el rugir de los rayos se precipitó hasta su hijo, su único hijo que ahora caía sobre el campo. Aún envuelta por los gimoteos de los vencidos y la euforia de los guerreros, Ágata se percató de que algo grave sucedía en el centro de la llanura y sin hacer caso del alboroto de la multitud, logró a empujones abrirse paso hasta divisar lo que ocurría; la escena no podía ser más desoladora. Aimée lloraba desconsolada intentado que Anuar se recostara, temblando y respirando con dificultad, en tanto Alejo corría hacia ellos. Dank, Miroslava, Axel, Laban, Kiara y Anilah los rodeaban con semblante lleno de desazón y estupor.

La Reina abrió sus gigantescas alas color tornasol y voló hacia ellos. En la antigua fortaleza derruida, Morvan se regocijaba con la escena. Las cosas no habían resultado como las había planeado: la lanza estaba dirigida a ella; sin embargo, de cierta manera también había herido a Aimée. Ahora ninguno de los dos se interpondría en sus planes. La joven quedaría devastada por la muerte de su príncipe y, con altivez, Morvan tomó el antiguo libro Dagáz, alzó su báculo con la mano derecha y, pronunciando palabras ininteligibles, una extraña criatura alada, con los músculos expuestos, se acercó a la torre donde se encontraba y, con agilidad, el viejo caballero dio un brinco para montarla para después incitar a la bestia, marchándose.

—Todo saldrá bien —le susurró Aimée a Anuar al oído.

Él se estremeció. En su voz percibió la mentira piadosa y dulce que pretendía ser un consuelo; la falsedad de sus palabras era algo tan obvia que hasta él lo advertía. Hubo un sonido hueco y fuerte, seguido por un crujido de huesos. Anuar volvía lentamente a la normalidad, su rostro se tornaba humano y su piel cambió del negro azabache a un blanco perla. Aimée acarició su rostro bañado en sangre; la profunda tristeza y miedo que sentía le ensombrecían sus brillantes ojos aguamarina. Anuar la contempló, al tiempo que sujetaba una de sus manos y le sonrió dulce y tristemente, con aquella sonrisa fatal de los seres que saben que van a morir. Sus grandes y profundos ojos negros centellaban con el reflejo de la luna, en su mirar no había nada tranquilizador. Aimée sintió el viento helado en su rostro, despertándole su memoria el recuerdo de Ian... de su agonía y de su muerte, que

330

hacía aquel momento más doloroso, punzante y profundo. Sus ojos se nublaban por las lágrimas.

—Maestro…—dijo Aimée con un hilo de voz, el nudo en la garganta apenas si le permitía emitir algún sonido—, ¡por favor, tienen que hacer algo!

Alejo permaneció en silencio sin mirarla, sus ojos trémulos se posaban sobre Anuar, intentando detener la sangre que salía de su pecho. Ágata se acercó y tocó el hombro de Aimée:

—Hija, no hay nada que podamos hacer.

Anuar se retorció en vano sin poder respirar y apretó con el último resto de sus fuerzas la mano de Aimée.

—Mi amor, tienes que ser fuerte —pidió Anuar con tanta dulzura como le fue posible. Temblaba y su respiración entrecortada no le permitía inhalar suficiente aire.

—¡No! —contradijo ella—. ¡Tú tienes que ser fuerte, no puedes dejarme sola! ¡Madre, por favor, tienes que hacer algo! ¡De qué sirve tanta magia, de qué sirve tanto poder!

—Hija… —intentó decir en vano la Reina.

—¡No, No y No! ¡Tienen que ayudarlo, tienen que salvarlo! —insistió Aimée con gesto suplicante y a la vez imperiosa—. ¡No puedo perderlo a él también!

La Reina únicamente se limitó a apretar el hombro de su hija. El nudo en la garganta no le permitió decirle nada más. Kiara abrazó a Axel para llorar. Los sollozos de Aimée resonaban en el aire haciéndola temblar, su dolor y el de Alejo eran tan palpables que era imposible esconderse de ellos. Mientras tanto, Miroslava apretaba sus puños con fuerza sintiéndose impotente. Veía morir a su amigo y no había nada que ella pudiera hacer y, como temía, ahora se daba cuenta que Ian también estaba muerto. Hacía muchos siglos que no sentía que el corazón se le partía en pedazos. Dank, Ian y Anuar eran lo más importante en su vida; sus ojos se nublaron al pensar que ya no estaría con ellos nunca más.

Dank lloraba por lo bajo. Sus dos de sus mejores amigos lo abandonaban y, sin importarle que Miroslava fuera a rechazarlo, se le acercó, pero ella lo abrazó con ímpetu. Anilah y Laban se tomaron las manos y permanecieron inmóviles en silencio. Aimée no dejaba de sollozar, el corazón se le partía en pedazos y lentamente sentía cómo su alma se desgarraba recordando las palabras de Tonalna cuando le impartía clases en la Ciudad Luz

—*Cuando un vampiro muere, nadie sabe qué sucede. Su alma está atada al cuerpo y es imposible saber si encuentra sosiego. El ciclo de reencarnación en un Nosferatu queda roto en el instante en que se convierte. Si él muere, posiblemente, lo perderás para siempre.*

Aquellas palabras que resonaban como cruentos tambores en su memoria eran ahora como cientos de cuchillos en su corazón. Anuar se debilitaba a cada instante, un peso helado e intolerable le oprimía el pecho, por momentos convulsionaba por el dolor y en cada uno de esos momentos Aimée sentía que era enterrada viva; su corazón daba un vuelco, sobrecogido por la terrífica desesperanza.

—¡Por favor, Maestro, debe de haber algo que podamos hacer! —insistió Aimée en tono apremiante. A cada momento se sentía ahogada, impotente en su propia desesperación.

331

Por fin, Alejo alzó el rostro. Un rostro lleno de dolor y desasosiego; la miró fijamente con aquellos ojos profundos y negros idénticos a los de Anuar.

Sólo la magia de los unicornios puede ayudarlo —dijo y su voz se quebró— y no podemos pedirles eso.

—¡Por qué no! —inquirió Aimée, los ojos encendidos por una vaga esperanza.

—¡Porque tendrían que sacrificarse. No puedo pedirle eso a nadie, no pudo pedirle a nadie que se arriesgue para salvar la vida de alguien, ni siquiera la de mi hijo! —respondió con la voz entrecortada por las lágrimas.

—¿De qué estás hablando? —insistió Aimée, desconcertada, en tanto Anuar se retorcía entre sus brazos; el dolor apenas y le permitía entender la conversación.

—Si un unicornio intentara sanar su herida con su cuerno —interrumpió ahora Ágata— se arriesgaría a pasar hacia él la oscuridad que corre por las venas de Anuar. No sabemos qué sucedería si una criatura de tal pureza tocara a un Ser de las Tinieblas. Quizá perdería su magia... o la vida.

En ese instante, Aimée rompió a llorar ruidosamente, apretando la mano de Anuar. La efímera esperanza se le escurría de las manos como la bruma diáfana de una noche fría y oscura. Alejo no lo resistió más, su cuerpo comenzó a temblar al ver cómo a su hijo se le escapaba la vida, volvía a perderlo y esta vez probablemente sería para siempre. Por fin, Aimée logró reprimirse un poco, en un intento por fijar sus ojos claros en él, pero una intensa luz se lo impidió. Todos los demás cubrieron sus rostros, pues la intensidad de la luminosidad que se desprendía del cuerpo de Anuar no los dejaba distinguir lo que sucedía. Solo duró unos instantes; súbitamente se detuvo. El resplandor se comprimió como si fuera succionado por un potente aspirador, dejando ver el tierno rostro de Sody; su cuerno dorado era ahora tan oscuro y brillante como el ónix. El animal dio unos pasos hacia atrás, aturdido y mareado.

Aimée no dijo nada. No comprendía lo que el pequeño Sody había hecho, hasta que sintió que la respiración de Anuar se normalizaba, lentamente. El Príncipe de las Sombras parecía despertar de un profundo sueño: la herida ya no estaba ahí; aún débil, logró incorporarse lánguidamente. Sin embargo, Aimée no se lo permitió. El fuerte abrazo y los cientos de besos con que lo cubrió apenas lo dejaban respirar. Hincado y lívido, Alejo observó perplejo los enormes ojos grises del pequeño unicornio que lo miraban dulcemente. Aquella delicada criatura había arriesgado su vida por su hijo y el viejo Maestro no encontraba la manera de salir de su consternación y agradecerle el inmenso favor. Miroslava abrazó a Dank fuerte y vigorosamente, todos reían y se daban palmadas en la espalda, esperando que Anuar se levantara. Ágata, sin embargo, se mantuvo inmóvil.

—¿Qué hacía el pequeño Sody ahí?, ¿qué haría su madre al saber lo que su potrillo había hecho? —se preguntaba, imaginando lo que la Reina Liv experimentaría al contemplar el cuerno de su pequeño.

—¿Por qué había cambiado así de color?

Sus reflexiones se vieron interrumpidos cuando otros guerreros se les acercaron; entre ellos venía Enzo, el Soberano de los Unicornios.

—¿Qué ha ocurrido? —preguntó el glorioso Rey, examinando al pequeño unicornio.

—¡Lo salvó! —exclamó Aimée con los ojos llenos de lágrimas—. Iba a morir y lo salvó. ¡Gracias, gracias. Toda mi vida no será suficiente para agradecerte! —exclamó observando a Sody con el rostro iluminado por la alegría de ver a Anuar recuperado.

El majestuoso animal apenas la miró. Temía que algo malo le hubiera sucedido a su hijo. Liv había corrido hacia ellos cuando se enteró de lo que había sucedido.

—¡Tesoro! —exclamó casi en un suspiro al acercarse a su bebé. Su rostro reflejaba el intenso miedo que recorría su cuerpo

—¿Qué haces aquí? —preguntó Liv en un hilillo de voz completamente desconcertada.

—Pues nos ayudó a todos —interrumpió Ziv saliendo de entre la multitud—. Yo le dije que no viniera, claro, pero se nos unió y ya no lo podía llevar a la Ciudad luz —y comenzó a agitar la manos—. Pero sin él no habría llegado hasta el portal para cerrarlo y luego, cuando vio al Príncipe medio muerto, se acercó y puso su cuerno en la herida y lo salvó. ¡Fue increíble!, lo hubiera visto: una luz brotó de su cuerno. No podíamos ver nada…

Sin embargo, el pequeño Fingerlys se calló al ver a la Reina de los Unicornios con el ceño fruncido y el rostro consternado. Apenado, Ziv dio unos pasos hacia atrás enmarañando su melena con sus huesudos dedos. En ese momento quería que se lo tragara la tierra. Los Soberanos de los Unicornios, junto con los Siete Magníficos, lo observaban sombríos y serios.

—Hijo —dijo Liv—, ¿por qué lo hiciste? Pudiste haber perdido tus poderes.

—¿Y de qué me sirven los poderes, si no puedo ayudar a los seres que amo? —preguntó el potrillo, mirándola con sus enormes ojos grises y frunciendo el entrecejo.

Liv se quedó inmóvil un momento, respiró profundo y con el rostro lleno de ternura se acercó a su hijo, bajó el hocico y luego dijo:

—Tienes razón, tesoro. Tus poderes no servirían de nada, si no puedes ayudar a los demás. El verdadero poder es brindar amor a quienes lo necesitan.

Y le acarició con el rostro. El pequeño cerró los ojos y devolvió la caricia a su madre. Enzo se aproximó a ellos:

—"Eres un digno hijo de tu padre" —le dijo a Sody.

Emocionado y un poco más confiado, Ziv se les acercó, junto con Kusuma, Pyro y Mikka.

—¡Serás famoso! —exclamó Ziv—. Tu historia se volverá leyenda. Harán cuentos sobre ti. Ya lo veo escrito en los libros con grandes letras de colores:

—"*Sody el unicornio del cuerno negro*" —dijo alzando una mano, como si dibujara las letras en el aire.

Después le dio un codazo a Mikka:

—¿Están de testigos que ese apodo se lo puse yo, ¿eh? —expresó dándose importancia.

—¡Como si ese sobrenombre fuera original! —repuso indignada Kusuma, revoloteando a su alrededor— Te quebraste mucho la cabeza buscando ese apodo, ¿no?

Todos rieron al ver a los pequeños reñir. El ambiente comenzaba a relajarse. No obstante, un rumor los regresó a la cruel realidad: los quejidos de los heridos y el duelo de quienes habían perdido en la batalla a un ser querido les estremecieron el corazón. El campo estaba cubierto de sangre y de cuerpos inertes: las bajas habían sido numerosas. Siniestros ruidos se escucharon a los lejos: los Vampiros y los Licántropos, aprovechando el desconcierto, escaparon de sus captores, aunque Yúrik tomó por sorpresa a Duncan y, sin soltarlo del cuello, lo llevó hasta los restantes Maestros, que no dejaban de dar órdenes para que los demás ayudaran a los heridos.

—Logré atrapar a este —dijo el Señor de los Bosques, lanzando a Duncan hacia los Maestros.

Los demás escaparon, incluyendo a Morvan. Duncan alzó el rostro altivamente. En su naturaleza no estaba el rebajarse.

—Por lo pronto, esto ha terminado —interrumpió Naomi, cruzando los brazos—. El Señor de la Noche ha perdido.

Duncan se levantó trabajosamente:

—¡Eso crees tú —espetó el Vampiro, observándolos con desdén.

Los Maestros caminaron hacia él, rodeándolo:

—¿Qué quieres decir? —preguntó Alejo imperioso—. ¡Explícate! —exigió amenazante.

Duncan simplemente le presentó una burlona sonrisa. A pesar del cansancio por la batalla, el Vampiro lucía gallardo y aguerrido.

—Podemos hacerte hablar, por las buenas o por las malas —insistió el Maestro, amenazándolo con el índice

—No les tengo miedo —soltó Duncan con aires de gran señor.

—A ellos, no —agregó Anuar que ya se había incorporado.

—Pero sabes bien que yo sí tengo maneras de hacerte hablar —indicó Anuar, aproximándose con paso seguro, mostrando los colmillos y observándolo con los ojos rojos como dos gotas de sangre. Duncan se estremeció y agachó la cabeza, sumiso. La incontrolable ira del Príncipe de las Sombras era bien conocida por todos los de su raza.

—La guerra no era más que una cortina de humo para el Señor de la Noche —dijo con voz queda Duncan, sin atreverse a mirar a Anuar.

—¿Una cortina de humo? ¡No pretendas engañarme, Duncan! —resaltó Anuar, tirando del cordón de su capa hacia él. La inflexión de su voz se volvió impaciente—: ¡La guerra entre los Nosferatu y Licántropos era una cortina de humo, no esto!

—Te equivocas —interrumpió Duncan, alzando el rostro—. ¡Esto! —y giró alrededor hasta donde la fuerza con la que lo sujetaba Anuar se lo permitía.— Esto era la cortina de humo, una trampa en la que cayeron todos, hasta Donovan. Morvan únicamente pretendía distraerlos.

Los Maestros cambiaron su semblante del desconcierto al del terror. Algunos echaron un vistazo a su alrededor: la devastación, los gemidos de los heridos, todos su esfuerzos habían sido en vano. Habían luchado contra un fantasma. Aimée sintió cómo se le erizaba la piel al escuchar estas palabras. Dank y Laban entrecerraron los ojos consternados; entre tanto, Miroslava se acercaba lentamente para escuchar mejor, sospechando lo que seguiría.

—El Señor de la Noche sabía que probablemente no ganaría una guerra contra los Seres de Luz —explicó Duncan con expresión siniestra—. Para acabarlos realmente tendría que…

—Sellar la energía que nos permite estar aquí —interrumpió la Reina Ágata llevando sus manos hacia sus labios—. Va a sellar la Cueva de la Creación —su rostro irradiaba miedo.

Duncan giró brevemente para contemplarla y su silencio confirmó los temores de la Reina.

—Con esta guerra, Morvan ha conseguido distraerlos, causarles bajas y así sellar la Cueva de la Creación sin que nadie se haya interpuesto en su camino —confirmó Duncan, satisfecho.

—¿La Cueva de la Creación? —inquirió Anuar, apretando menos el cuello de Duncan.

—Es el lugar donde se concentra la energía que nos permite permanecer en la Tierra —explicó Alejo, cruzando los brazos en tanto volteaba para observar los alrededores. —Si Morvan bloquea esa Cueva —y calló un momento para tragar saliva. La simple idea de aquello pudiera ocurrir lo estremecía—….si logra cerrarla con el Libro Dagáz no solo nosotros —y miró a los Seres de Luz que lo rodeaban— seremos afectados; también los humanos.

—¿Por qué? —preguntó ahora Dank, robándole la palabra a Anuar.

—Es la Cueva a donde van las almas de los hombres cuando mueren; es ahí donde descansan antes de ir al plano astral y transitar al Salón de las Contemplaciones para planear sus próximas lecciones… su próxima vida. También a través de esa Cueva ingresan las almas a la Tierra. Ineludiblemente deben transitar por ella para llegar así a sus cuerpos y renacer —respondió Alejo, tocándose nervioso la frente.

—Sellando la Cueva no dejará que ninguna alma nueva entre ni que las almas salgan —dijo con voz trémula Miroslava, entrecerrando los ojos—. ¡Tendrá control absoluto sobre los humanos, podrá hacer lo que le plazca con la Tierra, el decidiría quién la habita y en qué condiciones!

—¡Perfecto! —espetó Dank—. Tanto esfuerzo ¡para nada!

—¡Tenemos que impedírselo! —exclamó Aimée, haciendo caso omiso del comentario de Dank y buscando los ojos de su madre.

—Alejo, Aalok, Naomi y yo iremos… —intentó decir Ágata, cuando Yúrik la interrumpió:

—No, no pueden dejarnos. Los necesitamos para salvar a los heridos. Nosotros solos no podremos con tantos —dijo Yúrik, consternado—. ¿De qué servirá que detengan a Morvan, si de todas maneras los guerreros que los necesitan morirán en la espera de su regreso? Otros deben ir —y observó fijamente con sus singulares ojos de oso a su hijo Laban, a Anuar y a los demás.

—¡Perfecto! —resaltó Dank, golpeando su puño contra su mano, ansioso por volver a pelear— Ese maldito ya me tiene harto —espetó, refiriéndose a Morvan— ¡No puedo esperar para destrozarle el cráneo yo mismo!

Anuar esbozó una sonrisa. Él también deseaba acabar con aquel demonio que tanto daño había hecho y ahora se sentía más fuerte. Aimée quiso intervenir: no permitiría que Anuar se uniera a esa misión. Si Anuar intentaba matar a Morvan, moriría. Pero ¿cómo hacer para que Anuar desistiera? El Maestro Alejo, adivinando sus temores, impidió que ella replicara:

—Los dos deben ir —dijo mirándola seriamente—. Exclusivamente uniendo sus poderes podrán vencerlo.

335

Aimée lo contempló atónita: no podía creer lo que escuchaba, ¡Alejo estaba enviando a Anuar a una muerte segura!

—No me malentiendan —prosiguió él, para luego fijar sus ojos en Anuar—. En el momento del enfrentamiento, Anuar deberá cederte sus poderes, pasártelos para que puedas matarlo.

Anuar estuvo a punto de preguntar de qué estaba hablando; pero Alejo se le adelantó:

—Le hiciste una promesa a Aimée, ¿no? —continuó Alejo con el semblante serio.

Anuar asintió con un movimiento de cabeza.

—¿Qué le prometiste? —inquirió el Maestro imperturbable.

—Qué no intentaría matar a Morvan por ningún motivo, ni aunque tuviera ventaja sobre él —respondió Anuar sin vacilar, pese a que su rostro reflejaba consternación.

—Exacto —remachó Alejo—, y hay una muy buena razón por la que debes cumplir tu palabra. No es momento ni lugar para explicarte el motivo, pero sí debes saber que no está en tu destino acabar con Morvan. Es Aimée la única que puede hacerlo. Tú debes enviarle tu poder a su báculo para que ella consiga acabarlo. ¿Está eso claro?

Anuar afirmó renuente.

—Tonalna —llamó Alejo sin dejar de observar a su hijo fijamente a los ojos— indícale a Kajól cómo llegar a la Cueva de la Creación. Yúrik, organiza a los demás Maestros para ayudar a los heridos y darles consuelo a quienes han perdido a sus seres más queridos.

El Therántropo-Oso acató sus instrucciones; en seguida, Alejo metió los dedos en sus labios para hacer un singular chiflido y llamar a las Kafanaris y al Tigre alado. Luego giró para observar a Miroslava. Ella comprendió lo que el Maestro pretendía hacer y seseó con su lengua bífida para que acudieran los Wyvern.

—Anuar —dijo Alejo dirigiéndose al Príncipe de las Sombras—, debes llamar a Leii. No malgastes tus fuerzas transformándote. Necesitarás todo tu poder —Anuar asintió y, con solo pensarlo, la Pesadilla voló a su lado—. Es indispensable que comprendas que debes cumplir con tu palabra. El futuro de todos depende de eso. Pase lo que pase, tendrás que mantenerte firme y aferrarte a la promesa que has hecho —insistió Alejo, apoyando su mano en el hombro de Anuar.

—Siempre cumplo mis promesas; sobre todo las que le hago a ella —confirmó Anuar entrecerrando lo ojos con innegable seguridad.

Alejo se quedó inmóvil un momento; sus ojos parecían irradiar fulgor.

—Lo sé —remató con voz solemne.

Anuar frunció el entrecejo: ¿por qué aquel hombre parecía conocerlo? ¿Por qué su rostro, su voz, su mirada, le resultaban tan familiares? ¿Por qué no debía intentar acabar él mismo con Morvan? Y, sobre todo, había una pregunta que martilleaba su mente: ¿por qué Aimée estaba destinada a llevar semejante carga?

Abriéndose paso entre la multitud, el Maestro Aalok se acercó a Miroslava y tomándola del brazo le dijo:

—¿Estarás bien?

Sorprendentemente, ella no se comportó con su habitual altivez y, sin hacer ningún movimiento para alejarse de él, le respondió:

336

—Sí, lo estaré.

A Dank le pareció advertir un rubor en su amiga. El estómago se le entripó; la sensación desagradable le recorrió el cuerpo hasta transformarse en una fuerte punzada en medio del pecho. Era la misma sensación que había tenido en la Ciudad Luz al sorprenderlos hablando.

—Por supuesto que estará bien —espetó el Therántropo-Toro con voz monocorde. Colocó su mano sobre el cuello de Miroslava entreviendo desdeñoso a Aalok—. No puede pasarle nada porque viene conmigo —y suavemente presionó la piel de su amiga para indicarle que era momento de marcharse.

Aalok le lanzó una mirada furiosa; sin embargo, soltó el brazo de Miroslava, quien hizo un gesto inverosímil en ella y caminó junto con Dank hacia los Wyvern. Y, sin importarle su miedo a las alturas, Dank montó con seguridad y confianza a la bestia que lo esperaba. Anuar, Laban y Axel intercambiaron miradas y sus labios esbozaron una sonrisa. Ninguno daba crédito ni a la actitud de Miroslava ni a la de Dank.

Aimée abrazó a su madre fuertemente. Su corazón solo deseaba que todo acabara pronto y con una fuerte punzada en el pecho se dirigió hacia su fiel amigo. Creía que aquella sensación se debía a la aprensión que le provocaba saber que Anuar la acompañaría, lo que sumado a las emociones que había vivido unos instantes antes la hacían estremecerse con un extraño dolor. No imaginaba que su sangre estaba maldita por un demonio que amenazaba su vida. Aquel vil veneno recorría sus venas, esperando el momento para arrancarle la vida. A Ágata le tomó un largo rato desprenderse de ella. Tenía un presentimiento. Había algo en su rostro, en sus ojos, en su piel, que le indicaba que algo en Aimée no estaba bien; sin embargo, el tiempo apremiaba y, sin más remedio, la dejó partir.

Antes de montar a Leii, Anuar se acercó a Sody. Con el rostro iluminado le dio las gracias por lo que había hecho por él. Después avistó respetuosamente a sus padres, las hermosas criaturas lo observaron complacidas. Sabían que el sacrificio de su hijo no solo había salvado a Anuar, sino el futuro de todos. Estaban orgullosos de ser los padres de aquel pequeño que era la prueba viva de la luminosidad de la compasión. El pequeño unicornio se sentía raro y satisfecho. Con sus enormes ojos grises le indicó a Anuar que no tenía nada que agradecer. Anuar arriesgaría su vida nuevamente por ayudarlos y eso, para Sody, era más que suficiente. ¿Qué ocurriría con sus poderes? Por ahora no le importaba. Había hecho lo correcto; sin embargo, Anuar volvió a darle las gracias, sintiéndose honrado por el favor que le había hecho aquella criatura de infinita pureza y, antes de partir, lo contempló absorto, maravillándose con el peculiar fulgor que emitía el cuerno de ónix.

DAGÁZ, La oscuridad vive en la luz y la luz en la oscuridad. Autora: Irene Arboli Moreno

CAPÍTULO XXII.
Eclipse tormentoso... sangrante

La tranquilidad de las nubes fue rota al ser atravesada por la formación en V en la que volaban los guerreros montados en sus respectivos animales. Kajól era el líder de la comitiva: el león lucía glorioso con sus enormes alas blancas que surcaban la noche. La tenue luz de la luna apenas le permitía a Aimée distinguir más allá de unos cuentos metros adelante. El eclipse lunar estaba por llegar a su punto más álgido y, al parecer, ninguno de ellos recordaba que aquel instante podría ser crucial para ganar la guerra que el Señor de la Noche les había impuesto. Sobrevolaron las oscuras aguas del mar Mediterráneo, alejándose de la seguridad de la tierra y planeando hacia el oeste. Miroslava fue la primera en divisar tierra: una curiosa formación rocosa que se erguía inhóspita entre las heladas aguas que golpeaban sus fiordos.

En realidad, lo que advertían era un volcán que surgía tempestuoso en la inmensidad del mar. Aimée, agotada, no lograba mantener los ojos abiertos. Sospechaba que al haber utilizado el collar sobre la frente durante tanto tiempo provocaba una disminución de sus fuerzas, como se lo había advertido Tonalna, pues la sabia Señora de los Duendes le había explicado que no debería usar aquella joya durante un lapso largo. Incapaz de elevar sus manos hacia la cabeza para retirar la aguamarina, desistió; pensaba que al descender a tierra le pediría a Anuar que lo hiciera por ella. La princesa no sospechaba que algo más sucedía en su interior. Las fuerzas que había perdido durante la batalla habían permitido que el veneno del Dragón Blanco se apoderase de su cuerpo con mayor rapidez. Sintiéndose mareada intentó en vano sujetar la azulada melena de Kajól con más fuerza. Su debilidad era tal que no podía sostenerse, y evitar desvanecerse ya era imposible. Kajól notó que la princesa ya no lo sujetaba y, en un intento desesperado por sostenerla, planeó con sus alas completamente extendidas hacia las faldas del volcán. Aterrizó lo más suavemente que le fue posible y se quedó quieto para impedir que ella cayera. Anuar bajó en un parpadeo de su montura, asustado y confundido.

—¡Mi amor! —le dijo al momento de cargaba para recostarla en el la playa—, ¿qué sucede? —moviendo su rostro de lado al otro, intentando que volviera en sí.

Aimée no respondió, permaneciendo lánguidamente en los brazos de Anuar. El rugir del mar se escuchaba a lo lejos y aun con la fuerte brisa ella no despertaba.

—Anuar —preguntó Miroslava, bajando rápidamente del Wyvern que la había transportado—, ¿qué ocurre?

—No lo sé —respondió él con los ojos desorbitados por el terror—. ¡No me responde!

—Tal vez... —interrumpió Dank, agachándose para observarla mejor—, tal vez perdió demasiada energía durante la batalla. No puede ser nada grave; no tiene heridas —apuntó el imponente hombre-toro, desconcertado al examinar la peculiar palidez de Aimée.

—El collar —indicó Anilah—. Quítaselo de la frente.

Laban, Axel y Kiara también desmontaron al percatarse de lo qué sucedía. Y, sin esperar una explicación de Anilah, Anuar bajó el collar hasta el cuello de Aimée.

—¿Se lo quito? —preguntó Anuar con la voz entrecortada.

—No es necesario. Conque esté lejos de su tercer ojo será suficiente —respondió Anilah, arrodillándose frente a ellos—. Tonalna nos explicó que el dije del collar la ayudaría durante la batalla a atraerle más poder, pero que no debería usarlo mucho tiempo porque la debilitaría.

—No está funcionando —resaltó Anuar y, atribulado, agregó: — Mi amor —dijo sujetando a Aimée por el torso, mientras acariciaba su rostro—, ¿por favor, dime qué ocurre? ¿Qué sientes?

—La pierna —dijo Aimée, abriendo débilmente sus ojos— me duele mucho —y se desvaneció nuevamente.

En la posición en la que él la sujetaba no le permitía examinarle. Miroslava se acercó y removió la tela de su vestido para examinar su peroné. Se quedó inmóvil un momento y miró Anuar con gesto preocupado.

—Tiene un rasguño —aclaró fijándose en la diminuta herida que estaba ennegrecida.

—¿Un rasguño? —indagó Anuar, desconcertado— pero… ¿por qué habría de dolerle tanto? ¿Por qué está así? —demandaba ansioso sin dejar de acariciar el rostro de Aimée.

Con sus dedos, Miroslava siguió el contorno que dibujaban sus oscuras venas que contrastaban indudablemente contra la piel extremadamente pálida y fría. La escasa luz no le permitía distinguir con claridad la dimensión del problema, así que entornó los ojos y estos se transformaron en unos ojos de serpiente color esmeralda. De esta manera, su visión se convertía en infrarroja. Ahora podía ver a través de Aimée: sus piernas ya no mantenían el calor y sus venas, al parecer, eran recorridas no por sangre sino por un líquido negro.

—Anuar —dijo con expresión severa—, necesito que te concentres. Dime qué está sintiendo Aimée.

—No… no lo sé —reconoció, temblando. El miedo lo tenía paralizado.

—No digas tonterías, Anuar. Tú eres más fuerte que esto. No pienses que se trata de Aimée. Imagina que es alguien más. Únicamente los Vampiros pueden percibir lo que sienten los humanos, lo que ocurre en su cuerpo. Necesito que me digas qué pasa con sus órganos vitales; si no me será imposible ayudarla. ¡Así que hazme el favor de concentrarte! —le espetó tan imperativa como apremiante.

Anuar cerró los ojos, respiró profundamente. Kiara se agachó al lado de ellos para ayudarla en cuanto averiguara qué hacer.

—El corazón le late muy débil —confirmó Anuar sin casi separar los labios—. Siente dolor en todo el cuerpo. La temperatura baja a cada instante y le cuesta trabajo respirar. Es como si algo recorriera sus venas. Un líquido negro y viscoso que le va aprisionando la vitalidad.

—Mírame, Anuar —ordenó Miroslava con los ojos turbios—, ¿Aimée estuvo cerca del Dragón Blanco?

Anuar no respondió. Se sentía inútil, confundido. No recordaba cuán cerca habían estado de aquella bestia. Cerró los ojos de nuevo recordando el enfrentamiento y luego una imagen prorrumpió en su mente: Aimée había brincado sobre el Dragón para cercenarle el cuello con su espada y había girado durante el brinco, aunque no tenía claro si la pierna había rozado a Raidon.

—Sí… creo que sí —reconoció musitando—. Creo que su pierna rozó una escama, aunque no lo recuerdo bien; no estoy seguro. Kiara acercó sus manos a Aimée, en un intento por sanar la herida.

—¡Ni siquiera lo intentes! —exclamó Miroslava sin mirarla. Su vista estaba fija en los ojos de Anuar—. No servirá. No hay nada que la magia pueda hacer para salvarla. Exclusivamente los Nosferatu y los unicornios resisten el poder de ese veneno, ninguna otra criatura.

Anuar empalideció de muerte. Su corazón se sobrecogió por el desasosiego. El miedo a perderla recorría su ser.

—Sabes bien qué hay que hacer —exteriorizó Miroslava sin vacilar. Su voz ronca se había hecho más profunda—. ¡Así que hazlo, si quieres que viva!

—¡No puedo hacerle eso! —gritó Anuar con rostro afligido—

—¡Es la única manera! —bramó Miroslava—. ¡La perderás si no lo haces!

Laban, Axel, Kiara y Anilah buscaban en el rostro de Dank una explicación. El Príncipe de las Sombras agachó el rostro y comenzó a llorar en silencio, negando con la cabeza.

—Si lo hago… —dijo Anuar con la voz quebrada—, no habrá marcha atrás.

—¡La amas, Anuar! —expresó ahora Dank, desesperado— ¡No pierdas más tiempo!

—No sé si ella podrá resistir la transformación.

—No pongas pretextos tontos, Anuar. Sabes perfectamente que su alma es fuerte; ella lo resistirá. Ya oíste lo que dijo el Elfo: ¡sólo ella puede destruir a Morvan; nadie más, ni siquiera tú! —resaltó Miroslava sin levantarse.

Resignado, Anuar separó los labios para dejar ver sus colmillos y se acercó a su cuello. Entonces los demás comprendieron qué era lo que ambos pretendían hacer para salvarla: Anuar tendría que morderla, beber de su sangre, para luego inyectarle la suya y convertirla en un Nosferatu, en un Inmortal, en un Ser de las Tinieblas. La simple idea de que Aimée viviera de aquella manera abrumó a Kiara y Anilah. ¿Lo debían de permitir? Pero si Aimée moría, ¿cómo evitarían que Morvan destruyera todo lo que ellos amaban? ¿Era justo sacrificarla por salvar a los demás? Kiara comprendió que si Aimée estuviera consciente se lo pediría; sabía perfectamente que ella lo amaba y que haría cualquier cosa por él y que también decidiría sufrir aquel destino con tal de ayudar a los Seres de Luz y a los humanos.

Aun sabiendo esto, Kiara contempló asustada a Anuar. La aterraba verlo así, lleno de dolor y a la vez con semblante siniestro. Una de sus manos sostenía el cuello de Aimée con fuerza, mientras que con la otra removía el cabello del cuello. Sus dientes y la expresión de su rostro infundían temor. Aprensivamente, Kiara dio unos pasos hacia atrás; Laban y Axel también se alejaron un poco. Anilah comenzó a ahogarse de espanto al darse cuenta de lo que sucedería con Aimée: nada volvería a ser igual, ¡viviría en las tinieblas por toda la eternidad! Sintiéndose débil, intentó decir algo, intervenir. Kiara la detuvo colocando su brazo frente a su torso para impedirle el paso. Anilah la observó pasmada y antes de que pudiera replicar, Kiara habló:

—Aimée elegiría ese destino sin dudarlo —su voz sonaba apagada—. Ya debe de ser muy difícil para él hacer esto; no se lo vuelvas más doloroso—.

Las olas golpeaban con fuerza las rocas en la playa, la brisa soplaba con fuerza. Anilah agachó el rostro y cabizbaja dio un paso atrás apretando sus manos nerviosamente; sus alas descendieron hasta el piso mostrando resignación. Anuar no escuchó lo que Kiara había dicho. Estaba encerrado en un mundo de culpa, miedo y dolor; no oía nada, salvo el débil latir del corazón de Aimée. Acercó los labios al cuello… el aroma dulce de gardenias que desprendía la piel de Aimée inundó su alma. Sin embargo, antes de que pudiera rozar la yugular, Anuar se detuvo.

—¡No puedo hacerlo! —gritó desesperado—. ¡No puedo condenarla a esa vida, a la vida de un Inmortal! ¡La amo demasiado para condenarla a vivir así, alimentándose de la sangre de los vivos, eternamente en las tinieblas! ¡Prefiero vivir sin ella que maldecir así su vida! —y sumió el rostro en el pecho de Aimée, abrazándola con fuerza. La vería morir nuevamente…

Miroslava se irguió y, recordando la proyección que le habían mostrado las Hadas en la Ciudad Luz, sobre cuando Aimée había muerto en la Atlántida, le espetó a Anuar:

—¡Mírame! —sus ojos ya no mostraban frialdad sino dolor. Le rompía el alma ver a su amigo pasar por aquel sufrimiento—. ¡Ella jamás habría permitido que sufrieras por ella! Aimée haría lo imposible por ayudar a los demás, aunque tuviera que sacrificarse. No consentiría que Morvan ganara. Si estuviera consciente te lo pediría.

Sus ojos se nublaron por un momento y luego dijo algo que sabía que retumbarían como un gong en el corazón de Anuar, unas palabras que resonarían en su mente porque eran una parte de un pasado que él no recordaba:

—Escúchame muy bien: Aimée te elegiría a ti sobre todas las cosas. Preferiría vivir una eternidad en las tinieblas que pasar sus vidas como humano sin ti.

Guardó silencio un momento, contemplaba a su amigo con ardor. En tanto, las lágrimas de él resbalaban para caer suavemente en el rostro de Aimée, que temblaba y respiraba con dificultad. La vida estaba abandonando su cuerpo. A pesar de su terror, Anuar alcanzaba a apreciar cómo el corazón de Aimée latía cada vez con mayor lentitud y debilidad.

—Aunque su destino sea oscuro —continuó Miroslava con la mayor gentileza que le fue posible—, juntos se abrirán camino a través de la oscuridad. Ustedes son uno y aun en las tinieblas, su amor sobrevivirá.

La Naga no parpadeó. Sus ojos se asemejaban a dos esmeraldas brillantes y su voz era vibrante al rememorar paso a paso y perfectamente las frases finales del conjuro que él y Aimée habían realizado en la Atlántida. El corazón de Anuar dio un vuelco al escuchar aquellas palabras, su piel se erizó completamente. Ya había oído eso antes; no alcanzaba a recordar cuándo, empero estaba seguro de que esas palabras habían salido de sus bocas hacía mucho tiempo. Anilah, Axel y Kiara compartieron miradas en silencio. Miroslava tenía razón. Anuar respiró profundamente, apretó el cuello y los cabellos de Aimée, abrió sus ojos, aquellos ojos profundos que ahora pasaban del negro azabache al rojo intenso, con las pupilas oblongas como las de los felinos, le dirigió una fugaz mirada a Miroslava llena de dolor y pesar, abrió los labios mostrando sus colmillos blancos y filosos en toda su magnitud y los hundió en el cuello de Aimée. El profundo silencio únicamente lo interrumpió el sonido de la piel de Aimée desgarrándose. Kiara y

Anilah quisieron gritar. La mirada y el semblante del Príncipe de las Sombras les parecieron diabólicas; sin embargo, llevaron sus manos a sus bocas para reprimir el sonido de su voz. Axel bajó el rostro, no quería mirar, comprendía el sufrimiento de Anuar. La vida de Aimée no sería la misma después de eso. Se preguntaba qué haría él en su lugar. Dudaba de si podría hacerle algo así a quien amaba. Laban y Dank contemplaron estoicos la escena.

Las insólitas y contradictorias sensaciones que embargaban a Anuar lo desesperaban. Beber sangre era uno de los placeres más increíbles que un Vampiro pudiera sentir. La calidez de la sangre, el aroma, el sabor, la energía que pasaba hacia ellos resultaban exquisitos, como el más delicioso manjar que cualquier humano pudiera disfrutar y, por otro lado, la culpa y el dolor de condenar así a una criatura tan dulce y pura le destrozaban el alma. Miroslava permaneció impasible al lado de él. Creía que si mantenía esa actitud, ella le daría el valor suficiente a su amigo para concluir el ritual. Cuando él acabó de succionar el cuello de Aimée, abrió los ojos buscándola. Miroslava asintió impertérrita con la cabeza, como si le diera permiso para continuar, casi como si lo instigará, como se fustiga a los caballos para que galopen endemoniados.

El Príncipe de las Sombras derramó una lágrima. Instintivamente abrió los orificios de sus colmillos para inyectar su sangre en la de ella. El antídoto que estaba salvando a su amada era para él el más vil veneno que existía en el universo. Un hilo de sangre resbalaba del cuello de Aimée y también de los labios de él. Las lágrimas escurrían de su rostro mezclándose con el líquido carmesí. El alma de Anuar estaba viviendo un tormento al condenar así la vida de su princesa. La joven se convulsionó, era como si un ácido penetrara en su piel, quemándole cada célula, cada molécula… cada átomo, apenas respiraba. Los ojos rojos del Príncipe de las Sombras permanecieron abiertos unos instantes. El color escarlata de su iris resplandeció con los tenues rayos del poco reflejo de la luna antes de volverse a cerrar en un gesto de dolor. El eclipse llegó a su punto más álgido. Ahora, lo único que podía observarse en el cielo oscuro y despejado era un eclipse tormentoso… sangrante.

DAGÁZ, La oscuridad vive en la luz y la luz en la oscuridad. Autora: Irene Arbolí Moreno

CAPÍTULO XXIII.
La oscuridad vive en la luz
y la luz en la oscuridad

En la playa de aquella isla, los peñascos eran golpeados por las frías aguas del mar Mediterráneo. En el cráter del volcán se encontraba Morvan, rodeado por Sirge y su séquito de Mujeres Cuervo, dos Utanor y diez Orcos. El Señor de la Noche hizo flotar el brillante Libro Dagáz frente a él y con sus filosas uñas pasó las páginas hasta que encontró la que buscaba. Satisfecho, abrió los brazos, alzando su báculo y luego leyó el hechizo.

Terrores de la noche, escuchen mis palabras
El antiguo poder es llamado a aquí.
Energía primigenia, yo te conjuro.
La Caverna de la Creación me pertenece ahora...

—¡Eso crees tú! —bramó Anuar desde lo alto del cráter, cruzando los brazos— ¿A caso creíste que te librarías de nosotros tan fácilmente? —expresó con risa burlona.

Al lado de él se encontraba Aimée más hermosa que nunca. Sus cabellos celestes eran mecidos por el viento. Se encontraba firme y fuerte. Las telas diáfanas de su vestido se agitaban vertiginosamente por el recio aire. Detrás de ellos estaban los demás, dispuestos a todo. El reflejo de la luna llena permitía tener una visibilidad total del vasto lugar. El cráter era muy ancho y poco profundo. Las rocas estaban cubiertas por las suaves ondas de la lava petrificada. El Señor de la Noche se veía molesto e irritado. Habían interrumpido un ritual muy sagrado. Hizo un gesto de desdén, dio unos pasos adelante, dejando el Libro Dagáz flotando detrás de él.

—¡Vaya, vaya! —comentó Morvan, mostrando los colmillos— ¡Estás vivo! —continuó notoriamente intrigado.

—¿Estás sorprendido o decepcionado? —curioseó Anuar con claro dejo de desdén.

—Mmmmm... una pregunta difícil —reconoció Morvan, mordiéndose el labio inferior—. Creo que ambas cosas, pero dime: ¿cómo lo lograste?

—Aunque te parezca absurdo, existen los milagros y yo soy uno de ellos —repuso Anuar colocando los brazos en jarra.

—Te subestimé. Mira que vencer a semejante arma y que después averiguaras tan rápido lo que planeaba hacer. Me dejas sorprendido, sin palabras.

—Ya ves. Soy más fuerte de lo que piensas. No te puedo negar que obtuve ayuda con lo segundo. Un *pajarito* me contó tus secretos —recalcó Anuar sin dejar de sonreír siniestramente.

Visiblemente rabioso, el Señor de la Noche entrecerró los ojos; imaginaba que Duncan les había revelado sus planes. Sirge, por otra parte, llevó la mano hacia sus cabellos para tomar una de sus letales plumas. Morvan le hizo una indicación con

345

la mano para que se contuviera, su vista estaba fija en Anuar. El suelo comenzó a temblar, la mitad del conjuro que había lanzado Morvan unos momentos antes comenzaba a surtir efecto. Algunas piedras cayeron con las sacudidas; sin embargo, ninguno de los dos bandos pareció inmutarse y se mantuvieron en sus puestos sin flaquear.

—¿Has traído a tan pocos contigo? —inquirió Morvan, sarcástico.

—No necesito a más para vencerte —respondió Anuar con gesto altivo.

—No sé para qué te molestaste en venir. ¿Para qué evitar que selle la Cueva, si ya todos tus amigos deben de estar muertos? Sé bien que eliminé a casi todos con aquella farsa. Por eso no has traído a más guerreros. Los Maestros deben de estar intentando salvar a los pocos que sobrevivieron.

—¡Haré que te arrepientas de todo el daño que has hecho! —gritó Anuar amenazante, sintiendo una punzada de dolor al recordar la pérdida de su mejor amigo. Por su mente también rondaban los rostros de aquellos guerreros que habían dado sus vidas ofrendándose para detener al Señor de la Noche.

—¡Por favor, Anuar! ¡No seas infantil! Ya te he oído decir eso antes y no veo a nadie por aquí arrepentido —continuó Morvan, echando su capa hacia atrás.

—Por supuesto que no los ves: ¡los destaqué a todos!

—Desengáñate Anuar. No eres contrincante para mí. El poder que ahora disfruto te supera enormemente. Únete a mí y vivirás; desafíame y tu destino será peor del que imaginas: morirás más rápido y atormentado de lo que puedas imaginar.

—¡Eso quisieras! —le incitó Anuar.

Su cuerpo comenzó a transformase; su rostro se desfiguró, dejando paso a un ser poderoso y descomunal, casi idéntico a una gárgola. Su piel, en un instante, pasó del pálido casi blanco, al negro ébano. Sus músculos se ensancharon y, desgarrándose la piel de la espalda, dos enormes alas negras brotaron para extenderse del todo.

Morvan, con voz desafiante y ojos desdeñosos, ordenó a sus lacayos que atacaran. Miroslava y los demás se movilizaron rápidamente, impidiéndoles llegar hasta donde se encontraba Anuar. Por su parte, Dank, Laban y Miroslava ya se habían transformado. Kiara y Anilah combatían contra las Mujeres Cuervo, escapando por muy poco a sus armas.

—¡*Moros ex vis!* —exclamó Kiara.

Un muro de fuerza se alzó frente al Orco, que intentaba atacar a Axel por la espalda y al mismo tiempo se enfrentaba a otro.

—¡*Frenum tempestas!* —prorrumpió en seguida Anilah, elevándose en el aire, expandiendo sus níveas alas para desviar la filosas plumas que Sirge, y sus lacayas les disparaban desde las alturas. Mientras ellos combatían, el Señor de la Noche regresó precipitadamente al libro y luego repitió con la voz profunda y monocorde:

¡Clamo el poder y la fuerza que desata las tempestades en este planeta!
¡Las sombras reinarán en la Tierra!
¡Yo soy uno con esta puerta de las almas que deja entrar a los humanos!
¡Soy el amo y señor de sus destinos!

—¡Hasta aquí has llegado! —bramó Anuar, colocándose enfrente de Morvan.

346

El Amo de la Oscuridad levantó la vista, despectivo:

—Muy bien —dijo Morvan, abriendo los brazos—. Estoy solo: ¡Vamos, inténtalo, lánzame tu peor golpe!

Una feroz sonrisa se dibujó en su rostro al alargar los apretados labios. Sin esperarlo, una luz potente lo cegó y luego, como si un gigante le hubiera barrido como una pelusa, Morvan salió despedido por los aires. Se levantó ágilmente, aunque confundido. Buscando una explicación a lo que había sucedido, topándose con Aimée, la princesa lucía excelsa con unas enormes alas de mariposa con dibujos celestes y azabaches. Sostenía en una mano su radiante báculo, y en la otra la espada de diamante.

—No lidiarás contra él —recalcó Aimée con voz suave y segura.

El semblante de Morvan palideció por un momento. La joven era ahora un vampiro, y uno muy extraño. Sus ojos no daban crédito a lo que contemplaban. Le parecía imposible creer que Anuar se hubiera atrevido a transformarla. Aquella parte de su plan para que él lo hiciera cuando aún estaba en su bando le resultaba sumamente complejo de realizar. Conocía bien el miedo de Anuar de traer con él a Aimée a la vida en las Tinieblas, a pesar de las altas posibilidades que tenían de vivir en la luz si lo hiciera durante el eclipse. Mirándolos consternado, intentaba averiguar cuándo la había mordido; si hubiera sido antes del eclipse tenía alguna posibilidad de salir airoso. No obstante, si lo había hecho durante el eclipse, las posibilidades de ganar se reducían considerablemente. La mente del Señor de la Noche maquilaba nueva estratagema a gran celeridad. Era un ser calculador que no dejaba nada al aire y no intentaría enfrentárseles sin calcular todas las posibles desventajas y ventajas.

Los ruidos de la lucha entrañada detrás de ellos apenas los distrajeron. Aimée avanzó unos pasos hacia Morvan.

—Sé bien por qué pretendiste matarme a mí con esa lanza y no a Anuar —indicó Aimée sin vacilar. Su voz se tornaba más potente y segura—, pero acéptalo: fallaste, y si no te rindes ahora, te enfrentarás conmigo, no con él.

Morvan no la miró. Sus ojos estaban fijos sobre Anuar. El Señor de la Noche era un maestro en leer las expresiones corporales y se dio cuenta de que Anuar no entendía la razón por la cual la Lanza había sido dirigida a Aimée y no a él. Ahí estaba su oportunidad, si lograba que Anuar se enfureciera la atacará, y moriría al instante, y Aimée no tendría las fuerzas suficientes para enfrentarlo. Entonces únicamente necesitaba provocar su furia, la ira lo cegaría y lo atacaría. A lo lejos se escuchaban las voces de Kiara y Anilah, lanzando múltiples hechizos para combatir a las Mujeres Cuervo. Por su lado, Miroslava, Dank y Laban entretenían como podían a los Utanor para atacarlos por la espalda. Axel aún debía deshacerse de varios Orcos más. Debajo de ellos, leves temblores comenzaban a hacerse sentir. El sortilegio que Morvan había recitado había desajustado la energía de la isla entera. Aquel Volcán Sagrado era la entrada a la Cueva de la Creación, un lugar que se encontraba a varios kilómetros por debajo de ellos y había sido profanada por la magia que el Señor de la Noche había desatado. La tierra debajo de ellos estaba reaccionando y encontraría una manera de liberar la energía.

—¿Acaso no te preguntas por qué intenté matarla a ella y no a ti cuando tuve oportunidad? —inquirió Morvan con los labios torcidos con talante aciago.

—Es ella la que está destinada a eliminarte. Ahora es más poderosa que tú y que yo —respondió Anuar sin hacer ningún gesto.

—Estás equivocado. No es más fuerte que nosotros. Creo que hay algo que no te han contado —señaló Morvan, colocando su báculo delante él para el caso de necesitar protección.

—¡Cállate! —espetó Aimée furiosa—. Eso no importa. Anuar recuerda lo que me prometiste...

—¡*Fulmen!* —increpó Aimée, colocando el cayado de cuarzo frente a ella.

Un golpe de rayo salió de la esfera de cuarzo que coronaba el cetro. Morvan, con su báculo ya preparado, repelió la magia sin problemas; después lo bajó. Las sacudidas en el cráter eran cada vez más continuas. El Señor de la Noche se percataba de que tenía poco tiempo: si no terminaba el hechizo, el volcán haría erupción.

—Lo ves, Anuar —recalcó Morvan, dando un paso al frente—. No es más fuerte que yo. La primera vez me tomó por sorpresa, y no volverá a suceder. ¿Todavía crees lo que te dijeron?

—No me importa por qué hayas querido matarla a ella. Confío en los Maestros y, sobre todo, le cumpliré mi promesa.

—Ah... ¿entonces no te importa saber por qué es ella la Guardiana de Dagáz y por qué sus alas tienen la forma de una mariposa y no la de un murciélago como las tuyas? ¿Y por qué su rostro y su cuerpo no se desfiguraron con la transformación? ¿De verdad no te interesa saber por qué su cuerpo no es igual al de las Vampiras que logran transformarse?

—No —mintió Anuar. Empero sus ojos mostraban otra cosa: aquellas preguntas rondaban por su cabeza.

—¿No te dijeron que vivieron otra vida juntos, que ella es la hija de la Reina de las Hadas y qué tu padre aún vive?

Aimée experimentó un desgarro en su interior, como cuando se rasga la tela. El miedo a que estallara la furia de Anuar la envolvía. Anuar se veía visiblemente consternado. La princesa proyectó otro rayo contra Morvan; sin embargo, este lo resistió sin inconvenientes, pues ella se hallaba distraída: la sospecha de que Anuar se enfureciera y atacara a Morvan gobernaba todo su ser. Deseaba que sus amigos terminaran pronto de luchar para que la ayudaran. Desde luego, todavía faltaba para que consiguieran venir en su auxilio.

—Sí —indicó Morvan con voz monocorde y profunda, haciendo una breve pausa. —Tu padre vive todavía y no es quien piensas. Viviste otra vida en la mítica Atlántida con Aimée en un amor prohibido por pertenecer a diferentes clanes. ¿Lo recuerdas?

Anuar no respondió. Quedó petrificado al escuchar aquellas palabras. El corazón le latía con fuerza y su respiración comenzó a acelerarse. Intentó pensar que Morvan mentía, mas algo en su interior le decía que estaba escuchando la verdad.

—Siempre has sentido que eras diferente a todos los hombres, ¿no es así? —curioseó Morvan con semblante funesto—. Desciendes de los Elfos; ¡ah!, veo que he llamado tu atención... y no de cualquier Elfo: eres hijo del Señor de las Pléyades... del mismísimo Alejo el Protector.

Anuar dio un paso hacia atrás, temblando. Su corazón estaba a punto de desbordarse; ahora todo tenía sentido: Alejo era su padre, por eso sentía que lo conocía, que se le hacía tan familiar su rostro, su mirada, su voz.

Aimée intentó inútilmente atacar a Morvan. Tenía que vencerlo antes que Anuar supiera toda la verdad y se enfureciera con él. Sin embargo, no lograba impedir que Morvan continuara esparciendo su veneno. El miedo a perder a Anuar la desconcentraba. La joven intuía lo que Morvan pretendía y no había forma de detenerlo.

—Aimée y tú rechazaron sus poderes. Fui yo quien les ayudó a que se convirtieran en humanos para que pudieran estar juntos —continuó Morvan con los ojos encendidos y el corazón lleno de un sádico placer—. Perecieron en el cataclismo que destruyó a la Atlántida. Yo no morí ahí, porque así lo decidí y logré engañar a la muerte, convirtiéndome en el primer Vampiro que ha existido. Tu padre intentó buscarte cuando renaciste, aunque yo te encontré primero… y a Aimée. Intenté capturarla para obtener el libro, y ella, sabiendo lo que pretendía, se suicidó. Luego te convertí a ti en un Inmortal, haciéndote creer que esa era la única manera de esperarla, a sabiendas de que tu padre podría ayudarte a esperar a que ella renaciera, e impedí que te encontrara. Si no fuera por mí, habrías conseguido esperar el regreso de Aimée sin necesidad de convertirte en esto… en un Muerto Viviente, en un Ser de las Tinieblas, y ella… podría seguir siendo un Ser de Luz.

Miroslava y Dank se preguntaban por qué les estaba tomando tanto tiempo a Aimée y a Anuar destruir al Señor de la Noche. Ignoraban que este se había propuesto enfurecer a Anuar y había logrado su cometido. La ira del Príncipe de las Sombras comenzaba a apoderarse de su cuerpo. Su parte oscura comenzaba a gobernar su mente y en ella solamente cabía la venganza. Morvan lo había alejado de su padre, de Aimée, de una vida en la luz. Había matado a muchos en su intento por gobernar las almas de los hombres, y entre esos muchos inocentes que habían perdido la vida estaba Ian. Un dolor profundo invadió su cuerpo. Jamás volvería a ver a su amigo.

—¡Vamos, tú eres mi igual, no ella! ¡Destrúyeme! ¡Manipulé tu vida a mi entero antojo durante quinientos años. Por mi causa sufriste tanto tiempo. Te reto a que intentes vengarte!

La tierra oscilaba debajo de ellos. Anuar apretó los puños con tanta fuerza que sus garras se encajaron su piel, cortándola. Su sangre recorría sus manos hasta caer a la tierra. Su furia era ahora como un huracán, imparable. El demonio que dormía en él se había apoderado de su alma. Aimée alzó su báculo:

—*¡Moros ex vix!* —exclamó, apuntándolo a Anuar. Un muro de fuerza se formó delante de él; no duraría mucho, aunque le permitiría explicarle qué sucedería si intentaba destruir a Morvan. Un inusitado vapor afloró de las rocas; la lava comenzaba a pujar. Lejos de ellos, Miroslava gritaba:

— *¡Signum ex serpens!* — y un rayo verde envolvió al Utanor, que pretendía capturar a Dank. Aquella luminiscencia envolvió a la criatura, permitiendo que Laban se acercara a la bestia por la espalda, para que luego le aplastara el cráneo con sus garras de oso. Quedaba una más por destruir, en tanto Axel seguía combatiendo para aniquilar a otro Orco.

—¡Si intentas matarlo… morirás! —gritó Aimée desesperada, con gesto suplicante.

El muro de fuerza que retenía a Anuar cedió y Morvan aprovechó la distracción de Aimée para agredirla. Rayos negros y rojos salieron de su báculo y barrieron con ella, que salió despedida algunos metros, la joven sintió un fuerte dolor en todo el cuerpo, en especial en las articulaciones. Aimée hizo acopio titánico de todas sus fuerzas y se levantó en un parpadeo.

Anuar estaba ahora fuera de sí. Abrió los brazos, alzó el rostro hacia el cielo y comenzó a acumular y concentrar toda su furia. La energía que desprendía su cuerpo era brillante y cambiaba del azul oscuro al rojo intenso. Estaba listo para desatar el poder de su magia. Turbulencias de energía se arremolinaban en todo su cuerpo; sus grandes y membranosas alas se alzaron, abrió entonces sus manos extendiendo sus garras negras y su cuerpo se estremeció.

—¡Me lo prometiste! —chilló Aimée, sintiendo desfallecer al ver lo que sucedía.

La tierra continuó sacudiéndose debajo de ellos. El calor comenzaba abrasarlos. Pequeños géiseres brotaron en estampida del cráter. Kiara y Anilah ya habían logrado eliminar a casi todas las Mujeres Cuervo. Al verse en semejante aprieto, Sirge y algunas de sus vasallas escaparon. Al advertir su huida, Morvan les arrojó algunos hechizos. Dos de ellas cayeron muertas; sin embargo, Sirge logró escapar junto con otras tres. Dank y Miroslava eliminaron al último Utanor. Inmediatamente, Laban corría en ayuda de Axel, que se encontraba enfrascado en una cruenta reyerta con cinco Orcos. Anilah y Kiara también fueron en su auxilio. Las Kafanaris, Kajól, Haldor, los Wyvern y Leii se les unieron después de eliminar a los dragones que habían seguido a Morvan y su séquito.

—¡Lo prometiste! —volvió a gritar Aimée, intentando controlar el nudo de la garganta.

El Señor de la Noche reía, siniestro, esperando ansioso el golpe de Anuar, golpe con el que su adversario moriría. Entonces vencería a Aimée; sería como quitarle un dulce a un niño. De los demás se encargaría fácilmente y finalizaría el conjuro para sellar la Cueva de la Creación, enviar ¡por fin! a todos los Seres de Luz fuera del planeta y así gobernar el destino de todos los hombres. No imaginaba que aquel malicioso y tan anhelado placer terminaría tan rápido como llegó. Anuar dijo algo que el Señor de la Noche jamás habría esperado escuchar:

—¡Toma tu báculo con fuerza! —vociferó Anuar sin mirar a Aimée.

Las convulsiones de su cuerpo apenas y le permitían mantenerse en pie. La energía que había acumulado era impensable. Aimée colocó el báculo de manera horizontal, para luego unirlo a la espada, que pareció soldarse. Ahora la esfera de cuarzo que remataba el cristalino cetro estaba al frente, y la punta de la espada de diamante atrás. La joven sujetó la nueva arma con fuerza, aquella lucía como una enorme lanza. Anuar llevó sus manos hacia adelante y soltó todo su poder sobre la esfera de cuarzo. Los brazos de Aimée temblaron; le costaba trabajo sostenerse. Las manos le quemaban. Cuando toda la energía terminó de filtrarse hacia el báculo, Aimée lo dirigió vibrando hacia Morvan. Respiró profundamente, cerró los ojos, contrajo toda su energía hacia el pecho, para luego conducirla a la pértiga; un segundo después un potente rayo de luz emergió de ella. El Señor de la Noche había colocado su báculo frente a él, intentado detener el golpe, y fue inútil: la fuerza con la que Aimée lo había embestido era indestructible. Pasó rauda de su cetro a su cuerpo en un instante, haciéndolo convulsionar, dejándole petrificado. En seguida, Aimée se acercó a él con sus alas de mariposa extendidas, viró la lanza, para tener la espada al frente y se la clavó a Morvan en el corazón. Este quedó ensartado unos segundos en la resplandeciente hoja de diamante. Observó a Aimée con los ojos desorbitados por el dolor. Su mayor miedo, ¡morir!, era ahora una realidad. La princesa le devolvió una mirada con un dejo de compasión. Después retiró el arma. Tenía que acabar con él aunque eso no le causaba ningún regocijo.

—Deberías saber que él siempre cumple sus promesas; máxime si me las ha hecho a mí —profirió con voz queda, si bien profunda, intentando darse valor para terminar con él.

Alzó el arma y, girando sobre sí misma, le cercenó la cabeza. Para cualquier Criatura de las Tinieblas matar le habría proporcionado infinito placer. No obstante, para Aimée hacerlo fue peor que una tortura; el asesinato no formaba parte de su esencia. Y, aunque la oscuridad recorría ahora sus venas, todavía podía elegir: la compasión y el amor eran su elección y siempre lo serían. El cuerpo del Señor de la Noche cayó inerte en la tierra sudorosa de vapores. Anuar se hincó, se encontraba extenuado y aturdido. Aimée corrió hacia él y se desplomó tres veces antes de alcanzarlo. El suelo del cráter se agitaba como un puente colgante. Kiara y los demás se les aproximaron: no había tiempo para celebraciones, el volcán haría erupción en cualquier momento. Miroslava llamó a los Wyverns y Anilah a las Kafanari, para después apearlos.

Con pesadez, Anuar se levantó del suelo e intentó llevar a Aimée hacia Kajól, empero recordando algo, ella lo soltó, corrió como pudo hacia donde se encontraba Dagáz, el libro ahora estaba en el suelo. Extendió una mano para que saliera una de sus garras y se hirió la otra mano. Dejó caer la sangre sobre el grimorio y recitó palabras que obraron para que Dagáz desapareciera.

—¡¿Qué haces? —le preguntó Anuar cuando consiguió alcanzarla. —¡Tenemos que irnos! —indicó—.

—Debía poner a salvo el Libro. Yo soy su Guardiana.

Más géiseres se abrieron en la tierra. El calor era insoportable: Kajól y Leii ya no consiguieron ir en su ayuda. La erupción del volcán era inminente. Anuar tomó la mano de Aimée y batió sus alas para elevarlos; ella también meneó las suyas. Ambos se encontraban débiles y volaron torpemente. Todos se hallaban ya lejos cuando el volcán hizo erupción. La explosión fue tan potente que el aire vibró con un ímpetu tal que provocó que cayeran de sus monturas, golpeando el agua helada. Aimée ya estaba sin fuerzas para seguir manteniendo su transformación y, cuando ya no pudo más, sus alas se hicieron pequeñas para después meterse en su espalda. Anuar, igualmente exhausto, la siguió en picada, entrando al agua con ella. Dentro del mar, Anuar se transformó de nuevo; su rostro volvía a lucir normal. Buscó con sus pupilas oblongas a Aimée y cuando advirtió dónde se encontraba nadó hacia ella, tomó su mano y ascendieron juntos hacia la superficie.

—¡Perfecto! —exclamó Dank, nadando con dificultad—. ¡Solo me faltaba esto!

—¡Cálmate! No es para tanto —comentó ahora Laban, sintiéndose como pez en el agua (pues los Therántropos-Oso son nadadores inigualables)—. Te hacía falta un baño —y rio.

—No compares —replicó Dank, ceñudo—. El agua está helada, salada y no hay jabón.

—¿Quisieras uno perfumado? —preguntó Laban, riendo a carcajadas—. Kiara podría hacerlo aparecer; tal vez unas burbujas también, y Anilah podría darte uno de las cintas de su cabello; te verías tan lindo...

Dank le arrojó agua con las manos y todos rieron. Axel se acercó a Kiara:

—¿Estás bien?—indagó, acariciando su rostro.

Kiara se le acercó un poco más y lo besó. Laban y Anilah comenzaron a gimotear y a aplaudir. Dank giró hacia a Miroslava.

—¿Y tú qué me ves? —reclamó ella con bravata y gesto adusto.

—¿Yo? Nada — respondió Dank, desviando la vista, aunque volvió a observarla cuando ella se volteó para remover sus cabellos rojos hacia atrás. Se veía hermosa. Los Wyverns, Leii, Kajól, Haldor y las Kafanari planeaban en círculos alrededor de ellos, esperándolos para que los montaran. Estaban tan felices que ninguno de ellos los advirtió, y mucho menos se dieron cuenta que el crepúsculo concluiría en unos instantes. La aplastante oscuridad que los asediaba era la señal que da la naturaleza para indicar que un nuevo día estaba por comenzar.

—¡Cumpliste! —reconoció Aimée, rodeando el cuello de Anuar con sus brazos. No le importaba que el agua estuviera helada.

—Nunca dudes de mis promesas —confirmó, contemplándola embelesado y perdiéndose en los ojos de su princesa, que simulaban ser dos brillantes aguamarinas—, aunque me arrepiento de haberte convertido...

—Shhhh —objetó, llevando uno de sus dedos a los labios de Anuar—. Yo no, no habría querido que las cosas fueran diferentes. Ahora estaremos juntos para siempre.

—¡Te amo tanto! —reconoció él, acercando la frente a la de ella.

—Yo, más —dijo, sintiéndose segura en sus brazos—. ¡Eres mi vida entera!

—Y tú la mía —continuó, al tiempo que la abrazaba con fuerza.

Sus amigos hicieron ruidos en son de burla. Desde luego, a ellos no les importó. El océano en el que nadaban comenzó a iluminarse sutilmente.

—¡Tengo tantas cosas que contarte!... —expresó Aimée, suspirando.

—Tenemos tiempo de sobra —dijo Anuar, sonriendo.

En el mar agitado que los envolvía, sus ojos reflejaban pasión. Con las manos temblando se abrazaron para fundirse en un profundo beso. Entonces, él sintió algo que su cuerpo no percibía hacía mucho tiempo. Un suave calor le abrasaba el rostro. Extrañado, se separó lentamente de los labios de ella y giró el rostro hacia el este. Apenas si consiguió abrir los ojos. La luminosidad le impedía ver con claridad.

El astro rey estaba naciendo. Era un nuevo amanecer para él. Tenía más de quinientos años sin observarlo directamente y, cuando comprendió lo que sucedía, su corazón dio un vuelco y su respiración se agitó. Los dos se contemplaron asombrados. Volvieron a besarse, uniendo sus almas con aquel beso.

El sol ya no le quemaba la piel ni le producía heridas; entonces comprendió que las cosas cambiarían para los dos. La profecía se había cumplido. Se entrevieron fija y profundamente. Los ojos de ella centelleaban como luceros en una incipiente aurora, dulces, calmos; los de él... con aquella mirada oscura, intensa, llena de pasión, cargada con un ímpetu que agita y que a veces atormenta al alma. Entonces lo comprendieron: en la vida siempre es así... la oscuridad vive en la luz y la luz en la oscuridad.

ÍNDICE

DAGÁZ, La oscuridad vive en la luz y la luz en la oscuridad. Autora: Irene Arbolí Moreno

La oscuridad vive en la luz
y la luz en la oscuridad

ᛞ

Irene Arbolí Moreno